Mimologiques

Du même auteur

Figures I
coll. « Tel Quel », 1966,
coll. « Points », 1976

Figures II
coll. « Tel Quel », 1969,
coll. « Points », 1979

Figures III
coll. « Poétique », 1972

Mimologiques
coll. « Poétique », 1976,
coll. « Points », 1999

Introduction à l'architexte
coll. « Poétique », 1979

Palimpsestes
coll. « Poétique », 1982,
coll. « Points essais », 1996

Nouveau discours du récit
coll. « Poétique », 1983

Seuils
coll. « Poétique », 1987

Fiction et Diction
coll. « Poétique », 1991

L'Œuvre de l'art
* Immanence et transcendance
** La Relation esthétique
coll. « Poétique », 1994, 1997

Figures IV
coll. « Poétique », 1999

Gérard Genette

Mimologiques

Voyage en Cratylie

Éditions du Seuil

TEXTE INTÉGRAL

ISBN 2-02-036313-5
(ISBN 2-02-004405-6, 1re publication)

Il y a trop à perdre à décider que l'histoire culturelle est dans son ensemble insignifiante et que l'humanité a passé son temps à disputer sur rien et pour rien. Trop à perdre en arrière dans la dimension du passé, et plus encore à perdre sur le fond, dans la perception que nous pouvons avoir de nous-mêmes comme pensants... Chaque débat est un jeune et vieux débat ; lors même que nous jugeons l'antérieur, il continue de circuler en nous.

Judith Schlanger,
Penser la bouche pleine.

« Le mot chien *ne mord pas », assurent quelques experts, et la sagesse des nations. Encore manque-t-il à aboyer, voire à simplement grogner, faute par exemple d'utiliser cette* lettre canine *que nous retrouverons, et qui lui en offrait le moyen. Mais rien n'interdit à quiconque d'opiner au contraire, et de tendre l'oreille, ou de garer ses fesses. Ou de chercher, dans une autre langue, ou dans la même, une appellation plus expressive,* perro *peut-être, ou* clébard. *Ou de convoquer, en poète, quelque épithète corrective :* chiens dévorants. *Ou de se consoler ailleurs, à la douceur du* chat, *majesté de l'*éléphant, *grâce de la* libellule. *« Nous avons tous été victimes, un jour ou l'autre, de ces débats sans recours où une dame, à grand renfort d'interjections et d'anacoluthes, jure que le mot* luna *est (ou n'est pas) plus expressif que le mot* moon[1] *» ; mots expressifs ? « Nous (en) parlions un jour devant une personne qui paraissait enthousiasmée des exemples que nous lui signalions et du commentaire qui les accompagnait ; tout à coup elle nous dit : Et le mot* table *? Voyez comme il donne bien l'impression d'une surface plane reposant sur quatre pieds*[2] *» ; et pour quitter les salons : « Une paysanne suisse allemande... demandait pourquoi ses compatriotes de langue française disent* fromage – Käse *ist doch viel natürlicher*[3] *! » Il y a entre ces trois sujets un trait commun qui n'est pas le sexe, non, non, mais bien ce tour de pensée, ou d'imagination, qui suppose à tort ou à raison, entre le « mot » et la « chose », une relation d'analogie en reflet (d'imitation), laquelle* motive, *c'est-à-dire justifie, l'existence et le choix du premier. Conformément ou presque à la tradition rhétorique, et sans excès*

1. Borges, *Enquêtes*, Gallimard, p. 141.
2. Grammont, *Le Vers français*, Delagrave, p. 3.
3. Jakobson, in *Problèmes du langage*, Gallimard, p. 26.

d'étanchéité dans la nomenclature, nous appellerons mimologie *ce type de relation,* mimologique *la rêverie qu'elle enchante,* mimologisme *le fait de langage où elle s'exerce ou est censée s'exercer, et, par glissement métonymique, le discours qui l'assume et la doctrine qui l'investit.*

Tel est notre objet. Mais on ne rencontre pas tous les jours d'aussi complaisants interlocuteurs, et pour nous déjà ces trois mimologistes ne sont plus que des héros de récit, ni plus ni moins « réels » que tel personnage de tel dialogue de Platon – par exemple. De fait, le discours mimologiste se ramène presque entièrement pour nous à un ensemble de textes, un corpus, peut-être faut-il dire un genre, *dont le texte fondateur, matrice et programme de toute une tradition, variantes, lacunes et interpolations comprises, est justement, comme on sait, le* Cratyle *de Platon : d'où, hommage mérité, le terme aujourd'hui couramment reçu de* cratylisme. *Ce synonyme de* mimologisme *désignera donc lui aussi – avec connotation d'origine, ou pour le moins d'archétype – toute manifestation de la doctrine, et tout énoncé qui la manifeste ; un cratylisme – comme on dit un anglicisme ou un marotisme – est entre autres choses une* imitation, *en un autre sens : un « à la manière de Cratyle », jusque chez qui ignore l'existence du texte initial, mais à commencer aussi par ce texte même, qui n'est donc, bien sûr, nullement initial : le premier discours de Socrate, parlant « pour » Cratyle, est déjà un pastiche, sinon une parodie.*

C'est donc ce « formidable dossier[1] *» que nous compulserons ici, sans nulle prétention à l'exhaustivité, et, malgré une disposition approximativement diachronique, dans un esprit moins historique que typologique, chaque station du parcours figurant moins une étape qu'un état – une variante, une espèce du genre. Ce parti pris de méthode n'empêchera pas, sans doute, certains moments d'imposer le poids d'irréversibilité qui est la marque, allons-y d'une majuscule, de l'Histoire : même s'il se révèle (après coup) que le thème contenait virtuellement toutes les variations, celles-ci ne peuvent apparemment se présenter dans n'importe quel ordre. Mais (donc) n'anticipons pas – au contraire.*

1. Claudel, *Œuvres en prose*, Pléiade, p. 96.

Ou, pour le dire plus vite et encore parodiquement : un jour, l'idée m'est venue de recenser la postérité du Cratyle *; j'avais d'abord regardé ce texte comme aussi unique que le phénix des rhéteurs ; mais il n'y a pas de texte unique : à force de fréquenter celui-ci, j'ai cru reconnaître sa voix, ou du moins son écho, dans d'autres textes de diverses époques ; j'en évoque ici quelques-uns, dans l'ordre chronologique, et sans abuser du commentaire, ni des exemples apocryphes.*

L'éponymie du nom

On connaît le problème du *Cratyle* : placé entre deux adversaires, dont l'un (Hermogène) tient pour la thèse dite conventionaliste *(thései)* selon laquelle les noms résultent simplement d'un accord et d'une convention *(sunthèkè kai homologia)* entre les hommes, et l'autre (Cratyle) pour la thèse dite naturaliste *(phusei)*, selon laquelle chaque objet a reçu une « dénomination juste » qui lui revient selon une convenance naturelle, Socrate semble d'abord soutenir le second contre le premier, puis le premier contre le second : position contradictoire ou à tout le moins ambiguë, que la tradition classique réduit volontiers en négligeant le retournement final et en portant tout le dialogue au crédit de son personnage éponyme ; et la plupart des commentateurs modernes, plus pressés de l'interpréter en termes de polémique « philosophique », en postulant au contraire que la première partie est à peine plus qu'une plaisanterie[1], où Socrate caricaturerait la thèse naturaliste en la poussant à l'extrême, et que la véritable signification du *Cratyle* est à chercher dans la seconde, qui à travers le disciple naïf viserait son maître Héraclite et sa philosophie mobiliste.

Sans prendre parti sur ce supposé fond des choses, j'aimerais simplement lire ce dialogue – c'est-à-dire en fait ce double monologue de Socrate – sur le terrain où il se situe explicitement : celui du langage[2], et en considérant *a priori* toutes ses parties comme également sérieuses, d'un sérieux qui n'exclut évidemment ni le sophisme ni le jeu. Peut-être apparaîtra-t-il alors que les deux attitudes successives de

1. Voir en particulier l'introduction de l'édition Méridier, Paris, Les Belles Lettres, 1961. Le principal argument de cette thèse est la façon manifestement ironique dont Socrate invoque l'inspiration du devin-charlatan Euthyphron.

2. Rappelons que le sous-titre est : *De la justesse des noms (péri onomatôn orthotètos).*

Socrate ne sont pas contradictoires, mais complémentaires, et que leur confrontation dégage une position originale, qui ne se confond ni avec celle de Cratyle ni avec celle d'Hermogène : position complexe, mais rigoureuse et cohérente, qui serait spécifiquement celle de Socrate. Et de Platon, sans doute, du moins à l'époque où il écrivit ce dialogue[1].

Le premier mouvement de la démarche – le plus rapide et le plus brutal – consiste à écarter, au moins provisoirement, la thèse conventionaliste. Pour cela, Socrate amène Hermogène, de façon quelque peu sophistique, à gauchir sa position jusqu'à la rendre proprement insoutenable[2].

La position initiale d'Hermogène, rappelons-le, définissait la justesse du nom comme n'étant rien d'autre qu'*un accord et une convention.* Il va de soi que « justesse » ne peut alors signifier adéquation profonde du nom à la chose, mais seulement correspondance artificielle admise et reconnue par tous : « car la nature n'assigne aucun nom en propre à aucun objet : c'est affaire d'usage et de coutume *(nomô kai éthei)*[3] ». Il va également de soi que la « convention » invoquée ne peut être qu'un consensus social, ou à tout le moins inter-individuel. Soucieux par-dessus tout de montrer que, dans sa thèse comme dans celle de Cratyle, tous les noms sont justes – « A mon avis, le nom qu'on assigne à un objet est le nom juste » –, en ce sens, pour lui, que toute convention en vaut une autre, Hermogène recourt à un exemple à double tranchant : celui du nom donné par le maître à son esclave. Il n'est pas indifférent qu'il s'agisse là d'un nom propre, comme déjà l'attaque du dialogue portait sur la « justesse » des noms de Cratyle, de Socrate et d'Hermogène : nous reviendrons à ce point capital. « Nous changeons le nom de nos serviteurs, sans que le nom substitué soit moins exact que le précédent » : cet exemple pourrait fonctionner comme celui d'une forme élémentaire ou minimale de la convention linguistique : celle qui unit deux individus. Et le caractère inégal, en l'occurrence, de leur rela-

1. Selon Méridier, entre l'*Euthydème* (vers 386) et *Le Banquet* (vers 385).
2. C'est ce que V. Goldschmidt, *Essai sur le Cratyle*, Paris, Champion, 1940, p. 45, appelle « la réfutation entreptique ».
3. 384 d, trad. Méridier.

tion ne doit pas la faire invalider, tout au contraire : certes, le maître nomme l'esclave « arbitrairement » (c'est bien le mot) et sans le consulter ; mais non pas, pour autant, sans son *accord* : satisfait ou non de cette dénomination, l'esclave doit bien à tout le moins la *reconnaître* pour qu'elle fonctionne, c'est-à-dire par exemple qu'il doit venir quand on l'appelle par ce nom, et s'abstenir quand on en prononce un autre qui peut-être lui agréerait davantage. Il y a là un accord forcé, qui ne suppose aucun assentiment profond, mais qui vaut pour une admission ou un consentement. Mais n'est-ce pas le sens exact d'*homologia*, et la vérité de notre convention linguistique, telle que la subissent réellement les « usagers » d'une langue qu'ils doivent adopter telle qu'elle est, sans avoir été consultés sur sa constitution ? La nomination arbitraire de l'esclave est donc bien une juste illustration de la thèse conventionaliste.

C'est pourtant grâce à elle que Socrate va enfermer Hermogène dans une impasse. Grâce à elle, c'est-à-dire en exploitant le caractère *individuel* de la décision du maître, comme si cette décision, si irrévocable soit-elle, était le seul aspect de la situation : « L'appellation qu'on attribue à chaque objet est le nom de chacun ? – C'est mon avis. – Que ce soit un particulier ou la cité qui le donne ? – Oui. » Hermogène ne peut dire non, puisque Socrate ne fait apparemment que résumer sa propre argumentation. Socrate pousse donc son avantage : « Comment ? si j'appelle, moi, un être quelconque, – par exemple, ce que nous appelons aujourd'hui un homme, si, moi, je le nomme cheval, et ce que nous appelons cheval, si je l'appelle homme, le même être portera-t-il pour tout le monde le nom d'homme, mais pour moi en particulier celui de cheval ? Et inversement, le nom d'homme pour moi, mais celui de cheval pour tout le monde ? Est-ce là ce que tu veux dire ? – C'est mon avis. » Comme on le voit, Socrate a simplement « oublié » dans ce nouvel exemple la nécessité du consensus, et Hermogène a « oublié » de la lui rappeler. Le voilà donc affublé d'une thèse qui n'a plus rien de « conventionaliste », et selon laquelle *chacun* peut nommer chaque objet comme il lui plaît. Thèse dès lors insoutenable à l'usage, et à quoi Socrate n'aura qu'à opposer la sienne pour obtenir l'acquiescement d'Hermogène, ou du moins son attention passive et quelque peu contrite.

Cette élimination expéditive de la dimension sociale du

langage et de sa fonction de communication laisse face à face deux termes désormais privilégiés de la relation linguistique : l'objet à nommer et le sujet nommant. Du même coup, l'activité linguistique se réduit à la fonction qui les unit, c'est-à-dire à l'*acte de nomination*. Toute tierce hypothèse exclue, cet acte ne pourra résulter que soit d'un caprice individuel du sujet, soit des propriétés caractéristiques de l'objet : « Est-ce en suivant son opinion particulière sur la façon dont on doit parler qu'on parlera correctement ? N'est-ce pas en se réglant sur la manière et les moyens qu'ont naturellement les choses d'exprimer et d'être exprimées par la parole, qu'on réussira à parler ? (…) Il faut donc nommer les choses suivant la manière et le moyen qu'elles ont naturellement de nommer et d'être nommées, et non comme il nous plaît[1] ».

Nous voici dès lors reconduits sur l'un des terrains favoris de la dialectique socratique-platonicienne, celui de l'activité et de la fabrication artisanale : nommer, c'est fabriquer un nom, le nom est un instrument de la relation entre l'homme et la chose, nommer est donc fabriquer un instrument. Cet instrument ne peut être efficace que s'il répond aux propriétés de l'objet, comme la navette doit répondre aux propriétés de la toile à tisser, selon qu'il s'agit de travailler le lin, la laine, ou tel autre matériau. La fonction de l'instrument, c'est-à-dire son rapport à l'objet auquel il s'applique, c'est-à-dire en dernière instance la nature de cet objet, détermine une forme idéale que le fabricant d'instruments doit réaliser en l'« imprimant » à une matière (le bois pour la navette, le fer pour la tarière, etc.). Transposons ce processus dans le domaine de la langue : la nature d'un objet détermine la forme idéale de l'instrument qui servira à le nommer : appelons cette forme le nom idéal, ou « idée du nom ». L'acte de nomination proprement dit, c'est-à-dire l'acte de fabrication du nom, consistera à *imprimer* cette forme idéale à la matière linguistique, c'est-à-dire aux « sons » et aux « syllabes » : « imprimer la forme de nom requise par chaque objet à des syllabes de n'importe quelle nature », « les yeux fixés sur le nom naturel de chaque objet, (…) en imposer la forme aux lettres et aux syllabes[2] », voilà le travail du fabricant de noms.

1. 387 c-d.
2. 390 a, e.

On voit donc que le caractère *naturel* et *nécessaire* de la relation entre le nom et l'objet ne fait pas pour autant de la nomination un acte facile et à la portée de tout un chacun. C'est un travail, c'est donc un *métier* que de faire un nom, et il y faut un artisan spécialisé, comme le menuisier pour la navette ou le forgeron pour la tarière : « ce n'est pas au premier venu qu'il appartient d'établir le nom, mais à un faiseur de nom *(onomatourgos)*[1] ». Mais en nommant (à son tour) l'onomaturge, nous n'avons fait qu'hypostasier une fonction sans préciser à qui elle revient, puisque l'onomaturgie n'est pas encore un métier (re)connu et répertorié. Qui donc est compétent pour faire des noms ? Ici intervient un petit sophisme secondaire, dont la thèse conventionaliste fera tous les frais : c'est à vrai dire un simple jeu sur le mot *nomos*, qui désigne à la fois l'usage et la loi. Hermogène n'a-t-il pas proclamé dès l'abord que le nom était affaire d'usage *(nomos)* ? Or l'usage lui-même, ou plutôt la loi *(nomos)*, n'est-ce pas l'affaire du législateur (nomothète) ? La nomination sera donc aussi l'affaire du législateur. Nous tenons maintenant notre artisan de mots – mais nous le tenons de loin, car il est d'une espèce qui ne court pas les rues : l'onomaturge, c'est le nomothète, c'est-à-dire la sorte d'artisans « qui se rencontre le plus rarement chez les humains ». Autrement dit, tout le contraire de ce « premier venu » *(pâs anèr)* que Mallarmé, en même propos ou presque, appellera (la traduction est littérale) « Monsieur Tout-le-Monde ». Cette exigence de compétence est réitérée plus loin avec une grande fermeté : « Cratyle a raison de dire que les noms appartiennent naturellement aux choses, et qu'il n'est pas donné à tout le monde d'être un artisan de noms[2]. » Cette dernière phrase, on le voit, lie étroitement, et sans voir dans cette liaison le moindre paradoxe, ces deux traits pour nous apparemment discordants : la naturalité du nom et la nécessité d'un onomaturge professionnel, tout comme le rejet du « premier venu » associe naturellement le signe « arbitraire » (conventionnel) à la médiocrité du tout-venant. C'est que tous les mots qui ne sont pas *le* mot juste *se valent* (Hermogène l'a reconnu), et donc que chacun d'eux est exactement n'importe lequel : n'importe quoi, à la

1. 389 a.
2. 390 e.

portée de n'importe qui. Le mot juste, au contraire, ou « nom naturel », est unique, difficile à découvrir, plus difficile encore à « imprimer » dans la matière sonore. Voilà pourquoi l'onomaturge n'est pas le premier venu, mais bien le dernier, cet oiseau rare, presque introuvable, qu'est le législateur compétent. Encore n'est-il pas infaillible, et nous en retrouverons plus loin la conséquence, qui n'est pas mince.

On est donc ici très loin du spontancisme folklorisant qui marquera (beaucoup) plus tard le mimologisme romantique : la langue « bien faite » n'est pas une création populaire, mais bien une affaire de *spécialistes* – presque d'initiés. Et cet esprit de spécialité que Nietzsche lui reprochera tant un jour, Socrate le pousse si loin que même l'« usager » de la langue, être anonyme et collectif par excellence, sera doublé, sinon évincé, par ce locuteur professionnel et qualifié qui est à l'onomaturge ce que le musicien est au facteur de lyres, ou le pilote au constructeur de navires, et naturellement le tisserand au fabricant de navettes : le dialecticien, à qui revient donc la tâche essentielle de diriger *(épistatein)* et de juger ou vérifier *(krinein)* le travail de l'onomaturge. Une sorte de contrôleur des mots, comme il y a ailleurs des contrôleurs des poids et mesures. On voit que la notion (à venir) de « compétence linguistique » fonctionne ici dans un sens typiquement restrictif. Si c'est un métier que de faire des mots, c'est en un aussi, à la limite, que de les utiliser – autrement dit : de parler.

Cette dernière équivalence paraîtra sans doute abusive : nommer[1] n'est pas le tout du langage, et Socrate prend bien soin de préciser, au contraire, que ce n'en est qu'une « partie » : *tou légein morion to onomazein*[2]. Mais ce n'est évidemment pas pour rien que cette partie est constamment prise pour le tout : la nomination est bien pour Socrate – et la défaite d'Hermogène est sans doute prescrite dans l'acceptation de ce point de départ[3] – l'acte de langage par excellence, une fois

1. Notons au passage l'ambiguïté de ce verbe, qui s'applique également, en français comme en grec *(onomazein)*, à la création du nom et à son utilisation ultérieure.

2. 387 c.

3. Il y a bien sûr quelque apparence de naïveté à traiter Hermogène et Cratyle comme de véritables interlocuteurs de Socrate à qui l'on reconnaît tel mérite ou telle faiblesse dialectiques, alors qu'en fait Platon les manipule à son gré comme faire-valoir de Socrate ; il faut donc prendre toutes les

celui-ci défini comme « un acte qui se rapporte aux choses », et qu'il faut régler sur « la manière et les moyens qu'ont naturellement les choses d'exprimer et d'être exprimées par la parole ». Tout se passe comme si le fait de reléguer la dimension sociale du langage et donc sa fonction « pragmatique » (au sens de Morris), conduisait inévitablement à négliger aussi sa fonction « syntaxique », soit très largement la langue comme système et la parole comme enchaînement et construction, et donc à le réduire à sa fonction *sémantique*, conçue comme relation exclusive entre le mot et la chose. Si parler est essentiellement *un acte qui se rapporte aux choses* – formule dont on ne soulignera jamais assez, après Horn[1], le caractère décisif et le poids de conséquences –, le langage devient nécessairement une collection de vocables dont toute la fonction s'épuise en s'atomisant dans un rapport de désignations ponctuelles : un mot, une chose, un mot, une chose, et ainsi de suite. Soit exactement ce que Saussure appellera dédaigneusement une *nomenclature*[2]. En effet, « collection de vocables » est encore trop dire : comme l'indique expressément son sous-titre, l'enquête du *Cratyle* ne porte pas même sur l'ensemble du lexique, mais seulement sur les « noms » *(onomata)*, c'est-à-dire les substantifs (et accessoirement ce que nous appelons adjectifs), à l'exclusion des verbes et des mots-outils. Ce choix n'est pas motivé, ni même explicité, et ce silence lui-même est sans doute significatif : car il va sans dire, et donc il va de soi que, tout comme « le mot » est le langage même, « le nom » est à son tour le vocable par excellence[3]. Il faudra attendre quelques siècles pour que s'articule un motif (qui n'est peut-être pas celui qu'occulte le *Cratyle*) : à savoir que seul le nom désigne un « objet » déterminé, concrètement assignable, avec lequel il puisse entretenir une relation naturelle, c'est-à-dire mimétique.

---

appréciations de ce genre comme de simples figures, par lesquelles le lecteur feint d'accepter le jeu de cette fiction dramatique qu'est aussi le dialogue platonicien.

1. Voir Méridier, p. 55, n. 1.
2. *Cours de linguistique générale*, p. 97.
3. Le champ lexical grec est ici un peu plus confus que le français : il n'existe pas de terme général correspondant à fr. *mot*, dont la place est tenue indifféremment par *onoma* et *rhèma* ; mais lorsqu'on les oppose l'un à l'autre, comme Platon le fait ici-même (425 a), *onoma* vaut pour « nom » et *rhèma* pour « verbe ».

Il y aurait certes beaucoup à dire sur le caractère « concret » du référent nominal, et l'on ne voit pas qu'il y ait moins d'abstraction dans *table* ou *mouvement* que dans *manger* ou *courir*. A la limite, le seul objet cratylien vraiment satisfaisant serait le nom propre, *Socrate, Cratyle, Hermogène*, en admettant qu'il s'applique bien exclusivement à un individu et un seul ; ainsi Proust, opposant les noms communs et les noms propres, appellera-t-il « mots » les premiers et « noms » les seconds (auxquels il réservera les spéculations cratyliennes de son héros), comme si « nom propre » signifiait aussi : *nom proprement dit*. Cette ultime réduction s'annonce dès la première page du dialogue, puisque le coup d'envoi en est bien une querelle sur la « justesse » des noms de Cratyle, de Socrate et d'Hermogène ; et qu'elle se confirme – mais je préférerais dire qu'elle s'annonce une deuxième fois – en ce second coup d'envoi qu'est le début de l'examen des dénominations homériques [1]. Nous verrons plus loin quelle signification porte ce statut privilégié, cette fonction exemplaire du nom propre, dans un dialogue dont on aimerait – en jouant sur une ambiguïté qu'évidemment il ignore – traduire ainsi le sous-titre : *de la propriété des noms*.

Apparemment, la thèse socrato-cratylienne – *socratylienne*, donc – est désormais articulée, et tout le reste du premier dialogue ne sera plus qu'une œuvre d'argumentation et d'illustration, où la « justesse des noms » serait démontrée, essentiellement par voie d'« étymologies », et accessoirement par des spéculations sur le symbolisme des sons. En fait, me semble-t-il, la fonction de cette suite (qui occupe d'ailleurs les trois quarts du texte) est beaucoup plus importante : non pas seulement démonstrative, mais proprement théorique, et comme telle essentielle à la définition du mimologisme platonicien – je veux dire, non pas le cratylisme de Cratyle, mais le cratylisme *du* Cratyle.

Pour l'instant, rappelons-le, cette thèse en est restée à son expression la plus rudimentaire, qui tient à peu près en trois mots : *justesse naturelle des noms*. En quoi consiste cette justesse ? En la fidélité du nom réel, incarné en sons et en syl-

1. 391 d.

labes, au nom idéal, ou nom « naturel ». Mais ceci, bien sûr, ne fait que repousser la question d'un cran : en quoi consiste donc la justesse du nom naturel ? Là-dessus, nous ne disposons encore que d'une indication toute provisoire et très incomplète : c'est cette idée que le nom est un outil, qui doit être adapté à l'objet auquel il s'applique.

Il y a là, notons-le, l'amorce d'une conception assez rare de la motivation linguistique : à savoir, une motivation non pas par analogie (le mot ressemblant à la chose) mais par adéquation instrumentale, et donc par une sorte de contiguïté causaliste ; bref, par métonymie et non par métaphore ; ou plus exactement : par un rapport métonymique qui peut se redoubler ou non d'une relation métaphorique, selon que l'on suppose ou non que l'instrument doit aussi ressembler à « son » objet. Amorce trompeuse, d'ailleurs, car nous verrons plus loin la relation instrumentale entièrement submergée par la relation mimétique, comme si la seule adéquation possible du signifiant au signifié consistait à lui ressembler.

La définition socratique de la « justesse » reste donc largement ouverte, et comme indéterminée. Elle va maintenant se préciser sous deux aspects apparemment fort distincts, dont l'un s'applique en principe aux noms composés et dérivés *(hustata onomata)* et l'autre aux noms simples, considérés comme primitifs *(prôta)*. Le premier se révèle en une série de ce qu'il est traditionnellement convenu de nommer des « étymologies ».

L'emploi de ce terme est propre à engendrer bien des malentendus, et il n'y a pas manqué. Si l'on entend par là la recherche de l'origine réelle d'un mot[1], il est clair, ou du moins il devrait l'être, que les « étymologies » du *Cratyle* ne sont pas des étymologies. Rappelons que le terme est absent

1. Todorov (« Introduction à la symbolique », *Poétique* 11, p. 289-292) distingue quant à lui les « étymologies de filiation » (c'est le sens courant), du type *cheval* < *caballus*, et les « étymologies d'affinité », du type *sôma-sèma* ; la raison invoquée pour comprendre ce genre de rapprochements dans la notion d'étymologie est que « autant que la parenté, l'étymologie s'est préoccupée, dans le passé tout au moins, des rapports d'affinité », et qu'au XIXe siècle on les a désignés du nom d'« étymologies populaires ». Cet argument me semble un peu sophistique : à ce compte, la pierre philosophale pourrait passer pour un objet légitime de la chimie moderne. C'est oublier surtout que pour les « étymologistes » d'autrefois les rapprochements « d'affinité » passaient bel et bien pour des filiations. De même l'« étymologie populaire » est bien le plus souvent une filiation naïve.

du dialogue comme de toute l'œuvre de Platon[1], ce qui n'est certes pas une preuve suffisante. La « fausseté » historique de la plupart de ces « étymologies » (cent vingt sur cent quarante selon Méridier) n'indique pas non plus grand-chose sur leur véritable fonction : il va de soi qu'une filiation aujourd'hui controuvée pouvait être alors reçue comme telle, et nous verrons d'ailleurs que l'exploitation socratique pourrait s'appliquer aussi bien à des filiations « justes ». En revanche, la présence d'« étymologies » multiples, comme celles de *psukhè* ou d'*Apollon*[2], indique assez clairement que l'intention de Socrate n'est pas ici d'établir des filiations historiques : la « surdétermination » dont parle Todorov est incompatible avec la visée étymologique au sens moderne[3]. Quelle est donc la véritable fonction des prétendues « étymologies » socratiques ?

Avant de (et pour) répondre à cette question, il n'est peut-être pas inutile de regarder de près en quoi elles consistent.

La plupart d'entre elles sont à proprement parler des *analyses* de mots, de ces « analyses syntagmatiques » *(dix-neuf = dix + neuf, cerisier = cerise + ier)* dont Saussure[4] fera les révélateurs de la motivation relative. Exemple typique : *alèthéia* (vérité) = *alè théia* (course divine). Le mot est ici[5] rigoureusement traité comme un composé, dont l'analyse dégage les composants pour expliciter sa signification. Bien entendu, les cas de composition aussi pure, sans excédent ni déficit ni distorsion, sont très rares ; mais on rangera dans la même catégorie, malgré leur moindre pureté, les décompositions comme *Dionysos = didous oinon* (qui donne le vin), *Pelops = pélas opsis* (courte vue), *Agamemnon = agastos épi-*

1. Selon Bailly, il apparaîtra seulement chez Denys d'Halicarnasse.
2. *Psukhè* (l'âme) est expliqué successivement par *anapsukhon* (rafraîchissant) et par *ékhei phusin* (maintient la nature) (399 d-480 b). *Apollon* par *apolouôn* (purificateur), *haploun* (véridique), *aei ballôn* (archer infaillible) et *homopolôn* (auteur du mouvement simultané) (405 c-406 a).
3. Ou plutôt au sens de l'étymologie historique du XIXe et du début du XXe siècle : « chaque mot, disait ainsi Max Müller, ne peut avoir qu'une étymologie, comme chaque être vivant ne peut avoir qu'une seule mère » (*Nouvelles Leçons*, II, 1863, p. 139). Un Guiraud ou un Zumthor en jugent un peu différemment aujourd'hui et prennent davantage en considération des phénomènes de collusion – qui restent en tout état de cause accidentels et sans rien de commun avec la surdétermination organisée du *Cratyle*.
4. *Cours*, p. 191.
5. 421 b.

monè (admirable de persévérance), *phronèsis* (pensée) = *phoras noèsis* (intelligence du mouvement), voire *tekhnè* (art) = *ékhonoè* (possession de la raison), dont Socrate souligne lui-même le caractère « laborieux », comme dit Hermogène, en reconnaissant qu'il faut, pour identifier les composants, « ôter le *t* et insérer un *o* entre *kh* et *n*, et un autre entre *n* et *è*[1] ». La raison de ces déformations est essentiellement, pour Socrate, une sorte d'esthétisme de mauvais goût qui pousse les locuteurs à enjoliver les mots primitifs en ôtant ou en ajoutant des lettres, jusqu'à les rendre méconnaissables : l'idée d'une évolution phonétique aveugle et involontaire lui est aussi étrangère que celle d'une création linguistique anonyme et collective.

Ces analyses syntagmatiques prennent parfois une telle extension que l'on pourrait hésiter à leur conserver ce titre. Ainsi de *sôphrosunè* (sagesse) = *sôtèria phronèséôs* (conservation de la pensée), ou *anthrôpos* = *anathrôn ha opôpé* (qui examine ce qu'il a vu), *aiskhron* (laid) = *aei iskhon ton rhoun* (qui arrête toujours le cours), ou *Sélènè* = *sélas aei néon te kai hénon* (éclat toujours à la fois nouveau et ancien[2]). Ces analyses développées constituent en effet de véritables gloses, ou si l'on veut des *paraphrases* où le mot-thème, comme l'hypogramme saussurien, se déploie et s'anamorphose en disséminant et en multipliant ses éléments comme dans un miroir brisé. Nous retrouverons cette pratique beaucoup plus tard, et (en principe) dans un tout autre champ.

Le principe de l'analyse, qui consiste à découvrir l'interprétant à l'intérieur de l'interprété, était ici étiré jusqu'à ses limites extrêmes, mais il était sauvegardé. Il est pour ainsi dire retourné dans cette sorte de dérivation inverse qui explique le nom *hôraï* (saisons) par le fait que les saisons « délimitent *(horizein)* les hivers et les étés, les vents et les fruits de la terre[3] » – comme on dirait que le printemps s'appelle ainsi parce qu'il est printanier. Il n'a plus rien à faire dans des motivations par paronymie comme celles-ci : « *gunè* (femme) me paraît vouloir dire *gonè* (génération) », « *boulè* (volonté) désigne *bolè* (jet) », *hèmèra* (jour) expliqué par

1. 406 a, 395 c, b, 411 d, 414 b.
2. 412 a, 399 c, 416 b, 409 b.
3. 410 c.

himérô (désirer)[1], ou, fameuse entre toutes pour d'autres raisons, l'étymologie de *sôma* (le corps). Celle-ci est double, et même triple, mais d'une manière assez curieuse. Rappelons-en le texte : « Certains le définissent le *tombeau (sèma)* de l'âme, où elle se trouverait présentement ensevelie ; et, d'autre part, comme c'est par lui que l'âme exprime ses manifestations, à ce titre encore il est justement appelé *signe (sèma)* d'après eux. Toutefois, ce sont surtout les Orphiques qui me semblent avoir établi ce nom, dans la pensée que l'âme expie ses fautes pour lesquelles elle est punie, et que, pour la *garder (sôzètai)*, elle a comme enceinte ce corps qui figure une prison ; qu'il est donc, suivant son nom même, le *séma* (la *geôle*) de l'âme, jusqu'à ce qu'elle ait payé sa dette, et qu'il n'y a point à changer une seule lettre[2]. » Comme on le voit, *sôma* est d'abord expliqué par *sèma*, mais cette explication elle-même est « surdéterminée[3] » et susceptible de deux interprétations, du fait de la polysémie de *sèma* : tombeau et signe (en fait, bien sûr, tombeau parce que signe), deux sens qui conviennent l'un et l'autre à la définition du corps ; à cette particularité près, nous sommes ici, exactement comme avec *gunè-gonè* ou *boulè-bolè*, en présence d'une simple paronymie. Le cas de *sôma-sôma* est plus subtil : il s'agit apparemment d'une motivation par homonymie, cas limite de la paronymie ; encore faut-il ajouter que *sôma* (geôle) est (du moins à ma connaissance) une pure fiction

1. 414 a, 418 c.
2. 400 c. Cf. *Gorgias*, 493 a.
3. Au sens strict en l'occurrence, puisque c'est la *même* « étymologie » qui s'explique de deux façons à la fois, tandis que le rapprochement *sôma-sôma* propose une autre détermination. On pourrait illustrer cette nuance par une formule comme celle-ci :

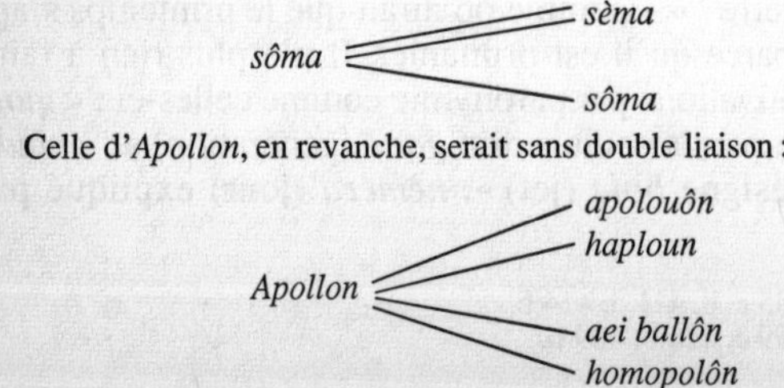

Celle d'*Apollon*, en revanche, serait sans double liaison :

lexicographique, dont la fonction est ici de matérialiser en quelque sorte l'« affinité » *sôma* (corps) – *sôzein* (garder) par une analyse implicite *sôma* = **sôzèma*.

On voit donc que les « étymologies » socratiques consistent en des manipulations lexicales assez diverses dans leur procédé, que la description la plus réductrice ne peut ramener à moins de deux classes : analyse et paronymie ; et cette duplicité de structure, nous le verrons, n'est pas sans importance. En revanche, un trait leur est commun à toutes, quels que soient les moyens mis en œuvre – trait commun qui suffit à justifier leur présence dans un dialogue sur la « justesse » des noms : c'est leur fonction de *motivation*.

L'emploi de ce terme exige ici une explication, ou du moins une précision : ordinairement, quand on parle de motivation du signe, que ce soit, comme Saussure, pour la nier, ou, comme Jespersen, pour l'affirmer (fût-ce partiellement), on pense à une relation directe entre signifié et signifiant, de type onomatopéique, comme dans *cocorico* ou *patatras*. De toute évidence, il n'y a rien de tel dans les étymologies socratiques. Mais on peut aussi envisager une motivation indirecte, dont les « motivations relatives » selon Saussure *(dix-neuf, poir-ier)* ne sont qu'un cas particulier. Comme on l'a toujours remarqué, il n'y a là, bien sûr, qu'un déplacement de l'« arbitraire », puisque, si *dix-neuf* est « motivé » par son analyse en *dix* + *neuf*, ses deux composants restent sans relation naturelle avec leurs signifiés respectifs ; et l'on en dira évidemment autant d'une analyse telle qu'*alèthéia* = *alè* + *théia*. Platon n'ignore nullement cette difficulté, et nous verrons plus loin avec quelle rigueur, peut-être excessive (peut-être sophistique), Socrate pose le problème, et l'exigence d'une motivation directe en dernière instance des mots dits « primitifs », c'est-à-dire élémentaires.

Mais cette exigence différée ne doit pas faire méconnaître la valeur spécifique de la motivation indirecte, « dans son ordre » et selon les critères qui lui sont propres. La question posée, ne l'oublions pas, est celle de la « justesse des noms », et l'on risquerait fort de trahir cette notion en prétendant la traduire immédiatement en termes de relation mimétique directe entre signifiant et signifié. Si l'on veut percevoir le véritable sens de la question, il faut la replacer sur son terrain, dans son contexte originel, celui des premières répliques du dialogue, qui portent sur les noms de Socrate, de Cratyle et d'Hermogène. Il apparaît alors que la plus juste formulation en est, formulation plus modeste et plus familière, quelque chose comme : « les noms sont-ils bien choisis ? », ou mieux : « qu'est-ce qu'un nom bien choisi ? ». Il apparaît en même temps, ou plutôt du même coup, que le terrain d'origine de la question et sa *base de départ*, ce sont les noms propres : ce n'est qu'à partir d'une problématique de la *justesse* (ou *propriété*) *des noms propres* que l'on peut comprendre la problématique générale de la justesse (indirecte) des noms, car la seconde n'est qu'une extension, ou plutôt une extrapolation de la première.

Revenons donc à ce point de départ. Un nom propre, comme chacun le sait, n'a en principe aucune « signification », mais seulement une fonction de désignation. *Hermogène* est un agrégat sonore qui désigne, ou plutôt qui *sert à désigner* l'individu (supposons-le unique) qui « porte » ce nom. Cette fonction est admise par tous, et Cratyle lui-même, par exemple, sait fort bien de qui il s'agit quand on prononce ce nom. Mais un autre point est maintenant de savoir *pourquoi* Hermogène s'appelle *Hermogène* : autrement dit (nous allons voir à l'instant la raison de cette équivalence), de savoir si ce nom est bien le « vrai nom » d'Hermogène – c'est-à-dire, s'il est bien choisi (ou bien porté), s'il convient à la personnalité de celui qui le porte, comme par exemple ceux de Socrate et de Cratyle. C'est ce que Cratyle conteste formellement en l'occurrence : « Ton nom n'est pas Hermogène, même si tout le monde te le donne. » Il refuse d'ailleurs de motiver cette contestation, mais Socrate le fera pour lui (comme tout le reste) : « peut-être pense-t-il que tu échoues dans tes efforts pour acquérir la fortune. » Hermogène est pauvre ; or, selon l'analyse, son nom signifie : « de la race d'Hermès (dieu de la richesse) ». Transposons lourdement : cet homme pauvre s'appelle M. Leriche, ce nom n'est donc pas *juste* (or, pour Cratyle, tous les noms sont justes, donc celui-ci n'en est pas un). En revanche, et pour abandonner ce cas de discordance tout à fait exceptionnel, le nom *Astyanax* convient au fils d'Hector, celui de *Dionysos* convient au dieu du vin, parce que l'analyse révèle que le premier signifie « prince de la ville » et le second, comme nous le savons déjà, « donneur de vin ». Autrement dit : en plus de sa fonction de désignation, on peut découvrir au nom propre une véritable signification, que révèle la procédure « étymologique », et sa justesse consiste exactement en un accord de convenance entre désignation et signification (entre désigné et signifié), la seconde venant en quelque sorte redoubler, conforter, confirmer la première : en un mot, la *motiver* en lui donnant un *sens*. Je ne sais toujours pas pourquoi Hermogène s'appelle *Hermogène*, et je ne le saurai jamais, puisque ce nom ne lui convient pas, ce qui le prive de tout *motif* – la motivation par antiphrase n'entrant pas (encore) dans le système ; mais je sais pourquoi Dionysos s'appelle *Dionysos* : c'est parce que ce nom lui convient.

Un tel nom, c'est évidemment par excellence celui qui a été *choisi* tel – c'est-à-dire le *surnom* : en grec, « éponyme » *(éponumon)*. D'où ce concept capital, bien qu'il n'apparaisse qu'une seule fois dans le texte et comme à la sauvette (et pas du tout dans la traduction Méridier, qui l'escamote impardonnablement), de l'*éponymie* du nom *(hè tou onomatos éponumia)*[1]. L'éponymie d'une personne, c'est le fait qu'elle porte un surnom ; l'*éponymie du nom*, c'est sa valeur de surnom, c'est l'accord de sa désignation et de sa signification, c'est sa motivation indirecte. Par extension, nous dirons que l'éponymie comme « science » (comme on dit la toponymie), c'est la recherche de ce type de motivation. C'est donc le fait, devant un nom propre dont on sait déjà *qui il désigne*, de se demander en outre *ce qu'il veut dire*, et d'enregistrer – ou d'imaginer – l'accord de ces deux fonctions, que Jean Bollack nomme respectivement « deictique » et « épideictique »[2]. C'est, comme le dit fortement, cette fois-ci, la traduction Méridier à propos du nom de Zeus, le fait de lire le nom comme une véritable « définition[3] ». Nous tenons maintenant le terme qui nous manquait depuis quelques siècles pour substituer au maladroit « étymologies », et nous n'avons pas eu à le chercher bien loin : *car les « étymologies » du* Cratyle *étaient des éponymies, voyez-vous.*

1. 395 b. Pour d'autres occurrences du mot, voir *Parménide*, 131 a, *Sophiste*, 225 d, *Phédon*, 238 a.
2. « L'en-deçà infini », *Poétique* 11, p. 310.
3. « Le nom de *Zeus* est à proprement parler comme une définition » (396 a). *Atekhnôs gar estin hoion logos to tou Dios onoma.*

Comme on le sait, presque toute la première série porte effectivement sur des noms propres : noms de héros homériques, noms de dieux. Mais la suite portera sur des phénomènes naturels et des notions morales, et dès avant les noms de dieux s'étaient déjà glissés des mots comme *anthrôpos, psukhè, sôma.* De fait, si la *question de l'éponymie* est née sur le terrain privilégié (favorable) du nom propre, elle ne prend toute sa valeur et toute son importance qu'à pouvoir se transposer ensuite, ou transplanter, sur le terrain plus difficile, mais plus vaste, et donc plus significatif, des noms « communs ».

Plus difficile, bien sûr, en ceci que le nom commun, au moment où je lui applique la recherche éponymique, est déjà très officiellement pourvu d'une signification. *Sôma* signifie « le corps », tout le monde sait cela, et si vous le prenez ainsi, tout est dit. Je ne le prendrai donc pas ainsi : de même que j'ai traité les noms propres comme des surnoms, je vais traiter ce nom commun (et tous les autres) comme un nom propre, en *suspendant* en quelque sorte sa signification, que je traiterai comme une simple désignation : *sôma* sert à désigner le corps, soit, mais d'autre part, *que veut dire sôma ?* Pour le savoir, je lui applique une procédure éponymique : par exemple, l'« étymologie d'affinité » *sôma-sèma* ; je trouve donc que *sôma*, qui désigne le corps, veut dire « signe » et « tombeau » ; et puisque le corps est à la fois le signe et le tombeau de l'âme, je conclus que ce nom de *sôma* est juste et bien trouvé pour le désigner, comme *Dionysos* pour désigner le dieu du vin ; ou bien (aussi bien), je lui en applique une autre : *sôma* = **sôzèma*, et comme le corps est aussi la prison de l'âme, voilà un mot deux et trois fois bien choisi. Dans une telle perspective, il va de soi, la « surdétermination » de l'éponymie est non seulement acceptable, mais encore bienvenue : si un « objet » présente plusieurs traits caractéristiques, son nom sera d'autant plus juste qu'il « signifiera » le plus grand nombre de ces traits. Il va de soi également que la « vérité » ou la « fausseté » historiques (à nos yeux) du rapprochement proposé n'affecte en rien son efficacité éponymique : chacun « sait » aujourd'hui qu'*alèthéia* ne s'analyse pas en « course divine », mais en « dé-voilement » (*a-lèthéia)* ; mais chacun sait aussi que cette étymologie « vraie » peut *faire éponymie* tout aussi bien que la fausse ; et qu'elle n'y a pas manqué ; quel que soit le découpage, *alèthéia* est un surnom bien formé.

La fonction éponymique des « étymologies » socratiques justifie encore (pour l'instant) un autre trait, qui est leur caractère nécessairement *indirect*. La fonction de l'éponymie est de donner un sens à un nom qui est censé n'en pas avoir, c'est-à-dire de trouver en lui un ou deux noms cachés, eux par hypothèse pourvus de sens ; ou, en termes proustiens, de trouver les *noms* cachés dans les *mots*. L'imposition du sens à un signe purement désignatif, ou traité comme tel, passe inévitablement par le relais d'un autre signe (traité, lui, comme *significatif*), que l'on *reconnaît* dans le premier. Transformer en signification la désignation *sôma* : « corps », c'est passer par la chaîne d'affinités : *sôma-sèma*-« tombeau »-« corps », grâce à laquelle, par le détour nécessaire *sèma*-« tombeau », j'établis une relation d'affinité (de justesse) jusqu'alors introuvable entre *sôma* et « corps ».

Arrivée à ce point, la démarche bute inévitablement sur la difficulté déjà entrevue à propos de la motivation relative selon Saussure (celle de l'arbitraire des signes composants), mais qui se formule maintenant de façon un peu différente. L'utilisation de la chaîne *sôma-sèma*-« tombeau »-« corps » est évidemment un sophisme, ou plus exactement un tour d'escamotage, dans lequel la présence des deux affinités *sôma-sèma* et « tombeau »-« corps », c'est-à-dire entre les deux noms d'une part et entre les deux « choses » de l'autre, a pour effet de détourner l'attention du maillon central, c'est-à-dire de la relation *sèma*-« tombeau », dont rien jusqu'à maintenant n'a démontré le caractère signifiant, c'est-à-dire motivé, bref la « justesse ». Ce maillon est une pure illusion, au sens technique du terme ; c'est le vide central que dissimule la plénitude latérale ; et c'est encore, et toujours, le gouffre infranchi qui sépare les signifiants des signifiés.

Resterait donc, une fois perçue cette faille, à motiver à son tour (à *justifier*) la relation *sèma*-« tombeau ». Ce ne serait sans doute pas très difficile, et nous avons sous la main tout ce qu'il y faut, puisque nous savons que *sèma* signifie aussi, précisément, le « signe », et rien n'est plus simple (et, en l'occurrence, plus « vrai ») que d'interpréter le tombeau comme le signe *(monumentum)* du mort qu'il abrite, et donc d'établir une nouvelle chaîne *sèma-sèma*-« signe »-« tombeau ». Mais voici de nouveau un maillon pourri : c'est la relation *séma*-« signe » : l'emblématique arbitraire du mot *signe*. Resterait donc à le justifier à son tour, etc.

On l'a évidemment compris : la difficulté de la motivation éponymique, c'est son *infinie* facilité. Procédure facile, avec un peu de complaisance bien sûr (car qu'est-ce, au juste, qu'un « tombeau de l'âme » ?), mais proprement interminable : chaque mot est rapporté à un autre, et ainsi de suite, jusqu'à l'inévitable (puisque le lexique, lui, est fini) retour au point de départ. Démarche circulaire et dérisoire, comme dans les mauvais dictionnaires – et que l'on pourrait, sans trop d'injustice, symboliser par une dernière éponymie, apocryphe mais attendue : c'est la chaîne *sèma-sôma*-« corps »-« signe », qui se lit ainsi : le mot *sèma* (signe) est juste parce que le signe *(sèma)* est le corps *(sôma)* du sens. Après la navette, nous voici au rouet.

Platon, je l'ai dit, a vu le piège. Il a aussi trouvé l'échappatoire : c'est le passage de la motivation indirecte à la motivation directe, c'est-à-dire au symbolisme des sons.

C'est Hermogène, pour une fois, qui présente l'objection décisive. Interrompant brusquement la série des éponymies (non sans rendre hommage à leur « vaillance »), il défie Socrate de rendre compte de mots précédemment utilisés comme médiateurs de motivation, tels que *iôn* (ce qui va), *rhéôn* (ce qui roule), *doun* (ce qui enchaîne [1]). Socrate indique d'abord, et seulement pour le rejeter, un « expédient » facile qui consisterait à briser ici la course éponymique en refoulant ces mots dans les ténèbres de l'origine barbare, où toute éponymie devient impossible. Cet expédient, à vrai dire, n'est pas seulement indigne, il est inefficace, puisqu'il permet seulement d'interrompre la quête, mais non d'en atteindre le but. Procédure, donc, illégitime : « Les excuses ne me paraissent pas recevables en la cause, et il faut s'efforcer d'examiner les choses à fond. Réfléchissons donc : suppose que les locutions qui servent à former le nom fassent chaque fois l'objet d'une question, et qu'à leur tour les parties dont les locutions sont formées suscitent une enquête, et ainsi de suite sans répit. Celui qui répond ne doit-il pas nécessairement finir par quitter la place ? – C'est mon avis. – A quel moment celui qui quitte

1. 421 c.

la place aura-t-il le droit de s'arrêter ? N'est-ce pas quand il en sera à ces noms qui sont, pour ainsi dire, les éléments du reste, phrases et noms ? Car ceux-là ne doivent plus apparaître comme composés d'autres noms, s'il en est ainsi. Voilà par exemple *agathon* (bien) : nous le disions tout à l'heure composé de *agaston* et de *thoon* ; le mot *thoon*, nous pourrions sans doute le tirer de noms différents, et ceux-là, d'autres encore. Mais si nous venons à prendre ce qui n'est plus composé de noms différents, nous aurons le droit de dire que nous sommes arrivés à un élément, et que nous ne devons plus le rapporter à d'autres noms. – Ton idée me semble juste. – Les noms sur lesquels porte en ce moment ta question sont-ils donc élémentaires, et faut-il par suite un autre procédé pour examiner quelle en est la justesse ? – C'est probable. – Oui, c'est probable, Hermogène. En tout cas, tous les noms précédents semblent se ramener à ceux-là. » (Et quelques pages plus loin :) « Si de quelque façon l'on ignore en quoi consiste la justesse de ces noms primitifs, il est bien impossible de connaître celle des dérivés, qui s'expliquent nécessairement par les premiers, dont on ne sait rien. Qui se dit compétent sur les derniers doit évidemment pouvoir fournir l'explication la plus complète et la plus nette des noms primitifs, ou bien se persuader que sur les dérivés il ne dira dès lors que des sornettes[1]. »

L'issue légitime consiste donc, pour Socrate, à poser que toutes les éponymies qui précèdent – et toutes celles, innombrables, qu'elles représentent – nous conduisent à des éléments *(stoikhéia)* ou noms premiers *(prôta onomata)* indécomposables, et sur lesquels le mouvement éponymique s'arrête donc de lui-même. Ce *donc* suppose que le mouvement en question consiste rigoureusement et exclusivement en procédures d'analyse, et là est le sophisme (peut-être inconscient), car nous avons bien vu qu'il n'en va pas ainsi, et que par conséquent rien n'empêche – et rien ne dispense – de reprendre la course à partir de *rhéon* ou de *doun*, comme Socrate envisage de le faire à partir de *thoon* – et comme il l'a déjà fait à partir de *théoi*[2]. Mais cette objection-là, Hermogène, comme fasciné

1. 422, 426.
2. *Théos* (« composant » d'*alèthéia*) est rapporté en 397 d à *théin* (courir). Ce qui, soit dit en passant, donnerait à *alèthéia* valeur de tautologie : « course courante ». Pourquoi pas ?

par les proclamations d'exigence de son interlocuteur (les excuses ne sont pas recevables, j'irai au fond des choses, etc. : le grand jeu de manchettes), ne la fera pas, et il serait un peu tard aujourd'hui pour la faire. Il sera donc entendu que les mots « derniers » renvoient « tous » à des mots « premiers », et que – comme s'il n'avait été question jusqu'ici que d'analyser – ces mots premiers sont bien des *éléments* de langage, c'est-à-dire des monèmes « au-delà » desquels on ne trouvera plus que « des syllabes et des lettres » : bref, que nous sommes, par le jeu même de l'« analyse » éponymique, irrésistiblement (et fort heureusement) expulsés du circuit éponymique et lancés malgré nous dans une symbolique d'un tout autre ordre, enfin capable de jeter un pont entre signifiés et signifiants – entre « corps » et *sôma* –, entre les choses et, non plus des mots, ce qui est bien difficile, mais des *sons*. A la question peut-être insoluble de la « justesse des noms » se substitue soudain celle, peut-être plus facile, de la justesse des *sons*, autrement dit de la *mimésis phonique* : « Il paraîtra sans doute risible, Hermogène, d'expliquer les choses par les lettres et les syllabes qui les imitent. Cependant c'est une nécessité, car nous n'avons rien de mieux à quoi nous référer pour la vérité *(alèthéia)* des noms primitifs[1]. »

Socrate, on le voit, prend bien soin de marquer la *nécessité* du passage, comme si cette nécessité en atténuait la rudesse (quant à son efficacité, on voit qu'elle n'est nullement garantie : « nous n'avons rien de mieux... » ; nous retrouverons un peu plus loin, et aussi beaucoup plus loin, cette question, la plus importante de toutes) ; il précise encore que le caractère de la « justesse », qui est de « faire voir la nature de chaque être », « doit se trouver *au même degré* dans les noms primitifs et dans les noms dérivés[2] », comme si cette égalité quantitative pouvait, de son côté, atténuer la différence qualitative des procédés. Malgré ces précautions, nous entrons ici dans une problématique toute nouvelle, et dont Socrate accuse involontairement la nouveauté en imposant à sa démonstration un détour par une forme non linguistique (et non vocale)

1. 425 d.
2. 422 d.

de la mimésis, la mimique gestuelle : « Si, à défaut de voix et de langue, nous voulions nous représenter les choses les uns aux autres, n'essaierions-nous pas, comme le font en réalité les muets, de les indiquer avec les mains, la tête et le reste du corps ? (...) C'est ainsi, je pense, que le corps serait un moyen de représenter, en mimant, semble-t-il, ce qu'il voudrait représenter. Mais puisque c'est de la voix, de la langue et de la bouche que nous voulons nous servir pour représenter, n'obtiendrons-nous pas la représentation de chaque chose, celle qui s'acquiert par ces moyens, quand nous les appliquerons à mimer n'importe quoi ? Ainsi, le nom est, semble-t-il, une façon de *mimer par la voix (mimèma phônè)* ce que l'on mime et nomme, quand on se sert de la voix pour mimer ce qu'on mime[1]. » La mimésis verbale est donc une sorte de transposition vocale des moyens propres à la mimésis gestuelle : c'est une *mimique vocale*, dont la définition, et la description même, exige un détour par la mimique « proprement dite », comme si l'instrument de la parole était ici hors de son rôle ou de son registre, jouant une partition qui n'est pas exactement la sienne. Cette difficulté et cette adaptation nécessaires ne seront pas sans conséquences sur la position finale de Socrate dans ce débat : nous les retrouverons à leur place.

Elles seront d'autant plus graves, peut-être, que Socrate ne s'abstient pas, dès maintenant, d'élever quelque peu la barre en posant une exigence supplémentaire à laquelle « Hermogène » n'eût apparemment point songé lui-même. *Mimèma phônè*, cette formule déjà complexe et paradoxale (qui pourrait encore se traduire par quelque chose comme *portrait vocal*), ne le satisfait pas, car elle s'appliquerait aussi bien à la simple imitation (vocale) du bruit que font les choses, comme chez « ces gens qui imitent les brebis, les coqs et les autres animaux ». Cette imitation-là, bien d'autres s'en contenteront avec délices, sous le nom d'*onomatopée*. Mais pour Socrate, le bruit que font les choses, comme leur couleur, n'est qu'une manifestation superficielle de leur être ; la parole doit viser plus haut : imiter non la vaine apparence, mais l'essence *(ousia)* de l'objet. D'autre part, la pure « image vocale », imitation d'un son par la voix, relèverait

1. 423 b.

plutôt de la musique que de la parole. Tout son vocal n'est point parole : il ne mérite ce titre que s'il répond à une spécification particulière – qui préfigure à sa façon [1] la distinction à venir entre phonique et phonématique – : parmi les sons vocaux, seuls appartiennent à la parole ceux que Socrate baptise « lettres et syllabes » *(grammata té kai sullabai).* L'emploi du mot « lettre » là où l'écriture n'est en principe nullement impliquée ne doit pas méprendre : nous verrons que c'est bien aux sons articulés que pense Socrate ; mais il ne doit pas non plus surprendre : le fait de pouvoir être désigné par une lettre est précisément (et surtout dans un alphabet aussi rigoureux que le grec ancien) le critère empirique le plus sûr de la phonématicité d'un son, c'est-à-dire (pour l'instant) de son appartenance à la langue [2]. Double exigence, donc, et double restriction : côté signifié, la parole n'imitera pas n'importe quoi, mais seulement l'essence de l'objet, côté signifiant, elle n'imitera pas par n'importe quel son, mais seulement par des phonèmes. La formule : *mimique vocale* devient donc : *imitation de l'essence de chaque objet au moyen de lettres et de syllabes* [3]. Telle sera la définition socratique du « nom premier », ou nom simple, terme ultime de l'analyse onomastique.

Mais non pas de l'analyse sémiotique en général, puisqu'il s'agit en fait de passer d'une sémantique des vocables à une sémantique des sons de la langue. C'est donc ici la première tentative connue (ou du moins conservée [4]), dans

1. Mais à sa façon seulement, nous y reviendrons plus tard. L'emploi, d'ici là, du terme *phonème* ne devra pas être entendu dans un sens rigoureusement phonologique, c'est-à-dire comme pure abstraction, mais plus grossièrement comme élément phonique de la langue ; de même, *graphème* désignera, comme *lettre*, un élément de l'écriture.

2. En fait, à *une* langue – mais considérée ici, selon l'habitude grecque, comme la seule digne de ce nom. Aristote propose sous une autre forme le même critère dans sa définition de l'élément phonique *(stoikhéion)* : « L'élément est un son indivisible non pas n'importe lequel, mais celui qui de sa nature entre dans la formation d'un son composé ; car les bêtes aussi émettent des sons indivisibles, que je n'appelle pas éléments » (*Poétique*, 1456 b).

3. 423 e.

4. Selon Goldschmidt (p. 151), ce tableau « n'est certainement pas une invention de Platon. On pourrait mettre en avant les noms de Démocrite et d'Hippias qui, tous deux, avaient étudié les lettres isolées ». Mais Démocrite passe d'autre part, selon Proclus, pour un tenant de la thèse conventionaliste.

notre tradition culturelle, d'un tableau du symbolisme phonétique. A ces éléments *(stoikhéia)* de son doivent correspondre autant d'éléments de sens, qui seront ensuite groupés ou non selon qu'il faudra nommer des objets complexes ou élémentaires : telle est l'idée qui gouverne implicitement tout ce passage[1], et que vise peut-être explicitement cette phrase un peu énigmatique : « Quand nous aurons fait ces distinctions (côté phonèmes, entre voyelles, "muettes" et semi-consonnes), il nous faut, à leur tour, distinguer correctement tous les êtres qui doivent recevoir des noms, en cherchant s'il est des catégories auxquelles ils se ramènent tous, comme les éléments, et d'après lesquels on peut à la fois les voir eux-mêmes et reconnaître s'il existe en eux des espèces comme dans les éléments. » Il ne s'agirait apparemment que de *classer* les signifiés comme on a classé les signifiants phoniques, mais une telle classification ne peut aller sans un rudiment d'analyse : dégager les traits communs à tous les « êtres » naturellement exprimés par des voyelles, par des consonnes, etc. Cette voie, en fait, ne sera pas vraiment suivie[2], et le tableau, d'ailleurs incomplet, ne tiendra aucun compte de la classification phonétique esquissée, qui restera donc sans fonction sémantique. Rappelons l'essentiel des valeurs proposées par ce tableau (je respecte l'ordre, ou le désordre, du texte) :

– *r* : mouvement. Exemples : *rhéin* (couler), *rhoè* (courant), etc. « Tous ces mots-là, en général (l'auteur des noms) les rend expressifs au moyen du *r* : il voyait, je suppose, que c'est sur cette lettre que la langue s'arrête le moins et vibre le plus. »

– *i* : légèreté et capacité à traverser toutes choses. Exemples : *iénaï* (aller), *hiesthaï* (s'élancer).

– *ph, ps, s. z* : aspiration, souffle, agitation. Exemples : *psukhron* (froid), *séiesthaï* (s'agiter). Tous ces phonèmes comportent en effet une « aspiration ».

– *d, t* : enchaînement *(desmos)*, arrêt *(stasis)* : ces articulations « compriment la langue ou appuient sur elle ».

1. 424-427.

2. Dans le *Cratyle* même, s'entend ; on trouvera chez Court de Gébelin une tentative pour attribuer une signification générique aux voyelles (sensations) et aux consonnes (idées).

– *l* : lisse *(léion)*, glisser *(olisthanein)*, onctueux *(liparon)*, collant *(kollôdès)* : « la langue glisse particulièrement sur le *l* ».

– *gl* : visqueux *(gliskhron)*, poisseux *(gluku)*, gluant *(gloïôdès)* : le glissement lingual du *l* est arrêté par l'effet du *g*.

– *n* : intériorité : *endon* (dedans), *entos* (intérieur) : caractère « interne » de l'articulation du *n*.

– *a* et *è*, voyelles longues : grandeur : *méga* (grand), *mèkos* (longueur).

– *o* : rondeur. Exemple : *gongulon* (rond).

Ce tableau appelle au moins trois remarques : tout d'abord, malgré l'emploi constant du mot *gramma*, il s'agit bien partout exclusivement de phonèmes, sauf peut-être en ce qui concerne le *o*, dont le sémantisme de rotondité est sans doute au moins confirmé, sinon déterminé, par la forme du graphème : l'ouverture de la bouche est en effet aussi « ronde » dans la prononciation de *u* ou de *ou*. Ensuite, les « mélanges » ou additions de phonèmes annoncés ne sont représentés ici que par le seul groupe témoin *gl*. Enfin et surtout, la justification des valeurs proposées procède selon deux voies tout à fait distinctes, quoique constamment mêlées dans le texte. L'une consiste à montrer la présence du phonème considéré dans des mots dont la signification reçue comporte la valeur assignée par Socrate à ce phonème (exemple : présence de *t* dans *stasis*). L'autre consiste à montrer la présence en quelque sorte physique de cette valeur dans l'effet acoustique et/ou dans la production articulatoire de ce phonème ; exemple : la valeur d'arrêt de l'articulation dentale. On pourrait considérer la première comme une preuve indirecte et la seconde comme une preuve directe, n'était qu'aucune des deux n'est vraiment probante : la seconde est une sorte d'*explication* physique, mais chacun sait que l'on peut fort bien expliquer ce qui n'est pas, comme la dent d'or de Fontenelle ; la première est une simple présomption statistique, dont la force démonstrative est fonction du nombre, et plus précisément, de la supériorité numérique des cas favorables sur les cas défavorables. Le rôle respectif de ces deux arguments dans la démonstration socratique mérite d'être considéré de près :

toutes les interprétations, sauf pour le *i* et le *o* (où elle est implicite), s'appuient sur une justification physique, le plus souvent d'ordre articulatoire ; la démonstration statistique, en revanche, est réduite à quelques exemples favorables – sans l'ombre d'une excuse, comme les commentateurs n'ont pas manqué de le relever, pour l'absence de *r* (phonème du mouvement) dans le mot *kinèsis* (mouvement), contre-exemple s'il en fut. Le refus de principe de tout examen statistique sera d'ailleurs formulé plus loin à propos d'autre chose, et en des termes que l'on voudra peut-être qualifier d'« idéologiques », au cours de l'entretien avec Cratyle : « Irons-nous compter les noms comme des bulletins de vote, et est-ce en cela que consistera leur justesse ? Est-ce du côté où l'on verra les noms désigner le plus grand nombre d'objets que se trouvera la vérité ? – Ce n'est pas vraisemblable. – Non, mon cher, en aucune façon[1]. » Ce déséquilibre entre les deux types d'argumentation comporte en fait, semble-t-il, une signification capitale, que nous allons retrouver à l'instant, et qui n'est rien de moins que la position propre de Socrate – de Platon ? – dans le débat entre Cratyle et Hermogène.

Comme je l'ai déjà rappelé, l'opinion la plus répandue parmi les commentateurs modernes du *Cratyle* est que le second dialogue (où Socrate, abandonnant un Hermogène un peu trop facilement réduit à quia, se tourne vers son antagoniste) serait une pure et simple abjuration : Socrate (et avec lui Platon) renierait la thèse cratylienne qu'il avait jusque-là soutenue – abandon de fait seulement assorti d'une sorte de regret de principe : « Il subsiste donc simplement le regret de devoir abandonner cette théorie si prometteuse[2]. » « Moi aussi, dit en effet Socrate, j'aime que les noms soient autant que possible semblables aux objets ; mais je crains qu'en réalité il ne faille ici, pour reprendre le mot d'Hermogène, tirer laborieusement sur la ressemblance, et qu'on ne soit forcé de recourir encore, pour la justesse des noms, à cet expédient grossier de la conven-

1. 437 d.
2. Goldschmidt, p. 168.

tion. Autrement, la plus belle façon possible de parler consisterait sans doute à employer des noms qui fussent tous, ou pour la plupart, semblables aux objets, c'est-à-dire appropriés ; et la plus laide, dans le cas contraire[1]. « Et l'on doit déjà noter qu'une telle nostalgie, c'est-à-dire une telle *préférence* – fût-elle déçue – pour la motivation mimétique, interdit d'assimiler la position « finale » de Socrate à celle d'Hermogène, qui se contente parfaitement de la convention, nullement « grossière » à ses yeux – moins grossière, après tout, qu'une banale ressemblance ; et puisque « Hermogène » est aussi pour nous le héros *éponyme* d'une tradition qui aboutit à Saussure, il vaut la peine de rappeler (d'anticiper) ici la façon, non moins forte, dont le *Cours de linguistique générale* exprimera le parti pris contraire : « les signes entièrement arbitraires réalisent mieux que les autres l'idéal du procédé sémiologique[2] ».

Voilà pour l'incontestable regret. Mais quant à l'« abandon » lui-même, il faut y regarder d'un peu plus près. Les arguments de Socrate contre la thèse cratylienne consistent en une objection de principe et deux objections de fait. L'objection de principe est en quelque sorte hyperbolique et ne vaut que contre un cratylisme lui-même hyperbolique, et soutenant la ressemblance absolue du mot à la chose : c'est la tirade bien connue[3] contre le portrait parfait qui serait un véritable double de son modèle, et donc contre la mimologie parfaite, qui ferait du langage un double de la réalité, « sans qu'on y pût distinguer où est l'objet lui-même et où est le nom ». Il va de soi, je pense, qu'un tel argument, s'il peut désarçonner Cratyle, ne vaut rien contre la définition socratique du nom comme « imitation de l'essence de l'objet par lettres et syllabes », définition qui excluait, nous l'avons vu, tout asservissement aux apparences ; l'imitation de l'essence ne prétend pas être une imitation « parfaite », elle n'est donc

1. 435 c. Cf. 434 a : « Cratyle : Une imitation ressemblante est préférable au premier moyen venu pour représenter ce qu'on représente. – Socrate : Tu as raison. » Et, dans *Théétète* 206 d, cette définition très cratylienne de l'*explication* : « Rendre sa pensée sensible par la voix au moyen des verbes et des noms, en peignant son opinion dans le courant qui sort de la bouche, comme dans un miroir ou dans l'eau » (trad. Chambry).

2. P. 101.

3. 432.

pas congédiée par cet argument typiquement « philosophique[1] ». La première objection de fait, c'est l'examen du mot *sklèrotès* (dureté), exemple de vocable mal composé du point de vue des valeurs phoniques, puisqu'il contient un *l*, expressif de la douceur[2], et dont Cratyle devra avouer qu'il n'en reconnaît la signification que « par l'usage » *(dia to éthos)* – c'est-à-dire, enchaîne immédiatement Socrate, par convention. La seconde est une série de mots mal formés du point de vue, cette fois, de l'analyse « étymologique », surtout si l'on adopte, comme Cratyle, l'axiologie mobiliste d'Héraclite : ainsi, *épistèmè* (science), qui arrête *(histei)* l'esprit, ou *amathia* (ignorance), qui au contraire « accompagne Dieu dans son mouvement » *(hama théô iontos)*[3]. Il y a d'ailleurs plus d'ironie que de véritable controverse dans cette page, qui ne peut fonctionner à la fois comme polémique contre Héraclite et comme argument contre Cratyle, puisque les vocables en cause ne peuvent être « faux » que si Héraclite a raison de valoriser le mouvement ; pour un disciple de Parménide, ces vocables seraient d'irréprochables éponymes ; il s'agit donc surtout d'embarrasser Cratyle en mettant sa théorie linguistique en contradiction avec ses valeurs philosophiques. Reste que ces vocables contestés, comme au début du dialogue le nom même d'Hermogène, emblématiquement rebelle à l'éponymie, viennent compromettre *in fine* la motivation indirecte, tout comme *sklèrotès* (et implicitement *kinésis*) discrédite la motivation directe.

La position de Socrate est fort claire dans toute cette discussion : elle consiste à montrer que les mots – du moins certains mots – *peuvent* être mal choisis ou mal formés. Notons tout d'abord que cette part d'inadéquation n'est jamais attribuée ici, comme elle le sera si souvent plus tard, à quelque dégradation ou décadence historique de la langue. La malfor-

1. En revanche, par sa rigueur même, la définition socratique sera plus vulnérable qu'une autre à l'argument conventionaliste de la pluralité des langues *(hippos/equus/cheval...)*, que les mimologistes sensualistes de l'âge classique repousseront en invoquant la diversité d'aspects des objets nommés, et donc en réduisant la pluralité des langues à une simple parasynonymie ; ce qui est impossible lorsqu'on identifie, comme Socrate, le signifié à une *essence* nécessairement unique.

2. 434 c. Une critique analogue vaudrait évidemment pour (contre) l'absence de *r* dans *kinèsis*.

3. 437.

mation est au contraire, pour Socrate, typiquement originaire et *congénitale*, et rapportée sans équivoque à une erreur *initiale* de l'onomaturge : « Suppose que l'auteur se soit trompé *au début*, et qu'il ait de force ramené la *suite* à ce *point de départ*, pour l'obliger à être d'accord avec lui-même ; il ne serait point extraordinaire qu'il en fût ici comme dans les figures géométriques, où, la *première* étant parfois devenue une cause d'erreur par sa petitesse et son manque de netteté, on voit *à sa suite* toute la foule des autres s'accorder entre elles [1]. » Cette précision n'est pas indifférente, car elle refuse d'avance toute une mythologie relative à un âge d'or linguistique, à une langue originaire parfaite et ultérieurement trahie par l'histoire : pour Socrate, la langue parfaite n'a jamais existé, les mots mal formés ont bien été mal formés, et non pas déformés à la longue. L'onomaturge, dès l'origine, a pu *se tromper*.

Attitude plus rigoureuse en un sens, plus exigeante que la plupart des théories dont se nourrira la suite de la tradition cratylienne. Mais cette austérité relative ne doit pas nous abuser quant à la position de Socrate sur le fond de la question. Cette position, je la trouverais volontiers tout entière contenue, ou indiquée, dans l'emploi même de l'expression « se tromper » *(sphallomaï)*. L'onomaturge a pu se tromper : mais que signifie ici *se tromper*, ou plutôt *pouvoir se tromper*, sinon que l'on aurait pu, aussi, ne pas se tromper, et qu'il y a donc une sorte de *vérité* du langage, par rapport à quoi se définit (et pour commencer, se *produit*) l'erreur du nomothète ? L'*erreur* du nomothète – nous le savions déjà d'une certaine manière –, c'est l'hypothèse inacceptable pour Hermogène autant que pour Cratyle. Pour Hermogène, tous les noms sont justes parce qu'une convention est toujours juste, même si on la modifie d'un jour à l'autre pour un oui ou pour un… nom. Pour Cratyle, tous les noms sont justes parce que le langage *peut* imiter les choses et que l'onomaturge, dans son infaillibilité surhumaine (divine ?), *n'a pas pu* se tromper ; les noms qui ne sont pas justes (comme celui d'Hermogène) ne sont tout simplement pas des noms [2]. Hermogène et Cratyle croient donc tous deux, mais en des sens bien diffé-

1. 436 d (je souligne).
2. 429 b.

rents, en la « justesse des noms ». Socrate, lui, n'y croit pas, et en ce sens il renvoie simplement dos à dos les deux adversaires, avec cette conséquence philosophique à l'usage particulier du second, que ce n'est donc pas des noms qu'il faut partir pour connaître les choses, mais des choses elles-mêmes[1]. Mais il faut être plus précis. Socrate, comme Cratyle, nous l'avons vu, *préfère* la motivation mimétique à la convention ; comme Cratyle encore, il croit en la *possibilité* d'une justesse des noms, c'est-à-dire en la *capacité mimétique des éléments* du langage : c'est ce que montre à l'évidence la page consacrée aux valeurs expressives des phonèmes ; mais contrairement à Cratyle – c'est sur ce point, et sur ce point seulement, qu'il se sépare de lui quant à l'objet du débat – il ne croit pas en l'infaillibilité de l'onomaturge, ou si l'on préfère, il ne croit pas que l'expressivité phonique préside inévitablement à la constitution du lexique, c'est-à-dire (pour lui) de la langue. D'où cette grande discrétion, chez lui, de la preuve par statistiques : le lexique constitué est souvent infidèle aux capacités sémantiques des sons constitutifs ; *r* indique le mouvement et *l* la douceur, mais *kinèsis* ne contient pas de *r* et *sklèrotès* contient un *l* : l'onomaturge s'est trompé. Mais encore une fois, cette erreur suppose, en la trahissant, une *vérité des sons*, que la langue *trahit* – dans les deux sens du mot : parce qu'elle la révèle, et parce qu'elle l'abandonne.

L'« anticratylisme » de Socrate n'est donc pas un hermogénisme, d'abord parce qu'il partage les *valeurs* du cratylisme, ensuite parce qu'il pense que les matériaux du langage contiennent de quoi les satisfaire. Socrate est donc à ce double titre un cratyliste déçu, et, comme on sait, *mécontent*. Sa querelle contre *sklèrotès* annonce de manière frappante celle de Mallarmé contre les couples « pervers » *jour/nuit, ombre/ténèbres*, incapables d'exprimer leurs objets respectifs « par des touches y répondant en coloris ou en allure, lesquelles existent dans l'instrument de la voix, parmi les langages et quelquefois chez un ». *Lesquelles existent*… Là est le fond cratylien de cet anticratylisme qui s'en prend à la

1. 439 b.

langue telle qu'elle est, mais non pas telle qu'elle pourrait être ; ou plutôt, qui *en appelle* de la langue telle qu'elle est à la langue telle qu'elle pourrait, et par conséquent *devrait* être.

Je propose de baptiser cette attitude *cratylisme* (ou *mimologisme*) *secondaire*, pour le désir presque irrésistible qu'on y éprouve de *corriger* d'une manière ou d'une autre cette erreur du nomothète que Mallarmé appelle le « défaut des langues » – et donc d'établir ou rétablir dans le langage, par quelque artifice, l'état de nature que le cratylisme « primaire », celui de Cratyle, croit naïvement y voir encore ou déjà établi. Socrate, pour sa part, ignore assez dédaigneusement cette tentation, comme il a ignoré le mirage des origines, le mythe du paradis linguistique perdu ; ou plus exactement, il l'évite non sans la reconnaître (comme Ulysse celle des Sirènes), et pour ainsi dire la *programmer* avec quelques siècles d'avance, comme presque tout le reste : laissant à Cratyle, comme il se doit, le soin de proposer, *lectio facilior*, cette naïve et trop heureuse correction : *skrèrotès*. Socrate, lui, ne « propose » rien pour « en sortir », ayant sans doute ses raisons, dont la plus forte est peut-être qu'il vaut mieux, tout compte fait, « y rester » – rester mécontent[1]. Il préfère, pour finir, souhaiter à Cratyle une bonne route en compagnie (ou peut-être sous l'*escorte*) d'Hermogène : *propempsei dé sé kai Hermogénès hodé*. Un long voyage commence, agrémenté de belles disputes, toujours nouvelles, toujours les mêmes. Long voyage : il dure encore, ou presque. Socrate n'en sera pas : il connaît le chemin, comme s'il l'avait déjà « fait » – dans les deux sens. Absent du voyage, donc ; mais présent, et pour cause, à chaque étape, comme nous pourrons le vérifier en en (re)visitant quelques-unes.

1. « Toute langue étant imparfaite, dira Voltaire dans un mouvement peut-être analogue, il ne s'ensuit pas qu'on doive la changer » (*Mélanges*, art. « Langues »).

De ratione verborum

Volontairement ou non, le *Cratyle* avait donc révélé un hiatus, voire prononcé un divorce, entre la motivation indirecte (« étymologique ») des mots dérivés et la motivation directe (mimétique) des *prôta onomata*, ou plutôt, en fait, des seuls éléments phoniques. Ces deux aspects du cratylisme originaire semblent voués désormais à fonctionner séparément, fût-ce chez le même auteur et dans le même texte, et la difficulté, voire l'impossibilité de leur jonction sera l'une des croix de la doctrine.

On le voit assez bien, par exemple, chez des grammairiens latins d'inspirations philosophiques diverses (pythagoricienne, stoïcienne [1], parfois épicurienne [2]), mais qui se rattachent tous indirectement à la tradition ouverte ou autorisée par Platon, comme Nigidius Figulus ou Aelius Stilo : d'un côté, des spéculations sur l'expressivité des sons élémentaires, de l'autre une sorte d'herméneutique étymologique (dont la pratique, captée par l'exégèse chrétienne, se maintiendra pendant le Moyen Age, chez Isidore de Séville et bien d'autres, à des fins démonstratives : *homo* = *humus, malum* « pomme » = *malum* « mal », etc. [3]). L'esthétique phonique, après Platon, se répand jusque chez Denys d'Halicarnasse, pour qui *l* flatte l'oreille, *r* l'irrite, *s* est tout à fait désagréable, et les nasales *m* et *n* claironnantes [4]. Varron parle de sonorités rugueuses *(trux, crux, trans)*, lisses *(lana, luna)*, rabougries *(hic, hoc)*, étalées *(facili-*

1. Sur les étymologies herméneutiques des stoïciens, concernant surtout des noms de dieux, voir Jean Pépin, « L'allégorisme stoïcien », *Mythe et Allégorie*, Aubier, 1958, p. 125-131.

2. Rappelons que si Démocrite passait pour l'un des tenants de la thèse conventionaliste, Épicure, dans sa *Lettre à Hérodote*, et Lucrèce, dans le livre V du *De natura rerum*, défendent au contraire la thèse naturaliste.

3. Voir Paul Zumthor, « Étymologies », *Langue, Texte, Énigme*, Seuil, 1975, p. 141-153. La spéculation étymologique semble bien avoir été pendant tout le Moyen Age la part la plus active de l'héritage cratylien.

4. *Péri sunthèséôs onomatôn* (fin du Ier siècle av. J.-C.), chap. XIV.

tas), dures *(ignotus)* ou moelleuses *(aedes)*, et rapproche aussitôt de ces qualités sensibles la signification des mots (bien) choisis comme exemples : *luna* est un astre qui glisse, *lana* un tissu qu'on fait glisser sur soi, *trux* signifie cruel, *crux* la croix, instrument de torture, *trans* exprime un effort pour traverser, *facilitas* s'étale avec facilité, *ignotus* évoque l'ignorance obtuse, *aedes* « la mollesse et la quiétude du chez-soi[1] », les démonstratifs *hic* et *hoc* ont la brièveté du geste ; *flumen*, encore, dit bien la liquidité de la rivière, et *stillicidium* imite le chant perlé de la gouttière. De façon plus subtile, Nigidius, qui selon Aulu-Gelle tenait dans ses *Commentarii grammatici* pour la thèse *phusei*, l'illustrait entre autres *(in eam rem multa argumenta dicit cur videri possint verba esse naturalia magis quam arbitraria)* par cette interprétation symbolique des pronoms personnels, qui est restée célèbre : « Quand nous disons *vos*, nous faisons un mouvement de la bouche approprié au sens de ce mot, car nous avançons doucement le bout des lèvres et dirigeons notre souffle vers ceux à qui nous nous adressons. Au contraire, *nos* se prononce sans projeter le souffle ni avancer les lèvres, mais en les rétractant pour ainsi dire vers l'intérieur. De même pour *tu* opposé à *ego, tibi* opposé à *mihi*. Tout comme en affirmant ou en niant nous faisons un mouvement de la tête qui s'accorde avec ce que nous voulons dire, la prononciation de tels mots comporte une sorte de geste naturel de la bouche et du souffle[2]. » Le même Aulu-Gelle rapporte d'autre part, du même Nigidius, quelques étymologies de type socratique, telles que *locuples* (riche) = *qui tenet pleraque loca* (qui possède un grand nombre de terres), *avarus* = *avidus aeris* (avide d'argent), ou *frater* = *fere alter* (presque un autre soi-même)[3]. Pour Aelius Stilo, *vulpes* (le renard) c'est *volipes* (qui vole avec ses pieds), et, par antiphrase, *caelum* (le ciel, que tout le monde voit) vient de *celare* (cacher), *lacus* (bois obscur) de *lucere* (luire), et *miles* (soldat) de *mollitia* (mollesse)[4]. Chez Varron enfin, parmi les nom-

1. Jean Collart, *Varron, grammairien latin*, Les Belles Lettres, 1954, p. 285. Tous les exemples de Varron cités ici sont empruntés à cet ouvrage.
2. *Noct. Att.*, X, 4.
3. *Ibid.*, X, 5 et XIII, 10. Aulu-Gelle rapproche cette dernière étymologie de celle proposée par le jurisconsulte Antistius Labeo : *soror* de *seorsum* (dehors) parce qu'une fille n'est pas destinée à vivre dans la famille où elle est née.
4. GRF, 59 *sq.*, cf. Quintilien, I, 6, 33-34.

breux exemples cités par Collart, retenons *templum* de *tueri* (contempler), *hiems* (hiver) de *hiatus* (ouverture de la bouche, parce qu'en hiver l'haleine est visible), *canis* (chien) de *canere* (chanter), *fons* (source) de *fundere* (répandre), *hordeum* (orge) de *horridum* (hérissé), *armenta* (cheptel) de *arare* (labourer), *pratum* (pré) de *paratum* (prêt, parce qu'il n'est pas nécessaire de le cultiver) ou *rus* (campagne) de *rursum* (de nouveau, à cause de l'éternel retour des saisons). Entre la théorie expressive des *primigenia verba* tels que *crux* et l'étymologie par rapprochements sémantiques appliquée à ces *derivata verba*, la relation reste informulée, et pour le moins problématique.

Il n'en va plus de même dans un texte pourtant manifestement inspiré entre autres de Varron, et qui se présente comme un simple exposé de la doctrine stoïcienne sur la question, le sixième chapitre, *De origine verbi*, des *Principes de dialectique* attribués à saint Augustin[1]. La notion même d'*origo verbi* ou *verborum* (origine du mot ou des mots) revêt ici une extension assez large pour embrasser à la fois les *primigenia* et les *derivata*. Elle est toutefois présentée non sans réserves quant à son utilité (étude « trop curieuse et peu nécessaire », « d'une poursuite sans doute infinie ») et son objectivité : « comme de l'interprétation des rêves, chacun en traite à son idée » (le rapprochement n'est pas si banal, et peut-être n'est-il pas sans pertinence : chaque mot, dira Valéry, est comme une sorte de « songe bref », et l'effort de motivation colmate peut-être de la même manière l'arbitraire du signe et les caprices du songe) ; pour preuve, et par un jeu plutôt retors sur son propre titre – *origo verbi* étant pris un instant au sens d'« origine du mot *verbum* » –, l'auteur relève quelques étymologies discordantes telles que *verberare aurem* (frapper l'oreille), *verberare aerem* (frapper l'air), *verum* (vérité) ou, plus exhaustivement,

1. *Opera omnia*, éd. Migne, 1841, I, appendice, p. 1411-1413. Il n'est évidemment pas question de trancher ici la question de cette attribution contestée – de moins en moins toutefois. Ni celle du rapport entre la théorie linguistique de ce chapitre et l'ensemble de la sémiotique augustinienne, d'inspiration généralement plus conventionaliste. Ni enfin celle du degré de fidélité de son auteur aux doctrines stoïciennes qu'il dit rapporter, et sur lesquelles il est aujourd'hui notre seule source d'information, avec une phrase, d'ailleurs concordante, d'Origène : « Selon les stoïciens, les sons primitifs, d'où ils font venir les noms et les éléments de l'étymologie, imitent les choses » (*Contre Celse*, I, 18). Ce texte est pris ici comme un document brut, et pour ainsi dire absolu – ni plus ni moins que le *Cratyle* lui-même.

verum boare (faire retentir la vérité). Rappelons que Socrate ne voyait au contraire aucun inconvénient à proposer plusieurs gloses pour le même mot : l'attitude critique du *De dialectica* à l'égard de ces analyses concurrentes manifeste donc un sentiment plus aigu de l'étymologie comme filiation réelle.

S'étant ainsi mis en garde, ou à couvert, contre les difficultés et les faiblesses d'une telle étude, l'auteur n'en assumera pas moins l'exposé d'une théorie à quoi nous ne pouvons guère mesurer sa contribution propre, mais dont il ne semble nullement, nous le verrons, se désolidariser en principe et sur le fond. Tout se passe en fait comme si cette théorie se confondait avec la sienne ou pouvait lui en tenir lieu, le mouvement d'ensemble étant à peu près : si vous voulez savoir ce qu'il en est de l'origine des mots, je vais vous rapporter ce qu'en disent les stoïciens[1].

Pour commencer, saint Augustin répond lui-même à l'une de ses propres objections à la recherche étymologique – celle-là même que nous imposait la lecture du premier mouvement du *Cratyle* : la récurrence infinie de la « poursuite » : « Si vous regardez comme infini le travail de reprendre sans cesse les mots dont vous vous êtes servi pour expliquer les autres en recommençant pour eux les mêmes recherches d'étymologie, nous répondrons qu'il faut le poursuivre jusqu'à ce que la chose ait quelque ressemblance avec le son du mot. » C'est apparemment la réponse même de Socrate lorsque ayant atteint ou cru atteindre par voie d'analyse les *prôta onomata*, il passa brusquement de la motivation indirecte à la motivation directe. Mais en fait les deux aboutissements ne sont nullement identiques : chez Platon, le passage à la mimésis directe exigeait un véritable saut du plan des mots, fussent-ils « premiers », à celui des sons élémentaires, et encore une fois c'est ici l'abîme difficile à combler entre le niveau phonique et le niveau lexical – difficulté qui compromettait toute la théorie et annonçait le retournement final : le passage se révèle encore plus difficile au retour qu'à l'aller, la symbolique des sons, hypothèse nécessaire mais non suffisante, ne garantit pas la justesse des mots, et donc celle de la langue. Augustin, peut-

1. *Breviter tamen hunc locum notatum esse de origine verborum, volo paulisper accipias, ne ullam partem suscepti operis praetermisisse videamur. Stoici autumant...*

être sans la voir, échappe à cette difficulté en évitant de sortir du plan lexical : le terme de la récurrence méthodique, qui va devenir le point de départ hypothétique de l'*origo verborum*, ce ne sont pas des sons élémentaires, ce sont encore des mots, non dérivés bien sûr et donc *primigenia*, mais non pour autant nécessairement élémentaires comme *ion* ou *rhéon* ; termes de récurrence, mais non d'analyse, ce sont simplement des mots dont le caractère mimétique est (reçu comme) évident : des onomatopées (quoique Augustin n'emploie pas ce terme) comme *tinnitum* (tintement), *hinnitum* (hennissement), *balatum* (bêlement), *clangor* (fanfare), *stridor* (stridence) : « vous sentez bien que ces mots résonnent tout à fait comme les choses qu'ils désignent ». Voilà donc une première classe de vocables dont la mimésis est établie sans difficulté apparente ; la difficulté inaperçue, ou dissimulée, est tout entière dans la qualification de « première », mais nous y reviendrons. Deuxième moment, pour les objets non sonores, une équivalence analogique – on dira plus tard par « correspondance » ou « synesthésie » – s'instaure encore facilement entre, par exemple, leur qualité tactile, soit douceur ou dureté, et la qualité auditive de leur nom : « Comme il y a des choses qui ne produisent aucun son, c'est l'analogie *(similitudo)* avec les sensations tactiles qui prévaut ici : si la chose est douce ou dure au toucher, la douceur ou la dureté à l'ouïe sert à déterminer les lettres dont on forme le mot. » Ainsi *lene*, doux à entendre, désignera la douceur d'un contact ; *asperitas*, dur à entendre, sa rudesse ; *voluptas*, le plaisir ; *crux*, la croix ; *mel*, le miel ; *vepres*, les ronces, etc. Nous ne sommes plus ici dans l'imitation *directe* d'un bruit par le son d'un mot, mais pas encore dans l'imitation *indirecte* qui caractérisera la classe suivante : on pourrait qualifier d'*oblique* cette seconde mimésis, qui est aussi bien une variante de la première, toutes deux assurant une relation *plus ou moins directe* entre signifiant et signifié, sans interposition déclarée d'un autre signifiant et/ou signifié.

Tel est donc ce que « les stoïciens » considèrent comme le berceau *(cunabula)* des mots, qui est bien la « concordance entre la qualité sensible des mots et celle des choses » – cette concordance caractérisant à la fois les onomatopées proprement dites et ce que Maurice Grammont nommera les « mots expressifs ». Directe ou oblique, nous n'avons pas encore quitté la ressemblance entre mots et « choses ». Il faut pourtant bien en sortir, apparemment (encore qu'Augustin ne dise pas pourquoi), et c'est ici qu'on passe à un nouveau principe de motivation, qui est la ressemblance des choses entre elles : *hinc ad ipsarum inter se rerum similitudinem processisse licentiam nominandi.* Entendons par là que la ressemblance entre deux choses autorise à dériver le nom de l'une du nom de l'autre : ainsi, de *crux*, qui ressemblait à la croix par sa phonie désagréable, on tirera *crus*, dont le signifié (la jambe) n'a plus rien de désagréable, mais ressemble au bois de la croix par sa longueur et sa dureté. La relation sémantique est fort différente, mais le terme commun de *similitudo* permet d'éviter la rupture : passant d'une ressemblance à une autre, on ne sort pas de la sphère analogique : la dérivation par métaphore est encore, à sa manière, une nomination mimétique ; plus précisément, il s'agit d'une relation analogique au sens aristotélicien, c'est-à-dire proportionnelle : *crus* est à *crux* comme la jambe est à la croix. Mais comme, contrairement à Socrate, Augustin a pris soin de se donner ici un point de départ imitatif (onomatopéique), l'enchaînement étymologique ne manifestera nulle part la faille rencontrée chez Platon entre, par exemple, le mot *sèma* et la chose « tombeau » : la chaîne correspondant à *sôma-sèma*-« tombeau »-« corps » devient ici *crus-crux*-« croix »-« jambe », et celle-ci est incassable : *crus* sonne comme *crux*, *crux* est pénible comme la croix, la croix est dure comme une jambe ; la série de ressemblances est continue, le courant mimétique ne s'arrête nulle part. Il y a donc bien finalement, entre le mot *crus* et la chose « jambe », une *relation analogique indirecte.*

La classe suivante abandonne tout à fait la relation analogique, mais elle conserve (entre les signifiés) une relation nécessaire, qui est maintenant de proximité *(vicinitas)*, on dira plus tard *coexistence* (Beauzée) ou *contiguïté* (Jakobson) – c'est la dérivation par métonymie : « On appelle piscine *(piscina)* un lieu où ne se trouve aucun poisson, ni rien qui y ressemble, à cause de l'eau, où vivent (d'ordinaire) les poissons. » Autrement dit, on passe de *piscis* à *piscina* au nom de la relation de contiguïté entre l'eau (en général) et les poissons[1].

1. L'exemple n'est pas très fidèlement analysé : en fait, la dérivation va par métonymie de *piscis* « poisson » à *piscina* « vivier » puis par métaphore à *piscine* « piscine » (ou peut-être par synecdoque ascendante de *piscina* « vivier » à *piscina* « bassin en général »).

Autres exemples de dérivation métonymique, de la cause à l'effet : *potatio* (boire) donne *puteus* (puits) ; du contenant au contenu : *orbs* (cercle) donne *urbs* (ville) ; du contenu au contenant : *hordeum* (orge) donne *horreum* (grenier), même s'il sert aussi bien à serrer du blé, gardant alors son nom par abus ou catachrèse *(abusio)* ; de la partie au tout : *mucro* (pointe) devient le nom de l'épée entière (mais ce n'est plus ici une dérivation, mais bien un véritable trope, en l'occurrence une synecdoque ; le glissement est caractéristique, et nous y reviendrons)[1].

La dernière catégorie est la dérivation par antiphrase *(contrarium)*, comme dans *lucus* de *lucere* (déjà rencontré chez Stilo), *bellum* (guerre) de *bellus* (beau), ou *foedus* (traité) de *foedus* (honteux). Ici encore, la motivation est donnée par le rapport entre les signifiés ; rapport très variable, mais toujours motivé, qu'il s'agisse de ressemblance, de proximité ou de contrariété. « A quoi bon continuer ? tout ce qu'on pourrait ajouter montrerait dans la ressemblance, la proximité ou la contrariété des choses[2], cette origine des mots que nous ne pouvons traquer au-delà de la ressemblance du son aux choses ; et encore ne pouvons-nous pas toujours aller jusque là, car il y a bien des mots dont on ne peut indiquer la motivation ; soit, comme je le crois, parce qu'ils n'en ont pas, soit, comme le prétendent les stoïciens, parce qu'elle nous échappe[3]. » Cette conclusion[4], on

1. Le texte ajoute un dernier exemple de *vicinitas*, du tout à la partie, qui n'est pas très clair : *capillus* (cheveu), *quasi capitis pilus* (poil de la tête). Ce n'est sous cette forme qu'un composé contracté, il n'y aurait vraiment dérivation que si l'on tirait *capillus* de *caput*, sans faire intervenir *pilus* – ce qui est d'ailleurs la véritable étymologie.

2. On remarque ici, comme chez Aristote, l'assimilation de la relation d'inclusion à la relation de proximité, qui préfigure l'annexion moderne de la synecdoque à la métonymie ; en revanche, et bien que le développement sur la « contrariété » vienne en parenthèse dans l'étude de la *vicinitas*, la dérivation par antiphrase conserve toute son autonomie.

3. *Quorum ratio non reddi possit : aut non est, ut ego arbitror, aut latet, ut stoici contendunt.* « Motivation » peut sembler une traduction anachronique et tendancieuse, mais le *aut non est* interdit une interprétation plus large, comme « cause » ou « origine ». Augustin ne peut vouloir dire que certains mots n'ont pas d'origine, ce qui serait une absurdité ; la seule interprétation plausible est donc que leur origine n'est pas *motivée*, c'est-à-dire qu'elle est purement conventionnelle.

4. Conclusion de principe, car en fait le chapitre se poursuit et s'achève sur une dernière illustration, un peu confuse, de l'impossibilité de remonter

le voit, est très prudente, et elle n'autorise certes pas à ranger son auteur parmi les plus intransigeants défenseurs de la thèse naturaliste. Elle me semble en revanche indiquer *a contrario* son accord avec « les stoïciens » sur le reste, c'est-à-dire apparemment l'essentiel : non pas la détermination du rapport quantitatif entre l'arbitraire et le motivé (comme chez Socrate, pour qui un seul mot fautif discréditait tout le système, alors qu'ici les vocables immotivés ne représentent plus qu'une lacune apparemment secondaire), mais bien la définition même et la théorie générale de la motivation.

Le trait le plus remarquable en est évidemment la façon dont ce texte maintient le principe de motivation d'un bout à l'autre de la chaîne étymologique, en faisant donner la relation entre signifiés au moment où celle entre signifiants et signifiés commence à faiblir, et en ménageant la transition et la continuité grâce à la notion commune de *similitudo*, avant de se résigner à d'autres types de relation nécessaire. On glisse de la sorte, sans presque y prendre garde, de la motivation directe (mimétique) à l'indirecte – « étymologique », bien sûr, mais d'une étymologie réhabilitée par le recours, très audacieux et apparemment inédit, aux catégories de la sémantique tropologique. Catégories (ressemblance, proximité, contrariété) elles-mêmes très neuves dans le champ rhétorique, puisque aucune classification des tropes n'y a fait appel jusque-là, ni chez Aristote, ni chez Cicéron, ni chez Quintilien. Elles viennent bien sans doute d'Aristote, mais de

---

au-delà de l'expressivité phonique. Le point de départ, cette fois, est plus élémentaire : c'est le son « épais et puissant » du *v* labio-vélaire, d'où *vis* (violence), *vincula* (chaînes), *vimen* (lien), *vitis* (vigne, à cause des vrilles), *vietum* (vieillard courbé par l'âge) *via* (voie sinueuse, ou bien tracée par force). Si l'on adopte une démarche inverse on peut remonter par exemple de *vietum* à *vitis*, de *vitis* à *vincire*, de *vincire* à *vis*, et de *vis* à cette *ultima ratio* qu'est « la ressemblance entre la sonorité puissante de ce mot et la chose qu'il désigne, au-delà de quoi il n'y a plus rien à chercher ». On voit que le trajet en retour ne remonte même plus jusqu'à l'élément phonique *v*, et s'arrête au mot-onomatopée *vis*. La limite de l'analyse serait donc bien l'expressivité phonique *lexicale*, ce qui marquerait un refus conscient de suivre Socrate sur le terrain des sons élémentaires ; mais la contradiction entre ce point d'arrêt et l'interprétation accordée à *v* reste ouverte, et avec elle l'équivoque du texte.

sa psychologie des associations[1], qui trouve ainsi dans la théorie des tropes une application promise à un bel avenir. Il est d'autant plus remarquable de les voir y faire ici leur entrée, que ce texte n'est en principe nullement rhétorique. Les filiations dont il traite ne sont pas (à l'exception de *mucro*, confusion révélatrice) à proprement parler des tropes, puisqu'il ne s'agit pas de la façon dont « un mot change de sens », mais dont un mot dérive d'un autre. Cependant, le processus associatif est le même, et l'on voit ces quelques pages de théorie étymologique conduites selon un schéma qui commandera pendant plusieurs siècles – de Vossius à Fontanier – la théorie des tropes, avant de commander pendant un siècle – de Bréal à Ullmann – la sémantique historique. C'est donc ici la remarquable convergence de quatre héritages : la théorie de l'expressivité phonique, l'étymologie, la psychologie des associations, et la rhétorique des tropes ; remarquable et partiellement éphémère, car si les deux dernières disciplines ont désormais partie liée, il n'en ira pas toujours de même de l'ensemble de l'attelage : nous rencontrerons chez certains, comme le président de Brosses, une vue moins optimiste de la dérivation, et spécialement du passage de la *similitudo* mimétique à la *similitudo* métaphorique. Une des grandes avenues de la spéculation mimologique n'en est pas moins ouverte.

Cette trouvaille, qui tire la motivation étymologique vers la mimétique, est complétée par une autre, qui tire symétriquement la mimétique vers l'étymologique : c'est la confusion, peut-être inconsciente, entre une gradation décroissante des formes de motivation (onomatopées, dérivés par métaphore, par métonymie, par antiphrase), et l'apparence d'une filiation générale des vocables, comme si les métaphores dérivaient des onomatopées et mots expressifs, les métonymies des métaphores, les antiphrases des métonymies, et donc comme si les onomatopées – qui sont encore mimétiques mais sont déjà des mots – pouvaient être les *cunabula verborum*, racine et germe *(stirpem atque adeo sementum)* de tout le lexique, ou plus exactement de tout le reste du lexique.

On retrouve donc ici la difficulté centrale du *Cratyle* – la

1. *Péri mnèmès*, 451 b.

jointure délicate entre motivations directe et indirecte – mais on la retrouve déplacée, et du même coup presque effacée. Chez Platon, la motivation étymologique des mots dérivés dépendait entièrement et explicitement de la motivation mimétique des mots premiers, elle-même suspendue en dernière instance à la valeur expressive des éléments phoniques. Celle-ci supposée acquise (et c'est bien l'hypothèse de Socrate), devrait être acquis du même coup tout l'édifice de la motivation linguistique. On sait qu'il n'en est finalement rien, et que Socrate attribue tout bonnement cet échec à quelque erreur (une seule suffirait) initiale de l'onomaturge : initiale, c'est-à-dire, bien sûr, lors de la constitution des *prôta onomata* comme *iôn* ou *rhéôn*, bien que l'erreur ne soit décelée qu'en aval, sur le dérivé *sklèrotès*. Chez Augustin, on trouve bien un cas de filiation complète, *vitis* < *vincere* < *vis*, qui conduit jusqu'à une sorte de racine mimétique **v* = *force*, mais cet exemple reste isolé. Les vocables « premiers » les plus typiques sont ici des onomatopées complexes du type *clangor, hinnitum, tinnitum*, ou des mots expressifs du type *asperitas, crux, mel* ou *vepres*, auxquels on feint d'attribuer une descendance aussi nombreuse qu'improbable. Dans le *Cratyle*, la faille était bien (reconnue) entre les phonèmes mimétiques et les *prôta onomata*[1] ; elle passe désormais entre les mimologismes et le reste du lexique, et elle y passe inaperçue, ou du moins inavouée : camouflage fragile, mais qui permet au moins de substituer à la conclusion négative de Socrate une conclusion *plutôt positive*.

Ce curieux texte représente donc, entre autres, une étape importante dans la constitution et dans l'histoire, même mythique, de la vulgate cratyliste. Tout en protestant de sa méfiance à l'égard des spéculations stoïciennes, l'auteur en donne l'exposé peut-être le plus synthétique, sans doute le plus habile – et, accessoirement, le seul qui nous soit par-

1. Nous en avons décelé une autre, entre *prôta* et *hustata*, qui tient à ce que la motivation étymologique ne procède pas toujours par analyse, mais s'enferme parfois dans un jeu d'associations lexicales *(sôma-sèma)* apparemment indéfini, et donc incapable de conduire jusqu'aux éléments premiers ; celle-ci reste inavouée, mais sa conscience sourde détermine peut-être en partie la renonciation finale.

venu. Ce faisant, et quelle qu'y soit la part de la sophistique, il parvient à colmater, au moins en apparence, c'est-à-dire suffisamment pour quiconque souhaite d'avance se laisser convaincre, les plus larges brèches de l'édifice cratylien, et donc à réfuter implicitement, ou du moins à faire oublier, les conséquences qu'en tire Socrate lui-même à la fin du dialogue. Sans jamais, justement, se référer au texte originel, tout se passe comme si ce chapitre avait eu pour rôle, au moins symbolique, d'en effacer le caractère problématique et la conclusion désabusée. Désormais, constamment dans cette vulgate et souvent même chez ses adversaires [1], le *Cratyle* sera tenu sans nuance, et non sans audace, pour un texte mimologiste. Comme toute postérité, celle-ci est malentendu, trahison, détournement d'origine. Ce qui parle dans l'« étrange silence » du *De dialectica*, c'est bien déjà l'oubli du *Cratyle* – oubli qui fonde et inaugure la tradition cratylienne.

1. Car adversaires il y aura, bien sûr, après comme avant le *De dialectica* – et le *Cratyle*. Le privilège d'attention accordé ici à la tradition cratylienne ne doit pas faire oublier qu'elle fut toujours contestée, et même presque toujours minoritaire dans l'opinion des doctes : les noms d'Aristote, Boèce, saint Thomas, Roger Bacon, Locke, Turgot ou Hegel, tenants notoires et influents de la thèse conventionaliste, suffisent à illustrer le fait, avant même la naissance de la linguistique scientifique.

révèle. Ce raison, quelque [illegible] qui [illegible] de la sophistique il en vient à colmater, au moins en apparence, c'est-à-dire [illegible] [illegible] [illegible] [illegible] [illegible] [illegible] se passe comme [illegible] au moins symbolique, d'escamoter le caractère problématique de la conjonction désir/loi. Résultats [illegible] dans cette [illegible] souvent [illegible] tout sans [illegible] son [illegible] d'origine. Ce qui [illegible] [illegible] qui fonde et [illegible]

Cependant, il y a [illegible] [illegible]

Soni rerum indices

Cette locution n'est guère traduisible sans forcer le sens du latin *index*. Il s'agit évidemment des sons de la langue, voyelles et diphtongues, consonnes et groupes consonantiques; *index* est moins fort qu'*imago* ou *simulacrum* : c'est un signe naturel, mais non nécessairement par ressemblance; plutôt indice ou trace, comme l'empreinte est au pas ou la fumée au feu. Risquons quelque chose comme : *les sons marques des choses*.

C'est le titre en marge d'une partie du chapitre XIV, « De etymologia », de la *Grammatica linguae anglicanae* de John Wallis[1] : quelques pages de spéculation mimologique appliquée à l'anglais, d'une belle intensité et d'une rare cohérence.

L'enquête porte successivement sur une liste de groupes consonantiques initiaux, puis sur une liste (beaucoup plus courte) de syllabes finales. Voici, aussi brièvement résumé que possible et nécessairement amputé de la plupart des exemples, l'essentiel des valeurs symboliques proposées.

En position initiale, le groupe *str* indique[2] force ou effort, comme dans *strong*, fort, *strength*, force, *to strike*, frapper, *stroke*, coup, *strife*, conflit, *to struggle*, lutter, *to stretch*, étirer, *streight*, étroit, *string*, corde, *stream*, courant, *strand*, rive, *to strip*, déshabiller, *strange*, étranger, *to stride*, marcher à grands pas[3].

1. Oxford, 1653, p. 148-164 de l'éd. 1672, Hambourg. Wallis (1616-1703), mathématicien, logicien, théologien et grammairien (considéré par Beauzée comme un des fondateurs de la grammaire générale), est un des grands phonéticiens de l'époque classique. Ses mimologismes sont cités par Lamy et Blair.

2. Le verbe latin, aussi neutre que le substantif *index*, est ici, et tout au long de ce texte, *innuere*.

3. Je donne pour ce premier groupe l'essentiel de la liste d'exemples, qui peut donner une idée de la suite de dérivations; les autres listes seront beaucoup plus réduites.

– *st* indique une force moins grande : « ce qu'il en faut pour conserver ce qu'on possède, plutôt que pour acquérir autre chose » : *to stand*, se tenir debout, *to stop*, arrêter, *to stamp*, imprimer, *still*, calme, *stone*, pierre.

– *thr* indique un mouvement violent : *to throw*, jeter, *through*, de part en part.

– *wr* : obliquité ou torsion : *wry*, oblique, *wrong*, tort, *wreck*, naufrage, *wrist*, poignet, « qui tord en tous sens soi-même et le reste ».

– *br* : bris, rupture violente, généralement bruyante : *to break*, briser, *breech*, postérieur, « à cause de la fente », *brook*, torrent.

– *cr* indique « quelque chose de rompu, généralement avec fracas, à tout le moins courbé ou tordu » ; en fait, cette famille se subdivise en trois groupes : le premier indique rupture : *to crack*, craquer, *to crake*, augmentatif, craquer avec un bruit fort et continu, *to crackle*, fréquentatif, crépiter, *to cry*, pleurer, *to crush*, comprimer, « même sans bruit, à cause de la voyelle sombre », *to crash*, avec une voyelle plus claire, briser avec bruit, *creek*, crique, « où par une fissure du sol un ruisseau ou un fleuve se fraye un chemin vers la mer ». Le second groupe suggère courbure : *crook*, crosse, *to creep*, ramper, *craddle*, berceau. Le troisième indique une intersection : *cross*, croix, *crab*, le crabe, « à cause de sa marche transversale ou rétrograde ». Comme si les uns venaient du latin *crepo*, les autres de *curvo*, les troisièmes de *crux*. « Mais dans tous la lettre canine *r*[1] jointe à la lettre *c* suggère quelque chose de rude et de désagréable, au moins dans les vocables qui sont en tête de ces familles, et d'où les autres dérivent manifestement. »

1. *Canina litera* vient de Perse, I, 109 ; c'est le son du grondement du chien. « Quand les chiens se dépitent l'un contre l'autre, avant qu'ils s'entremordent en renfrognant leur gueule et retraignant leurs dents, il semble qu'ils prononcent le *r*, à la cause de quoi le poète Perse, entre les satyriques et mordants le plus gentil, la dit être *litera canina*, lettre canine, et celle que les chiens prononcent, quand il a dit en sa première satire : *Sonat hic de nare canina litera*, c'est-à-dire, la lettre canine résonne en cet endroit-ci, d'un côté du nez. Quand un homme est en ire, ou rechigne, ou courrouce, on dit qu'il est de quelque déplaisir irrité, c'est-à-dire exaspéré. Et ce, pour ce qu'il ne saurait dire une douce parole, mais toute âpre, griève, et pleine des lettres faisant strideur, desquelles lettres sont *rr* répétées et âprement prononcées » (Geofroy Tory, *Champ fleury*, 1529).

– *shr* : forte contraction : *to shrink*, rétrécir, *shrimp*, crevette, « poisson minuscule et comme rétréci », *to shrive*, exiger ou arracher une confession, *shroud*, linceul ; « sans *r*, le sens est plus doux ».

– *gr* « indique quelque chose de rude ou de dur, de pénible et tout à fait désagréable, soit à cause de la rugueuse lettre *r*, soit parce qu'il semble emprunté à *gravis* » : *to grate*, gratter, *to grind*, broyer, « comme si ce mot venait de *grate* et de *wind*, vent », *to gripe*, saisir, *greedy*, cupide, « comme s'il était formé de *gripe* et de *needy*, besogneux », *to grasp*, empoigner, « comme formé de *gripe* et de *clasp*, étreindre ».

– *sw* : agitation presque silencieuse, ou léger mouvement latéral : *to sway*, pencher, *to swim*, nager, *to swing*, balancer, *swift*, rapide, *sweet*, doux.

– *sm* est très proche de *sw* : *smooth*, lisse, *small*, petit ; mais *smart* indique une douleur aiguë.

– *cl* : adhérence ou rétention : *to cleave*, s'accrocher, *clay*, argile (terre collante), *to climb*, grimper, *close*, contigu, « qui viennent presque tous de *claudo* ».

– *sp* indique « une certaine dispersion ou expansion, de préférence rapide, surtout avec adjonction d'un *r*, comme si venant de *spargo* ou *separo* » : *to spread*, répandre, *to spit*, cracher.

– *sl* : glissement silencieux, mouvement presque imperceptible : *to slide*, glisser, *sly*, rusé, *slow*, lent.

– *sq, sk, scr* indiquent une compression violente : *to squeeze*, presser, *to screw*, tordre.

– la finale *ash* (*crash*, fracas, *flash*, éclair) indique « quelque chose de clair et d'aigu. Au contraire, *ush* (*to crush*, écraser, *to blush*, rougir) indique quelque chose d'obscur et de silencieux. Les deux cependant indiquent un mouvement rapide et subit, mais qui s'interrompt graduellement, à cause du son continu *sh* ».

– *ing* : « le tintement de la désinence *ng* et de la voyelle aiguë *i* indiquent comme la prolongation d'un mouvement infime ou d'une vibration qui finit par s'évanouir mais sans interruption brusque » : *ding*, tintement, to *swing*, balancer ; tandis que *ink*, « qui se termine par une consonne tout à fait muette, indique une fin subite » : *to clink*, tinter, *to think*, penser.

– « S'il s'y ajoute un *l*, comme dans *jingle*, tinter, *sprinkle*, asperger, *twinkle*, scintiller, c'est l'indication d'une fréquente répétition de mouvements très faibles : ce sont à la fois des fréquentatifs et des diminutifs. » Même sens, mais avec des mouvements « moins subtils à cause de la voyelle plus éclatante *a* dans *angle* » (*to tangle*, embrouiller, *to mangle*, déchirer).

– *umble* : « le *u* sombre indique quelque chose de sombre et de sourd, et l'accumulation de consonnes *mbl* indique comme un agglomérat confus (*to mumble*, marmonner, *to stumble*, trébucher). » Même sens dans *amble*, « mais avec ici quelque chose de plus aigu, à cause de la voyelle éclatante *a* » (*to ramble*, errer, *to scramble*, escalader). « Ainsi, le *l* final, comme le *r*, surtout après une autre consonne, indique généralement une répétition fréquente, particulièrement de mouvements faibles, parce que ces deux consonnes sont produites par une vibration de la langue. La profération en agglomérat confus des consonnes *ml* ou *mbl* indique la confusion ou le désordre. » La désinence *imble* indique « quelque chose d'encore plus aigu et subtil » qu'*amble* ; et la sonorité du mot *nimble*, agile, « imite à merveille ce qu'il signifie (...) : l'acuité et la vivacité de la voyelle et le groupement volubile des consonnes indiquent la célérité ».

On a pu noter tout d'abord que les listes d'exemples qui illustrent les valeurs des groupes initiaux se présentent comme de véritables familles étymologiques, groupées, parfois explicitement, autour de mots inducteurs comme *strong, stand, throw, break, crash, shrink, sweet, smile, cling, slide, squeeze*, où l'on peut suivre la manière dont le sens fondamental, ou originel, se propage de dérivation en dérivation, quitte à s'exténuer peu à peu, mais sans jamais se perdre tout à fait : ainsi se rejoignent de nouveau, selon le principe et le modèle augustiniens, les deux types de motivation si nettement séparés dans le *Cratyle* : la directe et l'indirecte[1]. Il n'y a, en revanche, rien

1. Sans compter les analyses du type *grind* = *grate* + *wind*, ou *greedy* = *gripe* + *needy*, qui évoquent les « mots-valises » de Carroll ou de Joyce, mais à l'envers : à partir de *fuming* + *furious*, Carroll forge *frumious* ; si mimologisme il y a dans cette néologie, il est évidemment *secondaire*, puisqu'il modifie (ajoute à) la langue ; Wallis, lui, applique à un mot existant

de tel dans les listes de finales, pour cette raison évidente que la racine est tout entière dans le groupe initial. Les désinences n'apportent que des variations secondaires au thème fondamental ; elles sont donc en fait l'instrument de la dérivation : *stand, stay, stop*, etc., ne diffèrent que par leurs finales, et un tableau plus complet de ces valeurs aurait peut-être permis de rendre compte de leurs différences sémantiques par la signification propre des finales *-and, -ay, -op*, etc. En effet, si l'on considère (nous y reviendrons) que le mot anglais authentique est pour Wallis presque toujours monosyllabique, il est évident qu'une liste exhaustive des groupes initiaux et une liste aussi exhaustive des groupes terminaux suffiraient à expliquer par combinaison la totalité du lexique anglais d'origine. Nous sommes certes loin du compte, mais telle est bien la portée virtuelle de l'entreprise, puisque pour Wallis l'addition groupe initial + groupe final épuise la structure du mot anglais. Il serait donc au moins possible de recenser les vocables dont Wallis a étudié d'une part l'initiale et d'autre part la finale, par exemple *str-ing, st-umble, br-ing, cr-ash, shr-ink, sm-ash, spr-ing, scr-amble*. Quelques-uns figurent effectivement dans ses listes, et certains des deux côtés, et au moins dans trois cas Wallis n'a pas reculé devant l'épreuve d'une analyse complète : il s'agit de *smart* : « *a smart blow*, un coup violent, signifie proprement un coup qui, d'un mouvement d'abord silencieux, qu'indique *sm*, aboutit à une violence aiguë, qu'indique *ar*, et qui s'achève subitement, ce qu'indique *t* » ; de *sparkle*, étinceler, où « *sp* indique la dispersion, *ar* la crépitation aiguë, *k* l'interruption subite, *l* la répétition fréquente » ; et de *sprinkle*, asperger, identique à ceci près que *in* « indique la finesse des gouttes dispersées ». De telles tentatives (et, en l'occurrence, aussi réussies) sont plutôt rares dans la tradition cratylienne. Elles nous introduisent à l'un des traits les plus originaux et les plus précieux de la spéculation de Wallis : à savoir une conscience aiguë de la structure syntagmatique du mot, et de la différence de valeur des sons selon leur position dans cette chaîne.

---

une analyse fantaisiste (encore que le procédé existe incontestablement dans la langue anglaise, et bien avant *brunch* ou *stagflation* : cf. Jespersen, « Blendings », *Language*, chap. XVI, § 6) ; il est donc en fait dans la tradition de l'« étymologie » socratique, et en régime de mimologisme primaire.

Le mot anglais est donc, pour Wallis, exhaustivement composé d'un groupe consonantique initial, qui porte le sens fondamental, et d'une syllabe finale elle-même composée d'une voyelle et d'une consonne ou d'un groupe consonantique, qui lui donne sa nuance spécifique : modalité substantielle (lumière, épaisseur, poids, etc.) et dynamique (interruption brusque ou progressive, fréquence, amplitude, etc.). Cette répartition caractéristique a pour effet évident de placer la voyelle du côté sémantique le plus faible, formant avec les consonnes finales une sorte de suffixe presque accessoire : exemple parmi d'autres, en pays cratylien, de valorisation sémantique de la consonne. On note ensuite qu'aucune consonne initiale n'apparaît isolée, mais toujours par groupe de deux ou trois : aucune mention, dans les premières listes, de mots à consonne initiale simple aussi typiques, pourtant, que *top, catch, find*, etc.[1]. Les groupes initiaux apparaissent donc d'abord comme insécables, pour le sens comme pour la forme, et la plupart *(st, wr, sw, sm, sl, sp, cl, sq)* résisteront effectivement à toute décomposition. D'autre part, les consonnes qui apparaissent à la fois en position initiale et finale *(s, sh, g, k, b, l)* ne donnent lieu à aucun essai pour les réduire à une valeur sémantique commune. La position est déterminante, et tout se passe comme s'il ne s'agissait pas des mêmes sons. Il faut donc avancer très prudemment dans la voie de l'analyse, si l'on ne veut pas trahir les intentions, ou simplement les intuitions, de Wallis en passant du niveau en quelque sorte moléculaire où il se place le plus volontiers à celui des atomes phoniques et sémantiques.

En ce qui concerne les voyelles, du moins, les commutations effectuées par Wallis lui-même *(ash/ush, ing/ang, imble/amble/umble)* permettent de dégager avec certitude une échelle de valeurs à peu près nette ; mais fort restreinte, puisqu'elle ne porte que sur *u, a* et *i*. Encore faut-il préciser (étant donné la grande variété des sons notés en anglais par ces trois lettres) qu'il s'agit seulement, pour le *u*, du son [Λ] (avec une exception pour le [u] de *push*) ; pour le *a*, du son [ae], et pour le *i*, du son [i]. Dans ces limites, le système est

1. Il en apparaît quelques-uns, comme par mégarde, dans les exemples de finales. On peut aussi contester le groupe *wr*, qui se réduit phoniquement à une seule consonne ; mais inversement, bien sûr, une initiale comme celle de *jump* est un groupe [dž] dissimulé par la graphie.

d'une grande cohérence : à une gamme phonique d'« acuité » croissante correspond une gamme sémantique de légèreté, vivacité et luminosité croissante ; *u* est grave et sourd, il indique obscurité et silence ; *a* est plus aigu, et plus précisément « éclatant », ses valeurs sont plus claires et plus vives ; *i*, plus aigu encore, indique des objets plus menus, voire infimes, et d'une extrême vivacité. Ce sont là des équivalences très répandues (on les retrouvera par exemple, et pour rester dans le domaine anglais, chez Jespersen et Sapir)[1], et qui s'imposent par une sorte d'évidence immédiate.

Les consonnes, encore une fois, sont plus difficiles à isoler, mais un certain nombre de valeurs spécifiques se dégagent par soustraction. A l'initiale, la comparaison de *str* et *st* laisse implicitement à *r* une valeur dynamique (déjà proposée par Platon) qui s'accorde bien et peut-être se confond avec l'indice explicite de rudesse donné à propos de *cr, shr* et *gr* : le *r* est « rugueux » et « canin », pour des raisons articulatoires évidentes. On serait tenté d'attribuer à *s* une valeur de glissement, qui se retrouve à peu près identique dans *sw, sm, sl* ; mais le sens de *st* et celui de *sc* s'y opposent : la présence d'une continue derrière le *s* est indispensable à la production de cette valeur. En revanche (par soustraction de la « violence » qui revient à *r* dans *thr* et peut-être dans *shr*) on la trouve sans trop de sollicitation dans les affriquées *th* et *sh*, avec une confirmation implicite pour *sh* tirée de la désinence *ash/ush*. A la finale, on voit *g*, vélaire sonore, opposer sa valeur « vibration prolongée » à celle de *k*, vélaire sourde, qui se confond avec celle de *t* (dentale sourde), « arrêt brusque » : la valeur de vibration semble donc revenir au voisement et l'arrêt à l'occlusion sourde, quel que soit le point d'articulation. Le sens « confusion » attribué aux groupes *mbl* et *ndl* tient évidemment à l'encombrement des trois consonnes davantage qu'à leur nature articulatoire. Par contre, la valeur fréquentative du *l* est liée à sa prononciation par « vibration de la langue[2] ». Notons enfin les valeurs opposées du *k*, consonne « obtuse » = épaisseur et du *n*, consonne « aiguë » = minceur, qu'illustre le seul couple *thick/thin*, évidemment

1. Rappelons que pour Socrate, déjà, *i* vaut légèreté et minceur.
2. Le même trait articulatoire et la même valeur sémantique sont ici attribués à *r*, mais sans aucune confirmation lexicale.

suspect de « suggestion par le sens ». Mais peut-être faut-il aussi se méfier des suspicions trop évidentes. La motivation physique, chez Wallis, se signale plutôt par sa relative circonspection – contenue comme elle l'est par l'importance des facteurs de position, et presque écrasée par l'abondance des illustrations lexicales, qui donnent à toute cette enquête une allure presque inductive : du matériel verbal aux valeurs élémentaires qu'il exploite, et non plus, comme chez Socrate, des valeurs symboliques aux vocables qui, judicieusement choisis, peuvent (provisoirement) les confirmer. *Soni rerum indices* est avant tout et par-dessus tout une spéculation sur un phénomène tenu pour exceptionnel et typiquement anglais : le monosyllabe expressif[1].

Il faut en effet revenir à l'essentiel, qui est cette valorisation exclusive de la langue anglaise. Puritain, antiromain déterminé, Wallis préconisait un retour aux sources anglo-saxonnes de la langue, et une grammaire indépendante des catégories latines – bien que son livre, par un paradoxe qui rappelle celui du *De vulgari eloquentia*, soit écrit en latin. De toute évidence, ces pages s'inscrivent dans un propos d'ensemble qui est de défense et illustration. Entre autres mérites, donc, on prêtera à l'anglais celui d'une aptitude toute spéciale au mimétisme phonique, au moins dans ses vocables « indigènes » *(nativi)*, ceux du fonds anglo-saxon antérieur à la conquête normande. C'est seulement (en principe) dans ces vocables que Wallis trouve une « grande harmonie *(consensus)* entre les lettres et les significations ». Les « lettres », ce sont évidemment ici les sons : il n'y a pas trace chez Wallis de motivation graphique ; « au reste, précise-t-il immédiatement, les *sonorités* de ces lettres, tenues, aiguës, épaisses, obtuses, molles, fortes, claires, obscures, stridentes, etc., indiquent souvent des dispositions analogues dans les objets signifiés, et parfois même plusieurs en un seul mot, fût-il monosyllabe ».

La supériorité mimétique de l'anglais est encore affirmée, et de façon beaucoup plus agressive, en conclusion :

> De la même façon, dans *squeek, squeak, squele, squall, brawl, wrawl, yawl, spawl, screek, shreek, shrill, sharp,*

1. Sur le monosyllabisme anglais, cf. Jespersen, « Monosyllabism in English » (1928), *Linguistica*, p. 384-408.

> *shriv'l, wrinkle, crack, crake, crick, creak, creek, croke, crash, clash, gnash, plash, huff, buff, crush, hush, tush, push, hisse, sisse, whist, soft, jarr, hurl, curl, whirl, buz, bustle, spindle, dwindle, twine, twist* [voilà bien les vocables anglais canoniques], et d'innombrables autres mots, ou peut constater une semblable adéquation du son au sens ; et cela, d'une manière vraiment si fréquente que je ne sache pas qu'aucune autre langue puisse à cet égard rivaliser avec la nôtre : de sorte qu'en un seul mot, souvent monosyllabe (comme le sont presque tous les nôtres, si l'on en retranche la flexion), on désigne de manière expressive ce que d'autres langues ne peuvent expliquer qu'au moyen de mots composés ou dérivés, voire à grand renfort de périphrases, et ce non sans peine et lorsque encore elles y parviennent. Et à coup sûr, la plupart de nos vocables originaires sont bien ainsi formés ; et je ne doute pas qu'ils aient été bien plus nombreux de la sorte avant que l'intrusion dans notre langue d'un énorme fatras de mots français n'ait condamné un si grand nombre de nos vocables primitifs à l'exil et à l'oubli.

Une telle glorification de la langue propre n'est aucunement exceptionnelle dans la tradition cratylienne, qui la pratique constamment de manière implicite, puisque la langue maternelle y est généralement prise comme manifestation par excellence des capacités d'imitation du langage en général. Mais chez Wallis, la valeur d'exemple se déplace jusqu'à s'inverser, puisque l'anglais indigène est présenté à la limite[1] comme la *seule* langue mimétique – ce qui contredit évidemment le principe cratylien du langage naturel, donc universel. Contradiction d'autant plus sensible qu'elle ne s'accompagne apparemment pas, comme nous le verrons chez d'autres, d'une filiation mythique de l'idiome ainsi valorisé à la langue originaire, adamique et pré-babélienne : comme si l'anglo-centrisme forcené de Wallis dédaignait une justification si commune, porte ouverte à Dieu sait quelles cho-

1. A la limite seulement, puisque Wallis, admettant que quelques mots romans ont pu se glisser dans ses listes, ajoute aussitôt que « les Anglais, tout comme ils forment eux-mêmes leurs vocables avec des sons de ce genre, s'emparent avidement de ceux qu'ils trouvent ailleurs formés de la sorte ». Il lui arrive aussi, nous l'avons vu, de proposer des étymologies latines, comme *crepo, curvo* ou *crux* (et aussi quelques grecques).

quantes promiscuités. Nous retrouverons ailleurs cette question de la supériorité mimétique de l'anglais. Pour l'instant, nous saluerons seulement en Wallis un cas assez rare de cratylisme *réservé*, volontiers protectionniste, et pour tout dire insulaire.

Hermogène logothète

Au (beau) milieu de l'âge classique, le débat platonicien semble se re-produire avec une fidélité exemplaire dans un dialogue non moins célèbre, et presque aussi fictif, celui de « Philalète » et « Théophile », autrement dit John Locke et Gottried Wilhelm Leibniz. Nous verrons toutefois qu'il ne s'agit nullement d'une répétition, et plus précisément, que si Locke est bien, après quelques autres, un nouvel Hermogène, Leibniz ne réincarne pas tout à fait Cratyle, et moins encore Socrate. Mais n'anticipons pas.

Hermogène n'est pas bavard. Comme il se doit, sa profession de foi (négative) tient ici en une phrase de Locke, au premier paragraphe du second chapitre du troisième livre de l'*Essai sur l'entendement humain*, reprise à peu près textuellement par Leibniz au chapitre correspondant des *Nouveaux Essais*[1] : « les mots (...) viennent à être employés par les hommes pour être signes de leurs idées, et non par aucune liaison naturelle qu'il y ait entre certains sons articulés et certaines idées (car en ce cas-là il n'y aurait qu'une langue parmi les hommes), mais par une institution arbitraire en vertu de laquelle un tel mot a été fait volontairement le signe d'une telle idée[2] ». La réponse de « Cratyle » est plus développée : elle n'occupe pas seulement la plus longue réplique des *Nouveaux Essais*[3], mais

1. Rappelons que l'*Essay concerning human understanding* paraît en 1690, que Leibniz en entreprend aussitôt une lecture critique, que cette entreprise sera relancée en 1700 par la traduction française de Coste, que Locke, pressé d'échapper au dialogue avec « les Messieurs en Allemagne », meurt en 1704 alors que l'essentiel de la critique, commentaire suivi en forme de pseudo-dialogue, est déjà écrit, mais que ces *Nouveaux Essais* ne paraîtront finalement qu'en 1765, un demi-siècle après la mort de Leibniz lui-même. J'utilise l'édition donnée par Jacques Brunschwig, Paris, Garnier-Flammarion, 1966.

2. ... *but by a voluntary imposition, whereby such a word is made arbitrarily the mark of such an idea.*

3. Remarque de Hans Aarsleff, « Leibniz on Locke on Language », *American Philosophical Quarterly*, juillet 1964.

aussi entre autres, et sans doute déjà, un fragment posthume et non daté, qui en est vraisemblablement l'esquisse, et dont voici une traduction :

> *[Sur la connexion entre les mots et les choses, ou plutôt sur l'origine des langues].* On ne peut prétendre qu'il y a entre les mots et les choses une connexion précise et bien déterminée ; cependant, la signification n'est pas non plus purement arbitraire : il faut bien qu'il y ait quelque raison pour que tel mot ait été assigné à telle chose.
>
> On ne peut prétendre que la signification découle d'une simple institution arbitraire, si ce n'est dans certaines langues artificielles, telles que le chinois selon l'hypothèse de Golius, ou les langues forgées par Dalgarno, Wilkins et autres. Quant à la langue originaire des premiers êtres humains, les uns pensent qu'elle découle d'une institution divine, les autres qu'elle fut inventée par Adam inspiré par Dieu, lorsque, selon la tradition, il donna leurs noms aux animaux. Mais une telle langue a dû s'éteindre entièrement, ou ne laisser que quelques débris où l'artifice n'est plus reconnaissable.
>
> Les langues ont pourtant une origine naturelle dans l'accord entre les sons et les effets produits dans l'esprit par le spectacle des choses ; et cette origine, je suis porté à croire qu'elle ne se laissait pas seulement voir dans la langue originaire, mais encore dans les langues nées par la suite, en partie de l'originaire, en partie des nouveaux usages acquis par l'humanité dispersée sur la surface du globe. Et assurément, l'imitation de la nature est souvent manifeste dans l'onomatopée : ainsi disons-nous que les grenouilles *coassent (coaxatio)* ou exprimons-nous par *st* l'ordre de faire silence, par *r* le mouvement rapide *(cursus)*, par *hahaha* le rire et par *ouaï (vae)* le cri de douleur[1].

La première objection est, on le voit, purement « philosophique » : c'est l'argument déterministe : *pas d'effet sans cause*. Aucune nomination ne peut être « purement arbitraire », parce qu'il faut bien une raison pour que tel mot, et non tel autre, ait été assigné à tel objet. Bien évidemment, cet argument ne peut valoir que contre une version hyperbolique

1. Le texte latin a été publié par Louis Couturat, *Opuscules et Fragments inédits*, Paris, 1903, p. 151-152.

de la thèse hermogéniste, selon quoi le choix d'un nom échapperait à toute espèce de détermination. Mais le conventionalisme, chez Locke comme ailleurs, nie seulement que cette détermination soit à chercher dans la nature de l'objet, ce qui est tout autre chose : de même, ce n'est jamais sans raison que des parents choisissent tel prénom pour leur enfant à naître, mais cette raison ne peut être l'aspect physique ou le caractère de cet enfant. L'argument causaliste ne réfute donc qu'un usage maladroit ou une interprétation abusive – déjà – du mot *arbitraire*. Il n'est donc pas pertinent au débat ; s'il l'était, le raisonnement (le sophisme) implicite serait inévitablement : aucune nomination ne peut être sans cause, donc toute nomination a sa cause dans la nature de l'objet à nommer. Il s'ensuivrait évidemment qu'*aucune* langue ne peut être conventionnelle, ce qui est aussi loin que possible de la pensée de Leibniz, comme le montre bien la suite.

La seconde et véritable réplique est en effet un distinguo qui déplace entièrement le problème : la question ne sera plus si « le langage », en général et dans l'absolu, est conventionnel ou motivé, mais – étant implicitement admis qu'il peut aussi bien (sinon aussi facilement, nous y reviendrons) être l'un ou l'autre, et provisoirement que certaines langues sont conventionnelles et certaines motivées – quelles langues, ou plus précisément quelles sortes de langues sont conventionnelles et quelles motivées. La réponse de Leibniz est alors assez évidente : c'est que les seules langues conventionnelles, ou plus précisément les seules langues *purement* conventionnelles, sont les langues « artificielles », dont l'exemple le plus récent est constitué par les essais de Dalgarno et de Wilkins[1] ; quant aux langues qu'on appellera plus tard « naturelles », c'est-à-dire les langues sans logothète déterminé, qui se trouvent être – chinois mis à part – les seules réellement parlées sur terre par des peuples, elles sont

1. Cf. *Nouveaux Essais* : « Il y a peut-être quelques langues artificielles qui sont toutes de choix et entièrement arbitraires, comme l'on croit que l'a été celle de la Chine, ou comme le sont celles de Georgius Dalgarnus et de feu M. Wilkins, évêque de Chester », et *Brevis designatio* : « J'excepte (de la motivation) les langues artificielles, comme celle de Wilkins, évêque de Chester et personnage d'une intelligence et d'une science hors de pair. » Dalgarno, *Ars signorum, vulgo Character universalis et lingua philosophica* : 1661 ; Wilkins, *Essay toward a real character and a philosophical language* : 1668.

toutes *au moins partiellement* motivées par « l'accord entre les sons et les effets produits dans l'esprit par le spectacle des choses ».

Cette façon de poser – et de résoudre – le problème est, me semble-t-il, tous à fait spécifique, et nous devrons y revenir pour en tirer toutes les conséquences. Mais il faut d'abord examiner de plus près les arguments de fait qui appuient, selon Leibniz, une telle conclusion. Commençons par l'exception chinoise. Cette hypothèse artificialiste revient, sans attribution, dans le texte correspondant des *Nouveaux Essais* : « Il y a peut-être quelques langues artificielles qui sont toutes de choix et entièrement arbitraires, comme l'on croit que l'a été celle de la Chine… », et encore, mais de nouveau attribuée à Golius, dans la *Brevis designatio* de 1710[1] « langues artificielles (…) telles que le chinois selon l'hypothèse de Golius, autorité non négligeable » : même formule donc que dans le fragment Couturat, accentuée seulement par le brevet de compétence. Mais la mention la plus précise se trouve aux *Nouveaux Essais*, III, I, 1 : « Aussi était-ce la pensée de Golius, célèbre mathématicien et grand connaisseur des langues, que leur langue est artificielle, c'est-à-dire qu'elle a été inventée tout à la fois par quelque habile homme pour établir un commerce de paroles entre quantité de nations différentes qui habitaient ce grand pays que nous appelons la Chine, quoique cette langue pourrait se trouver altérée maintenant par un long usage[2]. » Cette interprétation du chinois n'est donc pas propre à Leibniz. On en trouve d'autres échos chez l'orientaliste Fréret et chez Montesquieu[3], et elle traduit en fait une réaction, non à la langue, mais à l'écriture chinoise, perçue alors (il n'en sera pas toujours ainsi, nous le verrons) comme une idéographie purement conventionnelle et non représentative. La liaison entre convention et artifice est clairement indiquée chez Montes-

1. *Brevis designatio meditationum de originibus gentium, ductis potissimum ex indicio linguarum*, publiée en 1710 dans les *Miscellanea Berolinensia*, reprise dans les *Opera omnia* éditées par L. Dutens, Genève, 1768, IV, p. 186 *sq.*

2. P. 236 ; le mathématicien et orientaliste Jacques Golius (1596-1667) enseignait à Leyde et collabora à l'*Atlas sinicus* de Martini (note de J. Brunschwig).

3. Voir Madeleine V. David, *Le Débat sur les écritures et l'hiéroglyphe aux XVIIe et XVIIIe siècles*, SEVPEN, 1965, p. 79-80.

quieu : « Je serais porté à croire que ces caractères furent inventés par une société de gens de lettres qui voulurent se cacher au peuple (...). Ma raison en est que ces caractères ne sont point une image de la chose représentée. » Comme l'a bien montré l'étude de Madeleine David, toute la pensée de l'âge classique sur les écritures (considérées alors comme) non phonétiques est marquée par deux mythes valorisants ou « préjugés » antithétiques : celui de l'idéogramme comme pure convention, et (de Kircher à Barthélémy) celui du « hiéroglyphe » comme pure mimésis. Cette opposition est manifeste chez Leibniz lui-même : « Je ne sais que dire des hiéroglyphes des Égyptiens, et j'ai peine à croire qu'ils aient quelque convenance avec ceux des Chinois. Car il me semble que les caractères égyptiens sont plus populaires et sont trop à la ressemblance des choses sensibles, comme animaux et autres, et par conséquent aux allégories : au lieu que les caractères chinois sont peut-être plus philosophiques et paraissent bâtis sur des considérations plus intellectuelles, telles que donnant le nombre, l'ordre et les relations ; ainsi il n'y a que des traits détachés qui ne butent à aucune espèce de ressemblance avec quelque espèce de corps[1]. » Comme on le voit, cette description n'est pas tout à fait exempte de connotations valorisantes ; ce trait est essentiel, et j'y reviendrai[2].

Seconde donnée de fait, et démonstrativement décisive : la langue originaire *(primigenia)*. Le fragment Couturat n'est pas ici, par lui-même, d'une interprétation trop aisée. Apparemment, Leibniz se contente de rapporter les deux thèses traditionnelles, celle de l'institution divine directe (qui est

1. Lettre au P. Bouvet, citée par M. V. David, p. 65.

2. Les *Nouveaux Essais* font place ici à une exception à peu près symétrique de celle du chinois : il s'agit des argots *(Rothwelsch, lingua zerga, narquois)* et des langues composites comme la *lingua franca* méditerranéenne. Ce sont là, pour Leibniz, des langues artificielles mais pourtant (partiellement) motivées ; mais c'est qu'elles ont été forgées à partir de langues naturelles, par déformation (« soit en changeant la signification reçue des mots par des métaphores, soit en faisant des nouveaux mots par une composition ou dérivation à leur mode ») ou par mélange (« soit en mêlant indifféremment des langues voisines, soit, comme il arrive le plus souvent, en prenant l'une pour base, qu'on estropie et qu'on altère, qu'on mêle et qu'on corrompt en négligeant et changeant ce qu'elle observe, et même en y entrant d'autres mots »). Elles sont donc tout naturellement « de choix mêlé avec ce qu'il y a de la nature et du hasard dans les langues qu'elles supposent ».

entre autres, après tout, celle de Locke), et celle – variante plus proche du texte de la Genèse – d'une langue créée par Adam lorsqu'il baptisa les animaux, mais en fait inspirée par Dieu. Et de rejeter cette langue originaire, divine ou adamique, dans les ténèbres d'une antiquité à jamais perdue. Mais si l'on ne veut pas faire de ce double rappel un simple excursus sans fonction démonstrative, il faut évidemment situer et définir ces langues hypothétiques par rapport à l'opposition cardinale entre langues naturelles-motivées et langues artificielles-conventionnelles. Pour l'hypothèse de l'institution divine, le choix même de la formule *ab instituto divino*, si proche de l'*ex instituto* par lequel Leibniz désigne ordinairement la thèse conventionaliste[1], indique assez clairement qu'il se serait agi d'une langue « arbitraire », ce que confirme explicitement la *Brevis designatio* : « telle (que la langue universelle de Wilkins ou le chinois selon Golius) aura été aussi celle que Dieu, s'il l'a fait, a enseignée aux hommes[2] ». Dans l'hypothèse adamique, on pourrait supposer que Dieu inspire à sa plus noble créature une langue du même type, et rien dans notre texte ne s'y oppose, bien au contraire, puisque le terme d'artifice *(artificium)* semble s'appliquer à l'une et à l'autre. Mais ici, la *Designatio* tranche résolument dans l'autre sens : « Dans les langues nées progressivement, les mots sont sortis par occasion d'une analogie entre le son vocal et les sentiments provoqués par la perception de la chose ; et je ne puis croire qu'Adam ait procédé autrement dans ses nominations[3]. « La langue d'institution divine aurait donc été conventionnelle, et l'adamique naturelle et mimétique. Les deux variantes de la tradition judéo-chrétienne s'opposent donc absolument, pour Leibniz, quant à la nature du langage, et le choix entre elles devient décisif, puisque dans un cas toutes les langues humaines proviendraient d'une origine conventionnelle, et dans l'autre d'une origine motivée, et motivante. La fonction de cette double référence n'est donc rien moins que digressive, puis-

1. Dans les *Nouveaux Essais*, « ex instituto » est donné entre parenthèses comme une glose de l'adjectif « arbitraire ».
2. *Talis etiam fuerit, si quam mortales docuit Deus.*
3. *At in linguis paulatim natis orta sunt vocabula per occasiones ex analogia vocis cum affectu, qui rei sensum comitabatur : nec aliter Adamum nomina imposuisse crediderim.*

qu'il s'agit finalement, une fois définis les deux types possibles de langue, de savoir ce qu'il en est réellement des langues humaines – sauf la chinoise, bien entendu. En principe, et selon la dernière phrase de ce second paragraphe, ce choix décisif est aussi un choix impossible, puisque la trace de cette langue originaire est de toute façon perdue. Mais en fait, la suite – et tout le contexte des théories de Leibniz sur l'histoire des langues – tranche en faveur de l'hypothèse adamique interprétée à la manière de Jacob Böhme[1], c'est-à-dire en termes naturalistes. L'hypothèse divine est donc finalement rejetée, et l'adamique, symbole de l'origine « naturelle », l'emporte définitivement : chinois mis à part, les langues réellement parlées par les hommes ont bien « une origine naturelle dans l'accord entre les sons et les effets produits dans l'esprit par le spectacle des choses ». Ou, pour citer enfin la formulation la plus catégorique (et la plus riche), celle de la *Brevis designatio*, « les langues n'ont pas été créées par convention, elles n'ont pas été fondées comme par décret ; elles sont nées d'une sorte de tendance naturelle des hommes à accorder les sons avec les affections et les mouvements de l'esprit. J'en excepte les langues artificielles, telles que celle de Wilkins, etc.[2] ».

Que cet « accord » consiste, comme d'habitude, en une relation mimétique, c'est ce que prouvent amplement les quelques exemples réunis dans notre texte, où l'on retrouve les catégories familières de la mimologie : onomatopées (*coassement*, et sans doute *st*, si l'on entend ici l'arrêt brusque *t* d'un sifflement continu *s*), exclamations, ou imitations verbales de cris « naturels » *(haha, ouaïe)*, symbolisme oblique (le *r* expressif du mouvement, comme dans le *Cratyle*). Le texte des *Nouveaux Essais* apporte ici quelques précisions et illustrations supplémentaires : l'expression du mouvement se nuance en *r* = *mouvement violent* et *l* = *mouvement doux*, correspondances évidemment liées à la différence de force articulatoire entre les deux « liquides » : « Aussi voyons-nous que les enfants et autres à qui le *r* est

1. Cf. *Nouveaux Essais*, p. 241. Sur la théorie du langage naturel chez Böhme, voir l'article de W. Kayser (1930) traduit dans *Poétique* 11.

2. *Neque vero ex instituto profectae, et quasi lege conditae sunt linguae, sed naturali quodam impetu natae hominum, sonos ad affectus motusque animi attemperantium. Artificiales linguas excipio*, etc.

trop dur et trop difficile à prononcer y mettent la lettre *l* à la place, comme disant par exemple mon lévélend pèle. » Mais surtout, Leibniz ne se contente plus de noter l'évidence, c'est-à-dire la capacité expressive de cette opposition articulatoire ; il y voit une des sources effectives du lexique – au moins dans les langues européennes[1]. La valeur symbolique du *r*, qui ne se retrouvait pas dans *kinésis*, s'investit dans gr. *rhéo* (couler), all. *rinnen, rüren*, dans *Rhin, Rhône, Ruhr, rauschen, reckken, arracher*, etc. Celle de *l*, dans *leben, lieben, lauffen*, lat. *lentus, labi*, etc., et dans les diminutifs latins et germaniques. La *Brevis designatio* est plus précise encore, opposant deux schémas verbaux : *r-k*, qui expriment un mouvement brusquement interrompu : « de par la nature même de sa sonorité, la lettre canine indique un mouvement violent, et le *k* final l'obstacle qui l'arrête », comme dans *Ruck* (secousse) ou *recken* (tendre), « lorsque soudain, avec une grande force et non sans bruit on tend un fil ou autre chose, en sorte non qu'il se casse, mais qu'il arrête le mouvement ; on transforme ainsi une ligne courbe en ligne droite, et tendue comme la corde d'un instrument de musique » ; si le choc va jusqu'à la rupture, avec prolongation du mouvement, *r-k* cède la place à *r-s* ou *r-z*, comme dans *Riss* (déchirure) ou *Ritz* (fêlure). « Telles, enchaîne Leibniz, se dévoilent les premières origines du lexique, aussi souvent que l'on peut remonter jusqu'à la racine de l'onomatopée[2]. »

A vrai dire, l'appréciation est d'ordinaire plus prudente, ou plus modérée. Nous avons déjà lu, par exemple : « La signification n'est pas non plus *purement* arbitraire » ; ou encore, dans les *Nouveaux Essais* : « Il y a *quelque chose* de naturel dans l'origine des mots, qui marque un rapport entre les choses et les sons et mouvements des organes de la voix » ; et

1. Rappelons que Leibniz accepte l'hypothèse paléo-comparatiste dite « hypothèse scythique », soutenue au XVIe siècle par Goropius Becanus et reprise à la fin du XVIIIe par Andreas Jäger, de l'unité originelle de la plupart des langues et peuples européens, descendants des Scythes venus des bords de la mer Noire. Voir George J. Metcalf, « The Indo-European Hypothesis in the XVIth and XVIIIth Centuries », *in* Dell Hymes, *Studies in the History of Linguistics*, Indiana Univ. Press, 1974. Sur l'ensemble des idées de Leibniz en linguistique historique, et leurs « sources », voir Sigrid von der Schulenburg, *Leibniz als Sprachforscher*, Francfort, 1973.

2. *Tales detegunt sese primae origines vocabulorum, quoties penetrari potest ad radicem* τῆς ὀνοματοποιίας.

à propos de la valeur expressive du son *l* : « Cependant il ne faut point prétendre que cette liaison se puisse remarquer partout, car le lion, le lynx, le loup ne sont rien moins que doux. Mais on se peut être attaché à un autre accident, qui est la vitesse *(lauf)* qui les fait craindre ou qui oblige à la course ; comme si celui qui voit venir un tel animal criait aux autres : *Lauf* (fuyez !), outre que par plusieurs accidents et changements la plupart des mots sont extrêmement altérés et éloignés de leur prononciation et de leur signification originale » ; et toujours sur ce point de l'effacement progressif de la motivation, *Brevis designatio* : « … mais le plus souvent, par l'effet du temps et de nombreuses dérivations, les significations originelles *(veteres et nativae)* se sont modifiées ou obscurcies ». Mais il est justement caractéristique de son attitude que Leibniz puisse dire tantôt « les langues sont motivées », tantôt « les langues sont *partiellement* motivées », tantôt enfin « les langues étaient motivées à l'origine, mais avec le temps cette motivation s'est perdue » sans s'inquiéter de ces nuances, ou dissonances. On se rappelle qu'il suffisait (presque) d'un mot mal formé pour retourner Socrate contre l'hypothèse cratylienne, et l'on verra combien l'affaiblissement de la mimésis vocale au cours de la dérivation dépitera le président de Brosses, au point de le jeter à la recherche d'un autre type d'imitation. Pour Leibniz, un peu comme pour l'auteur du *De dialectica*, quelques lacunes, beaucoup de lacunes, voire de plus en plus de lacunes, ne compromettent pas le principe général ; ou si l'on préfère, l'exception confirme la règle. Manifestation typique d'*optimisme* ? Aussi bien, et sans doute un peu mieux, d'un autre sentiment ou d'une autre attitude, que je ne voudrais pas nommer trop vite. Le véritable « optimisme », en la matière [1], c'est celui de Cratyle lui-même ou, nous le verrons, de Court de Gébelin, qui ne veulent admettre ni percevoir aucune faille dans le système. Leibniz, lui, en perçoit et en admet beaucoup, et peu lui importe apparemment, comme s'il ne voulait que signaler quelques exceptions au système inverse. Mais au fait, n'est-ce pas le cas ? Philalète prétendait qu'il n'y a *aucune* « connexion naturelle » entre les mots et les choses ; Théo-

1. « Optimisme du signifiant », c'est ainsi que Jean-Pierre Richard qualifie le mimologisme de Chateaubriand (*Paysage de Chateaubriand*, Seuil, 1967, p. 162).

phile le réfute à l'économie, montrant simplement qu'il y en a parfois *quelques-unes*. Bref, on l'a compris, il est à cet Hermogène ce que Socrate était à Cratyle.

Cette formule peut sembler à la fois artificielle et insignifiante, si l'on estime que Socrate lui-même est à mi-chemin entre Cratyle et Hermogène, démontrant successivement à chacun d'eux ce qu'il y a d'excessif et d'unilatéral dans sa théorie. Mais nous avons vu qu'il n'en va pas vraiment ainsi, et qu'il n'y a pas de symétrie entre le premier et le second mouvement du dialogue, pour cette raison au moins que Socrate réfute Cratyle sans plaisir, et bien qu'il partage explicitement son système de valeurs, à savoir qu'« une imitation ressemblante est préférable au premier moyen venu ». Rien de tel chez Leibniz : il se contente de noter quelques faits d'« imitation ressemblante », et de les interjeter au conventionalisme de Locke comme pure *matter of fact* et sans aucune valorisation, voire avec une insouciance, quant à l'ampleur du phénomène, que l'on pourrait imputer à quelque indifférence.

Faut-il aller plus loin ? Il faut au moins, ce que nous avons volontairement différé jusqu'ici, se tourner de l'autre côté, du côté de ce que Leibniz a d'emblée concédé à la *pure convention*. Ce versant, je le rappelle, est entièrement occupé par les langues *artificielles*, « c'est à dire inventées tout à la fois par quelque habile homme pour établir un commerce de paroles entre quantités de nations différentes… ». Cette définition, où « tout à la fois » s'oppose, d'un texte à l'autre, au « progressivement » *(paulatim)* de la genèse des langues naturelles, s'applique ici au chinois ; mais aussi bien aux langues philosophiques de Dalgarno, Wilkins « et autres » ; et encore, hypothétiquement, à une langue qui aurait été inventée par Dieu lui-même. Or il se trouve qu'aucune de ces attributions n'est axiologiquement neutre. Pour ce qui est du chinois, je renvoie à la lettre à Bouvet citée plus haut, où la comparaison avec les « hiéroglyphes des Égyptiens » fait ressortir une éclatante supériorité intellectuelle. L'institution divine est évidemment flatteuse par elle-même ; rien après tout ne la lie nécessairement à la conventionalité, si ce n'est une valorisation implicite : pour Socrate, l'œuvre surhumaine, qui exigeait une logothète infaillible, était la nomenclature mimétique ; au contraire, la simple convention, qualifiée d'« expédient grossier » et définie comme adoption capricieuse ou fortuite de n'importe quel nom pour n'importe quel objet, était à la portée de n'importe qui *(pâs anêr)* ; pour Leibniz, c'est apparemment l'inverse : l'onomatopée était à la portée du cerveau « populaire » des premiers hommes, mais la pure convention, tâche « philosophique », exigeait une intelligence divine, ou pour le moins celle d'un « habile homme » encore à venir, comme Dalgarno, Wilkins *et autres*. Il est temps de rappeler ce que chacun sait : cet *aliique* est une formule pudique par laquelle Gottfried Wilhelm se désigne lui-même, qui n'a cessé de rêver d'une langue universelle plus philosophique encore que celle de ses devanciers, algèbre logique dont la nomenclature reposerait sur une analyse rigoureuse de la pensée en combinatoire d'idées simples. Le détail de ces projets ne nous intéresse pas directement ici[1] : il suffit de noter que Leibniz s'inclut lui-même, et légitimement, dans la liste de ces logothètes, surhumains ou non, qui ont forgé, ou tenté de forger une langue universelle, rigoureusement rationnelle dans l'organisation de ses signifiés, et purement conventionnelle dans le choix de ses signifiants. Ces trois propriétés ne s'entre-impliquent pas *a priori*, et nous rencontrerons ailleurs au moins une tentative de langue universelle, rationnelle *et mimétique*[2]. Leibniz apparemment n'y a jamais songé, dominé qu'il était par ce que Madeleine David appelle « le critère de la valeur supérieure du signe non figuratif[3] ». Ce « critère », c'est ce que l'on pourrait encore nommer, en référence à Saussure, le parti pris *sémiologique* (vs *symbolique*). Si l'on réduit le débat cratylien à son ultime noyau de valorisation, c'est ici le critère hermogéniste par excellence – si excellent qu'Hermogène lui-même, dans le *Cratyle*, n'y satisfait nulle part explicitement.

On voit mieux maintenant, j'espère, en quoi la position de Leibniz est symétrique et inverse de celle de Socrate : comme Socrate était cratyliste en droit (en valeur) et hermogéniste en fait, Leibniz est mimologiste en fait (puisqu'il reconnaît et « démontre » le rôle de la motivation dans les

1. Voir L. Couturat, *La Logique de Leibniz*, Paris, 1901, et L. Couturat et L. Léau, *Histoire de la langue universelle*, Paris, 1903.

2. Mais aussi naturelle, puisqu'il s'agira tout simplement, chez Rowland Jones, de l'anglais érigé en langue universelle.

3. *Op. cit.*, p. 63.

langues naturelles) et conventionaliste en droit, puisqu'il critique implicitement ce rôle en cherchant d'autre part à forger, selon ses propres termes, une langue « purement arbitraire ». Si l'on convient, comme nous l'avons fait, de baptiser *mimologisme secondaire* l'effort de remotivation artificielle auquel conduit logiquement (bien que Socrate luimême s'y dérobe) le constat socratique (la langue devrait et pourrait être mimétique, mais elle ne l'est pas), on peut inversement qualifier de *conventionalisme secondaire* la tentative leibnizienne, qui est à sa manière un effort de démotivation artificielle : la langue gagnerait à être entièrement arbitraire, elle pourrait l'être, elle ne l'est pas, il faut donc la réformer en ce sens, ou pour le moins en inventer une autre qui satisfasse à cette exigence.

Je ne prétends pas dissimuler ce qu'il y a d'artificiel aussi, et de mythique, dans cette trop belle symétrie sans doute inspirée par le démon taxinomique et le vertige combinatoire. Je plaide seulement que l'objet s'y prête, et lui dédie modestement ce dernier effort de systématisation :

On convient de réduire la « doctrine » mimologiste à ces trois propositions déjà énoncées : A, *la langue doit être mimétique* ; B, *la langue peut être mimétique* ; C, *la langue est mimétique*. On observe alors, comme il se doit, que seuls Cratyle et ses vrais disciples admettent ces trois propositions. Socrate, et à sa suite le mimologisme secondaire, n'admet que les deux premières. Hermogène n'admet ni la seconde ni (par conséquent) la troisième, et ne se prononce pas sur la première, mais le conventionaliste absolu, dont Saussure pourrait fournir, provisoirement, le paradigme, n'en admet aucune. Leibniz, seul représentant à ma connaissance du conventionalisme secondaire[1] et anti-thèse parfaite de Socrate, n'admet

1. Une position apparemment fort proche, mais plus complexe (ou plus confuse) est celle du P. Mersenne dans son traité d'*Harmonie universelle* (1636). Comme Socrate et Leibniz, Mersenne attribue une valeur expressive aux sons de la langue (« *a* et *o* sont propres pour signifier ce qui est grand et plein… *e* signifie les choses déliées et subtiles… *i* les choses très minces et très petites … *o* sert pour exprimer les grandes passions… et pour représenter les choses qui sont rondes… *u* signifie les choses obscures et cachées » ; parmi les consonnes, *f* peut représenter le vent et le feu, *l* la mollesse, *r* l'âpreté, *m* la grandeur, *n* l'obscurité). Mais, contrairement à Leibniz, il ne croit pas que ces capacités se soient investies dans l'élaboration des langues naturelles : ses illustrations consistent non en vocables

que les deux dernières. On pourrait encore envisager quelques autres combinaisons (en excluant évidemment toutes celles, logiquement insoutenables, qui admettraient la troisième proposition sans la seconde). L'une d'elles mériterait une particulière attention, mais j'ai quelques raisons pour ne pas la mentionner tout de suite, laissant au lecteur impatient le soin de la déduire.

Voici donc l'inévitable tableau (*voir* page suivante), où + signifie l'adhésion, – le refus, ? le silence, et peut-être l'indifférence. J'y laisse exprès un rang vide ; j'y reviendrai peut-être.

---

simples, mais – nous retrouverons ce clivage – en harmonies imitatives complexes empruntées à Virgile, c'est-à-dire à l'artifice poétique, et constatant qu'aucune affection des sens ne nous inspire « des vocables qui signifieraient naturellement, dont on pourrait composer une langue naturelle », il en vient à conclure : « je n'estime pas qu'il y ait aucune langue naturelle » (II, p. 75-77). Il n'y a pas de langue mimétique malgré les capacités mimétiques des sons : nous sommes jusqu'ici dans la pure orthodoxie socratique, mais voici le renversement hermogéniste : « Si l'on pouvait inventer une langue dont les dictions (vocables) eussent leur signification naturelle, de sorte que tous les hommes entendissent la pensée des autres à la seule prononciation sans en avoir appris la signification, comme ils entendent que l'on se réjouit lorsque l'on rit et que l'on est triste quand on pleure, cette langue serait la meilleur de toutes les possibles... Mais puisque le son des paroles n'a pas un tel rapport avec les choses naturelles, morales et surnaturelles que leur seule prononciation nous puisse faire comprendre leur nature ou leurs propriétés, à raison que les sons et les mouvements ne sont pas des caractères attachés aux choses qu'ils représentent avant que les hommes aient convenu ensemble et qu'ils leur aient imposé telle signification qu'ils ont voulu... il faut voir si l'art et l'esprit des hommes peut inventer la meilleure langue de toutes les possibles ; ce qui ne peut arriver si l'on ne suppose premièrement que la meilleure langue est celle qui explique les notions de l'esprit le plus brièvement et le plus clairement » (p. 65 ; cf. p. 12). La « meilleure langue possible » n'est donc pas la langue mimétique – qui n'est pas possible : c'est simplement la langue la plus brève et la plus claire, et cet idéal d'économie et d'efficacité, Mersenne le trouve finalement, comme on sait et bien avant Dalgarno et Wilkins, dans une langue artificielle algébrique fondée sur l'analyse des concepts et une combinatoire de signes conventionnels. Il figurerait donc assez bien le trajet plutôt retors du cratylisme secondaire à l'hermogénisme secondaire : d'un Socrate converti *in extremis* à la langue « philosophique ».

A	B	C	
+	+	+	Mimologisme absolu (Cratyle)
+	+	–	Mimologisme secondaire (Socrate)
?	–	–	Hermogène
–	–	–	Conventionalisme absolu (Saussure ?)
–	+	+	Conventionalisme secondaire (Leibniz)

Mimographismes

De Platon à Leibniz, nous avons pu observer quelques modifications, mais aucun véritable déplacement du champ du débat, dont le centre actif est resté le *mimèma phônè*, l'imitation du sens par les sons de la voix. Or, la langue ne se matérialise pas seulement dans la parole, mais aussi dans l'écriture, et à côté (ou au-dessous, ou au-dessus, comme on voudra, et j'y reviens) de la mimésis phonique, on peut rêver – on a rêvé – d'une mimésis graphique, imitation par les formes sensibles de l'écriture. Imitation de quoi ? Ici s'impose une distinction qu'ignore, en fait sinon en droit, le mimologisme phonique : l'écriture peut être conçue, aussi bien que la parole, comme une imitation des objets qu'elle désigne : c'est à peu près, on l'a vu, l'idée qu'à l'époque classique on se faisait du « hiéroglyphe » égyptien. Mais une écriture dite phonétique, comme la nôtre, peut aussi être conçue comme imitation des sons qu'elle note, chaque lettre (par exemple) étant l'analogon visuel d'un phonème. Pour en venir à une terminologie plus synthétique et plus expéditive, la mimologie en général peut être divisée en *mimophonie* (c'est le terrain du cratylisme classique) et en *mimographie*, laquelle à son tour se subdivise en *idéomimographie* et *phonomimographie*. Ces deux variétés de la mimographie sont théoriquement tout à fait hétérogènes, et indépendantes l'une de l'autre. Elles peuvent toutefois se rejoindre en pratique, si au principe mimographique vient s'ajouter le principe mimophonique : si l'écriture imite la parole, qui de son côté imite les choses, il s'ensuit nécessairement que l'écriture, même sans le chercher, imitera les choses ; et réciproquement, si la parole et l'écriture imitent les choses chacune de son côté, elles s'imiteront inévitablement l'une l'autre. Nous rencontrerons en leur temps de tels effets de convergence. Pour l'instant, contentons-nous d'états plus simples, ou plus dissociés. Parmi quelques autres, l'âge classique nous offre deux systèmes mimographiques assez purs, et à peu près contemporains : celui de Wachter, qui est une interprétation phonomimétique de notre alphabet, et celui de Rowland Jones, qui en est une vision idéomimétique.

Le principe de la phonomimographie est clair, mais il n'est pas si simple qu'il peut paraître *a priori*, pour cette raison au moins que les sons de la parole peuvent être envisagés soit dans leur aspect proprement acoustique, soit dans leur aspect articulatoire. On pourrait donc imaginer deux types d'alphabet mimétique, dont l'un représenterait graphiquement les sons de la parole, sans se soucier des conditions de leur production par l'appareil vocal, et dont l'autre imiterait la forme de cet appareil au moment de cette émission. Nous rencontrerons une tentative du premier genre chez le président de Brosses pour la notation des voyelles, et l'on a, beaucoup plus récemment, proposé un système complet de notation fondé sur une transcription électronique[1]. Mais nous sommes là dans le domaine des alphabets factices, et donc en régime de mimographisme secondaire. Le cratylisme graphique proprement dit, c'est-à-dire l'interprétation mimétique des écritures existantes, semble s'être beaucoup plus volontiers tourné vers la phonomimèse articulatoire[2]. Cette préférence est assez explicable : la traduction de l'acoustique en graphique est plus à la portée des machines de laboratoire que de l'imagination naïve, et les alphabets connus se prêtent vraiment trop mal à une interprétation en ce sens. En revanche, entre la forme de certaines lettres et celle, par exemple, de la bouche (des lèvres) pendant l'émission du son correspondant, le rapprochement est assez facile, et il en est au moins un, fondé ou non, qui semble aller de soi, et qui a été souvent proposé : il s'agit évidemment du O. On le trouve par exemple dans le *Champ fleury*, traité de typographie de Geofroy Tory (1529) : « Le O veut être prononcé d'un esprit

1. C'est le *visible speech* des chercheurs de la Bell Company ; voir R. K. Potter, *Visible speech*, New York, 1947.

2. Utilisée également par des alphabets factices : c'est le *visible speech* de Melville Bell, qu'il ne faut pas confondre avec le précédent, et qui a été réformé par le phonéticien Henry Sweet sous le nom de système *organique* ; voir Sweet, *A Primer of Phonetics*, Oxford, 1906.

et son sortant rondement de la bouche, comme la figure et dessin (de la lettre) le montre » ; ou dans le *De causis linguae latinae* de J. C. Scaliger (1559), I, 39 : « la figure vient d'une représentation du rond de la bouche, tandis que le I, qui note le son le plus grêle, se présente sans bosse ni ventre ». Il revient, comme chacun sait, dans la leçon de phonétique du *Bourgeois gentilhomme* (1670) : « L'ouverture de la bouche fait justement un petit rond qui représente un O[1] », et implicitement chez Lamy : « Toute la bouche s'arrondit, et les lèvres font un cercle, au lieu que dans la prononciation d'un I elles font une ligne droite[2]. » Il y a là, en ce qui concerne le O, un véritable lieu commun, que nous retrouverons encore chez Nodier, la ligne droite du I (apparemment tournée d'un quart de cercle) est moins évidente. Mais voici beaucoup plus complexe, à propos du A[3], de nouveau dans le *Champ fleury*, qui paraphrase ici Galeotus Martius : *« A ex duabus lineis constat, quae suo contactu angulum constituunt acutum, spiritum ab utraque parte palati emanantem indicant. Quae vero per transversum posita est, certam mensuram hiatus ostendit, quanto opus est in hujus elementi enunciatione.* C'est-à-dire, A est fait de deux lignes qui s'entretouchent par le bout d'en haut et font un angle aigu. Et pour ce sont indice de la voix sortant d'entre l'une et l'autre partie du palais et concavité supérieure de la bouche. La ligne aussi qui est posée en travers montre la certaine mesure de l'hiation qui est requise à prononcer cette lettre et vocale A. Donques le trait qui est en travers dudit A nous signifie qu'il veut être prononcé de la bouche n'étant trop ouverte, ni trop close[4]. »

Ce ne sont encore là que des indications isolées. Plus systématique est la tentative de Franciscus Mercurius, baron Van Helmont, dans son *Alphabeti vere naturalis hebraici brevissima delineatio*[5]. Chaque lettre de l'« alphabet »

1. On sait que cette leçon s'inspire du *Discours physique de la parole* de Géraud de Cordemoy (1668), mais l'interprétation mimétique n'est pas chez Cordemoy.
2. *La Rhétorique*, 1675, III, 2.
3. A lire comme capitale d'imprimerie ; les variantes de l'écriture, même mécanique, sont si importantes, qu'il faut parfois entrer dans ces précisions.
4. Le texte de Galeotus vient du chapitre « De literis » du *De homine* (1517).
5. Sulzbaci, 1657.

hébreu y est analysée, planche à l'appui, comme un dessin représentant, de profil, la position de la langue au moment de l'émission. Certaines de ces positions laissent perplexe, mais il faut sans doute en accuser l'incompétence du lecteur.

Le système de Wachter est d'une illustration plus sobre, et (bien qu'il se veuille une généalogie de toutes les écritures) il s'appuie essentiellement sur l'alphabet latin. Il s'agit des chapitres II et III du *Naturae et scripturae concordia*[1], dont les titres sont parfaitement explicites dans leur redondance; *Primas literarum formas ab instrumentis loquendi desumptas esse*, et *Primas literarum formas instrumentis suis similes fuisse*. Pour Wachter, la nature a fourni non seulement les sons des voyelles et des consonnes, mais encore et en même temps la forme de leurs lettres, qui ne nécessitait « aucune invention, mais une simple imitation » : il suffisait de considérer la forme des organes vocaux. Toute autre recherche eut été inutile, et d'ailleurs inefficace, car en cet état primitif de l'esprit humain les signes de l'écriture devaient être aussi clairs et mnémotechniques que possible, et rien ne peut l'être autant que des signes ressemblants : *nam a similibus similium fit recordatio*.

Considérons d'abord les voyelles, ou plutôt la voyelle, « son simple, émis bouche ouverte, la langue se tenant immobile à sa place; et ce son tire naturellement sa marque *(effigiem)* de la forme ronde de la bouche ouverte – forme qu'exprime le signe O. Et bien qu'il y ait cinq voyelles, diverses et distinctes par leur son, il est certain qu'elles sont toutes parentes et toutes produites par la même ouverture de la bouche, plus ou moins resserrée. » Ces cinq voyelles ne sont donc que cinq variétés secondaires d'un seul son, caractérisé exclusivement par l'ouverture de la bouche, et noté par une imitation de cette ouverture. Nous retrouverons ailleurs cette unité fondamentale de la voyelle, ici focalisée sur le O (et non, comme d'habitude, sur le A) pour des raisons graphiques évidentes. Il est d'ailleurs probable, pour Wachter, que les premiers hommes ne distinguaient pas les nuances vocaliques : aujourd'hui encore, « dans la bouche du vulgaire, toutes les voyelles se confondent », et « tous les

1. Leipzig, 1752. Johann Georg Wachter, philologue et archéologue allemand, vécut de 1673 à 1757. Son œuvre capitale est un *Glossarium germanicum* publié en 1736-1737.

peuples ne savent pas utiliser toutes les voyelles ». Les lettres voyelles autres que O sont donc récentes, conventionnelles dans leur répartition, et vraisemblablement dérivées de cette forme simple et fondamentale « soit au moyen d'un étai transversal, d'où le A copte ou grec, soit en divisant en quatre la surface du cercle, d'où les E, I et V grecs et latins », c'est-à-dire, sans doute, que l'on puise dans une figure telle que ⊕ ou ⊗ la matière de ces divers signes, qui se trouvent ainsi provenir indirectement de la forme mimétique O sans avoir eux-mêmes de relation d'analogie avec les sons qu'ils notent : il suffit apparemment à Wachter que le principe mimétique soit présent à l'origine ; même s'il doit s'altérer ou s'évanouir par la suite, cette action initiale suffit à motiver l'ensemble de la chaîne.

Le système consonantique est plus complexe. Il se subdivise en gutturales, linguales, dentales, labiales et nasales, chacun de ces groupes pouvant, comme celui des voyelles, se réduire à une unité d'articulation qui lui fournit sa figure littérale fondamentale. Les gutturales, qu'elles soient expirées *(h)*, aspirées *(ch)* ou explosives *(k, c, q, g)*, proviennent toutes d'un travail de la gorge ; et leurs lettres latines (K, Q, C, G) dérivent toutes de la figure ϙ « qui représente si bien le seuil de la gorge et la voie du souffle, ou tuyau vocal ». Toutes donc, sauf H, qui a été formé « par fusion de deux signes conventionnels du souffle, l'esprit rude (‘) et l'esprit doux (’) » ; arbitraire, donc, dans les composants, mais motivation dans le fait d'utiliser des signes de souffle pour noter l'expiration. Les « linguales » peuvent résulter de trois mouvements articulatoires distincts, d'ou trois figures fondamentales : 1. simple contact de la langue avec la partie antérieure du palais : c'est le son *l*, et la figure <, d'ou dérivent évidemment le Λ grec et (par rotation) le L latin ; 2. pulsion de la langue sur les dents du haut : c'est le son (ordinairement nommé dental, ou apico-dental), *d* ou *t*, selon la force d'articulation, noté par la figure < , origine du Δ grec et du T latin ; 3. Vibration de la langue contre les dents du haut, qui produit « le fracas *r*, dont la figure naturelle est une ligne tordue à sa pointe : —ɔ », d'ou le ר hébreu et le P grec, et indirectement le R latin. La « dentale » unique est en réalité une sifflante ; produite par « le souffle serré par la langue sur les dents, qui lui donnent sa figure, c'est-à-dire, sans contestation possible, ⊓ » ; C'est la forme visible d'une incisive inférieure ; couchée sur le côté et quelque peu gondolée par sa chute, elle engendre le Σ grec, puis, moyennant divers amollissements, le S et le C latins. Les labiales sont produites par une fermeture des lèvres, 1. complète, par simple contact (sons *b*, *p*), d'où figure représentant de profil deux lèvres jointes : Ʒ., d'où nos B et P ; 2. complète, avec compression (son *m*) : pour cette variante, la même figure tournée d'un quart de cercle : ɱ, d'où bien sûr notre m, devenu l'anguleux M sous le ciseau des graveurs d'inscriptions ; 3. partielle, laissant le souffle passer par l'orifice ménagé entre les lèvres (son *f* ou *v*) : la figure représentera deux lèvres entrouvertes, ⦃. étayé en K, d'où paraît-il le F grec (digamma) et notre F. La nasale, enfin, (son *n*), est une expiration par le nez, dont la figure naturelle est la forme extérieure d'un nez vu de face : Λ, dont la ressemblance fâcheuse avec le lambda grec est passée sous silence, et qui produit par simple renversement le V grec et par redoublement le N grec et latin.

Le système de Wachter, on le voit, ne prétend pas introduire la motivation mimétique dans les moindres détails de toutes les écritures. Il lui suffit d'une origine mimétique à quelques figures fondamentales, dont la déformation ultérieure ne suffit pas à ruiner le principe : position modeste, que l'on ne retrouvera pas chez certains de ses héritiers comme Court de Gébelin. Mais le principal intérêt de cette tentative est précisément dans l'invention de ces figures mères, *matres scripturae* pourrait-on dire, à mi-chemin du schéma articulatoire et du signe graphique proprement dit, et qui introduisent dans l'écriture une catégorie inconnue de tous les alphabets existants, indice générique et trace (imaginaire) d'une véritable classification phonétique. *Mimèma phônès*, la page écrite se met à grouiller – plus ou moins reconnaissables, toujours à la fois offerts et dérobés dans le buisson des lettres – de petites bouches ouvertes ou fermées, de gosiers, de nez renversés, de langues dardées ou repliées. « L'écriture, dira Claudel, a ceci de mystérieux qu'elle parle [1]. » Nul mystère ici ; au contraire, l'évidence fantastique d'une parole couchée sur le papier, mais encore vive et toute bruissante. Cette hallucination, « phonocentrique » s'il en fut, ne constitue pas seulement pour Wachter un

1. « Religion du signe », *Connaissance de l'Est*.

progrès de la connaissance, mais aussi une source de plaisir et encore une émancipation : la fin d'une tyrannie, celle précisément qu'exerçait le « mystère » de l'écriture, maintenant dissipé, ou si l'on veut dissipée, puisque l'écriture elle-même se résout et s'efface en parole :

> Il n'est pas juste de toujours demander, à quoi cela sert-il, à quoi cela est-il bon ?, même si une invention nouvelle se trouvait n'avoir aucune utilité, que le plaisir. En effet, de même qu'aux tableaux où l'art imite la nature, personne ne demande d'utilité, mais, satisfait de la grâce et de la vérité de l'image, chacun s'adonne sans réserve au plaisir de voir ; de même, dans les caractères dessinés selon la nature, chercher une autre utilité que le plaisir qui naît du sentiment de l'harmonie, et, à défaut de cette utilité, mépriser tout le tableau, si ressemblant soit-il, je ne sais s'il y a là plus d'injustice, ou plus de stupidité. Un juge aussi sévère, qui mesure toutes choses à leur seule utilité, ne devra-t-il pas mépriser du même froncement de sourcil tous les trésors de l'Antiquité ? Que certaines vérités soient de si peu d'importance que le manque d'utilité leur enlève presque tout titre à l'attention, je l'accorde certes volontiers, pour apaiser leur rancune, à mes censeurs qui me traiteront peut-être de vieillard abécédaire. Mais la vérité de l'écriture naturelle est d'un tout autre ordre. Grâce à elle, en effet, nous possédons maintenant l'explication des lettres, c'est-à-dire des premiers éléments du savoir humain, qui étaient jusqu'ici comme des signes magiques ou tyranniques, imposés à tous et compris de personne : explication si souvent recherchée, mais jamais trouvée au cours des siècles. Cette découverte ne peut manquer d'apporter un nouveau lustre aux études les plus distinguées, et une lumière nouvelle aux lettres les plus anciennes. Telle est la vraie grammaire, inventée avant toutes les grammaires. La mettre en lumière est la vraie paléographie, car enfin, quoi de plus ancien que la nature elle-même ?

*
* *

Autant la contribution de Wachter était brève et nette, autant celle de Rowland Jones[1] est prolixe, répétitive et confuse. Je taillerai dans cette broussaille sans trop d'égard pour ses nuances, évolutions et contradictions, pour en tirer un paradigme d'idéomimographie.

Jones est un des tenants de la thèse celtiste, nombreux en Angleterre comme en France, qui font remonter l'un et/ou l'autre de ces deux idiomes à la langue celte, souvent affiliée elle-même à l'hébreu, ou à une hypothétique langue primitive commune. Son propos d'ensemble est la démonstration de cette thèse, et son but la *restauration* de cette langue, comme le proclame un de ses titres, ou l'*instauration*, comme l'annonce un autre, d'une *langue universelle hiéroglyphique consistant en lettres et sons anglais* ; ces deux projets n'en font qu'un, puisque l'anglais, « principal dialecte celtique », est pour Jones l'héritier le plus direct et le plus fidèle de la langue naturelle primitive. Deux grands thèmes de la pensée linguistique du XVIIIe siècle, la spéculation sur l'origine des langues et le projet de langue universelle ou « philosophique », convergent ici au profit d'un idiome actuel, considéré à la fois comme le plus originel et (donc) le plus apte à l'universalisation.

> Étant donné la structure particulière du celtique, sa fidélité aux caractères, aux sons et aux procédés de composition originaires, et son indépendance à l'égard des autres langues, il ne semble y avoir aucun doute qu'il soit le premier langage de l'humanité, à moins que quelque langue asiatique ne révèle autant de perfection, ce que ni le savant Bochart[2] ni aucun autre érudit à ma connaissance n'ont été jusqu'à maintenant capables de montrer ... Si le celtique se révélait la première langue de l'humanité, son rétablissement ne contribuerait pas seulement au progrès de l'espèce humaine en général, mais à la restauration de la première langue universelle (...) Et de tous les dialectes celtiques, l'anglais semble être le plus apte à

1. Philologue anglais, 1722-1774. Les textes considérés ici sont : *The Origin of Language and Nations*, 1764 ; *Hieroglyphic*, 1768 ; *The Circles of Gomer*, 1771 ; *The Io-Triads*, 1773. Les trois premiers au moins ont été réimprimés par Scolar Press, Menston, 1970-1972.

2. Principal tenant de la thèse hébraïste, *Hierezoïcon*, 1663. Jones pour sa part refuse la dérivation du celte à l'hébreu. Ancêtre pour ancêtre, il lui arrive de proposer, selon l'hypothèse prêtée par Hérodote à Psammétique, le phrygien.

devenir une langue universelle, par la simplicité de sa construction, l'abondance de ses locutions primitives, son étroite parenté avec les langues primitives. Si certains vocables faisaient défaut, on pourrait les trouver sans avoir à sortir de Grande-Bretagne. Et si l'on suit la filiation de tous les vocables jusqu'à l'origine, l'anglais apparaîtra peut-être comme le plus important des idiomes celtiques, et de loin préférable à n'importe lequel de ceux qui ont été récemment vantés comme originels par des gens qui, sans même connaître le celtique, prétendent nous apprendre quelque chose sur l'origine du langage. Que l'anglais entre en lice, seul contre tous ! Et, comme la verge d'Aaron, il ne fera qu'une bouchée de toutes les autres. Qu'il prenne la tête puisque c'est là le seul moyen d'imposer et de former une langue universelle[1]...

Si le propos de Rowland Jones se bornait à cette sorte de captation au profit de l'anglais du vieux projet de langue philosophique, il ne nous concernerait pas directement ici. Mais la langue universelle de Jones n'est pas seulement une langue réelle et « naturelle » (et non factice comme celles de Dalgarno et Wilkins), mais encore, contrairement aux constructions de ses prédécesseurs, elle est une langue « hiéroglyphique » – c'est-à-dire, selon le vocabulaire d'époque, mimétique[2] : « car telle doit être à coup sûr la constitution d'une langue proposée à l'assentiment universel ; et tel est selon moi l'anglais, dont les vocables sont hiéroglyphiques, leur signification s'accordant avec leur combinaison expressive *(picturesque)*[3] ». Ainsi

1. *Postscript* à *The Origin*, p. 16-17 et 31-32. Le *Io-Triads* revient sur cette supériorité de l'anglais, et polémique avec Court de Gébelin sur les mérites comparés du français (p. 42 et 47). On retrouve ici, bien sûr, le parti pris national déjà présent chez Wallis, mais infléchi du protectionnisme jaloux vers une sorte d'impérialisme, que marque bien encore le sous-titre des *Circles : An Essay towards an Investigation and Introduction of the English as an Universal Language* ; et la présence d'un appendice intitulé : « An Universal English Grammar ».

2. Rappelons qu'à l'époque classique, et jusqu'à Champollion, l'écriture égyptienne est conçue comme purement idéographique et sans trace de phonétisme ; le « hiéroglyphe » est alors le type même du signe mimétique. Nous retrouverons encore ce motif, qui se survit jusque chez Baudelaire. Cf. Liselotte Dieckmann, *Hieroglyphics, The History of a Literary Symbol*, Washington Univ. Press, 1970.

3. *Hieroglyphic*, p. 12. Dans *Io-Triads*, Jones, après Leibniz, défend le principe de l'origine mimétique contre les attaques de son illustre compatriote : « M. Locke, qui après avoir doté l'âme humaine d'un grand nombre

se tresse un réseau d'équivalences entre l'anglais, le celtique, la langue originaire, la langue universelle, et le principe même d'un langage naturel mimétique ; ainsi toutes les entreprises de Jones peuvent-elles se rejoindre en une interprétation motivante des éléments du langage :

> Si le sens originel de toutes les lettres et particules ou parties du discours est ainsi défini avec précision, toutes les langues peuvent être restaurées dans l'état primitif d'un langage universel. De là, on établirait un lexique donnant les racines primitives en italiques, et à la suite et en tableau comparatif les vocables dérivés des divers dialectes, avec leurs sens originels, secondaires, dérivés et acceptés, le pourquoi et le comment de leur déviation par rapport à l'original, un petit nombre de règles grammaticales simples de construction, et les particules actualisantes à ajouter aux noms pour former des verbes, selon la manière anglaise... En outre, il pourrait être utile de traduire dans cette langue universelle les œuvres qui le méritent ; et ainsi, laissant tomber tous les autres idiomes, on enseignerait dans les écoles, au lieu de la doctrine des sons arbitraires, la connaissance des choses dans ce langage universel de la nature, le seul qui ait une connexion naturelle avec l'entendement humain.

Ce propos, on le voit, concerne en principe tous les niveaux et toutes les formes de la construction linguistique ; en fait, et par un glissement qui reste confus et peut-être inaperçu, les interprétations de Jones vont porter essentiellement sur les éléments de l'écriture alphabétique (latine) et leur combinaison en « particules » ou syllabes. Contrairement à Wallis, qui était un vrai phonéticien, capable de raisonner sur la seule substance

de nouvelles facultés, pour rester fidèle à son nouveau système métaphysique, s'est hasardé jusqu'à prétendre que le langage n'est rien d'autre qu'un ensemble de mots que certaines gens sont arbitrairement convenus d'utiliser pour noter et communiquer leurs pensées, sans aucune connexion naturelle entre les sons et les idées ou les choses » (préface, p. 5. On reconnaît la formule de l'*Essai*, livre II, chap. II). Jones maintient ainsi contre Locke la signification naturelle du mot *life* : « Il apparaît comme un fait indéniable que les mots ont avec les idées une connexion naturelle, et le mot *life*, en particulier, comme composé de *l-if*, signifie vers le haut des parties ou des choses. » Le débat cratylien recouvre ici assez fidèlement le débat philosophique et religieux, le conventionalisme de Locke étant directement (et fort inexactement) rapporté à sa prétendue impiété : « ... faute d'une juste notion de l'origine divine de la parole ».

phonique, Jones, ayant analysé les mots de la langue en éléments qu'il appelle, comme bien d'autres, des « lettres », semble se piéger à cette confusion terminologique, et s'enferme dès lors dans l'analyse graphique. Tout l'édifice de la langue va donc reposer sur une lecture symbolique de l'alphabet, que nous allons sommairement considérer pour elle-même[1].

O symbolise le « cercle infini du temps et de l'espace », l'univers *(world)*, et plus spécifiquement le globe du soleil et par dérivation le mouvement, la chaleur et la lumière. I, avec son point qui représente à nouveau le soleil, est une ligne étendue virtuellement jusqu'aux limites de la vue ; donc la verticalité, donc le feu, donc la colère ; c'est aussi le moi *(I)*, comme figure d'un homme debout, « dans son état primitif d'innocence[2] ». A, qu'il faudrait écrire *a*, est une division de O comme enclos par une barre ; c'est l'élément terrestre, dont la matérialité s'oppose à l'élévation spirituelle de O[3]. E, qu'il faudrait écrire ε est encore une division de O, mais, laissé ouvert, il représente l'élément aquatique, l'eau jaillissante et courante ; c'est la lettre féminine, par opposition à la masculinité de A. U, double i sans point reposant sur un C couché, indique une action vers le haut *(up)* et infinie. C, comme moitié de O (mouvement), symbolise en effet l'effort vers le mouvement, donc l'action. B, ou plutôt b, est une addition de c + I (description qui conviendrait mieux à d, mais Jones ne s'explique pas sur cette anomalie), d'où action de l'être vers le haut : la vie. D, à écrire d, est le contraire ou négation de b ; g est un affaiblissement de c, symbolique d'actions plus faibles, comme la naissance, la croissance, comme l'indique sa figure en forme de gerbe ou de faisceau, ou encore de parties génitales. L se compose d'un I vertical indiquant la longueur et d'un I couché indiquant la largeur : il symbolise donc l'étendue. M, ou m, représente un profil de collines et de vallées, ou

1. Les exemples qui suivent, sauf indication contraire, viennent de *The Origin*.

2. *Hieroglyphic*, p. 15.

3. « Il est également remarquable que l'homme, seul de tous les animaux, exprime la joie et l'admiration au moyen du son O, qui signifie l'éternité, alors que les autres semblent prononcer la lettre A, qui signifie la terre ; or, l'homme se tient debout, tourné vers le ciel, alors que les bêtes regardent en bas vers la terre, comme si là se concentrait l'essentiel de leurs joies et de leurs plaisirs » (préface de *Origin*). Nous retrouverons chez Chateaubriand cette interprétation tellurique du A.

les vagues de la mer ; d'où terre, mer, montagne, mais aussi la mort. N est diminutif ou négatif de M. P, autre inverse de b, indique une action dirigée vers le bas, et donc tout ce qui est matériel et particulier. T, qui est un I sans point et fermé en haut, désigne le ciel, le toit, et toute espèce de couverture.

Cette liste épuise, en le simplifiant, le tableau du symbolisme graphique selon Jones[1]. A travers ses confusions, ses doublons et ses lacunes, se dégage tout de même un effort de distribution : les voyelles, ou du moins O, I, A et E, se partagent les réalités cosmiques, sans toutefois que les quatre éléments traditionnels soient répartis de façon systématique, puisque I est le feu, A la terre mais E cumule l'air et l'eau. Les consonnes (auxquelles on peut annexer le U) dérivent en majorité du C (lui-même issu du O), et comme telles désignent essentiellement des mouvements et des variétés d'actions, excepté L, M, N et T qui représentent des formes spatiales. Nous ne sommes donc pas loin d'une répartition très courante sur le plan phonique, et que nous retrouverons : voyelles = éléments et substances, consonnes = formes et mouvements ; équivalence évidemment suggérée par une interprétation spontanée du fait vocal, et qui se rabat ici subrepticement sur l'écriture, bien que l'opposition n'ait aucune pertinence sur le plan graphique, comme le montre d'ailleurs involontairement ici la filiation de O à C et de C à U, et celle de I à L et T. On trouve en fait, ici comme chez Wachter, malgré la différence des propos, un système à plusieurs étages, où la vertu mimétique ne s'exerce pleinement que dans les formes fondamentales (ici, I et O, la droite et le cercle ; nous retrouverons à peu près ces éléments chez Claudel), les autres, qui en dérivent morphologiquement par déformation ou combinaison, ne symbolisant guère plus que d'une manière en quelque sorte déléguée : le mimétisme de C se réfère à celui de O, celui de U à ceux de C et de L etc., au prix

1. F n'est donné que comme un « auxiliaire » de M ; K, Q, V, X, Z, n'étant pas des lettres celtes, n'attirent aucun commentaire ; quant à S (et plus confusément R), ce sont de simples « lettres de sons » *(letters of sound)*, c'est-à-dire apparemment des signes purement phonétiques ; mais S présente un cas intéressant de phonomimèse indirecte : dessiné d'après la forme des vagues, il note un son qui lui-même imite leur bruit sifflant. La mimésis phonique et la graphique se rejoignent donc ici sur l'objet imité, qui est à la fois visible et sonore. Nous retrouverons ailleurs de telles convergences, évidemment sollicitées.

à chaque fois d'un postulat intellectuel (du type : l'action est une partie du mouvement) qui relaie et donc affaiblit l'évidence symbolique initiale. Jones insiste à plusieurs reprises sur le caractère analytique de son propos : « décomposition ou analyse des langues et des mots en leurs premiers principes[1] ». Ce trait est en effet fondamental, et d'une grande importance pour la définition de cette variété de mimologisme ; la mimésis graphique ne fonctionne pas ici, comme elle le fera par exemple chez Claudel, au niveau immédiat et commun du vocable conçu comme un idéogramme global ou, selon le mot pertinent de Bally, comme un *monogramme* mimétique. Il faut « décomposer » le mot en lettres, et bien souvent les lettres elles-mêmes en ces graphèmes plus élémentaires que fournissent le O et le I, pour y découvrir une vertu mimétique qui agit certes dans tout l'édifice de l'écriture et du langage, mais ne réside et n'apparaît pleinement que dans leurs « premiers principes », c'est-à-dire à la fois dans leurs éléments et dans leur origine. C'est évidemment la situation du *Cratyle*, transposée dans l'écriture, mais sans le relais commode (et suspect) de la motivation indirecte en étymologie.

La construction de Jones se développe en effet des graphèmes élémentaires aux lettres constituées, des lettres aux syllabes et finalement des syllabes aux mots complexes, sans aucune rupture de principe et par simple addition combinatoire. L'étape la plus développée, répétée avec diverses variantes dans chacun de ses ouvrages, est celle des syllabes ou « particules » *(particles)*, le plus souvent présentées selon la formule *voyelle + consonne*[2], chacune de ces combinaisons (*ab, ac, ad*, etc.) portant une signification complexe qui combine les valeurs simples de la voyelle et de la consonne. Nous n'allons pas considérer l'ensemble de cette combinatoire fastidieuse et souvent obscure. A titre d'exemple, citons *ol*, extension du globe, d'où le Tout *(all, whole)* ; *ic*, action du feu (lat. *ignis*) ; *ir*, émanation du feu (*fire*, lat. *ira*) ; *al*, étendue de terre, d'où espace, spécifié par renversement dans

1. *Io*, p. 44.
2. *The Origin* présente en fait deux séries de particules, voyelle + consonne, puis consonne + voyelle, ce qui double la capacité significative, car le renversement modifie ou spécifie la synthèse sémantique ; ainsi, *ac* signifie une « action terrestre », *ca* le fait, plus précisément, d'entourer ou d'enclore la terre.

land; *eb*, vie et croissance de l'eau, d'où par spécification *beer*; *ur*, « l'élan infini de l'homme, comme s'il s'apprêtait à bondir infiniment vers l'éternité », d'où lat. *vir*.

Les mots cités dans ces quelques exemples sont des vocables très réduits, généralement monosyllabiques, et donc de simples lexicalisations des « particules » élémentaires. Le niveau d'intégration suivant concerne évidemment les mots complexes, que Jones considère comme des syntagmes figés, voire de véritables propositions. Dans ces vocables, la concaténation des particules a entraîné de nombreuses élisions de voyelles radicales, que l'analyste doit rétablir pour retrouver la forme originelle et la motivation du sens. Cet effort suprême n'a laissé de traces que dans une page (24-25) du *Hieroglyphic*, d'où j'extrais ces quelques exemples : *blackish* (noirâtre) s'analyse en *b-li-ack-ish*, « une chose sans lumière »; *dread* (terreur) en *id-ir-ad*, « au feu »; *flow* (flot), en *af-il-ow*, « jaillissement de rayons de soleil »; *cold* (froid), en *ac-ol-id*, « être sans soleil »; *grass* (herbe) en *ag-ar-as*, « action sur le sol »; *speak* (parler) en *si-pe-ak*, « action des organes du son »; *star* en *sta-ir*, « feux immobiles »; *property* en *pe-or-pe-er-ty*, « possession de parties de sol et d'eau ou de ce globe ». Je gardais pour la bonne bouche deux noms d'animaux dont l'analyse ne manque pas de charme : *snail* (escargot), qui se lit *si-in-na-il*, c'est-à-dire « il est sans lumière »; et *crocodile*, alias *ac-ir-oc-o-di-il*, qui signifie évidemment « un animal aquatique, agissant, coléreux, et (néanmoins) hypocrite ». Voilà ce qu'ignorait pour son malheur l'enfant d'éléphant des *Histoires comme ça*, qui s'y laissa tromper.

Cette entreprise, qu'il faut évidemment juger sur ses intentions davantage que sur ses résultats, a pour principal mérite de conjoindre, par la voie du graphisme, le rêve cratylien d'une interprétation mimétique du langage réel et le projet plus moderne d'une langue « philosophique » artificielle. L'anglais, en l'occurrence, est ici analysé comme une construction à la fois mimétique dans ses éléments et rigoureusement combinatoire dans son agencement et son fonctionnement. C'est une *combinatoire expressive*, où chaque mot indique par lui-même et tout naturellement (et donc sans apprentissage nécessaire) l'assemblage de propriétés simples dont se compose l'objet qu'il désigne. La « langue bien faite » dont parle Condillac se confond ici totalement avec l'édifice encyclopédique du savoir, la science des mots se confond avec celle des choses. Il y a dans cette synthèse un optimisme qui est bien de son époque, et que Socrate, on s'en souvient (mais non Cratyle), refusait par avance. La distance entre ces deux attitudes, plus décisive à coup sûr que le passage du phonique au graphique, se marque bien dans la différence déjà signalée entre les « étymologies » du *Cratyle* et les analyses de mots du *Hieroglyphic*. L'éponymie socratique renvoyait d'un mot opaque à un ou plusieurs autres mots qui étaient censés l'éclairer, mais qui restaient eux-mêmes tout aussi opaques, en attendant une symbolique élémentaire dont la liaison avec la procédure étymologique demeurait problématique et peu assurée. Le *De dialectica* comblait cette faille en jouant de la confusion entre motivation directe (du mot par la chose) et motivation tropologique (du mot par la relation entre deux choses). Les étymologies jonesiennes, si peu nombreuses soient-elles, suffisent à illustrer une troisième et tout autre démarche, en tout autre situation : « décomposer » un mot, c'est ici – mythiquement, bien sûr – l'ouvrir et l'étaler pour y lire, sans relais, sans faille, sans écran, comme dans un miroir, le jeu transparent – je devrais dire transparaissant dans la transparence du mot – de ses « premiers principes ». Pour la première, et à ce degré pour la dernière fois, l'étymologie se donne, non pas comme un pis-aller décevant ou un palliatif provisoire, mais, conformément à son propre *étymon*, comme vérité du discours et discours de la vérité, « connaissance des choses dans le langage universel de la nature ». Par ce succès quelque peu inattendu, le *mimèma graphè* se révèle comme une des voies les plus fécondes du rêve cratylien. En cas de défaillance du *mimèma phônè*, la relève est assurée[1].

1. On trouve une autre tentative d'interprétation idéographique de l'alphabet, apparemment inspirée de celle de Jones, dans l'*Essay towards an Investigation of the Origin and Elements of Language and Letters*, de L. D. Nelme, publié en 1772 (Reprint par Scolar Press, 1972). Pour Nelme, les deux graphèmes fondamentaux sont, encore une fois, le trait vertical, d'où la lettre l, symbole de l'altitude et de l'extension en général, et le cercle, d'où la lettre O, symbole de l'horizon et de toute limite, à commencer par celle du jardin d'Eden. O + l donne sax. *Ol*, « tout » (contrairement à Jones, Nelme dérive l'anglais non du celtique mais de l'anglo-saxon ; Jones réfute cette hérésie dans *Io-Triads*).

[illegible]
[illegible]
encyclopédique du savoir, la science des mots se confond
avec celle des choses. [illegible]
[illegible]

Peinture et dérivation

Le *Traité de la formation mécanique des langues*, du (par ailleurs) célèbre président de Brosses, paraît en 1765[1]. Il porte en sous-titre, ou plutôt son titre porte encore : ... *et des principes physiques de l'étymologie.* C'est bien l'étymologie, comme chez le Socrate de la première partie du *Cratyle*, qui véhicule la motivation du langage ; mais alors que les étymologies socratiques servent à prouver la « justesse des noms », chez de Brosses, c'est la démonstration du caractère mimétique des mots qui est au service de l'« art étymologique », auquel ce mimétisme donne son fondement et sa certitude ; et l'étymologie n'est ici, comme l'indique la propre origine du mot qui la désigne, rien d'autre que la science et l'étude de la *vérité des mots*, c'est-à-dire de leur vertu mimétique : « La première règle, la plus simple qu'indique la nature dans la formation des mots, est qu'ils soient *vrais* ; c'est-à-dire qu'ils représentent la chose nommée aussi bien qu'il est possible à l'instrument vocal de la représenter. La vérité des mots, ainsi que celle des idées, consiste dans leur conformité avec les choses : aussi l'art de dériver les mots a-t-il été nommé *étymologie*, c'est-à-dire *discours véritable* ; *etumos, verus* ; *logos, sermo* (d'*etos, verus, quod est* ou d'*eimi, sum*). Nul doute que les premiers noms ne fussent convenables à la nature des choses qu'ils expriment : en juger autrement, ce serait croire les hommes insensés : car ce serait dire que leur but en parlant n'était pas de se faire entendre[2]. »

Vérité = représentation = conformité (= ressemblance) des mots (et des idées) aux *choses*. Des mots, ou *(vel)* des noms :

1. Deux tomes, à Paris chez Saillant, Vincent et Desaint ; réédité en 1800. Jean Roudaut en a reproduit quelques pages dans son précieux *Poètes et Grammairiens au XVIIIe* siècle, Paris, Gallimard, 1971. Le petit livre d'H. Sautebin, *Un linguiste français du XVIIIe siècle : le Président de Brosses*, Berne, 1899, Slatkine Reprints, 1971, n'est qu'un simple résumé.

2. I, p. 30-31.

on retrouve ce passage typiquement cratylien, ce glissement comme insensible du genre à l'espèce. De Brosses néglige un peu moins que Platon les autres « parties du discours », il fera une place aux verbes dans sa liste des onomatopées[1], mais il est clair qu'il ne leur accorde pas le même degré de « justesse » qu'aux noms. N'étant jamais lié à un « objet » extérieur stable et déterminé, le verbe désigne plus manifestement que le nom une « abstraction », il offre donc plus de prise à l'arbitraire : « L'arbitraire y influe beaucoup plus que dans les noms des substantifs physiques, parce que l'action qu'exprime le verbe vient souvent de l'homme plus que de la chose, et que d'ailleurs les verbes, à ne les considérer qu'en eux-mêmes, peuvent être mis au nombre des termes abstraits[2]. » La linguistique se réduit donc ici, à peu près, à une *étymologie des noms*.

Dans la Grèce du IVe siècle, et quitte à recourir parfois aux idiomes barbares comme à un expédient commode en cas de besoin, Platon pouvait raisonner sur la langue grecque comme si elle était le langage même, voire la langue des dieux : si prééminente sur des parlers réputés bredouillages à peine articulés qu'elle pouvait prétendre à une universalité de droit. En plein XVIIIe siècle, malgré Rivarol et Frédéric II, il est difficile d'accorder un tel monopole à la langue française – encore qu'il arrive, on le verra, assez souvent, que le préjugé national trouve à s'exprimer sur tel ou tel détail de l'argumentation. L'objet de l'enquête sera donc en principe « une langue primitive (...) commune à tout le genre humain, qu'aucun peuple ne connaît ni ne pratique dans sa première simplicité ; que tous les hommes parlent néanmoins, et qui fait le premier fond du langage de tous les pays[3] ». A vrai dire, cette langue mère, dans la (faible) mesure où elle ne sera pas tout simplement décrétée et déduite de principes *a priori*, procédera d'une comparaison entre « toutes les

1. I, p. 255.
2. II, p. 368. Cette valorisation si répandue du nom comme vocable plus « concret » procède sans doute d'un mouvement spontané, dont témoigne l'imagination enfantine : « Il y a des mots que je vois, dit une petite fille de cinq ans, je vois bien la fenêtre, par exemple, mais il y en a d'autres que je ne vois pas, je ne vois pas je t'aime » (rapporté par Brice Parain, *Recherches sur la nature et les fonctions du langage*, Gallimard, 1942, coll. « Idées », p. 52).
3. I, chap. XVI.

langues connues », qui pour le Président se réduisent à peu près aux langues classiques et aux langues modernes européennes. Nous avons donc ici comme une première idée de ce qui sera, au siècle suivant, l'indo-européen de la grammaire comparée, mais implicitement présenté, sinon comme la langue primitive universelle[1], du moins comme la langue par excellence, et qui peut en donner l'idée la plus juste.

Cette langue primitive est qualifiée, en trois adjectifs que j'ai volontairement omis dans la citation ci-dessus, d'« organique, physique et nécessaire ». Il est difficile d'attribuer un sens spécifique à chacun de ces qualificatifs, qui sont chez de Brosses à peu près synonymes : la langue est *nécessaire* en ce qu'elle est *physique*, imposée par la nature et non arbitrairement instituée par l'homme, et cette nécessité est *organique* en ce qu'elle procède de la constitution des organes de la voix. Mais la détermination du langage selon de Brosses est en réalité plus complexe que ne le fait apparaître cette formule. Le « choix des mots » est dicté non par une, mais par deux causes : « l'une est la constitution des organes vocaux, qui ne peuvent rendre que certains sons analogues à leur structure ; l'autre est la nature et la propriété des choses réelles qu'on veut nommer. Elle oblige d'employer à leur nom des sons qui les dépeignent, en établissant entre la chose et le mot un rapport par lequel le mot puisse exciter une idée de la chose[2] ». On voit que le seul rapport capable, pour de Brosses, d'exciter une idée de la chose est le rapport de res-

1. La position du Président dans la question alors tant controversée de la langue mère est très prudente, mais elle se marque au moins par un rejet assez décidé. (« Il n'y a aucune preuve en faveur, soit de l'hébreu, soit d'aucune autre langue, qu'elle soit la langue primitive », I, p. 209) de la thèse hébraïste traditionnelle (Guichard, Bochart, Thomassin, etc.) encore soutenue en 1764 par Bergier *(Les Éléments primitifs des langues)* ; et que n'exclut pas Beauzée dans l'article « Langue » de l'*Encyclopédie* (1765), et par une nette préférence pour le grec, considéré comme la langue la plus proche du « système de la nature, qui n'est autre que ce penchant qu'elle a donné à l'homme de combiner la forme d'une inflexion vocale avec la forme d'un objet physique pour les assimiler l'une à l'autre : système dont le développement fait la matière du Traité que j'écris » (I, p. 85) – autrement dit, la langue la plus mimétique du monde : ce qui donne un certain accent au topos, hérité d'une tradition qui remonte à Estienne, de la « conformité » du grec et du français (I, p. 69).

2. I, chap. XIV ; cf. I, p. 19 : « … Tout roule primordialement sur deux principes matériels : l'imitation des objets par la voix, et le mouvement propre à chaque organe en conformité de sa structure. »

semblance, désigné ici, d'une manière qui ne me paraît pas indifférente, par le verbe *dépeindre*, lequel connote évidemment une idée picturale, ou graphique, de l'imitation. Il écrit ailleurs, et plus explicitement encore, que le choix des articulations nécessaires à la « fabrique d'un mot » est « physiquement déterminé par la nature et par la qualité de l'objet même, de manière à dépeindre, autant qu'il est possible, l'objet tel qu'il est ; sans quoi, le mot n'en donnerait aucune idée[1] ». Nous retrouverons plus loin ce thème pictural. Notons encore le caractère *également mimétique* de la relation, évidemment causale, qui s'établit entre le son et les organes vocaux, lesquels ne peuvent produire que des sons « analogues à leur structure » : l'effet devant ainsi, en un redoublement caractéristique de la relation, *ressembler* à sa cause ; ici comme ailleurs, la liaison métonymique se surdétermine en rapport métaphorique : tel père, tels fils ; tel organe, telle fonction.

C'est cette secrète analogie (évidemment réciproque) entre le son et l'organe (comme si l'on disait que le son d'une flûte ressemble à une flûte et celui d'un piano à un piano) qui, d'une manière quelque peu miraculeuse, sauve le cratylisme brossésien de la difficulté où le jetait inévitablement son principe de double détermination, à la fois organique (relation du son à l'organe) et mimétique (relation du mot à l'objet). Le langage *doit* « peindre » les objets, mais il ne *peut* être que ce que les organes vocaux le font ; et cette double nécessité n'irait pas sans quelque discordance, ou à tout le moins sans quelque gêne, s'il ne se trouvait – ou si l'on ne décidait – que l'organe lui-même est analogue au son qu'il produit, et donc (selon le principe *si a = b et b = c, alors a = c*) à l'objet imité par ce son. « L'organe prend, autant qu'il le peut, la figure qu'a l'objet même qu'il veut dépeindre avec la voix : il donne un son creux si l'objet est creux, ou rude si l'objet est rude ; de sorte que le son qui résulte de la forme et du mouvement naturel de l'organe mis en cet état devient le nom de l'objet ; nom qui ressemble à l'objet par le bruit rude ou creux que la prononciation choisie porte à l'oreille. A cet effet, la voix, pour nommer, emploie par préférence celui de ses organes dont le mouvement propre figurera le mieux à l'oreille, soit la chose, soit la qualité ou l'effet de la chose qu'il veut nommer.

1. I, p. 12.

C'est la nature qui conduit la voix à se servir, par exemple, d'un organe dont le mouvement soit rude pour former l'expression *racler.* » Ou encore : « ... Si les sons vocaux signifient les idées représentatives des objets réels, c'est parce que l'organe a commencé par s'efforcer de se figurer lui-même, autant qu'il a pu, semblable aux objets signifiés, pour rendre aussi par là les sons aériens qu'il moule le plus semblables qu'il lui est possible à ces objets [1]. » L'« organe vocal », qui se compose en fait de plusieurs organes (« gorge », palais, dents, lèvres, etc), tous aptes à quelque déplacement ou déformation, *choisit*, pour imiter l'objet à nommer, celui des sous-organes qui s'y prête le mieux, par sa *forme* et son *mouvement.* Cette imitation organique est bien donnée comme un moyen au service d'une fin qui est l'imitation phonique (« *pour* rendre aussi par là »), mais il faut noter immédiatement l'effet de cet étrange « aussi », qui réduit d'autant la valeur de la proposition finale : comme si la « fin » n'était en réalité qu'un effet second du « moyen » : l'organe imite l'objet, et *par là même* (et comme accessoirement) le son produit par l'organe imite *aussi* l'objet. On voit qu'à la limite la mimésis linguistique pourrait faire l'économie du son verbal, qui n'est ici qu'une sorte d'épiphénomène de l'effort accompli par l'organe vocal pour se « figurer semblable » à l'objet signifié, c'est-à-dire pour en prendre la forme : le rapport analogique relie presque directement l'organe à l'objet, le langage est une sorte de mimique articulatoire, spécification très marquée du *mimèma phônè* platonicien. Cette utopie linguistique, qui s'énonce évidemment plus qu'elle ne s'argumente, nous signale déjà un trait caractéristique du mimologisme brossésien, qui est, paradoxalement, une relative dévalorisation du phénomène proprement sonore – disons : de la voix même – au profit d'éléments plus visibles, ou tangibles (dans son vocabulaire : plus *figurables*) de l'acte verbal ; nous retrouverons aussi ce trait. Voici du moins assurée en principe la chaîne ou continuité mimétique, de l'organe au son et du son à l'objet.

La phonétique du Président s'articule d'abord sur une opposition, très fortement valorisée et surdéterminée, entre

1. I, p. 9-10.

voyelles et consonnes. La voyelle est pure émission vocale ; c'est la *voix* à l'état pur, ou plutôt à l'état brut, sans autre modification, semble-t-il, que d'intensité. Les distinctions de la phonétique moderne entre voyelles antérieures et postérieures, fermées et ouvertes, etc., ne sont ici pas même soupçonnées : il y a une « voix pleine » qui est, non plus le O comme chez Wachter, mais le A, et dont les autres voyelles ne sont que des degrés d'affaiblissement, dans cet ordre : *è, é, i, o, ou, u*. La véritable modification de la voix est celle que lui apportent les articulations consonantiques. L'instrument vocal est comme une flûte où la voix n'est qu'un souffle neutre, continu, sans qualité propre (à l'intensité près), qui reçoit sa valeur phonique des intonations fixées sur tel ou tel organe d'arrêt, qui sont les consonnes : « Il y a autant de manières d'affecter le son et de lui donner pour ainsi dire une figure, qu'il y a d'organes le long du tuyau, et il n'y en a pas plus[1]. » Autrement dit, voyelle et consonne sont « comme la matière et la forme, la substance et le mode[2] ».

Mais cette comparaison musicale et cette formulation philosophique ne livrent pas encore le vrai sens de l'opposition telle que l'interprète de Brosses. On aura peut-être relevé au passage le mot employé pour désigner l'action modificatrice de l'articulation consonantique sur la matière ou substance vocale : ce terme, quelque peu inattendu pour nous dans son contexte, c'est celui de *figure*. Il est ici dans son sens visuel, car toute forme est pour de Brosses d'ordre plastique : aussi les consonnes, qui donnent forme à la voix en la comprimant en tel ou tel point et de telle ou telle manière, appartiennent-elles à l'ordre de la vue, comme les voyelles, ou la voyelle, appartiennent à l'ordre de l'ouïe : « la différence de voyelles affecte plus l'ouïe que la vue, et la différence de consonnes au contraire » ; « (la voyelle) est plus du ressort de l'oreille que de celui de la vue. La consonne n'est que la forme du son, moins sensible à l'ouïe que le son même, et faisant plus promptement son effet par la figure alphabétique : elle est plus du ressort de la vue que de celui de l'oreille »[3]. On note cette fois-ci la locution « figure alphabétique », qui vient préciser et motiver le caractère visuel de la consonne : il s'agit évidemment de la

1. I, p. 111-112.
2. I, p. 109.
3. II, p. 37-38.

lettre. Il y a en effet chez de Brosses une chaîne d'équivalences toute naturelle entre la *touche* consonantique, la *forme* qu'elle donne au son, et la *figure* alphabétique qui la note. Nous verrons cette chaîne fonctionner à plein en reprenant une phrase déjà citée, accompagnée cette fois de celle qui lui fait suite : « Il y a donc autant de manières d'affecter le son et de lui donner pour ainsi dire une figure, qu'il y a d'organes le long du tuyau, et il n'y en a pas plus. Ce sont ces mouvements imprimés au son que l'on appelle lettres ou consonnes... » *Figures*, mouvements *imprimés, lettres* : volontaire ou non, la convergence métaphorique est saisissante. Pour de Brosses, les consonnes sont les seules vraies *lettres*, et ces deux termes (ainsi que celui de *figure*[1]) sont chez lui parfaitement interchangeables. Cette équivalence s'argumente évidemment sur la pratique des langues « orientales », c'est-à-dire en l'occurrence sémitiques : « Aussi les anciens orientaux négligèrent-ils de marquer la voix, qu'en lisant ils suppléaient par intervalles entre les vraies lettres que sont les consonnes[2]. » Ces langues qui privilégient les consonnes sont donc des « langues pour les yeux », tandis que les nôtres sont plutôt des « langues pour l'oreille[3] ».

La valorisation des consonnes est donc liée à une valorisation de l'écriture, que nous retrouverons plus loin sous un autre aspect, et dans une formulation plus explicite. Pour l'étymologiste, cette liaison est précieuse parce qu'elle légalise et justifie le bien connu « conservatisme » linguistique de la graphie, qui devient ainsi fidélité à la seule part essentielle du signifiant. La « langue étymologique » parle plus aux yeux qu'aux oreilles ; « la raison en est que l'image, qui est du départ de la vue, étant aussi permanente que la voix, qui est du départ de l'ouïe, l'est peu, doit par conséquent être moins sujette à subir des changements de forme. Ainsi lors même qu'on ne retrouve plus rien dans le son, on retrouve

1. « Le son avec sa figure » (II, p. 45) pour : la voyelle avec sa consonne ; BA : « voix pleine figurée par la lèvre », CA : « voix pleine figurée par la gorge » (II, p. 511-514).

2. I, p. 114.

3. II, p. 48. La liaison entre consonne *(articulation)* et écriture est déjà, on le sait, chez Rousseau, *Essai sur l'origine des langues, passim*, et partic. éd. Porset, Ducros, 1968, p. 83-84. Cf. Derrida, *Grammatologie*, Minuit, 1967, II, chap. III.

tout dans la figure (= lettre) avec un peu d'examen. Le son ne consiste que dans la voyelle, qui est chez tous les hommes tout à fait vague. La figure au contraire ne consiste que dans la lettre (= consonne) qui, quoique variable, ne s'égare que rarement tout à fait, ne sortant même guère des bornes de l'organe qui lui est propre[1] ». Je dois introduire ici entre parenthèses les dénominations actuelles, mais il faut évidemment garder toute sa valeur à ce glissement de sens qui fait de la consonne-lettre-figure, phonème imprononcé (« le son ne consiste que dans la voyelle »), un être toujours déjà (ou encore) graphique en son existence vocale même.

Pour l'étymologiste, donc, les variations vocaliques n'ont à peu près aucune pertinence. Deux mots constitués des mêmes consonnes avec des voyelles différentes seront deux variantes du même mot, deux langues qui ne diffèrent que par leurs voyelles ne sont que deux dialectes d'une même langue. « Wachter marque ingénieusement en deux mots le caractère de différence entre les langues et les dialectes. *Les langues*, dit-il, *diffèrent entre elles par des consonnes (...) et les dialectes par les voyelles*. Cela est si juste, et si précis que je n'ai rien à y ajouter. » Sauf à y revenir quelques pages plus loin en proposant de distinguer entre les langues dont les mots diffèrent par les consonnes, « car alors elles diffèrent essentiellement », et celles qui ne diffèrent que par les voyelles, « car alors ce ne sont plus que des provinces d'un même état, que des dialectes d'une même langue[2] ». C'est la « figure », et elle seule, qui porte la différence, et (donc) la signification.

La conséquence la plus immédiate de ce parti pris est une disproportion massive entre le sort fait aux voyelles et aux consonnes dans le tableau des valeurs symboliques attribuées aux phonèmes. Le seul commentaire notable concernant les voyelles se rapporte au *a*, salué comme « le premier et le plus simple des sons », méritant ainsi sa place dans l'alphabet, et aussi, selon une remarque empruntée à Plutarque, la préséance qui le place toujours (et, selon de Brosses, aussi bien en français qu'en grec) en tête dans les diphtongues : *ai*, *au*,

1. II, p. 423.
2. II, p. 44, 49.

ae, et non l'inverse ; *a* est la « voix pleine », en fait la voyelle fondamentale, dont toutes les autres ne sont que des degrés affaiblis. A la limite, il n'y a donc qu'une voyelle, qui ouvre l'alphabet, le reste est consonnes, acquises par l'espèce, comme par l'individu, dans cet ordre « naturel » : d'abord la labiale, ensuite la dentale, puis la gutturale, enfin les linguales et les palatales. L'ordre de l'alphabet est donc sensiblement conforme à l'ordre d'acquisition des sons, à cette erreur près qui a consisté à placer la « gutturale » *(c)* avant la dentale *(d)*[1]. Cet ordre d'acquisition est bien illustré, pour de Brosses, par le fait que les premiers mots prononcés par l'enfant ne comportent que labiales et voix pleine : *Maman* et *Papa*, bien sûr. Il est vrai que les Hurons, peuple emblématique, comme on sait, de l'état de nature, sont réputés ignorer l'usage de l'articulation labiale ; mais cela ne peut être qu'une méprise, ou perversion mal explicable : « Un enfant Huron livré à lui-même formerait naturellement les lettres labiales ; et ce n'est que par les exemples de l'usage contraire de sa nation qu'il peut en perdre l'usage naturel[2]. » Monstre linguistique, qui est déjà fait de culture.

Les valeurs significatives des consonnes tiennent essentiellement pour de Brosses, on l'a déjà vu, au caractère imitatif de leur mouvement articulatoire : « Les lèvres *battent* ou *sifflent* : la gorge *aspire* ; les dents *battent*, la langue *frappe* ; la langue et le palais ensemble *coulent, frôlent* ou *sifflent* ; le nez *siffle*[3]. » Voici quelques affectations symboliques indiquées çà et là dans le *Traité* :

– *t*, articulation dentale « ferme », désigne (comme chez Platon) la fixité, parce que les dents sont « le plus immobile des organes de la voix[4] ».

– *c* ou *k*, lettres de « gorge », « le plus creux et le plus cave des six organes », désigne le creux ou la cavité.

1. II, p. 46-148 ; cf. p. 231.
2. I, p. 233, 243. La Hontan affirme au contraire n'avoir pu en quatre jours faire articuler une labiale par un Huron ; il est vrai qu'il ne s'agissait pas d'un enfant. Le P. Lejeune, dans sa *Relation de 1634*, s'étonnait déjà d'une telle infirmité, « car cette lettre me semble quasi naturelle, tant l'usage en est grand » (éd. G. Laflèche Montréal, 1973, p. 111). Max Müller, pourtant, étendra l'observation aux Mohicans (*Nouvelles Leçons*, I, p. 46). Ces Indiens étaient décidément contrariants.
3. I, p. 123.
4. I, p. 262-263.

– *n*, « la plus liquide de toutes les lettres, est le caractéristique de ce qui agit sur le liquide : *No, Naus, Navis, Navigium, Nephos, Nubes, Nuage*, etc.[1] ».

– *r*, la plus « rude » de toutes les articulations, sert à peindre « la rudesse des choses extérieures ». « Il n'en faut point d'autre preuve que les mots de cette espèce : rude, âcre, roc, rompre, racler, irriter, etc. » La même inflexion détermine « le nom des choses qui vont d'un mouvement vite accompagné d'une certaine force. Rapide, ravir, rota, rheda, rouler, racler, rainure, raie. Aussi sert-elle souvent au nom des rivières dont le cours est violent : *rheein*, Rhin, Rhône, Eridanus, Garonne, Rha (le Volga), etc.[2] ».

– *s*, que de Brosses définit obstinément comme une consonne nasale, « est par sa construction propre à peindre les bruits de sifflement. Exemple : *sibilare, siffler, souffler*. Dans ces mots, l'organe exécute lui-même l'action signifiée en chassant l'air par les deux tuyaux du nez *(sic)* et de la bouche à la fois, par les deux lettres nasales et labiales[3] ». D'autre part, le *s*, consonne nasale, comme la « voix nasale » *in* (ex. *in*croyable, *in*fidèle, etc.) exprime la négation ou l'« idée privative » : ainsi, en italien, *s*fortunato, *s*naturale, etc. Cette rencontre entre les valeurs de la voyelle et de la consonne n'est évidemment ni fortuite ni conventionnelle, « car il n'y a nulle ressemblance entre la voyelle nasale *in* et la consonne nasale *s*. Ceci n'est donc pas l'effet d'un choix volontaire ni raisonné, mais la suite d'une analogie secrète, résultante du physique de la machine[4] ». Il y a donc une convenance certaine, mais cette fois inexplicable (« analogie secrète ») entre le nasal et le négatif. Le nez est l'organe du *non*.

– « les choses entrouvertes se peignent par la lettre de gorge *(g)*, comme *gouffre, golfe,* ou encore mieux par le caractère de l'aspiration, comme dans *hiatus* » ; *h*, « profonde

1. I. p. 263.

2. I, p. 265-266. On notera ici le double accord avec Platon et Leibniz (mouvement) et avec Perse, Martianus Capella, Wallis, etc. (rudesse). Dans l'article « Langue » de l'*Encyclopédie*, exactement contemporain, Beauzée ajoute cette note au concert : « On peut avec beaucoup de vraisemblance attribuer au caractère mou de la nation chinoise, assez connu d'ailleurs, de ce qu'elle ne fait aucun usage de l'articulation rude *r*. »

3. I, p. 267. « Lettre nasale », *s* ; « lettre labiale », *b* ou *f*.

4. I, p. 158-159.

aspiration gutturale », sert à « peindre qu'une chose est profondément entrouverte[1] ».

Passant des consonnes simples aux groupes consonantiques, on note que :

– *st* exprime, plus nettement encore que la dentale simple, « la fermeté et la fixité » ; exemples : l'interjection *st !*, « dont on se sert pour faire rester quelqu'un dans un état d'immobilité », et des mots comme *stare, stabilité, stirps, stellae, structure, estat, stone*, etc.[2].

– *sc* désigne « le creux et l'excavation » : *scutum, secare, écu, écuelle, sculpture*[3].

– *fl*, « caractère liquide, est affecté au fluide, soit igné, soit aquatique, soit aérien : *flamme, fluo, flatus, flabellum, floccus, flocon, flot, souffle, soufflet, flambeau, flûte, flageolet*, etc. ». La même articulation s'applique encore à « ce qui, par sa mobilité, peut avoir rapport aux liquides élémentaires : *fly, flight, flèche, vol, viste, pli, flexible, flagro, flagellum, fléau, flotte, flos, phyllon, feuille, soufflet*, etc.[4] ».

– *fr* joint la rudesse à l'échappement : *frangere, frustra, briser, brèche*[5].

– *sr* vaut mouvement et dureté *(sreien, sragen)* : *str* joint mouvement, fixité et rudesse, comme dans *stringere, strangulare*[6].

– *sm* (remarque empruntée à Leibniz) désigne l'idée de dissolution : *smelen, smoke, smunk*[7].

– *cl* ou *gl*, « inflexion creuse et coulée, s'est mécaniquement efforcée de peindre une descente glissée », comme dans *glisser, couler, calare*. « *Clin d'œil*, c'est la descente de la paupière sur l'œil. *Clignotement*, c'est l'habitude de ce mouvement. *Climax*, en langue grecque, c'est une échelle servant à descendre ou à monter peu à peu[8]. »

– *gr*, « coup de gorge rudement frôlé », peint l'effort que l'on fait pour monter : *gravir, grimper, gradus*[9].

1. I, p. 267-269.
2. I, p. 261, cf. II, p. 367. Cf. Wallis.
3. I, p. 261-262.
4. I, p. 263-264 ; cf. II, p. 367-368 et p. 378.
5. I, p. 265.
6. I, p. 266.
7. I, p. 267.
8. II, p. 383-384.
9. II, p. 385.

– *tr*, enfin, immobilité suivie de mouvement rude, est l'objet ou le prétexte d'une merveilleuse rêverie étymologique que l'on s'en voudrait de ne pas citer intégralement. De Brosses remarque d'abord que cette articulation sert à former le nombre *trois*, lat. *tres*, et tous les mots qui en dérivent. Puis il ajoute : « Que si l'on veut me presser jusqu'à me demander pourquoi cette inflexion organique, ce caractéristique *tr* est approprié par la nature à devenir le germe radical du nombre *trois*, je hasarderai une conjecture : *tr* est une onomatopée, un bruit vocal par lequel l'organe tâche de rendre l'image du mouvement qui se fait pour insérer matériellement un corps entre un corps et un corps, pour *traverser* les deux qui y sont, et y mettre un *tiers*. Je vois en effet que cette articulation *tr*, dont le bruit peint assez bien le mouvement d'un passage forcé, et de la survenance d'un nouveau corps où il y en avait déjà deux autres, se trouve dans une bonne partie des mots qui indiquent ce passage ; et qui, supposant l'existence antérieure de deux objets, désignent l'adjonction d'un troisième : *trans, intra, extra, ultra citra, praeter, propter, entrée, travers,* etc.[1]. » On voit qu'ici (seulement ?) l'idée de *troisième* ne procède nullement d'une image de l'addition paisible, où le troisième vient par après s'ajouter aux deux premiers, mais connote l'agression d'un *tiers* qui s'interpose avec violence, et comme par effraction, entre premier et deuxième, d'un *corps* qui « s'insère matériellement entre un corps et un corps », *terzo* par essence *incommodo* : peut-on rêver formulation plus âpre du *trio* œdipien[2] ?

1. II, p. 131. Cf. Varron.

2. On peut annexer à cette liste un certain nombre de « racines » primitives mimétiques comportant une voyelle (toujours *a*) *: ac*, qui désigne ce qui est en pointe et va de l'avant, d'où lat. *ago* ; *tac*, « onomatopée imitative du bruit qu'on fait en frappant sur quelque chose du bout du doigt », d'où lat. *tago, tango* gr. *thigo* ; et cette jolie dérivation, « œdipienne » elle aussi : « La racine labiale *am* est le mot nécessaire par lequel l'enfant nomme sa mère ou sa nourrice, car c'est la seule syllabe que la nature lui permette encore de prononcer [La forme canonique, et pour de Brosses lui-même, est évidemment *ma*, mais nous allons voir immédiatement la raison de cette métathèse.] On s'en est servi pour exprimer le sentiment de tendresse pour un objet chéri, en faisant là-dessus le verbe *amo* » (II, p. 367-368). Turgot dit plus prudemment : « Il ne serait pas extraordinaire que le mot latin *amare* en tirât son origine » (Art. « Étymologie », *Œuvres*, éd. Schelle, I, p. 498).

On remarque immédiatement que ce tableau (tout comme ceux du *Cratyle* et de Wallis) n'est pas systématique, et qu'il ne couvre pas la totalité des consonnes françaises, *a fortiori* des groupes consonantiques. Mais les valeurs symboliques des phonèmes n'épuisent pas la capacité mimétique de la langue. Elles ne viennent même pas en première position dans la liste de ce que de Brosses nomme les « cinq ordres », ou cinq étapes de constitution du langage naturel, où l'on retrouve facilement un écho, direct ou non, du *De dialectica*.

Le premier ordre, si naturel qu'apparemment en deçà de toute mimésis consciente, est celui des *interjections*, ou cris spontanément provoqués par une émotion vive ou une attitude mentale élémentaire. La douleur émeut les cordes basses *(Heu)* ; la surprise s'exprime un ton plus haut *(Ha)* ; le dégoût par l'articulation labiale *(Pouah)* ; le doute ou le dissentiment par la nasale *(Hum)*, dont nous avons déjà reconnu la valeur de négation. Le second ordre est celui des mots dits « nécessaires », dont la forme est imposée par la configuration de l'organe vocal à un certain stade de son développement : ainsi le vocabulaire enfantin, déjà évoqué, s'articule tout en voyelle(s) et en labiales : *Maman, Papa, mamelle*[1]. Le troisième ordre est celui des mots « presque nécessaires », qui sont les noms des organes de la voix, toujours tirés de l'inflexion même de l'organe – ou si l'on préfère, toujours composés de consonnes articulées sur ces organes mêmes : *gorge* (guttural), *dent* (dental), *langue* (lingual), *bouche*, labial (inutile d'insister sur la substitution subreptice de *bouche* à *lèvre*, dont la raison est évidente), *mâchoire* (manducal ?). Le quatrième est celui des onomatopées proprement dites, c'est-à-dire des mots formés à l'imitation du bruit produit par la chose qu'ils désignent. De Brosses ne manque pas de rappeler que, comme l'indique son étymologie, l'onomatopée était pour les Grecs la nomination par excellence : « C'est ce que les Grecs appellent purement et simplement *onomatopée*, c'est-à-dire *formation du nom* ; reconnaissant lorsqu'ils l'appellent ainsi emphatiquement et par antonomase que, quoiqu'il y ait plusieurs autres manières de former les noms, celle-

1. Par. 73, *Des mots* Papa *et* Maman, et 76, *Dans tous les siècles et dans toutes les contrées on emploie la lettre de* lèvre *ou à son défaut la lettre de* dent *ou toutes les deux ensemble pour exprimer les premiers mots enfantins* Papa *et* Maman. (C'est le titre.)

ci est la manière vraie, primitive et originale[1]. » C'est que l'homme y manifeste avec pureté son instinct naturel, qui est d'imiter : « C'est une vérité de fait assez connue que l'homme est par sa nature porté à l'imitation : on le remarque de la manière la plus frappante dans la formation des mots. S'il faut imposer un nom à un objet inconnu et que cet objet agisse sur le sens de l'ouïe, dont le rapport est immédiat avec l'organe de la parole, pour former le nom de cet objet l'homme n'hésite, ne réfléchit ni ne compare : il imite avec sa voix le bruit qui a frappé ses oreilles, et le son qui en résulte est le nom qu'il donne à la chose. » Une preuve de cet instinct est donnée par les enfants, dont le « mouvement naturel et général » est de nommer les choses bruyantes « du nom du bruit qu'elles font », mouvement qu'ils ne perdent que par l'effet de l'instruction et de l'exemple des adultes, lesquels « dépravent la nature »[2]. Le paragraphe 79, « Exemples des mots qui peignent les choses par l'impression qu'elles font sur les sens », donne une liste de vingt-huit noms, comme *bruit, galop, tambour, choc*, et dix-sept verbes, comme *siffler, tomber, hurler*, qui procèdent de cette fabrique nécessaire.

Mais si l'onomatopée est la forme la plus pure de la mimésis verbale, elle est aussi, peut-être, la plus limitée. La voix, étant bruit, ne peut imiter directement que des bruits : « Le bruit est son opération propre et, si l'on me permet de parler ainsi, la seule couleur que lui ait donnée la nature pour représenter les objets externes[3] » ; or, les objets externes ne sont pas tous sonores, et une part immense de l'univers risque ainsi de demeurer innommée : celle qui tombe, par exemple, sous le sens exclusif de la vue, dont l'opération est si subtile et si calme qu'elle ne s'accompagne d'aucun bruit. Sans doute peut-on annexer au domaine sonore toute espèce de mouvement, « car il n'y a guère de mouvement sans quelque bruit » : ainsi des mots qui désignent le vent, *pneuma, spiritus, ventus*, etc., et par là regagner sur le monde visible, pour autant que le regard comporte un mouvement de l'œil, ou de la paupière : *nictare, clignoter*[4]. Encore faut-il bien aborder enfin le domaine des « objets » tout à fait silencieux, et qu'aucune

1. I, p. 252.
2. I, p. 253.
3. I, p. 258.
4. I, p. 259.

onomatopée directe ne permet d'imiter : ici intervient le cinquième ordre des mots primitifs, dont la définition embarrasse visiblement notre auteur : « mots consacrés par la nature à l'expression de certaines modalités des êtres ». C'est cet ordre qu'illustrent la plupart des valeurs symboliques affectées aux consonnes (exception faite des relations purement onomatopéiques, comme *s* pour sifflement). Le principe de cette affectation est aussi mystérieux pour de Brosses que son effet lui semble évident : l'expérience prouve qu'il y a des figures verbales « liées à certaines modalités des êtres, sans qu'il soit quelquefois possible de démêler nettement le principe de cette liaison entre des choses où l'on n'aperçoit aucun rapport, telles que sont certaines lettres et certaines figures ou modes des objets extérieurs. Mais lors même qu'en ce cas la cause reste inconnue (car elle ne l'est pas toujours), l'effet ne laisse pas que d'être fort sensible. C'est ce que Platon a fort bien reconnu, et ce qu'il observe en ces termes, *quandam nominum proprietatem ex rebus ipsis innatam esse*[1] ». D'où la formulation interrogative donnée à certaines de ces équivalences : « Pourquoi la fermeté et la fixité sont-elles le plus souvent désignées par le caractère *st* ?… Pourquoi le creux et l'excavation le sont-ils par le caractère *sc*[2] ?… » Ces questions restent sans réponse, ou ne trouvent qu'une réponse évasive : « il faut que quelque nécessité cachée ait ici coopéré à la formation des mots ». De Brosses semble avoir oublié son principe initial de mimique articulatoire (l'organe vocal prenant en quelque sorte la forme de l'objet, indépendamment de toute émission phonique), ou du moins reculer devant son application concrète et détaillée. Il y revient, mais de façon vague et timide, au paragraphe 81 : « Tant d'exemples… nous donnent lieu de poser pour principe qu'il y a de certains mouvements des organes appropriés à désigner une certaine classe de choses de même espèce ou de même qualité », et il hésite visiblement à assumer la théorie de Publius Nigidius sur l'articulation mimétique des pronoms personnels. Nigidius « poussait peut-être ce système trop loin[3] », dit-il. Et ailleurs, s'interrogeant sur la « première origine » des prépositions, c'est avec

1. I, p. 260-261.
2. I, p. 261.
3. I, p. 270-271.

la même réserve qu'il avance une hypothèse analogue sur la formation des particules exprimant l'intériorité et l'extériorité : « Je ne dirai rien de fort satisfaisant si je dis sur les particules *in* et *ex*, qui marquent le *dedans* et le *dehors*, la même chose qu'avance Nigidius sur les pronoms *nos* et *vos*, savoir que le mouvement de l'organe se fait en retour intérieur dans le premier, et pousse le son à l'extérieur dans le second[1]. » Le principe de mimésis organique directe, qui était (malgré Nigidius) l'une des contributions les plus originales du Président à l'édifice du cratylisme, et aussi l'une des plus rentables, puisqu'il permettait de tourner la difficulté « théorique » majeure (comment imiter par des sons ce qui n'en produit aucun ?) – ce principe est donc abandonné au seuil de l'application, apparemment pour cette simple raison qu'il est inapplicable, et qu'une fois posé en général que la langue, ou la gorge, ou le palais, prennent la forme de l'« objet » à désigner, on recule devant les démonstrations particulières. Ce recul est caractéristique de notre auteur, qui est, chose assez rare depuis Cratyle (inclus) lui-même, un cratyliste de bon sens – et de bonne compagnie.

Mais de Brosses est aussi un homme des Lumières, qui n'aime guère s'incliner devant le mystère et se résigner à l'ignorance. Aussi le voit-on ailleurs, et comme en désespoir de cause, revenir à l'onomatopée purement auditive comme à la source et au principe de toute (ou presque toute) mimésis linguistique : « Il y a lieu de croire que *toutes* les racines purement organiques (...), de quelque inflexion de l'instrument vocal qu'elles procèdent, ne viennent *presque toutes*, dans leur première origine, que d'une onomatopée d'oreille. C'est là-dessus que la parole agit directement et par nature. Les premiers principes originaux et radicaux des noms ayant sans doute eu leur source dans quelque impression première que les choses nommées ont faite sur les sens, il est naturel que la voix humaine ait ramené tant qu'elle ait pu cette impression au sens de l'ouïe, pour copier par un bruit semblable l'objet qu'elle avait à dépeindre[2]. » On pourrait donc,

1. II, p. 406. Cf. *Cratyle* sur *n*.

2. I, p. 257 (je souligne). Autre manifestation d'embarras, ce retour, ou repentir, sur le cinquième ordre : « Le cinquième ordre, qui est une conséquence sourde du précédent, mieux connue par ses effets innombrables que par sa cause, naît de ce que la structure machinale de certains organes

dans une certaine mesure (« tant qu'elle ait pu »), *ramener* toute impression au sens de l'ouïe. Ici semble s'ouvrir une nouvelle voie, qui est évidemment – pour nous – le principe de correspondance, ou synesthésie, entre les sensations des divers organes, ce principe sera la grande ressource du mimologisme aux XIXe et XXe siècles, et nous le verrons s'articuler chez Nodier, avec référence au témoignage du célèbre mathématicien aveugle Saunderson (ou plus vraisemblablement d'un autre aveugle-né), qui imaginait la couleur rouge comme analogue au son de la trompette. Ce témoignage constitue pour toute une époque le point de départ, au moins symbolique, d'un courant de pensée dont l'aboutissement poétique, chez Baudelaire et dans le symbolisme français, est trop connu pour qu'on y insiste ici. Il est donc caractéristique que de Brosses ne s'y réfère, pour sa part, que d'une manière concessive, presque négative, et sans y attacher le moindre intérêt : « A l'exception de la lumière éclatante, les objets rudes, même ceux dont on détourne la vue par sentiment d'aversion, ne font pas frémir l'œil, quoiqu'un aveugle-né interrogé sur ses sensations se fût une fois figuré que le rouge vif ressemblait au son d'une trompette. Les objets se peignent sur la rétine presque avec aussi peu de sensibilité que sur un miroir. L'organe vocal n'a donc point de moyen primitif pour peindre les objets visibles, puisque la nature ne lui a donné de faculté que pour peindre les objets bruyants [1]. »

Voilà donc une porte aussitôt refermée qu'entrouverte : de Brosses passe pour ainsi dire sans le voir à côté du principe de correspondance. Les raisons de cette occasion manquée – refus ou méconnaissance – appartiennent sans doute à l'his-

---

les approprie naturellement à nommer certaines classes de choses du même genre ; l'inflexion propre à l'organe étant indiquée par la nature pour le caractéristique de cette classe : ce qui vient au fond de ce que les choses ont quelque qualité ou quelque mouvement semblable à celui qui est propre à l'organe » (I, p. 286). On voit que de Brosses affirme à la fois que le cinquième ordre est conséquence (mais « sourde ») du quatrième c'est-à-dire de l'onomatopée, que l'on connaît mal sa cause, et qu'« au fond » cette cause n'est pas d'ordre auditif mais tient à une analogie directe entre organe et objet. On tourne en rond, et de toute évidence de Brosses ne peut se décider à choisir entre l'« onomatopée d'oreille » et la mimésis organique, qui en fait ne le satisfont pleinement ni l'une ni l'autre.

1. I, p. 290-291.

toire des idées, le sensualisme classique étant assez naturellement hostile à l'idée de synesthésie[1], toujours est-il que nous devons à cette lacune l'un des infléchissements les plus remarquables du cratylisme.

1. Locke avait déjà montré le même dédain pour le sentiment de l'aveugle-né, qu'il comparait (*Essai*, III, chap. IV) à une connaissance par ouï-dire de la saveur de l'ananas. (Mais en 1690, Saunderson n'avait que huit ans, il ne pouvait donc guère s'agir de lui ; le témoignage est anonyme chez de Brosses aussi, et la précision introduite par Nodier est donc suspecte : entre Locke et Diderot, on a fait parler – ou taire – beaucoup d'aveugles.)

Sur l'accueil mitigé fait au « clavecin oculaire » du P. Castel, voir Roudaut p. 21-29, et Rousseau, *Essai*, éd. Porset, chap. XVI, *Fausse analogie entre les couleurs et les sons*. Diderot, qui compte plutôt parmi les partisans de la synesthésie, cite le témoignage de Mélanie de Salignac, qui « distinguait des voix *brunes* et des voix *blondes* » (Add. à la *Lettre sur les aveugles*, Garnier, p. 156, et *Éléments de physiologie*, Assézat-Tourneux, chap. IX, p. 335). Turgot, à propos de métaphores telles que goût *acide* ou lumière *éclatante*, écrit : « Il y a certaine analogie entre nos différents sens, analogie dont on connaît peu le détail et qui demanderait pour être connue des observations fines et une analyse assez délicate des opérations de l'esprit sur lesquelles elle influe beaucoup et qu'elle dirige souvent sans qu'on s'en aperçoive, soit que cette analogie soit fondée dans la nature même de notre âme ou seulement dans la liaison que nous mettons entre certaines idées et certaines sensations que l'habitude où nous sommes de les éprouver en même temps, soit qu'elle soit la même chez tous les hommes, soit qu'elle diffère selon les temps, les lieux et les esprits. Il est toujours sûr que nous sentons quelque affinité entre des sensations très différentes, entre des sensations et des idées » (*Autres Réflexions sur les langues*, Schelle, I, p. 354).

Dans le champ des théories sur l'origine du langage, le principe de correspondance apparaît en termes très généraux chez Herder (*Ursprung der Sprache*, 1770) ; et, avec plus de détail, chez l'abbé Copineau, *Essai synthétique sur l'origine et la formation des langues*, Paris, 1774 : « Quel que soit l'organe qu'elles affectent, (les sensations) agissent toujours par quelque ébranlement, quelques vibrations dans les nerfs, comparables à celles que les sons, à raison de leur différent caractère, produisent sur l'oreille. Ainsi, quoique ces sensations ne soient point perceptibles par l'ouïe, elles pourront être exprimées par des sons qui opèrent sur l'oreille à peu près le même effet qu'elles opèrent sur leurs organes propres et respectifs. Conséquemment, l'impression de la *couleur rouge*, qui est vive, rapide, dure à la vue, sera très bien rendue par des sons où *r*, qui fait une impression analogue sur l'ouïe, sera employé. Une lumière douce et faible sera aussi, par la même raison, fort bien exprimée par des sons ou mots où figurera *l*, etc. » (p. 34-35). Mais Copineau, bien qu'il annonce ici Nodier, n'est pas mimologiste. Très proche de Condillac, il suppose quatre étapes : langage *mimique* (gestes), *pathétique* (interjections), *imitatif* (onomatopées), *analogique* (par correspondances) ; mais le stade final, et proprement linguistique, est celui du langage *conventionnel* ; et Copineau reproche explicitement (p. 50) à de Brosses de faire dériver du fonds imitatif la totalité du lexique.

Cet infléchissement, que nous allons suivre fidèlement dans le texte même où il s'opère, trouve donc sa raison d'être dans un constat de carence, à tout le moins d'insuffisance, de la mimésis vocale, où tout se passe comme si l'impossibilité d'*expliquer* (par les correspondances) le fonctionnement du cinquième ordre (imitation phonique d'objets non sonores) effaçait jusqu'à son existence, pourtant longuement illustrée dans les paragraphes 80 à 84[1]. Pour de Brosses, mimologiste exigeant, une « justesse » inexplicable, une nécessité « secrète », ne sont pas tout à fait justesse ou nécessité dignes de considération. Aussi n'hésite-t-il pas maintenant, nous l'avons vu, à dénier à la parole tout pouvoir de mimésis sur les objets non bruyants. « Cependant, ajoute-t-il, les objets visibles (sous-entendu : et seulement visibles) sont innombrables, le sens de la vue étant le plus étendu de tous. Il faut les nommer. Comment la voix s'y prendra-t-elle[2] ? »

C'est à cette question que veut répondre le paragraphe 91, qui clôt le champ de l'imitation vocale et ouvre celui de la *dérivation*, où le langage humain va peu à peu s'écarter de sa vocation mimétique et entrer dans la voie de la corruption, c'est-à-dire de l'arbitraire. Voici dans son entier ce texte décisif, borne et pivot de toute l'enquête :

> Je l'ai dit, par comparaison, par approximation s'il est possible, en s'écartant le moins qu'elle pourra du chemin qu'elle sait tenir. Une *fleur* n'a rien que la voix puisse figurer, si ce n'est sa mobilité qui en rend la tige flexible à tout vent. La voix saisit cette circonstance, et figure l'objet à l'oreille avec son inflexion liquide *fl* que la nature lui a donnée pour caractéristique des choses fluides et mobiles. Lorsqu'elle nomme cet objet *flos*, elle exécute le mieux qu'elle peut ce qu'il est en son pouvoir d'exécuter. Mais qui ne voit combien cette peinture, qui ne s'attache qu'à une petite circonstance presque étrangère, est infidèle et éloignée de ce que rendent les mots *cymbale, fracas, gazouillement, racler*,

1. Voir Roudaut, p. 276-281. A vrai dire, la langue primitive comporte encore un sixième ordre, celui des *accents* prosodiques, qui, tandis que la parole « peint les objets », expriment de leur côté « la manière dont celui qui parle en est affecté, ou dont il voudrait affecter les autres » (I, p. 278). Mais de Brosses propose lui-même de considérer cet ordre comme un « appendice du premier » (celui des interjections).
2. I, p. 291.

etc. Toute imparfaite qu'elle est néanmoins, on est rarement dans le cas de pouvoir faire usage de cette approximation. Il faut en venir à la comparaison ; appeler une fleur *immortelle*, à cause de sa longue durée ; *balsamine* ou reine des cieux (en phénicien) ; *œillet* parce qu'elle est ronde comme l'œil ; *anémone* ou venteuse parce qu'elle s'ouvre du côté du vent ; *renoncule* ou grenouillette parce qu'elle croît dans les terrains marécageux et que sa patte ressemble à la grenouille, etc. Observons ici une chose fort singulière. La fleur est un être qui agit immédiatement sur un de nos sens, par sa qualité odorante. Pourquoi donc n'est-ce pas de la relation directe à ce sens qu'elle a tiré son nom ? Parce que l'homme voit de loin et sent de près : parce qu'il a vu avant de sentir ; et que toujours pressé de nommer ce qu'il voit de nouveau, il s'attache à la première circonstance forte ou faible qui saisit son appréhension.

Relevons d'abord cette précaution finale, dont la fonction est une fois de plus d'écarter tout recours à la motivation synesthésique : l'homme « pressé de nommer » n'a pas eu le temps de trouver, pour la douceur olfactive des fleurs, un équivalent dans la douceur de certains sons. On ne dira donc pas, par exemple, ce qui serait si facile, que les mots *rose* ou *réséda* transposent dans l'ordre auditif la caractéristique essentielle de ces objets. La voie même de la transposition, nous l'avons vu, est condamnée. Il ne reste donc que deux issues possibles, celles que de Brosses nomme *approximation* et *comparaison*, et qui renvoient évidemment aux tropes nommés par la rhétorique métonymie et/ou synecdoque d'une part (nommer la fleur par la flexibilité de sa tige), et métaphore de l'autre (nommer l'œillet par sa ressemblance avec l'œil[1]). Il y a entre ces deux procédés une très sensible différence de valeur, que marque dès l'abord l'incise : « par approximation s'il est possible ». La figure par approximation est « infidèle » et « imparfaite » en ce qu'elle ne s'attache qu'à une « petite circonstance presque étrangère » – en

1. On notera que dans *flos*, ou *fleur*, l'articulation *fl* est directement mimétique dans le système de De Brosses, pour la flexibilité de la tige, mais qu'il n'y a rien de mimétique dans *œil* (ce ne sera pas l'avis de Claudel). Et aussi qu'*anémone,* donné pour comparatif, est en fait une métonymie.

tout cas secondaire – de l'objet qu'elle désigne : sa flexibilité, et non sa couleur ou son parfum[1] ; encore s'agit-il d'une *circonstance*, c'est-à-dire d'un détail effectivement lié à l'existence de l'objet. Il n'en va plus de même lorsqu'on nomme par comparaison, car le nom est alors emprunté à un objet, pour le coup, tout à fait « étranger » : l'œil ressemble à l'œillet, mais il n'est en aucune manière une « circonstance » de l'œillet. Echo, sans doute, de la méfiance bien connue de l'esprit classique à l'égard de la métaphore, dont de Brosses va ici jusqu'à méconnaître, ou minimiser, le caractère mimétique[2]. Toute la vertu du langage est dans l'imitation, mais pour de Brosses *comparer n'est pas imiter*.

Avec les nominations par métonymie et métaphore, nous sommes donc déjà dans les chemins de la dérivation, qui est la décadence du langage. C'est ce que confirme brutalement le début du paragraphe 92 : « Dans cette méthode arbitraire et comparative (il s'agit de la métaphore), si commune en toute espèce de dérivation, la nature est encore plus dépravée que dans la précédente (la métonymie), et l'objet plus défiguré. » On pourrait donc s'attendre à ce que de Brosses consacre les chapitres suivants à l'histoire de cette décadence, ou encore s'en tienne là, ayant épuisé le sujet du mimétisme originel. Il ne fera ni l'un ni l'autre, et la *Formation mécanique* en est à peine aux deux tiers de son premier volume. C'est qu'ici se place un tournant inattendu et spectaculaire : au moment où toutes les voies lui semblent fermées, la mimésis linguistique va prendre un nouveau départ et s'engager dans une nouvelle carrière – la plus conforme, en fait, à sa vraie nature, qui est pour de Brosses, rappelons-le, de « peindre » et « figurer » les objets. Alors que toutes les ressources de l'imitation verbale sont épuisées, l'esprit humain découvre une autre forme de mimésis, d'un tout autre ordre, et d'une tout autre puissance : il s'agit de l'écriture.

1. Socrate, dans le *Cratyle*, condamne déjà l'idée d'une nomination par mimésis de l'apparence : c'est l'*essence* de l'objet que le nom doit imiter (422b-423e). Mais, à la différence de Platon, de Brosses maintient la mimésis au niveau du sensible.

2. Tout en sachant bien que « les métaphores et figures oratoires quelconques où les termes en un sens détourné du sens propre de la racine procèdent de quelque trait de l'imagination qui a toujours la ressemblance pour fondement » (I, p. 288) : c'était l'argument implicite du *De dialectica*, mais il est ici privé d'effet.

Reprenons le paragraphe 92 où nous l'avions laissé, pour apprécier la force de ce retournement subit, qui nous ramènera sur les traces de la mimographie wachtérienne. On vient de voir comme la dérivation métonymique, et davantage encore la métaphorique, dépravent la nature et *défigurent* l'objet nommé. Voici comment le texte enchaîne : « … Il fallut donc avoir recours à une autre (méthode), et l'homme l'eut bientôt trouvée. C'est ici que la nature lui ouvre un nouveau système d'un tout autre genre, primitif comme le précédent (car la réflexion et la combinaison n'y ont aucune part), et presque aussi *nécessaire*, quoique à vrai dire la volonté de l'homme y ait un peu plus de part qu'à l'autre. Avec sa main et de la couleur il figura ce qu'il ne pouvait figurer avec sa voix. Il parla des choses visibles aux yeux par la vue, puisqu'il n'en pouvait parler aux oreilles par le son, comme des choses bruyantes. Ainsi la nature rentra dans ses droits, offrant à chaque sens ce qu'il était susceptible de recevoir. Ainsi l'écriture primitive naquit, d'une manière presque *nécessaire*, de l'impossibilité de faire autrement. »

La faillite (partielle) de la mimésis vocale a donc deux conséquences très différentes, et de valeur diamétralement opposée, mais que de Brosses articule pour ainsi dire du même souffle : la chute dans la dérivation, qui est abandon et oubli progressifs de la mimésis originelle, et le recours à l'écriture, qui est découverte et exploitation d'un autre mode de mimésis. Un traité des *principes de l'étymologie* ne peut, quelque répugnance qu'il y éprouve, manquer d'étudier en détail le phénomène de la dérivation, qui est l'histoire même de la langue et ce que l'on appellera plus tard la « vie des mots » : l'essentiel du second volume y est consacré. L'étude de l'écriture, qui est dans cette perspective une sorte de parenthèse, occupe les deux derniers chapitres du premier volume. Notre perspective étant ici toute différente (puisque le travail de l'étymologiste nous attache moins que sa rêverie mimologique), nous allons inverser cet ordre, et en finir avec la dérivation verbale (donc vocale) avant de revenir à la mimésis scripturale.

De Brosses rassemble dans le concept de dérivation deux séries de faits dont aucune ne coïncide exactement avec ce que la linguistique moderne entend sous ce terme : la dérivation « matérielle », qui est l'évolution de la forme des mots, le passage de lat. *fraxinus* à fr. *frêne* ou de lat. *flagellum* à fr. *fléau*, et la dérivation « idéale », ou dérivation « d'idées », qui est l'évolution de leur sens, le glissement de signification qui survient entre la racine primitive et les mots qui en « dérivent » : nous en verrons quelques exemples plus loin.

La dérivation matérielle tient à la fragilité des voyelles, et à la capacité des consonnes de même articulation de se substituer les unes aux autres[1] : autant dire qu'elle ne compromet pas l'identité du mot, que l'analyse phonétique reconstitue sans peine. Ainsi, posé que les mots latin *fort* et « tudesque » *vald* ont même origine, on négligera comme insignifiante la différence de *o* à *a*, puisque toutes les voyelles n'en sont qu'une, émise plus ou moins « pleine », et l'on reconnaîtra facilement l'identité articulatoire du *f* et du *v* (« labiales sifflées »), du *r* et du *l* (« linguales »), du *t* et du *d* (« dentales »), la seule différence entre les deux mots étant un affaiblissement général (de *f* à *v*, de *r* à *l*, de *t* à *d*) du latin au germanique[2]. D'où ce principe fondamental : « En étymologie, dans la comparaison des mots, il ne faut avoir aucun égard aux voyelles, et n'en avoir aux consonnes qu'autant qu'elles seraient de différents organes. Si la variété dans la consonne ne vient que de la différence des inflexions du même organe, on doit dire hardiment que c'est la même lettre[3]. » On voit que l'étymologie brossésienne est encore bien proche de celle de Ménage, et conforme à cette tradition ridiculisée par Voltaire, pour laquelle « les voyelles ne sont rien et les consonnes fort peu de chose ». La comparaison entre ces « principes physiques de l'étymologie » et l'admirable leçon de méthode donnée au même moment par Turgot dans l'*Encyclopédie* est plutôt cruelle pour notre Président, sur le plan de la lucidité et de la rigueur scientifique[4]. Mais là n'est pas notre gibier.

1. Même remarque chez Bergier, *Éléments primitifs*, p. 31.
2. II, p. 322-323.
3. II, p. 159.
4. La relation historique entre les deux textes est d'ailleurs significative : un manuscrit du futur *Traité* fut communiqué à Turgot pour l'article « Étymologie » ; Turgot jugea qu'il conviendrait mieux à un article « Onomatopée », et décida de rédiger lui-même le texte que l'on connaît (trop peu, à vrai dire) ; comme on l'avait accusé fort inexactement de plagiat, de Brosses tint à le disculper lui-même, ajoutant avec lucidité : « Nous différons

La « dérivation d'idées » est plus difficile à réduire, et le mouvement de De Brosses serait plutôt, comme on l'a déjà vu, de l'exagérer pour « tonner contre » avec l'indignation véhémente d'un Caton dénonçant la décadence des mœurs. Les sens dérivés sont des tropes, donc des sens « détournés », qui s'opposent au sens propre et primitif comme la dissonance s'oppose à la consonance : « On peut appeler *consonances* les mots pris dans leur sens vrai, physique, propre et primordial, et *dissonances* les mots pris dans un sens détourné, relatif, figuré, abstrait, moral et métaphysique[1]. » La comparaison musicale est révélatrice autant que l'accumulation insistante des épithètes : le sens « primordial » est pourvu de toutes les vertus de la Nature et de l'Origine, le sens dérivé endosse toutes les déchéances d'une civilisation dépravée. Le sens premier est simple comme l'accord parfait, ou mieux comme l'unisson cher à Jean-Jacques, il consonne à la valeur expressive naturelle du mot, ce que Mallarmé nommera sa « vertu radicale » ; le sens dérivé dissonne, pervertit l'*harmonie* primitive du langage, qui est *accord* du son et du sens, et détruit l'unité symbolique.

On a vu plus haut comment la fin du sixième chapitre assignait à la dérivation deux procédés essentiels : approximation et comparaison, dont le plus condamnable était le second. Curieusement, le chapitre x (« De la dérivation et de ses effets ») insiste presque exclusivement sur le premier, qui semble devenu l'agent principal de la dérive du langage[2]. Le paragraphe 179 s'intitule : « Prodigieux effets de la métonymie dans la dérivation », et il commence ainsi : « Toutes ces dérivations, nées de l'habitude de transporter un mot d'une signification à une autre signification voisine de la première

---

essentiellement sur le fond des choses » (voir Schelle, I, p. 516-517). Le fond des choses, c'est évidemment le débat sur la nature du signe. Rappelons que l'article de Turgot s'ouvre sur l'une des proclamations conventionalistes les plus décidées de toute l'histoire du débat : « Les mots n'ont point avec ce qu'ils expriment de rapport nécessaire. »

1. I, p. 28.

2. Le rôle de la comparaison semble ici circonscrit à la transposition du physique au moral : ainsi de *mihr* (soleil) à *admirer*, primitivement « regarder le soleil » ; de *templum* (ciel) à *contempler* ; de *sidera* (astres) à *considérer* ; de *moun* (lune) à *monere, admonition* (II, p. 241). « Cette application d'une méthode déjà très imparfaite à des êtres dont la comparaison était encore plus éloignée la rendait encore plus défectueuse » (p. 238).

par quelque endroit réel ou imaginaire, sont une suite de la métonymie, figure très familière à l'homme. » A propos de la racine *Dun*, montagne, qu'il retrouve dans *Lugdunum*, Lyon, ville pourtant située en plaine, au bord de l'eau, il reproche à Wachter de n'avoir pas ici « senti la métonymie, trope de la diction le plus important à observer. C'est par son moyen, ajoute-t-il, que les mots radicaux, qui sont en petit nombre même dans les langues les plus abondantes, s'étendent sans se multiplier, jusqu'à désigner des choses dont les significations paraissent fort éloignées [1] », voire opposées : ainsi lat. *altus*, « qui signifie également un lieu élevé et un lieu profond », ou fr. *hôte*, qui désigne à la fois l'étranger reçu dans une ville, et le citoyen qui l'héberge [2]. Ainsi finit-on par articuler des oxymores involontaires comme « jeune sénateur » (de *senes*, vieux), ou « écuyer à pied » (d'*equus*, cheval, selon de Brosses), véritables monstres étymologiques [3].

C'est encore la métonymie qui explique la variété des mots désignant le même objet selon les diverses « faces », ou circonstances, sous lesquelles on peut l'envisager. Ainsi le prêtre est-il nommé en latin *sacerdos* en tant qu'il exerce des fonctions sacrées, *presbyter* pour son âge, *antistes* parce qu'il se tient debout devant l'autel, *pontifex* comme chargé de l'entretien des ponts, *praesul* pour sauter le premier [4], etc. ; pour des raisons analogues, une même chose se dit en français *région, province, contrée, district, pays, état* [5], etc. Même les racines

1. II, p. 119.
2. II, p. 112-115. Même idée chez Bergier, p. 23-27. On sait la fortune ultérieure de la spéculation sur les « sens opposés », chez Abel puis chez Freud, et la mise au point de Benveniste, *Problèmes*, I, p. 79-83. Que de Brosses anticipe assez bien en remarquant que la « contrariété établit entre (les choses contraires) une espèce de relation », qui est évidemment la catégorie sémantique à l'intérieur de laquelle s'articule l'opposition : ainsi de la *verticalité*, à quoi réfère *altus* en deçà de toute distinction du haut et du bas. « Voyons comment les hommes ont pu se porter à exprimer par le même terme *Alt* des idées diamétralement opposées. Ils ont voulu rendre cette idée-ci, qu'un objet était bien hors de la portée de leur main en ligne perpendiculaire : et après s'être servis de ce mot pour les choses bien hors de portée en haut, ils l'ont aussi employé pour les choses hors de portée en bas ; ne s'arrêtant qu'à la généralisation de cette idée, abstraction faite de la contrariété qui s'y trouvait relativement à celle des positions de l'objet. »
3. II, p. 106, 110.
4. II, p. 59-60.
5. II, p. 56.

primitives (et organiques) semblent parfois atteintes par cette prolifération métonymique : ainsi, une échelle peut se rendre par l'articulation *cl* (dans gr. *climax*), qui dénote la pente, ou par *sc* (dans lat. *scala*), qui indique l'excavation où l'on pose le pied, ou par *gr* (lat. *gradus*), qui exprime l'effort de monter, de *gr*avir, de *gr*imper. Cette triple racine vient des « diverses manières de considérer le même objet et de le saisir par les uns ou par les autres de ses effets[1] ». Il y a là de quoi mettre en question la notion même de sens propre primitif, puisque chacune de ces trois « racines » apparaît dans une métonymie où se laisse voir à l'œuvre une sorte de *dérivation d'origine*. Mais une telle remarque pourrait ébranler l'ensemble de l'édifice, et de Brosses préfère lire sous la diversité évidente du procédé, l'unité de la fonction et de la « mécanique », c'est-à-dire l'imitation vocale : « Il n'y avait aucune diversité dans le but qu'on se proposait, ni dans la mécanique qu'on y employait. On avait toujours en vue de représenter l'objet par un son assimilé à ses effets, autant qu'il était possible. »

1. II, p. 395. Ce thème – inconcevable, rappelons-le, pour l'essentialisme platonicien – d'une mimésis diversifiée selon la diversité des aspects et des façons de percevoir, est au moins depuis Épicure *(Lettre à Hérodote)* et Lucrèce (*De natura*, V, 1056 *sq.*) une des réponses naturalistes à l'argument conventionaliste de la diversité des langues. Lamy, déjà, l'illustrait en ces termes : « Il dépend de nous de comparer les choses comme nous voulons, ce qui fait cette grande différence qui est entre les langues qui ont une même origine... Le français, l'espagnol, le portugais viennent du latin, mais les Espagnols, considérant que les fenêtres donnent passage aux vents, ils les appellent *ventana*, de *ventus*. Les Portugais ayant regardé les fenêtres comme de petites portes, ils les ont appelées *janella*, de *janua*. Nos fenêtres étaient autrefois partagées en quatre parties avec des croix de pierre on les appelait pour cela des *croisées*, de *crux*. Les Latins ont considéré que l'usage des fenêtres est de recevoir la lumière le mot *fenestra* vient du grec *phainein* qui signifie reluire. C'est ainsi que les différentes manières de voir les choses portent à leur donner différents noms » (*Rhétorique*, I, 5). Et Vico : « La diversité des climats ayant contribué à la formation de tempéraments fort différents, il en est résulté des us et coutumes variables de peuple à peuple, et cette diversité de tempéraments et de mœurs a entraîné une diversité de langues. Différant les uns des autres par leur caractère, les hommes ont en effet considéré tout ce dont ils avaient besoin ou qui était nécessaire à leur vie sous différents aspects, d'où ces usages si variables parfois même entièrement opposés entre eux ; on ne peut expliquer autrement le fait qu'il y ait autant de langues qu'il existe de nations différentes » (*Science nouvelle* (1725), trad. A. Doubine, 1953, p. 158). Nous le retrouverons, avec des inflexions elles aussi diverses, chez Court de Gébelin, chez Nodier, chez Renan.

L'exemple le plus caractéristique, et le plus longuement traité[1], de cet « écart » de l'esprit et de « l'abus qu'il fait des racines en les employant à exprimer des choses qu'elles ne sont nullement propres à dépeindre », est la dérivation qui conduit de la racine *st*, qui indique la fixité, au mot juridique *stellionat*, qui désigne un contrat frauduleux. On a commencé par appliquer la racine à la désignation des étoiles (lat. *stellae*), eu égard à leur apparente fixité. Puis, en raison de sa peau marquetée de taches en forme d'étoiles, on a dérivé de *stella* le nom d'un lézard, le *stellio* ; puis, comme une autre particularité de ce lézard est la ruse ou la fraude, on a dérivé de *stellio* ce *stellionat*, dont le sens n'a plus rien, bien au contraire, de commun avec l'idée initiale de fixité. On voit ici comment l'esprit, dévoyé par la concaténation oblique des circonstances accessoires, « sans perdre de vue la clef radicale, la figure primordiale et caractéristique qu'il avait saisie, va cheminant et s'égarant d'idées en idées, d'objets en objets... Ainsi, l'opération de l'esprit pervertissant l'opération de la nature qui avait réservé une certaine espèce d'analogie à dépeindre la fixité, s'avise de l'employer encore pour dépeindre la maculature et la tromperie, que l'articulation dentale *st* ne figure point du tout à l'oreille ».

Telles sont les voies de la corruption. Lorsqu'une langue en est arrivée à ce point, elle a perdu sa vertu essentielle, qui ne peut être que la *vérité*, la « fidélité de rapport entre le nom et l'objet qu'il désigne ». Cette vérité « ne se trouve plus dans les langues dès qu'on a dépravé la nature par des allusions idéales qui lui sont étrangères, et qu'on a écarté à tel point le dérivé de sa racine primordiale, que la connexité qui devrait facilement s'apercevoir entre eux n'y est plus sensible[2] ».

Cette vérité perdue, on doit bien s'en souvenir, était une vérité de *peinture*. Une langue n'a plus de vérité quand elle ne sait plus *peindre les objets*. Et c'est ici qu'intervient l'écriture, chargée à sa façon de *rémunérer*, comme dira Mallarmé, le défaut des langues. Car l'écriture, pour de Brosses comme pour Platon, mais pour des raisons et avec une connotation de

1. Il occupe tout le paragraphe 230 : II, p. 333-338.
2. II, p. 54-55.

valeur toutes différentes, est une peinture[1] : « (La main) pouvait figurer les objets à la vue par gestes ou en traçant leur image. C'était une nouvelle route ouverte pour la transmission des idées, et la nature, rentrant dans ses droits sans s'écarter de son procédé, y guidait l'homme comme elle avait fait dans la précédente, d'une manière simple, nécessaire et imitative des objets signifiés. »

Ce mimétisme de l'écriture compense et neutralise l'infidélité de la parole, et l'on peut même dire en un sens qu'il la favorise en la rendant inoffensive. La vérité de peinture maintenant assurée par le langage graphique, le langage vocal peut dériver autant qu'il le voudra. Désormais, « le nécessaire est dans la peinture et non plus dans le nom de l'objet. Ainsi l'imposition en peut devenir conventionnelle et beaucoup plus arbitraire qu'elle ne l'avait ci-devant été dans la méthode purement vocale des sons imitatifs[2] ». La mimésis, chassée

1. Et réciproquement : « Les Australiens de la Magellanique, peuple de la plus brute nature et que l'on peut regarder comme étant au premier pas sur les connaissances de l'humanité, avaient figuré sur les bruyères avec de la terre rouge le vaisseau d'un capitaine anglais. Or j'appelle ceci une vraie écriture. Toute peinture mérite ce nom. Toute opération faite pour exciter des idées par la vue est une véritable formule d'écriture et ce n'est pas une métaphore que de dire en ce sens que le monde est un grand livre vivant ouvert sous nos yeux » (I, p. 304).

2. I, p. 301. On observe que l'écriture est ici donnée à la fois comme antérieure à la parole, qui devient plus arbitraire après elle (et grâce à elle), et comme postérieure, puisque la méthode d'imitation vocale présidait « ci-devant » à l'imposition des noms. Cette relation double n'est ici nullement contradictoire, puisqu'elle implique clairement trois étapes : 1° celle d'un langage purement vocal, dont la mimésis s'épuise très vite ; 2° l'invention d'une « nouvelle route », qui est celle de l'écriture-peinture, mimétique par excellence ; 3° le langage vocal après l'in(ter)vention de l'écriture, livré dès lors sans dommage à la dérivation. Mais certaines formules sont plus difficiles à réduire à ce schéma évolutif. Ainsi : « La figure de l'objet présentée aux yeux pour en faire naître l'idée a dû, ce me semble, précéder l'imposition du nom donné à ce même objet pour en fixer ou pour en réveiller l'idée chaque fois que ce mot serait prononcé » (I, p. 301) ; et plus encore : « La convention d'appliquer des noms aux objets, de les signifier par des mots qui ne les peignent pas, suppose nécessairement quelque connaissance antérieure de ces mêmes objets parvenue par l'un des sens ; sinon le mot n'est qu'un bruit vague tout à fait dénué de sa relation, sans laquelle son effet n'existe pas. On a donc commencé par figurer grossièrement à la vue quelque portrait de l'objet… » (p. 302). Le thème de l'écriture antérieure à (ou à tout le moins indépendante et contemporaine de) la parole, n'est pas inconnu du XVIIIe siècle : ainsi Vico : « Les philosophes ont cru bien à tort que les langues sont nées d'abord, et plus tard l'écriture ; bien au contraire elles naquirent jumelleset cheminèrent parallèlement » (*Science*

du monde des sons où elle n'avait pu mener qu'une existence précaire et comme incertaine, se réfugie dès lors, ou plutôt se rapatrie dans ce qui avait toujours déjà été son véritable domaine : celui des « figures présentées aux yeux ».

Il va de soi qu'en présentant l'écriture (toute écriture) comme une « peinture des objets », de Brosses ne se règle pas sur le modèle des écritures phonétiques, qu'il qualifiera de « verbales », mais sur celui des écritures directement représentatives, qu'il nomme écritures « réelles ». Mais l'existence d'une graphie indirecte, simple notation (mimétique ou non) de la parole, ne peut évidemment lui échapper. Il n'y a pas une écriture, mais plusieurs, et de principes tout différents, et cette pluralité requiert une typologie, et si possible une hypothèse génétique.

La théorie brossésienne est ici fort proche de celle que proposait Warburton quelque trente années plus tôt[1]. Elle se résume en ce tableau qui est à la fois taxinomique et historique, puisque les six types fondamentaux y apparaissent dans l'ordre de ce qui fut selon de Brosses leur apparition successive :

I. *Écritures réelles.*
1. Figurée.
 1. Peinture simple, ou par image isolée (dessin des Australiens).
 2. Peinture suivie, écriture *in rebus*, représentative des choses mêmes, ou caractères à la mexicaine.
2. Symbolique.
 3. Symboles allégoriques, hiéroglyphes représentatifs des qualités des choses, ou caractères à l'égyptienne.
 4. Traits, clefs représentatives des idées, ou caractères à la chinoise

---

nouvelle, III, p. 1), ou Rousseau : « L'art d'écrire ne tient point à celui de parler. Il tient à des besoins d'une autre nature qui naissent plus tôt ou plus tard selon des circonstances tout à fait indépendantes de la durée des peuples... » (*Essai*, éd. Porset, p. 61). Le thème brossésien de l'écriture-peinture autorise évidemment la même hypothèse.

1. Leur relation est difficile à qualifier. De Brosses prétend (I, p. 295) avoir écrit son chapitre VII avant d'avoir lu l'*Essai sur les hiéroglyphes* (trad. fr., 1744) ; mais il reconnaît avoir ajouté à ce chapitre « quelques observations qui m'étaient échappées et que je tire de l'auteur anglais et de son commentateur ». La part de rencontre et la part d'emprunt nous sont donc indiscernables.

II. *Écritures verbales.*

5. Traits représentatifs des syllabes, ou caractères à la siamoise ; écriture syllabique.
6. Lettres détachées organiques et vocales, ou caractères à l'européenne : écriture littérale[1].

« De ces six ordres, commente notre auteur, les deux premiers se rapportent aux objets extérieurs ; les deux autres aux idées intérieures ; les deux derniers aux organes vocaux. Il y a donc deux genres d'écriture partis de principes absolument différents. L'un est l'écriture figurée représentative des objets, qui indique par la vue ce qu'il faut penser et dire : ce genre comprend les quatre premiers ordres ci-dessus ; l'autre, à qui appartiennent les deux derniers ordres, est l'écriture organique représentative des articulations de l'instrument vocal, qui indique aussi par la vue ce qu'il faut effectuer et prononcer. L'un en fixait tellement la vue des objets en excite le nom : l'autre va plus loin, il fixe la vue du nom même de l'objet. C'est par son moyen qu'on opère cette admirable jonction de l'ouïe et de la vue, dont j'ai parlé[2]. »

Nous reviendrons sur l'*admirable jonction* mentionnée dans cette dernière phrase, et sur le texte auquel elle renvoie ; mais nous pouvons observer dès maintenant une valorisation tout à fait inattendue de l'écriture verbale, qualifiée ici d'*organique*, et créditée d'une efficacité représentative supérieure à celle de l'écriture réelle. Ceci est apparemment contraire au

1. Ce tableau ne se trouve pas tel quel dans le *Traité*. Je synthétise ici plusieurs classifications dispersées dans le cours du chapitre VII, de niveaux hiérarchiques différents mais indéniablement compatibles malgré les incertitudes terminologiques. L'énumération des six ordres occupe le paragraphe 101 et commande les suivants jusqu'à la fin du chapitre. L'opposition *réelle/verbale* apparaît p. 346, mais elle est brouillée ailleurs en particulier par deux synecdoques symétriques : l'une est l'emploi de *symbolique* pour désigner l'ensemble des écritures réelles, y compris la « figurée » ; l'autre est l'emploi de *littérale* pour toutes les écritures verbales, y compris la syllabique : d'où le titre général du chapitre VII : *De l'écriture symbolique et littérale*. Les raisons de ces extensions terminologiques sont elles aussi symétriques : l'écriture symbolique est la plus répandue des écritures réelles, la littérale est la plus répandue des verbales. « Au reste je ne m'arrête pas à traiter séparément de l'écriture syllabique et de l'écriture littérale. Toutes deux sont organiques et n'ont à vrai dire entre elles presque aucune différence. Ce que j'observe sur l'une convient à peu près également bien à l'autre » (I, p. 436).

2. I, p. 311-312. « Figurée » désigne ici toutes les écritures réelles.

principe de la mimésis graphique et de l'écriture-peinture. Nous verrons plus loin comment se justifie positivement ce nouveau tournant dans la démarche sinueuse du cratylisme brossésien, mais la première motivation en est purement négative : c'est la précarité de l'écriture réelle, ou plus précisément l'exiguïté de sa capacité mimétique. Si nombreux et si importants que soient les objets visibles, ils n'épuisent pas plus que les objets « bruyants » la totalité de l'univers désignable. Les « qualités des choses », les notions abstraites échappent autant à la « représentation » graphique directe qu'à l'imitation vocale, et l'on voit nécessairement se reproduire dans l'écriture le processus tropologique par lequel le travail de la « dérivation d'idées » s'était emparé de la langue parlée : l'écriture hiéroglyphique utilisera donc les « figures naturelles » comme « symboles et allusions à diverses choses non susceptibles d'être peintes, par une méthode arbitraire d'approximation et de comparaison tout à fait semblable à celle dont j'ai montré la suite dans la fabrique des mots formés par l'organe vocal… Faute de pouvoir peindre la *prévoyance* on peignait un œil, et un oiseau pour la *vitesse*. La route est la même et la marche en gradation pareille, dans ce que la main a fait pour la vue, et dans ce que la voix a fait pour l'ouïe. La nature et la nécessité y ont fait d'abord ce que l'arbitraire et la convention ont continué sur le même plan[1] ». Approximation et comparaison, métonymies (l'œil pour *prévoyance*) et métaphores (l'oiseau pour *vitesse*), voilà donc rouverte la voie de la décadence – arbitraire et convention –, qui procède toujours du principe d'*allégorie* : employer le signe d'une chose pour en *dire une autre*. Une fois de plus, la dérivation d'idées, abus du signifié, entraîne et nourrit la dérivation matérielle, usure et dégradation du signifiant. A l'érosion phonétique *(fort > vald)* répond ici l'appauvrissement graphique des figures, schématisation progressive qui conduit de l'hiéroglyphe égyptien à l'idéogramme chinois, où s'exténue par simplification le principe de l'écriture picturale : « Quand une fois les figures naturelles ont été reçues comme symboles d'autres objets, on a eu tant de choses à leur faire dire qu'il a fallu abréger, altérer, dépraver la nature et réduire les figures à des traits plus simples qui les rendaient mécon-

1. I, p. 305-306.

naissables[1]. » La boucle est donc bouclée ; la grande ressource de l'écriture n'aura été qu'un expédient vite usé, et le second règne de la mimésis linguistique, un bref sursis. On ne trouvera donc chez de Brosses aucune tentative d'interprétation « hiéroglyphique », comme chez Jones, de l'alphabet moderne. Ici encore, la « peinture » originelle s'est effacée.

Dans la logique toute rousseauiste de ce mouvement, on pourrait s'attendre à une condamnation sans appel de l'écriture « verbale », représentation infidèle d'une représentation infidèle, trahison au second degré. Nous l'avons déjà entrevu : il n'en est rien. L'invention de l'alphabet est bien dans la suite de cette nouvelle « dépravation » qui conduit de la pittoresque écriture *in rebus* aux « clefs » schématiques de l'écriture chinoise, mais elle n'hérite apparemment d'aucune de ses tares. Bien au contraire, tout se passe comme si le mouvement de la décadence s'arrêtait miraculeusement (et paradoxalement) ici. Ce renversement axiologique est parfaitement sensible dans le début du paragraphe 98 : « Enfin, quand il a été reçu dans l'usage que des traits informes pouvaient signifier des choses, un puissant génie, embarrassé de la multiplicité des choses et des traits, a essayé si des traits ne pourraient pas signifier les syllabes des mots et les articulations diverses de l'organe vocal, qui sont en petit nombre... » ; et plus encore dans celui du paragraphe 99 : « Or ceci est la plus sublime invention où se soit jamais élevé l'esprit humain, et la chose la plus difficile qu'il ait jamais entrepris d'exécuter... »

Le surprenant n'est pas ici (faut-il le dire ?) l'hommage rendu à la « sublime invention » de l'écriture littérale, ou plutôt ce n'est pas cet hommage en soi : on sait que Saussure lui-même qualifiera l'alphabet grec de « découverte de génie[2] », et l'on a souvent depuis salué ses auteurs comme les premiers maîtres de l'analyse phonologique. Mais tout ceci se passe, si j'ose dire, dans la boutique d'Hermogène, et l'on ne voit pas ce qui peut y susciter l'enthousiasme de Cratyle. Et Rousseau reproche précisément à l'alphabet d'*analyser* la parole sans la *peindre*[3]. Aucune trace de cette critique dans le *Traité* : le

1. I, p. 307.
2. *Cours*, p. 64.
3. *Essai*, éd. Porset, p. 97,

mérite de l'écriture littérale est pour de Brosses d'être parvenue « à réunir, autant qu'il était possible, dans un seul art deux choses tout à fait disparates et dont la nature semblait rendre la jonction impossible, je veux dire le sens de la vue et celui de l'ouïe : ou s'il ne les a pas réunis eux-mêmes, il en a du moins assujetti les objets sous un même point fixe, en même temps que ces deux genres d'objets restent très séparés l'un de l'autre dans les deux effets de l'art qui les joint ; car l'écriture, et la lecture qui est la parole, sont deux choses tout à fait différentes, et autant que le sont les deux organes qui dominent souverainement dans chacune des deux : l'œil dans l'un, l'oreille dans l'autre[1] ».

On jugera sans doute cet éloge aussi sibyllin qu'enthousiaste. Peut-être est-il simplement prudent. L'écriture littérale sait « réunir » l'ouïe et la vue, ou du moins leurs « objets » (le son représenté et la lettre représentative), mais rien ne marque ici, ce qui seul pourrait satisfaire le désir cratylien, qu'elle constitue une véritable *peinture de la parole*, une représentation graphique ressemblante des bruits de la parole ou des mouvements de l'organe vocal. Ni ici, ni en aucun point du *Traité de la formation mécanique*. Une telle lecture mimétique de l'alphabet – celle de Wachter – exige une hardiesse d'interprétation tout à fait étrangère à notre Président. Pour lui, rien qu'une liaison de fait entre la « vue » et l'« ouïe », liaison obscure et dont rien n'ose affirmer le caractère mimétique – bien au contraire.

Bien au contraire : car si de Brosses s'abstient de toute critique – de principe ou de détail – à l'égard de l'alphabet réel, un chapitre que nous avons jusqu'ici laissé de côté révèle sans équivoque possible qu'il n'en est pas intimement satisfait : c'est le chapitre V, « De l'alphabet organique et universel, composé d'une voyelle et six consonnes ». Il s'agit bien ici d'un alphabet mimétique, où chaque lettre *dépeint* le mouvement d'organe qu'elle désigne ; mais cet alphabet n'est ni latin, ni grec, ni phénicien, et aucun de ceux-là ni aucun autre n'en approche : il est entièrement factice, et son auteur, qui ne prétend nullement le substituer aux graphies existantes, le réserve à l'usage technique et pour ainsi dire professionnel des « étymologistes ».

1. I, p. 309.

A vrai dire, ce n'est pas un « alphabet organique » que propose de Brosses, mais bien deux, dont le premier seul mérite tout à fait la qualification de « mimétique ». La voix (ou voyelle) y est représentée par une ligne droite verticale, marquée d'un trait horizontal placé plus ou moins haut selon la « longueur dans laquelle on tient la corde ou le tuyau » : ainsi, de *a* (la plus grave) à *u* (la plus aiguë). L'allongement de la voyelle se marque par un allongement du trait horizontal, sa nasalisation par la présence d'une sorte de bec oblique à l'extrémité supérieure de la verticale :

La voix, ou les voyelles du nouvel alphabet organique.

Voix pure ou franche.	*Voix allongée.*	*Voix nazale*
a	aa	an
ai η	aiai η̃	ain
e	ee	en
i	ii	in
o	oo ω	on
ou ȣ	ouou ȣ̃	oun
u	uu	un

Voix sourde, et Voix aspirée.

e *muet* eu ℵ *Aleph simple ouverture de la trombe vocale.* h. *Aspiration profonde et gutturale.*

Les consonnes sont représentées par un dessin imitant la forme de l'organe d'articulation (une lèvre, une gorge, une dent, un palais, une langue, un nez) et éventuellement affecté d'un point dont la place indique la force d'articulation (point à droite pour l'articulation douce, à gauche pour la rude, point zéro pour l'articulation « moyenne »). Les groupes consonantiques unissent deux, voire trois dessins : ainsi, *scl* est figuré par un nez (pour le *s*, dont la nasalité ne se dément jamais chez de Brosses) compliqué d'une gorge (pour le *c*) et d'une langue (pour le *l*) :

Les six lettres ou consonnes du nouvel alphabet organique.

LEVRE.	GORGE.	DENT.	NEZ
P.	C.	D.	S.
B.	Gh.	Th.	St.
M.	K.Qu.	T.	tS.
F.	Cl.	Dgh.	Scr.
V.	Cr.	Dj.	Sc.
Bz.	Cs.	Dz.	Sp.
Bl.	Cz.	Dr.	Spr.
Pr.	Ct.	Tr.	Spl.
Ps.	Gl.	PALAIS.	Str.
Pt.	Gr.	J.	Scl.
Fl.	Cn	Z.	Sr.
Fr.		Ch.	Sm.
Vr.		LANGUE.	Sf.
		L.	Sl.
		N.	Sn.
		R.	
		gN.	
		gL.	

Le mérite théorique d'un tel alphabet est évidemment dans son caractère iconique, que l'auteur ne manque pas de souligner : « Cette tablature a quelque chose de l'écriture figurée et hiéroglyphique, en ce que j'y représente chaque articulation par une grossière image de l'organe qui la produit[1]. » Son intérêt pratique, une fois admis qu'il ne « s'établira jamais dans l'usage » est de faciliter la vérification des étymologies en manifestant la parenté des mots par la ressemblance des figures : ainsi, les graphies « organiques » de *pérégrin* et de *bilgram* sont-elles à peu près identiques ; beaucoup plus proches en tout cas que leurs graphies traditionnelles :

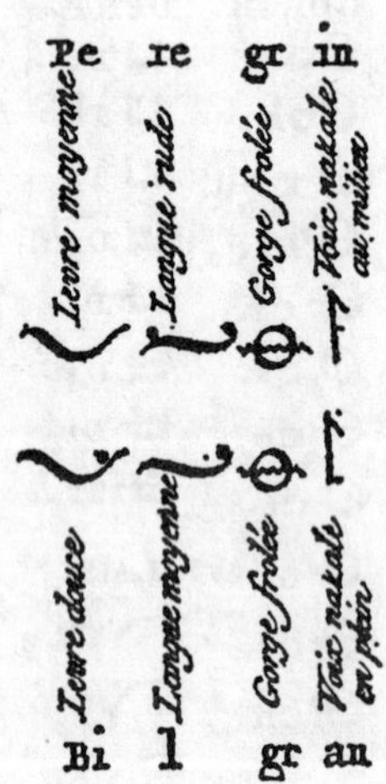

Malheureusement, cette représentativité immédiate se paie d'une évidente difficulté d'emploi, due à la complexité des figures. Aussi de Brosses propose-t-il aussitôt une seconde « tablature », beaucoup moins iconique, mais beaucoup plus simple, où la « lèvre » est figurée par un trait vertical, la « gorge » par un trait oblique penché vers la gauche, la « dent » vers la droite, la « langue » par une crosse verticale,

1. I, p. 181.

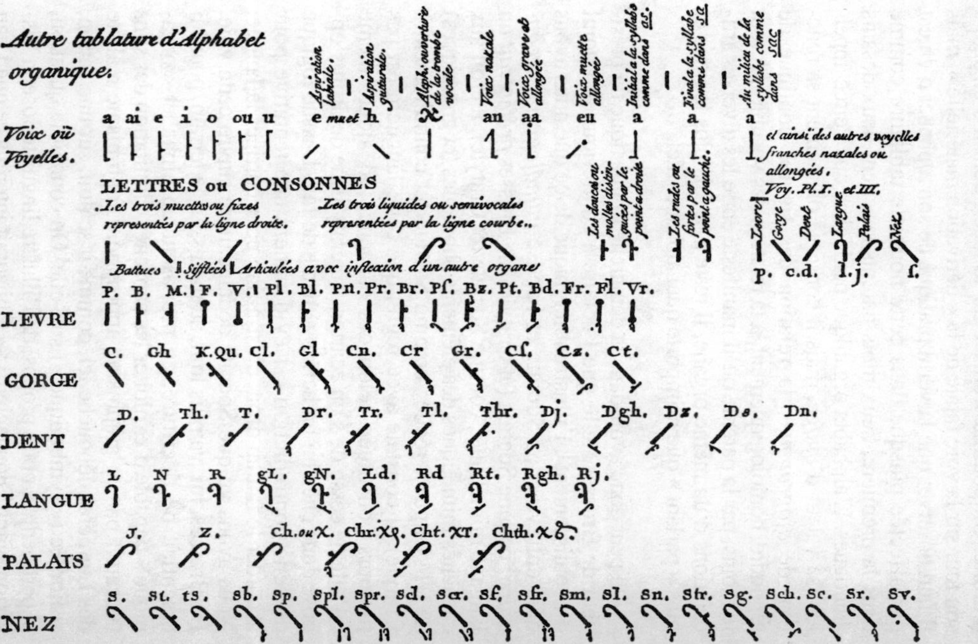

Autre tablature d'Alphabet organique.
Voix ou Voyelles.
a ai e i o ou u
e muet
Aspiration labiale.
h
Aspiration gutturale.
Alph. ouverture de la trombe vocale
an
Voix nasale
aa
Voix grave et allongée
eu
Voix muette allongée
a
Initial à la syllabe comme dans as.
a
Finale la syllabe comme dans sa
a
Au milieu de la syllabe comme dans sac
et ainsi des autres voyelles franches nazales ou allongées.
Voy. Pl. I. et III.
LETTRES ou CONSONNES
Les trois muettes ou fixes representées par la ligne droite.
Les trois liquides ou semivocales representées par la ligne courbe.
Les douces ou molles distinguées par le point à droite
Les rudes ou fortes par le point à gauche.
Levre
Gorge
Dent
Langue
Palais
Nez
p. c.d. l.j. ſ.
Battues
Sifflées
Articulées avec inflexion d'un autre organe
LEVRE
P. B. M. F. V. Pl. Bl. Pn. Pr. Br. Pſ. Bz. Pt. Bd. Fr. Fl. Vr.
GORGE
C. Gh K.Qu. Cl. Gl Cn. Cr Gr. Cſ. Cz. Ct.
DENT
D. Th. T. Dr. Tr. Tl. Thr. Dj. Dgh. Dz. Ds. Dn.
LANGUE
L N R gL. gN. Ld. Rd Rt. Rgh. Rj.
PALAIS
J. Z. Ch. ou X. Chr. Xg. Cht. XT. Chth. Xδ.
NEZ
S. St. ts. sb. Sp. Spl. Spr. Sd. Scr. Sf. Sfr. Sm. Sl. Sn. Str. Sg. Sch. Sc. Sr. Sv.

le « palais » et le « nez » par des crosses penchées à gauche et à droite. On pourrait ironiser sur la façon dont il s'engage à son tour sur la voie fatale de la « dérivation matérielle », mais il faut observer que la vertu pratique de son alphabet n'en est pas affectée puisque dans cette nouvelle tablature comme dans la première, deux mots parents suscitent deux dessins analogues. L'alphabet organique perd ici ce que Peirce appellera sa valeur d'*image*, mais il conserve pleinement sa fonction de *diagramme* : la relation des figures continue de répondre, homologiquement, à la relation des vocables. A tout le moins, par la parenté qu'il manifeste entre les diverses articulations d'un même organe, il reste à la fois plus logique et plus « parlant » que n'importe quel alphabet réel.

On peut donc avoir dans la démarche linguistique du président de Brosses, telle que l'éclaire à contre-jour son point d'aboutissement[1], l'illustration typique de ce que nous avons déjà entrevu chez Socrate et baptisé *mimologisme secondaire* : comme Socrate (et Cratyle), de Brosses *préférerait* un langage mimétique ; comme Socrate (et Cratyle), il croit aux capacités mimétiques des éléments phoniques (et graphiques) de « la langue » réelle ; comme Socrate (et contrairement à Cratyle), il constate avec regret que cette langue n'est pas toujours constituée selon ces capacités ; il ajoute même qu'elle ne cesse de s'en écarter. Au cratylisme de droit s'oppose donc chez lui un hermogénisme de fait. L'issue logique de cette contradiction est évidemment une tentative pour accorder le fait au droit, c'est-à-dire pour corriger la langue. Nous avons vu que Socrate dédaignait de suivre cette voie. De Brosses, lui, va plus loin, au moins sur le terrain, pour lui essentiel, de l'écriture, en proposant un alphabet « organique » capable d'exploiter les capacités d'imitation des sons (vocaux) par un graphisme approprié. L'optimisme réaliste des Lumières débouche ici, comme il se doit, sur une action, si limitée (« symbolique ») soit-elle. On connaît la question, si pertinente à notre propos, de l'illustre linguiste Joseph Vissarionovitch Djougachvili : « Qui aurait intérêt à ce que l'eau ne s'appelât plus l'eau ? » Ni Cratyle ni Hermogène (ni

1. Il s'agit évidemment d'un aboutissement logique et non réel, puisque le projet d'alphabet organique est présenté dès le chapitre v.

Socrate) ne se soucient d'un tel projet : Cratyle, parce que pour lui tous les noms dignes de ce nom sont des imitations parfaites, Hermogène parce qu'à son sens une convention est toujours assez bonne : tous deux conservateurs, pour des raisons inverses – et Socrate pour une troisième, qui est peut-être que tout cela ne vaut pas une heure de peine. Le mimologiste secondaire accompli, lui, juge que la langue pourrait être *plus mimétique*, et il rêve de la *réformer*. De Brosses, avant Queneau, manifeste à sa façon la possibilité paradoxale d'un cratylisme réformiste : pourquoi l'eau ne s'écrirait-elle pas ~† ?

L'hiéroglyphe généralisé

L'*Origine du langage et de l'écriture*, d'Antoine Court de Gébelin, publiée à Paris en 1775, est le troisième volume d'une sorte d'encyclopédie historico-philologique, *Monde primitif*[1]. Le titre complet de ce volume est *Monde primitif, considéré dans l'Histoire naturelle de la parole, ou Origine du langage et de l'écriture.* Dès l'année suivante, Gébelin publiera une sorte de digest, à la fois de ce volume et du précédent *(Grammaire universelle)*, sous le titre *Histoire naturelle de la parole, ou Précis de l'origine du langage et de la grammaire universelle*[2].

C'est bien de l'origine du langage et de l'écriture qu'il s'agit, et d'une façon beaucoup plus directe, ou centrale, que chez de Brosses. Sur cinq livres, le premier est bien consacré à l'*art étymologique*, mais ce n'est visiblement qu'un préambule[3], et l'étymologie historique n'est ici qu'un moyen, une voie nécessaire pour remonter aux origines, à la langue primitive, aux sources de la parole. Gébelin aura donc beaucoup moins que de Brosses (qui se voulait essentiellement étymo-

1. L'ensemble a paru de 1773 à 1784; les sujets des autres volumes sont : l'allégorie, la grammaire universelle, l'histoire du calendrier, l'étymologie française, latine et grecque, le blason, les monnaies, les jeux, et divers. Quoique célèbre en son temps, Gébelin reste marginal et inclassable par rapport aux courants de pensée officiels du XVIIIe siècle. Baldensperger (« C. de G. et l'importance de son *Monde primitif* », *Mélanges Huguet*, Boivin, 1940) le situait assez bien entre Vico, dont l'influence est patente, et l'« idéoréalisme » romantique.

2. Paris, 1776; réédité en 1816 avec des notes et une préface, plutôt critiques, de Lanjuinais, et des planches corrigées par Rémusat. L'essentiel de la présente étude porte sur le volume de 1775, auquel renvoient toutes les références, sauf indication contraire. Jean Roudaut a donné de larges extraits du livre V *(De l'écriture)* dans *Poètes et Grammairiens au XVIIIe siècle*, p. 288-310.

3. 64 pages sur 510; les titres des cinq autres livres sont : II, *De l'origine du langage*; III, *Des divers modes dont est susceptible l'instrument vocal*; IV, *Développements du langage, source des mots, base du dictionnaire primitif*; V, *Du langage peint aux yeux, ou De l'écriture.*

logiste) affaire à l'histoire désastreuse de la *dérivation*, ou décadence du langage. Cet aspect négatif de la démarche cratylienne lui est épargné, ou si l'on préfère il se l'épargne, et ceci est une première différence à retenir dans la comparaison des deux œuvres[1].

Si de Brosses, on l'a vu, était bien souvent, comme Socrate, un cratyliste déçu et mécontent, Gébelin, que rien n'embarrasse, est l'image même du mimologiste heureux.

« Notre grand principe, que tout est imitation[2]... » On ne s'étonnera pas de retrouver ici le principe du langage imitatif, fondé, comme chez Platon, sur l'opposition catégorique (et implicitement exclusive de tout troisième terme) de l'*arbitraire* et du *mimétique*. Le dilemme socratique retrouve ici toute sa force : le langage ne peut être qu'arbitraire, c'est-à-dire effet soit du hasard soit du caprice individuel, ou « nécessaire », c'est-à-dire justifié par une relation directe entre le « nom » et l'« objet » ; la première hypothèse est insoutenable par principe, c'est une monstruosité logique et morale : « Jamais le germe, les principes, les développements d'un art aussi essentiel et aussi admirable que la parole, et qu'on peut appeler *la gloire et l'apanage du genre humain*, ne furent abandonnés à l'arbitraire[3] » ; reste donc la seconde : « Jamais (les hommes n'assignèrent un nom à un objet) sans y être conduits par quelque rapport entre le nom choisi et l'objet à nommer » – et aussitôt la spécification forcée qui ramène, sans échappatoire concevable, le « quelque rapport » au seul rapport d'analogie : « Nous l'avons dit, et nous ne saurions trop le répéter : la parole n'est autre chose qu'une peinture de nos idées, et nos idées, une peinture des objets que nous connaissons : il faut donc qu'il existe un *rapport nécessaire* entre les

1. Gébelin a évidemment lu de Brosses, et s'il ne se donne pas exactement comme son disciple, il ne manque pas de lui rendre plusieurs fois hommage, ou plutôt de lui accorder le bénéfice de leur « conformité de vues », ainsi p. 335 et 351. Mais nous observerons aussi quelques divergences presque explicites.

2. P. 376.

3. P. 275. La formule humaniste (soulignée par l'auteur lui-même) ne doit pas dissimuler que pour Gébelin (calviniste genevois, mais qui adhérera à la franc-maçonnerie en 1776) la parole est un don de Dieu : c'est l'argument du deuxième chapitre du livre II.

mots et les idées qu'ils présentent, comme il en existe un entre les idées et leurs objets. En effet, *ce qui peint ne saurait être arbitraire, il est toujours déterminé par la nature de l'objet à peindre*. Les hommes furent donc obligés, pour désigner un objet ou une idée, de choisir le son le plus *analogue* à cet objet, à cette idée[1]. » On voit qu'ici l'axiome implicite est en quelque sorte tourné, ou retourné, par une démarche qui pose d'abord l'imitation *(peinture)* comme une donnée de fait, puis dégage le nécessaire comme une propriété interne, donc une conséquence logique du mimétique ; mais l'imitation elle-même redevient conséquence dans la dernière phrase, et cette argumentation retorse, ou circulaire, n'évacue pas le postulat qu'elle dissimule, et qui est bien qu'il *n'est de rapport nécessaire que le rapport d'imitation*. On le retrouve sans peine quelques lignes plus loin dans cette évocation qui se veut purement descriptive : « Par cette analogie entre les sons, les idées et les objets, l'homme était toujours entendu (...), chaque mot avait sa *raison*, et cette raison était admise de tous, parce qu'on ne pouvait choisir de mot plus pittoresque, plus expressif, plus lumineux » – autrement dit, plus imitatif. Cette *carte forcée* qu'est le choix imposé entre arbitraire et mimétique, ou l'assimilation absolue du motivé à l'imitatif, peut-être est-elle justifiée (nous y reviendrons) ; ce qui est surprenant dans l'utilisation qu'en fait la tradition cratylienne, c'est son caractère toujours implicite et comme subreptice ; c'est l'omission constante de cette question simple et cruciale (pour « Cratyle » lui-même) : peut-on, oui ou non, concevoir un « rapport nécessaire » entre signifiant et signifié qui ne soit pas un rapport d'analogie ?

Le principe mimétique s'applique éminemment à la langue originaire, ou langue primitive commune (« les langues ne sont que des dialectes d'une seule, les différences qui règnent entre les langues ne peuvent empêcher de reconnaître qu'elles ont la même origine » : tels sont les deux premiers principes sur lesquels repose l'*art étymologique*[2]) – mais il faut ajouter qu'il en entraîne irrésistiblement la supposition, puisque, selon l'ar-

1. *Ibid.* (je souligne).
2. P. 38 et 40.

gument saussurien pris *a contrario*, un langage mimétique est spontanément présumé universel, au moins dans son origine : « puisqu'il est dans la nature des choses que le langage ne soit qu'une peinture, et que cette peinture ait en tous lieux le plus grand rapport, dès que ce sont partout les mêmes objets qu'on doit peindre, il en résulte que le sentiment d'une langue primitive et commune à tous est fondé sur des motifs de la plus grande force, et qu'on ne saurait les détruire que par le fait ». Or, pour Gébelin, il se trouve que le « fait » ne tend au contraire qu'à confirmer l'hypothèse, « puisque l'on trouve des rapports plus nombreux et plus étonnants entre les langues les plus éloignées à mesure qu'on les compare avec plus de soin[1] ». La diversité actuelle des langues – ramenée à une diversité d'*appellations*, et donc à une simple synonymie – ne provient (comme pour de Brosses) que de la diversité d'*aspects* des objets à nommer : « les différents noms donnés à un même objet ne doivent leur existence qu'aux diverses qualités sous lesquelles chaque nation l'envisageait : ainsi ceux qui appelèrent l'Etre suprême *Dieu* l'envisageaient comme la source de la lumière et voyaient en lui un être pur comme la lumière ; ceux qui l'appelèrent *El* ou *All* voulurent désigner par là son élévation ; en l'appelant *God*, on désignait sa bonté ; sa puissance, en l'appelant *Boq* ; sa supériorité et le respect qu'on lui devait, en l'appelant *Tien*. Mais les racines de tous ces noms existent dans la langue primitive, avec des significations pareilles à celles-là[2]. »

Le nom, l'objet : cet autre postulat, de la langue considérée comme une nomenclature, qui sous-tend déjà la démarche du *Cratyle* et que nous retrouvions chez de Brosses, prend chez Gébelin une sorte d'inflexion diachronique : c'est l'idée que les verbes sont tous dérivés (de noms, évidemment), qu'aucun d'eux n'est originaire, et que donc la langue primitive, au moins, était intégralement une collection de noms. « Les verbes (…) ne sont rien dans nos recherches sur l'origine du langage ; tous postérieurs à l'origine du langage, tous emprun-

1. P. 363.
2. P. 362 ; cf. Bonald, *Recherches philosophiques*, 1818, I, p. 176 : « S'il y a, dans une même langue, plusieurs termes pour exprimer un même objet, et des termes qui ne sont pas proprement synonymes les uns des autres, pourquoi plusieurs langues n'auraient-elles pas aussi des mots différents pour signifier une même chose ? »

tés des noms, tous noms considérés sous un point de vue particulier, ils ne peuvent figurer parmi les mots primitifs (...). Tout ce à quoi nous serons tenus à l'égard des verbes, ce sera de les lier avec leur vraie racine nominale, et de faire voir que cette racine tient nécessairement à la langue primitive. » Ajoutons que ces racines nominales primitives sont toutes monosyllabiques : c'est le troisième principe de l'art étymologique : « la première langue n'est composée que de monosyllabes pris dans la nature peignant des objets naturels ou physiques, et source de tous les mots[1] ».

Ces noms-racines, et donc la langue qu'ils « composent », sont évidemment reconstitués par étymologie comparative, comme le sera plus tard l'indo-européen ; mais la régression étymologique est beaucoup plus ambitieuse ici, puisqu'il s'agit de remonter à la langue originaire universelle. Ambitieuse, mais apparemment fort aisée pour Gébelin : « Lorsque l'on ôte des langues tous les mots composés et tous les mots dérivés, il reste dans chacune un très petit nombre de mots monosyllabiques et au-delà desquels on ne saurait aller. C'est ce petit nombre de mots qu'il faut regarder comme les éléments des langues, comme la source dans laquelle on a puisé tous les autres mots. Et comme ces éléments sont les mêmes dans toutes les langues, on ne peut s'empêcher de les reconnaître pour la langue primitive, dont l'existence devient ainsi une chose démontrée, un principe incontestable[2]. » Comme on le voit, la langue primitive n'est rien d'autre que la somme des éléments communs à toutes les langues actuelles. Il suffit d'en comparer le plus grand nombre possible (c'est le quatrième principe de l'art étymologique[3]), et d'y appliquer ce

1. P. 361-362, p. 42. Ces deux idées (langue primitive constituée de monosyllabes, et apparition tardive des verbes) sont déjà chez Vico, *Science nouvelle*, p. 81 et 164. La seconde, fort répandue, est entre autres chez Condillac, *Essai* (1746), II, p. 1, 9, et chez Bergier, *Éléments primitifs* (1764), I, p. 1. Exceptionnellement Herder (*Ursprung der Sprache*, 1770) s'inscrivait en faux (on observa d'abord que l'agneau *bêle*, puis on l'appela d'un nom formé sur ce verbe imitatif : le *bêleur*) ; mais non sans une addition qui maintient la valorisation du nom : c'est que l'antériorité du verbe est pour lui une preuve de l'origine humaine du langage ; Dieu, au contraire, en toute perfection, aurait commencé par les noms.

2. P. 42.

3. P. 44. De fait, les connaissances linguistiques affichées par Gébelin semblent très vastes pour l'époque – sinon très sûres ; ses exemples couvrent presque toutes les langues européennes, plus l'hébreu et le chinois.

don de nature, ou trait de génie, dont parle Aristote : celui qui fait *voir les ressemblances.*

De Brosses décrivait l'organe de la parole comme un instrument à vent où la voix, son brut, recevait sa forme des différentes articulations produites par l'action des différents organes disposés le long du tuyau. Chez Gébelin, la métaphore musicale se précise et se systématise. L'organe vocal devient un instrument complet, « qui réunit tous les avantages des instruments à vent, tels que la flûte ; des instruments à cordes, tels que le violon ; des instruments à touche, tels que l'orgue, avec lequel il a le plus de rapport, et qui est de tous les instruments de musique inventés par l'homme, le plus sonore, le plus varié et celui qui approche le plus de la voix humaine ». Mais comme on le voit immédiatement, le rapprochement avec l'orgue redouble et dévie la comparaison, puisque l'orgue est déjà lui-même un instrument complexe, tout comme la voix : « Comme l'orgue, l'instrument vocal a des soufflets, une caisse, des tuyaux, des touches : les soufflets sont la poitrine, les tuyaux, le gosier et les narines, la bouche est la caisse, et ses parois les touches[1]. » Du coup, le rôle des cordes disparaît, et l'organe vocal reste pour l'essentiel – comme l'orgue – un instrument *à vent et à touches.* Cette réduction est bienvenue, car elle permet d'articuler directement la comparaison musicale sur le système phonique de la langue : comme instrument à vent, l'organe vocal produit les voyelles, ou *sons* ; comme instrument à touches, il produit les consonnes, ou *intonations*[2].

1. P. 74. La comparaison de l'instrument vocal avec l'orgue n'est évidemment pas nouvelle : on la trouve par exemple (comme celle de l'articulation consonantique avec les « touches » d'une flûte) chez Lamy, *La Rhétorique*, III, 1.

2. P. 122. Gébelin réserve en principe les termes de *voyelles* et *consonnes* aux graphèmes (p. 111). Quant aux phonèmes, il avait d'abord songé à les baptiser *sons* (voyelles) et *tons* (consonnes). L'embarras des premiers lecteurs l'a fait renoncer à cette symétrie (p. 122). Sa terminologie rejoint finalement celle de Beauzée dans l'article « Grammaire » de l'*Encyclopédie*, qui subdivise les *éléments* (de la parole) en *sons* et *articulations*, et les *lettres* (de l'écriture) en *voyelles* et *consonnes* tout en reconnaissant que l'usage courant confond volontiers ces termes. Aujourd'hui, bien sûr, les deux derniers termes n'ont plus de pertinence que sur le plan phonique.

En apparence, nous voici revenus à l'opposition brossésienne entre *voix* et *figure*, mais l'analogon musical est ici beaucoup plus actif que chez de Brosses, car il fournit à l'inventaire phonématique un principe d'organisation en système, qui est le principe d'*harmonie*, c'est-à-dire (selon Gébelin) l'agencement naturel des sons en octaves. De Brosses dénombrait, tout empiriquement, sept voyelles et un chiffre non précisé de consonnes. Le principe harmonique va tailler dans ce désordre une ordonnance rigoureuse ; pour commencer, il divise le continuum vocalique très exactement comme le système tonal divise l'octave en une gamme de sept tons : « Comme l'ouverture de la bouche est susceptible d'un très grand nombre de gradations, il existera nécessairement un très grand nombre de sons. On peut cependant les réduire à un petit nombre de sons fondamentaux qui formeront entre eux une octave, prise dans la nature, puisque l'instrument vocal est, relativement à la voix simple, une vraie flûte, et que toute espèce d'harmonie est renfermée dans l'octave. La voix ne diffère en effet du chant que par la forme : elle doit donc éprouver les mêmes phénomènes qu'offre celui-ci, et on doit y trouver des séries semblables. Nous pouvons ajouter que chaque son étant susceptible d'une octave, il faut nécessairement qu'entre cette octave soient contenus tous les autres sons, qui se réduisent donc à l'octave. Elle sera donc composée de *sept* voyelles principales, comme l'octave musicale est composée de sept tons[1]. « Les voyelles de De Brosses étaient des degrés de plénitude ou d'intensité ; pour Gébelin, l'ouverture de la bouche est en relation inverse avec la longueur du « canal » ou « tuyau » vocal, et donc, selon le principe de la flûte de Pan, en relation directe avec la *hauteur* du son : la voyelle la plus ouverte sera aussi la plus aiguë, et inversement la plus fermée sera aussi la plus grave. D'où cette gamme descendante qui correspond à peu près[2] à l'échelle de De Brosses, mais en substituant le critère de hauteur à celui d'intensité : *a-è-é-i-o-u-ou*, symétrique de la gamme musicale *si-la-sol-fa-mi-ré-do*. « On peut dire que le son *a* est aux autres sons ce que le *si*, le ton le plus élevé de la musique, est aux autres tons,

1. P. 111-112.
2. Sauf inversion de rang entre *u* et *ou*.

tandis qu'*ou* est aux autres sons ce que *ut*, le ton le plus bas de la musique, est aux autres tons[1]. »

Nous voici donc en possession de sept « sons », dont le nombre n'a plus rien d'*arbitraire*. Les intonations, de leur côté, sont déterminées par les touches de l'instrument vocal, lesquelles sont encore au nombre de sept : soit les cinq reconnues par la tradition antérieure (labiale, dentale, nasale, linguale, gutturale), plus deux autres que Gébelin leur adjoint sans trop d'invraisemblance pour atteindre le nombre harmonique : la sifflante et la chuintante. Chacune de ces touches, selon qu'on y appuie fortement ou légèrement, produit deux intonations, une forte et une faible. D'où ce tableau[2].

TOUCHES	FORTE	FAIBLE
labiale	*p*	*b*
dentale	*t*	*d*
nasale	*n*	*m*
linguale	*r*	*l*
gutturale	*k*	*g*
sifflante	*s*	*z*
chuintante	*ch*	*j*

Sept voyelles et quatorze consonnes, autrement dit trois fois sept, ou vingt et un phonèmes, tel est le système idéal, celui de la langue originaire. Les motivations « harmoniques » de ce système sont assez évidentes, et nous allons y revenir en compagnie de l'auteur lui-même ; mais il vaut la peine de considérer d'abord avec quelque attention la manière dont il parvient à ce nombre magique.

Côté consonnes, le tableau ne retient que ce que Gébelin nomme les « intonations simples », ce qui justifie pour lui l'exclusion des deux mouillées *ll* et *ñ*, mais aussi celle des deux labio-dentales *f* et *v*, qui mettent en jeu deux organes d'articulation, et qu'on définira donc également comme articulations composées, bien que leurs deux composantes soient

1. P. 112-113.
2. P. 123.

simultanées et non successives, et bien que ce type de « composition » se retrouve en fait dans toute articulation consonantique : ainsi, Gébelin reconnaît lui-même que ses « nasales » *m* et *n* se prononcent « au moyen de l'effort que les lèvres font pour la première, et de celui que la langue fait contre les dents pour la seconde[1] », ce qui fait de l'une une labio-nasale et de l'autre, si je compte bien, une linguo-dento-nasale, tout aussi « composées » que le *f* et le *v*, sinon davantage. La définition des intonations « simples » est donc assez élastique pour permettre d'en dénombrer quatorze, ni plus ni moins.

Côté voyelles, un artifice du même ordre permet d'éliminer les nasales en les classant comme simples « modifications » des sons simples, au même titre que les « voyelles aspirées », et de neutraliser l'opposition entre longues et brèves ; quant au son noté en français *eu*, du fait qu'il se prononce plus ou moins ouvert ou fermé, donc tantôt plus près du *e* tantôt plus près du *u*, on le range aux côtés de *oi, ai, au*, comme « son mixte » ou diphtongue : contrairement à *ou*, qui « n'est susceptible d'aucune nuance dans sa prononciation, étant l'effet d'une ouverture fixe de la bouche[2] ». Le même argument vaudrait évidemment pour *a* et *o*, susceptibles de bien des « nuances » d'ouverture, mais Gébelin se garde bien de le leur appliquer : il lui faut sept voyelles. Pour la même raison sans doute, il ne tiendra pas compte de la confusion, fréquente en bien des langues, entre *é* et *è* (ou *i*), et entre *u* et *ou* (ou *o*). Au reste, cette concurrence de deux systèmes, à sept ou cinq voyelles, ne fait que paradoxalement confirmer son système harmonique : tout comme le sept, le cinq est fondé en nature, sur le nombre des sens, et des doigts de la main ; et qui plus est, la relation entre cinq et sept renvoie elle aussi au système de l'octave musicale, puisque celle-ci, « dans laquelle on compte sept notes, ne renferme en effet que cinq tons pleins, et que les deux autres ne sont que des demi-tons, ce qui donne douze demi-tons pour l'octave entière[3] ». Autrement dit, l'intervalle qui sépare *é* de *è* (ou de *i* ?) et celui qui sépare *u* de *ou* (ou de *o* ?) seraient deux fois moindres que les autres, comme dans la gamme de *do* majeur les intervalles

1. P. 140.
2. P. 118, 125.
3. P. 327.

mi-fa et *si-do*. Comme on le voit, l'analogie est à la fois confuse, puisque la place des demi-intervalles vocaliques est incertaine ou variable, et boiteuse, puisque le second, en toute hypothèse, est intérieur à la gamme vocalique (entre cinquième et sixième, ou entre sixième et septième degrés), alors que l'intervalle *si-do* est extérieur à la gamme de sept sons, étant le douzième demi-ton, non de la gamme, bien sûr, mais, comme le dit Gébelin lui-même, de « l'octave entière ». Mais il n'en faut pas davantage pour assimiler le spectre des voyelles au modèle diatonique, et aussi pour rêver d'une sorte de phonologie chromatique, ou dodécaphonique, qui rendrait compte de toutes les nuances du vocalisme humain : « nous laissons à de plus habiles à examiner si l'octave vocale ne pourrait pas se subdiviser également en douze sons, et si on n'en trouverait pas des exemples dans quelques langages : si quelques-uns de nos sons qu'on prend pour des diphtongues, quoiqu'ils n'en soient pas, ne sont pas l'effet de cette propriété de l'octave de se diviser en douze. On dissiperait peut-être par ce moyen quelques difficultés relatives aux diphtongues, et on répandrait un plus grand jour sur cette matière intéressante ».

L'essentiel, cependant, reste bien pour Gébelin la répartition « harmonique » des phonèmes en sept sons et quatorze intonations, qui offre le double avantage de répondre à un modèle « naturel » (la gamme, le spectre), et d'introduire dans le phonétisme linguistique un ordre déterminé et de quelque manière symétrique, dont la régularité même est à la fois garantie de vérité et, comme dans le tableau de Mendéléiev, instrument de recherche. Mais il convient sans doute de laisser ici la parole à l'auteur :

> Cette division des sons et des intonations en sept paraîtra peut-être à ceux qui n'ont pas réfléchi sur ces objets, ou qui ne les ont pas analysés à ce point, trop harmonique pour être vraie. On craindra peut-être, comme on l'a déjà fait sentir que ceci ne tende à renouveler les idées superstitieuses que les Anciens avaient attachées au nombre de sept.
>
> Mais quand il serait vrai, ce qu'il serait peut-être difficile de prouver, que les Anciens ne se sont formé à ce sujet que des idées superstitieuses et même fausses, il n'en doit résulter rien de fâcheux contre une division prise dans la Nature, telle que la division des sons en sept et des intonations en sept

fortes et sept faibles. D'ailleurs, elle est très propre à donner des idées claires et exactes de l'étendue entière de l'instrument vocal, puisque les intonations n'y marchent que de deux à deux, et toujours en contraste.

Les autres divisions en usage jusques ici réunissaient deux défauts essentiels, et qui ne pouvaient que brouiller ceux qui les prenaient pour guides : car d'un côté, le nombre des intonations qui entraient dans chaque classe n'avait rien de déterminé, en sorte qu'on ne pouvait jamais s'assurer si le nombre en était complet ; et d'un autre côté, on était obligé de supposer que sur une même touche on pouvait trouver d'autres intonations qu'une forte et qu'une faible, ce qui est impossible, et on était obligé d'admettre des intonations moyennes, ce qui était absurde, et jetait d'ailleurs dans des espaces où il n'y avait plus rien de déterminé[1]. Ce n'est pas ainsi qu'agit la Nature, chez qui tout est calculé et combiné avec la plus grande exactitude.

Ajoutons que la parole étant l'effet d'un instrument sonore et harmonique, il faut nécessairement qu'elle soit assujettie à l'harmonie.

Puisque l'instrument vocal, considéré dans ses sons, est un instrument à vent, il faut nécessairement qu'il produise une octave comme tout autre instrument à vent, comme une Flûte. Et puisque étant considéré dans ses intonations il est un instrument à touches, il n'est pas étonnant qu'on y remarque encore l'empreinte de la même harmonie.

La parole, faite pour l'oreille, en devient par là même plus agréable à celle-ci puisque l'oreille est construite elle-même de façon qu'elle correspond parfaitement à l'harmonie de l'octave, et que tout ce qui n'est pas conforme à cette harmonie la blesse.

Ainsi tout est d'accord dans la Nature, quelle que soit la variété surprenante de ses ouvrages. Et sans cet accord, ceux-ci pourraient-ils subsister ? Pourrait-elle se soutenir elle-même ? Dès qu'elle a pris la proportion de l'octave pour la règle de l'harmonie du Monde dans lequel nous nous trouvons, cette harmonie doit se trouver partout ; et loin de

1. Cette critique, d'esprit typiquement « binariste », s'adresse évidemment à de Brosses, qui distinguait des articulations fortes, moyennes et faibles.

> paraître surprenant qu'on la reconnaisse dans l'instrument vocal, il devrait paraître très surprenant, au contraire, que cette harmonie ne s'y trouvât pas; et que cet instrument, modèle de tous les autres, fût fait d'après des proportions qui n'auraient aucun rapport à celui qu'on est forcé de suivre dans un instrument quelconque.
>
> C'est cette harmonie que l'Auteur de la Nature a mise dans les couleurs, et dans un grand nombre d'autres objets : ainsi la même harmonie anime la Nature entière, et répand partout ses influences admirables. Ainsi les yeux du Maître de la Terre, sa bouche, ses lèvres, ses oreilles, l'air qu'il respire, la lumière qui l'éclaire, les tons qui le ravissent, les couleurs qui le charment, etc., ont tous la même analogie, furent tous pesés à la même balance, sur les mêmes proportions harmoniques, faits également pour ses organes.
>
> C'est cette harmonie que célébrèrent les Égyptiens, qui transporta Pythagore[1], que Cicéron ne dédaigna pas de commenter; qui ne nous paraît un rêve que parce que nous avons trop perdu de vue ces rapports; et sans laquelle l'analyse entière de l'instrument vocal et celle des langues par conséquent ne peut s'arranger et ne sera jamais que ce qu'elle a été jusques à présent, un vrai chaos[2].

Ce système harmonique, nous l'avons déjà vu, seule la langue primitive le réalise dans sa pureté et son intégrité. Partout ailleurs, l'identité foncière des langues est masquée par la diversité de ce que Gébelin nomme pudiquement les « *modes* dont est susceptible l'instrument vocal[3] », ou les variantes de la *prononciation*. Masquée, mais non détruite : un phonème ne perd pas sa nature pour être « prononcé » différemment d'une langue à l'autre, et il suffit à l'étymologiste

1. L'inspiration, effectivement pythagoricienne, de toute cette page est peut-être à rapprocher des sympathies maçonniques de l'auteur.

2. P. 126-128. Le paragraphe suivant introduit une nouvelle hypothèse numérique qui renforce encore le principe d'harmonie : « On pourrait encore trouver un nouveau rapport entre ces diverses harmonies, en ce que les sons peuvent se réduire à trois principaux, le guttural *a*, le dental *e* et *i*, et le labial *o* et *u*, comme l'a très bien vu Amman, et suivant la méthode des Arabes qui réduisent à ces trois leurs points voyelles. C'est ainsi que les tons de musique se réduisent à la tierce, et que les sept couleurs primitives se réduisent également à trois, avec lesquelles se produisent toutes les autres. » De sept à trois, on ne sort pas de la mystique des nombres.

3. P. 142.

de connaître les principes généraux de ces substitutions pour retrouver partout, sous ses travestissements, l'unité du langage humain. Les voici, réduits à six selon la synthèse qu'en donnera l'*Histoire naturelle de la parole* :

1. Les voyelles tendent à s'affaiblir en descendant les degrés de l'« octave » : *a* devient *e*, *e* devient *i*, *i* devient *u*, etc.
2. Métathèse des syllabes : *am* > *ma*.
3. L'aspiration disparaît ou devient consonne : *hordeum* > *orge*, *huper* > *super*.
4. Quelques voyelles passent consonnes : *u* > *v*, *i* > *j* : *Ioupiter* > *Jupiter*.
5. Les intonations de même touche se substituent sans cesse : *lusciniola* > *rossignol*, *peregrinus* > *pèlerin*.
6. Les intonations de touches voisines ou « ayant quelque rapport entre elles » se substituent souvent : *gamba* > *jambe*, *caballus* > *cheval*[1].

Les causes de ces variations sont elles-mêmes diverses, mais leur caractère commun est d'être en quelque sorte extralinguistique : mœurs différentes, influence de la mode, agrément, caprice individuel, « envie de se distinguer[2] », etc. La plus active – comme la plus « naturelle » – est apparemment le climat, et l'on retrouve ici (bien que le thème remonte à Épicure) l'un des thèmes les plus constants de la pensée dix-huitiémiste. Comme la langue de mouton chère à Montesquieu, la langue humaine resserre et dilate ses « fibres » selon les variations de la température, avec les conséquences les plus immédiates sur son élocution. Mais on notera qu'à l'action purement physique de la chaleur et du froid, ou de la disposition du terrain, s'ajoute une sorte de déterminisme analogique du paysage, dont aucune causalité directe ou indirecte ne peut rendre compte, et qui procède plutôt par influence mimétique, ou mieux sans doute, dans le langage de Bernardin, par harmonie naturelle : la parole montagnarde est précipitée *comme* le cours des torrents, l'homme des vallées produit un tranquille murmure tout en intonations

1. *Histoire naturelle*, éd. 1816, p. 94-96, Pour le détail, voir *Origine du langage*, p. 152-260.
2. P. 143-147.

« liquides » et « mouillées » qui s'accorde à celui de ses lentes et paisibles rivières. Le chapitre final de *L'Eau et les Rêves*, « La parole de l'eau », n'est pas très loin. Écoutons cette charmante *parole du climat* :

> L'instrument vocal est un composé de fibres que la chaleur relâche et que le froid resserre, de la même manière que ces éléments agissent sur tous les autres corps ; mais ils ne peuvent relâcher ou resserrer les fibres de l'instrument vocal qu'il n'en résulte pour la parole des effets très différents les uns des autres.
>
> Dans les Contrées où l'air est brûlant et où le sang coule avec impétuosité dans les veines, les fibres de l'instrument vocal seront extrêmement dilatées et auront par conséquent beaucoup de jeu : on pourra donc prononcer les sons avec beaucoup de force, par conséquent les aspirer fortement ; l'on aspirera même d'autant plus fortement que, les muscles de la bouche ayant plus de jeu, celle-ci s'ouvrira plus aisément, et fera plus souvent effort sur son extrémité intérieure ; la voix montera donc plus aisément aux octaves les plus élevées, elle fera entendre des aspirations, des intonations fortes, des voyelles gutturales ou extrêmement ouvertes ; elle épuisera toutes les nuances des aspirations, afin de diversifier l'usage continuel qu'elle en fait.
>
> Si ces climats chauds sont coupés par des Montagnes élevées, celles-ci ajouteront à cette impétuosité en brisant le sang, en l'atténuant par les secousses qu'occasionnent leurs chemins rudes et escarpés, en facilitant par ces secousses fréquentes les jeux des poumons. Le langage ou la parole s'y précipitera comme les Torrents qui descendent de ces Montagnes, et qui entraînent tout ce qui leur fait obstacle : l'instrument vocal y résonnera sur les touches les plus courtes, les plus aiguës, les plus sonores.
>
> Dans les Contrées où les frimas ont établi leur siège, où le cours de tout ce qui se meut est ralenti, quelquefois suspendu, par la violence du froid, où toutes les fibres sont resserrées, racornies, dépouillées de presque tout leur jeu, l'instrument vocal s'ouvrira avec plus de peine ; il s'élèvera donc moins, il pèsera moins sur la portion intérieure et beaucoup plus sur l'extrémité extérieure : il rendra donc de préférence des intonations labiales, dentales, sifflantes ; on paraîtra ne parler que du bout des dents.

> Dans les Contrées intermédiaires et plus heureuses, dont l'air sera tempéré, où les Fleuves couleront avec une majestueuse lenteur sans se précipiter du haut des Monts, et comme s'ils regrettaient de quitter leur tranquille séjour, les ressorts de l'instrument vocal ne seront ni trop dilatés par la chaleur, ni trop resserrés par le froid : ils seront ainsi dans une tension modérée qui produira des intonations douces, tranquilles, flatteuses. Comme elles ne sauteront pas aux extrémités de l'instrument vocal et que leur effort se répandra à peu près également sur toute son étendue, et par conséquent dans son centre, le langage y abondera en liquides, en mouillées, en linguales, en nasales, en sons agréables et doux. Il ne sera pour ainsi dire qu'un léger murmure, indice du séjour délicieux qu'habitent ceux qui font entendre ces sons agréables. C'est surtout sur les voyelles que les climats influeront, parce qu'elles sont susceptibles d'une plus grande durée et d'une plus grande diversité dans leur élévation : par conséquent, rapides, vives et variées chez les uns ; traînantes, faibles et monotones chez d'autres ; aiguës et élevées chez ceux-là, rudes chez ceux-ci, la douceur même chez les troisièmes [1].

Comme son devancier de Brosses, et comme bien d'autres après lui, Gébelin accorde aux voyelles un rôle tout à fait mineur dans la composition matérielle des mots. Le sixième principe de son « art étymologique » est fort brutal à leur endroit : « Les voyelles ne sont rien dans la comparaison des mots » ; leur prononciation, on l'a vu, est « l'inconstance même », et les « orientaux » sont bien inspirés d'en tenir si peu compte dans leur écriture. Les consonnes sont elles aussi sujettes à variations, mais en restant le plus souvent dans les limites de leur organe d'articulation. Aussi restent-elles les « caractères essentiels des mots ; elles en forment la char-

1. P. 144-145. Cette géomimologie, que nous retrouverons chez Nodier, est évidemment un thème constant de l'imagination linguistique. J'en trouve une manifestation récente sous la plume de P. Viansson-Ponté, qui déclare que l'auvergnat est « un parler aussi rocailleux que les pentes des volcans tout proches ». A quoi l'occitaniste R. Lafont réplique : « Je vous abandonne à votre géologie linguistique, vous suggérant que le flamand est plat comme les Flandres et l'eskimo cristallin comme un iceberg » (*Le Monde*, 16 et 30 mars 1973). Sapir, s'élevant contre ces prétendues influences climatiques, notait justement l'« agréable système phonétique » des Eskimos, fort peu accordé à leurs rudes conditions de vie (cité *in* Jespersen, *Language*, chap. XIV, § 2).

pente, et sans elles il ne resterait rien[1] » : ici apparaît, ou réapparaît, cette comparaison presque inévitable, et qu'on retrouvera si souvent chez d'autres, du mot à un corps dont les voyelles sont la chair et les consonnes le squelette. Mais contrairement à ce qui se passait chez de Brosses – et contrairement aussi, faut-il le dire, à toute logique –, cette infériorité morphologique de la voyelle n'entraîne aucune infériorité sémantique : pour secondaire et « inconstante » qu'elle soit dans la constitution du mot, la voyelle reste, chez Gébelin, aussi importante que la consonne dans l'élaboration de son sens. Rien n'échappe ici à l'impérialisme cratylien : rien ne peut être insignifiant.

A commencer par l'opposition même entre « sons » et « intonations » qui s'investit d'une valeur symbolique décisive. Physiquement, la différence essentielle entre les deux classes est le contraste entre la « vivacité » des voyelles (par définition sonores) et la « tranquillité » des consonnes (réputées « sourdes » et muettes) : « On observe (entre sons et intonations) une différence essentielle relativement à leur nature, et à laquelle on ne s'est pas assez rendu attentif, assez du moins pour en tirer les conséquences importantes qui en résultent. C'est que les sons ont l'éclat et le bruyant en partage, qu'ils sont très vifs, très animés, tandis que les intonations sont sourdes et tranquilles, aussi calmes que les sons peuvent être impétueux. D'où il résulte qu'ils pourront peindre, d'après leur propre nature, des objets doués de qualités absolument différentes : que par les sons on pourra peindre les bruits, les mouvements, les chocs, les ébranlements, l'agitation de l'Univers et de ses parties, tandis que par des intonations on pourra rendre les qualités fixes et inhérentes des objets ; que ceux-là seront plus propres à désigner les objets physiques, ceux-ci les objets moraux et intellectuels, qui tombent moins sous les sens[2]. »

La répartition des tâches entre voyelles et consonnes découle de cette opposition physique, et du principe mimé-

1. De toute évidence, Gébelin analyse toutes les consonnes, y compris les « sifflantes » ou « chuintantes », comme des occlusives : « Les intonations n'étant que l'effet d'une pression ou d'un mouvement instantané, n'ont que la durée d'un instant. On ne peut en prolonger le bruit à volonté, mais uniquement le réitérer » (p. 124).

2. P. 124-125.

tique général, reformulé à cette occasion avec la plus grande énergie : « tel le modèle, telle la copie[1]. » Il se trouve que l'univers des signifiés, « ce que la parole devait peindre », à savoir « les facultés de notre âme, ce qu'elle éprouve, ce qu'elle désire, ce qu'elle aperçoit ou qu'elle découvre, les impressions qu'elle reçoit du dehors ou celles qu'elle veut faire éprouver », tout cela se laisse réduire à deux classes qui sont les *sensations* (« les impressions que nous recevons du dehors et les divers états que notre âme en éprouve ») et les *idées* (« les divers états de notre âme qui sont l'effet de nos facultés propres »). « Le langage sera donc composé de deux sortes de modifications : l'une qui fera connaître nos sensations, l'autre qui peindra nos idées. » Entre les deux classes de sons et les deux classes de sens ainsi définies, l'affinité mimétique est dès lors plus qu'évidente, et les correspondances s'imposent d'elles-mêmes : « Déjà nos lecteurs impatients nous préviennent ; déjà ils prononcent que les sons ou voyelles peignent les sensations, et que les intonations ou consonnes peignent les idées. » Vifs, animés, bruyants, les sons peignent à merveille le mouvement et l'agitation des sens ; les intonations, au contraire, sourdes et tranquilles, expriment parfaitement le calme et le silence intérieur de la réflexion[2].

Mais cette répartition massive n'épuise évidemment pas les capacités mimétiques des sons de la parole : chaque voyelle doit évoquer un ordre particulier de sensations, chaque consonne un ordre particulier d'idées. En voici la distribution, telle que la dégagent et l'illustrent les chapitres 11 et 12 du livre IV.

Voyelles.

– *a* : comme étant le plus haut des sons, donc le premier de l'octave descendante, c'est le plus immédiat des cris, et donc le « signe naturel » de « l'état dans lequel on se trouve »,

1. P. 283.

2. P. 283-286. L'*Histoire naturelle* apporte ici une confirmation précieuse : c'est que les animaux, qui n'ont que des sensations, ne prononcent que des voyelles (p. 103), Tant pis pour le bêlement ovin et la *litera canina*. Dans son *Cahier des langues*, Louis-Claude de Saint-Martin prendra l'exact contre-pied de cette répartition : pour lui, les voyelles expriment les idées, et les consonnes les sensations (*La Tour St Jacques*, n° 7, 1961, p. 186).

donc de l'identité et de la propriété, de la possession, de la domination. C'est par excellence le son constitutif du verbe *avoir* (« il *a* »), et de la « préposition qui marque le rapport de possession, de propriété : « Cela est *à* lui[1]. »

– *è* ouvert (et apparemment toujours aspiré) : sensation de la vie et de tout ce qui y contribue (lat. *vis*, *vita*, gr. *bia*), en particulier la Terre.

– *é* fermé, « emprunté de la respiration, dont il est le signe et le nom », symbolise l'existence et sert universellement à former le verbe *être*.

– *i* (généralement long, donc *ei*) : c'est le nom naturel de la main, du toucher, « et par là-même de tout ce qui y a rapport, de la protection et des soins » : hébreu *id*, fr. *aide*.

– *o*, « cri de l'admiration, devint le nom de la lumière, dont la sensation est si agréable » ; d'où le soleil, le feu, les yeux, la vue. Ainsi, lat. *sol, focus, oculus*.

– *u* « peint l'action d'attirer les liquides et les odeurs » ; c'est la voyelle de l'eau (gr. *udor*, lat. *humor*, fr. *humide*, angl. *water*) et des parfums : *odor, humer*.

– *ou*, « c'est le son même produit sur les oreilles par un bruit quelconque, surtout par le vent » ; d'où l'oreille, le sens de l'ouïe, et tout ce qui s'y rattache ; fr. *oui*, qui signifie proprement : « C'est entendu. »

De toute évidence, ce tableau voudrait organiser d'un même geste l'ensemble du monde sensible et de l'appareil sensoriel : « les sons expriment à la fois les sens, les éléments, les organes des sens, les impressions et les connaissances qui en résultent » ; mais de toute évidence encore, il se ressent de la difficulté éprouvée à répartir entre les sept voyelles les cinq sens (et les quatre éléments) traditionnels : *i* correspond clairement au toucher, *o* à la vue, *u* à l'odorat, *ou* à l'ouïe, mais on ne sait quelle voyelle se rapporte au goût, *a*, *è* et *é* restent en surnombre, avec des valeurs parfois difficiles à distinguer. En ce qui concerne les éléments, une fois *è* attribué à la terre, *o* au feu, *u* à l'eau et *ou* à l'air, il reste trois voyelles sans affectation.

1. Cette dernière phrase est dans le *Dictionnaire étymologique de la langue française* (tome V du *Monde primitif*).

Consonnes.

Ici, Gébelin semble avoir hésité devant un partage du monde des « idées » entre les quatorze intonations simples. Le tableau ne distingue donc que les sept « touches », sans presque jamais tenir compte de l'opposition entre intonation forte et intonation faible :

– La touche *labiale* (*p*, *b*, auxquels se rattachent la labio-nasale *m* et la labio-dentale *v*), qui exige le plus faible effort, est le signe naturel de la douceur ; comme de Brosses, qu'il cite abondamment ici, Gébelin y voit l'articulation enfantine par excellence : *papa, maman, fanfan, bonbon, bouillie, baiser, poupon, poupée, bobo, bibi, beau, bon, bien, ami, amie, bambin.*

– La touche *dentale* est au contraire la plus dure, elle produit donc les intonations les plus fortes[1], les plus bruyantes qui soient *(t, d)* : « On pourrait les appeler les consonnes *par excellence*[2] ». Elles sont vouées à « la peinture de tout de qui est sonore et bruyant : de là une multitude de mots primitifs et pittoresques. C'est par cette touche qu'on *tonne*, qu'on *retentit*, qu'on *étonne*, qu'on *donne le ton* ; par elle on désigne les instruments bruyants, les *tambours*, les *timbales*, les *tympanons*, les *trompettes* ; de là les noms de *tympan, tintin, tintinnabulum*, nom des cloches en latin ; les noms mêmes de *touches*, d'*intonation*, de *tact*, etc. C'est par elle qu'on anime les chiens à la chasse, qu'on fait retentir sa voix au loin, qu'elle perce l'immensité des forêts ». Par suite, elle désigne la quantité, la totalité, la perfection ; par courtoisie, la deuxième personne ; la tête ; et encore *(Ta, Atta)*, le père « chez toutes les nations qui ne se servent pas de la labiale pour cette dénomination » : le nom du Père hésite donc entre force et tendresse.

– L'intonation *nasale n*, qui se prononce en chassant l'air par les narines, est une consonne « sourde et repoussante », qui sert donc à peindre les objets repoussants ; aucun exemple.

1. On voit que la nature de la touche importe ici bien plus que le degré d'articulation : la dentale « faible » *d* est supposée plus forte que la labiale « forte » *p*. En fait, pour Gébelin, toute dentale est forte et toute labiale faible.

2. Notons au passage que cette valeur contredit à la caractéristique générale des consonnes qui était, on l'a vu, d'être « sourdes et tranquilles ».

– La touche *linguale* est en général celle du mouvement, mais ici la distinction entre intonation forte et faible redevient pertinente, comme chez Leibniz : *r* est produit par un frottement rude, c'est la consonne des mouvements rudes, brusques et bruyants, qu'elle exprime soit à elle seule, soit en groupes *fr, tr, cr* ; et des objets rudes, élevés, escarpés. *L*, qui se prononce avec « une explosion très douce et très coulante », désigne donc les « mouvements doux et dont la marche est continue et tranquille », et les objets liquides et coulants : *liqueurs, limpidité, lymphe, lait, lac* ; *fluide, fleuve*, etc.

– Les *gutturales (k, g)*, prononcées du fond de la gorge « comme du fond d'un creux », sont affectées aux objets « profonds et creusés en canaux » : *col, canal, caverne*[1].

– Les *sifflantes (s, z)* ont apparemment une fonction purement onomatopéique, formant le nom des « bruits sifflants » ; quant aux *chuintantes (ch, j)*, elles ont pour quelque raison découragé l'exégète[2].

Le plus frappant, à la lecture de ce tableau et des pages d'exemples qui l'illustrent, est évidemment le caractère tout matériel des valeurs accordées aux intonations, dont Gébelin avait si fortement proclamé la relation exclusive au monde des « idées ». Il faut bien reconnaître que rien ici ne vient confirmer dans le détail la répartition générale des phonèmes en voyelles-sensations et consonnes-idées. Il est vrai qu'après en avoir marqué si nettement la séparation, Gébelin laissait voir en quelques formules embarrassées qu'il avait peine à la maintenir étanche ; ainsi : « Les voyelles n'étaient pas si fort bornées aux sensations et les consonnes si fort bornées aux idées que les unes et les autres ne concourussent jamais ensemble pour désigner également sensations ou idées. Ceci devait arriver d'autant plus aisément que les sensations et les idées se mêlent continuellement elles-mêmes dans l'entendement humain par leurs effets, en sorte qu'elles

1. Cf. de Brosses.
2. Bien entendu, Gébelin invoque également, comme de Brosses, le caractère imitatif des noms donnés aux organes de la parole eux-mêmes : *bouche, dent, gorge*, etc. (p. 349).

ont dû également se mêler sans cesse dans la peinture vocale de ces effets[1]. »

La division du travail sémantique entre sons et intonations est donc finalement une tentative avortée, une affirmation de principe qui ne parvient à rejoindre aucune réalité linguistique, et qu'inspire seulement le désir de donner sens à toutes choses. Désir sans doute hypercratylien, en l'occurrence, puisque Socrate ne donnait aucune valeur symbolique à sa distinction entre voyelles, semi-voyelles et muettes, et ne se souciait même pas de les séparer dans sa liste de significations. Nous retrouverons plus loin d'autres manifestations de cet extrémisme, ou excès de zèle mimologiste[2].

Dernière remarque à propos de ces interprétations de phonèmes : les valeurs symboliques des consonnes sont déduites ici, comme chez Platon ou de Brosses, de particularités physiques – essentiellement articulatoires : douceur de la touche labiale, dureté des dentales, rudesse du *r*, etc. L'interprétation des voyelles semble en revanche plus gratuite, ou plus abstraite : *a* exprime l'identité parce qu'il est la « première voyelle », *o* la lumière parce qu'il est le cri de l'admiration; *ou*, bruit du vent, est la seule voyelle à valeur proprement phonique (auditive). Rien, ici encore, qui indique un recours conscient aux associations synesthésiques, comme on le trouvera couramment au XXe siècle à propos du sémantisme de lumière des voyelles « aiguës » et d'obscurité des voyelles « graves ». Le symbolisme de Gébelin reste lié en principe[3],

1. P. 329; cf. p. 287 : « Il se fait ainsi un si grand retour des sensations aux idées et des idées aux sensations qu'il faut beaucoup de sagacité et d'attention pour démêler ces diverses facultés, pour reconnaître les propriétés qui les caractérisent pour distinguer les influences de chacune. Mais on ne peut en conclure que ces facultés ne sont point différentes l'une de l'autre, et que le langage de l'une est le langage de l'autre; cette conclusion précipitée brouillerait tout et nous éloignerait pour jamais du vrai. »

2. Rappelons que de Brosses, pour sa part, refuse tout sémantisme aux voyelles comme il leur dénie toute identité phonétique. Mallarmé, dans les *Mots anglais*, restreindra encore la « vertu radicale », la réservant aux consonnes initiales. Gébelin semble assez isolé dans sa tentative. Bachelard, pourtant, risquera cette inégale répartition : « Les voix de la terre sont des consonnes. Aux autres éléments les voyelles… » (*Rêveries du repos*, p. 197).

3. En principe seulement, car il est évident qu'ici, comme d'ailleurs chez de Brosses, les valeurs sémantiques ne sont pas toujours aussi directes qu'on le prétend : ainsi pour la traduction de la « douceur » articulatoire de la labiale en douceur gustative *(bonbon)* ou affective *(maman)*; une

comme celui de la plupart de ses prédécesseurs et contemporains, à la conception d'une mimésis directe, sans médiation ni transposition.

En revanche, on note dans l'*Origine du langage* la part considérable qui est faite aux listes d'exemples confirmatifs qui tentent, avec un inégal succès, de prouver que la plupart des mots dans un grand nombre de langues (qui prétendent valoir pour toutes) répondent aux valeurs sémantiques attribuées aux phonèmes. Comparé à la discrétion de Platon ou de De Brosses, cet effort est évidemment un trait de mimologisme primaire : Gébelin ne croit pas seulement aux capacités mimétiques des éléments phoniques du langage, il est aussi convaincu de la bonne constitution du matériel lexical dans toutes les langues connues. Il est en cela l'héritier direct de Cratyle, et peut-être son plus fidèle disciple.

Pourtant, ces vocables « nés du rapport des sons et des intonations avec la Nature » n'épuisent pas la masse du lexique universel. « Quelque nombreux que soient ces mots, ils ne suffisaient pas pour peindre l'ensemble des idées : il fallut donc ajouter d'autres sources de mots à celles dont nous venons de parler[1] » : c'est à ces autres procédés qu'est consacré le chapitre XIII du livre IV. Mais on ne doit pas se méprendre sur le sens de cette adjonction : elle ne procède nullement, comme chez de Brosses, d'une faillite de la mimésis vocale, ou d'une quelconque décadence linguistique. Simplement, le matériel lexical élémentaire, formé de monosyllabes, n'est pas assez copieux pour permettre de tout « peindre » : épuisement purement quantitatif du nombre des formes signifiantes, qu'il est donc nécessaire, mais suffisant, d'augmenter ou si l'on veut de multiplier. Ces « autres sources », ou procédés supplémentaires, sont au nombre de cinq :

1. L'onomatopée pure et simple : Gébelin suit ici fidèlement l'exposé de la *Formation mécanique*.

2. Le « mélange ou réunion d'intonations », c'est-à-dire le recours aux groupes consonantiques, du type *fr* ou *st* ; « les

---

part de « dérivation » métaphorique (entre autres) intervient en fait presque dès le premier investissement lexical ; mais elle n'est pas reconnue, et encore moins théorisée.

1. P. 350.

sons et les intonations simples étaient en trop petit nombre pour n'être pas bientôt épuisés ; il fallut donc y suppléer par divers expédients : un des premiers, aussi simple et non moins pittoresque, fut la réunion de deux intonations. C'est ainsi que nous avons vu *l* et *r* s'associer avec *f* et *t*, et former des mots en *fl*, *fr*, *tr* qui étaient aussi énergiques, aussi imitatifs que ceux en *f* et en *r* ». On voit que la réunion de deux consonnes ne dégage pas pour Gébelin un sens composé : l'une des intonations (tantôt la première, tantôt la seconde[1]) perd ici toute valeur symbolique pour fournir à l'autre un simple moyen de multiplication combinatoire. Rien de comparable à ces complexes sémantiques que produisent chez Platon le groupe *gl* ou chez de Brosses le groupe *tr*. Tout au plus peut-on noter, dans le groupe *st*, le rôle de signal ou d'appel dévolu au *s*[2], où dans les groupes *fr, tr, cr*[3], la fonction de renforcement concédée à la consonne initiale. L'atome sémantique, c'est bien le mot-syllabe, quel que soit le nombre de ses consonnes, – et sans aucune tentative, malgré les principes, pour y tenir compte à la fois de l'idée-consonne et de la voyelle-sensation : l'une ou l'autre domine en fait sans partage.

3. Le sens complexe n'apparaît donc qu'avec le troisième procédé, qui est la composition. « Tout mot de deux syllabes [ou plus] est un mot composé de deux autres. » Mais le principe mimétique ne s'en trouve pas pour autant trahi : une peinture complexe succède seulement à une peinture élémentaire : « les mots composés forment des tableaux aussi exacts que les mots simples ; seulement ils sont compliqués, au lieu que les tableaux formés par les mots simples ne le sont pas ».

4. Simples ou complexes, tous ces tableaux ne peignent que des objets physiques ; le passage aux objets intellectuels

1. La formulation n'est pas des plus claires, apparemment *fl* vaut ici pour *f*, *tr* pour *r*, *fr* est équivoque. Dans les autres exemples invoqués, l'amalgame est au profit de la seconde consonne ; ainsi *bl, cl, gl, sl, br, cr, gr* « participent également aux valeurs propres à ces intonations linguales (*l* et *r*) ».

2. « Ce mot *(st)* désigne la propriété d'être fixé, arrêté de rester en place : c'est le mouvement ou le cri de ceux qui désirent qu'on s'arrête, qu'on reste en place ; d'où vient cela, si ce n'est parce qu'en prononçant *s* on produit une espèce de sifflement qui excite l'attention de celui qui va devant, et que l'intonation *t* qui venant à la suite est sèche, brève et fixe, indique naturellement la fixité dans laquelle on désire que soit cette personne » (p. 353).

3. P. 343.

exige le recours aux *mots figurés*, qui se réduisent ici aux métaphores du spirituel par le corporel. Mais ici encore, le changement de registre n'entraîne aucune perte de mimésis. La métaphore n'est pas pour Gébelin ce qu'elle était pour de Brosses : un pas dans la voie de la « dérivation ». Au contraire, elle manifeste avec d'autant plus d'éclat la puissance imitative du langage humain, capable de peindre même ce qui n'a aucune apparence. « Ainsi, par le moyen des sens, l'homme s'élève aux objets les plus invisibles, et rien ne peut se dérober aux effets de la parole ; elle peint de la manière la plus vive et la plus énergique les choses même qu'on ne voit pas, et elle les fait connaître avec la même exactitude, et avec plus de profondeur et d'étendue que ceux même qu'on voit. »

5. Le dernier procédé, qui est d'ailleurs double, répond sans aucun embarras à cette question encore plus redoutable : « Comment peindre ce qui n'est pas ? » C'est celui qui préside à la création des *mots négatifs*. Il consiste, conformément au principe de mimésis, à prendre tout simplement le contre-pied du mot positif correspondant ; soit par une sorte de métathèse : « *a* mis à la fin d'un nom marquait l'existence ou la possession d'un objet [c'est apparemment la désinence de première déclinaison grecque ou latine] ; *a* mis au commencement du même nom en marqua la non-existence, la privation [sans doute l'*a* privatif, mais Gébelin ne donne ici aucun exemple] » ; soit encore par passage de l'intonation forte, qui désigne le positif, à l'intonation contraire, c'est-à-dire faible, qui désigne le négatif ; ainsi, lat. *gelu*, glace, « n'est que la faible de *calor*, chaleur » ; gr. *hèdonè*, plaisir : *oduné*, douleur ; *lukè*, lumière : *lugè*, obscurité ; *leipo*, laisser : *lèbo*, prendre ; etc.

« Ainsi se forma cette masse prodigieuse de mots que fournissent les langues, sans effort, sans peine, sans convention, à mesure que l'homme en avait besoin : la nature des idées qu'on voulait peindre faisait trouver à l'instant les mots les plus propres, et ces mots se conservaient, se transmettaient, se répandaient avec les colonies, parce qu'ils étaient tellement adaptés à l'objet qu'ils désignaient qu'il était inutile de chercher à en assigner un autre. » Telle est à peu près la conclusion[1] de ce livre IV, consacré à l'origine de la parole. Elle témoigne d'une euphorie caractéristique, et qui ne se dément jamais. L'idée d'une décadence du langage est aussi étrangère à Gébelin que celle, évoquée par Socrate, d'une mauvaise constitution première, ou tare de naissance. Tout a toujours été, tout est toujours pour le mieux dans le meilleur des langages possibles : il y a bien du Pangloss chez ce polyglotte optimiste.

Le passage de la parole à l'écriture ne sera donc pas pour lui, comme pour de Brosses, un palliatif ou une planche de salut : il n'y a rien à pallier, ni rien à sauver. Le seul défaut de la parole, ou plutôt sa seule faiblesse, et qui ne conteste en rien sa vertu mimétique, c'est l'exiguïté de sa portée, dans le temps et dans l'espace : « Rien de moins durable que la parole ; elle frappe l'air, et n'y laisse aucune trace ; et si elle fait quelque impression sur ceux qui l'entendent, cette impression est nulle pour ceux qui ne sont pas renfermés dans le petit cercle qu'elle parcourt. » Il fallait donc trouver un moyen d'*étendre* le langage, dans la distance et la durée, sans rien perdre de son pouvoir d'évocation naturel. « Ce moyen admirable d'éterniser ses pensées et de les faire passer à tous les temps et à tous les lieux, c'est l'ÉCRITURE, cet Art qui parle aux yeux, qui peint à la vue ce que la parole peint à l'oreille ; qui est aussi fixe que le langage est fugitif, qui subsiste tandis que ceux dont elle est l'ouvrage sont descendus depuis plusieurs siècles dans la nuit du tombeau ; cet Art qui perpétue les Sciences, qui en facilite l'acquisition, qui fait que les connaissances des temps passés servent à perfectionner les connaissances du temps présent, et qu'elles serviront toutes ensemble de base à l'édifice immense qu'en formeront les temps futurs[2]. »

Invention humaine, symbole de toute civilisation, l'écriture doit pourtant, comme la parole, rester « prise dans la Nature », à quoi tiennent toutes ses vertus. Il y a là une petite difficulté que Gébelin pense résoudre en liant cette invention à la naissance de l'agriculture. Seul en effet l'*homme agriculteur* « a besoin d'une Écriture pour subvenir à tout ce qu'exige son état : pour tenir registre de ses gens, de ses troupeaux, de ses champs, de sa recette, de sa dépense, de ceux qui lui doivent,

1. P. 360-361.
2. P. 374-375.

de ceux auxquels il doit; pour apprendre à tous ceux qui dépendent de lui ce qu'ils doivent faire eux-mêmes afin de remplir ce qu'exige leur propre état; pour prescrire un ordre, des lois, un culte, des cérémonies à tout ce qui forme son Empire, et dont les membres augmentent chaque jour; pour conserver ses observations sur les astres, sur les saisons, sur les meilleures méthodes de faire valoir son terrain, pour tenir note de ses traités avec tous ses voisins[1]. » Or, cet agriculteur que nous voyons ici en charge de toute une organisation économique, sociale, politique et culturelle, est paradoxalement pour Gébelin le seul véritable homme *naturel.* Il est le vrai fils de la Nature, pour qui l'« homme sauvage » n'est qu'un bâtard ou un avorton. En voici la démonstration, non dépourvue de troubles résonances, puisqu'en somme la filialité légitime s'y prouve par l'inceste : « L'homme sauvage n'est point l'enfant chéri de la Nature; elle n'est pour lui qu'une marâtre, il n'est pour elle qu'un Etre avorté. L'Enfant de la Nature, son Fils chéri, celui qui est l'objet de ses plus tendres soins, auquel elle sourit, pour qui elle déploie toutes ses richesses, toute sa magnificence, tous ses charmes, c'est l'homme agricole : lui seul lève son voile, pénètre dans son sein, jouit de ses faveurs[2]. »

La parole (signe d'air), nous l'avons vu, « frappe l'air et n'y laisse aucune trace »; l'écriture au contraire (signe de terre) est liée – par filiation, peut-être aussi par ressemblance, par quelque obscure identité – à cette trace par excellence qu'est le sillon creusé par l'homme agricole dans le « sein » de sa mère la Nature.

« Nous partirons de notre grand principe, que tout est imitation : nous montrerons de quelle manière l'écriture s'y rapporte et le confirme[3] » : ainsi s'annonce la couleur. Il va de soi que pour Gébelin comme pour de Brosses (ou plutôt,

1. P. 407; même argumentation p. 378. Selon Lanjuinais, « l'affectation de borner l'usage de cet art aux peuples agricoles (…) est une exagération qui vient du très vif attachement de l'auteur aux systèmes, au langage des économistes », c'est-à-dire des physiocrates (*Histoire naturelle*, note p. 114).
2. P. 378.
3. P. 376.

nous le verrons, bien davantage), toute écriture est peinture, donc imitation. « On voulait peindre une idée, mais cette idée peignait un objet ; on n'eut donc qu'à peindre cet objet, qu'à en tracer la figure, et l'idée fut peinte : ainsi on écrivait par le même moyen qu'on parlait. L'Écriture comme le Langage fut fondée sur l'imitation ; la Nature en fit tous les frais [1]. »

La taxinomie des écritures selon Gébelin est plus rudimentaire que celle de son prédécesseur. Elle ne comporte que trois classes historiques : la chinoise, l'égyptienne et la « cadméenne » ou alphabétique – lesquelles se ramènent à deux types formels : l'écriture idéographique, qu'il nomme *hiéroglyphique* (« réelle », chez de Brosses) et qu'illustrent à la fois la chinoise et l'égyptienne, et l'écriture phonétique qu'il nomme *alphabétique* (« verbale » chez de Brosses), sans tenir compte des syllabaires. Encore cette distinction formelle n'est-elle, nous allons le voir, que provisoire.

La théorie de l'écriture « hiéroglyphique » n'est ni très développée [2] ni très originale. On y retrouve l'idée, déjà empruntée par de Brosses à Warburton, de la figurativité (au sens rhétorique) des idéogrammes, par synecdoque, métonymie et métaphore [3], et celle de la simplification progressive des caractères [4]. La grande innovation de Gébelin par rapport à de Brosses, c'est sa théorie de l'alphabet. Il est d'ailleurs caractéristique que le livre V dans son ensemble, c'est-à-dire celui qu'il consacre à l'écriture, porte pour titre : *Du langage peint aux yeux, ou de l'écriture, de son origine, et surtout de l'écriture alphabétique* ; et que sa deuxième section *(Origine et nature de l'écriture alphabétique)* soit quatre fois plus longue que la première *(De l'écriture en général et des hiéroglyphes en particulier)*.

Le principe fondamental de cette théorie est simple, et son énoncé lapidaire ; titre du chapitre IV : « Toute écriture est hiéroglyphique » ; titre du chapitre V : « Que l'écriture alphabétique est hiéroglyphique » ; première phrase de ce chapitre : « Toute écriture étant hiéroglyphique, il en résulte nécessairement que l'écriture alphabétique l'est également. » On ne saurait être plus catégorique.

1. P. 379.
2. P. 381-391.
3. P. 382.
4. P. 386.

Gébelin reprend donc à la tradition illustrée par Rowland Jones, qu'il mentionne d'ailleurs[1], l'interprétation idéographique de l'écriture phonétique. Les caractères alphabétiques sont pour lui de vrais « hiéroglyphes », c'est-à-dire de purs picto-idéogrammes, « chaque lettre étant la peinture d'un objet[2] », pour lesquels l'évocation de la parole est une fonction accessoire et en quelque sorte dérivée. Il s'insurge contre l'idée que l'écriture phonétique « est née du dégoût de l'écriture hiéroglyphique, et qu'on a pris au hasard parmi les caractères hiéroglyphiques le nombre de caractères suffisants pour peindre les sons vocaux[3] et pour substituer ainsi à la *peinture des choses* des traits qui *tinssent lieu des sons*, qui *notassent* simplement la parole comme on note la musique par des traits qui n'y ont aucun rapport. Mais est-il vrai que la parole ait été simplement *notée* par les lettres alphabétiques ? Et n'était-elle pas également *peinte* par ce moyen comme par les hiéroglyphes[4] ? ». Mais cette formulation ne doit pas faire croire que l'alphabet est pour lui une « peinture » directe des sons de la parole : non plus que les hiéroglyphes égyptiens. La lettre-idéogramme peint un objet aux yeux ; le phonème, qui est pour lui un véritable *idéophone*, peint ce même objet aux oreilles – et la ressemblance entre ces deux portraits résulte seulement de leur égale fidélité à leur modèle commun.

1. Au chap. II, en compagnie de Nelme, mais aussi de Wachter et de Van Helmont, qui « chercha à démontrer que chaque lettre alphabétique n'était que la peinture de la forme que prend la langue pour prononcer cette lettre ». L'apparente confusion de ces deux types (idéographique et phonographique) s'explique par le fait, déjà signalé, que dans son système, l'écriture et la parole, étant toutes deux mimétiques, sont entre elles en relation mimétique indirecte.

2. P. 402.

3. Il ne faut en effet pas confondre avec l'interprétation idéographique de l'alphabet, défendue par Gébelin, l'hypothèse beaucoup plus modeste (et d'ailleurs adoptée par les grammatologues modernes), selon laquelle tout ou partie des caractères alphabétiques dérivent *dans leur forme* de certains idéogrammes. Ainsi, de Brosses : « Si on fait attention à la figure de l'aleph samaritain, on y trouvera quelque image grossière d'une tête de bœuf avec ses deux cornes. On voit ici une trace du passage des hiéroglyphes aux lettres courantes » (I, p. 450). Pour Gébelin, l'aleph ne conserve pas seulement la forme, mais aussi la signification « tête de bœuf ».

4. P. 401-402 (je souligne). On voit qu'ici Gébelin méconnaît le caractère partiellement diagrammatique de la notation musicale classique.

De même qu'il existe une langue originaire commune, il existe évidemment un alphabet primitif commun, d'où dérivent tous les autres. Selon Gébelin, cet alphabet primitif comportait seize lettres, ce qui s'accorde mal avec le nombre harmonique des vingt et un phonèmes. La raison de cette discordance semble être que la langue primitive, encore rudimentaire, ne distinguait pas certains sons, tels *f* et *v*, *u* et *ou*, etc.[1]. Il y a de ce côté-là de grandes incertitudes dans la démonstration. La planche VI identifie ces seize caractères primitifs comme A-B-C-D-E-F/V-I-K-L-M-N-O-P-R-S-T, mais le tableau (planches IV et V) baptisé *Alphabet hiéroglyphique et primitif de seize lettres*[2], qui illustre la valeur idéographique des caractères (et leur parenté dans toutes les écritures), en contient en fait dix-huit[3], et même vingt par dédoublement du A et du T.

Le tableau de cet alphabet indique assez clairement (sinon d'une manière toujours convaincante) en ses trois premières colonnes l'origine et la signification des caractères pour qu'il soit inutile de le commenter à cet égard. En revanche, il vaut la peine d'examiner d'un peu près la relation entre ces valeurs idéographiques et les symbolismes phoniques établis au Livre IV.

A vrai dire, la comparaison est rendue malaisée par quelques disparités de classement entre les deux tableaux. D'abord, toutes les lettres sont interprétées individuellement, alors que les phonèmes-consonnes étaient généralement confondus par touches d'intonation ; ensuite, la distinction entre *è* et *é* semble ici neutralisée au profit du seul graphème E, à moins que le H ne corresponde en fait au son *hè* ; la lettre Q est en surnombre par rapport au tableau des intonations ; enfin, le *a* et le *t*, phonèmes uniques, se dédoublent comme graphèmes.

La part faite à ces obstacles et aux obscurités qu'ils projettent, on doit reconnaître à Gébelin le mérite d'une certaine

1. P. 416.
2. Confirmé dans l'*Histoire naturelle*. Les lettres y sont rangées dans un ordre logique : voyelles, puis consonnes groupées par touches : labiales, nasales, gutturales, sifflantes, dentales, linguales.
3. Soit trois de plus (H, Q et OU) et une de moins : K.

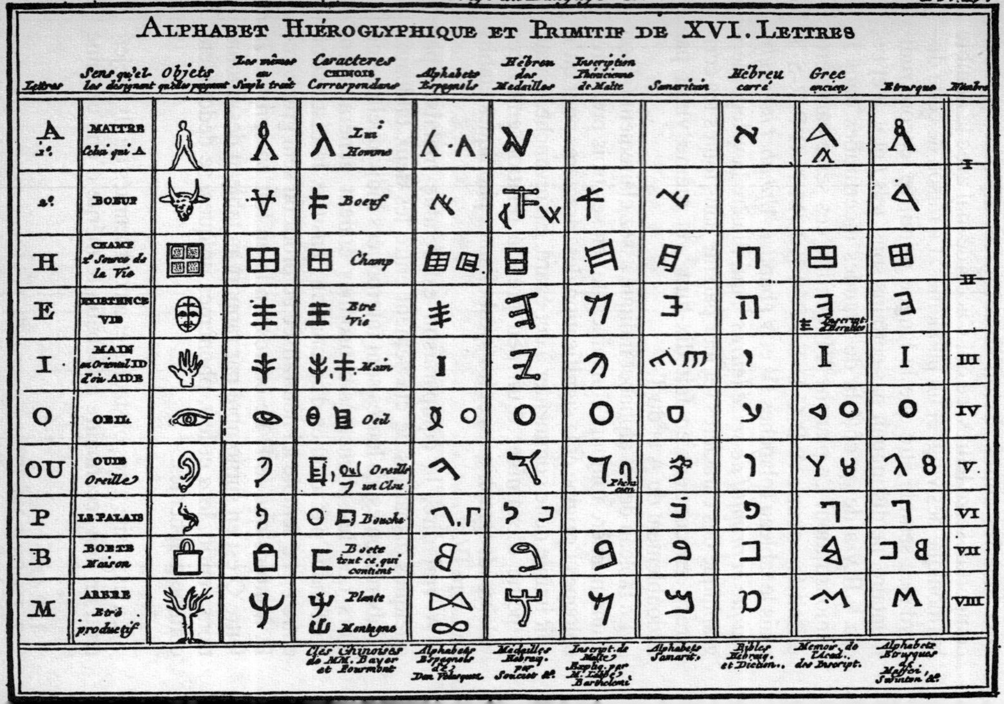

ALPHABET HIÉROGLYPHIQUE ET PRIMITIF DE XVI. LETTRES

Lettres	Sens qu'elles designent	Objets qu'elles peignent	Les mêmes au Simple trait	Caracteres CHINOIS Correspondans	Alphabets Espagnols	Hébreu des Medailles	Inscription Phénicienne de Malte	Samaritain	Hébreu carré	Grec ancien	Etrusque	Nombre
A 1.°	MAITRE Celui qui A			Lui Homme					א			I
2.°	BOEUF			Boeuf								
H	CHAMP 2.° Source de la Vie			Champ					ח			II
E	EXISTENCE VIE			Etre Vie					ה	Inscript. Etrusques		
I	MAIN en Oriental ID d'où AIDE			Main					י			III
O	OEIL			Oeil					ע			IV
OU	OUIE Oreille			Oui Oreille un Clou			Phenic.		ו			V.
P	LE PALAIS			Bouche					פ			VI
B	BOETE Maison			Boete tout ce qui contient					ב			VII
M	ARBRE Etre productif			Plante Montagne					מ			VIII
				Clés Chinoises de MM. Bayer et Fourmont	Alphabets Espagnols de D. Velasquez	Medailles Hebraiq. par Souciet &c.	Inscript. de Malte Explic. par M. L'Abbé Bartholemi	Alphabets Samarit.	Bibles Hebraiq. et Diction..	Memoir. de l'Acad.. des Inscript.	Alphabets Etrusques de Maffei, Swinton &c.	

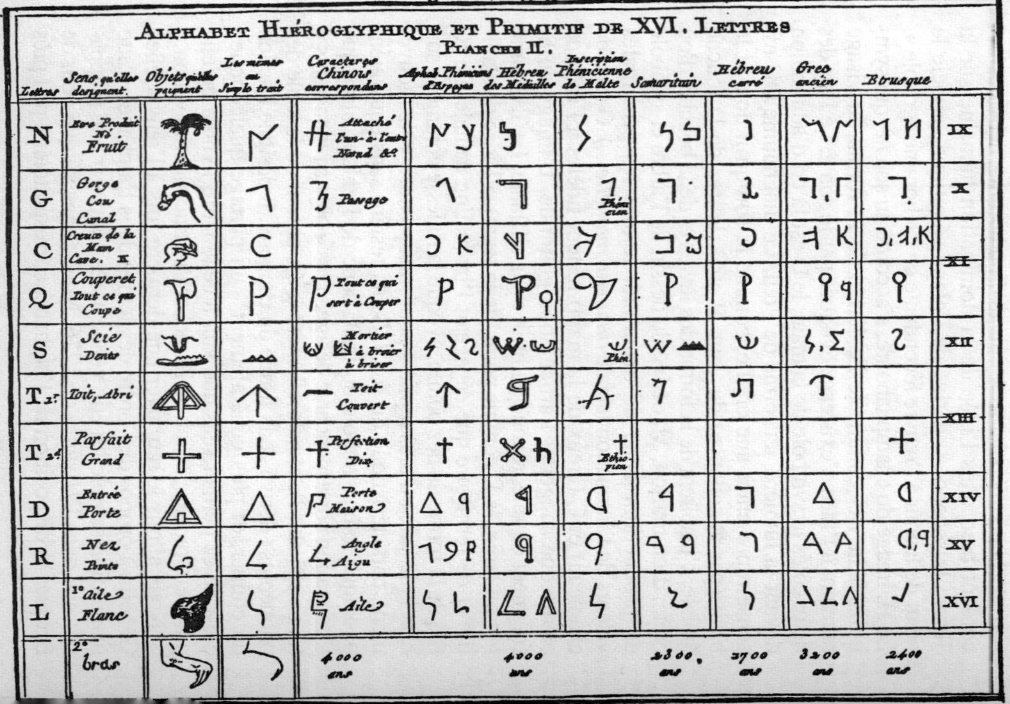

Alphabet Hiéroglyphique et Primitif de XVI. Lettres

Planche II.

Lettres	Sens, qu'elles designent.	Objets qu'elles peignent	Les mêmes en simple trait	Caractères Chinois correspondans	Alph. Phéniciens d'Espagne	Hébreu des Médailles	Inscription Phénicienne de Malte	Samaritain	Hébreu carré	Grec ancien	Etrusque	
N	Etre Produit Né Fruit			Attaché l'un à l'autre Noeud &c.								IX
G	Gorge Cou Canal			Passage			Phénicien					X
C	Creux de la Main Cave.											XI
Q	Couperet Tout ce qui Coupe			Tout ce qui sert à Couper								
S	Scie Dents			Mortier à broier à briser			Phén.					XII
T 1.r	Toit, Abri			Toit Couvert								XIII
T 2.d	Parfait Grand			Perfection Dix			Ethiopien					
D	Entrée Porte			Porte Maison								XIV
R	Nez Pointe			Angle Aigu								XV
L	1° Aile Flanc			Aile								XVI
	2° bras			4000 ans		4000 ans		2300 ans	3700 ans	3200 ans	2400 ans	

réussite dans l'ajustement difficile des valeurs phoniques et graphiques (que cet ajustement procède d'interprétations légitimes ou abusives est évidemment une autre question). Ainsi le son *a* et la première lettre A, image d'un homme, debout, s'accordent bien dans l'idée de la domination humaine sur la Terre ; le second A, dérivé de l'aleph sémitique, associe le bœuf de labour à l'œuvre fécondante de l'« homme agricole ». Le H, image du champ labouré, s'accorde au son *hè*, qui symbolisait la vie, comme le E, dérivé de la forme du visage humain, à l'idée d'existence évoquée par le son *é*. Le I est des deux côtés le symbole de la main, le O est là cri d'admiration devant la lumière, ici forme de l'œil. Le diagramme OU est censé représenter une oreille, comme le son qu'il note et le bruit (par excellence) du vent. P et B, lettres de la touche labiale, s'inspirent de la forme des lèvres et de la bouche, d'où boîte, d'où maison. M, dérivé du dessin de l'arbre et symbole de production, donc de maternité, rejoint les principales valeurs de l'intonation labiale *(maman, mamelle…)*. G (cou de chameau) et C (creux de la main) restent fidèles à l'idée de cavité que suggérait l'articulation gutturale. L'image du S, fragment de scie, répond au bruit de la sifflante. Le T comme toit ou croix, le D comme porte (de la tente), à l'idée de stabilité et de fermeture que dégageait l'intonation dentale. Le R, tiré de la forme du nez pointu, évoque la rudesse comme le son *r*, et le L, aile ou bras replié « pour mieux courir », le mouvement, caractéristique du son *l*. Seuls restent sans équivalent phonique le N, symbole du fruit, donc de l'enfant, alors que l'intonation correspondante désignait les « objets repoussants » (mais qui sait ?), et naturellement le Q, absent de la table des phonèmes : dérivé de la forme du couperet, il désigne l'action de couper, et plus généralement « un partage quelconque : c'est de ce dernier sens que vint à cette lettre le nom qu'elle porte en français [1] » : où va se nicher l'instinct de motivation.

Nous allons le retrouver une dernière fois à l'œuvre chez Gébelin à propos de l'ordre des lettres dans l'alphabet. Cette inspiration semble lui être venue après coup, car elle n'apparaît que dans l'*Histoire* de 1776. Nous avons vu que pour de Brosses la disposition de l'alphabet correspondait à peu près

1. P. 411. Nous retrouverons cet inévitable calembour chez Nodier et chez Leiris.

à l'ordre d'acquisition des sons vocaux par l'individu et l'espèce. L'interprétation de Gébelin est plus complexe et d'un symbolisme plus ambitieux. En voici le texte intégral :

> Il ne nous reste qu'à indiquer les raisons qui peuvent avoir déterminé à assigner à ces lettres l'ordre dans lequel elles sont arrangées. A fut placé à la tête, comme le plus haut des sons, et comme désignant l'homme, chef de tout. T, désignant la perfection, la fin, dut fermer la marche. Cette dernière lettre, étant une intonation forte, attira sans peine de son côté les autres intonations fortes : aussi N, P, Q, R, S, intonations fortes, sont placées vers la fin de l'alphabet, tandis que les intonations faibles B, C, D, G, etc., sont à la tête et à la suite de l'A. Ajoutons que les intonations faibles désignaient de grands objets : B la maison, G ou C le chameau, D la porte de la maison, etc., en sorte qu'on dut les placer ensemble. On dut également placer ensemble les intonations fortes, parce qu'elles désignaient des parties de l'homme : O l'œil, P la bouche, R le nez, S les dents, etc. Il n'est point étonnant non plus que quelques lettres aient souvent changé entre elles de prononciation et de valeur ; que T et Th aient changé mutuellement de place ; que D et S aient changé de valeur entre elles ; qu'il en soit de même de F et de P ; que X français ait pris la place du X grec, quoiqu'il se prononce autrement, cette lettre grecque étant un K aspiré, parce que ces lettres n'ont jamais différé entre elles que par de légères nuances dans la prononciation. Bien loin d'être étonné de ces légers changements, on doit l'être plutôt de ce qu'après tant de siècles et tant de révolutions l'alphabet ancien ait si peu changé qu'il subsiste parmi nous avec si peu de différence. C'est que l'homme est imitatif, et qu'il se rapproche toujours le plus qu'il peut de son modèle[1].

Comme nous avons pu l'observer à plusieurs reprises, le travail de Gébelin, où la part du délire herméneutique est assez visible, se caractérise par une alliance étroite entre l'esprit de système le plus rigide et l'inconséquence la plus désinvolte : alliance parfois embarrassante pour le lecteur, mais moins paradoxale qu'il n'y paraît, puisqu'une certaine distraction dans l'application des principes est souvent nécessaire à leur sauvegarde. Ceux qu'affiche l'*Origine du lan-*

1. *Histoire naturelle*, p. 145-147.

gage et de l'écriture sont d'une ambition rarement atteinte dans l'histoire de l'imagination linguistique : non seulement un mimologisme de l'écriture s'ajoute, comme déjà chez de Brosses, au mimologisme traditionnel de la parole, mais il s'étend aux caractères mêmes de l'écriture phonétique, dans une tentative héroïque pour accorder entre elles et faire pour ainsi dire coïncider les voies de l'imitation phonique et de l'imitation graphique. L'utopie cratylienne culmine ici dans ce que Gébelin, plus intrépide encore que Rowland Jones, ne craint pas de nommer un alphabet hiéroglyphique. Mais hiéroglyphique, cet alphabet ne l'est pas seulement comme liste de caractères, il l'est déjà comme collection de phonèmes. Non seulement toute écriture, mais tout signe linguistique est « hiéroglyphe ». Le langage selon Gébelin est comme une idéomimographie généralisée, où la relation symbolique, transparente et sans rupture, ne cesse de circuler entre la « chose » perçue, l'organe percevant, le mot prononcé et le mot écrit. O est à la fois et comme d'un seul être, soleil, lumière, œil, dessin de l'astre, cri d'admiration et de plaisir. Circularité gratifiante, mais aussi dangereuse, comme le signalait déjà Socrate, puisque la distinction même du signe et de la chose tend à y disparaître – c'est le risque bien connu de l'imitation trop parfaite – et avec elle, peut-être, toute espèce de différence. Gébelin caresse innocemment un rêve, aux résonances (nous l'avons entrevu) quelque peu incestueuses, de retour au sein (maternel, bien sûr) de l'indistinction « première ». Ce mimologisme intégral est d'une certaine manière *en deçà* de tout langage – voire de toute naissance.

Onomatopoétique

De 1808 (première édition du *Dictionnaire des onomatopées*) à 1834 *(Notions élémentaires de linguistique)*, l'activité philologique de Charles Nodier[1] couvre un bon (premier) quart du XIXe siècle ; encore faut-il peut-être remonter un peu plus haut si l'on admet, comme il l'affirmera plus tard, que le *Dictionnaire* a été écrit cinq ans avant sa publication[2]. Nous n'avons, en tout cas, aucune raison de suspecter la description qu'il donne, dans cette même page de 1828, des arrière-plans et des motivations de son entreprise : « Mes premières études ont été consacrées à l'investigation et à l'analyse philosophique des langues. J'avais rêvé de très

1. Son corpus comprend essentiellement :
– le *Dictionnaire raisonné des onomatopées françaises*, publié en 1808 chez Demonville à Paris, seconde édition, « revue, corrigée et considérablement augmentée », Paris, Delangle, 1828. L'augmentation de 1828 consiste essentiellement en addition d'articles, mais la préface générale est restée à peu près inchangée.
– les *Notions élémentaires de linguistique*, Paris, Renduel, 1834 (tome XII des *Œuvres* dites *complètes*). Ce volume regroupe une série de chroniques parues dans *Le Temps* de septembre 1833 à juillet 1834. Réimprimé par Slatkine Reprints, Genève, 1968.
– le prospectus intitulé *Archéologue, ou Système universel et raisonné des langues, Prolegomènes*, daté du 1er février 1810, imprimé s.d. chez Didier.
– quelques articles de l'*Examen critique des dictionnaires de la langue française*, Paris, Delangle, 1828.

2. Plus précisément : « Le *Dictionnaire des onomatopées*, écrit à dix-huit ans publié à vingt-trois » (préface à l'*Examen critique*). Mais en 1808, Nodier avait en fait vingt-huit ans. Étant donné l'habitude qu'il avait de se rajeunir, il faut probablement traduire ici vingt-trois par vingt-huit et dix-huit par vingt-trois : le *Dictionnaire* aurait alors été écrit vers 1803. Mais, dans une note de la seconde édition (p. 147), Nodier fait observer que ses théories sur le style « étaient nouvelles en 1805 ». Et encore, les *Prolégomènes* de 1810 parlent de « l'édition trop prématurée » qu'il avait donnée de son *Dictionnaire* : l'expression s'applique mal à un ouvrage qui aurait passé cinq ans dans un tiroir. Ce labyrinthe chronologique est bien déjà dans la manière de ce précurseur – aujourd'hui si délaissé – de Carroll et de Borges.

bonne heure des plans de perfectionnement dans la grammaire et d'unité dans le langage, dont je faisais dériver tout naturellement une grande amélioration dans la société, la paix perpétuelle de l'abbé de Saint-Pierre et la confraternité universelle des peuples. Il ne fallait pour accomplir cette utopie d'enfant qu'un alphabet que j'avais fait, une grammaire que j'avais faite, et une langue que je faisais. J'avais jeté les idées fondamentales de ma méthode dans un livre imprimé [c'est le *Dictionnaire*] et je poursuivais hardiment mon immense carrière, parce qu'il n'y a point d'obstacles aux entreprises d'un homme de dix-huit ans, et point de limite à ses facultés... »

Ces quelques lignes situent bien l'œuvre de Nodier dans le climat idéologique du siècle précèdent, et l'*Archéologue* de 1810, sans doute très proche des intentions initiales, invoque entre autres les précédents de De Brosses et de Gébelin, comme une tradition transmise à l'auteur par son maître David de Saint-Georges. De Brosses et Gébelin sont plusieurs fois cités dans le *Dictionnaire* et les *Notions élémentaires*[1], et la continuité est évidente, que confirme encore le sous-titre, très gébelinien, de ce dernier ouvrage : *Histoire abrégée de la parole et de l'écriture.*

Une première différence, pourtant, manifeste un changement d'attitude décisif : alors que chez de Brosses, et plus encore chez Gébelin, le principe mimétique du langage culminait (en droit chez le premier, en droit et en fait chez le second) dans l'écriture, chez Nodier nous allons le voir refluer entièrement vers la parole. Trait caractéristique, le mot « peinture », qui servait constamment à désigner la relation mimétique entre les mots et les choses, disparaît à peu près du lexique. Le principe d'imitation continue certes de présider à l'origine des deux langages, oral et écrit : « Les noms des choses, parlés, ont été l'imitation de leurs sons, et les noms des choses, écrits, l'imitation de leurs formes. L'onomatopée est donc le type des langues prononcées, et l'hiéroglyphe, le type des langues écrites[2]. » Mais contraire-

1. Et la description de l'organe vocal comme instrument de musique complet, selon Gébelin, est évoquée dans *La Fée aux miettes* (Contes, éd. Castex, Garnier, p. 321).

2. *Dictionnaire*, éd. 1828, p. 11. Toute les références au *Dictionnaire* renverront à cette édition.

ment à ses prédécesseurs, Nodier n'accorde pas à l'écriture « réelle » (idéographique) une grande extension historique : sa supériorité de principe est trop vite offusquée par ses inconvénients pratiques, qui l'obligent à céder la place à l'écriture littérale : « L'étrange multiplicité de ses signes, et le vague arbitraire de leurs acceptions figurées, en rendaient l'investigation trop longue et trop difficile pour une société dont l'ardente impatience marchait de découverte en découverte, et qui conquérait tous les jours des idées et des sciences nouvelles[1]. » Dès lors, l'essentiel des développements consacrés à l'écriture consisteront en une *critique* de l'alphabet[2].

Nodier ne poursuit en aucune manière le rêve d'un alphabet « hiéroglyphique » où les lettres, en même temps qu'elles notent les sons, représenteraient directement des objets. L'écriture phonétique est bien pour lui représentation du son vocal, et ne parle à la pensée que « par l'intermédiaire de l'oreille, en lui rappelant la parole[3] ». Un bon alphabet serait donc pour lui, comme pour de Brosses, un alphabet « organique », c'est-à-dire phonomimétique, et il se plaît à en relever quelques traces dans l'écriture grecque, restes d'un état antérieur plus heureux, celui de l'écriture syllabique ou « radicale », intermédiaire entre l'idéographie et l'alphabet phonématique : « ainsi le *xi* [ξ] des Grecs a la figure de la scie dont il exprime le sifflement ; leur *psi* [ψ], qui rappelle à l'oreille le sifflement de la flèche, la figure exactement aux yeux ; et leur *thet* [θ], qui est l'onomatopée de l'action de sucer, représente une mamelle avec son mamelon[4] ». Même dans notre alphabet latin, devenu totalement « monogrammatique » (phonématique), quelques lettres conservent pour Nodier la valeur d'un « signe rationnel », qui réveille « l'idée du son par une analogie visuelle, et qu'on pourrait appeler son *rebus* et son hiéroglyphe[5] ». Ainsi, « la figure serpentine du S et du Z, le T qui ressemble à un marteau, le B qui pro-

1. *Notions*, p. 90-91.
2. *Ibid.*, chap. VI, VII, VIII, IX.
3. *Ibid.*, p. 91.
4. P. 93. Cette dernière notation, qui semble originale, était déjà dans le *Dictionnaire* de 1808, et une note de 1828 la confirmait avec force, et l'étendait à « la plupart des anciens alphabets de l'Orient » (p. 261).
5. *Notions*, p. 140. « Rationnel » signifie évidemment ici *motivé*.

file la bouche et peint les lèvres qui le forment, l'O qui s'arrondit sous la plume comme elles s'arrondissent au moment de son émission, sont des signes très rationnels, parce qu'ils sont expressifs et pittoresques[1] ». De même encore le [ϕ] grec et le *f* (cursif minuscule) français, « hiéroglyphe parlant du serpent, que cette consonne peint aux yeux, en même temps qu'elle exprime son *souffle* ou son *sifflement* à l'oreille[2] ». Ces détours par « rebus[3] » (la scie, la flèche, la mamelle, le marteau, le serpent) ne doivent pas faire assimiler l'interprétation nodiérienne de certains éléments de l'alphabet à celle que proposait Gébelin pour sa totalité : la fonction de la lettre n'est pas ici la mimésis d'objets extralinguistiques, mais bien celle du son vocal, même s'il faut passer par la représentation d'un objet produisant un son analogue. La lettre est hiéroglyphe indirect du son. Cette mimésis, phonographique dans sa fonction, idéographique dans son procédé, synthétise Wachter et Jones, Brosses et Gébelin, en une forme particulièrement retorse (mais, rappelons-le, fort limitée) du *visible speech*.

L'alphabet n'est donc pas dépourvu de capacités mimétiques, et il ne serait pas impossible de forger une écriture « organique » en empruntant à divers alphabets existants leurs caractères les plus *parlants* ; nous retrouverons plus loin cette hypothèse. Mais le principal défaut de l'écriture phonétique actuelle est ailleurs, et il est plus radical : « Il n'y a point de bon alphabet ; j'irai plus loin : (...) il n'y a point d'alphabet. On ne peut en effet donner ce nom au mélange fortuit de signes vagues, équivoques, insuffisants dont tous les alphabets se composent[4]. » On ne doit pas considérer cette condamnation comme un simple jugement de valeur hyperbolique. Le principe définitoire qu'elle sous-entend est explicité ailleurs avec vigueur : c'est que « les signes équivoques sont nuls de droit ». Autrement dit,

1. La motivation du O rejoint consciemment les propos du maître de philosophie du *Bourgeois gentilhomme*, que Nodier cite d'ailleurs, p. 23 et 25 : « Nous voilà bien près, me direz-vous, de ce maître de philosophie de M. Jourdain qui prouve par de bons arguments qu'on fait la moue quand on fait U. Je ne dirai pas le contraire, mais ce n'est vraiment pas ma faute. »

2. *Ibid.*, p. 126.

3. Le terme n'est évidemment pas ici dans son sens strict.

4. P. 106.

il n'est de signe que bi-univoque, reliant sans excédent ni déficit *un* signifiant et *un* signifié, et l'alphabet ne serait un véritable système de signes que si chaque lettre correspondait à un seul phonème et réciproquement[1]. Ce n'est pas le cas, et l'alphabet, en toute langue connue, n'est pas un système cohérent mais un véritable chaos. « Définir l'orthographe en l'appelant *l'art de représenter les sons par des signes pittoresques qui leur sont propres*, ce serait donc une chose absurde, car l'homme a presque tout à fait oublié sa parole en composant son alphabet. Il y a partout incohérence, et pour ainsi dire antipathie, entre les éléments de sa langue comme il la prononce, et les éléments de sa langue comme il l'écrit[2]. »

Cette critique, qui annonce les pages bien connues du *Cours de linguistique générale* sur le « désaccord entre la graphie et les sons » s'argumente d'un examen de l'alphabet français pris comme exemple des défauts de tous les autres[3]. La langue française possède, selon Nodier, quatorze voyelles : or, « nous ne savons en écrire que cinq, c'est-à-dire un peu plus du tiers » ; nous avons une lettre pour le son *e* de *patrie*, mais non pour le son *eu* de *heureux* : « ainsi la vocale insignifiante et douteuse a une lettre dans l'alphabet, et la vocale positive et déterminée n'en a point » ; point de lettre non plus pour le son noté par « notre prétendue diphtongue *ou*, signe complexe d'une vocale très simple[4] » ; même situation pour les voyelles nasales notées *an, en, on, un*. Inversement, « si, des quatorze voyelles de notre alphabet, il y en a neuf qui n'ont point de signe propre, nous pouvons nous flatter, par manière de compensation, d'en avoir plusieurs qui surabondent en signes factices » : ainsi le son *o* « se représente en français de quarante-trois manières, et il est bien possible que j'en oublie quelques-unes ». Côté consonnes, double valeur du C, gutturale ou sifflante, celle-ci concurrencée par le S, celle-là par K et Q, ce dernier recevant encore une autre

1. *Ibid.*, p. 155. La *Grammaire de Port-Royal* (chap. V : Des lettres considérée. comme caractères) posait déjà cette condition, nécessaire « pour mettre les caractères en leur perfection ».
2. *Ibid.*, p. 155.
3. Détails p. 109-133.
4. Nodier critique à ce propos l'emploi impropre de *diphtongue*, qu'il avait proposé (*Examen critique*, p. 144) de remplacer par *digramme*.

valeur lorsqu'il s'appuie sur un U, « de sorte que ce malheureux signe Q, qui ne se recommande ni par son nom, ni par sa figure, ni par son origine, puisqu'il n'a pas même l'honneur d'être grec, remplit deux emplois différents sans aptitude spéciale ni à l'un ni à l'autre, ce qui pourrait bien se retrouver quelque part ailleurs que dans la linguistique ». Digramme CH pour la chuintante, PH en concurrence avec F pour la fricative « labi-dentale » ; équivoque du X, qui vaut en principe *ks*, mais *gz* dans *exempt, ss* dans *Bruxelles, k* simple dans *excès, s* dans *six, z* dans *sixain*, et rien du tout dans *dixme* : « de compte fait, nous avons trouvé au signe X, qui n'est pas un signe, sept différentes acceptions, dont une négative ». De nouveau, le signe équivoque n'en est pas un, et le système de signes où certains (la plupart) n'en sont pas… n'est pas un système de signes. *Ergo*, l'alphabet français n'existe pas, ni aucun autre d'ailleurs. Nodier est ici, notons-le, plus sévère que Saussure, qui accordera du moins le mérite de la rigueur à l'alphabet grec ancien, où « chaque son simple est représenté par un seul signe graphique, et réciproquement chaque signe correspond à un son simple, toujours le même[1] », et l'on peut voir dans cette injustice le ressentiment du mimologiste déçu ; ressentiment qui s'exprime ailleurs par l'invective : « La lettre est la plus sublime des inventions ; l'alphabet est la plus sotte des turpitudes[2]. »

L'alphabet parfait, ou « philosophique », c'est-à-dire à la fois rigoureux (une lettre par son) et *rationnel* (chaque lettre *imitant*, comme le prétendait Wachter, un son) n'existe donc nulle part, mais il pourrait, et donc il devrait, exister, par conséquent il faut l'inventer. Un tel projet relève typiquement du mimologisme secondaire, et nous savons qu'il réitère (entre autres) la proposition d'alphabet organique de De Brosses. Nodier le sait aussi, qui la mentionne dans ses Prolégomènes de 1810 à un *Archéologue* dont le titre même est emprunté au Président. On peut donc se demander pourquoi il ne se contente pas de l'une ou l'autre des tablatures de la *Formation mécanique* : la raison probable en est que Nodier, comme nous l'avons vu, ne désespère pas de tirer une tablature aussi convéniente des

1. *Cours*, p. 64.
2. *Notions*, p. 116.

seules ressources des divers alphabets existants : ressources partielles et dispersées, et partout stérilisées par l'incohérence des systèmes. Quoi qu'il en soit, ce projet annoncé en 1810 et repris en 1824 ne verra pas le jour, et malgré l'allusion déjà citée (« un alphabet que j'avais fait ») rien ne permet d'affirmer qu'il ait même été entièrement conçu. Mais il vaut surtout *comme projet*, et il n'est pas inutile de s'attarder un peu sur ses formulations successives. Voici celle de l'*Archéologie* : « Un alphabet philosophique doit présenter, dans la distribution des signes dont il est composé, une espèce d'histoire implicite du phénomène de la parole, c'est-à-dire que les signes doivent y être placés selon l'ordre de leur mécanisme et la simplicité de leur artifice, à commencer par la gamme des lettres vocales [= voyelles], et à finir par les consonantes de l'émission la plus difficile. Il doit attribuer aux signes des usages bien déterminés, c'est-à-dire qu'il ne doit admettre ni deux acceptions pour un signe, ni deux signes pour une acception ; et qu'il ne doit représenter ni un son unique par un signe composé, ni un son composé par un signe unique. Il doit enfin, autant que cela est possible, réunir un nombre de signes égal au nombre des sons que l'homme est convenu d'employer dans le langage et qui ont fait partie d'une langue classique, soit ancienne soit moderne. »

On voit qu'il s'agit là d'une écriture phonétique universelle, c'est-à-dire comprenant tous les sons existant dans toutes les langues. On voit aussi que l'exigence de mimésis graphique n'est pas encore formulée ; en revanche, l'alphabet philosophique doit répondre à un autre critère – celui-là même que de Brosses trouvait approximativement réalisé dans l'alphabet latin – : figurer par son ordre une « histoire implicite de la parole », c'est-à-dire reproduire l'ordre d'acquisition des phonèmes par l'individu et par l'espèce. On retrouve cette exigence dans le projet de « grammataire » de 1834, exposé avec d'autres dans le dernier chapitre des *Notions* sous le titre caractéristique *Ce qui reste à faire dans les langues* : « Un alphabet universel, un alphabet comparé, un alphabet philosophique des langues, où toutes les vocalisations et les articulations de l'organe de la parole soient classées dans leur ordre naturel, et représentées par des signes phonographiques bien caractérisés, bien analysés et bien convenus, car ce serait là une magnifique initiation à l'étude de toutes les langues en particulier ; et je ne crains pas de dire que cet alphabet (ou pour parler plus exactement ce *grammataire*), approprié seulement à nos langues européennes, serait encore un des monuments les plus importants de la civilisation[1] » L'« ordre naturel » est évidemment l'ordre d'acquisition. Ici encore, le principe mimétique reste informulé, ou formulé d'une manière timide et ambiguë ; mais la préférence de Nodier s'était déjà exprimée sans équivoque au chapitre VIII en ces termes : « L'appropriation du signe à l'articulation est une opération fort aisée, puisqu'elle est arbitraire, tout signe conventionnel étant aussi bon qu'un autre pour sa signification, quand il est clairement défini et reçu du consentement unanime. *Le signe rationnel sera cependant à préférer*, et ne coûtera pas davantage à écrire[2]. » L'alphabet philosophique selon Nodier sera donc impérativement à la fois historique et systématique, et de préférence rationnel, c'est-à-dire mimétique.

Non plus toutefois que de Brosses, Nodier ne prétend faire adopter cet alphabet rêvé dans la pratique de l'écriture courante. Comme la tablature du Président, il ne serait qu'un auxiliaire scientifique et technique : « Un pareil alphabet, quel que soit le degré de perfection auquel on pourrait le porter, ne deviendrait jamais usuel, et il n'y faudrait chercher pour les langues qu'un instrument d'intelligence et un moyen de communication[3]. » Bien plus, loin de souhaiter une écriture plus « phonétique », Nodier est adversaire déterminé de toute réforme en ce sens de l'orthographe française. La raison en est simple, et d'ailleurs facile à deviner : c'est que notre graphie moderne, phonétiquement inepte, est en revanche un excellent témoignage sur la phonie ancienne, et donc un excellent index étymologique. Or l'étymologie est la clé du sens : « Ce que l'orthographe doit conserver, ce n'est pas une prononciation fugitive (...), c'est la filiation du mot, sans laquelle aucun mot n'a de signification arrêtée[4] » ; ainsi, entre les deux principales héritières directes du latin, la supériorité culturelle du français sur l'italien tient au fait que le

1. *Notions*, p. 296 (je souligne).
2. *Ibid.*, p. 139-140.
3. *Ibid.*, p. 297.
4. *Ibid.*, p. 167-168.

français a beaucoup mieux conservé les « lettres aphones, mais étymologiques » qui manifestent aux yeux de tous la filiation radicale de ses vocables. Conclusion : « la plus vieille orthographe est la meilleure, ce qui ne l'empêche pas d'être mauvaise ».

La mimographie n'est donc plus chez Nodier qu'à l'état de traces erratiques ou de projets avortés. Le principe mimétique revient sur le terrain qu'il occupait chez Platon, Augustin ou Wallis, celui des sons de la parole ; mais nous verrons plus loin qu'il ne s'agit pas là d'un simple retour en arrière.

Assez paradoxalement, l'idée d'un langage « organique » et naturel n'entraîne pas pour Nodier celle d'une langue primitive universelle. Rêvant, au chapitre dixième des *Notions élémentaires*, de l'« or pur » que trouverait au fond de son creuset cet alchimiste du langage qu'est pour lui l'étymologiste, il prend soin de préciser : « Je suis loin de croire que cette pierre philosophale de l'étymologie, ce serait la langue primitive. La langue qui a été parlée dans la première tribu de l'homme exprimait un si petit nombre d'idées nécessaires que, si elle est restée radicale quelque part, c'est dans un très petit nombre de mots. Sa découverte serait un événement fort curieux qui confirmerait, je n'en doute pas, mes théories sur la manière dont toutes les langues se sont formées, mais qui n'ajouterait peut-être pas dix notions importantes à l'histoire philosophique de la parole. La famille de mots qui resterait dans toutes les langues, après cette restitution amiable *quarum sunt Caesaris Caesari*, ce ne serait pas la langue primitive absolument parlant ; ce serait la langue autochtone de chaque pays, c'est-à-dire la langue primitive qui lui a été propre[1]... » A la notion de *langue primitive commune*, il substitue donc celle de *langue autochtone*, qui suppose une différenciation originelle, une hétérogénéité naturelle des langues ; bousculant ici (sans les effacer[2]) deux mythes com-

1. *Notions*, p. 191-192.

2. Babel comme symbole de la dispersion des peuples et de la confusion des langues n'est pas absent chez Nodier, bien au contraire, et nous viendrons à le rencontrer. C'est l'*ultériorité* de Babel qui disparaît, c'est-à-dire l'hypothèse de l'unité adamique préalable. Mais les implications

plémentaires : celui de la langue adamique et celui de la dispersion de Babel – c'est-à-dire d'une différenciation *ultérieure* et *survenue*. Les langues sont à la fois naturelles et diverses.

Cette inflexion si nouvelle procède pourtant d'un déplacement presque imperceptible dans l'argumentation, ou plutôt la contre-argumentation mimologiste que nous avons déjà rencontrée chez Court de Gébelin. Pour celui-ci, comme d'ailleurs pour de Brosses, l'hypothèse d'une langue primitive commune était inévitablement liée au principe mimétique ; simplement, la diversité des aspects, ou « qualités », de chaque objet ouvrait, dès l'origine, la possibilité de plusieurs noms pour la même chose. Le rapport d'équivalence interlinguistique (de traduction) entre fr. *Dieu*, ar. *Allah* et angl. *God* renvoyait à une relation de synonymie (dénotative, avec nuances de connotation) entre ces mêmes mots, ou leurs « racines », dans la langue primitive commune où leur coexistence était exactement du même type que celle que de Brosses relevait, dans la langue latine, entre *sacerdos, presbyter, antistes, pontifex* et *praesul*, ou en français entre *région, province, contrée, district, pays, état*, etc. La pluralité des langues (actuelles) se ramenait donc à la richesse de la langue originaire, et celle-ci à la multiplicité d'aspects du référent extra-linguistique : autant dire que cette pluralité se trouvait, au moins à ce stade et à ce niveau, purement et simplement évacuée. On la retrouvait plus loin comme diversité de *prononciation* d'un matériel lexical en son fond homogène, et c'est ici qu'intervenait, par un déterminisme à la fois causal et analogique, l'influence du site et du climat. Mais on voit bien que la différence (de « prononciation ») entre, disons *Deus* et *Dieu*, qui renvoie à une différence d'habitat entre le Latium et l'Ile-de-France, n'a rien à voir avec la différence entre *Dieu* et *God*, qui renvoie à une différence d'aspect entre la divinité comme lumière et la (même) divinité comme bonté. Ce qui est *propre* à chaque peuple (son site) ne produit qu'une modification légère et

---

théologiques de cette disparition sont apparemment trop lourdes pour le chrétien qu'est Nodier ; aussi fait-il cohabiter comme il peut le thème de la dispersion originelle (qu'est-ce d'autre que l'*autochtonie* ?) et les références à la Genèse et à l'invention des noms par Adam.

toute superficielle (la « prononciation »), et quant aux différences profondes et précisément *radicales*, elles sont déjà contenues dans la langue primitive, et par conséquent elles n'affectent en rien son unité, on dirait même volontiers qu'elles la confirment.

Diversité d'aspect des choses nommées, diversité de situation des nations nommantes, ces deux motifs se retrouvent presque sans changement chez Nodier – mais au lieu d'être séparés, et d'agir séparément et en des points distincts du mécanisme linguistique, ils vont se rejoindre et unir leurs effets, et le résultat sera une modification radicale du système. Voici à peu près comment fonctionne ce dispositif dans les *Notions*. D'abord, à l'état pur, l'argument de la diversité d'aspects : « Il ne faudrait pas conclure (...) que la première langue aurait dû devenir universelle, et que toutes les langues qui lui ont succédé devraient être identiques, parce qu'elles ont été jetées dans le même moule, et qu'elles ont obéi au même mode de formation. Si on admettait cette hypothèse, l'arbitre intellectuel de l'homme ne serait plus pour rien dans la dénomination des choses, et cela n'entrait pas dans les desseins de la puissance qui lui a donné la parole comme un signe explicite de l'intelligence. Seulement on remarquera d'autant plus de conformité entre les radicaux que les différentes langues auront appliqués à la dénomination du même être, qu'il sera plus simple dans son caractère sensible, et qu'il offrira des aspects moins variés à la pensée. Les animaux qui n'ont qu'un cri n'ont pour ainsi dire qu'un nom sur toute la terre, mais ces homonymes polyglottes sont rares comme leurs types. On ne sera pas étonné que le rossignol au contraire ait reçu dix noms qui diffèrent dans leurs racines, puisque le patient ornithophile Bechstein, le Dupont de Nemours de l'Allemagne, a pris la peine de figurer jusqu'à vingt articulations qui lui étaient propres [1]. » Puis, dix pages plus loin, le même argument, lié cette fois au thème de la dispersion naturelle des peuples : « Il ne s'ensuit pas de ce système que tous les êtres devraient être désignés par des homonymes universels, car il serait indispensable pour cela que chaque être n'offrît en soi qu'un seul caractère, et ne pût être jugé que par une seule sensation, ce

1. *Notions*, p. 39-40.

qui est absurde à imaginer. Les mœurs, les inclinations, les habitudes, la manière d'être impressionné, sont d'une grande conséquence dans la fonction du dénominateur, comme les aspects sensibles, les formes, les qualités, les usages, dans l'objet dénommé, comme le lieu, le temps, les circonstances où le nom s'impose. » Ainsi, la multiplicité d'aspects de l'objet « dénommé » ne passe en multiplicité de dénominations que lorsqu'elle se rencontre et s'accorde avec la multiplicité d'attitudes des « dénominateurs », c'est-à-dire des différents peuples. Loin de contenir en germe, comme le supposait Gébelin, la totalité du lexique ultérieur, la langue primitive – qui n'est plus, on l'a vu, que la langue parlée « dans la première tribu de l'homme » – était une langue pauvre[1], exprimant un « petit nombre d'idées nécessaires » ; et en un sens, chacune des langues « autochtones » est pauvre : la richesse du lexique, correspondant d'un côté à la variété d'aspects du réel, de l'autre à la variété des situations humaines, ne se trouve que dans la somme des langues existantes.

Sous l'influence décisive de son site, chaque peuple n'élabore donc pas seulement, comme le voulait Gébelin, sa « prononciation » particulière d'une langue universelle, mais bien sa langue propre, distincte de toutes les autres en ce qui est, pour Nodier comme pour toute la tradition cratylienne, le *fond de la langue*, c'est-à-dire le matériel lexical. Différence essentielle, que ne doit pas masquer l'évidente parenté d'accent entre la page qui suit et celle de Gébelin sur le même sujet :

> Chaque peuple a donc fait sa langue comme un seul homme, suivant son organisation et les influences prédominantes des localités qu'il habitait. Il résultait de là tout naturellement que les langues de l'Orient et du Midi devaient être généralement limpides, euphoniques et harmonieuses, comme si elles s'étaient empreintes de la transparence de leur ciel, et mariées par un merveilleux accord aux sons qui émanent des palmiers balancés par le vent, au frémissement des savanes qui courbent et relèvent le front de leurs moissons ondoyantes, aux bruissements, aux bourdonnements, aux susurrements qu'entretient dans une multitude innombrable de créatures invi-

1. On verra plus loin quel est pour Nodier le mérite des langues pauvres.

> sibles, sous les tapis émaillés de la terre, le développement d'une vie agile, exubérante et féconde. L'Italien roule dans ses syllabes sonores le frissonnement de ses oliviers, le roucoulement de ses colombes et le murmure sautillant de ses cascatelles. Les langues du Nord, au contraire, se ressentent de l'énergie et de l'austérité d'un climat rigoureux. Elles s'unirent dans leur vocabulation crue et heurtée au cri des sapins qui se rompent, aux bondissements retentissants des rocs qui croulent, et au fracas des cataractes qui tombent. Il n'y a par conséquent point de langue primitive et innée pour l'espèce humaine, mais autant d'aptitudes innées à la composition d'une langue, et de langues plus ou moins diverses entre elles, qu'il y aura de sociétés autochtones, c'est-à-dire attachées à un sol particulier. C'est pour cette raison que la confusion des langues et la dispersion des peuples sont présentées par l'Écriture comme deux événements synoptiques dans la magnifique histoire de Babel, où il est peut-être permis de ne voir qu'une de ces paraboles sublimes si fréquentes dans les livres saints[1].

Pour Nodier comme pour Gébelin, et plus encore, l'influence géographique déborde largement l'action mécanique du climat : transparence du ciel, murmure ou fracas des eaux, bruissement des plantes, bourdonnement des insectes et chant des oiseaux se mêlent en un « merveilleux accord » et participent subtilement à l'élaboration de la langue autochtone. Un autre chapitre des *Notions* insistera plus exclusivement sur le rôle de l'imitation des cris d'animaux : selon une observation déjà classique[2], la célèbre expérience de Psammétique ne prouverait que l'influence

1. *Notions*, p. 51-53. Ce développement était en germe dans la préface du *Dictionnaire*, p. 12-13.

2. On la trouve par exemple chez Claude Fauchet : « Qu'eût-il (Psammétique) répondu à quelque moqueur qui lui eût soutenu que c'était la voix des chèvres nourrices de ces enfants ? » (*Recueil de l'origine de la langue et poésie française*, 1581, p. 4). Ou encore chez Lamy : « Ce roi raisonnait mal car il y a de l'apparence que ces enfants n'ayant jamais entendu d'autre voix que le cri des chèvres qui les avaient allaités, ils imitaient ce cri, auquel ce mot phrygien ne ressemblait que par hasard » (*Rhétorique*, I, 13). Même interprétation chez Beauzée, art. « Langue », et Volney, *Discours sur l'étude philosophique des langues*, 1819. Rappelons qu'il s'agit, selon Hérodote, d'enfants élevés seuls dans le désert sur l'ordre du pharaon, et dont le premier mot aurait été le phrygien *bèkos*, « pain » : preuve alléguée de la primitivité de cette langue.

du bêlement des chèvres sur le langage spontané des enfants sauvages qu'elles ont nourris, et dès lors il ne faut plus « qu'un léger effort pour arriver (...) à penser que l'imitation des bruits d'animaux était l'élément essentiel des langues qui commencent ». Cette expérience fortifie donc « l'opinion universelle des lexicologues, qui ont toujours rapporté l'invention de notre première consonne à la bique ou à la brebis ». Mais il n'y a pas partout des biques ou des brebis (que Nodier se garde de nommer ici chèvres et moutons, on voit bien pourquoi), et chaque système phonologique sera ainsi tributaire d'un environnement... *faunologique* qui lui est propre : « Il y a dans les langues américaines des consonnes stridentes qui sont évidemment formées d'après le sifflement de certains serpents inconnus dans nos régions tempérées, et les clappements des Hottentots rappellent à s'y méprendre une espèce de cri particulier aux tigres qui *ranquent*, onomatopée toute latine que j'emprunte à Buffon[1]. »

Climat, paysage, faune environnante, tempérament propre : tout cela fait de chaque langue, quoique naturelle, ou plutôt parce que naturelle, une création spécifique, originale, irréductible : au sens plein du terme, un *idiome*. Nous voilà loin, non seulement de la langue universelle de De Brosses et de Gébelin, mais aussi de l'hellénocentrisme linguistique du *Cratyle*. Il y a bien plusieurs langues, aucune n'est *barbare*, chacune est autochtone et toutes sont naturelles. L'argument saussurien de la pluralité des langues est réfuté d'avance, et repoussée avec lui la déception mallarméenne devant la « diversité, sur terre, des idiomes », qui empêche de proférer des mots qui soient, « par une frappe unique, elle-même matériellement la vérité ». Les langues ne sont pas « impar-

1. *Notions*, p. 77-79. Cf. Bernardin, *Harmonies de la nature*, 1815, III, p. 232-233 : « Les hommes ont d'abord imité les cris des animaux et les chants des oiseaux qui étaient propres à leur climat. Celle des Hottentots glousse comme les autruches, celle des Patagons a les sons de la mer qui se brise sur les côtes, et on peut en trouver encore des traces dans celles des divers peuples civilisés de l'Europe : la langue des Anglais est sifflante comme les cris des oiseaux de marine de leur île, celle des Hollandais est remplie de breck keek, et coasse comme les cris des grenouilles de leurs marais. » Le rôle de l'imitation des cris d'animaux dans la genèse du langage humain est elle aussi une idée fort ancienne, qui remonte au moins à Lucrèce, et qu'on retrouve chez Monboddo (*The Origin and Progress of Language*, 1773, I, III, 6).

faites en cela que plusieurs » : elles sont plusieurs, et elles sont (ou du moins elles ont été) parfaites. Et ce n'est sans doute pas forcer la pensée de Nodier que de préciser : parfaites parce que plusieurs. Car la « vérité » est multiple, et c'est la « frappe unique » qui serait ici une sorte de mensonge. La vérité du langage, la « justesse » des noms n'est pas dans la nomenclature univoque mythiquement produite par Adam attribuant en présence du Créateur chaque nom à chaque créature ; elle serait plutôt dans cette « confusion », cette pluralité des langues dont Babel, *felix culpa*, est le symbole mal compris.

Paradoxe évident par rapport à toute la tradition antérieure[1], qui liait si fortement (et si imprudemment) la naturalité du langage à son unité originelle, ce mimologisme babélien, ou mimologisme des idiomes, répond pourtant à une autre tentation profonde du cratylisme, qui est de naturaliser et de *mimétiser* toutes choses, et donc aussi la diversité actuelle des parlers. Si le langage est le miroir du monde, il est également séduisant de lui faire refléter la variété des sites et la bigarrure des races, et de voir en chaque langue l'image fidèle d'une individualité populaire. Unitarisme et pluralisme sont les deux postulations opposées et complémentaires du mimologisme, et de l'une à l'autre l'accent se déplace selon des pesées extérieures à son équilibre interne. Entre la forte inflexion pluraliste qu'il reçoit chez Nodier et l'*esprit de nationalité* qui imprègne le jeune romantisme européen, la relation est assez évidente : le même esprit s'exerce au même moment dans la *Sprachphilosophie* de Humboldt, et nous verrons qu'il n'est pas étranger à la naissance même de la grammaire comparée[2]. Chaque langue décrit un paysage, raconte une Histoire et

1. Rappelons cependant que pour Socrate la pluralité des « étymologies » pour chaque nom n'infirme pas sa justesse. Apollon est bien à la fois *apolouôn, haploun aei ballôn* et *homopolôn*, et cette multiplicité d'analyses possibles désigne bien une multiplicité d'aspects et de fonctions, comme entre *sacerdos, praesbyter*, etc., mais qui toutefois se rassemble en l'unité apparente d'un nom – comme si la langue unique (grecque) contenait secrètement plusieurs langues : parfaite en cela que multiple.

2. Dont Nodier ignore apparemment tout le travail (en 1834, son bagage linguistique est encore typiquement dix-huitièmiste), mais dont il partage au moins certaines motivations.

exprime un *génie*, tous spécifiques et liés entre eux par un « merveilleux accord ». Chaque idiome condense un folklore.

La théorie mimétique de la parole, ou du langage comme *onomatopée*, ne s'appuie pas chez Nodier sur une analyse phonétique aussi complète et précise que chez de Brosses ou Gébelin. L'assimilation de l'organe vocal à un instrument de musique est reprise intégralement : « instrument à touches, à cordes et à vent (qui possède) dans ses poumons un soufflet intelligent et sensible ; dans ses lèvres, un limbe épanoui, mobile, extensible, rétractile, qui jette le son, qui le modifie, qui le renforce, qui l'assouplit, qui le contraint, qui le voile, qui l'éteint ; dans sa langue, un marteau souple, flexible, onduleux, qui se replie, qui s'accourcit, qui s'étend ; qui se meut et qui s'interpose entre ses valves, selon qu'il convient de retenir ou d'épancher la voix ; qui attaque ses touches avec âpreté ou qui les effleure avec mollesse ; dans ses dents, un clavier ferme, aigu, strident ; à son palais un tympan grave et sonore[1] » ; mais le décompte des sons et des articulations est beaucoup plus négligent, et ne vise pas au système. Il en va de même pour le dictionnaire de leurs valeurs symboliques.

Individu ou espèce[2], l'homme commence par la voyelle : « Son langage fut d'abord simplement vocal, comme celui des animaux, qui ne rencontrent que par hasard dans leurs meuglements, dans leurs mugissements, dans leurs bêlements, dans leurs roucoulements, dans leurs sifflements, des consonantes mal articulées[3]. » Ce rapprochement, on s'en souvient, était déjà chez Gébelin ; il s'accorde comme il peut avec l'idée d'un emprunt du *b* au bêlement des troupeaux. La voyelle est donc le langage de ce qui est, chez l'homme, le plus proche de l'instinct animal : « L'élan d'un désir, l'ins-

1. *Notions*, p. 12-13.
2. « La société a procédé... comme l'enfant au berceau, qui est son type naturel. »
3. P. 13-14. « Vocal » signifie ici *vocalique*. La voyelle est toujours la voix à l'état pur non plus différenciée ici que chez de Brosses, bien que Nodier cite avec approbation (*Notions*, p. 108, et *Dictionnaire*, p. 23) la page célèbre du *Génie du christianisme* sur la voyelle *a*, que nous retrouverons beaucoup plus loin.

tinct d'un appétit, le besoin, l'épouvante ou la colère[1]. » C'est la substance vocale de l'exclamation ou interjection, bref, du cri. Mais c'est pourtant en elle que se marque « le passage de l'état de simple animation à l'état d'intelligence. En effet, dès cette première époque, et sans autre ressource que la voyelle ou le cri, l'homme s'éleva, chose étrange, par la puissance de la pensée, aux idées d'admiration, de vénération, de prescience contemplative, de spiritualisme, d'adoration et de culte » : peut-être parce que le simple cri suffit à exprimer l'admiration la plus intense, qui est le sentiment spontané de l'homme devant la lumière, disait Gébelin – et donc devant la divinité. Mais la grande preuve, c'est que le nom de Dieu, dans les langues les plus anciennes et « de première origine », s'écrit tout en voyelles – et si possible en les utilisant toutes : « Le mot sacré des Hébreux, qu'il était défendu, et probablement fort difficile de prononcer, contenait toutes les voyelles de cette langue des anciens jours où les voyelles ne s'écrivent pas ; et je voudrais bien savoir avec quoi *Jovis* a été fait si longtemps après, si ce n'est avec *Jehovah* ! car d'aller chercher dans le *Zeus* des Grecs le *Jésus* du christianisme, l'*Esus* des fables gauloises et l'*Isis* des fables égyptiennes, c'est une induction si commune qu'elle n'a pas même besoin d'être rappelée. On voit cependant par ces exemples que la consonne s'introduisait peu à peu dans le vocable des âges antiques qui devaient la léguer à nos Orientaux et à nos Celtes, mais la consonne la plus vocalisée, la plus douce, la plus coulante, et par conséquent la plus primitive qui puisse se glisser entre les lèvres de l'homme, comme le gazouillement des oiseaux, comme le zéphir qui fait susurrer les roseaux à son vol gracieux, et qui ne les froisse pas. » Le « monosyllabe divin », du moins sous ces premières formes[2], est donc « le plus primitif de tous les noms », puisqu'il n'est encore qu'une exclamation : « premier cri qui représente la pensée », « première exclamation admirative qui se soit exhalée d'un cœur d'homme à la vue de la nature », « interjection immense, qui embrasse tous les sentiments, qui contient toutes les idées (...). Oui, Dieu est le pre-

1. C'est, disait le *Dictionnaire* (p. 17), le langage des passions élémentaires : désir, haine, peur, plaisir.

2. Il s'appuiera plus tard sur des consonnes, mais toujours « de première formation » (labiales, dentales), et presque toujours en monosyllabe.

mier de tous les mots produits dans la série graduelle des mots, ou toute la grammaire est fausse ».

Tel est, du besoin animal à l'idée tout à la fois la plus primitive et la plus haute, le répertoire de « cet âge d'enfance sociale qu'on pourrait appeler l'âge de la voyelle ». Vient ensuite, ouvrant l'ère de la langue *articulée* ou *consonante*[1], mais apparemment tout aussi enfantin (comme chez de Brosses et Gébelin), l'âge de la « première consonne », c'est-à-dire le *b*, et par extension toutes les labiales[2]. Plutôt que d'aligner des exemples, Nodier recourt ici à des énoncés illustratifs en harmonie imitative : « je vous propose de venir chercher nos premiers enseignements près du berceau de l'enfant qui essaye la première consonne. Elle va bondir de sa bouche aux baisers d'une mère. Le bambin, le poupon, le marmot a trouvé les trois labiales ; il bée, il baye, il balbutie, il bégaye, il babille, il blatère, il bêle, il bavarde, il braille, il boude, il bouque, il bougonne sur une babiole, sur une bagatelle, sur une billevesée, sur une bêtise, sur un bébé, sur un bonbon, sur un bobo, sur le bilboquet pendu à l'étalage du bimbelotier. Il nomme sa mère et son père avec des mimologismes caressants[3], et quoiqu'il n'ait encore découvert que la simple touche des lèvres, l'âme se meut déjà dans les mots qu'il module au hasard. Ce Cadmus au maillot vient d'entrevoir un mystère aussi grand à lui seul que tout le reste de la création. Il parle sa pensée ».

« Mimologisme » est ici, conformément à l'usage rhétorique de l'époque, presque synonyme d'*onomatopée*. Mais cette nuance nous oblige à ouvrir une parenthèse. Voici comment le *Dictionnaire* définit chacun de ces deux termes : « Nous avons dit que la plupart des mots de l'homme primi-

1. *Dictionnaire*, p. 17.
2. *Notions*, p. 24-26.
3. « *Papa* : ce mot et beaucoup d'autres appartiennent à la série des premières articulations de l'enfance. Ils ne sont d'abord qu'une émission vague, incertaine, sans objet, qu'on nous accoutume peu à peu à faire l'expression d'une idée, d'abord bien vague et bien mal précisée elle-même. Il y a longtemps que les enfants prononcent *papa* et *maman* avant d'avoir lié l'idée de ces articulations à celle de deux personnes déterminées, et ce n'est que bien longtemps après qu'ils commencent à se rendre un compte passablement clair des rapports de leurs parents avec eux (...). Et comme ce qui est vrai pour une idée l'est nécessairement pour toutes les autres, il est évident que l'intelligence humaine va toujours du mot à l'idée et non pas de l'idée au mot » (*Examen critique*, p. 297).

tif avaient été formés à l'imitation des bruits qui frappaient son ouïe. C'est ce que nous appelons l'*onomatopée*. Instruit à entendre et à parler, il a figuré ses propres bruits vocaux, ses cris, ses interjections. C'est ce que nous appelons le mimologisme. » Cette définition vient à propos du mot *Haha*, « mimologisme d'une exclamation d'étonnement, et, par extension, nom d'une barrière ou d'un fossé dont l'aspect inattendu arrache cette exclamation aux voyageurs. Il n'y a point de mot dans la langue qui nous permette mieux de définir ce que nous entendons par mimologie[1] ». Nodier en donnera un autre exemple deux pages plus loin avec *haro* : « une de ces onomatopées de seconde formation qu'on appelle *mimologismes*, parce qu'elles ont été faites à l'imitation de la parole même ». Voici enfin une formulation convergente empruntée à l'*Examen critique : « Mimologisme, mimologique* : ces deux mots sont nouvellement mais très utilement introduits dans la grammaire pour exprimer la construction d'un mot formé d'après le cri humain. *Huée, brouhaha*, etc., sont des mimologismes ou des substituts mimologiques, en quoi ils diffèrent des onomatopées formées sur les bruits élémentaires et mécaniques, telles que *fracas* et *cliquetis*[2]. »

Stricto sensu, l'onomatopée est donc un mot forgé par imitation d'un bruit extérieur (y compris les cris d'animaux), le mimologisme un mot forgé par imitation d'un cri, ou plus généralement d'un « bruit vocal » humain. *Maman* et *papa* ne sont donc pas des onomatopées mais bien des « mimologismes caressants », formés à partir des premiers balbutiements bilabiaux, ou bruits de succion à la mamelle maternelle, ou bruits de baisers. On voit que l'opposition entre onomatopée et mimologisme recouvre presque exactement celle, familière aux théoriciens de l'origine du langage, entre onomatopée et interjection. Mais ce qui intéresse ici

1. P. 169. Cette étymologie suspecte est admise également par Littré et Darmesteter, je ne trouve rien au FEW. Alexandre Dumas (*Ange Pitou*, p. 6) propose quant à lui cette variante : les bourgeois de Villers-Cotterêts donnent pour but à leur promenade quotidienne « un large fossé séparant le parc de la forêt, situé à un quart de lieue de la ville, et qu'on appelait, sans doute à cause de l'exclamation que sa vue tirait des poitrines asthmatiques satisfaites d'avoir, sans être trop essoufflées, parcouru un si long chemin, le Haha ! ».

2. P. 264.

Nodier n'est pas la relation (de cause à effet, et donc de contiguïté temporelle) qui unit l'« objet » (une barrière, une mère) au cri ou bruit buccal qu'il provoque (« ha ha ! », « mama ! »), mais celle (d'analogie) qui unit à ce cri ou bruit le mot forgé *à son imitation* (un *haha*, une *maman*). La spécificité du mimologisme, dans sa production, n'est donc pas aussi radicale qu'on aurait d'abord pu le croire : il y a des cas douteux, comme *brouhaha*, qui n'imite à proprement parler aucun cri, et il arrive que Nodier emploie l'un des termes pour l'autre. On peut donc considérer, dans son système, le mimologisme comme un simple cas particulier de l'onomatopée, considérée comme « imitation des bruits naturels » en général[1]. Pourtant, l'accueil qu'il fait au premier et le soin qu'il met à le distinguer en principe ne sont nullement insignifiants : c'est que, dans le fonctionnement réel de la langue, l'imitation par mimologisme est pour lui beaucoup plus *importante* que l'imitation par onomatopée. Des mots comme *fracas* ou *cliquetis* ne sont pas d'un usage vital, et sans doute Nodier ne ferait-il guère de résistance à l'objection de Saussure, : qui relègue l'onomatopée dans un secteur très limité et très marginal de la langue[2]. *Papa, maman*, et d'autres que nous allons rencontrer, constituent au contraire pour lui le vrai fond de la langue, je veux dire sa couche profonde et son noyau central. C'est là ce qu'il nomme « la *langue organique*, celle qui s'est articulée sur ses instruments, et qui s'est appliquée par une opération naturelle à toutes les acquisitions, à toutes les formes de la pensée[3] ». Que la langue « s'articule sur ses instruments », cela signifie entre autres qu'il n'y a aucune rupture entre le cri et le mot, entre le babil enfantin et la parole articulée, voire entre le pur mouvement respiratoire et les plus grands « mystères » du langage et de la pensée. C'est à quoi, sans doute, fait allusion la clause un peu sibylline : « l'âme se meut déjà dans les mots qu'il module au hasard ». Comme

1. « Nommer par la mimologie (...), les langues n'ont pas d'autre moyen (...). L'homme a fait sa parole par imitation : son premier langage est l'onomatopée c'est-à-dire des bruits naturels » (*Notions*, p. 39-40). C'est évidemment en ce sens large qu'il faut prendre le titre du *Dictionnaire*.

2. *Cours*, p. 101 *sq*. Rappelons que de Brosses et Gébelin eux-mêmes ne lui faisaient qu'une place restreinte dans leur système.

3. P. 29-30 (je souligne).

l'âme est à la fois simple souffle vital et forme suprême de l'esprit, le mot *âme* est l'exemple parfait d'un vocable de haute spiritualité formé sur le geste « organique » le plus élémentaire, celui de la respiration. Le *Dictionnaire des onomatopées*, citant Court de Gébelin, oppose le mouvement d'expiration de la syllabe *am* au mouvement d'inspiration, et donc de prise de possession, qui produit la syllabe *ma* ; d'où *am*=esprit, *ma*=matière[1]. L'*Examen critique*, de son côté, suggère une opposition légèrement différente, mais d'effet convergent, entre l'expiration d'*âme* et l'inspiration de *vie* : « Je ne sais quel étymologiste a avancé l'idée, plus ingénieuse que solide, qu'il y avait ici autre chose qu'une contraction de l'*anima* des Latins, savoir une vive mimologie de l'*expiration*. Dans la formation de ce mot, les lèvres, à peine entrouvertes pour laisser échapper un souffle, retombent closes et sans force l'une contre l'autre. Dans le mot *vie*, au contraire, elles se séparent doucement et semblent aspirer l'air : c'est la mimologie de la respiration[2]. »

On sait que Bachelard – grand admirateur de Nodier, qu'il ne craint pas d'appeler, précisément ici, « notre bon maître » – a développé et commenté cette double étymologie dans une longue page de *L'Air et les Songes* sur la « dialectique respiratoire des mots *vie* et *âme* » qui en prolonge fidèlement ce que l'on n'ose pas, dans ce contexte, nommer l'inspiration : « Si l'on prononce le mot âme dans sa plénitude aérienne avec la conviction de la vie imaginaire, dans le juste temps où l'on met d'accord le mot et le souffle, on se rendra compte qu'il ne prend son exacte valeur qu'en fin de souffle. Pour exprimer le mot âme du fond de l'imagination, le souffle doit donner sa dernière réserve. C'est un de ces rares mots qui achèvent une respiration. L'imagination purement aérienne le voudrait toujours en fin de phrase. Dans cette vie imaginaire du souffle, notre âme, c'est toujours notre *dernier soupir*. C'est un peu d'âme qui rejoint une âme universelle[3]. »

L'âge de la touche labiale n'est donc pas plus confiné aux pures impressions matérielles que ne l'était l'âge de la voyelle : à l'un l'idée de Dieu, à l'autre la pensée de la vie et

1. P. 45-46.
2. P. 33-34.
3. *L'Air et les Songes*, Corti, 1943, p. 273.

de la mort. La préface du *Dictionnaire* lui attribue encore ces idées « essentiellement premières qu'admet l'esprit des enfants » : non seulement *boire, manger, parler, parenté*, mais aussi *bien* et *mal* ; les *Notions* étendent encore ce répertoire, du « balbutiement de l'enfant au berceau » au « langage de la première société », lequel « embrasse déjà toutes les idées fondamentales de la civilisation (...). Aussi arrive dès lors une société déjà complète, car elle aura une forteresse élevée contre Dieu, et qui s'appelle *Babel*, une ville capitale qui s'appelle *Biblos*, un souverain qui s'appelle *Bel* ou *Belus*, un faux dieu qui s'appelle *Baal*, et jusqu'à un mystagogue qui fait parler les animaux, et qui s'appelle *Balaam*. Quelques jours encore, et fidèle à ses traditions primitives, son premier livre sera nommé *Biblion*, et son premier empire *Babylone* ». Tel est l'empire de la labiale.

L'étape suivante est celle de l'articulation dentale : encore un mimologisme organique, puisqu'il provient du bruit de succion de la tétée. « L'articulation de cette lettre *(t)* nous est apprise, en quelque sorte, dès le premier jour de la vie, puisque la succion du sein de la mère se fait nécessairement avec un petit claquement de la langue contre les dents, ou plutôt vers la place qu'elles doivent occuper, et que ce bruit ne peut être représenté que par la lettre dentale douce ou forte[1]. » Malgré cette tendre origine, la dentale marque un progrès vers la solidité, voire la dureté de l'âge adulte et de la civilisation accomplie : « Essentiellement propre aux sons tenaces, toniques, tumultueux, aux touches, aux tenues, aux intonations, aux trissements, aux tintements, aux retentissements qui exigent une prononciation forte, bruyante, stridente et arrêtée ; (...) des dents se compose la touche la plus ferme, et le plus solide clavier de la parole[2]. » On retrouve ici le mot-image *clavier*, qui fait de la dentale la *touche* par excellence, selon une suggestion facile de l'esprit d'analogie, et comme si chaque dent produisait une articulation spécifique : Gébelin lui-même n'avait pas osé cela... Mais poursuivons cette interprétation du troisième âge : « Cette époque est aussi celle où le nom de Dieu, et celui du père, qui le suit toujours dans l'ordre chronologique des mots pen-

1. *Dictionnaire*, p. 21.
2. *Notions*, p. 27.

sés, commencent à s'appuyer sur la consonne dentale des langues secondaires. Cette nouvelle découverte impose à son tour le souvenir de son règne et de ses conquêtes à la civilisation, qui ne cesse de marcher tant que l'alphabet n'est pas complet ; et c'est souvent à elle que les traditions populaires se sont arrêtées quand elles ont voulu remonter aux origines naturelles de la parole. Elle nous a donné le *Thot* des Égyptiens, comme le *Theutat* des Gaulois et le *Thevatat* de Siam, rencontre d'homonymies qui serait inexplicable à la philosophie si ces éclaircissements ne la rendaient pas rationnelle. Ces Titans de la parole passèrent pour les inventeurs de la lettre chez cinq ou six peuples qui désignaient la faculté du langage par le nom de *Tad* ou de *Taod*, et le genre humain, oublieux de son histoire primitive, les reconnut pour dieux. »

L'alphabet n'est pas encore complet, mais ici s'arrête l'effort de reconstitution de cette « histoire implicite de la parole » que figurerait un alphabet bien fait. Le reste est plus erratique. Citons encore cette illustration de la linguale, touche langagière par excellence : « cette articulation liquide, limpide, fluide et coulante, flexible et flatteuse, a dû livrer sa liante élocution à l'élucidation des lexiques, à l'élégance des locutions, à toutes les pensées d'élection qui sollicitent l'éloquence ; (...) principal levier du langage, comme de la logique, de la dialectique et des lois, elle lui a laissé un nom[1] », ces interprétations de l'aspirée *h* : « en prenant égard à la manière dont elle est formée, qui a quelque chose d'un empressement avide, d'une rapacité impatiente, on la consacrera à représenter les idées qui ont rapport à l'action de saisir ou de dérober » et de la « palatale roulante » *r*, qui « peignait à l'oreille un bruit mécanique engendré par le mouvement circulaire des corps ; et comme on ne peut faire rendre ce son à la touche par un mouvement simple et indécomposable de la langue, mais seulement par un frôlement rapide et prolongé de cet instrument, il est devenu le caractère de tous les signes par lesquels on avait à rendre l'idée de continuité, de répétition, de renouvellement[2] », enfin, cette motivation plutôt subtile de la valeur négative du *n* : « Le

1. P. 29.
2. *Dictionnaire*, p. 23.

caractère de la lettre *n* est très remarquable. C'est une lettre étrangère à toutes les autres, formée par un autre moyen, et dont l'organe est placé hors de tout l'ensemble de l'instrument vocal. C'est la seule lettre consonante qui retentisse sur la touche nasale, et qui puisse se prononcer presque à bouche fermée, parce qu'elle n'a pas la bouche pour voie d'émission. Enfin, c'est une consonne immodifiable qui ne peut être ni fortifiée ni adoucie. C'est donc une lettre isolée, une lettre en quelque sorte abstraite, une lettre *négative* [nous y voilà], et propre à caractériser toutes les idées de négation et de néant[1]... »

Avec ces interprétations de phonèmes, nous n'avons encore affaire, rappelons-le, qu'aux *capacités* mimétiques de la parole. La question suivante, où se départagent les mimologismes primaire et secondaire, c'est de savoir si le lexique réel de la langue respecte, comme le croyait Cratyle, ces virtualités du symbolisme phonétique. La réponse implicite de Nodier, telle que l'articulent pour lui ses pages d'harmonie imitative, est évidemment positive, et sa réponse explicite le range sans équivoque, sur ce point, dans l'aile la plus avancée du parti cratylien. Si la langue était parfaite, c'est-à-dire « adéquate à traduire sa pensée », dira Mallarmé, tout le monde serait poète : cette hypothèse et cette conséquence extrêmes, Nodier n'hésite guère à les assumer par avance. L'harmonie imitative est pour lui si « naïvement » inscrite dans la langue, que le difficile serait plutôt de l'éviter :

> Pourquoi les langues seraient-elles donc si naïvement imitatives, si ce n'est parce que l'imitation les a faites ? Non seulement je ne regarde pas les effets d'harmonie imitative comme une grande difficulté du style, mais je trouverais une immense difficulté à nommer les êtres sensibles sans les faire percevoir plus ou moins à la pensée. Que le poète l'essaye : qu'il fasse bruire les brises à travers les bruyères, murmurer les ruisseaux qui roulent lentement leurs eaux entre des rivages fleuris, soupirer les scions ondoyants qui se balancent, qui gémissent ; frémir et frissonner les frais feuillages ; roucouler la tourterelle ou hurler au loin le hibou ; qu'il fasse

1. *Dictionnaire*, s.v. *nez*, p. 200 (je souligne).

> se lamenter les vents plaintifs, qu'il les fasse rugir furieux ; qu'il mêle leur clameur effrayante à la sourde rumeur de l'ouragan, au fracas des torrents qui se brisent de roc en roc, au tumulte des cataractes qui tombent, aux éclats des tonnerres qui grondent, aux cris des pins qui se rompent… il ne pourra se dérober à la nécessité d'une imitation qui surgit des éléments mêmes de la parole, et il en sera ainsi dans toutes les nomenclatures des langues dont l'homme a reçu le secret. On ne peut guère supposer que le poète ait pris une grande part aux terminologies des arts et métiers, par exemple ; il est cependant tout aussi difficile de parler d'eux sans rencontrer le nom véritable des choses ; la flèche vibre, siffle et fuit, la fronde froisse l'air et gronde ; le tympan tinte ; le tocsin tinte et sonne à grands bonds ; le feu pétille sous l'eau qui boutonne, bout et bouillonne ; le marteau retentit, la cognée tombe, la scie grince, l'escopette éclate, le canon ronfle, et le bronze du bourdon s'ébranle en mugissant. Tout cela n'est pas du style en vérité, car le style serait trop aisé s'il était là-dedans ; c'est tout bonnement la parole comme l'homme l'a trouvée et comme il l'a prise[1].

L'imitation n'est donc pas seulement dans les sons élémentaires, mais bien dans les mots : la page d'harmonie imitative que nous venons de lire n'est pas pour son auteur un exercice artificiel d'allitérations, c'est un répertoire d'onomatopées « trouvées dans la langue » et mises en situation. Il y a là encore un déplacement d'accent très sensible dans l'activité cratylienne : l'essentiel de l'attention ne porte plus sur les sons et les lettres, mais sur les vocables eux-mêmes. D'où le propos du *Dictionnaire des onomatopées*, où se manifeste – pour la première fois, semble-t-il, avec une telle intensité – une attitude que l'on retrouvera chez un Claudel ou un Leiris, par exemple, et qui est celle (pour parler comme Bachelard) du « rêveur de mots ». Oui, Nodier a « souvent rêvé entre mots et choses, tout au bonheur de nommer[2] », et plus d'un siècle avant *Noms de pays : le Nom*, ou *Biffures*, le *Dictionnaire raisonné des onomatopées françaises* est un recueil de rêveries de mots. Il faut encore emprunter à Bachelard, si forte est ici la connivence des deux pensées, la plus juste description de

1. *Notions*, p. 36-38.
2. *La Poétique de la rêverie*, PUF, 1965, p. 27.

l'activité (car c'en est une, bien sûr, quelque passive qu'elle se prétende) développée ici par Nodier : « Savons-nous bien accueillir dans notre langue maternelle les échos lointains qui résonnent au creux des mots ? En lisant les mots, nous les voyons, nous ne les entendons plus. Quelle révélation fut pour moi le *Dictionnaire des onomatopées françaises* du bon Nodier. Il m'a appris à explorer avec l'oreille la cavité des syllabes qui constituent l'édifice sonore d'un mot[1]. »

On ne lit plus, si tant est qu'on l'ait jamais lu, ce livre presque introuvable et qui ne tente apparemment aucun éditeur. Je n'ai donc pas trop scrupule à reproduire ici, dans l'ordre alphabétique et selon le choix d'un enchantement tout personnel, quelques-uns de ses articles. Comme en tout exercice de mimologisme lexical, le phénomène dit de la « suggestion par le sens » y est trop évident pour qu'il soit nécessaire d'y insister en détail. C'est à lui d'ailleurs que tient l'intérêt de ce jeu verbal, où l'on feint de chercher et de trouver ce que l'on n'avait jamais perdu : ou comment une signification connue d'avance (s')investit (dans) une suite de sons, en effaçant les sèmes discordants ou en se pliant quelque peu à leurs exigences ; il y a toujours un peu de complaisance et de mauvaise foi dans ces compromis sémantiques, comme en bien d'autres, et là est le plaisir. On se gardera donc bien de troubler grossièrement le jeu : on ne demandera pas, après la mimologie de *bise*, celle de son paronyme-antonyme *brise* ; on n'invoquera pas l'étymologie latine de *murmure*, qui est le grondant *murmur* du tonnerre ; on ne troublera pas par quelque graphie grossièrement phonétique le charmant concert vocalique de *oiseau* ; on n'opposera pas à *catacombe* l'agreste *combe*, justement ressuscitée par Nodier lui-même[2] ; on ne vérifiera pas, scrupule historique incongru, si les catacombes contenaient bien des cercueils et des tombes ; on ne cherchera pas si cette onomatopée serait plus évocatrice moyennant quelque malsonnante métathèse, comme cet « homme d'esprit » *(sic)* qui objectait à Banville que, si *citadelle* est un « grand mot terrible », *mortadelle* devrait bien être plus terrible encore[3].

1. *La Flamme d'une chandelle*, PUF, 1961, p. 42.
2. *Contes*, éd. Castex, p. 547.
3. Dorchain, *L'Art des vers*, nouvelle éd., Garnier, 1933, p. 290.

Voici donc, « vraies » ou « fausses[1] », quelques onomatopées françaises :

Achoppement : bruit d'un corps qui en heurte un autre.

Agacement, agacer : du son dont on se sert pour irriter ou *agacer* les animaux, ou bien du bruit que produit sous les dents un fruit acide ou un fruit qui n'est point à sa maturité et dont l'effet est d'*agacer* les dents.

Agrafe, agrafer : imitation du bruit produit par le déchirement de l'objet que les pointes de l'agrafe saisissent.

Asthme : bruit de la respiration brusquement interrompue.

Bedon : onomatopée du bruit du tambour.

Biffer : bruit que fait une plume passée brusquement sur le papier.

Bise : vent sec et froid du nord-est, qui fait entendre le bruit dont ce mot est formé en frémissant dans les plantes sèches, en effleurant les vitraux, ou en se glissant à travers les fissures des cloisons.

Bouillir, bouillie, bouillon : du bruit que fait un liquide échauffé à certain degré.

Briquet : du bruit de deux corps durs qui se heurtent avec force, et dont l'un se brise en éclats.

Brouter : du bruit que font les animaux en brisant les plantes près de leur racine et en les arrachant avec les dents.

Broyement, broyer : du bruit d'une substance un peu récalcitrante brisée entre deux corps durs.

Cascade : la première syllabe est un son factice qui fait rebondir la seconde, et cet effet représente d'une manière vive le bruit redondant de la cascade.

Catacombe : la réunion de ces deux mots heureusement mariés produit un des beaux effets d'imitation de la langue. Il est impossible de trouver une suite de sons plus pittoresques pour rendre le retentissement du cercueil roulant de degrés en degrés sur les angles aigus des pierres, et s'arrêtant tout à coup au milieu des tombes.

Cataracte : chute d'eau impétueuse et bruyante qui tombe et se brise de roc en roc avec un grand fracas.

1. La distinction, on le verra bien, n'aurait ici aucune pertinence : le sentiment actuel d'onomatopée est indépendant de l'étymologie « réelle », connue ou non. Nous retrouverons cette question plus loin, à propos des remarques de Saussure concernant l'origine de *fouet* et de *glas*.

Clignoter : beaucoup d'onomatopées ont été formées, sinon d'après le bruit que produisait le mouvement qu'elles représentent, au moins d'après un bruit déterminé sur celui que ce mouvement paraît devoir produire, à le considérer dans son analogie avec tel autre mouvement du même genre, et ses effets ordinaires : par exemple, l'action de *clignoter*, sur laquelle (le président de Brosses) forme ces conjectures, ne produit aucun bruit réel, mais les actions de la même espèce rappellent très bien, par le bruit dont elles sont accompagnées, le son qui a servi de racine à ce mot[1].
Dégringoler : bruit d'un corps qui roule d'une certaine hauteur.
Éclat, éclater : du bruit d'un corps dur qui se divise avec violence quand on le crève, quand on le fend, quand on le brise.
Écraser : ce mot est engendré par un son analogue à celui qui a produit le mot *éclater*, mais qui représente un brisement moins simultané, et c'est pour cela qu'il est allongé par la consonne roulante. Le cri de la craie qui se rompt et qui se pulvérise sous le pied reproduit fort distinctement cette racine.
Fanfare : la plupart des instruments à vent sont caractérisés par la lettre F, parce que cette consonne, produite par l'émission de l'air chassé entre les dents, est l'expression du soufflement ou du sifflement. De là, fanfare, qui est un chant de trompette.
Fifre : la voyelle resserrée entre deux lettres sifflantes donne une idée très juste du bruit aigu de cet instrument, et la désinence roulante marque son éclat un peu rauque.
Fleur : du bruit que fait l'air aspiré par l'organe qui recueille les parfums de la fleur.
Froissement, froisser : cri d'une étoffe ferme que l'on presse avec quelque force.
Murmure : peint parfaitement à l'oreille le bruit confus et doux d'un ruisseau qui roule à petits flots sur les cailloux, ou du feuillage qu'un vent léger balance et qui cède en frémissant.
Oiseau : la construction de ce mot est extrêmement imitative : il est composé des cinq voyelles liées par une lettre doucement sifflante, et il résulte de cette combinaison une espèce de gazouillement très propre à donner une idée de celui des oiseaux. (Il est à remarquer, comme une singularité très rare dans notre langue, que le mot *gazouiller* est formé,

1. Voir encore Bachelard, *L'Eau et les Rêves*, Corti, 1942, p. 254.

comme le mot *oiseau*, des mêmes sons vocaux, liés par la même consonne. Il n'en est distingué que par son intonation, qui est prise dans une lettre gutturale, par conséquence très bien appropriée à l'idée qu'il exprime.)

Rincer : du bruit des doigts contre l'intérieur d'un verre que l'on rince.

Ruisseau : peint parfaitement à l'esprit le petit murmure doux et modulé d'une eau vive qui roule entre les cailloux.

Susurration, susurre, susurrement, susurrer : je hasarde ici ces trois substantifs et ce verbe, qui sont peut-être des latinismes assez heureux pour exprimer le frémissement des feuillages et le murmure des roseaux émus par le vent[1].

Taffetas : pris dans le bruit de l'étoffe qu'il désigne.

J'ai laissé de côté, malgré l'ordre alphabétique et pour y venir maintenant, l'article *roue*. En effet, contrairement à tous ceux qui précèdent, il déborde le terrain de l'onomatopée ou mimologie proprement dites, c'est-à-dire de l'imitation vocale de bruits extérieurs ou intérieurs. Nous l'avons vu plus haut, le son *r* est, pour Nodier comme pour ses devanciers, naturellement lié à l'idée de mouvement par une particularité articulatoire bien déterminée (le « frôlement rapide et prolongé » de la langue). Il y a peut-être un peu moins d'évidence dans la notion, ici, de « mouvement circulaire », c'est-à-dire dans la liaison établie entre le mouvement et la forme circulaire. Le lieu privilégié de cette liaison est la roue, et c'est dans l'analyse mimologique de ce mot que nous allons voir s'amorcer le mouvement par lequel la constitution de la langue excède le cercle de la pure mimésis phonique. Nodier pose tout d'abord, avec un évident souci d'illustration en acte, que ce mot provient « du bruit de la roue, et en général du bruit d'un corps rond qui roule avec rapidité sur une surface retentissante ». Suivent quelques dérivations empruntées à Gébelin (entre autres *rouer, rotule, rôder, rouler, roulade, roulis, rôle, rotonde, rond, ronde, route*). Puis une scholie dont je citerai d'abord les premières lignes : « Cette racine me suggère d'ailleurs une réflexion qui vient à l'appui de ma théorie de l'extension des sons naturels

1. Chateaubriand se souvient peut-être de cette suggestion dans le célèbre *Journal de Carlsbad à Paris* : « Ce n'est que la susurration des roseaux… »

dans la qualification des êtres insonores. Nous avons vu se composer d'un son radical qui est le signe du mouvement, et qui s'opère lui-même par le roulement de la langue sur le palais, deux familles de mots très distinctes dont l'une appartient à l'idée de mouvement et l'autre à l'idée de forme. Il n'était pas difficile de reconnaître le point de contact de ces deux familles, et nous avons compris que le signe des bruits qui résultent d'un mouvement circulaire avait dû devenir dans le langage l'indicateur des formes rondes. »

Arrêtons ici la citation : nous sommes exactement, dans la course de cette roue symbolique, ou exemplaire, à la limite des capacités de l'imitation directe. Le son *r* (apical ou dorsal) est l'effet d'un « roulement palatal », c'est-à-dire d'une vibration, ou d'un battement, de la langue en un point ou un autre de la voûte palatale. Il y a sans doute déjà dans ce terme même de *roulement* (comme, bien sûr, dans la locution courante « rouler les *r* ») une de ces « métaphores phonétiques[1] » qui englobent et anticipent une interprétation symbolique, à moins qu'elles n'en procèdent obscurément. N'importe en l'occurrence : nous avons déjà rencontré chez de Brosses ou Gébelin des motivations de ce genre, dont précisément celle-ci, qui remonte à Platon, et l'on dira sans hésitation dans toute la tradition cratylienne que le mouvement de la langue prononçant le son *r* est directement analogue à celui d'un corps qui roule sur une pente. Mais voici maintenant qui sonne d'une tout autre manière, et à peu près inédite en ce tout début du XIXe siècle :

> Mais si le rapport des mouvements et des formes semble d'abord assez naturel pour expliquer la ressemblance des expressions qui les caractérisent, il est également vrai que la nature a établi de frappantes harmonies entre ces deux premières sortes de sensations et celles des couleurs. Le langage figuré nous en offre assez de preuves. Nous avons dit, entre autres exemples, de *sombres* gémissements, et des lueurs *éclatantes*. La première de ces tournures présente une idée de bruit spécifiée par une circonstance tirée de l'ordre des couleurs, et la seconde, une idée de couleur déterminée par une épithète qui appartient à l'idée de bruit. Le fameux

1. I. Fonagy, *Die Metaphern in der Phonetik*, La Haye, 1963.

aveugle-né Saunderson, après avoir cherché longtemps à se faire un sentiment juste des couleurs, finit par comparer la couleur rouge au son de la trompette ; et il y a peu d'années que l'intéressant sourd-muet Massieu, interrogé sur l'opinion qu'il se formait des bruits, et celui de la trompette en particulier, le compara sans hésiter à la couleur rouge. S'il y a de l'harmonie entre ces effets, pourquoi ces effets n'auraient-ils pas été exprimés par des sons de la même espèce ?

Le mot *rouge* et ses dérivés sont donc, selon moi, des onomatopées construites par extension du son radical du roulement. En vieux français, *ro* s'est dit pour *rouge*, et *roe* pour *roue*. Toutes les langues fourniraient de pareils rapports.

M. Bernardin de Saint-Pierre a reconnu l'harmonie du mouvement circulaire, de la forme ronde et de la couleur rouge. Il se plaît même à étayer ce rapport ingénieux des observations les plus agréables ; et s'il a négligé de prouver que les mots qui désignent chez la plupart des peuples ce mouvement, cette forme et cette couleur ont une racine commune, c'est sans doute parce que cette espèce de démonstration empruntée des froides études de la grammaire lui a paru trop sèche pour une matière si élégante et si poétique [1].

L'objet spécifique de cette spéculation mimologique, c'est donc, comme on le découvre *in fine* non sans stupeur, la dérivation *roue* > *rouge*, expression de la « frappante harmonie » entre la forme ronde et la couleur rouge. Harmonie si frappante, notons-le, qu'elle ne s'argumente de rien d'autre que de l'autorité de Bernardin, et qu'elle dispense Nodier de s'interroger, par exemple, sur les relations harmoniques entre le mouvement circulaire et le son de la trompette. Mais ce qui nous intéresse ici, c'est l'idée en elle-même d'une harmonie entre sensations d'organes différents, et par exemple entre sons et couleurs. Le sentiment de ce genre de « correspondances » nous est aujourd'hui très familier, sinon très clair, et les témoignages réciproques de l'aveugle et du sourd-muet n'ont rien pour nous surprendre, même s'ils ne rencontrent

1. *Dictionnaire*, p. 230-231. Allusion à la dixième des *Études de la nature*, où Bernardin met en parallèle les « cinq couleurs simples » (blanc, jaune, *rouge*, bleu, noir) les « cinq formes élémentaires » (ligne, triangle, *cercle*, ellipse, parabole) et les « cinq mouvements principaux » (rotatif, « perpendiculaire », *circulaire*, horizontal, repos), le terme central de chaque série étant le plus parfait et le plus euphorique.

nullement une adhésion unanime : le principe (de synesthésie) en est évident. Mais il n'en va pas de même à l'époque de Nodier, et l'on doit se rappeler que Gébelin, si féru d'harmonies, n'en faisait nullement état, et que de Brosses quant à lui ne mentionnait les déclarations de « Saunderson » que pour les rejeter sans examen ; et que la carence mimétique de ce genre de dérivation (par métaphore) était pour lui l'amorce de toute décadence linguistique. Pour Nodier, au contraire, comme pour Augustin, rien n'est plus légitime que ces extrapolations, qui permettent aux sons de la parole d'imiter, indirectement certes mais fidèlement et sans aucune rupture de mimésis, jusqu'aux objets dépourvus de toute existence sonore. La préface du *Dictionnaire* s'en explique avec la plus grande netteté.

> L'extension des sons radicaux qui expriment une chose bruyante à des sensations d'un autre ordre n'est pas difficile à comprendre. Parmi les sensations de l'homme, il n'y en a qu'un certain nombre qui soient propres au sens de l'ouïe, mais comme c'est à ce sens que s'adresse la parole, et que c'est par lui qu'elle transmet le signe de l'objet qui nous frappe, toutes les expressions paraissent formées pour lui. Des sons ne peuvent exprimer par eux-mêmes les sensations de la vue, du tact et de l'odorat, mais ces sensations peuvent se comparer jusqu'à un certain point avec celles de l'ouïe, et se rendre manifestes par leurs secours. Ces comparaisons n'ont rien d'ailleurs qui ne soit naturel et facile. C'est à elles que toutes les langues doivent les figures, et tout concourt à prouver que le langage de l'homme primitif était très figuré.
>
> Quand on dit qu'une couleur est éclatante, par exemple, on n'entend point par là qu'une couleur puisse produire sur l'organe auditif la sensation d'un bruit violent, comme celui dont la racine du mot *éclatant* est l'expression ; mais bien que cette couleur produit sur l'organe visuel une sensation vive et forte comme celle à laquelle on la compare.
>
> L'impression que font éprouver à l'organe du goût les substances âcres, âpres ou aigres n'est accompagnée d'aucun bruit qui reproduise à l'oreille la racine de ces mots qualificatifs, mais elle rappelle à l'organe de l'ouïe les impressions qui ont agi sur lui d'une manière analogue. Si on était porté à croire que ces idées sont forcées et que l'esprit ne fait pas

> aisément les comparaisons de sensations, il suffirait de jeter un coup d'œil sur les poésies primitives qui en sont remplies, ou de donner un instant à la conversation d'un homme ingénieux et simple. Le langage des enfants abonde en figures de cette espèce, et, au défaut du terme propre, ils emploient souvent le signe d'une sensation étrangère pour représenter la leur. Les femmes, qui ont la sensibilité plus délicate, et qui saisissent plus vite les rapprochements les plus fins, en font aussi un grand usage. Enfin on peut dire que les sens se servent si nécessairement les uns des autres que, sans les emprunts qu'ils se font, on ne pourrait guère peindre qu'imparfaitement les effets qui leur sont propres, et qu'il n'y a rien qui en rende la perception plus exacte et plus profonde.

Laissons de côté pour l'instant la référence caractéristique aux *primitifs*, aux *enfants* et aux *femmes*, donnés pour sujets d'élection de la sensibilité synesthésique ; on voit que le principe de l'expression métaphorique est ici dans la possibilité – toute « naturelle » – de *comparer* des sensations d'ordres différents, c'est-à-dire de leur trouver un *trait commun* : soit, entre une couleur vive et un son éclatant, la qualité commune de l'*intensité* (« sensation vive et forte »), qui permet de poser une homologie de ce type : *éclatant : son : : rouge : couleur*, et de passer ensuite par simple permutation des extrêmes et des moyens, à cette autre proportion : *éclatant : couleur : : rouge : son*, qui permet de dire « une couleur éclatante », ou « le son rouge de la trompette ». Les *Notions élémentaires* reviendront sur la productivité linguistique de cette « brillante faculté de comparer les sensations et de figurer la parole[1] » (on voit qu'il s'agit là pour Nodier d'une seule et même « faculté »), et des « secours que se prêtent mutuellement les organes pour rendre les sensations dont le nom leur manque » : d'où des métaphores ou « allusions » telles qu'une lumière qui *éclate*, des couleurs qui *crient*, des idées qui se *heurtent*, une mémoire qui *bronche*, un cœur qui *murmure*, une obstination qui se *cabre*. « Toutes ces expressions sont des onomatopées » – mais *transposées*, tout comme une musique *pâle*, une imagination *décolorée*, des explications *louches*, d'*âpres* douleurs, d'*âcres* baisers. Il n'est d'ailleurs

1. P. 57.

pas nécessaire que la relation d'analogie soit objective et scientifiquement vérifiable (celles que proposent « Saunderson » et Massieu, de nouveau cités à ce propos, ne le sont évidemment pas) : il suffit à la métaphore, comme à la réminiscence proustienne, d'une communauté d'*impression* : « Le premier travail de la pensée, quand elle est saisie d'une perception nouvelle, est en effet de la rapprocher des perceptions antérieures qui lui ressemblent sinon par leur nature même, au moins par la manière dont elles agissaient sur l'âme quand on les a éprouvées pour la première fois, et c'est ce rapprochement qui la nomme. Il est d'autant plus soudain que l'organisation dans laquelle il s'opère est servie par des sens plus délicats, et cette soudaineté à embrasser les rapports des choses est précisément ce qu'on appelle l'esprit. On conçoit aisément d'après cela pourquoi toutes les idées flatteuses ont été exprimées par des sons fluides, toutes les idées âpres par des sons rudes. L'homme qui est témoin d'un crime ou qui l'entend raconter pousse le même cri que celui qui se brûle à un fer ardent ou qui marche sur la queue d'une vipère ; et son verbe, alors spontané comme son cri, a peint par des articulations homophones, ou très voisines, des sensations analogues, quoique diverses. Les langues n'ont pas pu se faire autrement. »

Le principe d'analogie par transposition, qui fonde la métaphore, est donc « l'élément facultatif de la création des langues », tout comme le principe d'onomatopée est son élément organique et mécanique. La vertu mimétique ne perd rien au change, je veux dire au passage de l'un à l'autre, lequel d'ailleurs ne se perçoit qu'à l'analyse, puisque le « verbe » métaphorique est aussi « spontané » que le cri. Contrairement à de Brosses, et comme déjà Augustin, Nodier tient manifestement que comparer, c'est encore imiter. Aussi le désir cratylien ne subit-il aucune frustration à l'énoncé de cette loi fondamentale, qui résume toute sa théorie de la langue parlée : *nommer par la mimologie, s'enrichir par la comparaison, les langues n'ont pas d'autre moyen : elles ne sortent pas de là*[1].

Mais qu'est-ce que comparaison, ou métaphore, sinon figure, et figure poétique ? Le premier progrès de la langue,

1. *Notions*, p. 39.

qui est passage d'une simple nomenclature matérielle à une véritable activité intellectuelle, est lié aux capacités poétiques de l'esprit humain : « l'espèce ne serait jamais arrivée à un certain degré de perfectionnement si elle n'était née poète. Comparer les idées entre elles, saisir avec soudaineté leurs rapports les plus délicats, les représenter par des noms mobiles et pittoresques dont les acceptions se multiplient suivant les différents aspects qu'il plaît à l'esprit de leur donner, c'est en effet la poésie [1] ».

L' « espèce » (et tout aussi bien, d'ailleurs, l'individu) est « née poète » ; elle ne l'est pas devenue, tout au contraire : la vertu poétique, c'est-à-dire l'aptitude à saisir les rapports et à les fixer dans des figures, est liée pour Nodier à cette enfance de l'humanité et de la nature où tout fait était événement, et tout événement miracle, où l'homme, avant toute logique et toute science, « était poète comme il était homme, parce qu'il ne pouvait être autre chose » ; elle est liée tout aussi étroitement, sinon davantage, à cette enfance de la langue qui est l'âge de la « pauvreté », c'est-à-dire de la pénurie de mots. Il n'y a de poésie possible que dans une langue pauvre, c'est un des thèmes favoris de Nodier : « hors d'une langue pauvre, il n'y a point de poésie » ; « aux langues riches, l'art et le goût ; aux langues riches, le luxe de l'érudition et la profusion du synonyme. Aux langues pauvres, la vivacité de l'expression et le pittoresque de l'image ; aux langues pauvres la poésie [2]. » Mais réciproquement une langue pauvre « ne peut être autre chose » que poétique, parce qu'elle doit compenser la disette des mots par la richesse de leurs sens, qui, par définition, sont tous (sauf un) des sens *figurés*. La langue primitive, « pauvre en vocables, était riche du moins en acceptions merveilleuses, comme cette pièce de monnaie du voyageur maudit, qui prend dans tous les pays l'empreinte du souverain, régnant, et qui se reproduit toujours pour tous les usages (...). L'expression poétique était aux premiers hommes ce qu'est un fragment de verre coloré dans le kaléidoscope. Elle changeait de place et d'effet à toutes les émotions qui agitent le langage, et se prêtait avec un éclat toujours nouveau à

1. *Notions*, p. 58.
2. *Ibid.*, p. 66, 251.

toutes les nouvelles combinaisons de la pensée[1] ». On reconnaît là le topos (pré)romantique, déjà diversement illustré par Vico, Blair, Herder, Rousseau et tant d'autres, selon lequel la poésie a précédé la prose, dans la mesure exacte où l'expression passionnée et figurée est plus « naturelle » aux sauvages, comme aux femmes et aux enfants, que la langue exacte de nos civilisations, laquelle exige « un signe exclusif pour chacune des perceptions des sens et des notions de l'âme ». Une telle langue (celle-là même dont rêvait Leibniz) n'a plus rien de poétique : c'est une algèbre, et « avec l'algèbre, on ne fera jamais que des calculs[2] ».

L'inflexion donnée à ce topos par Nodier – du moins en 1834 – est révélatrice d'un extrême pessimisme qui est essentiellement, je crois, d'ordre littéraire, et lié à un vif désenchantement à l'égard du romantisme français. Pour lui, le classicisme est mort et le romantisme a avorté. Leur querelle lui rappelle « celle de ces enfants étourdis qui se disputent l'image de la lune réfléchie par un seau d'eau, et qui ne veulent pas comprendre que la lune n'est pas là. Les classiques ont perdu pour toujours ce que les romantiques ne trouveront jamais. La poésie est morte en France de la stérile opulence du langage, et de quelques autres causes. Elle a exhalé ses derniers soupirs sur un petit nombre de lyres qui cessent déjà de vibrer. Tout ce qui l'inspirait a disparu avec

1. Ou plus exactement réactivé et réinterprété à cette époque, puisqu'il remonte (au moins) à Strabon et Plutarque. Sur ce mouvement (et ses limites), voir M. H. Abrams, *The Mirror and the Lamp*, Oxford, 1953, chap. IV, § 3 « Primitive Language and Primitive Poetry ».

2. *Notions*, p. 58-59. On voit que Nodier désapprouve dans la langue cette univocité qu'il regrettait au contraire de ne point trouver dans l'alphabet : c'est qu'il cherchait dans l'écriture un véritable système de signes (de la parole), aussi transparent que possible, la langue au contraire l'intéresse ou le séduit à proportion de son ambiguïté poétique. L'antipode de l'algèbre, c'est l'*argot*, langue essentiellement figurée : « il y a cent fois plus d'esprit dans l'argot lui-même que dans l'algèbre, qui est le chef-d'œuvre des langues factices, et l'argot doit cet avantage à la propriété de figurer l'expression et d'imager le langage. Avec l'algèbre, on ne fera jamais que des calculs, avec l'argot, tout ignoble qu'il soit dans sa source, on referait un peuple et une société. » Autre opposition de même valeur, entre les nomenclatures scientifiques pédantes et les dénominations populaires : le bon modèle « c'est la nomenclature astronomique, le *chemin de lait, le chariot, le dragon, l'étoile du berger*. Aussi, ce sont des bergers qui l'ont faite » (p. 209).

elle. Les Dieux sont partis, et les poètes s'en vont avec les Dieux[1] ».

A ces propos désabusés, on pourrait opposer entre autres une note du *Dictionnaire* de 1808, qui affichait au contraire une grande confiance dans le renouvellement perpétuel de l'expression, pour peu que les figures usées sachent s'effacer devant les nouvelles, ou mieux devant le retour du mot propre et du style littéral, qui sont, aux époques de fatigue rhétorique, la grande et suprême ressource du poète :

> Une figure nouvelle est pleine de charme, parce qu'elle donne à l'idée un point de vue nouveau. Une figure rebattue, devenue lieu commun, n'est plus que le froid équivalent du sens propre. On doit donc éviter de prodiguer les figures dans une langue usée. Elles ne présentent plus qu'un faste insipide de paroles et de tours. Le style purement descriptif sera dès lors préférable au style figuré, parce que le sens figuré avait fait oublier quelque temps le sens propre, et que celui-ci paraît nouveau. L'aurore aux doigts de rose, qui ouvre les barrières du matin et dont les pleurs roulent en perles humides sur toutes les fleurs, offre sans doute une image heureuse et brillante, mais on produira beaucoup plus d'effet aujourd'hui en peignant le soleil à son lever, rougissant d'une lueur encore incertaine le sommet des hautes montagnes, les vapeurs de la plaine qui se dissipent, les contours de l'horizon qui se dessinent sur le ciel éclairci, et les fleurs qui se penchent sous le poids de la rosée[2].

Il y a là une sorte de manifeste précoce[3] de la « nouvelle école », plus lucide que beaucoup d'autres qui suivront, et qui explique d'un trait décisif la liaison souvent obscurcie du romantisme et du « réalisme » en en dévoilant la commune racine rhétorique (« terroriste » en l'occurrence, c'est tout un) : l'« effet de romantisme » et l'« effet de réalisme » se ramènent ici tous deux à un renversement du code figural.

1. P. 72-73.
2. P. 147.
3. En 1828, Nodier ajoute cette note caractéristique : « Qu'il nous soit permis de faire observer ici que ces théories, devenues un peu vulgaires, étaient nouvelles en 1805, et qu'on pouvait les exprimer sans craindre de se traîner sur les idées rebattues. » En vingt ans, le rajeunissement a lui-même vieilli.

Mais la tendance dominante chez Nodier n'est pas à cette attitude active de l'écrivain décidé à infléchir et à commander les voies de son écriture. Le plus souvent, c'est bien la langue elle-même qui, et dans tous les sens, *fait* la poésie. Au fond, pour Nodier, il n'y a pas de poètes, il y a des états de langue plus ou moins poétiques, et, comme il le dit sans plus de nuances, « la poésie s'est identifiée avec le langage de l'homme[1] ». Les deux traits constitutifs de toute poésie, *harmonie* et *figure*, sont également constitutifs de la langue naturelle. « Les premières langues s'étaient formées des éléments les plus essentiels de la poésie : dans leur mécanisme physique, elles étaient imitatives, c'est l'harmonie ; dans leur application aux idées abstraites, elles étaient allusives, c'est la figure. Or, la poésie est en principe une langue harmonieuse et figurée[2]. » Il faut bien entendre littéralement cette dernière phrase : la poésie n'est rien d'autre qu'une *langue* harmonieuse et figurée ; non un ensemble d'*œuvres*, mais un état de langage. D'où ce concept capital de *langue poétique*, qui donne son titre au quatrième chapitre des *Notions*, et qui annonce, mais trompeusement, le concept « moderne » (si l'on peut dire) de *langage poétique*. Annonce trompeuse, car il n'y a pas précisément pour Nodier, comme pour d'autres plus tard, un « langage dans le langage » réservé à, ou plutôt élaboré par l'expression poétique : la poésie, c'est la langue elle-même ; les vrais poèmes, pour lui, ce sont *les mots*, et son vrai « chef-d'œuvre » est un simple dictionnaire.

De toutes les particularités, déjà rencontrées, du mimologisme de Nodier – accent mis sur la parole aux dépens de l'écriture et sur l'individualité des idiomes aux dépens de l'unité naturelle du langage ; (re)découverte du principe de correspondance, qui prolonge et exalte dans la figure les vertus mimétiques de l'onomatopée ; déplacement de l'enquête, du niveau des sons constitutifs à celui des vocables constitués – de tous ces traits spécifiques, dont les uns renouent avec la tradition ancienne et d'autres inaugurent ou annoncent, non sans discordances et ambiguïtés, des variantes ulté-

1. P. 60.
2. P. 61-62.

rieures (romantique, symboliste, et au-delà) il me semble que celui-ci, qui en un sens les comprend et les résume tous, est le plus significatif et le plus important. Nul n'avait jusque-là identifié aussi totalement le destin de la langue et celui de la poésie, et nul peut-être ne le fera par la suite d'une manière aussi univoque : chez Mallarmé ou Valéry, la relation sera à la fois directe et inverse, puisque le vers corrige (ou compense) le défaut des langues, ce qui pour Nodier serait une proposition dépourvue de sens. Le vers, pour lui, c'est la langue, où il n'y a rien à corriger. Aussi donne-t-il une valeur pleine et rigoureuse, dans son ambiguïté, à cette formule dont on pourrait faire, en un sens plus large et plus vague, la devise de tout cratylisme : *Quand (le poète et le linguiste) ne s'entendent pas entre eux, c'est qu'il y a un des deux qui n'a pas compris son art et qui n'en sait pas la portée*[1].

Mais lequel ?

1. P. 51. Signalons pour terminer l'amusante *Lettre sur les origines de l'alphabet*, adressée par Nodier à son ami J. N. Vallot le 27 janvier 1808, et publiée par M. Dargaud dans le nº 304 des *Cahiers du Sud*, 1950, p. 379-381. C'est une brève parodie de quelques lieux communs de l'époque – de Vico à Nodier lui-même – sur le sujet : langage originairement exclamatif, succession des écritures « hiéroglyphique », syllabique, alphabétique, le tout à propos d'huîtres, dont son correspondant lui avait promis quelques douzaines, peut-être en échange de cette pochade. On y lit entre autres que « le nom primitif de l'huître fut probablement l'exclamation, le cri de plaisir que la douce saveur de l'huître avait excité » : et non pas, comme on l'aurait juré, une *vive mimologie* de l'acte de la gober.

P. S. : Je profite d'une page blanche pour citer ces lignes de *Louis Lambert*, que Balzac aurait pu écrire en marge du *Dictionnaire des onomatopées* : « La plupart des mots ne sont-ils pas teints de l'idée qu'ils représentent extérieurement ? A quel génie sont-ils dus ! S'il faut une grande intelligence pour créer un mot, quel âge a donc la parole humaine ? L'assemblage des lettres, leurs formes, la figure qu'elles donnent à un mot, dessinent exactement, suivant le caractère de chaque peuple, des êtres inconnus dont le souvenir est en nous. Qui nous expliquera philosophiquement la transition de la sensation à la pensée, de la pensée au verbe, du verbe à son expression hiéroglyphique, des hiéroglyphes à l'alphabet, de l'alphabet à l'éloquence écrite, dont la beauté réside dans une suite d'images classées par les rhéteurs, et qui sont comme les hiéroglyphes de la pensée ? L'antique peinture des idées humaines configurées par les formes zoologiques n'aurait-elle pas déterminé les premiers signes dont s'est servi l'Orient pour écrire ses langages ? Puis n'aurait-elle pas traditionnellement laissé quelques vestiges dans nos langues modernes, qui toutes se sont partagé les débris du verbe primitif des nations, verbe majestueux et solennel, dont la majesté, dont la solennité décroissent à mesure que vieillissent les sociétés ; dont les retentissements si sonores dans la Bible hébraïque, si beaux encore dans la Grèce, s'affaiblissent à travers les progrès de nos civilisations successives ? Est-ce à cet ancien Esprit que nous devons les mystères enfouis dans toute parole humaine ? N'existe-t-il pas dans le mot *vrai* une sorte de rectitude fantastique ? Ne se trouve-t-il pas dans le son bref qu'il exige une vague image de la chaste nudité, de la simplicité du vrai en toute chose ? Cette syllabe respire je ne sais quelle fraîcheur. J'ai pris pour exemple la formule d'une idée abstraite, ne voulant pas expliquer le problème par un mot qui le rendît trop facile à comprendre, comme celui de *vol*, où tout parle aux sens. N'en est-il pas ainsi de chaque verbe ? Tous sont empreints d'un vivant pouvoir qu'ils tiennent de l'âme, et qu'ils lui restituent par les mystères d'une action et d'une réaction merveilleuse entre la parole et la pensée. » (Pléiade XI, p. 591.)

Blanc bonnet *versus* bonnet blanc

> Un grammairien français pour expliquer la nature de l'article se sert d'une comparaison qu'il trouve aussi juste que frappante : l'article, dit-il, précède le nom comme le licteur marchait devant le consul. Si ce grammairien avait su que dans beaucoup de langues l'article suit le substantif à coup sûr il aurait dit : Dans ce cas c'est un page qui porte la queue de sa maîtresse [1].

Les formes de mimologisme que nous avons rencontrées jusqu'ici ne concernaient que les niveaux d'intégration linguistique les plus élémentaires : celui des « éléments » proprement dits, phoniques ou graphiques, et celui des vocables. Mais la question du mimétisme linguistique peut aussi, de toute évidence, se poser à une échelle plus vaste, celle de la phrase ; cette mimésis phrastique peut être conçue en termes (au sens peircien) d'*image* globale, comme le fait parfois la stylistique expressive : on dit ainsi qu'une phrase brève exprime la rapidité, une phrase longue l'immensité, etc. ; elle peut aussi l'être en termes de *diagramme*, c'est-à-dire comme un rapport homologique entre deux ensembles dont les éléments ne se ressemblent pas terme à terme, mais dont les relations internes sont identiques. Ainsi, dans *veni, vidi, vici*, la succession des verbes imite celle des actions sans que chaque verbe imite chaque action, et dans *Le président et le ministre prirent part à la réunion* [2], la succession des deux noms sujets imite la relation hiérarchique entre les deux personnes, que chacun d'eux désigne de façon purement conventionnelle. Telle qu'elle se présente ici, la mimologie phrastique, intentionnelle ou non,

1. Proudhon, *Essai de grammaire générale*, p. 272.
2. Exemples proposés par Roman Jakobson, « A la recherche de l'essence du langage », *Problèmes du langage*, Gallimard, 1966, p. 27.

est objectivement indéniable, mais de tels énoncés ne sont pas très fréquents, et la proposition typique sujet-verbe-complément pose un problème plus délicat : dans *Le chat mange la souris* ou *Alexandre vainquit Darius*, on ne peut considérer la construction de la phrase, autrement dit l'ordre de ses mots, comme mimétique, qu'au prix d'une prémisse telle que « l'agent est antérieur à l'action », « l'agent est supérieur au patient », etc. Convenons, bien que Platon n'en souffle mot, que ce type d'interprétation motivante entre dans le champ cratylien pris au sens le plus large. Nous allons rencontrer cette forme de mimologisme, disons syntaxique, dans une querelle qui opposa pendant plus d'un siècle les partisans de l'ordre (des mots) français à ceux de l'ordre latin. Cette querelle, dite *de l'inversion*, a déjà été analysée de diverses manières[1]. Nous ne l'envisagerons ici, comme il va de soi, que sous l'angle de l'imagination mimologique.

Son occasion spécifique est une comparaison, née de la Querelle des Anciens et des Modernes, des mérites ou avantages respectifs des deux langues, mais on ne peut se dispenser d'un rapide retour aux origines de la question. On sait qu'en latin classique, comme en d'autres langues pourvues de flexions nominales, l'ordre des mots dans la proposition reste libre : *Alexandre vainquit Darius* peut se dire en principe, et sans dommage pour l'intelligibilité, *Alexander vicit Darium, Alexander Darium vicit*, etc. En fait, l'usage latin privilégiait, au moins en prose, certaines de ces six constructions possibles, en particulier celles qui rejettent le verbe à la fin, et que Quintilien recommande pour des raisons d'efficacité[2] ; de même pour les places du nom et de l'adjectif : plutôt *bonus pater* que

1. Le meilleur guide est ici le chapitre « Direct order and inversion » d'Aldo Scaglione, *The classical theory of composition*, Univ. of North Carolina, 1972, p. 222-282. Pour un éclairage philosophique, cf. Ulrich Ricken, « Rationalismus und Sensualismus in der Diskussion über die Wortstellung », in *Literaturgeschichte als geschichtlicher Auftrage*, Berlin, 1961 ; et du point de vue proprement grammatical, Jean-Claude Chevalier, *Histoire de la syntaxe. Naissance de la notion de complément dans la grammaire française*, Genève, 1968.

2. *Institution oratoire*, IX, 4 *(De compositione)* : « Verbo sensum cludere multo, si compositio patiatur, optimum est : in verbis enim sermonis vis est. »

pater bonus. Ces constructions favorites définissent une norme d'usage parfois baptisée *rectus ordo* (ordre correct)[1]. Le terme d'*ordre naturel (naturalis ordo)*, en revanche, ne s'applique qu'à des successions énumératives non syntaxiques *(asundèta)*, soit au nom d'un principe de progression (*voleur et sacrilège* plutôt que *sacrilège et voleur*), soit en vertu d'un ordre chronologique ou hiérarchique évident ou reçu, du type *naissance et mort, jour et nuit, hommes et femmes*[2]. Rien ne semble indiquer, chez les grammairiens et rhétoriciens classiques, une relation quelconque entre ces deux notions, et donc une quelconque motivation mimétique du *rectus ordo*.

A la fin de l'Antiquité et au début du Moyen Age, toutefois, l'usage lui-même va subir une modification, liée à la dégradation du système morphologique de la langue latine. Certes, le français médiéval littéraire témoigne à sa façon, jusqu'au XVe siècle, de la survie des flexions classiques (au moins sous la forme rudimentaire de l'opposition sujet-régime) et du maintien d'une construction de type latin : *li filz le pere amet*. Mais le latin vulgaire semble s'orienter assez tôt vers un ordre fixe semblable au nôtre. Ernout et Thomas en donnent pour exemple cette phrase de la *Peregrinatio Aetheriae* (IVe-Ve siècle) : « Item ostenderunt locum ubi filii Israel habuerunt concupiscentiam escarum[3]. » Du coup, le *rectus ordo* devient l'ordre de détermination sujet-prédicat, interprété comme un ordre « logique » ou « naturel », imitatif de l'ordre de succession prêté aux objets de la pensée. L'aristotélisme intervient à point nommé pour offrir à cette construction un fondement et une caution philosophiques : le nom doit précéder l'adjectif parce que la substance précède l'accident *(prius est esse quam sic esse)*, et pour la même raison le sujet doit venir avant le verbe et le verbe avant le complément : « L'ordre correct *(recta ordinatio)*, dit Priscien, exige que le pronom ou le nom soit placé avant le verbe (...), parce que la substance ou la personne

1. *Ibid.* Bornecque traduit ici *rectus ordo* par « ordre des mots normal ».

2. *Ibid.* La précellence du principe de progression sur le principe chronologique est clairement marquée quelques lignes plus bas : « Nec non et illud nimiae superstitionis, uti quaeque sint tempore, ea facere etiam ordine priora ; non quin frequenter sit hoc melius, sed quia interim plus valent nate gesta ideoque levioribus superponenda sunt. »

3. *Syntaxe latine*, Paris, 1964, p. 9.

de l'agent ou du patient, qui est désignée par le pronom ou le nom, doit naturellement être antérieure à l'action, qui est un accident de la substance[1]. » Aussi les grammairiens et les commentateurs de cette époque en viennent-ils à considérer la construction des écrivains latins classiques, et particulièrement celle des poètes, comme artificielle et déviante par rapport à un *ordo rectus* ou *naturalis*, c'est désormais tout un, que l'on nommera simplement et absolument *ordo*, et que l'on rétablira implicitement, voire explicitement, précédé de la formule sacramentelle *ordo est...*, pour déchiffrer tel énoncé devenu obscur dans sa construction originale ; ainsi en usent Donat avec Térence, et Servius, Priscien, Isidore de Séville avec Virgile[2]. Sous le titre ultérieur, et quelque peu antiphrastique, de « construction », cette pratique se maintiendra dans l'enseignement scolastique, et même, nous le verrons, bien au-delà : « faire la construction », c'était en fait disposer une phrase latine dans l'ordre français – ou plus généralement dans l'ordre des langues romanes modernes.

La naturalité de cet ordre est essentiellement conçue comme fidélité à l'ordre (temporel) de succession des idées dans la pensée. La priorité métaphysique de la substance sur l'accident ou du sujet sur l'action est transposée en antériorité diachronique *(prius esse)*, et du même coup la structure de la phrase est assimilée à celle d'un récit. L'ordre « natu-

1. Cité par Scaglione, p. 82. Ces justifications philosophiques étaient déjà avancées à l'époque classique, chez les grammairiens grecs, peut-être plus directement soumis à l'influence péripatéticienne, mais aussi plus accordés en cela à la construction grecque, plus proche de la nôtre que de la latine. Démétrius de Phalère juge conforme à l'*ordre naturel (phusikè taxis)* de commencer la phrase par le sujet, et propose en exemple cette phrase de Thucydide (I, 24), dont l'ordre est presque exactement celui du français : *Epidamos esti polis en dexia eispleonti eis ton Ionion kolpon* (exemple souvent invoqué, jusqu'à Rivarol, par les défenseurs de l'ordre français). Et Denys d'Halicarnasse écrit : « Le nom indique l'essence *(ousia)*, le verbe l'accident *(sumbèbèkos)* ; il est donc naturel que la substance précède l'accident. » Voir Scaglione, p. 78.

2. Servius cite *Én.* II, 347 *(Juvenes, fortissima frustra/Pectora, si vobis audendi extrema cupido,/Certa sequi...)*, et ajoute : « Ordo talis est : juvenes, fortissima pectora », etc. Isidore de Séville accentue le commentaire : « Confusa sunt verba ; ordo talis est... » et reprend la « construction » de Servius. Priscien, commentant l'incipit *Arma virumque cano*, rétablit : *Cano virum.* Tous ces exemples sont cités par Beauzée, *Grammaire générale*, Paris, 1767, II, p. 475-478.

rel » de la phrase moderne est comparable à la narration simple ou naturelle, qui raconte les événements dans l'ordre où ils se sont succédé, et l'ordre « artificiel » de la phrase latine classique, à une narration artistique de type épique, marquée par le début *in medias res* et le retour en arrière [1].

Cette coïncidence – point tout à fait fortuite – de la construction française et de la construction « naturelle » devait fournir un joli thème à l'exaltation ethnocentrique, souvent liée, nous le savons, au propos cratylien. Toutefois, ce motif semble être resté inexploité pendant des siècles, et pour des raisons évidentes : éveil tardif de la conscience nationale, respect pour les Anciens maintenu dans la culture médiévale et consolidé par la Renaissance et le classicisme, dominance persistante des catégories de la grammaire latine jusque dans l'étude de la langue indigène. Il est caractéristique, par exemple, que la *Défense et Illustration* de Du Bellay ne tente, malgré son titre, aucune glorification de la langue française au nom de sa supériorité mimétique ; et tout autant que la *Grammaire de Port-Royal* consacre son chapitre « De la syntaxe, ou construction des mots ensemble » aux problèmes de l'accord et de la rection, et nullement à l'ordre des mots [2] : cette grammaire « générale » est encore dans une large mesure une grammaire latine.

La véritable défense et illustration de la langue française apparaît, je l'ai dit, à l'occasion de la Querelle des Anciens et des Modernes [3], et, comme il va de soi, dans le parti des

1. « Naturalis hic est ordo, quando nominativus precedit et verbum cum suis determinationibus et attinentibus subsequitur. Et iste ordo rem, prout gesta est ordine recto, plano modo declarat et exponit. Artificialis ordo est (…) qui rem gestam vel ut gestam a medio incipit narrare, et postea res narratas de principio ducit ad finem. Et hoc ordine Virgilius utitur in Eneide » (Konrad von Mure, cité par Scaglione, p. 114). Le glissement de la structure syntaxique à la structure narrative est ici tout à fait spectaculaire.

2. Le paragraphe sur les « figures de construction » associe à l'hyperbate des figures telles que l'ellipse ou le pléonasme, qui n'affectent pas l'ordre, et la syllepse *(turba ruunt)*, qui est typiquement une figure d'accord.

3. Et d'un débat connexe sur la langue dans laquelle il convient de rédiger les inscriptions des monuments publics.

Modernes ; et aussitôt la supériorité supposée de l'ordre français va donner à ce parti l'un de ses arguments de prédilection.

La première en date de ces apologies est l'œuvre du P. Le Laboureur, *Avantages de la langue française sur la langue latine*[1]. La position stratégique générale est caractéristique de l'esprit du parti moderne : Le Laboureur admet la filiation latine du français, et en tire argument en sa faveur, au nom du progrès et du fameux « avantage d'être venus les derniers » (Perrault). La grande faiblesse de fait du latin, c'est l'« embarras » dû à la « transposition des mots » ; la qualité suprême d'une langue est la clarté, à quoi contribuent d'une part la propriété (c'est-à-dire l'univocité) de ses termes, et de l'autre leur « arrangement juste », c'est-à-dire fidèle à l'ordre de la pensée : « S'il est vrai que les paroles doivent représenter les pensées, il est certain que la construction de paroles qui imite davantage l'ordre des pensées est la plus raisonnable, la plus naturelle et conséquemment la plus parfaite (...). Voulons-nous dire qu'un homme a fait quelque action, nous commençons par le nom de cet homme, nous continuons par le verbe qui signifie cette action, et nous achevons par le nom de la chose en laquelle cette même action s'est terminée. Ainsi nous disons *Le roi a pris la Franche-Comté*, au lieu que les Latins *La Franche le Roi Comté a pris.* Cet ordre que nous tenons est conforme à ce que les philosophes expliquent de la Nature quand ils disent *actiones sunt suppositorum* : c'est un axiome dont tout le monde convient, et qui fait bien entendre qu'on ne peut concevoir une action sans concevoir un sujet qui la produit, au lieu qu'on peut concevoir un sujet sans action. » Les Français parlent donc « comme ils pensent, et les Latins pensent autrement qu'ils ne parlent », à moins qu'ils n'aient en fait parlé « autrement qu'ils n'ont écrit » : « leur expression n'était pas une véritable image de leur pensée : et lorsque le signe est différent de ce qu'il signifie c'est une grande marque qu'il est défectueux » (voilà bien la valorisation cratylienne). D'où cette formule, assez célèbre, dont le succès immédiat ne fut pas de comique : « Il faut que l'on me demeure d'accord que Cicéron et tous les Romains pensaient en français devant que de parler en latin. » Formulation risquée, mais frappante, et qui donnait le ton pour plus d'un siècle.

1. Paris, 1667, sp. la Deuxième Dissertation, p. 112-172.

L'un des arguments de Le Laboureur, on l'a vu, était qu'une construction « interposée » entraîne dans le pire des cas une obscurité définitive, et le plus souvent au moins une obscurité provisoire : l'esprit déconcerté doit attendre la fin de la phrase pour comprendre de quoi il s'agit. Voici liés pour longtemps les deux motifs, en droit fort distincts, de la *clarté* et de l'imitation fidèle de la pensée, que Bouhours nommera la *naïveté*. Le chapitre sur « La langue française » des *Entretiens d'Ariste et d'Eugène*[1] témoigne déjà, sous cette plume typiquement « juste-milieu », de la constitution d'une sorte de vulgate favorable au français : contrairement à l'italien, qui « songe plus à faire de belles peintures que de bons portraits », insouciant qu'il est de « cette imitation en quoi consiste la perfection des langues aussi bien que celle de la peinture », le français « représente naïvement ce qui se passe dans l'esprit » ; c'est la seule langue « qui sache bien peindre d'après nature et qui exprime les choses précisément comme elles sont » ; et cela parce qu'elle est « peut-être la seule qui suive exactement l'ordre naturel, et qui exprime les pensées en la manière qu'elles naissent dans l'esprit » ; les Grecs et les Latins, par exemple, « renversent l'ordre dans lequel nous imaginons les choses ; ils finissent le plus souvent leurs périodes par où la raison veut qu'on les commence. Le nominatif, qui doit être à la tête du discours selon la règle du bon sens, se trouve presque toujours au milieu ou à la fin (...). Il n'y a que la langue française qui suive la nature pas à pas, pour parler ainsi ».

Avec François Charpentier[2] apparaît l'expression *construction directe*, traduction plutôt tendancieuse du *rectus ordo* classique, et qui deviendra, sous cette forme ou sous la variante *ordre direct*, la formule clé des grammairiens modernistes. Le titre du chapitre XXX est, comme le dit Scaglione, fort péremptoire : « Que la construction directe comme est celle de la langue française est incomparablement plus estimable que la construction renversée de la langue latine, et que les Grecs et les Latins mêmes en ont jugé de la sorte. » L'assentiment des Grecs est démontré par l'ordre de la première phrase de la *République*, celui des Latins par le terme même de

1. Paris, 1671.
2. *De l'excellence de la langue française*, 1683.

rectus ordo, interprété comme on vient de le voir ; nous retrouverons plus loin ces détournements de témoignages, qui alignent Cicéron et Quintilien sur Donat et Priscien. Les deux principaux mérites de la construction directe sont pour Charpentier la clarté, « qui est la souveraine perfection du discours », et la transparence du naturel, qui met en relief le contenu du message en évitant les artifices de forme : « l'orateur semble ne s'être mis en peine que des choses, et non des paroles, et rien ne le rend plus capable de persuader que cette simplicité apparente qui imite de près la Nature, et qui nous engage à suivre sa bonne foi » – bonne foi dont le gage est précisément le naturel du discours. Avantage rhétorique, donc ; quant à l'uniformité de cette construction, elle ne doit pas être considérée comme un défaut esthétique : « Car il y a bien de la différence entre les beautés de l'art et les beautés de la nature. Les premières peuvent quelquefois causer du dégoût, les autres n'en donnent jamais. Tellement que la construction directe étant une beauté naturelle dans la langue française, il ne faut point appréhender qu'on s'en ennuye. Ainsi on ne s'ennuie point de voir tous les jours lever le même soleil et les mêmes étoiles ; on ne s'ennuie point de voir tous les ans renaître le même vert des prés et des arbres, ni de voir couler incessamment le même cristal des fontaines et des rivières, et c'est en cela que la nature l'emporte sur l'art : nous demandons toujours à l'art de la variété, et avec cela nous ne sommes pas toujours assurés qu'il nous contente ; nous attendons toujours les mêmes beautés de la nature, et nous ne trouvons point qu'elles nous dégoûtent. » Avantage esthétique, et sans doute un peu plus que cela, dans cette perpétuité du plaisir naturel.

Jusqu'ici, la glorification de l'ordre « direct » s'appuyait seulement, de façon tout empirique, sur la prise en compte de ses avantages pratiques, réels ou supposés. Chez Frain du Tremblay, cette valorisation est pour la première fois intégrée[1] à une théorie générale du langage. Traditionaliste sur

1. Comme le manifeste bien le titre : *Traité des langues, où l'on donne des principes et des règles pour juger du mérite et de l'excellence de chaque langue, et en particulier de la langue française*, Paris, 1703.

la question, idéologiquement fondamentale, de l'origine des langues, et moderniste dans son évaluation, le *Traité des langues* exercera une grande influence sur la suite du débat, et plus généralement sur la philosophie linguistique du siècle. Frain emprunte à Augustin une distinction entre la parole proprement dite et le matériel de la langue : « Les sons articulés qui composent les langue ne sont point proprement la parole, ils sont seulement la voix de la parole, comme le dit saint Augustin en quelque endroit, *vox verbi*. La parole véritable est toute spirituelle, parce qu'elle n'est autre chose que la pensée. » Les signes matériels (« sons articulés ») n'ont aucun lien nécessaire avec leur signification, ils sont purement *positifs* (conventionnels) et d'*institution*. Encore cette institution ne peut-elle être d'origine humaine, puisque toute convention suppose déjà un langage pour être établie : « la parole est la voie par laquelle les hommes conviennent de tout ; ils ne sauraient donc convenir de la parole même sans la parole. Si l'on ne saurait faire des lunettes sans voir, l'on ne saurait non plus faire de langue sans parler ». C'est à ma connaissance la première apparition d'un argument que l'on retrouve au moins chez Rousseau, Beauzée et Bonald [1], et qui, indirectement et sans doute involontairement, fait de la thèse cratylienne la seule alternative à celle de l'origine divine du langage – ce qu'elle était déjà, apparemment, chez Épicure : le seul logothète hermogéniste possible, c'est Dieu ; sans son aide, les hommes ne peuvent s'entendre (sans parler) que sur un langage natu-

1. Rousseau, *Second Discours*, 1755 ; Beauzée, art. « Langue », *Encyclopédie*, 1765 ; Bonald, *Recherches philosophiques sur les premiers objets des connaissances morales*, Paris, 1818, chap. II, « De l'origine du langage ». Pour Beauzée et Bonald, la « source » évidente, et reconnue, est Rousseau. De même pour Saint-Martin, *Esprit des choses*, II, p. 127, que Fabre d'Olivet résume à son tour en ces termes : « Si le langage de l'homme est une convention, comment cette convention s'est-elle établie sans langage ? » (Dissertation introductive à *La langue hébraïque restituée*, 1815, § 1). Moins attendu ici, et sans doute antérieur au *Second Discours*, voici encore Turgot, pourtant conventionaliste, on le sait, dans l'article « Étymologie » : « Ne cherchons point l'origine des langues dans une convention arbitraire qui supposerait d'ailleurs des signes déjà établis, car comment la faire sans parler ? » (*Autres réflexions sur les langues*, vers 1751, *Œuvres*, éd. Schelle, p. 351). Cette fausse évidence est le type même du lieu commun sans âge et sans auteur ; le notable est plutôt qu'on ait cru, au tournant du siècle, devoir en attribuer tout le mérite à Rousseau.

rel, et qui s'instaure en quelque sorte de lui-même[1]. Ce sophisme (on démontre de la même façon que nul ne peut apprendre à nager, etc.) semble avoir beaucoup pesé pendant un siècle, et il n'est sans doute pas étranger à l'engagement mimologiste d'esprits éclairés comme Charles de Brosses : c'était Cratyle, ou Yahvé (Condillac seul, ou presque, refusant ce choix). Frain, quant à lui, se range évidemment dans le camp opposé, celui d'un conventionalisme théologique. Mais ce parti, rappelons-le, ne concerne que les signes matériels dont se compose la langue. La parole, au contraire, dans le mouvement qui la constitue et qui l'arrache à la matérialité de la langue, est et doit être imitative de la pensée. C'est donc ici qu'à sa manière Frain rejoint à la fois le camp cratylien et la thèse moderniste : les mots sont arbitraires, mais leur « arrangement » peut et doit être mimétique. Pour cela, il faut et il suffit que l'ordre de la phrase réponde fidèlement à celui de la pensée : ce que réalise la phrase française, et que manque la phrase latine, ou du moins celle des écrivains latins, « car je ne saurais croire que les Romains parlassent ordinairement de cette manière. Les hommes naturellement parlent comme ils pensent ». L'*ordo artificialis* du latin n'est donc qu'un « ouvrage de l'art », un effet malheureux d'écriture, une aberration de style. La parole humaine en général est une imitation de la pensée, elle ne peut être autre chose, et aucune langue ne peut faire absolument obstacle à cette nécessité. « Il n'y a point de langue où l'on ne puisse naturellement ranger ses mots et les accorder régulièrement, et où l'on ne puisse par conséquent parler avec cette netteté qui est toujours accompagnée de la clarté, et avec cette naïveté qui ne manque jamais de plaire. Quand un homme voit clairement ce qu'il veut dire, quand les pensées sont bien ordonnées, son discours suit l'ordre de ses pensées, et les mots prennent naturellement leur place ; or la netteté de l'esprit et de la conception n'est pas un don qui soit particulier aux hommes ou d'un pays ou d'une langue, il est commun aux hommes de tous les pays et de

1. Le dilemme institution divine/motivation humaine était déjà chez Leibniz, bien sûr, mais non pas au nom du même argument de la nécessité d'un langage préalable à toute convention ; la raison implicite était plutôt le caractère nécessairement « philosophique » (pour Leibniz) d'une langue conventionnelle.

toutes les langues, et la netteté du style par conséquent. » Frain pose donc ici ce qui sera le principe implicite de presque toute la spéculation du XVIIIe siècle sur l'*ordo* : conventionalisme au niveau des éléments (sons et mots), mimétisme au niveau de leur « arrangement », c'est-à-dire de la phrase et du discours. Nous reviendrons *in fine* sur le statut théorique très particulier de cette version du cratylisme.

Pour donner toute sa force à ce principe de mimétisme syntaxique, Frain du Tremblay n'hésitait pas à minimiser la différence entre les langues, accordant même au latin une capacité naturelle à l'*ordo* mimétique. C'est une attitude inverse qu'illustre l'ouvrage capital de la théorie linguistique française au XVIIIe siècle – et dont l'influence sera sur ce point décisive : les *Vrais Principes de la langue française*, de l'abbé Girard[1]. Le principe de méthode est déjà – à une nuance près – celui qui présidera un demi-siècle plus tard à la démarche de la grammaire comparée, à savoir que la caractéristique essentielle d'une langue n'est pas à chercher dans son lexique, mais dans sa grammaire. Mais par grammaire, et selon une spécification qui reflète déjà le privilège accordé à un certain modèle de fonctionnement linguistique, on n'entend pas ici, comme chez Schlegel ou chez Bopp, la forme grammaticale donnée aux mots par la flexion, les affixes, et tout ce qu'on nommera alors la morphologie, mais bien la syntaxe, et encore une syntaxe réduite pour l'essentiel à l'ordre des mots, que Girard nomme le « tour de phrase » : « La différence la plus apparente dans les langues est celle qui frappe d'abord nos oreilles ; elle vient de la différence des mots ; mais la plus essentielle ne se montre qu'à notre réflexion : elle naît de la diversité du goût de chaque peuple dans le tour de phrase et dans l'idée modificative de l'emploi des mots (…). Lorsque ce goût distinctif est considéré dans son universalité, c'est alors ce qu'en fait de langues on nomme *génie*, dont il est important au grammairien de bien connaître la nature. » Ici apparaît donc la notion capitale de *génie d'une langue*, définie, on le note et on y reviendra, comme une disposition spécifique purement formelle. La différence de *génie*, c'est-à-dire de patron syntaxique fonda-

1. Paris, 1747, sp. p. 21-40.

mental, commande pour Girard – et pour toute la pensée linguistique du siècle – à la fois la classification et la filiation des langues.

Classification : « Chaque langue a (son génie) ; ils peuvent néanmoins être réduits à trois sortes, et par ce moyen les langues se trouvent distinguées en trois classes. » Ces trois classes de fait se ramènent à deux types idéaux, dont la troisième ne constitue qu'un état mixte : les langues *analogues* « suivent ordinairement, dans leur construction, l'ordre naturel et la gradation des idées : le sujet agissant y marche le premier, ensuite l'action accompagnée de ses modifications, après cela ce qui en fait l'objet et le terme » ; ce sont le français, l'italien, l'espagnol ; les langues *transpositives* « ne suivent d'autre ordre que le feu de l'imagination, faisant précéder tantôt l'objet, tantôt l'action, et tantôt la modification ou la circonstance » : ainsi le latin, l'« esclavon » et le « moscovite » ; la classe mixte, qui comprend le grec, est celle des langues qui ont à la fois une flexion comme le latin et un article comme le français, ce qui n'indique rien sur leur construction ; mais Girard n'attache visiblement pas grande importance à ce type : l'essentiel est pour lui l'opposition entre les deux premières, où l'on retrouve, mais théorisée et comme idéalisée, la confrontation du français et du latin.

Filiation : parce que cette opposition est irréductible et immuable, la typologie, ici (contrairement à ce qui se passera au siècle suivant), détermine la généalogie. La différence de génie empêche tout rapport de filiation entre une langue transpositive et une langue analogue. On retrouve ici le principe de pertinence de la syntaxe : la parenté de vocabulaire entre deux langues, établie par l'étymologie, ne fonde nullement la parenté de ces langues elles-mêmes : « l'étymologie prouve seulement les emprunts et non l'origine (…). Ce n'est donc pas aux emprunts ni aux étymologies qu'il faut s'arrêter pour connaître l'origine et la parenté de langues : c'est à leur génie, en suivant pas à pas leur progrès et leurs changements. La fortune des nouveaux mots et la facilité avec laquelle ceux d'une langue passent dans l'autre, surtout quand les peuples se mêlent, donneront toujours le change sur ce sujet, au lieu que le génie, indépendant des organes, par conséquent moins susceptible d'altération et de changement, se maintient au milieu de l'inconstance des mots et conserve à la langue le véritable titre de son origine ». De ce principe général découle une conséquence inévitable, qui est l'absence de parenté entre le français et le latin : la construction « s'oppose à l'opinion de ceux qui assurent que la française, l'espagnole et l'italienne sont filles de la latine (...). Lorsqu'on voit ces langues vivantes ornées d'un article qu'elles n'ont pu prendre de la latine, où il n'y en eut jamais, et diamétralement opposées aux constructions transpositives et aux inflexions de cas ordinaires à celle-ci, on ne saurait à cause de quelques mots empruntés dire qu'elles en sont les filles, ou il faudrait leur donner plus d'une mère ». Il n'est donc plus question, comme chez Le Laboureur, d'un progrès linguistique dont le français bénéficierait par rapport à son imparfait ancêtre : tous les ponts sont coupés entre latin et français, et puisqu'il faut apparemment que celui-ci ait une « mère », toutes les (autres) voies sont ouvertes à une spéculation dont nous retrouverons plus loin quelques traces.

Cette séparation radicale – et dont nous n'avons guère de peine ni de mérite à mesurer aujourd'hui l'excès [1] – commande également pour Girard ce que l'on appelle alors volontiers, absolument, la *méthode*, c'est-à-dire la méthode d'enseignement des langues. On trouve ici l'une des premières réactions françaises, sinon la première, du type Wallis, contre la tyrannie du modèle latin dans l'enseignement de la grammaire française. Girard se félicite en effet de ce que sa classification, en desserrant « les liens par lesquels on attache notre langue à la latine, (puisse) donner occasion à briser les chaînes sous lesquelles la méthode française gémit. Chaînes si fortes que personne n'a encore osé entreprendre de les rompre. Tout ce qu'on a donné au public sur ce sujet ne s'est présenté que d'un air docile et soumis aux leçons des premières écoles : on n'a même pas voulu imaginer qu'il fût permis de se proposer un autre modèle que le rudiment latin du collège (...). La grammaire doit former ses définitions sur la nature des choses, tirer ses préceptes de la pratique et du propre génie de la langue qu'elle traite, surtout éviter l'écueil ordinaire, qui est d'adapter aux langues analogues ce qui ne

1. Au XVIIe siècle et au début du XVIIIe (voir Le Laboureur, ou Lamy, *Rhétorique*, I, chap. XIII), on ne doutait guère de la filiation latine. Le critère de l'*ordo* entraîne plutôt une régression du « savoir » généalogique.

convient qu'aux transpositives (...). La grammaire en général n'est ni la méthode latine, ni la méthode française, ni celle d'aucune langue particulière ; mais elle est l'art de traiter chaque langue suivant ses usages et son propre génie. Qu'on se détache donc de l'habitude de parler grammaire uniquement dans le goût latin, puisqu'il en est un autre dont cet art est susceptible, et que chacun d'eux ayant sa convenance selon le différent génie des langues, ils ne peuvent ni ne doivent être substitués l'un à l'autre ».

Cette déclaration d'indépendance de la « méthode française » s'accompagnait, on le voit, d'une reconnaissance solennelle des droits de chaque langue à sa propre méthode, et d'une mise en garde contre tout excès inverse. Ces précautions étaient d'autant moins superflues que le choc en retour s'était déjà manifesté dans la première œuvre du grammairien-philosophe et futur collaborateur de l'*Encyclopédie*, César Chesneau Dumarsais : l'*Exposition d'une méthode raisonnée pour apprendre la langue latine*[1]. La principale caractéristique et innovation de cette méthode est l'accent mis sur ce que Dumarsais appelle la « routine », c'est-à-dire l'apprentissage pratique au contact direct des textes, par opposition à la « raison », qui est l'étude théorique des structures et des règles. Mais une telle méthode se heurte en l'occurrence à la difficulté des « inversions » et des « ellipses » partout répandues dans les textes latins authentiques. On ne peut demander aux jeunes élèves de lire ces textes dans leur ordre si contraire à l'« ordre naturel que le français suit presque toujours (...). Ce n'est que dans un âge avancé qu'ils peuvent soutenir cette contention, et après qu'à force d'usage ils ont contracté l'habitude de sentir la place[2] du mot latin par sa seule terminaison. C'est pour faire plus tôt contracter cette habitude, et pour mettre à profit leurs premières années, temps si favorable aux provisions, que je retranche toute la difficulté en faisant expliquer les auteurs rangés selon la construction simple et sans aucune inversion ». C'est évidemment, par-delà Port-Royal, le retour à l'*ordo est* et à la

1. Paris, 1722, repris dans le premier volume des *Œuvres*, 1797.
2. Cette place, c'est évidemment celle qu'il occuperait dans une construction à la française, et par conséquent la fonction qu'elle indique. Comme on le verra mieux plus loin, pour Dumarsais, « place » et fonction sont une seule et même chose.

« construction » scolastique, mais aggravé par la substitution pure et simple de l'*ordo rectus* à l'ordre du texte. En guise de contact direct, on offrira donc aux débutants des phrases de Cicéron ou des vers d'Horace disposés dans l'ordre français, une fois rétablis tous les mots « sous-entendus [1] ». Dumarsais présente lui-même, en appendice, une telle version du *Carmen saeculare*; pour l'agrément des latinistes, voici à titre d'exemple le traitement de la première strophe : *Phoebe, sylvarumque potens Diana, / Lucidum caeli decus, o colendi / Semper, et culti, date quae precamur/ Tempore sacro* devient *: O Phoebe, atque Diana potens sylvarum, (o vos) decus lucidum caeli, o (vos) colendi semper, et culti semper, date (ea negotia) quae precamur (in hoc) tempore sacro.*

« Il n'y avait eu jusqu'ici qu'un langage sur ce qu'on appelle communément la construction de la phrase. On croyait s'entendre, et l'on s'entendait en effet. De nos jours, M. l'abbé Batteux s'est élevé contre le sentiment universel et a mis en avant une opinion qui est exactement le contre-pied de l'opinion commune. » Quoique partiale et sommaire, l'appréciation rétrospective de Beauzée [2] décrit assez bien l'état de l'opinion au début du XVIIIe siècle. La résistance du parti des Anciens avait été, en effet, plus faible et moins articulée sur le plan linguistique que sur celui des œuvres et des principes de l'esthétique littéraire. Les partisans du latin n'étaient peut-être pas minoritaires dans l'opinion cultivée, mais ils semblaient à court d'arguments. Un premier signe de ressaisissement se décèle dans la *Rhétorique* de Lamy, et plus précisément entre les trois premières éditions (1675-1688) et la quatrième, qui date de 1701 [3]. Jusque-là, le chapitre « De l'ordre et de l'arrangement des mots » s'ouvrait sur une déclaration très déterminée en faveur de l'ordre français : « Pour l'ordre des mots et les règles qu'il faut garder dans l'arrange-

1. Exemples d'ellipse selon Dumarsais : *maneo (in urbe) Lutetiae* ou *(sub) imperante Augusto.*
2. *Grammaire générale*, II, p. 464.
3. La « quatrième édition, revue et augmentée d'un tiers » de 1699 (chez Paul Marret, Amsterdam), réimprimée en 1969 par Sussex Reprints, est en fait identique aux précédentes, au moins pour ce chapitre. La véritable quatrième édition revue et augmentée est celle de 1701, chez Delaulne. Paris.

ment du discours, la lumière naturelle montre si vivement ce qu'il faut faire que nous ne pouvons ignorer ce que feraient ceux à qui nous l'avons donnée pour maîtresse s'ils la voulaient suivre. L'on ne peut concevoir le sens d'un discours si auparavant on ne sait quelle en est la matière. L'ordre naturel demande donc que dans toute proposition le nom qui en exprime le sujet soit placé le premier, etc. » La suite du chapitre rétablissait quelque peu l'équilibre en montrant que l'existence des cas dispense légitimement le latin de « s'assujettir comme nous à l'ordre naturel », et quels avantages il en tire : avantage esthétique, la liberté de construction « lui donne le moyen de rendre le discours plus coulant et plus harmonieux » ; avantage expressif : la pensée n'est pas en effet aussi successive qu'on le dit ; elle est « comme une image faite de plusieurs traits qui se lient pour l'exprimer. Il semble donc qu'il est à propos de présenter cette image tout entière, afin qu'on considère d'une seule vue tous les traits liés les uns avec les autres comme ils le sont, ce qui se fait dans le latin, où tout est lié, comme les choses le sont dans l'esprit (...) aussi les expressions latines sont plus fortes, étant plus liées ». En 1701, l'avantage du latin est renforcé, d'abord par une introduction beaucoup plus circonspecte sur l'évidence de l'ordre « direct » : « Ce n'est pas une chose aussi aisée qu'on le pense de dire quel est l'ordre naturel des parties du discours, c'est-à-dire quel est l'arrangement le plus raisonnable qu'elles puissent avoir. Le discours est une image de ce qui est présent à l'esprit, qui est vif. Tout d'un coup il envisage plusieurs choses, dont il serait par conséquent difficile de déterminer la place, le rang que chacune tient, puisqu'il les embrasse toutes et les voit d'un seul regard » ; ensuite, par l'addition d'une nouvelle défense de l'ordre latin, qualifié à son tour de « naturel », en tant qu'il « présente toutes les parties d'une proposition unies entre elles comme elles le sont dans l'esprit » ; enfin, par une réplique directe et explicite à « celui qui a écrit des avantages de notre langue » (Le Laboureur), et qui « n'avait pas fait cette réflexion » lorsqu'il s'efforçait malencontreusement de ridiculiser la langue de Cicéron.

L'offensive moderniste n'a donc pas convaincu Lamy, bien au contraire, et sa contre-attaque dessine assez bien, déjà, ce que seront les deux lignes de défense des partisans de l'ordre latin : l'esthétique (construction plus libre, donc discours plus « harmonieux », c'est-à-dire facilement euphonique), et la mimétique : phrase plus liée, donc plus fidèle à l'essence de la pensée, qui n'est pas la successivité, mais au contraire l'unité et la simultanéité. La première ne nous intéresse pas directement : c'est à elle que s'en tient par exemple l'abbé Du Bos dans ses *Réflexions critiques sur la poésie et la peinture*[1] « La construction latine permet de renverser l'ordre naturel des mots et de les transposer jusqu'à ce qu'on ait rencontré un arrangement dans lequel ils se prononcent sans peine et rendent même une mélodie agréable » ; ou E. S. de Gamaches dans ses *Agréments du langage réduits à leurs principes*[2], qui recense les cas où, même en français, l'« inversion » contribue à la clarté et à l'équilibre de la phrase.

Cette valorisation esthétique n'est pas absente chez Condillac[3] : les deux premiers avantages des inversions latines sont pour lui l'harmonie du discours et la vivacité du style : l'éloignement des mots accordés entre eux « excite l'imagination, et les idées ne sont dispersées qu'afin que l'esprit, obligé de les rapprocher lui-même, en sente la liaison ou le contraste avec plus de vivacité ». Mais un troisième avantage fait plus de place aux valeurs mimétiques : les inversions « font un tableau, je veux dire qu'elles réunissent dans un seul mot les circonstances d'une action, en quelque sorte comme un peintre les réunit sur une toile : si elle les offrait l'une après l'autre, ce ne serait qu'un simple récit. Un exemple mettra ma pensée dans tout son jour. *Nymphae flebant Daphnim extinctum funere crudeli*, voilà une simple narration. J'apprends que les nymphes pleuraient, qu'elles pleuraient Daphnis, que Daphnis était mort, etc. Ainsi les circonstances venant l'une après l'autre ne font sur moi qu'une légère impression. Mais qu'on change l'ordre des mots, et qu'on dise : *Extinctum Nymphae crudeli funere Daphnim/Flebant*, l'effet est tout différent, parce qu'ayant lu *extinctum Nymphae crudeli funere*, sans rien

1. Paris, 1719, p. 310.
2. Paris, 1718.
3. *Essai sur l'origine des connaissances humaines*, 1746, 2e partie, chap. XII, « Des inversions ».

apprendre, je vois à *Daphnim* un premier coup de pinceau, à *flebant* j'en vois un second, et le tableau est achevé. Mes nymphes en pleurs, Daphnis mourant, cette mort accompagnée de tout ce qui peut rendre un destin déplorable, me frappent tout à la fois. Tel est le pouvoir des inversions sur l'imagination ». On voit qu'ici le modèle narratif qui inspirait implicitement les partisans du *naturalis ordo* est délaissé, et même déprécié (« *simple* récit », « *simple* narration ») ; non pas, comme chez Lamy, au nom de l'instantanéité de la pensée, mais au profit d'un autre modèle objectif : celui du tableau. L'ordre, ou si l'on préfère le désordre virgilien, dans son refus de la succession temporelle, mime mieux que le nôtre la simultanéité de l'objet, ou plutôt de l'ensemble d'objets qui constamment s'offrent à notre perception et sollicitent notre discours. Cette absence de linéarité, cette dispersion intemporelle de la phrase réfutent d'avance, remarquons-le, la thèse centrale du *Laocoon*, ou pour le moins elles en réduisent la portée : certaines langues seraient spontanément narratives, et d'autres naturellement vouées à la description.

Tel est l'avantage essentiel de ce que Condillac nomme constamment, tout comme les adversaires du latin, des *inversions*. Mais cette notion n'a pas chez lui le même sens que dans la vulgate moderniste : elle s'oppose non pas à celle d'« ordre naturel », mais à celle de *liaison des idées* : les inversions « altèrent » ou « font violence à la liaison des idées ». De quoi s'agit-il donc ?

« Nous nous flattons », dit Condillac (et ce *nous* indique assez bien le caractère *dominant*, selon ses adversaires eux-mêmes, de la thèse moderniste), que l'ordre sujet-verbe-objet est plus conforme à la succession des idées dans l'esprit. En fait il n'en est rien, car les « opérations de l'âme » sont ou bien simultanées (voir Lamy), « et dans ce cas il n'y a point d'ordre entre elles », ou bien successives, et dans ce cas leur ordre peut varier, « car il est tout aussi naturel que les idées d'*Alexandre* et de *vaincre* se retracent à l'occasion de celle de *Darius*, comme il est naturel que celle de *Darius* se retrace à l'occasion des deux autres ». Ce qui compte n'est pas la succession des idées, mais leur liaison, et à la rigueur leur « plus grande liaison » : l'idée du sujet d'une part, celle de l'objet d'autre part sont le plus étroitement liées à l'idée de l'action. Aussi dira-t-on le plus naturellement, mais aussi naturellement, *Alexander vicit Darium* ou *Darium vicit Alexander*. Et même, si l'on voulait absolument déterminer laquelle est la plus naturelle, non plus selon la liaison des idées, qui les met à jeu égal, mais selon l'ordre originel de leur apparition dans l'esprit, on trouverait que c'est la seconde. Ceci nous renvoie du chapitre XII « Des inversions » au chapitre IX « Des mots », où Condillac retrace à sa manière les origines du langage articulé, et plus précisément l'invention successive des parties du discours. Les hommes ont trouvé d'abord, ce qui était à la fois le plus facile et le plus urgent, les noms des objets sensibles (*arbre*, *fruit, eau, feu*, etc.), puis les adjectifs désignant les qualités sensibles, puis les verbes, qui désignent les actions. Cet ordre d'acquisition se retrouve tout naturellement dans celui de la phrase primitive : le sauvage désigne d'abord l'objet de sa pensée, c'est-à-dire généralement de son désir, soit : *fruit :* phrase nominale, en un sens déjà complète et suffisante. S'il veut être plus précis, ou plus explicite, il dira : *fruit vouloir*. Dès lors, à la troisième étape, « le verbe venant après son régime, le nom qui le régissait, c'est-à-dire le nominatif, ne pouvait être placé entre deux, car il en aurait obscurci le rapport [c'est déjà le principe de liaison]. Il ne pouvait pas non plus commencer la phrase, parce que son rapport avec son régime eût été moins sensible. Sa place était donc après le verbe ». Donc, *fruit vouloir Pierre* (l'homme de cet âge s'appelle nécessairement Pierre), complément-verbe-sujet, ou selon la terminologie du temps, « régime-verbe-nominatif » : *Darium vicit Alexander*. Ou encore, pour l'ordre de succession du nom et de l'adjectif : « Un homme surpris de la hauteur d'un arbre disait *grand arbre*, quoique dans toute autre occasion [mais en est-il d'autres ?] il eût dit *arbre grand* : car l'idée dont on est le plus frappé est celle qu'on est naturellement porté à énoncer la première. »

C'est donc bien finalement l'ordre de succession, ou éventuellement de non-succession des idées qui justifie pour Condillac l'ordre des mots latin (ou pseudo-latin, car le classique *Alexander Darium vicit* est fort peu conforme à son modèle). Cet ordre est naturel parce qu'il imite, tantôt la simultanéité du tableau perceptuel, tantôt la successivité originaire de la pensée : où l'on retrouve – mais inversé, bien sûr – le principe mimétique de l'*ordo naturalis*.

C'est le même principe qui préside, et de façon plus explicite encore, à la démonstration de l'abbé Batteux dans un texte qui fut reçu, malgré l'antériorité de l'*Essai* de Condillac, comme le véritable manifeste du parti latiniste : les *Lettres sur la phrase française comparée avec la phrase latine*[1]. Pour Batteux, la parole est « un portrait où notre âme se voit hors d'elle-même, tout entière, telle qu'elle est, dans toutes ses positions, dans tous ses mouvements ». Portrait, donc image fidèle, non seulement de l'âme mais du monde, selon une chaîne de ressemblances qui lie les idées aux choses et les expressions aux idées : « les expressions sont aux pensées ce que les pensées sont aux choses : il y a entre elles une espèce de génération qui porte la ressemblance de proche en proche, depuis le principe jusqu'au dernier terme ». Or, la fidélité du portrait n'exige pas seulement une ressemblance à chaque détail du modèle, mais aussi une correspondance diagrammatique à leur disposition d'ensemble : « la perfection de toute image consiste dans la ressemblance avec ce dont elle est image, et cette ressemblance, quand elle est parfaite, doit présenter non seulement les choses, mais l'ordre dans lequel se trouvent les choses. Par exemple, si ma pensée me représente un homme, ce n'est pas assez qu'elle me peigne des bras, une tête, des jambes, il faut encore qu'elle place ces membres comme ils doivent être placés, c'est-à-dire comme ils le sont réellement dans l'homme qui est représenté, sans quoi l'image est censée fausse. C'est donc de l'ordre et de l'arrangement des choses et de leurs parties que dépend l'ordre et l'arrangement des pensées, et de l'ordre et de l'arrangement de la pensée et de ses parties que dépend l'ordre et l'arrangement de l'expression. Et cet arrangement est naturel ou non dans les pensées et dans les expressions, qui sont images quand il est, ou qu'il n'est pas conforme aux choses, qui sont modèles. »

L'ordre de la phrase est donc, ou plutôt doit être l'image de l'ordre des pensées, et indirectement des choses mêmes. Mais ici, par une concession provisoire aux modernistes,

1. Publiées en 1748 en appendice (139 p.) au 2e volume du *Cours de belles-lettres*. Helléniste et latiniste, traducteur d'Aristote, de Denys d'Halicarnasse et d'Horace, Charles Batteux, par ses *Beaux Arts réduits à un même principe* (1746), représente aussi l'une des principales transitions entre les esthétiques (et poétiques) classique et romantique.

Batteux distingue deux ordres de construction : le *métaphysique*, qui n'est autre que le traditionnel *ordo* sujet-prédicat, et le *moral*, « fondé sur l'intérêt de la personne qui parle », et spécifié en une succession par importance décroissante : l'objet principal doit venir en tête, « puisque c'est lui qui mène tous les autres ». L'ordre métaphysique convient aux situations pour ainsi dire idéales où l'on ne considère que « spéculativement » le rapport entre deux objets. Dans toute circonstance où l'intérêt, au sens large, du locuteur est engagé, c'est-à-dire en fait presque toujours, c'est l'ordre « moral » qui s'impose. Je puis énoncer métaphysiquement : *le soleil est rond*, mais si je m'adresse réellement à un interlocuteur pour le convaincre de cette rotondité, le « sujet » de cet énoncé en devient un simple présupposé commun (nous sommes d'accord sur son existence), et c'est évidemment le prédicat qui nous importe et qui doit venir en tête : *rotondus est sol*. L'ordre moral est donc à la fois le plus fréquent et le plus naturel, y compris au sens d'*originaire*, comme doivent le prouver deux exemples à la manière de Condillac : « Si je veux faire entendre à un homme autre que moi qu'il doit fuir ou rechercher quelque objet, je commencerai par lui montrer cet objet. Ensuite je lui ferai comprendre ce qu'il doit en faire. (...) Il faut que je lui montre d'abord le serpent; ensuite, s'il en a besoin, je lui ferai le geste qui peint l'action de fuir. Si étant à table je voulais demander par geste du pain, mes yeux se rencontrant avec ceux de celui qui pourrait m'en donner, commencerais-je par me montrer d'abord moi-même ? Ne montrerais-je pas plutôt le pain et moi ensuite ? Voilà donc l'ordre que nous suivons pour nous-mêmes quand nous ne faisons que penser, et pour les autres quand nous ne leur parlons que par gestes, et cet ordre est prescrit par la nature même. Or, que les signes soient des gestes ou des mots, peu importe pour l'ordre et l'arrangement : ce doit être toujours le même. Ainsi, le latin qui dit *serpentem fuge, panem praebe mihi*, suit l'ordre naturel ; et le français qui dit *fuyez le serpent, donnez-moi du pain*, est celui qui le renverse. Voilà une espèce d'inversion dont peut-être nous ne nous doutions pas. » Même le principe narratif d'antériorité temporelle du sujet ne peut motiver l'ordre français : *le père aime le fils* est un usteron proteron, car « la vue de l'objet, c'est-à-dire du fils, est nécessairement avant l'amour du père.

On sait le vieil axiome : *ignoti nulla cupido* ». A scolastique, scolastique et demi.

La naturalité de l'ordre moral établit donc la supériorité du latin, qui s'y conforme ordinairement dans ses constructions les plus courantes, et qui peut en outre et en cas de besoin les plier à toutes les variations du champ d'intérêt, que commande la diversité des situations ou (ce qui revient au même) des contextes. Ainsi, après un éloge de Rome, Cicéron enchaîne naturellement : *Populus enim romanus sibi Pontum aperuit*, « car c'est le peuple romain qui s'est ouvert le royaume de Pont » ; si le royaume de Pont, et non le peuple romain, avait été l'objet principal du discours, Cicéron aurait écrit : *Pontum sibi populus*, etc. Il suit évidemment de cette double justification que, sauf lorsque des raisons impérieuses d'euphonie s'y opposent, l'ordre latin est *toujours* naturel, et *toujours* mimétique : « leur langue prenait toutes les formes de leurs idées et les représentait sans nul changement, comme dans un miroir ». Le commentaire d'un texte latin consistera donc essentiellement, pour Batteux, en une *analyse motivante* de sa construction. Ainsi pour l'exorde du *Pro Marcello* : la première pensée de l'orateur allait nécessairement au long silence qu'il était en train de rompre, donc ses premiers mots devaient être *Diuturni silentii*, etc. Seconde pensée : « chercher la raison de ce long silence. Ce ne pouvait être la crainte. Mais l'orateur ne veut pas qu'on le pense, il écarte cette idée : *non timore aliquo*. Quelle était donc la vraie raison ? *Partim dolore, partim verecundia*. Il y a donc un ordre naturel pour les pensées entre elles : ordre réglé par un principe qui est le même dans celui qui parle et dans celui qui écoute ». Nous verrons Diderot contester cette identité, mais non pas – bien au contraire – le principe d'expressivité qui fonde toute une nouvelle stylistique.

Ce n'est donc pas le latin qui « renverse », mais bien le français ; seuls l'habitude et le préjugé nous font prendre pour naturel l'ordre « établi » dans notre langue. Reste à expliquer pourquoi cette langue a ainsi trahi la nature. Ce ne peut être, selon Batteux, par un effet de son « génie », car s'il est vrai que chaque langue a le sien, il faut ajouter aussitôt, et même d'abord, « qu'il y en a un général, pris dans la nature même des hommes ». La diversité de génies qu'entraîne, pour Batteux comme pour Frain, celle du climat, ne peut rien changer à l'ordre naturel, car l'intérêt est identique chez tous. La seule explication possible est donc purement matérielle, et comme mécanique : elle tient à la « forme et constitution particulière des sons qui constituent ce qu'on appelle une langue ». Toutes ont le même but, « qui est de peindre avec clarté et justesse », mais elles ne disposent pas toutes des mêmes « couleurs », c'est-à-dire des mêmes « sons figurés ». La plus ou moins grande abondance de ces articulations peut entraîner des différences de construction, selon par exemple qu'une langue disposera ou non des éléments flexionnels qui donnent au latin sa parfaite souplesse. L'ordre français n'est donc, comme le disait déjà à peu près Lamy, qu'une infirmité faite vertu.

Un tel renversement, sinon des valeurs (nous y reviendrons), du moins de leur système de fonctionnement et d'application, entraîne nécessairement des conséquences pratiques. La principale pour Batteux, qui ne se soucie pas directement de pédagogie, c'est un précepte de traducteur : respecter toujours l'ordre du texte, et l'imiter le plus fidèlement possible dans la traduction. Ce principe s'oppose évidemment à la pratique courante des « belles infidèles », mais aussi, indirectement, à la « méthode » de Dumarsais – encore que celui-ci n'ait jamais proposé d'en étendre la recette à la traduction littéraire. Pour être indirecte, l'opposition n'en est pas moins flagrante dans l'esprit ; Batteux l'écrira plus tard : « Quand les *Lettres sur l'inversion* parurent pour la première fois, il me revint que M. du Marsais n'était nullement de mon avis. Je l'avais prévu. Ce qu'il a écrit dans sa *Méthode* est précisément le contraire de ce que j'avais tâché d'établir dans ces lettres[1]. » Les disciples de Batteux vont creuser le désaccord en attaquant, sinon toujours nommément, du moins de manière toujours transparente, la méthode de Dumarsais. Ainsi fait l'abbé Pluche dans sa *Mécanique des langues et l'art de les enseigner*[2], spécialement dans une section intitulée : « Il ne faut pas toucher à l'ordre du latin en traduisant » ; il s'agit bien, maintenant, de l'exercice pédagogique de la

1. *De la construction oratoire*, Paris, 1763, chap. III.

2. Paris, 1751. Ce titre de *Mécanique des langues* a donné un nom de guerre aux partisans du latin : on les appelait « mécaniciens » ; leurs adversaires, à cause de l'ordre métaphysique qu'ils défendent, étaient nommés « métaphysiciens ». Je reprendrai à l'occasion ces termes commodes.

version ; Pluche est aussi attaché que Dumarsais au principe de la « routine », mais il tient à mettre le débutant au contact de textes authentiques, dont il montre à la manière de Batteux la supériorité mimétique. Ainsi fait Pierre Chompré dans son *Introduction à la langue latine par la voie de la traduction*[1], et autres opuscules dont il suffira de citer ce passage vengeur : « Une phrase latine d'un auteur ancien est un petit monument d'antiquité. Si vous décomposez ce petit monument pour le faire entendre, au lieu de le construire, vous le détruisez : ainsi, ce que nous appelons construction est réellement une destruction[2]. » Nous sommes en 1757, et comme on le voit, la bataille fait rage.

Entre-temps, en effet, les Philosophes (Diderot, d'Alembert) et leurs grammairiens (Dumarsais, puis Beauzée) sont entrés dans la controverse. Leur intervention domine toute la période qui va de 1751 *(Lettre sur les sourds et muets)* à 1767 *(Grammaire générale)*. Puissante, quoique non décisive, elle montre clairement où est alors, sur ce point, l'opinion dominante dans l'intelligentsia française.

La *Lettre sur les sourds et muets*[3], adressée à Batteux, est bien une réplique aux *Lettres sur la phrase française*. Mais comme toujours chez Diderot, il est impossible de ramener à un propos simple et univoque ce texte complexe, parfois confus, assez nuancé du moins pour que Beauzée ait pu y voir l'exposé d'une « troisième opinion[4] », et bien entendu digressif (Diderot lui-même le qualifie de « labyrinthe ») – le plus significatif étant peut-être dans les digressions.

Diderot distingue en principe, et un peu comme Batteux

1. Paris, 1751.

2. *Moyens sûrs d'apprendre facilement les langues et principalement la latine*, Paris, 1757, p. 44.

3. *... à l'usage de ceux qui entendent et qui parlent*, parue sans nom d'auteur en 1751.

4. *Grammaire générale*, p. 465. La capacité de Diderot aux énoncés contradictoires est assez bien illustrée par le rapprochement de ces deux phrases de l'article « Encyclopédie » : « ... la double convention qui attacha les idées aux voix et les voix à des caractères ... » et « l'idée est au signe comme l'objet est à la glace qui le répète ». Contradictoires pour nous, bien sûr : je suppose que pour lui, la conventionalité et le mimétisme ne s'excluent nullement, ce qui lui permet d'endosser alternativement la casaque de Cratyle et celle d'Hermogène.

lui-même, un ordre *naturel* et un ordre *scientifique* ou *d'institution*. Le premier est défini, comme chez Condillac, par l'ordre initial de l'acquisition des parties du discours, où les qualités sensibles ont dû nécessairement précéder les abstractions : l'adjectif doit donc venir, comme en latin, avant le nom. Selon l'ordre scientifique, en revanche, le substantif, étant philosophiquement le « support » de l'adjectif, doit le précéder, comme en français. Jusqu'ici, donc, balance égale. Mais de nouvelles épreuves vont détruire cet équilibre : d'abord, l'examen du langage gestuel d'un sourd-muet (d'où le titre) démontre (contre Batteux) que le sujet doit passer devant : avantage au français. Ensuite, une nouvelle analyse de l'exorde du *Pro Marcello* prouve que Cicéron, prononçant les premiers mots en cas obliques, avait nécessairement déjà à l'esprit les derniers (qui déterminent ces cas) : « En effet, qu'est-ce qui déterminait Cicéron à écrire *Diuturni silentii* au génitif, *quo* à l'ablatif, *eram* à l'imparfait, et ainsi du reste, qu'un ordre d'idées préexistant dans son esprit, tout contraire à celui des expressions ? » – définition même de l'inversion. Ensuite, l'intérêt du locuteur n'est pas un guide aussi sûr que le croyait Batteux : « par exemple, si de ces deux idées contenues dans la phrase *serpentem fuge* je vous demande quelle est la principale, vous me direz, vous, que c'est le serpent ; mais celui qui craint moins le serpent que ma perte ne songe qu'à ma fuite : l'un s'effraie et l'autre m'avertit » ; il n'est pas non plus aussi pertinent que le veut la stylistique purement expressive de l'abbé : il ne coïncide pas toujours avec celui de l'auditeur, lequel, en bonne rhétorique, doit l'emporter. Enfin, la pensée est toujours simultanée, car « raisonner c'est comparer deux ou plusieurs idées. Or, comment comparer des idées qui ne sont pas présentes à l'esprit dans le même temps ? ». Il n'y a donc pas d'ordre de succession dans l'esprit, et par conséquent « il n'y a point et peut-être même il ne peut y avoir d'inversion dans l'esprit » ; formulation boiteuse, car personne n'a prétendu qu'il y avait inversion dans l'esprit, mais bien dans le discours par rapport à l'ordre de l'esprit. C'est ce que Diderot entend maintenant contester, et cette contestation est ici au service de l'ordre français. Bilan final : c'est décidément le latin qui renverse. « Nous disons les choses en français comme l'esprit est forcé de les considérer en quelque langue qu'on écrive. Cicéron a pour ainsi dire suivi la syntaxe française avant que d'obéir à la syntaxe latine. » C'était à peu près la formule de Le Laboureur. On concédera donc au latin l'avantage de l'« imagination » et des « passions », mais au français celui du « bon sens » : « Notre langue sera celle de la vérité, si jamais elle revient sur la terre ; et la grecque, la latine et les autres seront les langues de la fable et du mensonge. Le français est fait pour instruire, éclairer et convaincre ; le grec, le latin, l'italien, l'anglais pour persuader, émouvoir et tromper ; parlez grec, latin, italien au peuple, mais parlez français au sage (...). Ainsi, tout bien considéré, notre langue *pédestre* a sur les autres l'avantage de l'utile sur l'agréable. » Notons au passage la soudaine extension de l'inversion à toutes les langues autres que le français : cette généralisation annonce Rivarol.

Comme pamphlet sur l'inversion, la *Lettre* s'achève ici. Mais c'est ici qu'elle rebondit dans une direction toute différente, et fort inattendue – quoique non sans rapport avec le sujet : celle d'une théorie du langage poétique. De l'opposition interlinguistique entre utilité et agrément, Diderot glisse soudain à l'antithèse intralinguistique entre prose et poésie. On avait jusqu'ici une langue claire (le français) et des langues expressives (toutes les autres), voici maintenant que toute langue se divise en deux niveaux d'expression : celui qui suffit à la « conversation familières » (clarté, pureté, précision) et au style de la chaire (choix des termes, nombre et harmonie), et celui qu'exige la poésie : alors, « les choses sont dites et représentées tout à la fois ; dans le même temps que l'entendement les saisit, l'âme en est émue, l'imagination les voit, et l'oreille les entend ; et le discours n'est plus seulement un enchaînement de termes énergiques qui exposent la pensée avec force et noblesse, mais c'est encore un tissu d'hiéroglyphes entassés les uns sur les autres qui la peignent. Je pourrais dire en ce sens que toute poésie est emblématique ». Cette théorie de la poésie comme tissu d'*emblèmes* et d'*hiéroglyphes*[1], c'est-à-dire comme langage mimétique, s'illustre

1. « Emblèmes fugitifs », « hiéroglyphe accidentel », etc. Conformément à l'idée alors commune, l'hiéroglyphe est pour Diderot le type du signe mimétique ; *emblème* porte évidemment le même sens. *Accidentel* est plus complexe : il mêle l'acception banale (l'hiéroglyphe accidentel est un mot qui doit apparemment au hasard son caractère mimétique) et le sens philosophique (l'hiéroglyphe peint un accident, c'est-à-dire une qualité

de plusieurs lectures motivantes qui prolongent celles de Batteux, mais sur le plan des valeurs phoniques. Ainsi, dans ce distique de Voltaire :

Et des fleuves français les eaux ensanglantées
Ne portaient que des morts aux mers épouvantées

Diderot voit « dans la première syllabe de *portaient* les eaux gonflées de cadavres et le cours des fleuves comme suspendu par cette digue », ou dans *épouvantées* l'effroi des mers et leur vaste étendue. Ou bien, ces « beautés hiéroglyphiques » de la mort d'Euryale[1] : « l'image d'un jet de sang, *it cruor* [plus loin : « *it* est à la fois analogue au jet du sang et au petit mouvement des gouttes d'eau sur les feuilles d'une fleur »] ; et celle de la tête d'un moribond qui retombe sur son épaule, *cervix collapsa recumbit* ; et le bruit d'une faux qui scie, *succisus* ; et la défaillance de *languescit moriens* ; et la mollesse de la tige du pavot, *lassove papavera collo* ; et le *demisere caput*, et le *gravantur* qui finit le tableau. *Demisere* est aussi mou que la tige d'une fleur ; *gravantur* pèse autant que son calice chargé de pluie. *Collapsa* marque effort et chute. Le même hiéroglyphe double se trouve à *papavera* : les deux premières syllabes tiennent la tête du pavot droite, et les deux dernières l'inclinent ».

Détour capital, et dont la valeur d'anticipation dépasse de très loin les limites de son prétexte oublié : non seulement Diderot inaugure ici, mais avec plus de génie, les pratiques souvent naïves de la stylistique dite moderne, pour qui la suprême beauté du style semble être toujours de redoubler la signification par l'imitation[2], mais encore il devance de plus d'un siècle une idée du « langage poétique » où nous trouve-

---

sensible de l'objet qu'il désigne), et aussi le sens grammatical qu'explicitera Dumarsais dans l'article « Accident », est accidentelle toute propriété non essentielle d'un mot, comme son acception (propre ou figurée), son espèce (primitive ou dérivée), sa figure (simple ou composée), sa prononciation.

1. *Énéide* IX, 433-437.

2. Voir Paul Delbouille, *Poésie et Sonorité*, Paris 1961, 2e partie : « Quand la critique s'égare » ; sottisier aujourd'hui bien débordé par les « égarements » de ces quinze dernières années. Rappelons que, dix ans après la *Lettre sur les sourds,* Jean-Jacques trouvait dans « Le corbeau et le renard » une « harmonie qui fait image : je vois un grand vilain bec ; j'entends tomber le fromage à travers les branches » (*Émile*, livre II).

rons l'un des grands refuges à venir du désir cratylien. Comme on a pu le constater, la séparation proposée par Frain du Tremblay entre une phonie et un lexique conventionnels et une construction mimétique, cette séparation est ici entièrement bousculée par le nouveau partage : en poésie, tout devient ou semble devenir « hiéroglyphe », y compris les sons élémentaires. La poésie transmue, transfigure le langage, elle l'arrache entièrement à son arbitraire, la convention sociale, et miraculeusement elle le rend à la nature[1].

Diderot débordait la querelle par l'anachronisme de son génie, d'Alembert tente de la surplomber et de l'arbitrer *more philosophico*, mais en échappant aux catégories scolastiques[2]. Pour commencer, il admet, comme Lamy, Condillac et partiellement Diderot, la simultanéité de la pensée au niveau de la proposition simple, et donc l'impossibilité de fonder aucun ordre sur la prétendue succession des idées élémentaires. Pourtant, la proposition doit bien suivre un ordre, et il importe de déterminer quel est le plus naturel. Soit un jugement simple comme *Dieu est bon* : il compare les deux idées de *divinité* et de *bonté*, et il en constate l'identité partielle. La proposition qui l'exprime peut refléter soit, analytiquement, l'opération elle-même (la comparaison), et dans ce cas on dira indifféremment *Dieu bon est* ou *Bon Dieu est* (rapprochement des deux

1. On trouverait bien quelques esquisses d'une telle conception, avant Diderot, chez Du Bos ou Harris (voir T. Todorov, « Esthétique et sémiotique au XVIIIe siècle », *Critique*, janv. 1973), chez Lamy, voire chez Du Bois Hus : « Les génies industrieux, quand ils parlent ou qu'ils écrivent, leur langage et leur discours semblent avoir pris les couleurs des choses qu'ils dépeignent ; on dirait que leurs mots seraient rouges et incarnadins quand ils parlent des œillets et des roses, qu'ils seraient jaunes quand ils crayonnent les soucis, qu'ils seraient blancs quand ils décrivent des lys ou des cygnes, qu'ils seraient verts lorsqu'ils nous figurent des bocages, des forêts et des plaines… » (*Le Jour des jours*, 1641, cité par J. Rousset, *L'Intérieur et l'Extérieur*, Corti, 1968, p. 113). On la retrouvera surtout chez Lessing, pour qui la poésie « doit nécessairement chercher à élever ses signes arbitraires en naturels » (lettre à Nicolaï, 26 mai 1769). Mais Lessing, par une déviation inattendue, réservera ce privilège au seul genre dramatique, où les mots prononcés par les acteurs « imitent » parfaitement – et pour cause – les paroles échangées par les personnages. Et de tous les précurseurs du mimologisme poétique symboliste, Diderot reste le plus éclatant.

2. « Éclaircissements sur l'inversion, et à cette occasion sur ce qu'on appelle le génie des langues », *Essai sur les éléments de philosophie*, 1759.

idées, dans n'importe quel ordre, puis jugement d'identité), soit, synthétiquement, son résultat : dans ce cas, il faut et il suffit de placer le verbe au milieu « comme on place entre deux corps le lien qui sert à former et à montrer leur union » : soit *Dieu est bon*, ou *Bon est Dieu.* Deux constructions sont donc déjà exclues, celles qui placent le verbe en tête, car on ne saurait juger de ce qu'on ignore. Mais encore, toute comparaison est comme une mesure, où il est plus naturel de saisir d'abord l'objet le plus vaste et d'approcher ensuite le plus réduit, plaçant « le pied sur la toise et non la toise sur le pied ». Donc, *Dieu* étant manifestement plus vaste que *bonté*, puisque plus vaste que toute chose (on voit la facilité que donne le choix de l'exemple), on le placera naturellement en tête : restent donc seulement les deux constructions à sujet initial, l'analytique *Dieu bon est* et la synthétique *Dieu est bon.*

Cette première enquête considérait les choses d'une façon « métaphysique », sans tenir compte des rapports de syntaxe. Pour les intégrer dans un deuxième temps, on changera d'exemple et l'on reviendra à l'énoncé canonique sur Alexandre et Darius. Ici, les rapports de rection exigent un ordre et un seul : régissant-régi. « *Alexander vicit Darium* est seul conforme à l'ordre naturel, parce que le verbe *vicit* suppose le nominatif *Alexander* dont il dépend, et que l'accusatif *Darium* suppose le verbe *vicit* par lequel il est régi. » La subordination syntaxique établit et motive un ordre hiérarchique d'autonomie décroissante qui est aussi un ordre pragmatique, puisqu'en quelque point qu'on la coupe, la phrase ainsi construite « présente, autant qu'il est possible, un sens ou du moins une idée complète ».

Troisième temps : une fois ainsi motivé l'ordre sujet-verbe-complément, intervient l'analogie : « cette règle, que la clarté du discours exige dans certains cas, a été étendue aux cas mêmes où la clarté du discours n'exige pas un tel arrangement » – d'où finalement : *Dieu est bon.* « La grammaire française exige par nécessité que le verbe soit placé avant le régime, et par analogie qu'il le soit avant l'adjectif. » CQFD.

Cette contribution originale par sa démarche, mais tout orthodoxe dans sa conclusion, restera presque sans écho[1]. Le

1. Si ce n'est le chapitre « Inversion » de l'*Essai synthétique* de Copineau (1774), qui lui consacre un résumé fidèle et approbateur.

courant principal du parti « métaphysicien » est représenté, et même constitué par les interventions successives des deux grammairiens-philosophes de l'*Encyclopédie*, Dumarsais puis Beauzée. L'*Encyclopédie* est ici plus directement engagée, car plusieurs de ses articles (« Construction », « Grammaire », « Inversion », « Langue ») seront partie à la controverse, toujours du côté moderniste.

La démonstration de Dumarsais[1] se fonde sur une distinction capitale entre deux fonctions, ou « objets », de la parole ou « élocution » : l'une purement intellectuelle (« être entendu »), l'autre esthétique ou pathétique (« plaire ou toucher » : deux actions distinctes, mais ici apparemment inséparables) : « L'élocution a trois objets. Le premier, qu'on peut appeler l'objet primitif ou principal, c'est d'exciter dans l'esprit de celui qui lit ou qui écoute la pensée qu'on a dessein d'exciter. On parle pour être entendu, c'est le premier but de la parole, c'est le premier objet de toute la langue, et en chaque langue il y a un moyen propre établi pour arriver à cette fin indépendamment de toute autre considération. Les deux autres objets que l'on se propose souvent en parlant, c'est ou de plaire, ou de toucher. Ces deux objets supposent toujours le premier, il est leur instrument nécessaire, sans lequel les autres ne peuvent arriver à leur but. Il en est pour ainsi dire de la parole comme d'une jeune personne : veut-elle plaire, veut-elle toucher et intéresser, il faut qu'elle commence à se faire voir. Voulez-vous plaire par le rythme, par l'harmonie, par le nombre,

1. Article « Construction », *Encyclopédie*, IV, 1754, repris au tome V des *Œuvres*, 1797, « Principes de grammaire ou Fragments sur les causes de la parole », posthume, in *Logique et Principes de grammaire*, 1769 ; morceau également posthume sur « L'inversion », in *Logique et Principe de grammaire*, sans doute l'esquisse d'un article pour l'*Encyclopédie*, largement utilisé comme tel par Beauzée après la mort de Dumarsais en 1756. Ces trois textes se recoupent et doivent être considérés ensemble. Je laisse de côté l'aspect purement pédagogique, où Dumarsais défend sa méthode contre les critiques de Pluche et Chompré, et le recours au témoignage des « anciens grammairiens » latins qui auraient défendu l'« ordre naturel » au temps où le latin « était encore une langue vivante » et indépendamment de toute influence d'une langue moderne : comme déjà chez Charpentier, c'est l'assimilation discutable du *rectus ordo* classique au *naturalis ordo* des scoliastes. Pour une critique générale, voir Gunvor Sahlin, *Dumarsais et son rôle dans l'évolution de la grammaire générale*, Paris, 1928, chap. III, « La construction ».

c'est-à-dire par une certaine convenance de syllabes, par la liaison, l'enchaînement, la mesure ou proportion des mots entre eux, de façon qu'il en résulte une cadence agréable à l'oreille, soit en prose soit en vers, il faut que vous commenciez par vous faire entendre. Les mots les plus sonores, l'arrangement le plus harmonieux, ne peuvent plaire que comme le ferait un instrument de musique; mais ce n'est plus alors plaire par la parole, qui est ici uniquement ce dont il s'agit. Il est également impossible de toucher et d'intéresser si l'on n'est pas entendu[1]. » La fonction intellectuelle détermine un type de construction, dit construction *simple* (ou *nécessaire, significative, énonciative, naturelle, analogue*), c'est évidemment le *rectus ordo* scolastique, réglé par l'« ordre successif des relations », le modifié précédant toujours le modifiant, seule construction naturelle et « conforme à l'état des choses[2] ». Si naturelle qu'elle commande en fait la syntaxe et la formation du sens dans toutes les langues, puisque dans les langues « transpositives » la flexion n'est là que pour aider l'esprit à rétablir ce que Dumarsais nomme l'*ordre significatif* : « Toutes les langues conviennent en ce qu'elles ne forment de sens que par le rapport ou la relation que les mots ont entre eux dans la même proposition. Ces rapports sont marqués par l'ordre successif observé dans la construction simple… (Cet ordre) doit être rétabli par l'esprit, qui n'entend le sens que par cet ordre et par la détermination successive des mots, surtout dans les langues qui ont des cas : les différentes terminaisons de ces cas aident l'esprit à rétablir l'ordre quand toute la proposition est finie[3]. » L'ordre seul fait la signification, parce que seul il indique, ou plutôt constitue, le rapport syntaxique. La flexion n'est pas un ins-

1. *Inversion*, p. 196-197. Noter le jeu très appuyé sur l'ambiguïté du verbe « entendre ».

2. *Construction*, p. 7 et 3.

3. Une distribution très nette entre syntaxe et construction est posée dès le début de l'article : « *Accepi litteras tuas, tuas accepi litteras, litteras accepi tuas*, il y a là trois constructions, puisqu'il y a trois arrangements différents des mots ; cependant il n'y a qu'une seule syntaxe, car dans chacune de ces constructions il y a les mêmes signes des rapports que les mots ont entre eux. » Mais cette distinction sera oubliée en fait, et dès la page suivante Dumarsais parle des rapports de syntaxe comme « rapports *successifs* que les mots ont entre eux », ce qui rabat toute la syntaxe sur la « construction » et assure l'hégémonie universelle de l'*ordo*.

trument grammatical autonome, c'est un substitut, un index de la place que devrait occuper le mot, et qu'idéalement il occupe en toute langue : le cas est un numéro d'ordre, expédient correctif, par quoi une langue transpositive rend involontairement hommage à la vertu des langues analogues. Cette conception de la syntaxe ne fait, notons-le, que formaliser et théoriser la vieille formule de Le Laboureur ; les Latins pensaient donc selon la construction simple avant de parler selon la construction *figurée*.

C'est ainsi, en effet, que Dumarsais baptise – et ce baptême n'est pas sans importance, nous y reviendrons – toute construction qui ne respecte pas l'ordre nécessaire de la construction simple. Cette construction figurée répond à la seconde fonction, esthético-pathétique, du discours. Le passage d'une fonction à l'autre coïncide donc avec le passage d'une discipline à l'autre : de la grammaire à la *rhétorique* : « L'œuvre de la grammaire est un diamant brut que la rhétorique polit, ce qui a fait dire à un de nos plus judicieux grammairiens que là où finit la grammaire, c'est là même que commence la rhétorique[1]. » Cette rhétorique investie d'une si ample mission (tout ce qui, dans la parole, déborde le pur souci d'intelligibilité) est pourtant définie de la façon la plus étroite, comme un répertoire de figures de construction (ellipse, pléonasme, syllepse grammaticale, hyperbate ou inversion, idiotisme, attraction[2]), elles-mêmes conçues comme autant d'infractions, ou écarts, à l'*ordo rectus* : « Premièrement, il y a dans (toute) langue un ordre analogue et nécessaire par lequel seul les mots assemblés font un sens. Secondement, dans le langage usuel, on s'écarte de cet ordre, il y a même de la grâce à s'en écarter, ainsi ces écarts sont autorisés, pourvu que lorsque la phrase est finie l'esprit puisse rapporter aisément tous les mots à l'ordre analogue, et suppléer même ceux qui ne sont pas exprimés. Troisièmement enfin, c'est principalement de ces écarts que résultent l'élégance, la grâce et la vivacité du style, surtout du style élevé et du style poétique[3]. »

Encore faut-il préciser le statut de cet écart ; un détour, comme il sied, va nous y aider. Nous n'avons considéré jusqu'ici que deux types de constructions ; en fait, l'article de

1. *Inversion*, p. 206 ; le judicieux grammairien est le P. Buffier.
2. *Construction*, p. 19 *sq.*
3. *Inversion*, p. 204.

l'*Encyclopédie* en distingue un troisième, « où les mots ne sont ni tous arrangés suivant l'ordre de la construction simple, ni tous disposés selon la construction figurée. Cette troisième sorte d'arrangement est le plus en usage ; c'est pourquoi je l'appelle *construction usuelle* (...). Je l'appelle construction usuelle parce que j'entends par cette construction l'arrangement des mots qui est en usage dans les livres, dans les lettres, et dans la conversation des honnêtes gens. Cette construction n'est souvent ni toute simple ni toute figurée[1] ». Cette construction, dont le champ, comme son adjectif l'indique, est extensif à tout celui de la parole et de l'écrit, est donc en principe un état *mixte*, mais qui ne laisse aux deux autres, symétriquement, qu'un statut de type idéal sans véritable existence pratique. En fait, cette symétrie est illusoire, car le seul type pur est évidemment la construction simple : en face, il n'y a pas de construction « purement figurée », et tout discours partiellement figuré est tout simplement, si j'ose dire, un discours figuré ; entre la présence et l'absence, il n'y a pas de moyen terme. Aussi bien les deux autres articles renoncent-ils à cette tripartition, et opposent-ils seulement la construction simple et la construction « usuelle et élégante », « élégante, ordinaire, usuelle ou d'usage »[2], laquelle est toujours par définition figurée – peu ou prou, c'est tout un – du seul fait qu'elle n'est pas « toute simple ».

La figure de construction est donc écart, non par rapport à un usage, car l'usage lui-même est criblé d'écarts, mais par rapport à une norme idéale de construction simple, « celle qui n'a d'autre but que de donner l'intelligence, et qui, bien que moins usitée, est l'unique fondement de celle qui est en usage[3] ». C'est donc la norme qui fonde l'usage et non l'inverse, et ce, non parce que l'usage suit la norme, mais justement parce qu'il s'en écarte, et que cet écart, qui le définit, se définit lui-même par rapport à la norme. Et le partage rhétorique n'est pas *usage-norme* vs *figure-écart*, mais bien *norme* vs *figure-écart-usage*. Comme l'illustre bien la langue latine tout entière, qui n'est qu'un immense tissu de figures.

Cette théorie de la construction éclaire donc au passage une obscurité du traité des *Tropes* (antérieur d'un quart de

1. P. 4 et 36.
2. *Inversion*, p. 204, *Fragments*, p. 78 et 83.
3. *Fragments*, p. 84.

siècle). Au chapitre I (« Idée générale des figures »), Dumarsais rappelait l'opinion, courante au moins depuis Quintilien, selon quoi les figures sont des « manières de parler éloignées des manières ordinaires », pour la rejeter aussitôt au nom de cette évidence (non moins courante) que rien n'est plus ordinaire que l'emploi des figures. Ainsi privé d'une définition commode, il en proposait une autre, plutôt creuse et passablement tautologique, dont Fontanier supposera non sans raison qu'elle ne satisfaisait pas tout à fait son auteur : « Les figures sont des manières de parler distinctement des autres par une modification particulière qui fait qu'on les réduit chacune à une espèce à part, et qui les rend, ou plus vives, ou plus nobles, ou plus agréables que les manières de parler qui expriment le même fonds de pensée sans avoir d'autre modification particulière » ; on tournait en rond, la figure se distinguant en somme de la non-figure, qui restait indéfinie par refus du critère d'usage et incapacité d'en formuler un autre. Le détour par l'*ordo* nous fournit enfin une définition spécifique : la figure de construction est bien une manière de parler « éloignée », et l'on sait maintenant de quoi : non pas de l'usage, mais d'un idéal *état simple* ; il suffit maintenant d'étendre ce critère à l'ensemble du champ figural pour obtenir cette définition : « les différents écarts que l'on fait dans l'état primitif et pour ainsi dire fondamental des mots ou des phrases, et les différentes altérations qu'on y apporte, sont les différentes figures de mots et de pensée », que Dumarsais proposera dans l'article « Figure[1] », voire cette autre que Fontanier lui attribue indûment, mais fidèlement : « modifications particulières par lesquelles les mots ou les phrases s'éloignent plus ou moins de l'état *simple, primitif et fondamental* du langage[2] »,

On voit donc que chez Dumarsais la position moderniste mérite bien la qualification de « métaphysique » : progressivement dégagé de l'initiale apologie de l'usage français,

1. *Œuvres*, V, p. 262. Dumarsais complète ainsi la définition de Scaliger (« La figure n'est autre chose qu'une disposition particulière d'un ou de plusieurs mots ») qui est à peu près celle dont il se contentait dans les *Tropes*.

2. *Commentaire raisonné*, p. 3. Fontanier prétend trouver cette définition dans l'*Encyclopédie méthodique*. Je ne l'y retrouve pas, et de toute façon les additions de l'*EM* en matière de rhétorique sont de Beauzée.

l'*ordo rectus* dessine la « nature » mythique d'un langage de l'intelligibilité pure, régi par une grammaire idéale, que trahit en permanence, et peut-être dès l'origine, l'omniprésente rhétorique de l'usage et du discours réel. Le grammairien-philosophe a la parole pure, mais il ne parle pas.

C'est cette position extrême, mais restée curieusement empirique et lacunaire, que le successeur et héritier direct de Dumarsais va systématiser en développant toutes ses implications et en l'intégrant à l'ensemble d'une monumentale *Grammaire générale* et d'une théorie générale du langage[1].

Pour Beauzée, l'*ordo naturalis*, qu'il préfère nommer, nous allons voir pourquoi, « ordre analytique », est naturel en trois sens et à trois titres :

– *Naturel parce que mimétique* : non pas, directement, de l'ordre de la pensée, qui est simultanée, donc indivisible, donc impossible à représenter, mais de celui de son analyse telle que l'opère la logique : « La parole doit peindre la pensée et en être l'image : mais la pensée, étant indivisible, ne peut être par elle-même l'objet immédiat d'aucune image, parce que toute image suppose des parties assorties et proportionnées. C'est donc l'analyse logique de la pensée qui peut seule être figurée par la parole. Or il est de la nature de toute image de représenter fidèlement son original : ainsi la nature du langage exige qu'il peigne exactement les idées objectives de la pensée et leurs relations. Ces relations supposent une succession dans leurs termes ; la priorité est

1. Nicolas Beauzée (1717-1789) était professeur de grammaire à l'École royale militaire ; ses articles pour l'*Encyclopédie* sont écrits, dans une proportion difficile à préciser, en collaboration avec Douchet. Le corpus considéré ici comprend : l'article « Grammaire » (1757), l'article « Langue » (1765), tous deux cités d'après la réédition procurée par Sylvain Auroux, Paris, Mame, 1973 ; l'article « Inversion » (1765), qui reprend en partie le projet laissé par Dumarsais ; et la *Grammaire générale*, Paris, 1767 (Reprint 1974, Friedrich Frommann Verlag, Stuttgart), livre III, chap. 9, « De l'ordre de la phrase » (II, p. 464-566). Cette grammaire est la seule, de tout l'âge classique, dont le propos soit explicitement *cartésien* : « J'ai suivi à l'égard de la grammaire générale la méthode d'examen proposée par Descartes pour toutes les matières philosophiques » (préface, p. XXVII). Beauzée est l'incarnation parfaite du « grammairien-philosophe », mais sa philosophie est bien davantage le rationalisme classique que le sensualisme des Lumières.

propre à l'un, la postériorité est essentielle à l'autre. Cette succession des idées, fondée sur leurs relations, est donc en effet l'objet naturel de l'image que la parole doit produire; et l'ordre analytique est le véritable ordre naturel qui doit servir de base à la syntaxe de toutes les langues. »

Beauzée s'accorde donc ici avec Batteux pour exiger de la parole une représentation complète, détaillée et ordonnée de son objet : non seulement chaque détail doit y être, mais il doit être à sa place. Aussi ne se contente-t-il pas, comme Condillac, de la simple « liaison des idées »; cette liaison doit se faire dans un ordre et un seul : « Puisque la parole doit être l'image de l'analyse de la pensée, en sera-t-elle une image bien parfaite si elle se contente d'en crayonner simplement les traits les plus généraux ? Il faut dans votre portrait deux yeux, un nez, une bouche, un teint, etc. Entrez dans le premier atelier, vous y trouverez tout cela : est-ce votre portrait ? Non, parce que ce n'est pas assez, pour vous représenter, de réunir des yeux, un nez, une bouche, etc. Il faut que toutes ces parties soient ressemblantes à celles de l'original, proportionnées et situées comme dans l'original. Il en est de même de la parole : il ne suffit pas d'y rendre sensible la liaison des mots pour peindre l'analyse de la pensée, même en se conformant à la plus grande liaison, à la liaison la plus immédiate des idées; il faut peindre telle liaison, fondée sur tel rapport. Or ce rapport a un premier terme, puis un second : s'ils se suivent immédiatement, la plus grande liaison est observée; mais alors même, si vous nommez d'abord le second et ensuite le premier, il est palpable que vous renversez la nature, tout autant qu'un peintre qui nous présenterait l'image d'un arbre ayant les racines en haut et les feuilles en terre : ce peintre se conformerait autant à la plus grande liaison des parties de l'arbre que vous à celle des idées[1]. » Pas de mimésis, donc, sans ordre mimétique.

– *Naturel parce qu'universel :* c'est le critère rationaliste d'universalité qui disqualifie, comme l'avait pressenti Diderot, le principe d'intérêt cher à Batteux : « Je demande si les décisions de l'intérêt sont assez constantes, assez uniformes, assez invariables pour servir de fondement à une disposition technique (...). Rien en effet de plus mobile, de plus inégal, de

1. *Grammaire générale*, p. 471, 535.

plus changeant, de plus incertain que l'intérêt : ce qui m'intéressait hier ne m'intéresse plus aujourd'hui, si même je ne m'intéresse pas à ce qu'il y a de plus opposé; les intérêts des individus sont opposés entre eux et à ceux de la société, et ceux de la société peuvent changer d'un moment à l'autre comme ceux de chaque individu; et l'on ose assigner ce principe si variable comme la règle fixe et naturelle de l'élocution[1] ? » Même les inversions latines ne sont nullement inspirées par ce prétendu principe, mais bien par le souci de l'harmonie. Le seul principe universel et constant est donc le principe analytique, respecté, malgré les apparences, par toutes les langues, y compris les « transpositives », car dans la transposition « l'ordre analytique est transgressé, mais respecté comme l'ordre primitif et naturel » : comme toute transgression confirme le code, les inversions « constatent le droit de l'analyse en y dérogeant[2] ». Comme Dumarsais, mais avec plus d'insistance, Beauzée considère la flexion comme un simple substitut à l'ordre analytique, un palliatif permettant de le reconnaître et de le rétablir sous les travestissements de l'inversion. Dans les langues transpositives, « la marche de l'esprit n'est point imitée par la succession des mots », mais elle est « parfaitement indiquée par les *livrées* dont ils sont revêtus » ; les terminaisons « portent l'*empreinte* » de l'ordre analytique; elles sont « l'*étiquette* de la place qui leur convient dans la succession naturelle[3] » : ces métaphores disent bien la fonction seconde et « relative » de la flexion, qui assigne à chaque mot « transposé » sa place dans l'ordre qu'il méconnaît, comme le matricule au soldat perdu[4]. L'opposition entre langues analogues et transpositives n'est donc nullement symétrique : les unes *suivent* l'ordre naturel, les autres *s'y rapportent* indirectement par leurs flexions; langues de seconde zone et de statut dérivé, quelque peu parasitaires, comme autant de dialectes ou plutôt d'argots[5], elles portent en permanence la marque de leur infirmité profonde, qui est l'absence

1. P. 496, 501.
2. P. 538, 539.
3. P. 470, 474, 515.
4. « Les mots ne peuvent abandonner les postes que leur assigne (la construction naturelle) sans être revêtus d'inflexions qui les y rappellent d'une manière évidente » (p. 502).
5. Beauzée n'emploie pas cette notion, bien sûr, mais nous la rencontrerons chez un de ses lointains héritiers.

de mimésis : les autres *imitent* la marche de l'esprit, celles-ci ne peuvent que l'*indiquer*. Mais cette différence ne remet nullement en question l'universalité du principe analytique, car elle n'est pas diversité, mais inégalité et subordination, reconnues et marquées, comme au fer rouge, par la flexion. L'ordre analytique est définitivement « le prototype invariable des deux espèces générales de langues et le fondement unique de leur communicabilité respective[1] », puisqu'il n'y a de sens que par les rapports grammaticaux, et que ceux-ci se confondent en fait avec l'ordre analytique. Ainsi, « à travers ces différences considérables du génie des langues, on reconnaît sensiblement l'impression uniforme de la nature, qui est une, qui est simple, qui est immuable[2] ».

– *Naturel enfin parce qu'originaire :* Beauzée se sépare ici, et fort nettement, de Diderot, qui concédait à l'inversion l'époque, enviable ou non, de la « balbutie » des premiers âges. « Je croirais au contraire, objecte Beauzée, que ces inversions sont des effets de l'art, et d'un art bien postérieur à l'âge de la balbutie, si jamais les hommes ont été dans le cas de balbutier » ; et si l'ordre analytique « suppose une métaphysique supérieure aux forces des premiers hommes, la seule conséquence qu'il en faille tirer, c'est que les premiers hommes n'en sont pas les auteurs. Mais qu'ils ne l'aient pas suivi, c'est une opinion inalliable avec les notions reçues sur le mécanisme des langues ; tout concourt à démontrer que c'est le véritable ordre de la nature, et qu'il est antérieur à toutes les variations des usages et aux innovations de l'art[3]. »

Comme on le découvre ici, la Nature, qui selon Beauzée préside à la constitution du langage, n'est pas et ne peut pas être la nature humaine livrée à ses propres forces. La « métaphysique » que suppose l'ordre analytique est supérieure à ces forces, et ne peut être que divine. L'*ordo naturalis*

1. « Langue », p. 140.
2. *Grammaire générale*, p. 471.
3. P. 509-511. Ce désaveu n'échappera pas à Diderot, qui réplique aussitôt dans un compte rendu de la *Correspondance littéraire* de novembre 1767 : après un vif éloge de l'ouvrage, il ajoute : « Il n'y a pas un mot de vrai dans le chapitre des inversions, où l'auteur prétend que la syntaxe française range les mots dans l'ordre le plus naturel et le plus conforme à la naissance et à la succession des idées » (*Œuvres complètes*, CFL, 1970, VII, p. 432).

devient ainsi l'une des preuves de l'institution divine du langage – l'autre étant, paradoxalement, la conventionalité de ses éléments. En effet, l'article « Langue », s'appuyant sur le constat d'aporie du *Discours sur l'inégalité* et le conduisant jusqu'à sa conclusion implicite (déjà articulée, on l'a vu, par Frain du Tremblay), constate qu'un langage institué suppose une société instituante, et celle-ci à son tour un « moyen de communication » qui ne peut être que ce langage même. « Que suit-il de là ? Que si l'on s'obstine à vouloir fonder la première langue et la première société par des voies humaines, il faut admettre l'éternité du monde et des générations humaines, et renoncer par conséquent à une première société et à une première langue proprement dites (...). Si les hommes commencent par exister sans parler, jamais ils ne parleront (...). C'est donc Dieu lui-même qui, non content de donner aux deux premiers individus du genre humain la précieuse faculté de parler, la mit aussitôt en plein exercice[1]. » Beauzée joue donc à la fois sur les deux tableaux de la conventionalité des mots et du mimétisme de la phrase pour restaurer la thèse orthodoxe. Aussi ne s'étonnera-t-on pas de le voir désigner comme prototype des langues analogues « la langue hébraïque, la plus ancienne de toutes celles que nous connaissons par des monuments venus jusqu'à nous, et qui par là semble tenir de plus près à la langue primitive », à supposer qu'elle ne soit pas tout simplement cette langue primitive elle-même. D'où cette conséquence prévisible pour la filiation générale des langues : d'un côté, l'infranchissable fossé syntaxique, pour Beauzée comme pour Girard, s'oppose absolument à une filiation du latin au français : « C'est à la manière d'employer les mots qu'il faut recourir pour reconnaître l'identité ou la différence du génie des langues et pour statuer si elles ont quelque affinité ou si elles n'en ont point (...). S'il n'y a entre deux langues d'autre liaison que celle qui naît de l'analogie des mots, sans aucune ressemblance de génie, elles sont étrangères l'une à l'autre : telles sont la langue espagnole, l'italienne et la française à l'égard du latin » ; d'autre part, les « langues modernes de l'Europe qui ont adopté la construction analytique » remontent apparemment au celtique, et celui-ci vraisemblablement

1. « Langue », p. 110, 114.

à l'hébreu[1] : « voilà donc notre langue moderne, l'espagnol et l'anglais liés par le celtique avec l'hébreu ; et cette liaison, confirmée par la construction analogue qui caractérise toutes ces langues, est à mon gré un indice bien plus sûr de leur filiation que toutes les étymologies imaginables qui les rapportent à des langues transpositives[2] » ; et voilà de proche en proche toutes ces langues analogues rapportées à celle enseignée jadis au premier couple humain.

Mais cette langue originaire est aux antipodes de l'idée, courante au XVIIIe siècle, d'une langue « sauvage » expressive, éloquente, poétique, dominée par l'imagination et les passions, chargée des figures naïves d'une rhétorique spontanée. Cette idée de l'expressivité naturelle, qu'on trouve chez Condillac, chez Diderot, chez Blair, chez Rousseau, chez Herder, et déjà chez Vico, et que Beauzée rencontre inévitablement chez Batteux, il ne cesse de la combattre et de la ridiculiser. Batteux affirmait contre Dumarsais qu'une construction « contraire à la vivacité, à l'empressement de l'imagination, à l'élégance et à l'harmonie » était nécessairement « contraire à la nature ». Pour Beauzée, cette conséquence « suppose ce qui n'est ni avoué ni vrai. La nature du langage consiste essentiellement et principalement dans la manifestation des pensées par l'exposition fidèle de l'analyse qu'en fait l'esprit (...). L'élégance et l'harmonie, qui ont, si l'on veut, leurs principes naturels, sont pourtant des choses purement accidentelles à l'énonciation des pensées, et accessoires à la nature du langage (...). L'ordre analytique peut donc être contraire à l'éloquence sans être contraire à la nature du langage, pour lequel l'éloquence n'est qu'un accessoire artificiel[3] ».

En vérité, la seule et véritable fin du langage est « l'exposition claire de la pensée[4] ». Tout ce qui n'appartient pas à cette pure intelligibilité est déjà de l'éloquence (pour la poé-

1. Ce mythe linguistique, où se rejoignent les thèses « hébraïste » et « celtiste » remonte au moins au XVIIe siècle ; Beauzée invoque ici les autorités plus récentes de Bullet, *Mémoires sur la langue celtique* (1754-1760), et de Cranval, *Discours historique sur l'origine de la langue française* (1757).

2. P. 141-142.

3. *Grammaire générale*, p. 529-530.

4. Cette locution revient à plusieurs reprises ; Beauzée évite systématiquement « expression », sans doute trop affectif.

sie, Beauzée n'en parle jamais) et relève d'une rhétorique tout artificielle, encore plus radicalement séparée de la grammaire qu'elle ne l'était chez Dumarsais, si la chose est possible. La grande faute des « mécanistes » est précisément d'avoir, comme Beauzée le reproche âprement à Batteux, confondu « les passions avec la vérité, la rhétorique avec la grammaire, et la peinture accidentelle des mouvements du cœur avec l'exposition claire et précise des perceptions intuitives de l'esprit ». Le malheureux Chompré, pour sa part, se voit accusé d'outrepasser ses compétences : « Vous êtes chargé de m'enseigner la langue latine, et vous venez arrêter les progrès que je pourrais y faire par la manie que vous avez d'en conserver l'harmonie et le nombre. Laissez ce soin à mon maître de rhétorique, c'est son vrai lot : le vôtre est de mettre dans son plus grand jour la pensée qui est l'objet de la phrase latine, et d'écarter tout ce qui peut en empêcher ou en retarder l'intelligence. « La séparation est donc absolue entre les deux domaines, et toute interférence est nuisible et condamnable. » Une fois pour toutes, ce qui est naturel dans la grammaire est accidentel ou étranger pour la rhétorique ; ce qui est naturel dans la rhétorique est accidentel ou étranger dans la grammaire. »

Cette rhétorique consiste pour Beauzée, comme pour Dumarsais, en un ensemble artificiel et réglé de « figures », c'est-à-dire d'infractions à une norme, elle-même définie non par l'usage, mais par la Nature, c'est-à-dire l'état originaire et fondamental du langage. Batteux avait cru pouvoir définir l'hyperbate des rhétoriciens latins par opposition aux constructions courantes de la langue. Son raisonnement, objecte Beauzée, « suppose un principe plus général : c'est qu'une figure est une locution éloignée de la manière ordinaire et usitée dans une langue ; et j'avoue que c'est à peu près la notion qu'en ont donnée tous les rhéteurs et les grammairiens, mais elle me semble bien peu réfléchie (...). Une figure est une locution éloignée, non de la manière *ordinaire et usitée*, mais de la manière *naturelle* de rendre les mêmes idées dans quelque idiome que ce soit ». Voilà bien la formule que Dumarsais n'avait pas su trouver, et qui dit le fond de leur pensée commune.

La vulgate moderniste s'achève donc chez Beauzée en une philosophie rigoureusement intellectualiste du langage, réduit dans son état naturel à la pure « exposition de la pensée », c'est-à-dire à la fonction d'une algèbre. De cet intellectualisme forcené, la contrepartie inévitable est une extraordinaire inflation de la rhétorique, chargée d'assumer tout ce dont la grammaire ne veut pas entendre parler, c'est-à-dire toutes les fonctions pratiques (expressive, impressive, persuasive, etc.) de la parole et de l'écrit. Mais cette rhétorique à qui l'on demande tant n'est plus, nous le savons, l'immense discipline, science et art du discours, qu'y voyaient les Anciens : ce n'est plus qu'un répertoire de figures, tropes et « tours de phrase », traités comme autant d'ornements artificiels, accidentels et accessoires, l'« exposition de la pensée » refoulant ainsi dans le décor son propre *motif*, c'est-à-dire toutes les raisons que l'on peut avoir d'exposer sa pensée[1]. Il y a là un aveuglement, un paradoxe et un déséquilibre mortels, sur lesquels nous reviendrons – après avoir parcouru quelques derniers épisodes.

Batteux avait indirectement répondu à Dumarsais – ou plutôt réaffirmé sa position contre les arguments de Dumarsais – en 1763, dans son traité *De la construction oratoire*, qui était une reprise et un développement des *Lettres sur la phrase*, enrichies de quelques nouveaux exemples et pourvues d'une nouvelle terminologie : l'*ordre moral* devient *construction oratoire*, définie plus fermement que jamais comme « celle du cœur et des passions ; l'ordre grammatical ou métaphysique est celui de l'art et de la méthode » : on ne pouvait mieux, d'avance, contredire Beauzée. Après la publication de l'article « Inversion » et de la *Grammaire générale*, Batteux s'engagera, cette fois directement, contre celui qui apparaît bien comme son parfait antagoniste : c'est le *Nouvel Examen du préjugé sur l'inversion, pour servir de réponse à M. Beauzée*[2]. Synthèse et testament du parti mécaniste, cette réponse s'articule à la fois sur le plan historique et sur le plan théorique. Historiquement, Batteux repousse les témoignages latins invoqués par Dumarsais et Beauzée, c'est-à-dire leur interprétation

1. « Qu'il soit donc vrai *ou non* que c'est toujours pour quelque intérêt que l'on parle, il est d'une vérité *antérieure et bien plus certaine encore* que l'on parle pour faire connaître ses pensées » (p. 532). Le refoulement du mobile est caractéristique.

2. Paris, 1767, 78 p.

du terme *rectus ordo* ; il proteste que si le latin classique négligeait l'ordre analytique, ce n'était pas par souci d'euphonie, mais bien parce que le sien était plus expressif ; et inversement, que si le français le respecte, ce n'est pas par amour de la clarté, mais par manque de flexions. Théoriquement, il dénonce chez ses adversaires une confusion inavouée entre syntaxe et construction, « rapports de syntaxe » et « ordre de syntaxe ». A Beauzée, il reproche de présenter comme naturelle une construction qui ne reflète que l'ordre d'analyse d'une pensée qu'il a lui-même proclamée indivisible : cette analyse ne peut donc être qu'un « ouvrage de l'art, factice et artificiel ». Enfin et surtout, il conteste absolument que la « fin essentielle et presque unique » du langage soit l'exposition claire de la pensée : on ne parle jamais seulement pour énoncer sa pensée, mais aussi « pour mettre dans l'esprit des autres les sentiments qu'on a, et comme on les a ». L'ordre de la nature n'est donc pas seulement celui de la raison, mais aussi et d'abord « l'ordre du cœur ». Jamais peut-être l'opposition n'avait été aussi nette entre deux interprétations de la Nature.

Il n'y aura pas de réponse de Beauzée, et le *Nouvel Examen* clôt apparemment le débat. Mais l'écho, direct ou indirect, s'en prolongera encore bien longtemps, chacun ou presque voulant apporter au moins son appui à l'un des partis. Ainsi, Charles de Brosses aux mécaniciens[1] et Voltaire aux métaphysiciens[2] ; mais aussi Rivarol, qui reconduit la question à son point de départ (l'éloge de la « clarté française »), avec le succès que l'on sait – récompense de l'audace, puisque le *Discours sur l'universalité* ne craint pas de réserver au seul français le privilège de l'« ordre direct[3] ». Ces prétentions gallocentristes provoqueront une avant-dernière réaction latiniste, celle de Garat, qui renverse au profit des « langues à inversion » l'argument de la clarté[4] ; et une

1. *Formation mécanique*, 1765, chap. XXII.

2. *Questions sur l'Encyclopédie*, art. « Langues », 1771. C'est surtout une critique de la *Formation mécanique*, et un élément de la longue querelle avec de Brosses.

3. *Discours sur l'universalité de la langue française*, 1784, par. 64-72.

4. « L'ordre direct est, dit-on, très favorable à la clarté. Il serait plus vrai de dire que la clarté est plus nécessaire à l'ordre direct. Dans les langues asservies à cet ordre, il n'y a souvent qu'une seule construction pour s'exprimer très clairement... Dans les langues à inversion, il y a vingt manières

dernière, celle d'Urbain Domergue, qui reprend le vieux *serpentem fuge* pour ridiculiser l'académisme du français tel qu'on le loue : « Que je crie en latin *serpentem fuge* ou en français *un serpent, fuyez !*, je suis également fidèle à l'ordre direct. Et malheur à la langue froide et absurde qui, dans ce péril pressant, voudrait qu'on dît : *Monsieur, prenez garde, voilà un serpent qui s'approche*. Cette langue, s'il était possible qu'elle existât, serait la plus insupportable des langues. C'est pourtant ainsi que Rivarol fait parler un Français, c'est ce qu'il appelle l'ordre direct[1]. »

Le mot de la fin devrait revenir à Destutt de Tracy, dernier des grammairiens-philosophes et premier des Idéologues, qui négociera un compromis repris à Diderot en accordant à toutes les constructions le mérite du naturel : celui du « sang-froid » pour l'une, celui de la passion pour l'autre, ou plutôt pour les autres, car s'il n'y a qu'une raison, il y a mille passions, ou « manières d'être affecté et préoccupé » : une construction « directe », donc, pour les moments de sang-froid, et mille constructions « inverses », pour les moments de passion, mais toutes « aussi naturelles, suivant les circonstances[2] ». Synthèse prudente, qui situe au mieux le point de séparation des doctrines, et par là même (j'y reviens) leur préjugé commun.

Mais dans toute guerre il est des fanatiques ou des étourdis pour tirer ou tomber après le cessez-le-feu ; et l'on se souvient que certain grognard conservé par dessiccation se réveilla quarante-six ans plus tard au cri de « Vive l'Empereur ! ». Le colonel Fougas de la querelle de l'inversion, fossile exemplaire, se réveille au bout d'un siècle au cri de « Mort au latin ! ». Ce n'est autre que Jean-Pierre Brisset, dont la *Grammaire logique* (titre caractéristique) paraît en 1883, en pleine gloire de la linguistique historique, alors que la question de l'ordre des mots est complètement sortie du champ, et que la filiation indo-européenne est universellement admise. Comme Girard et Beauzée, Brisset refuse d'ad-

---

de construire la même phrase. Ce sont donc les langues à inversion qui sont favorables à la clarté, puisqu'elles ont tant de manières d'être claires » (*Mercure de France*, août 1785).

1. Introduction (seule publiée) à une *Grammaire générale analytique*, 1799, p. 73.

2. *Éléments d'idéologie*, 2ᵉ partie, *Grammaire*, Paris, 1803 (reprint Vrin, 1970), p. 158-160.

mettre une quelconque parenté entre le français et le latin, dont les constructions sont rigoureusement inverses ; et il pousse jusqu'à sa dernière conséquence logique la dévalorisation de l'ordre latin : pour lui, le latin n'est pas une langue, mais un argot de brigands, et plus précisément un argot mécanique, comme le louchebem ou le javanais, dont tout le procédé consiste à renverser les phrases de la langue italienne autochtone. « Le latin, c'est de l'italien renversé (...). Le latin ne vient pas plus du Latium que l'argot de l'Argovie, le javanais de Java. » *Latinus* vient de *latus* (transporté) et/ou de *latere* (cacher), et veut dire « transposition cachée », ou si vous préférez : *inversion secrète.* Et « malgré les chefs-d'œuvre de ceux qui ont écrit transposé : Virgile, Cicéron, Horace et tant d'autres grands écrivains, la langue latine n'a jamais été qu'une langue contraire à la nature, un argot qui, comme la bande qui l'avait inventé, s'est policé, perfectionné, anobli et enfin a été recueilli, étudié et apprécié avec une admiration d'autant plus naturelle que l'esprit humain y reconnaît son œuvre propre. La nature, elle, le rejette. Elle n'adopte pas ce qui n'est pas son enfant : indifférente, elle poursuit sa voie droite, simple et logique. Ce qui ne vient pas d'elle peut bien, à force de soins, avoir quelque temps un semblant de vie, mais doit disparaître. Dans tous les pays qu'on nomme latins, cherchez une province, une contrée, une ville, un village, une vallée perdue dans les montagnes, une famille au moins, où le latin soit la langue naturelle : vous ne trouverez rien. Le latin est ce qu'il a toujours été : un langage artificiel, une œuvre d'hommes, un argot[1] ». Ce dernier épi-

1. *La Grammaire logique*, § 97, rééd. Tchou, 1970, p. 87-90. Brisset n'ignore pas tout de la linguistique de son siècle, puisqu'il mentionne au moins l'existence du sanscrit (lui aussi qualifié de langue artificielle), mais son bagage linguistique d'autodidacte est typiquement dix-huitiémiste. Il cite d'ailleurs Dumarsais. Sa querelle contre le latin, à mi-chemin entre Beauzée et Obélix (« Ils sont fous, ces Romains ! »), a peut-être quelques motifs personnels : « Jamais le latin n'a été plus exigé qu'aujourd'hui. Un diplôme officiel le constatant vaut mieux que la moitié d'une existence passée sous les drapeaux, que le sang versé sur les champs de bataille, et l'instruction, quelle qu'elle soit, acquise à son propre corps défendant au milieu des difficultés de l'existence. » Il y a là, de toute évidence, un thème de persécution administrative. Dernière avanie, elle aussi fort symbolique : la *Grammaire logique*, présentée pour un prix à l'Académie (la voilà bien, la *salle aux prix*), fut refusée par Renan (voir préface de Foucault, p. XVIII). Brisset est une authentique victime de la nouvelle linguistique.

sode est comique, si l'on veut : c'est le parti de l'*ordo rectus* poussé à la paranoïa.

Fin du trop long récit d'une trop longue querelle, littéralement *interminable*, qui ne peut trouver sa résolution interne ni dans un accord mutuel ni dans la victoire d'un des deux camps – mais qui s'éteint soudain le jour où s'effondre le terrain même du débat, lieu de l'accord et du désaccord : la motivation mimétique de l'ordre des mots. Fausse querelle, donc, en ce double sens que le problème posé est un faux problème, et que les deux partis sont d'accord sur l'essentiel, qui est évidemment le fait même de le poser. Aussi voit-on les oppositions se réduire à mesure que, les synthétisant, l'on s'approche du nœud de la question.

Au niveau pratique (et en l'occurrence esthétique) de ce qu'on peut appeler la *fonction du discours*, l'opposition est absolue, nous l'avons vu, entre une conception *intellectualiste*, celle de Dumarsais et Beauzée, pour qui la fin essentielle du discours est d'« exposer » la pensée, le plus clairement possible, selon son ordre propre ou selon l'ordre nécessaire de son analyse – et une conception que l'on dirait volontiers *sensibiliste*, pour qui la parole sert avant tout à exprimer, toujours selon l'ordre de leur succession, les sensations (Condillac) ou les sentiments (Batteux). La première, qui est ici la thèse dominante, reflète sans doute le mieux ce qu'est l'esprit des Lumières en France, marqué d'un fort héritage rationaliste, où Descartes n'a d'ailleurs pas tout à fait effacé Aristote. Elle prolonge en la sclérosant quelque peu l'inspiration esthétique du classicisme français, qui va devenir celle du néo-classicisme et de l'académisme laharpien. Son motif essentiel est la séparation absolue entre le linguistique, de fonction purement intellectuelle, et un rhétorique défini comme système codifié d'anomalies ou d'exceptions[1] nommées *figures*, et chargé d'assumer toutes les tâches refusées par la grammaire. Ruineuse séparation, et dangereux supplément que cette rhétorique à la fois restreinte dans sa définition et généralisée dans sa fonction : tout ce qui n'est pas l'impossible degré zéro du

1. Ou *d'exception*, comme on dit de certains tribunaux : « qu'il me soit permis de comparer la construction simple au droit commun et la figurée au droit privilégié » (Dumarsais, « Construction » p. 18).

style (le « Monsieur, prenez garde, voilà un serpent qui s'approche » raillé par Domergue n'est-il pas déjà trop animé pour le grammairien ? Ne pourrait-on y voir quelque chose comme une vive et brillante *apostrophe* ? L'exposition pure de la pensée ne serait-elle pas plutôt, après le temps d'analyse nécessaire : « Cet homme va sans doute mourir d'une piqûre de serpent » ? Nullement, car parler à soi-même est un *monologue*) est réputé figure, marqué et répertorié comme tel : d'où la prolifération que l'on sait ; le « classicisme » mourra de cette tumeur. La seconde conception, minoritaire en France, y représente un double et attachant anachronisme : archaïque par son attachement aux langues et aux littératures anciennes, novatrice par sa valorisation du sensible et de l'affectif, et par là bien plus proche du courant (pré)romantique qui domine, de Vico à Herder, le reste de l'Europe. Ici, nul besoin d'une rhétorique consciente et artificielle, puisque l'expressif et le poétique y sont considérés comme des caractères spontanés et originaires du langage. Aussi voit-on chez Batteux (et incidemment chez Diderot) la rhétorique s'évanouir au profit d'une simple lecture de l'expressivité immédiate, qui préfigure la stylistique « moderne », et plus directement la disparition sans phrase, au siècle suivant, d'une *technè* devenue simplement inutile et encombrante. Sur ce plan, donc, aucune conciliation possible, un débat sans issue que l'histoire tranchera, comme il arrive, au bénéfice de l'opposition.

Au niveau descriptif (et proprement linguistique) du *système des langues*, conflit apparemment irréductible entre partisans des langues « analogues » et des langues « transpositives ». Mais en fait, les deux partis ont en commun le critère de la « construction » comme caractéristique essentielle d'une langue, et une conception généralement *fixiste* de ce caractère, qui identifie généalogie et typologie, et bloque par exemple toute recherche comparative entre les langues modernes et classiques – c'est-à-dire, on le sait, tout progrès vers une linguistique scientifique. Cet immobilisme se cristallise de façon tout à fait typique dans la notion clé de *génie* d'une langue, qui marque bien le caractère héréditaire et immodifiable des schèmes syntaxiques, ou « tours de phrase », propres à un idiome. Caractère d'autant plus remarquable que le génie d'une langue ne passe pas alors, généralement, pour exprimer le caractère du peuple qui la parle :

cette fonction expressive est plutôt assurée par la « prononciation », c'est-à-dire le système phonologique, déterminé par le climat et l'habitat (voir Bouhours, Lamy, Gébelin, etc.), et par le lexique, dont la répartition reflète celle des centres d'intérêt[1] (c'est le topos, partout ressassé au moins depuis Chardin, des mille synonymes arabes pour désigner le chameau, l'épée, le lion, etc.). Le génie syntaxique, en revanche, est une notion presque toujours purement formelle, qui ne semble renvoyer à aucune réalité extra-linguistique. Seul Condillac attribue les génies antithétiques des langues analogues et transpositives au « goût dominant » de tel peuple pour l'analyse ou pour l'imagination[2]. Beauzée et Batteux s'accordent au contraire sur une définition purement immanente, qui les rend également incapables d'expliquer l'existence du type de langue auquel ils refusent respectivement la naturalité : Beauzée ne va pas plus loin que le souci de l'harmonie, responsable des inversions latines et indirectement des flexions compensatoires ; Batteux s'arrête au manque de flexions, qui peut bien expliquer la régularité de l'*ordo* moderne, mais non sa direction, pour lui contre nature. Quoi qu'il en soit, le génie syntaxique est consubstantiel à la langue, aucune mutation ne peut l'affecter, aucune influence ne peut le modifier, fût-ce par l'intermédiaire du groupe locuteur. Le « synchronisme » absolu que l'on reprochera parfois à Saussure, il est ici : pour les mécaniciens comme pour les métaphysiciens, la parole ne peut rien sur le sort de la langue.

En apparence, la linguistique du début du XIXe siècle donnera raison, ici encore, au parti des mécaniciens, puisqu'elle épousera sa valorisation des langues classiques. Mais d'une part la rencontre est superficielle, car le critère d'identification ne sera plus syntaxique, mais morphologique : le latin, le grec et surtout le sanscrit ne sont plus des langues « à inversion » ou à « ordre naturel », mais bien des langues *à flexions*, et ce changement technique de critère entraîne, ou traduit, nous le verrons, un déplacement idéologique du principe d'évaluation. Et d'autre part, la barrière typologique ne fera plus obstacle à la comparaison, et à la filiation d'un type

1. « Selon que les peuples ont fait plus d'attention aux choses, leurs termes ont des idées plus distinctes, et ils sont en plus grand nombre » (Lamy, *Rhétorique*, chap. I-5).
2. Chap. XV, « Du génie des langues ».

de langue à l'autre. Bien au contraire, le passage (la décadence) du type flexionnel au type analytique deviendra, chez les comparatistes les plus attachés à la typologie, comme Schlegel ou Schleicher, le principe même de l'évolution générale des langues humaines. Batteux est donc sur ce plan, et malgré les apparences, plus près de Beauzée que de Schlegel, dont un même abîme historique les sépare tous deux.

Au niveau, disons théorique, de la *nature du langage*, l'accord devient évident, et dans notre perspective il porte sur l'essentiel : le mimétisme de la construction. Pour les uns comme pour les autres, l'ordre de la phrase imite l'ordre de la pensée, et l'on peut dire que le point de divergence, situé en aval de cette proposition commune, ne concerne plus la nature du langage, mais celle de la pensée elle-même, conçue par les uns comme une chaîne de concepts et par les autres comme une succession d'affects ou de sensations. Il est caractéristique que dans les deux camps le respect fétichiste du principe mimétique l'emporte sur le souci de l'efficacité rhétorique : les métaphysiciens, nous l'avons vu, valorisent et préconisent un ordre logique uniforme, au risque évident de monotonie et d'inexpressivité, la fonction « conative » étant comme bien d'autres concédée, et par là reléguée au supplément figural. Mais les mécaniciens, de leur côté, ne craignent pas d'établir, par l'effet d'un préjugé hiérarchique naïvement compris (le plus important toujours en tête), un ordre d'intérêt décroissant contraire aux exigences les plus évidentes de l'attention – au risque, cette fois, de voir l'auditeur s'éclipser avant une conclusion nécessairement dépourvue d'*intérêt.*

Ce mimétisme syntaxique, constamment réaffirmé et réconforté à travers (et grâce à) un siècle de fausse querelle, est une variante très spécifique du cratylisme : mimologisme secondaire, puisque l'iconicité purement diagrammatique de la phrase, superposée à l'arbitraire (ici généralement reconnu) de ses éléments, est en chaque occurrence un fait de parole, une performance individuelle chargée d'abolir ou de surmonter ce que Mallarmé appellera le « hasard demeuré aux termes » ; mais les schémas syntaxiques qu'il exploite sont aussi des faits de langue, propres à chaque idiome ou groupe d'idiomes, et inscrits dans les règles de « compétence » grammaticale du locuteur : en cela, mimologisme primaire. Situation mixte, ou ambiguë, où c'est en quelque sorte la langue elle-même qui est censée se corriger et « rémunérer » son propre « défaut », sans autre intervention extérieure qu'un emploi conforme à ses ressources. Il faut bien un « génie » pour sauver la langue, mais c'est le sien.

Un tel consensus entre deux camps apparemment si opposés manifeste bien la profonde ambivalence d'un thème de valorisation comme le mimétisme linguistique, et sa capacité d'investissements (ou de motivations) multiples et même contradictoires : le rationaliste motive la mimologie par la logique, le sensualiste par le flux des émotions, mais le thème mimétique supporte et commande ces motifs d'opposition « philosophiques ». Et c'est précisément ce *lieu commun*, terrain, enjeu et condition du débat, qui va soudain s'engloutir au seuil du XIXe siècle. Dans la linguistique « romantique », on va le voir, le thème mimologique a presque complètement disparu. Un Schlegel, par exemple, exaltera les langues à « flexions internes » non plus en tant que mimétiques, mais en tant qu'*organiques* : le terme (comme d'ailleurs celui de *morphologie*) trahit encore une valorisation naturaliste, mais d'un nouveau type, et qui reflète elle-même une nouvelle conception de la naturalité : non plus comme imitation, conformité, « peinture fidèle », mais comme dynamisme interne et capacité au développement autonome. Les langues classiques sont des langues « organiques » parce que la « racine » même de leurs mots contient en « germe » une capacité d'expression des rapports grammaticaux, qui n'est rien d'autre qu'une capacité de différenciation interne et de constitution en système paradigmatique. Les rapports grammaticaux ne s'expriment plus par un ordre hiérarchique de succession, mais par un système spécifique de différences arbitraires et réglées. On se rappelle peut-être que l'une des fautes justement reprochées par Batteux à ses adversaires était la confusion des rapports de syntaxe et de l'ordre de syntaxe. Cette critique est sans doute le point sur lequel les mécaniciens se rapprochent le plus des grammairiens comparatistes, mais elle reste purement négative, nulle part ces défenseurs du latin n'ont exprimé ni sans doute éprouvé un véritable *sentiment de la flexion* comme expression synoptique et instantanée des rapports grammaticaux. Ce qui y ressemblerait le plus, c'est – non chez Batteux, mais chez Condillac et surtout chez Lamy – l'exaltation de l'*unité simultanée* de la phrase latine, laquelle présente toutes ses parties « unies entre elles comme elles sont dans l'esprit », qui « d'une seule vue voit plusieurs choses » (Lamy), afin que ses divers objets, faisant « tableau », nous « frappent tout à la fois » (Condillac). Mais Condillac ajoutait aussitôt : « tel est le pouvoir des *inversions* sur l'imagination » : le modèle syntaxique restait dominant. A partir de Schlegel, et jusqu'à Saussure (et donc au-delà), tandis que l'imagination syntagmatique cède la place à une vaste rêverie du paradigme, en même temps et nécessairement le thème de valorisation de la ressemblance s'efface devant celui de la différence. La langue-organisme, puis langue-structure, abolit la parole-reflet.

Il n'est pas dit pour autant que Cratyle ait définitivement et absolument perdu la partie. Car si pendant un siècle on s'est accordé à voir dans l'ordre du discours une image fidèle de la pensée (individuelle) comme succession – et à travers elle, du monde comme événement –, d'autres pourront bientôt trouver dans le système de la langue l'image – plus complexe, moins immédiate, mais ausi *représentative* – de cette capacité (collective) de pensée, qui est aussi système et construction, et qu'on appellera l'*esprit (Geist)* d'un peuple.

Flexion interne

Dans toute l'histoire de la pensée linguistique, aucun événement peut-être n'a eu une influence plus décisive sur le cours de l'imagination mimologique que ce « tournant », à la lisière du XVIIIᵉ et du XIXᵉ siècle, formé par la « découverte » du sanscrit et la naissance de la grammaire comparée des langues indo-européennes[1]. Max Müller a bien montré l'importance du choc pour les idées alors régnantes sur la filiation des langues, il rappelle le refus typique, chez un Dugald Stewart par exemple, d'admettre une parenté entre les langues classiques et celle « des noirs habitants de l'Inde ». Il souligne à juste titre le mérite de Frédéric Schlegel, « le premier qui, au grand jour de la science européenne, osa regarder en face les faits nouveaux et toutes leurs conséquences », et dont l'*Essai sur la langue et la philosophie des Indiens*, publié deux ans seulement (1808) après le premier volume du *Mithridate* d'Adelung, « en est séparé de toute la distance qu'il y a entre le système de Copernic et celui de Ptolémée. Schlegel n'était pas un grand savant ; beaucoup de ses assertions étaient erronées, et rien ne serait plus facile que d'analyser son essai et de le tourner en ridicule ; mais c'était un homme de génie, et quand il s'agit de créer une science nouvelle, l'imagination du poète y est encore plus nécessaire que l'exactitude du savant. Il fallait assurément du génie pour embrasser d'un seul coup d'œil les langues de l'Inde, de la Perse, de la Grèce, de l'Italie et de l'Allemagne, et pour les comprendre toutes sous la simple dénomination d'indo-

1. La date décisive est évidemment celle de la communication de William Jones à la Société asiatique du Bengale, 1786. Mais il faut rappeler que le sanscrit n'était pas alors tout à fait inconnu en Europe, et que l'hypothèse de l'unité indo-européenne avait été de son côté, soutenue dès le XVIᵉ siècle : c'est l'hypothèse dite « scythique » de Goropius Becanus, que nous avons retrouvée chez Leibniz. L'apport capital de Jones est d'avoir rapproché les deux séries.

germaniques. Telle fut l'œuvre de Schlegel, et, dans l'histoire de l'intelligence, on l'a appelée en toute vérité *la découverte d'un nouveau monde*[1] ».

Bien entendu, la définition des causes et des conséquences est toujours sujette à caution, dans ce domaine comme dans tout le champ de l'histoire des idées. Certaines attitudes d'esprit qui sont dans l'air du temps se passent fort bien des déterminations objectives qu'on leur croirait indispensables : nous avons ainsi rencontré chez Nodier des inflexions que l'on attribuerait volontiers à l'influence de Schlegel ou de Humboldt, si le détail de son information ne tendait à infirmer cette hypothèse, et l'on en trouve déjà d'analogues chez Herder ou Jenisch[2]. Et réciproquement, on sait bien qu'une « découverte » peut rester lettre morte tant qu'elle n'a pas trouvé sa résonance, et donc sa pertinence historique. De ce « fait nouveau » qu'est l'introduction du sanscrit à la fin du XVIIIe siècle, et de cette donnée beaucoup plus diffuse et insaisissable qu'est la naissance d'un « nouvel esprit » linguistique, il est impossible de distinguer lequel aura davantage contribué à la constitution de la grammaire comparée[3] et, directement ou indirectement, à ce tournant du cratylisme qui va nous occuper ici. Du moins peut-on tenter de mesurer pour elle-même l'influence de certains traits spécifiques de la nouvelle « science ».

Le plus massif, et dont l'effet sera le plus lourd, c'est évidemment la notion même de *famille indo-européenne*, c'est-à-dire la découverte de la parenté historique, et finalement de l'identité originelle de ces langues, « classiques » et modernes, que l'on englobait volontiers, aux siècles précédents, sous la dénomination optimiste de « la plupart des langues ». La conséquence pour le débat sur la nature du signe, c'est l'affaiblissement de toute une argumentation fondée sur certaines concordances sémantiques entre ces langues. Pour reprendre

1. *Leçons sur la science du langage* (1861), trad. fr., p. 194-195.

2. *Ursprung der Sprache*, 1770 ; *Philosophische-kritische Vergleichung...*, 1794.

3. Rappelons que Rask, à ses débuts, faisait du comparatisme sans connaître le sanscrit mais non sans projeter sur le vieil Islandais le même enthousiasme que Schlegel ou Bopp sur le sanscrit – et selon le même thème de la perfection du système flexionnel. Chez un esprit réputé positif et rigoureux, cette ferveur pour la langue de « nos ancêtres » a bien quelque accent de romantisme.

l'exemple classique, la signification (naturelle) « arrêt » ou « immobilité » attribuée au groupe consonantique *st* trouvait spontanément sa preuve, ou sa confirmation, dans la remarquable extension du phénomène à travers tant de langues aussi « diverses » que le grec, le latin, le français, l'italien, l'espagnol, l'allemand, l'anglais... si nombreuses et si diverses qu'elles pouvaient représenter pour certains (un peu d'européocentrisme et beaucoup d'ignorance aidant) la « majorité » des langues humaines : la valeur *st* = « arrêt » pouvait donc être tenue finalement, sauf exceptions négligeables, pour l'un des « universaux du langage », et l'un des indices de sa nature mimétique. Du moins au niveau de ces inférences hâtives dont se satisfait la spéculation préscientifique, qui identifiait en l'occurrence universalité à naturalité, et naturalité à nécessité, et plus spécifiquement ici nécessité à mimétisme. En toute rigueur théorique, bien sûr, l'universalité (supposée) d'un fait linguistique ne *prouve* pas sa naturalité, et réciproquement d'ailleurs sa restriction à une seule famille de langues ne tranche nullement la question de sa motivation originelle : la valeur *st* = « fixité » pourrait fort bien à la fois être propre à une langue, et avoir été pourtant choisie dans cette langue pour sa nature mimétique – laquelle aurait échappé aux « onomaturges » de toutes les autres. Mais au niveau du vraisemblable et de la présomption commune, ces disjonctions n'ont pas cours. L'argument cratylien était ici, en toute simplicité : « que tant de langues si diverses aient choisi de désigner la fixité par des mots comportant le groupe *st* ne peut être le fait du hasard ; il y a donc une relation nécessaire entre ce son et ce sens ; cette relation est d'ailleurs naturelle, etc. ». C'est ce raisonnement qui tombe avec la constitution de la « famille » indo-européenne : grec, latin, français, etc., se trouvent brusquement ramenés à l'unité (d'origine), et par suite leur concordance ne prouve plus rien : *st* = « fixité » (comme bien d'autres liaisons de sens) n'est plus qu'une « racine indo-européenne », et cesse donc d'être un des universaux du langage ; sa motivation mimétique perd du même coup une grande part de sa probabilité.

Paradoxalement, donc, la découverte de l'unité indo-européenne, qui réduit historiquement à une seule bon nombre de langues parmi les plus importantes et les mieux connues, vient affaiblir l'idée cratylienne de l'unité du langage. C'est qu'en fait la thèse de l'unité originelle des langues peut s'interpréter de deux manières fort différentes – dont une seule fait l'affaire de Cratyle. La première consiste à dire qu'il n'y avait à l'origine qu'une seule langue, celle du premier groupe humain, groupe et langue d'où proviennent tous les groupes et toutes les langues humaines. Cette hypothèse, qui était par exemple celle de Herder, laisse entièrement ouverte la question de la nature de cette langue originelle, qui pouvait être aussi bien conventionnelle que motivée – et bien entendu elle ôte toute valeur d'indice sur ce point aux éventuelles concordances universelles qui procéderaient simplement d'une unité d'origine. La seconde suppose que tous les hommes, si dispersés qu'ils aient été à l'origine, ont spontanément, sans se connaître et sans s'être *donné le mot*, inventé la même langue en divers points du globe : ici, bien sûr, la thèse de la naturalité du langage se trouve considérablement renforcée. Cette seconde hypothèse, à ma connaissance, et pour des raisons assez évidentes, n'a jamais été aussi nettement formulée ; mais la faveur, jusqu'à la fin du XVIIIe siècle, du parti cratylien pour la thèse unitariste a toujours tenu, me semble-t-il, à une confusion implicite et à un passage subreptice de l'une à l'autre. En démontrant la communauté d'origine de la plupart des langues européennes, et en laissant (momentanément) imaginer une réduction progressive de toutes les « familles » à une seule, la grammaire comparée semble se rapprocher de la première ; mais en fait, elle contribue surtout à discréditer la seconde, puisqu'elle ramène un grand nombre de concordances à une simple filiation historique. « Nous ne combattons point, dit Schlegel, l'opinion qui admet l'origine naturelle des langues, mais seulement celle qui suppose leur conformité primitive[1]. » C'est déjà beaucoup, et c'est inévitablement renforcer l'argument conventionaliste de la diversité des langues.

Un deuxième trait, d'effet plus subtil, tient à la méthode même de la grammaire comparée, et se lit d'ailleurs dans son titre. Pendant des siècles, on avait le plus souvent comparé les langues en rapprochant des mots, considérant spontanément que le lexique est toute la langue à cette attitude, s'était seulement opposée, au XVIIIe siècle surtout, une tentative

1. *Essai*, trad. fr., Paris, 1837, p. 70.

pour définir les langues selon leur « génie » syntaxique : considération apparemment grammaticale, mais en fait, nous l'avons vu, elle aussi inspirée par le parti pris mimétique. La grammaire comparée accorde une pertinence décisive à ce que l'on commence d'appeler la *structure* grammaticale de la langue, et qui ne se confond pas, nous le verrons, avec la structure syntagmatique de la proposition, mais annonce la notion saussurienne de *système* ou d'organisation paradigmatique implicite. Dès la première page de l'*Essai*, Schlegel, observant que la ressemblance entre le sanscrit et les langues européennes « se trouve non seulement dans un grand nombre de racines communes, mais encore s'étend jusqu'à la structure intérieure de ces langues, et jusqu'à la grammaire », en tire immédiatement cette conclusion : « ce n'est donc point ici une conformité accidentelle, qui puisse s'expliquer par un mélange ; c'est une conformité essentielle, fondamentale, qui décèle une origine commune ». Ce principe de pertinence de la structure grammaticale, encore implicite ici, sera explicité, et érigé en règle de méthode, six ans plus tard, par Rasmus Rask. Nous le retrouverons plus loin sous une détermination plus précise.

Les considérations lexicales passent donc au second plan de la pensée linguistique : circonstance défavorable pour la spéculation cratylienne, qui a toujours essentiellement porté sur les rapports entre « les mots » (et plus précisément les *noms*) et « les choses ». Avec la grammaire comparée, un nouveau renversement de valeurs va s'opérer à l'intérieur même du lexique. Les « véritables leviers du langage », dira Grimm, ce ne sont pas les noms, mais « le verbe et les pronoms[1] ». Autant dire : le verbe et ses satellites, ou encore : l'action et ses supports. Ce tournant est évidemment décisif pour l'imagination cratylienne. La rêverie sur la *justesse des noms* ne peut, sans profonde mutation, devenir rêverie sur la *justesse des verbes*. Michel Foucault, citant cette même for-

1. *De l'origine du langage* (1851), trad. fr., Paris, 1859, p. 39. Sur l'histoire de ce renversement de valeurs à la fin du XVIIIe siècle chez Monboddo, Hemsterhuis et Herder, voir Edward Stankiewicz, « The Dithyramb to the Verb in the Eighteenth and Nineteenth Century Linguistics », *in* Dell Hymes, ed., *Studies in the History of Linguistics*, Indiana University Press, 1974. Nous avons déjà noté la position ambiguë de Herder ; plus nettement, Copineau voit déjà dans le verbe « la partie la plus importante du discours » (*Essai synthétique*, 1774, p. 54).

mule de Grimm, a bien montré comment la langue, ainsi désormais caractérisée, ne va plus parler essentiellement d'objets, mais d'actions, et dès lors « s'*enraciner* non pas du côté des choses perçues, mais du côté du sujet en son activité[1] ». De cette révolution, elle aussi copernicienne, Cratyle devra tenir compte.

Mais la substitution du verbe au nom comme élément essentiel du lexique n'est pas encore l'aspect le plus décisif de la mutation. De celui-ci, nous emprunterons à Oswald Ducrot la formulation la plus nette : « Les linguistes ont longuement hésité pour savoir quels sont les mots dont la ressemblance dans deux langues différentes prouve la parenté de celles-ci, quels mots ont donc le moins de chances d'être empruntés, et doivent être hérités. Une doctrine a fini par s'établir selon laquelle ce devaient être les signes grammaticaux, désinences, affixes, prépositions, éléments d'alternances, etc.[2]. » On retrouve ici le primat de la grammaire, mais incarné dans le matériel lexical, en *signes grammaticaux* : mots-outils, affixes, éléments de flexion. C'est maintenant qu'il faut retrouver, pour confirmation, le précepte de Rask : « La correspondance grammaticale est une indication beaucoup plus certaine (que celle des lexiques) de parenté ou d'identité originelle, parce qu'une langue qui est mêlée avec une autre n'emprunte que rarement, ou n'emprunte jamais les changements *morphologiques* ou inflexions de cette dernière[3]. » Voilà le mot décisif : la grammaire dont il s'agit ici, et qui va tenir le devant de la scène pendant plus d'un demi-siècle, ce n'est pas cette grammaire de la phrase qui avait tant occupé, de Port-Royal à Beauzée, les tenants de la « grammaire générale » classique ; c'est la grammaire présente *dans les mots*, incarnée en mots ou parties de mots, c'est-à-dire la *morphologie*. La grammaire comparée, on le sait, a été essentiellement une morphologie comparée, et cette promotion du morphologique a eu pour conséquence immédiate de projeter dans le matériel lexical l'être grammatical de la langue, c'est-à-dire son être relationnel et sa capacité d'abstraction. Le témoignage le plus éclatant en est donné par Guillaume de

1. *Les Mots et les Choses*, Gallimard, 1966, p. 301-304.
2. *Qu'est-ce que le structuralisme ?*, Seuil, 1968, p. 30.
3. Cité par G. Mounin, *Histoire de la linguistique*, PUF, 1967, p. 165 (je souligne).

Humboldt, dont la théorie des « formes grammaticales » (flexions et mots-outils) valorise constamment cette grammaticalisation du mot comme empreinte de l'*esprit* sur la langue, et réciproquement comme (seul) moyen d'accès aux formes les plus hautes de l'abstraction. Dans l'état de ce qu'il appelle « formalité » (emploi de morphèmes purs, sans signification concrète), le mot « n'a plus seulement une individualité lexicologique, mais grammaticale ; les mots affectés à la représentation de la forme n'ont plus de signification accessoire, qui trouble l'intelligence ; ils sont devenus de purs signes de *rapports*[1] ». J'ai souligné ici le mot clé, qui revient sans cesse, et non seulement chez Humboldt : le caractère relationnel des significations grammaticales symbolise et garantit leur haut niveau d'abstraction. Les « rapports » ne sont pas des choses, et c'en est désormais bien fini avec la définition de la langue – et du lexique lui-même – comme « nomenclature[2] »

Encore y a-t-il des degrés à cette intégration du grammatical, et le système de valeurs affiché par les premiers comparatistes aura pour effet de mettre l'accent sur les formes les plus intégrées possible. Une des raisons de la fascination exercée par le sanscrit, c'est la capacité de cette langue à marquer les relations grammaticales par ce à quoi Schlegel réserve exclusivement le terme de flexion, « c'est-à-dire des altérations intérieures du son radical[3] ». Cette restriction extrême ne sera pas retenue par Bopp et ses héritiers[4], elle

1. *De l'origine des formes grammaticales* (1823), tr. fr., Ducrot, 1969, p. 46.

2. Selon le mot déjà cité de Saussure, qui ne (re)vient pas ici tout à fait par anachronisme. Il y a déjà plus qu'un peu de saussurisme ou si l'on veut de structuralisme, dans la théorie linguistique implicite des premiers comparatistes, qui se perdra plus tard, par « atomisme » historiciste, chez les néo-grammairiens de la fin du siècle. Saussure, qui n'est pas pour rien l'auteur du *Mémoire sur le système primitif des voyelles dans les langues indo-européennes*, retrouvera cette inspiration et la conduira plus loin, mais on ne doit pas méconnaître tout ce que sa pensée de la langue comme système différentiel doit à la pratique comparatiste.

3. *Essai*, p. 51.

4. La position de Humboldt est plus complexe. Il définit volontiers, idéalement, la flexion d'une manière assez proche de celle de Schlegel, comme « modification des mots », « adjonction et insertion d'éléments dépourvus de signification, changements de voyelles et de consonnes » (*op. cit.*, p. 23, 29). Mais il ne croit pas que cette « flexion véritable » ait jamais été originaire dans une langue : elle provient toujours d'une agglutination, d'une

n'en est pas moins révélatrice d'un désir. L'état linguistique idéal serait celui où toute la morphologie pourrait se concentrer dans le jeu des alternances vocaliques « intérieures » au radical, à l'exclusion de tout jeu d'affixes. Une page de l'*Essai* de Schlegel explicite à merveille ce parti pris dans une comparaison entre les procédés morphologiques du grec ancien et du sanscrit :

> Dans le grec on entrevoit encore quelque lieu de croire que les syllabes dont on se sert pour former les flexions ont été primitivement des particules et des mots auxiliaires fondus dans le mot principal. Il est vrai que cette hypothèse ne soutiendrait pas l'examen, à moins d'avoir recours à presque tous ces artifices et à ces subtilités étymologiques auxquels pourtant il faudrait renoncer d'avance et sans aucune exception sitôt que l'on veut considérer le langage et son origine scientifiquement, c'est-à-dire en s'appuyant toujours sur des preuves historiques. Mais dans l'indien disparaît complètement la moindre apparence d'une pareille possibilité, et l'on est forcé de reconnaître que, la structure de cette langue étant tout à fait organique et se ramifiant, pour ainsi dire, à l'aide de flexions, de modifications intérieures et d'entrelacements variés du radical selon ses diverses significations, elle ne se compose point par la simple agrégation mécanique de mots et de particules ajoutées les unes aux autres, assemblage dans lequel la racine elle-même reste, à proprement, immuable et stérile [1].

On reconnaît ici la métaphorique organiciste qui va surcharger si longtemps la théorie de l'évolution des langues [2] ; mais il faut percevoir la nature du parti linguistique qui s'exprime à travers cette image biologique : une racine « stérile » est une racine *immuable*, c'est-à-dire incapable de flexions internes, et qui doit recourir au jeu des affixes. Une racine féconde, au contraire, c'est une racine qui contient en elle-même toutes les ressources nécessaires au travail de la mor-

---

« adjonction de syllabes significatives » (p. 31, 32) ; et par conséquent la division en langues à flexions (internes) et langues agglutinantes ne lui paraît « soutenable d'aucun côté » (p. 35). Cf. O. Ducrot, « Humboldt et l'arbitraire linguistique », *Cahiers internationaux de symbolisme*, n° 26.

1. P. 47-48.

2. V. Judith Schlanger, *Les Métaphores de l'organisme*, Vrin, 1971, p. 126 *sq*.

phologie et de la dérivation. C'est donc, évidemment, plus qu'une racine : c'est une « semence », un « germe de vie et de développement[1] ». La valorisation est si forte ici que les flexions grecques, pourtant réellement « organiques » selon Schlegel, se voient presque disqualifiées simplement parce qu'elles ne le sont pas de façon assez évidente, et qu'elles pourraient, comme la femme de César, prêter à soupçon. Elle commande naturellement la typologie schlégélienne des langues, que Schleicher ne fera que nuancer : il y a les langues à flexions, au sens fort, qui sont les langues indo-européennes[2], et il y a toutes les autres, c'est-à-dire toutes celles qui, à des degrés divers, séparent le radical et les instruments morphologiques. Elle commande aussi son idée de l'évolution linguistique, en un sens moins « pessimiste » que celle de ses successeurs (de Bopp en particulier), parce que plus complexe : tandis que les langues à flexions dégénèrent (du sanscrit à l'anglais) en trahissant le synthétisme (supposé) absolu du sanscrit au profit de procédés de plus en plus analytiques (articles, prépositions, ordre des mots, etc.), les autres au contraire progressent (du chinois à l'arabe) en intégrant de plus en plus au radical leurs morphèmes originairement extérieurs : le résultat prévisible étant une stabilisation dans la médiocrité générale.

Je ne rappelle ici ces hypothèses bien connues que pour l'illustration qu'elles donnent au parti pris fondamental, celui de la « flexion interne ». D'une manière très significative,

1. *Essai*, p. 57. Le parti pris est ailleurs (p. 60) énergiquement dénié : « Ce serait se tromper étrangement sur ma pensée que de s'imaginer que je veuille relever exclusivement l'une de ces deux classes de langues et rabaisser l'autre d'une manière absolue » ; mais pour être aussitôt (p. 61) confirmé : « Que les langues dans lesquelles domine le système de flexion aient généralement l'avantage sur les autres il suffit pour l'accorder d'avoir mûrement examiné la question. » Bref, la supériorité des langues à flexions n'est pas « absolue », parce qu'aucune supériorité, par définition, ne peut l'être ; elle est seulement écrasante.

2. Rappelons que pour Schlegel la classe des langues « nobles », c'est-à-dire à flexions internes, est fermée aux langues sémitiques, l'arabe étant seulement la plus évoluée des langues à affixes. Humboldt, lui, placera les langues sémitiques « à côté » du sanscrit, mais c'est au grec qu'il accorde le « plus haut point de perfection dans sa structure » (*op. cit.*, p. 57). Et Renan, citant Humboldt, estime que les langues sémitiques ont typiquement leurs flexions « par l'intérieur des mots », exprimant « le fond de l'idée par les consonnes et les modifications accessoires par les voyelles » (*Histoire des langues sémitiques, Œuvres complètes*, Albin Michel, VII, p. 545).

cette valorisation vient rigoureusernent se substituer à celle de l'*ordo naturalis* analytique : les « langues à flexions » ne sont rien d'autre que les « langues à inversions » des grammairiens-philosophes, mais réhabilitées et même élevées au pinacle pour l'abstraction géniale de leur procédé grammatical, qui ne doit plus rien à l'imitation grossière, voire puérile, de la relation des idées par la disposition des mots. C'est donc bien le parti pris mimétiste qui se voit ici renversé et discrédité avec cette redistribution du palmarès linguistique. Mais d'autre part, et de façon peut-être encore plus décisive, la promotion de l'état flexionnel a pour effet de compromettre l'objet privilégié de la rêverie mimétique, qui est le mot : l'expression des rapports grammaticaux par l'ordre des mots présentait ce double avantage, que non seulement elle instituait une syntaxe imitative, mais encore elle laissait chaque vocable intact, libre de toute attache et pur de toute atteinte grammaticale : dites *le roi aime le peuple*, ou *le peuple aime le roi* : chaque mot « plein » conserve son autonomie et sa physionomie lexicales, et donc son éventuel pouvoir mimétique ; dites *populus regem amat* ou *rex populum amat*, et déjà vous voyez la flexion désinentielle entamer les deux substantifs. Passez à l'état idéal de la flexion interne, conjuguez gr. *leipo, elipon, leloipa* ou angl. *sing, sang, sung*, et vous supprimez presque toute démarcation entre morphèmes et sémantèmes, et donc vous désintégrez de l'intérieur le « mot » traditionnel en le truffant d'éléments « grammaticaux » jusqu'au cœur même de son noyau sémantique. De Brosses ou (à un moindre degré) Gébelin, il est vrai (mais ni Platon, ni Wallis, ni Nodier), s'étaient quelque peu garantis contre cet empiétement en abandonnant les voyelles, lieu par excellence de la flexion interne, aux mutations historiques accidentelles, et en concentrant l'essentiel de la valeur sémantique immuable dans la « charpente » consonantique, d'où *peregrinus = bilgram*. Mais une chose est de considérer les voyelles comme sémantiquement vides et donc transparentes ; autre chose est de les retrouver pleines d'une valeur grammaticale décisive, qui une fois perçue ne se laisse plus oublier. La solution mimologiste consisterait alors à motiver l'alternance vocalique elle-même, en accordant par exemple, style Gébelin, une valeur mimétique de présent *(existence)* au degré *e* de *leipo*, d'aoriste (temps zéro) au degré zéro *elipon*, et de parfait (à cause de la circulaire perfection) au degré *o leloipa* ; ou, style Wallis, à lire dans l'« assombrissement » progressif *sing/sang/sung* l'image de l'éloignement temporel présent/prétérit/parfait. Mais ce genre d'hypothèses semble n'avoir guère été fréquenté, et ce relatif abandon n'est pas fortuit : le cratylisme morphologique est un oxymore historique, ou si l'on préfère, un anachronisme[1]. Les « racines immuables et stériles », c'est-à-dire réduites au noyau sémantique, faisaient donc bien l'affaire de l'imagination mimétique, qui trouvait en elles de purs éléments de « sens »

1. Anachronisme en ce sens que, *grosso modo*, l'attention à la morphologie naît au moment où meurt le cratylisme (classique). Mais en scrutant bien la période-frange, on peut trouver quelques traces de cet hybride. Ainsi, chez de Brosses, ces considérations sur les degrés de l'adjectif : « Toutes les nations ont pour procédé naturel et commun, lorsqu'elles veulent marquer le degré superlatif d'une chose, de redoubler d'effort dans la prononciation, et de charger davantage la composition du nom. A cet effet, les Américains répètent deux fois de suite le mot simple. Les Grecs et les Latins augmentent le mot en le terminant par un coup d'organe fortement appuyé, mais avec le même dessein d'exprimer mécaniquement le degré superlatif, les Grecs le peignent par *tatos*, les Latins par *errimus* ou *issimus*. Tous parviennent au même but par différentes espèces de moyens du même genre » (*Formation mécanique*, I, p. 47). Mais il s'agit là d'un mimétisme plutôt diagrammatique – que l'on retrouvera en même propos chez Roman Jakobson *(high-higher-highest, altus-altior-altissimus)* : « La morphologie abonde en exemples de signes substitutifs qui présentent une relation équivalente entre leurs signifiants et leurs signifiés » (*Problèmes du langage*, p. 30). Plus classiquement cratylienne, parce que la motivation morphologique ne fait ici (comme dans mes exemples imaginaires en style Gébelin ou Wallis) qu'appliquer aux affixes l'hypothèse du symbolisme phonique, cette interprétation des formes casuelles que Humboldt prête à Bopp lui-même : « Dans le pronom de la troisième personne, l'élément clair *-s* réservé au vivant et l'élément sourd *-m* au neutre indéterminé ont une évidente valeur symbolique ; une fois transposée, elle sert à distinguer le sujet auteur de l'action, c'est-à-dire le nominatif, de l'accusatif, l'objet qui en est l'effet » (*Introduction à l'œuvre sur le kavi*, trad. fr., Seuil, p. 265). Je ne retrouve pas chez Bopp cette indication, évidemment contraire à tous les principes méthodologiques du comparatisme : si un symbolisme naturel (et donc universel) peut inspirer le choix des éléments morphologiques, leur valeur comme indices de filiation disparaît du même coup. Ce genre d'inconséquences n'est certes pas sans exemple (et nous en rencontrerons un ou deux chez Jacob Grimm), mais l'attitude typique des comparatistes est plutôt de refuser toute interrogation sur l'objet du débat cratylien, repoussé hors du champ de la pertinence linguistique : « Il n'y a que le mystère des racines, ou, en d'autres termes, la cause pour laquelle telle conception primitive est marquée par tel son et non par tel autre, que nous nous abstiendrons de pénétrer ; nous n'examinerons point, par exemple, pourquoi la racine *i* signifie aller et non s'arrêter, et pourquoi le groupe phonique *stha* ou *sta* veut dire s'arrêter et non aller. » (*Grammaire comparée*, préface de la 1re édition, trad. Bréal.)

débarrassés de toutes scories relationnelles, et livrés au bienheureux tête-à-tête entre « mot » et « chose ». Les « germes féconds » abolissent cet isolement : le mot n'est plus seulement le signe d'un objet, il se pénètre de notions à la fois plus abstraites et plus subjectives, prises dans un réseau de relations, de modalités et d'aspects où le « sujet en son activité » se trouve lui-même inévitablement impliqué.

Trois autres considérations, elles aussi inspirées par l'étude du sanscrit, et étroitement liées entre elles, achèvent de miner le terrain linguistique de la thèse mimologiste. L'une des propositions les plus largement admises à l'âge classique, même par les hermogénistes les plus déterminés, était qu'à l'origine du moins le langage n'avait pu manquer de se constituer à partir de sons (cris) naturels, onomatopées et/ou exclamations spontanées, quitte à perdre ensuite peu à peu les traces de cette origine en faisant de plus en plus grande la part de la convention ; une autre était le caractère nécessairement figuré du langage primitif, que son incapacité à l'abstraction contraignait à métaphoriser l'abstrait par le concret, l'idée par la sensation ; le style « fleuri » des harangues iroquoises ou algonquines faisant généralement les frais de la démonstration[1]. La troisième, qui allait à peu près de soi dans ce contexte, était l'absence de grammaire dans les langues primitives. La grammaire, liée à la capacité d'abstraction, ne pouvait être qu'une acquisition (bonne ou mauvaise) de l'homme civilisé : « Puisque, disait par exemple Herder, toute grammaire n'est rien d'autre qu'une philosophie et un mode d'emploi du langage, il s'ensuit nécessairement que, plus une langue est proche des origines, moins elle doit contenir de grammaire ; la langue primitive n'est rien d'autre que le lexique de la nature. » Sur ces trois points, l'étude du sanscrit, considéré par Schlegel comme l'ancêtre probable de toutes les langues « indo-germaniques[2] », et donc comme un exemple authentique de langue primitive, apporte un triple démenti : sur le dernier, l'éclatante grammaticalité du sanscrit se passe de tout commentaire ; quant aux deux premiers… d'autres langues

1. Voir par exemple Blair, *Leçons de rhétorique* (1783), trad. fr., I, p. 112-114.

2. Dubitativement p. 68, mais catégoriquement p. 12 : « de la comparaison de ces langues résulte que la langue indienne est la plus ancienne, que les autres sont plus modernes et dérivées de la première ».

ont peut-être pour origine l'imitation et la figure[1], mais non les « nôtres » : le sanscrit ne montre à sa formation ni onomatopée, ni interjection, ni métaphore ; dès ses premiers pas, il s'élève à l'abstraction la plus pure :

> La langue indienne ne s'est point formée par de simples cris physiques et imitatifs, ou bien par divers jeux de sons, comme autant d'essais de langage, à l'effet de construire en quelque sorte l'entendement et les formes de l'entendement. Cette langue est plutôt une nouvelle preuve, si cela était nécessaire après tant d'autres démonstrations, que l'état primitif des hommes n'a pas commencé partout d'une manière analogue à celui de la brute, état dans lequel l'homme aurait reçu, après de longs et pénibles efforts, sa faible et incohérente participation à la lumière de la raison. Elle montre au contraire que, si ce n'est pas partout, du moins précisément là où cette recherche nous ramène, l'intelligence la plus claire et la plus pénétrante a existé dès le commencement parmi les hommes ; en effet, il ne fallait rien de moins qu'une pareille vertu pour produire, pour créer une langue qui, même dans ses premiers et ses plus simples éléments, exprime les plus hautes notions de la pensée et pure et universelle, ainsi que l'entier linéament de la conscience, et cela, non par des figures, mais par des expressions tout à fait directes et claires (...). Cette haute spiritualité ne consiste point en figures, en expressions métaphoriques qui aient servi dans l'origine à exprimer purement des objets sensibles ; mais elle se fonde sur la signification primitive et propre des éléments fondamentaux de la langue. Il y a beaucoup d'expressions de ce genre, à la vérité parfaitement claires, mais qui n'admettent pourtant d'autre sens qu'un sens absolument métaphysique ; un grand nombre aussi sont d'une haute antiquité, comme il est facile de le prouver, tant par des preuves historiques tirées de l'usage de la terminologie, que

1. « Plusieurs des autres langues ne se présentent réellement point comme un tissu artificiel et organique de syllabes significatives et de germes féconds, mais paraissent s'être formées à la lettre et en grande partie de diverses imitations de sons et de jeux de sons, du simple cri de la sensation, et enfin d'exclamations ou d'interjections démonstratives pour indiquer les objets et les émotions de l'âme, puis, sur ces faibles commencements, l'usage amena insensiblement de nouveaux signes de plus en plus conventionnels, toujours fondés sur des déterminations arbitraires » (p. 72). C'est la thèse classique (Condillac, Copineau, etc.) mais – restriction capitale – privée de son universalité, et confinée dans quelques idiomes inférieurs.

> par les preuves étymologiques que fournit la composition même des mots. C'est même encore ici une supposition dénuée de consistance que de croire que toutes les langues, dans leur origine, sont pleines de figures hardies et d'expressions où l'imagination seule domine. C'est, j'y consens volontiers, le cas d'un grand nombre de langues ; mais on ne peut le dire de toutes, et en particulier de l'indien, qui se distingue dès son origine bien plus par la profondeur, la clarté, le calme et le tour philosophique, que par l'enthousiasme poétique et par l'abondance des figures [1].

Même s'il est en fait réservé à une seule famille de langues (et de peuples), il y a là un renversement de topos assez comparable, sur le terrain linguistique, à celui qu'opérera un jour Lévi-Strauss sur celui de l'anthropologie sociale : c'est-à-dire la découverte d'une pensée « sauvage » qui ne le cède en rien pour la capacité d'abstraction aux formes les plus élaborées de la pensée « moderne ». Que ce renversement procède d'une hypothèse fausse (celle de la primitivité du sanscrit) est peut-être une ruse de la raison ; qu'il soit, par l'effet d'une autre erreur, ou d'un préjugé ethnocentrique, limité au groupe indo-européen, avec toutes les conséquences idéologiques (et autres) qui en découlent à leur tour, est peut-être une ruse de la folie, qui n'en manque pas non plus. Ce qui nous importe ici, c'est encore une fois la conséquence de ces « faits nouveaux », vrais ou faux (vrais *et* faux) sur le débat cratylien. Conséquence évidente : sur un point limité mais (pour mille raisons) central de l'atlas linguistique, voici la thèse de la mimésis originelle pour la première fois réfutée par le « fait ».

Recul, donc, de la thèse mimologiste – au moins pour ceux qu'atteindra, tôt ou tard [2], la nouvelle vulgate linguistique. Car la rêverie cratylienne est par nature une rêverie entravée, constamment relative à l'information linguistique du rêveur, et donc, indirectement, à l'état de la science de son temps, tout autant qu'à la dynamique de son désir mimologique. La résul-

1. P. 68-69 et 74-75.
2. On sait en particulier le retard pris en France, pendant toute la première moitié du siècle, dans un domaine qui restera longtemps une spécialité germanique.

tante observable est toujours un équilibre spécifique entre ces diverses forces, beaucoup plus difficiles à mesurer séparément. A connaissances supposées sensiblement égales, Cratyle et Hermogène, de Brosses et Turgot, Jespersen et Saussure se différencient par l'intensité des partis pris contraires, lesquels déterminent des interprétations divergentes d'une information presque identique. A parti pris supposé égal (toutes suppositions certes fort cavalières), Gébelin et Mallarmé, par exemple, sont séparés par un siècle (et quel siècle !) d'histoire de la linguistique, chacun d'eux étant à peu près au niveau des connaissances de son temps ; ce qu'on pourrait évidemment dire d'un Brisset, chronologiquement contemporain de Mallarmé, mais fossilisé par ignorance (et délire) dans un retard de plusieurs siècles. Défaite, donc, du mimologisme en général et sous ses formes les plus ambitieuses ; mais aussi, et peut-être par manœuvre inconsciente pour éviter ou retarder la défaite, transformation, ou déplacement. Transformations et déplacements. A partir du XIXe siècle (et nous l'avons vu s'esquisser largement chez Nodier), le cratylisme va devoir, pour survivre, se modifier plus profondément sans doute qu'il ne l'avait jamais fait auparavant. Nous trouverons plus loin d'autres métamorphoses, qui auront pour trait commun de transférer le rêve mimologique du terrain de la « science » à celui de la « littérature » : de la poésie, de la fiction, du jeu reconnu et assumé comme tel, ou projeté dans les « souvenirs d'enfance ». Considérons auparavant la mutation la plus immédiate, qui est non seulement provoquée, comme mécaniquement, par la secousse du comparatisme, mais qui en investit directement l'une des inspirations fondamentales dans une nouvelle forme de rêverie mimétique. La grammaire comparée n'est pas seulement, ou pas exactement, une manifestation de conventionalisme pur et simple : le serait-elle qu'elle nous concernerait ici d'une manière beaucoup moins directe. Elle est aussi, ou plutôt elle opère, une subversion, un retournement et un détournement du mimologisme. Elle détermine en son cours ce que j'aimerais nommer, en forçant un peu beaucoup le sens de cette notion clé, une *flexion interne*.

Nous avons observé, sur tous les plans où elle s'exerce, que la révolution comparatiste tendait à déplacer l'accent de la représentation linguistique, de l'objet désigné vers l'activité du sujet désignant, des « choses » parlées à la pensée parlante, de l'unité du monde extralinguistique à la diversité des langues et des peuples. Ce déplacement ne pouvait que favoriser et aggraver un trait de pensée de l'époque dont, encore une fois, il procède en partie lui-même ; appelons ce trait, un peu vite, le subjectivisme romantique[1]. Il s'accorde évidemment assez mal avec les formes traditionnelles de l'imagination cratylienne, entièrement tournée vers la relation « objective » qui unit le mot et la chose. Mais si, comme nous l'avons déjà observé, le cratylisme procède d'un désir universel, et quelque peu protéiforme, de trouver à toute relation signifiante une motivation mimétique, il peut s'efforcer également, quand l'occasion s'en présente et/ou quand toute autre voie lui est momentanément fermée, de motiver cette autre relation signifiante qui unit le signe à son producteur. Si l'on veut bien admettre dans la notion (authentiquement et légitimement extensible) de mimologisme toute interprétation d'un signe conventionnel comme image ressemblante, on acceptera peut-être de définir et de baptiser *mimologisme subjectif* l'attitude qui consiste à trouver dans un parler (idiolecte, sociolecte, idiome) l'« expression » fidèle d'un être, d'un groupe, d'une nation – ou, comme on dit alors fort imprudemment, d'une « race ». Où l'on va retrouver le « génie des langues », mais cette fois indissolublement associé, par ressemblance (et détermination réciproque), au *génie des peuples*.

1. Bien entendu, la présence de Schlegel, de Humboldt ou de Grimm induisent à exagérer quelque peu la pertinence, ici, de la notion de romantisme. En fait, nous le verrons plus loin, Grimm et surtout A. W. Schlegel donnent parfois dans un mimologisme plus classique. Humboldt fait une part à la motivation « symbolique » (*st* = consistance, *l* = liquidité, *n* = « scansion nette et tranchée », *w* = fluctuation), qui « repose sur le pouvoir signifiant inhérent à chaque lettre ainsi qu'à chaque groupe de lettres », et qui « a incontestablement exercé une souveraineté éminente, peut-être même exclusive, sur les modes primitifs de la dénotation » (*Introduction*..., p. 218-219). Et l'on trouve en revanche sous la plume de Novalis cette mise en garde plutôt hermogéniste : « Sur l'échange qui se fait entre le symbole et le symbolisé – sur leur identification – sur la foi en la véracité, en la pleine totalité de la représentation – et la relation de l'original et de l'image – de l'apparence et de la substance – sur les conséquences à tirer des ressemblances extérieures pour l'unisson et la concordance qu'on retrouve communément à l'intérieur – bref, sur les confusions entre objet et sujet reposent toutes les superstitions, les fausses croyances et les erreurs de toutes les époques, chez tous les peuples et pour tous les individus » (Fragment VI, 555, *Œuvres complètes*, Gallimard, 1975, II, p. 343).

Langues du désert

Pour Renan comme pour tant d'autres, l'avènement de la « philologie comparée » périme sans retour l'ensemble des discussions antérieures sur l'origine et la nature du langage : « A partir du jour où la science des langues fut devenue une des sciences de la vie, le problème des origines du langage se trouva transporté sur son véritable terrain, sur le terrain de la conscience créatrice. Sa génération resta toujours mystérieuse ; mais on vit du moins à quel ordre de faits il fallait la rapporter et de quel genre de conceptions il convenait de la déduire[1]. » Il renvoie dos à dos, pour commencer, l'hypothèse d'une constitution progressive (Condillac, Herder) et celle d'une invention consciente (Platon) ou révélation divine (Beauzée, Bonald). Le langage ne peut se former que « d'un seul coup », d'un seul *jet*, selon l'image reprise de Schlegel : *Hervorbringung im Ganzen*[2] ; « l'invention du langage ne fut point le résultat d'un long tâtonnement, mais d'une intuition primitive, qui révéla à chaque race la coupe générale de son discours et le grand compromis qu'elle dut prendre une fois pour toutes avec sa pensée[3] » ; mais d'un autre côté, cette « intuition primitive » ne saurait être délibérée : comme l'avait déjà compris Turgot, « les langues ne sont pas l'ouvrage d'une raison présente à elle-même[4] ». Cette création brusque, immédiatement complète, au moins en puissance,

1. *De l'origine du langage* (1848), p. 47 du tome VIII des *Œuvres complètes*, Calmann-Lévy, 1958, qui comprend également l'*Histoire générale des langues sémitiques* (1855). Ces deux textes, qui se recoupent fréquemment, constituent l'essentiel de l'œuvre linguistique de Renan. Je renverrai globalement à ce volume, où l'*Origine* occupe les pages 11 à 123 et l'*Histoire* les pages 129 à 507.

2. C'est l'extension à la langue elle-même de la formule célèbre que Duclos réservait à l'écriture : « née tout à coup, comme la lumière » (*Remarques sur la Grammaire générale*, 1754, chap. v).

3. P. 16, 53, 18.

4. Cité p. 49. Cette phrase se trouve dans les « Remarques critiques sur Maupertuis » (1750), *Varia linguistica*, Ducros, 1970, p. 50.

comme « dans le bouton de fleur la fleur est tout entière », appartient à une catégorie qui pour Renan transcende l'opposition du conscient et de l'inconscient, et aussi de l'humain et du divin : celle du *spontané*. « Le spontané est à la fois divin et humain. Là est le point de conciliation d'opinions incomplètes plutôt que contradictoires, qui, selon qu'elles s'attachent à une face du phénomène plutôt qu'à une autre, ont tour à tour leur part de vérité. » L'instrument, ou plutôt le lieu de cette création, n'est de l'ordre ni des sens ni de la raison, mais du *génie* collectif : « les individus n'y sont pas compétents, quel que soit leur génie ; la *langue scientifique* de Leibniz eût probablement été, comme moyen de transmission de la pensée, moins commode et plus barbare que l'iroquois. Les idiomes les plus beaux et les plus riches sont sortis avec toutes leurs ressources d'une élaboration silencieuse qui s'ignorait elle-même. Au contraire, les langues maniées, tourmentées, faites de main d'homme, portent l'empreinte de cette origine dans leur manque de flexibilité, leur construction pénible, leur défaut d'harmonie. Toutes les fois que les grammairiens ont essayé de dessein prémédité de réformer une langue, ils n'ont réussi qu'à la rendre lourde, sans expression, et souvent moins logique que le plus humble patois ». Nodier en disait à peu près autant, mais il lui arrivait d'en méconnaître les conséquences en proposant au moins quelque réforme de l'écriture. Maintenant, la compétence exclusive du génie collectif (peuple, race) interdit toute espèce de mimologisme secondaire. « Le peuple est le véritable artisan des langues, parce qu'il représente le mieux les forces spontanées de l'humanité [1]. »

Comme on le voit bien, cette nouvelle position du problème est déjà entièrement tournée, non plus vers l'objet de la communication linguistique, mais vers son sujet, créateur et utilisateur. Le terme même de communication est trop objectif et comme trop distant pour désigner ce qui est en cause : par le langage, ou plutôt *dans* le langage, l'homme ne communique pas seulement, il forme et élabore une pensée qui autrement resterait indigne de ce nom : « parler, c'est tou-

1. P. 17, 50-51. Nous sommes loin de l'onomaturge professionnel de Platon. Mais après tout, n'avait-il pas, dès la fin du dialogue, révélé sa faillibilité ?

jours transformer des intuitions en idées », et réduire la langue au rôle de simple instrument de transmission, c'est méconnaître « une autre fonction non moins importante de la parole, qui est de servir de formule et de limite à la pensée[1] ».

L'hypothèse classique de l'origine onomatopéique du langage n'est pas exactement rejetée (« l'imitation ou l'onomatopée paraît avoir été le procédé ordinaire d'après lequel les premiers nomenclateurs formèrent les appellations »), elle est, de façon très caractéristique, retournée vers la véritable source de l'appellation mimétique, qui n'est plus la nature, apparente ou profonde, de l'objet imité, mais l'âme de l'imitateur. En ceci, déjà, qui apparaissait rarement dans la tradition cratylienne, et qui est ici un écho affaibli de Schlegel : que le « procédé » mimétique est plus ou moins actif selon les peuples, et donc selon les langues : « très sensible dans les langues sémitiques et dans l'hébreu en particulier (...) plus rare ou plus difficile à découvrir dans les langues indo-européennes[2] » ; il y aurait donc, en somme, des peuples cratyliens et des peuples hermogéniens, ce qui réconcilie les deux thèses en une égale frustration. En ceci, surtout, qui se présente ouvertement comme une réponse à Platon, que « les appellations n'ont point uniquement leur cause dans l'objet appelé (sans quoi elles seraient les mêmes dans toutes les langues), mais dans l'objet appelé vu à travers les dispositions personnelles du sujet appelant[3] ». D'où l'accent mis sur l'argument, souvent utilisé déjà d'Épicure à Nodier – mais qui devient ici un élément central du système –, de la diversité des appellations liée à la diversité des aspects selon la diversité des tempéraments : « On objecterait en vain contre cette théorie (de l'onomatopée) la différence des articulations par lesquelles les peuples divers ont exprimé un fait physique identique. En effet, un même objet se présente aux sens sous mille faces, entre lesquelles chaque famille de langues choisit à son gré celle qui lui parut caractéristique. Prenons pour exemple le tonnerre. Quelque bien déterminé que soit un

1. P. 24-34.
2. P. 71 ; cf. p. 74 : « Presque exclusivement dominante chez les races sensitives comme chez les Sémites, elle apparaît beaucoup moins dans les langues indo-européennes. »
3. P. 76.

pareil phénomène, il frappe diversement l'homme, et peut être également dépeint ou comme un bruit sourd, ou comme un craquement, ou comme une subite explosion de lumière, etc. Adelung dit en avoir rassemblé plus de 353, toutes empruntées aux langues européennes, et toutes évidemment formées sur la nature[1]. » Au reste, la sensibilité des nomenclateurs primitifs, plus délicate que la nôtre, leur faisait découvrir mille « relations imitatives qui nous échappent, et qui frappaient vivement les premiers hommes » : l'arabe, comme on le sait de reste, aurait connu 500 mots pour désigner le lion, 1 000 pour l'épée, 5 744 pour le chameau. « La faculté d'interprétation, qui n'est qu'une sagacité extrême à saisir les rapports, était en eux plus développée que chez nous ; ils voyaient mille choses à la fois. N'ayant plus à créer le langage, nous avons en quelque sorte désappris l'art de donner des noms aux choses : mais les hommes primitifs possédaient cet art, que l'enfant et l'homme du peuple appliquent encore avec tant de hardiesse et de bonheur. La nature leur parlait plus qu'à nous, ou plutôt ils trouvaient en eux-mêmes un écho secret qui répondait à toutes les voix du dehors, et les rendait en articulations, en parole[2]. « Remarquons ce repentir caractéristique : *ou plutôt...* Ce n'est plus la nature qui parle : c'est l'écho intérieur qui répond en paroles aux voix muettes du dehors ; et cet écho « secret » est évidemment plus et mieux qu'une imitation.

Ce renversement subjectiviste du thème cratylien se concentre et se symbolise en ce qui pourrait, dans un autre entourage, paraître une subtilité terminologique : rapprochant l'activité onomaturgique des premiers hommes, guidés par des analogies pour nous imperceptibles, de l'activité comparable des enfants et des gens du peuple, Renan conclut ce chapitre VI sur une étrange formule : « la liaison du sens et du mot n'est jamais *nécessaire*, jamais *arbitraire* ; toujours elle est *motivée*[3] ». Voici de nouveau Cratyle et Hermogène renvoyés ensemble, parce que tous deux victimes de la *même* illusion, l'un affirmant (« nécessaire »), l'autre niant (« arbitraire ») une liaison objective, universelle et permanente

1. P. 71.
2. P. 72-74.
3. P. 76.

entre sens et mot, alors que cette liaison ne peut être que subjective : *motivée, mais de l'intérieur.*

Une telle philosophie du langage ne laisse évidemment aucune place à l'hypothèse d'une langue originaire commune : « supposer qu'il y eut à l'origine de l'humanité une seule langue primitive, dont toutes les autres dérivent par descendance directe, c'est imposer aux faits l'hypothèse, et l'hypothèse la moins probable[1] ». Ce refus découle *a priori* des prémisses que l'on vient de voir, mais il est en outre conforté par les découvertes de la « philologie » moderne : « Au premier coup d'œil, la science des langues paraît apporter dans la balance un poids décisif. S'il est, en effet, un résultat incontestable, c'est que le réseau des langues qui ont été ou sont encore parlées sur la surface du globe se divise en familles absolument irréductibles l'une à l'autre. En supposant même (ce que je n'admets nullement, et ce que la bonne philologie est de plus en plus en voie de rejeter) que la famille sémitique et la famille indo-européenne puissent un jour être fondues l'une dans l'autre ; en supposant (ce que je n'admets pas davantage) que les deux familles africaines représentées l'une par le copte, l'autre par le berbère ou mieux par le touareg, puissent un jour être réunies aux langues précitées, on peut affirmer du moins qu'il sera à tout jamais impossible de ranger dans le même groupe le chinois et les langues de l'Asie orientale (...). Il y a là un abîme qu'aucun effort scientifique ne saurait combler. Quelles que puissent être les hypothèses futures de la science sur les questions d'origine, on peut poser comme un axiome désormais acquis cette proposition : le langage n'a point une origine unique ; il s'est produit parallèlement sur plusieurs points à la fois. Ces points ont pu être fort rapprochés ; les apparitions ont pu être presque simultanées ; mais certainement elles ont été distinctes, et le principe de l'ancienne école : *toutes les langues sont des dialectes d'une seule*, doit être abandonné à jamais[2]. » Si l'on voulait envisager une unité du langage humain, il faudrait la situer non au début de

1. P. 162.
2. P. 101-102 (repris p. 537).

l'évolution, mais à son terme, après un long travail d'élimination et d'appauvrissement, comme la Grèce a fini par établir sa *koinê*, ou l'Italie par adopter la *lingua toscana*[1]. Encore s'agissait-il en l'occurrence d'unifier (par fusion ou éviction) plusieurs dialectes. Mais une véritable langue ne peut se prêter à une telle assimilation, parce qu'une langue est un système, ou plutôt un organisme autonome et irréductible, qui n'évolue qu'en déployant les virtualités contenues dans son « germe » originel, « qui se développe par sa force intime et par l'appel nécessaire de ses parties » ; « Un germe est posé, renfermant en puissance tout ce que l'être sera un jour ; le germe se développe, les formes se constituent dans leurs proportions régulières, ce qui était en puissance devient en acte ; mais rien ne se crée, rien ne s'ajoute : telle est la loi commune des êtres soumis aux conditions de la vie. Telle fut aussi la loi du langage »[2]. L'image du germe, que Schlegel appliquait à chaque « racine féconde », s'étend maintenant à l'ensemble de l'idiome, et commande toute l'idée renanienne de l'évolution linguistique, conçue non comme une histoire, mais comme un simple passage de la puissance à l'acte : une langue ne peut devenir que ce qu'elle a toujours été[3].

Ce germe décisif, ce patrimoine génétique indestructible, ce ne peut être le lexique : c'est la « forme rationnelle sans laquelle les *mots* n'auraient point été une *langue*, en d'autres termes la grammaire (...). L'erreur du XVIIIe siècle fut de tenir trop peu de compte de la grammaire dans ses analyses du discours. Des sons ne forment point une langue, pas plus que des sensations ne font un homme. Ce qui fait le langage comme ce qui fait la pensée, c'est le lien logique que l'esprit établit entre les choses ». Appréciation fort injuste envers le siècle de Harris et de Beauzée, mais nous avons déjà vu tout ce qui séparait la grammaire des grammairiens-philosophes de celle des philologues comparatistes. Pour Renan, le XVIIIe siècle linguistique reste essentiellement celui de De Brosses et de Gébelin, et il n'hésite pas à attribuer entièrement à la nouvelle école le grand principe méthodologique,

1. P. 228-229.
2. P. 54, 560-561.
3. Rappelons-le, cette conception n'empêche nullement (jusque dans le titre) l'usage du mot *histoire*, ni la conviction proclamée que « la véritable théorie des langues n'est en un sens que leur histoire » (p. 134).

qui était déjà celui de l'abbé Girard, selon lequel « dans l'œuvre de classement des langues, les conditions grammaticales sont bien plus importantes que les considérations lexicologiques[1] ». Moyennant quoi, la notion nouvelle de structure grammaticale reçoit chez lui la même interprétation fixiste que Girard ou Beauzée donnaient à celle de « génie » syntaxique. Rien ici du pessimisme d'un Schlegel ou d'un Bopp, rien non plus de l'optimisme à venir d'un Jespersen : rien ne bouge. Le chinois, né « sans grammaire », reste à jamais sans grammaire. Les langues sémitiques, privées à l'origine d'un « système satisfaisant de temps et de modes », en resteront à jamais privées. « Chaque langue est emprisonnée une fois pour toutes dans sa grammaire ; elle peut acquérir, par la suite des temps, plus de grâce, d'élégance et de douceur ; mais ses qualités distinctives, son principe vital, son âme, si j'ose dire, apparaissent tout d'abord complètement fixés[2]. » Une langue, non plus qu'un être, ne peut changer d'*âme*.

Le point d'application spécifique de ces principes, ce seront les langues sémitiques. Professeur d'hébreu au Collège de France à partir de 1862[3], Renan s'était donné dès 1847, pour la première esquisse de l'*Histoire des langues sémitiques*, une tâche et un modèle : « Je m'étais proposé de faire, selon la mesure de mes forces, *pour les langues sémitiques ce que M. Bopp a fait pour les langues indo-européennes*, c'est-à-dire un tableau du système grammatical qui montrât de quelle manière les Sémites sont arrivés à donner par la parole une expression complète à la pensée[4]. » Il explique dans sa préface de 1855 comment la visée systématique s'est trouvée peu à peu évincée par un propos historique ; éviction provisoire en principe, mais qui est restée définitive, puisque le volume « théorique » qui devait suivre n'a jamais vu le jour. En fait, nous avons déjà pu observer que la théorie n'est rien moins qu'absente de cette première partie (qui reprend largement la matière de l'*Origine du lan-*

1. P. 548.
2. P. 559.
3. Aussitôt suspendu, réintégré en 1870.
4. P. 134 (je souligne).

gage) et reconnaître les limites (théoriques, justement) de son point de vue historique. La différence avec Bopp (ou Schlegel) n'est peut-être pas exactement là où la voit Renan, et peut-être tient-elle justement à une trop grande fidélité au modèle. Ceci va s'éclairer, j'espère, dans les pages qui viennent ; remarquons seulement, pour l'instant, que M. Schlegel ou M. Bopp, quant à eux, ne s'étaient jamais donné de modèles – et pour cause – dans leur travail sur les langues indo-européennes : leur propos ne pouvait être qu'autonome. Celui de Renan ne l'est pas, et somme toute il ne pouvait pas l'être. Faire pour les langues sémitiques ce que d'autres avaient fait pour les langues indo-européennes (c'est-à-dire une grammaire comparée), c'était presque inévitablement tenter d'appliquer à cette nouvelle « famille » des méthodes éprouvées sur l'autre, donc partir à sa découverte, l'esprit constamment occupé des traits caractéristiques de l'autre, et finalement ne pouvoir la décrire qu'en opposition et en contraste avec elle. On ne trouvera donc pas chez Renan un « tableau » des langues sémitiques, comme on trouvait chez les Allemands un tableau des langues indo-européennes, mais une sorte d'*envers* de ce dernier, fondé sur une perpétuelle comparaison, où les valorisations aryano-centristes déjà sensibles chez Schlegel vont se développer d'une manière quelque peu fâcheuse.

Il faut le préciser tout de suite : bien qu'il emploie constamment les termes « race sémitique » et « race aryenne », la différence, pour Renan, n'est pas d'ordre anthropologique : « La division des Sémites et des Indo-Européens a été créée par la philologie et non par la physiologie. Quoique les Juifs et les Arabes aient un type fort prononcé, qui empêche de les confondre avec les Européens, jamais les savants qui envisagent l'homme au point de vue de l'histoire naturelle n'auraient songé à voir dans ce type un trait de race, si l'étude des langues, confirmée par celle des littératures et des religions, n'avait fait reconnaître ici une distinction que l'étude du corps ne révélait pas. » Plus net encore : « L'individualité de la race sémitique ne nous ayant été révélée que par l'analyse du langage, analyse singulièrement confirmée, il est vrai, par l'étude des mœurs, des littératures, des religions, cette race étant, en quelque sorte, créée par la philologie, il n'y a réellement qu'un seul critérium pour reconnaître les Sémites : c'est le langage[1]. » Aryens et Sémites constituent pour lui (en face des « Mongols » et des « Nègres ») une race unique (« blanche » ou « caucasienne »), originaire de la région de l'Imaüs, qui se serait scindée en deux groupes avant la création du langage. La différence linguistique refléterait alors une opposition non originaire, sans fondement biologique, et donc, malgré des formulations équivoques, d'ordre historique, géographique et culturel[2].

Cette comparaison multiforme et obsédante peut se regrouper sous trois chefs principaux. C'est d'abord l'opposition entre la diversité indo-européenne et l'unité sémitique. L'esprit aryen est pluraliste, polythéiste, et foncièrement tolérant. L'esprit sémite est (donc) essentiellement unitaire et intolérant : « le monothéisme en résume et en explique tous les caractères[3] ». D'où le contraste entre la pluralité des langues indo-européennes, étirées en un « immense cordon de l'Irlande aux îles de Malaisie », et divisées à l'infini en branches, sous-groupes et dialectes, et l'unité des langues sémitiques, « confinées dans un coin de l'Asie », et qui ne diffèrent pas plus entre elles que les variétés d'un même groupe européen, le germanique par exemple. La civilisation sémitique est uniforme, du Hedjaz à l'Andalousie : « En toute chose, la race sémitique nous apparaît comme une race incomplète par sa simplicité même. Elle est, si j'ose le dire, à la famille indo-européenne ce que la grisaille est à la peinture, ce que le plain-chant est

1. P. 102, 180.

2. Si l'on veut apprécier par contraste la subtilité du déterminisme renanien, voici un exemple de théorie authentiquement raciste du langage : « Par *race*, j'entends une variété primitive de l'espèce humaine. Par *langue*, j'entends l'organisme syllabique primordial dans lequel chaque race a incarné spontanément les produits de son organisation intellectuelle particulière. Ainsi, chaque langue n'est qu'un complément naturel de l'organisation humaine anatomiquement, physiologiquement et psychologiquement spécialisée dans chaque race. Les différentes caractéristiques de la cause productrice (telle organisation cérébro-mentale donnée) se retrouvent forcément reflétées dans les effets produits. Mettre dans sa langue ce qui était dans sa tête, et de la manière dont cette tête sentait et comprenait voilà l'œuvre commune, première, spontanée et inévitable de chaque race. De là, par exemple, des corollaires tels que ceux-ci : la race chinoise est à la langue chinoise comme la race indo-européenne est à la langue indo-européenne ; telle race, telle langue, et telle langue, telle race » (H. Chavé, *Les Langues et les Races*, Paris, 1862, p. 7).

3. P. 146.

à la musique moderne; elle manque de cette variété, de cette largeur, de cette surabondance de vie qui est la condition de la perfectibilité[1]. »

A cette unité dans l'espace répond en effet une unité dans le temps, qui est l'immutabilité, ou stérilité, de l'esprit sémite, opposé à l'évolutivité et fécondité de l'esprit indo-européen. L'Asie et l'Europe aryennes sont terres d'histoire, de mutations et de progrès. L'Orient n'est dit immuable que parce qu'on lui applique en général « ce qui ne convient qu'aux peuples sémitiques; (...) les peuples nomades se distinguent par leur esprit essentiellement conservateur». Constamment rongées dans leur délicat système vocalique, les langues indo-européennes se sont peu à peu effritées et périodiquement reconstruites sur de nouvelles bases, passant

1. P. 155-156. Il faut pourtant opposer à ces déclarations une page où, emporté par un autre topos (celui de l'influence du climat), Renan insiste au contraire sur la diversité des trois grandes langues sémitiques : « Tandis que les langues du Midi abondent en formes variées, en voyelles sonores, en sons pleins et harmonieux, celles du Nord, comparativement plus pauvres et ne recherchant que le nécessaire, sont chargées de consonnes et d'articulations rudes. On est surpris de la différence que produisent à cet égard quelques degrés de latitude. Les trois principaux idiomes sémitiques, par exemple, l'araméen, l'hébreu et l'arabe, bien que distribués sur un espace peu considérable, sont dans un rapport exact, pour la richesse et la beauté, avec la situation climatérique des peuples qui les ont parlés. L'araméen, usité dans le Nord, est dur, pauvre, sans harmonie, lourd dans ses constructions, sans aptitude pour la poésie. L'arabe au contraire, placé à l'autre extrémité, se distingue par une admirable richesse. Nulle langue ne possède autant de synonymes pour certaines classes d'idées, nulle ne présente un système grammatical aussi compliqué; de sorte qu'on serait tenté quelquefois de voir surabondance dans l'étendue presque indéfinie de son dictionnaire et dans le labyrinthe de ses formes grammaticales. L'hébreu enfin, placé entre ces deux extrêmes, tient également le milieu entre leurs qualités opposées. Il a le nécessaire, mais rien de superflu; il est harmonieux et facile, mais sans atteindre à la merveilleuse flexibilité de l'arabe. Les voyelles y sont disposées harmoniquement et s'entremettent avec mesure pour éviter les articulations trop rudes, tandis que l'araméen, recherchant les formes monosyllabiques, ne fait rien pour éviter les collisions de consonnes, et que dans l'arabe, au contraire, les mots semblent, à la lettre, nager dans un fleuve de voyelles, qui les déborde de toutes parts, les suit, les précède, les unit, sans souffrir aucun de ces sons heurtés que tolèrent les langues d'ailleurs les plus harmonieuses » (p. 95-96, repris p. 572-573). Nous aurons à revenir sur cette curieuse versatilité du topos, qui s'inverse en se déplaçant, ou plutôt en changeant de niveau : l'araméen est ici au sémitique en général ce que le sémitique est à l'indo-européen; et du coup, l'arabe, opposé à l'araméen, n'a plus rien de sémitique.

ainsi (on retrouve ici le schéma évolutif schlégélien) de l'état synthétique originel à l'état analytique moderne. L'« organe sémitique », lui, qui ne se soucie pas de voyelles, « n'a jamais fléchi sur ses vingt-deux articulations fondamentales (...) les trois articulations fondamentales de chaque racine restèrent comme une sorte de charpente osseuse qui les préserva de tout ramollissement. Le système d'écriture sémitique, de son côté, n'a pas peu contribué à ce phénomène de persistance. On ne peut pas dire que les Sémites écrivent d'une manière aussi parfaite que les Indo-Européens : ils ne représentent que le squelette des mots ; ils rendent l'idée plutôt que le son ». Les langues sémitiques n'ont donc pas bougé depuis des siècles. « Elles n'ont pas végété, elles n'ont pas vécu ; elles ont duré. L'arabe conjugue aujourd'hui le verbe exactement de la même manière que le faisait l'hébreu aux temps les plus anciens ; les racines essentielles n'ont pas changé d'une seule lettre jusqu'à nos jours, et l'on peut affirmer que, sur les choses de première nécessité, un Israélite du temps de Samuel et un Bédouin du XIXe siècle sauraient se comprendre. » Aussi incapables donc de « différer d'elles-mêmes à leurs âges successifs » que de « différer les unes des autres [1] ».

La liaison entre ces deux contrastes est évidente, et d'ailleurs explicite. Le troisième apparaît d'abord plus autonome : c'est l'opposition entre l'esprit d'abstraction et d'« idéalisme » des Indo-Européens (encore un thème schlégélien) et l'incapacité à abstraire des Sémites. La civilisation aryenne est essentiellement tournée vers la science et la philosophie. La civilisation sémitique y répugne : son domaine d'élection, c'est la poésie, le discours prophétique, la religion. Au niveau linguistique, même partage ; à l'abstraction toute « métaphysique » des racines indo-européennes s'oppose, dans le Coran comme dans la Bible, la perpétuelle métaphore du spirituel par le physique. « Si l'on ne considérait que les langues sémitiques, on pourrait croire que la sen-

1. P. 527-530. Mais voici p. 522 le thème inverse (schlégélien encore) : « A l'inverse des langues indo-européennes, les langues sémitiques se sont enrichies et perfectionnées en vieillissant. La synthèse n'est pas pour elles à l'origine, et ce n'est qu'avec le temps et par de longs efforts qu'elles sont arrivées à donner une expression complète aux opérations logiques de la pensée. »

sation présida seule aux premiers actes de la pensée humaine et que le langage ne fut d'abord qu'une sorte de reflet du monde extérieur[1]. En parcourant la série des racines sémitiques, à peine en rencontre-t-on une seule qui n'offre un premier sens matériel, appliqué, par des transitions plus ou moins immédiates, aux choses intellectuelles. S'agit-il d'exprimer un sentiment de l'âme, on a recours au mouvement organique qui d'ordinaire en est le signe. » La colère, c'est le souffle rapide, la chaleur, le fracas ; le désir, c'est la soif ou la pâleur ; pardonner, c'est couvrir ou effacer, etc. « Je n'ignore pas que des faits analogues se remarquent dans toutes les langues et que les idiomes aryens fourniraient presque autant d'exemples où l'on verrait de même la pensée pure engagée dans une forme concrète et sensible (Renan se sépare ici de Schlegel). Mais ce qui distingue la famille sémitique, c'est que l'union primitive de la sensation et de l'idée s'y est toujours conservée, c'est que l'un des deux termes n'y a point fait oublier l'autre, comme cela est arrivé dans les langues aryennes, c'est que l'idéalisation, en un mot, ne s'y est jamais opérée d'une manière complète ; si bien que dans chaque mot on croit entendre encore l'écho des sensations primitives qui déterminèrent le choix des premiers nomenclateurs. » Avec leur syntaxe souple et complexe, leurs flexions, leurs particules, leurs inversions, leurs périodes immenses et pourtant solidement construites, « les langues aryennes nous transportent tout d'abord en plein idéalisme, et nous feraient envisager la création de la parole comme un fait essentiellement transcendantal ». Les Sémites, au contraire, n'ont pour ainsi dire aucune syntaxe. « Joindre les mots dans une proposition est leur dernier effort ; ils ne songent point à faire subir la même opération aux propositions elles-mêmes. » Ils ne savent pas subordonner, ils juxtaposent, ils vont jusqu'à coordonner, et la copule *et* « fait le secret de leur période et leur tient lieu de presque toutes les autres conjonctions ». Leur éloquence n'est « qu'une vive succession de tours pressants et d'images hardies ; en rhétorique comme en architecture, l'arabesque est leur procédé favori ». Pour

1. On voit avec quelle précision Renan applique aux seules langues sémitiques l'idée même que l'« ancienne école » se faisait des origines de tout langage. Le mimologisme classique n'est pas réfuté, il est simplement relégué ; mais pour lui, bien sûr, cette relégation vaut réfutation.

toute période, ils ont le verset, qui n'est qu'une coupe arbitraire de prophète essoufflé : « l'auteur s'arrête, non par le sentiment d'une période naturelle du discours, mais par le simple besoin de s'arrêter ». Une telle langue, aussi matérielle dans son lexique et aussi peu relationnelle dans sa grammaire, ne se prête évidemment à aucune spéculation intellectuelle. « Imaginer un Aristote ou un Kant avec un pareil instrument n'est guère plus possible que de concevoir un poème comme celui de Job écrit dans nos langues métaphysiques et réfléchies[1]. »

Tel est, ramené à ses quelques motifs essentiels, cet éprouvant parallèle. Comme on le voit par le dernier exemple, la détermination de la langue par le génie national ne va pas sans réciprocité. Le mimologisme subjectif oscille toujours entre ces deux pôles : celui du *Volksgeist* imprimé dans l'idiome, et (comme déjà chez Humboldt, plus récemment chez Sapir et Whorf) celui de la langue imposant ses catégories à l'esprit de ses locuteurs. Relation « dialectique » s'il en est, que Renan lui-même expose avec une grande netteté : « L'esprit de chaque peuple et sa langue sont dans la plus étroite connexité : l'esprit fait la langue, et la langue à son tour sert de formule et de limite à l'esprit[2]. » La détermination première, toutefois, revient à l'esprit : l'action de la langue est une action *en retour*, par laquelle le *Volksgeist* se confirme et s'enferme dans son œuvre.

Mais ces formules théoriques, comme d'habitude, ne restituent pas très fidèlement la vraie démarche de l'imagination linguistique, qu'elles rationalisent après coup. Le véritable point de départ me semble être en l'occurrence une

1. P. 96-98 157-162. La dernière phrase est ici dans la version de l'*Origine*. L'*Histoire* présente une variante intéressante : « Imaginer un Aristote ou un Kant avec un pareil instrument est aussi impossible que de concevoir une *Iliade* ou un poème comme celui de Job, etc. » Homère est ici du même côté que Job, ce qui perturbe un peu l'antithèse, à moins de ranger le « dialecte » homérique parmi les langues sémitiques. A propos de l'incapacité métaphysique des Sémites, rappelons que Renan écrit en 1852 une thèse de doctorat sur Averroès. Mais la philosophie arabe n'est pas pour lui une création de l'esprit sémite, puisqu'elle dérive entièrement d'Aristote.

2. P. 96.

sorte d'intuition globale, et *physique*, de l'être sémitique à la fois dans sa langue et ce qu'on ne peut appeler ici sa culture, tant la part de nature (géographique, climatique, physiologique) y est manifestement dominante : c'est un thème sensible, celui du minéral et de l'osseux : sécheresse, dureté, aridité ; monotonie stérile de la pierre et du sable ; la formule la plus révélatrice en est celle-ci, du pur Michelet : « le désert est monothéiste[1] ». Linguistiquement, la formule clé est sans doute le cliché sous-jacent : « *squelette* consonantique ». Ni chair ni humeur : pas de voyelles (écrites et fixées), une langue toute en consonnes, pour un peuple tout en os et en tendons (le Sémite archétypique, c'est toujours le Bédouin), nourri de miel sauvage et de sauterelles[2]. Au lieu du « germe fécond » schlégélien, chaque racine sémitique (et, au niveau du discours, chaque verset biblique ou coranique) présente une sorte de *noyau* dur et sec, immuable, incapable de liaison et de développement. Cette sécheresse n'est pas celle de l'abstraction (que Renan valorise au contraire sous les espèces onctueuses de l'*idéalisation*) : c'est le « sensible » sous sa forme la plus concentrée, brûlante, et comme dévorée. L'impression physique (maigreur) et sa projection linguistique (gutturalité, dominance du consonantisme, parataxe) sont ici indissociables : elles ne font qu'une image.

Mais, si immédiate et spontanée soit-elle, cette image, faut-il le dire, n'est rien moins qu'innocente. Il y a là, de manière trop évidente, un complexe de culture qui mérite pleinement la qualification d'idéologique, en un sens qui n'est pas celui de Destutt de Tracy, et où nous retrouvons les

1. P. 147.

2. Cette indication traditionnelle sur Jean-Baptiste est rappelée au chap. 6 de la *Vie de Jésus* (1863). Jean-Baptiste est pour Renan l'incarnation de l'esprit sémite dans sa pureté, l'héritier du « patriarche bédouin préparant la foi du monde ». On sait quel rôle joue dans la *Vie de Jésus* l'opposition géo-ethnographique (« Tout peuple appelé à de hautes destinées doit être un petit monde complet, renfermant dans son sein les pôles contraires ») entre la sèche Judée, pays sémitique par excellence, et la riante Galilée, dont l'esprit « moins âprement monothéiste » est la source naturelle du christianisme. L'effort pour arracher le christianisme à ses origines sémitiques est évident. En revanche, l'islam sera « une sorte de résurrection du judaïsme en ce que le judaïsme avait de plus sémitique », et du coup, l'antithèse sémite/aryen se perpétue en opposition entre un islam essentiellement sémitique et un chrisitianisme aryanisé.

conséquences, difficilement évitables, du propos de départ, « faire pour les langues sémitiques ce que Bopp avait fait pour les langues indo-européennes ». Le sémitique de Renan, c'est le sémitique *vu d'ici*, et portant tout le poids d'une comparaison nécessairement accablante, puisque les termes mêmes, les catégories descriptives et les valorisations implicites en sont empruntées à l'un des systèmes comparés. Renan n'a pas été, et ne pouvait pas être, le Bopp des langues sémitiques, tout simplement parce qu'à la différence de son modèle il analysait ces langues dans les termes élaborés pour (et par) une autre analyse[1]. Le type linguistique idéal reste l'indo-européen, et c'est à lui, et selon ses normes, qu'on va mesurer un autre système. Dès lors, toute différence fera lacune et carence, et le tableau ne peut plus être que négatif. C'est ce qu'exprime avec une netteté vraiment caricaturale cette phrase de l'*Histoire* : « La race sémitique se reconnaît presque uniquement à des caractères négatifs : elle n'a ni mythologie, ni épopée, ni science, ni philosophie, ni fiction, ni arts plastiques, ni vie civile[2]. »

Il y a là une structure (de couple) au sens le plus fort, c'est-à-dire susceptible de transfert ou de translation, et paradoxalement (si l'on songe à l'intensité des images investies) indépendante de ses contenus. La preuve en est que le couple est tout prêt à neutraliser son opposition, si violente qu'elle paraisse, pour constituer à son tour l'un des

1. Ce danger avait déjà été signalé par Humboldt : « Comme, pour étudier une langue inconnue, on se place d'habitude au point de vue d'une autre langue connue soit de la langue maternelle soit du latin, on est porté à rechercher de quelle façon les rapports grammaticaux de cette dernière sont exprimés par l'autre ; puis on applique aux flexions ou aux combinaisons de mots de la langue étrangère le nom même de la forme grammaticale qui, dans la langue déjà connue, ou d'après les lois générales du langage, sert à exprimer le même rapport. Or il arrive très souvent que ces formes-là n'existent en aucune façon dans la langue nouvelle, mais qu'elles y sont remplacées par d'autres ou exprimées par des circonlocutions. Pour éviter cette erreur, on doit étudier chaque langue à part, dans son caractère propre, et, par une analyse exacte de toutes ses parties, s'efforcer de reconnaître quelle forme spéciale elle possède d'après sa constitution pour représenter chaque rapport grammatical » (*De l'origine des formes grammaticales*, p. 19). Mais Humboldt ne faisait ici qu'appliquer à l'étude des langues « inconnues » le principe, formulé par Girard contre l'impérialisme du latin, de respect du « génie propre ». Principe, certes, plus facile à énoncer qu'à appliquer.

2. P. 155.

termes d'un nouveau couple oppositif. Il suffit de confronter ensemble ces deux branches, après tout jumelles, de la « race blanche » ou « famille civilisée »[1], à tel autre groupe plus éloigné : le Chinois, par exemple (ou l'Égyptien). Aussitôt, les énormes contrastes qui séparaient Aryens et Sémites s'évanouissent, une « grande et profonde analogie » s'en dégage : « l'existence d'une *grammaire*. Le chinois, au contraire, n'a de commun avec les autres langues de l'Europe et de l'Asie qu'une seule chose : le but à atteindre. Ce but, qui est l'expression de la pensée, il l'atteint aussi bien que les langues grammaticales, mais par des moyens complètement différents (...). Si les planètes dont la nature physique semble analogue à celle de la terre sont peuplées d'êtres organisés comme nous, on peut affirmer que l'histoire et la langue de ces planètes ne diffèrent pas plus des nôtres que l'histoire et la langue chinoise n'en diffèrent. La Chine nous apparaît ainsi comme une seconde humanité qui s'est développée presque à l'insu de la première[2] ». Mais cette nouvelle dichotomie peut elle-même s'effacer au profit d'une plus vaste, qui opposerait ensemble Aryens, Sémites et Chinois aux « races inférieures de l'Afrique, de l'Océanie, du Nouveau Monde » : celles-là, qui restent apparemment au seuil de l'humanité et du langage articulé, « un abîme les sépare des grandes familles dont nous venons de parler ». On voit que le mécanisme de la valorisation par contraste s'est remis en marche : voici le chinois, cette langue « sans grammaire », réhabilité devant des parlers encore plus démunis, tout comme le sémitique, langue sans syntaxe, s'était réhabilité devant l'indigence du chinois. Et ainsi de suite sans cesse, je suppose, et aussi bien dans l'autre sens, comme le montre cette page au bord du fantastique où Renan oppose à l'idée « absolue » que certains philosophes comme Hegel se font du développement de l'humanité une idée essentiellement relative, qui pourrait apparaître comme une prise de conscience tardive des illusions de l'ethnocentrisme, si elle n'enfermait la diversité des cultures dans la perspective irrépressiblement axiologique d'une sorte de gigantesque distribution des prix :

1. P. 577.
2. P. 580.

> Si la race indo-européenne n'était pas apparue dans le monde, il est clair que le plus haut degré du développement humain eût été quelque chose d'analogue à la société arabe ou juive : la philosophie, le grand art, la haute réflexion, la vie politique eussent été à peine représentés. Si, outre la race indo-européenne, la race sémitique n'était pas apparue, l'Égypte et la Chine fussent restées à la tête de l'humanité : le sentiment moral, les idées religieuses épurées, la poésie, l'instinct de l'infini eussent presque entièrement fait défaut. Si, outre les races indo-européennes et sémitiques, les races chamites et chinoises n'étaient pas apparues, l'humanité n'eût pas existé dans le sens vraiment sacré de ce mot, puisqu'elle eût été réduite à des races inférieures, à peu près dénuées des facultés transcendantes qui font la noblesse de l'homme. Or à quoi tient qu'il ne se soit formé une race aussi supérieure à la race indo-européenne que celle-ci est supérieure aux Sémites et aux Chinois ? On ne saurait le dire. Une telle race jugerait notre civilisation aussi incomplète et aussi défectueuse que nous trouvons la civilisation chinoise incomplète et défectueuse [1].

Renan avait critiqué d'avance ce genre de préjugés, mais en l'attribuant, par un détour typique d'ethnocentrisme, aux seuls peuples primitifs : « Nous trouvons que, dans les langues les plus anciennes, les mots qui servent à désigner les peuples étrangers se tirent de deux sources : ou de verbes qui signifient *bégayer, balbutier*, ou de mots qui signifient *muet*. Le peuple est toujours porté à ne voir qu'un jargon inarticulé dans les langues qu'il ne comprend pas : de même, pour l'homme primitif, le signe caractéristique de l'étranger était de parler une langue inintelligible et qui ressemblait à un bégaiement informe [2]. » Le bègue ou le muet, c'est toujours l'*autre*, barbare interchangeable toujours forclos à l'extérieur du cercle égocentrique, et ceci aussi, bien sûr, est déjà présent dans le monolinguisme du *Cratyle*. D'une façon sans doute particulièrement marquée ici, mais toujours à quelque degré, le cratylisme subjectif, lorsqu'il s'applique à une langue étrangère (ce qui n'était pas vraiment le cas pour les fondateurs de la grammaire « indo-germanique »), porte le

1. P. 588.
2. P. 90.

poids de ce que Paulhan appellera « l'illusion des explorateurs », et qui est un des pièges de l'exotisme : la fascination de l'autre et l'incapacité à le *comprendre* (en tous les sens) autrement qu'en forçant l'altérité en un contraste qui permette soudain de le *réduire*. Solipsisme, ou barbarie.

Au défaut des langues

> L'écrivain véritable est un homme qui ne *trouve* pas ses mots[1].

Si l'on en croit une lettre autobiographique à Verlaine, Mallarmé n'attachait pas grande valeur à ses *Mots anglais* : « besogne propre et voilà tout, dont il sied de ne pas parler[2] ». Mais faut-il l'en croire ? Pour Valéry, tout au contraire, ce livre est « peut-être le document le plus révélateur que nous possédions sur le travail intime de Mallarmé[3] » ; d'autres y ont trouvé « la source de toute sa poésie[4] », et cette hypothèse inspire plus d'un commentaire. La *Petite Philologie* de 1877 ne mérite peut-être ni ce dédain ni cet honneur. Document révélateur, certes, et non seulement sur la théorie mallarméenne du langage : plus généralement sur l'imagination cratylienne à un tournant de son histoire ; mais document qui, loin de se suffire à lui-même, ne se laisse interpréter qu'à la lumière de son contexte – quelques autres pages de Mallarmé – et de sa situation : savoir, la relation très particulière d'un poète à un idiome qui n'est ni sa langue maternelle ni sa langue d'écriture (même si, en l'occurrence, il la connaît assez bien pour l'enseigner et la traduire). Autant et plus que l'article sur Wagner, ce livre pourrait être sous-titré : *Rêverie d'un poète français*. L'anglais tel qu'on le rêve, en somme, ou, pour paraphraser encore un titre mallarméen : *L'anglais vu d'ici*.

Le titre intégral est donc *Petite Philologie à l'usage des classes et du monde, les mots anglais*[5]. L'éditeur annonçait en préparation un second volume consacré à l'*Étude des*

1. Valéry, *Cahiers*, Pléiade, II, p. 487. J'interprète, en soulignant.
2. 16 nov. 1885.
3. *Œuvres*, Pléiade, I, p. 686.
4. M. Monda et F. Montel, *Bibliographie des poètes maudits*, Paris, 1927.
5. Truchy-Leroy, Paris, 1877. Repris dans les *Œuvres complètes*, Pléiade, p. 881-1053.

règles, c'est-à-dire à la grammaire, et plusieurs allusions du texte confirment cette promesse, qui ne sera jamais tenue[1]. Ce propos d'ensemble baptisé philologique[2] et cette restriction immédiate au seul lexique désignent assez bien l'ambiguïté de l'ouvrage, qui prolonge et dévie la tradition cratylienne en pleine époque de la linguistique historique. Typiquement dix-neuviémiste, la conscience de la pluralité des langues et, au moins pour la famille indo-européenne, de leur réseau complexe de parentés et de différences. « Qu'est-ce que l'anglais[3] ? » : l'enquête ne portera pas, comme jadis, sur *le* langage, mais sur *une* langue, située à sa place dans le tableau historique général[4], et définie davantage par sa filiation que par sa structure. La dernière page s'efforce bien à une tardive caractérisation typologique à la Schleicher, mais d'allure purement rhétorique, ou ludique : l'anglais serait à la fois « monosyllabique » (isolant) comme le chinois, « et même interjectionnel, un Mot identique servant souvent et de verbe et de nom » ; agglutinatif par ses mots composés ; et flexionnel par quelques restes de désinences casuelles et verbales. Ailleurs, et d'un œil plus froid, il le voit surtout monosyllabique et « radical » : « Qui veut parler sagement ne peut dire qu'une chose de l'Anglais, c'est que cet idiome, grâce à son monosyllabisme et à la neutralité de certaines formes aptes à marquer à la fois plusieurs fonctions grammaticales, présente presque à nu ses Radicaux ». Mais là n'est pas l'essentiel et, si caractéristique soit-il, ce trait de structure n'est qu'un effet qui renvoie à sa cause historique : « résultat principalement obtenu dans le passage de l'Anglo-Saxon à l'Anglais[5]. » Ce passage, moment décisif dans une diachronie qui remonte aux Indo-Européens primitifs de la vallée de l'Oxus, résulte lui-même d'un événement historique : Hastings[6], la conquête

1. Pléiade, p. 889, 903, 911, 926, 953. Le manuscrit des *Thèmes anglais* (p. 1055-1156) a sans doute quelque relation avec ce projet, mais il devait s'inscrire dans un autre ensemble *(Cours complet d'anglais)* ; et c'est bien davantage une phraséologie qu'une grammaire : recueil de « proverbes et locutions typiques » traduits en français et à remettre en leur idiome.

2. C'est le terme français de l'époque pour désigner la grammaire comparative et historique. Renan parle de « philologie comparée ».

3. P. 889.

4. P. 1050.

5. P. 963, 962.

6. Antidaté de vingt-quatre ans, p. 911.

de l'Angleterre par les Normands de Guillaume, la rencontre et la fusion progressive des deux langues.

Là est la clef, et la vraie réponse à la question initiale *qu'est-ce que l'anglais ?* : c'est un mélange d'anglo-saxon et de franco-normand. Nous y reviendrons, mais il faut noter immédiatement qu'une telle réponse, malgré son historicisme évident, n'est concevable qu'aux yeux d'une linguistique encore prise dans les catégories et les valorisations implicites d'une attitude plus ancienne, pour qui l'essentiel d'une langue est dans son lexique. Pour fixer les idées à cet égard, il suffit de signaler que dans ses *Recherches sur la fusion du franco-normand et de l'anglo-saxon*[1], J.-P. Thommerel, après avoir dénombré seulement 13 330 mots germaniques contre 29 854 mots romans, contresignait cependant à peu près l'opinion de Villemain[2] : « La langue anglaise est encore aujourd'hui une langue tout à fait teutonique » : c'est que les premiers constituent « la partie essentielle, indispensable du langage, celle sans laquelle il ne resterait plus, en quelque sorte, qu'un catalogue indigeste de noms, d'adjectifs et de verbes, sans nombre, ni temps, ni modes, ni personnes ». Cette conscience grammaticale de la langue, qui donne le premier rôle à la construction des phrases et aux mots de relation, est évidemment absente des *Mots anglais* : « il sied d'oublier la grammaire pour ne penser qu'au lexique[3] » ; pour méthodique, et en principe provisoire, qu'il soit, cet oubli n'en est pas moins typique. Il procède en fait moins souvent d'un parti délibéré que d'un glissement inaperçu. Ici, Mallarmé se demande « qu'est-ce que le Langage ? » et répond par la vie des mots ; ailleurs, il passe dans la même phrase d'une catégorie à l'autre, identifiant clairement langue et lexique[4]. Cette valorisation du mot (mais non pas, ici, du *nom*, puisque, nous l'avons vu, la distinction, pour Mallarmé, n'est pas toujours pertinente en anglais[5]) est un trait caractéristique du mimologisme, et c'est là l'autre versant des *Mots anglais*. La question « qu'est-ce que l'an-

1. Paris, 1841, p. 115 et 104.
2. *Cours de littérature* de 1830.
3. P. 911.
4. P. 901, 903.
5. Autre formulation p. 962 : « Beaucoup de ces mots, réduits à leur plus simple expression, sont à la fois Noms et Verbes. »

glais ? » se ramène donc définitivement à cette autre question : qu'est-ce que le lexique anglais ?

Ainsi défini, l'idiome offre à la curiosité du poète-linguiste un spectacle assez rare et, nous le verrons, obscurément emblématique : celui d'une langue *double*, où se mêlent et se composent sans jamais se confondre, et selon des lois secrètes, les héritages respectifs de la langue d'oil et de l'anglo-saxon. Ce « dualisme anglo-français [1] » se traduit d'abord par le partage bien connu qui réserve le normand, langue des vainqueurs, au vocabulaire politique et seigneurial, l'anglo-saxon vaincu aux réalités « humbles et intimes » ; d'où ces vocables « parallèles » qui désignent dans l'une et l'autre langue l'animal vivant, réalité paysanne *(ox, calf, sheep, swine)*, et la viande offerte « sur la table châtelaine » *(beef, veal, mutton, pork)* : exemple classique de clivage socio-linguistique, ou de résistance sociale à la fusion des langues, mais ce qui intéresse surtout Mallarmé, c'est l'aspect esthétique du phénomène, la juxtaposition pittoresque des idiomes, l'immédiate expressivité de leur répartition [2] – et plus encore ses étranges investissements poétiques : ces doublets bilingues, « modes de rhétorique singulière » caractéristiques de la langue de Chaucer, qui procèdent d'un évident besoin de traduction immédiate *(act and deed, head and chief, mirth and jollity)*, ces encadrements d'adjectifs *(the woful day fatal)*, d'où provient « une des formes de style les plus exquises de la poésie anglaise moderne [3] ».

Mais à ce dualisme ségrégatif et redondant s'en ajoute un autre, aux effets plus subtils quoique tout spontanés : celui qui résulte de l'inévitable absorption d'une langue par l'autre, de l'anglicisation forcée des mots français adoptés depuis le XIe siècle, « nos mots gênés par le devoir étrange de parler une autre langue que la leur ». Mallarmé consacre tout un chapitre (II-1) à ces altérations de forme et aux « lois de permutation » qui les règlent. Ici, une langue se lit non plus à côté de sa rivale, mais derrière elle, par transparence étymologique : *napperon* sous *apron, chirurgien* sous *sur-*

1. P. 913.
2. Qui est à la fois fait historique – trace des origines –, et fait de mimésis diagrammatique au niveau de la structure générale du lexique, qui se partage *comme* la société.
3. P. 913.

geon, *asphodèle* sous *daffodil*, etc. Altérations de formes, mais aussi de sens, d'où ces vocables trompeurs, les fameux « faux amis » où la ressemblance des signifiants dissimule la discordance des signifiés – *library* qui est et n'est pas *librairie*, étant, sans l'être, *bibliothèque* ; *prejudice*, non *préjudice* mais *préjugé* ; *scandal*, non *scandale* mais *calomnie* –, instituant d'une langue à l'autre un curieux chassé-croisé d'identités et de différences ; « le plus souvent extension ou restriction voilà ce qui peut avoir lieu, ainsi que le passage d'une acception propre à une figure presque de rhétorique » (métonymie, c'est-à-dire), tropologie spontanée toujours à l'œuvre en toute langue, mais qui joue ici par-dessus leur frontière. Altérations doubles, enfin, « cas véritablement bizarres, où signification et orthographe se mêlent, pour composer des produits nouveaux » : c'est le mécanisme bien connu de l'étymologie populaire, où un vocable opaque – en l'occurrence, parce qu'étranger – se trouve réinterprété, donc remotivé, à la faveur d'une collision paronymique. Collision partielle, comme lorsque *femelle* devient *female* (vs. *male*), *lanterne lanthorn*, « *horn*, la corne, servant de verre », ou *écrevisse*, poisson si l'on veut, *crayfish* ; ou collision complète, comme dans *asparagus* > *sparrow-grass* (herbe à moineau), *buffetier* > *beef eater* (avale-bœuf), *Bellerophon* > *Billy Ruffian*, et ce chef-d'œuvre de transposition phonique, la fameuse enseigne du *Chat Fidèle* devenue *The Cat and the Fiddle*. Ces « jeux de mots heureux » sont de véritables jeux de langues, subversion ironique, pré-joycienne, du concept même de traduction, et du rapport de signification[1].

Tel est l'anglais, formation tout originale, « ni artificielle, ni naturelle absolument », « greffe » d'une langue « quasi

1. Mallarmé ajoute ici un commentaire d'un autre ordre, qui manifeste sans l'avouer l'influence directe des thèses de Max Müller sur l'origine linguistique des « mythes modernes » : « Mythologie, autant que Philologie, ceci : car c'est par un procédé analogue que, dans le cours des siècles, se sont amassées et propagées partout les Légendes » (p. 997). On sait que les *Dieux antiques* de 1880 s'inspiraient aussi de Müller, indirectement (à travers le texte original de Cox) et directement (une phrase est manifestement empruntée aux *Nouvelles Leçons* de 1863), mais toujours sans le nommer (voir P. Renauld, « Mallarmé et le mythe », *RHLF*, janv. 1973). Le maître d'Oxford est donc l'une des sources cachées de Mallarmé linguiste et mythologue, et – pour lui comme pour bien d'autres à cette époque – l'agent de transmission de la grammaire comparée allemande.

faite » sur une langue « presque faite »[1], langue à double fond(s), peut-être à deux usages, dont l'un serait pur jeu – poésie pure.

Mais de ces deux fonds, l'un est nettement privilégié – non pas, on l'a vu, en tant qu'il commande la liaison des mots et la construction des phrases, mais en tant qu'originel, trésor primitif des « mots de terroir » : c'est l'élément « gothique ou anglo-saxon », auquel Mallarmé consacre son Livre premier, et l'exclusivité de l'enquête mimologique, objet du premier chapitre. En lui-même, ce parti pris n'est nullement propre à Mallarmé, puisqu'on le trouvait déjà à l'œuvre chez Wallis[2]. Mais nous verrons plus loin qu'en passant de celui-ci à celui-là, cette restriction, déjà contraire à l'universalisme cratylien, prend une signification plus forte encore, et plus paradoxale.

Une fois le champ ainsi réduit, on y retrouve à l'œuvre le principe mimétique, la *justesse des mots*. C'est à propos de l'onomatopée, dont Mallarmé (comme de Brosses) perçoit bien l'état d'« infériorité » dans la langue actuelle, mais qu'il voit « perpétuer dans nos idiomes un procédé de création qui fut peut-être le premier de tous[3] » ; mots si primitifs qu'ils échappent à toute histoire (à toute filiation) et qu'ils paraissent « nés d'hier. Vos origines ? leur demande-t-on ; et ils ne montrent que leur justesse » (c'est toute l'éponymie socratique). Comment dire leur origine, puisque ces « mots justes, issus tout faits de l'instinct du peuple même qui parle la langue », sont simplement l'origine même de tout *ce qui dit* ? Cette justesse mimétique, Mallarmé n'en précise guère la nature et le procédé, si ce n'est d'un recours fort discret, presque dubitatif, au principe d'imitation vocale organique cher à ses prédécesseurs du siècle passé, évoquant les « rapports entre la signification totale et la lettre : qui, s'ils existent, ne le font qu'en vertu de l'emploi spécial, dans un mot, de tels

1. P. 915.
2. Rien ne permet actuellement de dire si Mallarmé en avait une connaissance fût-elle indirecte. P. G. Laserstein (« Stéphane Mallarmé professeur d'anglais », *Les Langues modernes*, janv. 1947) croit déceler des emprunts à Blair, ce qui renverrait en fait à Wallis, mais il peut s'agir, nous le verrons, de simples rencontres.
3. P. 920.

ou tels des organes de la parole[1] ». Plus réservé encore, lorsqu'il décrit le lien « entre les spectacles du monde et la parole chargée de les exprimer » comme « l'un des mystères sacrés ou périlleux du Langage, et qu'il sera prudent d'analyser seulement le jour où la science, possédant le vaste répertoire des idiomes jamais parlés sur la terre, écrira l'histoire des lettres de l'alphabet à travers tous les âges et quelle était presque leur absolue signification, tantôt devinée, tantôt méconnue par les hommes, créateurs des mots[2] ». *Tantôt méconnue* : c'est l'hypothèse même, invoquée par Socrate contre Cratyle, de l'erreur du nomothète, et le fondement de ce que nous sommes convenus d'appeler mimologisme secondaire : à savoir que les éléments du langage ont une « signification absolue » – autrement dit naturelle –, mais que les mots du lexique réel peuvent la trahir. Y compris dans la langue anglaise, elle-même non toujours sans reproche : « Oui, *sneer* est un mauvais sourire et *snake* un animal pervers, le serpent, *sn* impressionne donc[3] un lecteur de l'anglais comme un sinistre digramme, sauf toutefois dans *snow*, neige, etc. *Fly*, vol ? *to flow*, couler ? mais quoi de moins essorant et fluide que ce mot *flat*, plat. » Aussi bien, le « lien » expressif entre monde et parole, évoqué tout à l'heure, n'était-il pas donné dans la langue, mais « établi par l'imagination » grâce à l'« effort magistral » de l'allitération, c'est-à-dire d'une harmonie imitative factice, même si le procédé en est dit « inhérent au génie septentrional ». C'est déjà presque l'aboutissement mallarméen du cratylisme secondaire : le poète (ou le « prosateur savant ») chargé de compenser l'insuffisance mimétique de la langue naturelle. Mais n'anticipons pas.

Limité, donc, à un idiome dans un idiome, et non sans précautions peut-être prémonitoires, le principe mimétique va encore subir une série de réductions qui vont en restreindre, mais aussi sans doute en concentrer l'effet. C'est d'abord une séparation décisive des phonèmes en voyelles et consonnes, selon une équivalence métaphorique fort répandue, qui voit

1. P. 923. Comme souvent, l'emploi du mot *lettre* (pour *son*) dissimule une conception essentiellement phonique (articulatoire) de la mimésis linguistique.
2. P. 921.
3. Ce *donc* marque bien le caractère inductif (nous y reviendrons) de ces interprétations de phonèmes, commandées par le lexique réel.

dans les voyelles et diphtongues « comme une chair », et dans les consonnes « comme une ossature délicate à disséquer[1] ». On retrouve ici le « squelette consonantique » des vocables sémitiques et des « racines » indo-européennes, où se concentre la capacité de signification. « Qu'est-ce qu'une racine ? Un assemblage de lettres, de consonnes souvent, montrant plusieurs mots d'une langue comme disséqués, réduits à leurs os et à leurs tendons, soustraits à leur vie ordinaire, afin qu'on reconnaisse entre eux une parenté secrète[2]. » *Os* et *tendons*, charpente et musculature : toute la force est là. Les voyelles, d'« importance médiocre » au moins dans les « langues du Nord[3] », ne conservent qu'une fonction purement grammaticale, variations et dérivations sur le *thème* sémantique fourni par les seules consonnes : « voyelles ou diphtongues, à l'intérieur, rien de plus simple que ce soit elles, avec leur insignifiance relative, qui reçoivent l'effort de la voix tendant à différencier la valeur grammaticale du mot[4] ». On voit que la « valeur grammaticale » est étroitement liée à l'insignifiance, ce qui revient à supposer une antinomie radicale entre grammaire et signification. Les voyelles, purs morphèmes, sont donc désormais, comme chez de Brosses, hors du jeu sémantique.

Mais une nouvelle distinction va maintenant subdiviser les consonnes elles-mêmes : non selon leur mode d'articulation, mais selon la position qu'elles occupent dans le mot : les consonnes finales « apparaissent à l'état de suffixes point toujours discernables... ces consonnes de la fin venant ajouter comme leur sens secondaire à la notion exprimée par celles du commencement, qu'est-ce ? point encore des Affixes : non, mais bien de très anciennes désinences, frustes et abolies » : confinées, donc, à leur tour, dans une fonction grammaticale, simples agents de flexion. Reste donc la consonne initiale, dernier refuge de la sémanticité : « c'est là, *à l'attaque*, que réside vraiment la signification (...) la consonne initiale demeure immuable, car en elle gît la vertu radicale, quelque chose comme le sens fondamental du mot[5] ». La consonne, et non

1. P. 901.
2. P. 962.
3. P. 926.
4. P. 965.
5. P. 926 et 965.

pas, comme chez Wallis, le groupe consonantique : il y a donc ici une dernière réduction, qui ne laisse aux consonnes de second et troisième rang qu'une valeur sémantique subalterne, nuance ou modulation. Cette valorisation décisive de l'initiale, Jean-Pierre Richard[1] la rapproche très justement d'une autre valorisation, parallèle ou homothétique : celle de l'initiale du vers, baptisée elle aussi *lettre d'attaque* : « Je ne vous hais, écrit Mallarmé à F. Champsaur, qu'en raison de la majuscule ôtée au vers, la lettre d'attaque y a, selon moi, la même importance que la rime. » Il l'appelle ailleurs « clé allitérative[2] », et le rôle inducteur de cette métaphore musicale est assez évident. La première lettre du mot, comme du vers, est bien « la clé qui l'harmonise » (Richard), l'armure en tête de partition qui donne le ton, qui règle et domine l'allitération sémantique. Elle est cette « consonne dominante » par quoi l'on tentera « d'expliquer la signification de plus d'un vocable » : ainsi Mallarmé définit-il lui-même son propos. Quant aux mots à initiale vocalique, nécessairement voués à la contingence et à l'arbitraire, ils auront le mérite de la discrétion : « Combien peu de mots, ayant pour lettre initiale une voyelle, appartiennent à l'Anglais originel, c'est-à-dire au fonds anglo-saxon, tout le monde le remarquera : c'est une consonne principalement qui attaque dans les vocabulaires du Nord[3]. » N'en parlons donc plus.

Le système des valeurs sémantiques attribuées aux consonnes en position initiale se présente, on le sait, comme une liste (dite *table*) de vocables groupés par familles[4] (plus, à chaque fois, une liste accessoire de mots « isolés », réfractaires au groupement) selon leur consonne d'attaque, celles-ci étant elles-mêmes rangées non dans l'ordre de l'alphabet, mais

1. *L'Univers imaginaire de Mallarmé*, Seuil, 1962, p. 575-576.
2. P. 654.
3. P. 921, 923.
4. Ce groupement, notons-le au passage, permet, comme chez Wallis, d'associer la motivation indirecte (par étymologie) à la motivation directe du symbolisme phonique, réconciliant ainsi les deux enquêtes du *Cratyle*, mais selon une démarche inverse : on part du mot-racine et on suit (fort loin) la dérivation, sans trouver à y déplorer, comme de Brosses, aucune dégradation. Voici deux ou trois exemples pittoresques : *to break*, briser > *brook*, ruisseau, « aux mille brisures », *brake*, voiture, « à rompre les chevaux », *bread*, pain, « qu'on rompt » ; *to pick*, piquer, cueillir > *pocket*, poche, *to feed*, nourrir > *father*, père, « ou nourricier » ; *to grow*, pousser > *grass*, herbe, *green*, vert « quand poussent les feuilles » ; *shell*, coquillage > *skull*, crâne ; *short*, court > *shirt*, chemise.

selon un classement phonétique en labiales, gutturales, sifflantes, dentales, aspirées, liquides et nasales. Il faut rappeler ici l'essentiel de ces valeurs :

– *b* signifie grosseur ou rondeur : « sens, divers et cependant liés secrètement tous, de production ou enfantement, de fécondité, d'amplitude, de bouffissure et de courbure, de vantardise ; puis de masse ou d'ébullition et quelquefois de bonté et de bénédiction... significations plus ou moins impliquées par la labiale élémentaire ».

– *w* indique oscillation, peut-être à cause du « dédoublement vague de la lettre », d'où humidité, évanouissement et caprice, d'où faiblesse, charme, imagination ; mais Mallarmé semble plus sensible à la « diversité » de cette famille qu'à son unité. Le groupe *wr* est affecté, comme chez Wallis, mais dubitativement, au sens de torsion.

– *p* : entassement, stagnation, parfois acte vif et net. Les groupements avec *l* et *r* ne semblent produire aucun sens spécifique[1].

– *f* : étreinte forte et fixe. *fl* : vol ; d'où par « transposition rhétorique » : lumière ; écoulement. *fr* : lutte ou éloignement, et divers.

– *g* : désir. *gl* : désir satisfait, d'où joie, lumière, glissement, accroissement. *gr* : saisie de l'objet désiré, écrasement (cf. Wallis).

– *j*, très rare à l'initiale, « placé rien que devant une voyelle ou une diphtongue, y montre une tendance à exprimer ainsi quelque action vive, directe : plutôt qu'il ne possède à lui tout seul un de ces sens » ; c'est-à-dire, sans doute, que c'est sa position, toujours *directement* prévocalique, qui lui donne cette valeur.

– *c*, « attaque prompte et décisive » : actes vifs. *cl* : étreindre, fendre, grimper. *cr* : éclat, brisure (cf. Wallis). *ch* : effort violent.

– *k*, devant *n* : nodosité, jointure ; « noter encore le groupe *kin, kind, king*, d'où ressort une notion de bonté familiale ».

– *q*, devant *u* : mouvement vif et violent.

– *s* : placer, ou au contraire chercher : on retrouve ici le

1. Mallarmé ajoute cette remarque phonétiquement étrange, peut-être issue de quelque mastic, qu'« on ne saurait y voir [dans le *p*] que rarement la contrepartie, parmi les dentales, de la labiale *b* ».

principe bien connu, déjà rencontré chez de Brosses, de l'équivalence des « sens opposés ». Mallarmé l'avait énoncé par avance[1] : « Le revirement dans la signification peut devenir absolu au point d'intéresser à l'égal d'une analogie véritable : c'est ainsi que *heavy* semble se débarrasser tout à coup du sens de *lourdeur* qu'il marque, pour fournir *heaven*, le ciel, haut et subtil, considéré en tant que séjour spirituel. ») ; séparer, égaliser. Mais l'essentiel des significations tient ici à divers groupements : *sw* : rapidité, gonflement, absorption. *sc* : scission, entaille, frottement, ébranlement. *sh* : jet ; ombre, abri, et « contradictoirement », action de montrer. *st* : stabilité, comme « dans beaucoup de langues » (cf. Wallis) ; incitation, « sens principal peut-être de la lettre *s*[2] ». *str* : force, élancement (cf. Wallis). *sl, sn* : faiblesse, glissement, perversité. *sm* : honnêteté, sourire. *sr* : travail très fin. *spr* : jaillissement (cf. Wallis)[3]. *spl* : fente.

– *d* : action suivie sans éclat, stagnation, obscurité. *dr* : effort prolongé.

– *t* : arrêt, fixité. Cette signification fondamentale est « exprimée admirablement par la combinaison *st* ». Admirablement, mais en infraction flagrante au principe général de prédominance de l'initiale. D'où *th* : objectivité (dans les pronoms démonstratifs et la deuxième personne, et l'article défini). Et *tr* : stabilité morale, d'où vérité.

– *h* : mouvement direct et simple ; main, cœur, tête ; puissance, domination.

– *l* : appétition sans résultat, lenteur, durée, stagnation ; mais aussi sauter, écouter, aimer.

– *r*, « articulation par excellence » : élévation, rapt, plénitude, déchirure, radicalité.

– *m* : « pouvoir de faire, donc joie mâle et maternelle » ; mesure, devoir, nombre, rencontre, fusion, terme moyen ; par « revirement » : infériorité, faiblesse, colère.

– *n* : caractère net et incisif ; proximité.

1. P. 919.

2. On remarque la discordance entre ce sens « principal » et celui qu'indiquait le début de l'article ; cf. cette autre indication, encore divergente, d'une note de 1895 : « *s* est la lettre analytique ; dissolvante et disséminante, par excellence » (p. 855).

3. On voit que les points d'accord avec Wallis *(wr, gr, cr, st, str, spr)* portent sur quelques constantes très marquées, mais réductibles à l'étymologie.

On est inévitablement frappé du caractère hétéroclite de la plupart de ces articles, que Mallarmé accentue d'ailleurs à plaisir[1] : seuls *b, w, g, c, d* et *t* semblent munis d'une signification stable et cohérente. Cette diversité d'interprétation est à rapprocher de deux autres traits caractéristiques, tout aussi déviants par rapport à la tradition cratylienne. D'abord, l'extrême sobriété des motivations physiques. La seule qui soit indiquée avec netteté reste dubitative : c'est le « dédoublement » – graphique, en l'occurrence – du *w*, qui déterminerait sa valeur d'oscillation. Le lien entre l'articulation bilabiale du *b* et sa valeur de bouffissure est suggéré de façon fort incertaine, et guère plus nettement celui entre le caractère « prompt et décisif » de l'attaque *c* et sa signification de vivacité. Même des valeurs aussi univoques que celles de *g, d* ou *t* sont données sans aucun essai d'explication ; *a fortiori* les plus dispersées. Rien qui rappelle les motivations traditionnelles, de Platon à Nodier, des valeurs attribuées à *r, t, l*, aux groupes *gl* ou *st*. Les significations sont simplement constatées et enregistrées, telles que les suggère non sans confusion la statistique (rudimentaire) des listes de mots. Il est en effet caractéristique que les interprétations sémantiques viennent toujours après les relevés de vocables[2], qui ne fonctionnent donc pas comme de simples exemples illustratifs (et choisis tels), mais comme un véritable matériel d'observation[3]. La démarche de ce chapitre est proprement inductive, d'où son caractère souvent incertain et comme hésitant. Ici, la signification des lettres ne se donne plus pour *absolue*, mais bien pour relative aux données, souvent capricieuses, d'un corpus réel. La liaison entre cette signification multiple et le physique des signifiants ne se veut pas proprement mimétique, ni même autrement nécessaire : les choses vont ainsi en anglais, rien de plus ; et quand par exception l'on observe une valeur plus largement répandue, comme *st* =

1. Mais qu'en revanche le résumé ci-dessus atténue forcément par simplification.
2. Plus précisément, après chaque liste de familles et avant celle des mots isolés.
3. N'oublions pas que la fonction officielle de l'ouvrage est d'être une sorte de vocabulaire anglais raisonné, où l'étymologie et la motivation jouent un rôle mémotechnique.

arrêt, on s'abstient soigneusement de la dire universelle : on l'attribue seulement à « beaucoup de langues », et on en infère aussitôt la « parenté de ces idiomes ». Illustration typique des entraves posées à l'imagination cratylienne par la linguistique historique. La relation *st* = arrêt n'est plus un fait de nature, extensif à tout le langage humain : c'est plus modestement, et définitivement, une racine indo-européenne.

Ainsi Mallarmé, tacitement, renonce-t-il à la fois aux deux principes clés du cratylisme, universalité et mimétisme – sans pour autant renoncer à son mouvement d'ensemble, ni surtout à son désir profond : d'une part il pose la « justesse », des mots (anglais), d'autre part il attribue à chaque consonne anglaise un ou des sens, dont presque rien n'affirme et encore moins ne garantit la justesse ; et qui pourraient à la limite être de pure convention. On aurait ainsi – à l'inverse encore une fois de l'hypothèse socratique, et apparemment contre toute logique – des mots « justes » (nécessaires) constitués d'éléments arbitraires.

Forme paradoxale du mimologisme, où se composent (au moins) d'une part le *sentiment d'onomatopée*, ou de justesse mimétique, devant nombre de mots anglais[1], et d'autre part l'impossibilité d'*expliquer* (et donc de fonder) cette justesse au niveau des éléments. C'est à peu près la situation prévue et critiquée par Socrate, annonçant la déconfiture de qui prétendrait expliquer les dérivés (par les simples) sans pouvoir expliquer les simples (par les éléments ultimes), et ne dirait finalement que des « sornettes » ; en fait, ces éléments allaient être pour Socrate le seul terrain solide de la motivation mimétique, trop souvent abandonné par l'onomaturge. Pour Mallarmé, non certes en droit mais en fait, c'est ici que le fondement nécessaire se dérobe, comme si le lexique anglais avait été en partie, pour l'observateur étranger, le lieu d'une illusion, ou plus précisément d'un mirage.

Il faut donc en (re)venir enfin à ce trait spécifique des *Mots anglais*, le plus spécifique peut-être et le plus important sans doute – le plus paradoxal en tout cas : c'est qu'ils sont (partiellement) une rêverie mimologique *appliquée à une langue étrangère* (et qui plus est, au fonds le plus « étranger » de cette

1. C'est bien de l'onomatopée, semble-t-il, que Mallarmé écrit « qu'il s'agit de l'âme même de l'Anglais » (p. 920).

langue). Attribuer, implicitement ou explicitement, une vertu mimétique particulière, voire exceptionnelle, à une langue n'est pas, encore une fois, chose nouvelle, puisque c'était le propos essentiel de Wallis à propos de l'anglais ; et après tout le préjugé national inspirait volontiers quelques inflexions de ce genre à un Gébelin ou un Nodier (qui éprouve lui, le sentiment d'onomatopée devant un dictionnaire français), et sur un autre terrain (celui de la syntaxe) aux tenants classiques de l'ordre des mots français – sans parler de l'hellénocentrisme spontané du *Cratyle*. Mais justement, dans tous ces cas et dans bien d'autres, la valorisation portait toujours sur la langue « maternelle » – disons, plus justement peut-être, la langue *propre* –, image plus ou moins exceptionnellement fidèle, mais toujours image de *la* langue en soi, toujours donc privilégiée en tant que langue *par excellence*, dont le haut degré de mimétisme figurait en quelque sorte le mimétisme essentiel du langage. On pouvait admettre, à la rigueur, maints degrés et maintes fluctuations dans l'excellence du langage ; mais s'en exclure soi-même en en excluant son propre idiome, ou en lui attribuant un rang inférieur dans cette échelle de valeurs, est de toute évidence un acte contraire au désir mimologique. Cratyle disait à peu près : « la langue est juste », entendant par là la sienne, considérée modestement comme la seule ; la plupart de ses héritiers disaient : « les langues sont justes, et d'ailleurs toutes identiques dans leur fond : voyez (donc) la mienne » ; Wallis disait explicitement : « ma langue est la seule juste, les autres sont un odieux fatras », chauvinisme non plus, comme chez les Grecs, du mépris vainqueur, mais du ressentiment vaincu. Dans tous ces cas, l'identification du principe linguistique au principe mimétique reste intacte (je ne dis pas intégrale), par le truchement tout naturel de la langue propre. Il n'en va évidemment plus de même lorsque la valeur mimétique se trouve, fût-ce implicitement, réservée à un idiome étranger, projetant *a contrario* sur les autres, et particulièrement sur la langue propre, l'ombre du défaut inverse.

Une telle interprétation peut sembler, pour l'instant, fort excessive ; elle l'est en un sens, et il nous faut immédiatement la corriger, ou pour le moins la nuancer, avant de (re)produire les textes, extérieurs au *Mots anglais*, qui l'argumentent.

Remarquons d'abord que le tableau du lexique originaire ne comporte aucune trace de mimologisme subjectif, à moins qu'il ne faille considérer comme un trait (le seul) de *Volksgeist* anglo-saxon l'aptitude même au mimétisme : la seule indication en ce sens est fugitive et un peu latérale, c'est la qualification, déjà mentionnée, de l'allitération (et donc de l'harmonie imitative) comme procédé « inhérent au génie septentrional ». Quant à la formule sur l'onomatopée « âme même de l'anglais », il va de soi qu'elle s'applique à l'idiome sans impliquer nécessairement ses locuteurs.

Cette description de la langue anglaise met en cause à la fois la nature (l'« âme ») de cette langue et le point de vue (linguistique) qui inspire un tel jugement. Une première question serait donc de savoir si oui ou non la langue anglaise est particulièrement mimétique. Nous n'avons pas la prétention d'y répondre ici, ni même de décider si la question a vraiment un sens. Notons seulement l'accord d'un locuteur indigène[1] et d'un observateur extérieur, et l'impression généralement répandue d'un nombre particulièrement élevé, dans cette langue, d'onomatopées et de mots dont la structure ressemble à celle des onomatopées, ou des exclamations expressives. Le monosyllabisme très marqué n'est évidemment pas étranger à cette impression, et Mallarmé, comme Wallis, s'y réfère constamment. Une autre question, que l'on doit d'abord poser dans toute sa généralité, est de savoir si l'impression, vraie ou fausse, de mimétisme est plus forte à l'égard de la langue propre ou d'une langue étrangère. Ici encore la réponse n'est pas évidente, et les avis semblent partagés. On peut concevoir que l'opacité même et l'intensité (phonique ou graphique) supérieure d'un vocable étranger conduisent, par effet d'exotisme, à surestimer sa valeur expressive : ce serait un cas particulier de l'« illusion des explorateurs », et l'on

1. Wallis, bien sûr, et Jones, mais aussi George Campbell, qui jugeait la langue anglaise la plus capable, et la française la moins capable, d'imitation (*The Philosophy of Rhetoric*, 1776, III, I, 3) et lord Monboddo, qui rejette l'idée d'une origine mimétique du langage en général, mais note la fréquence particulière de ce genre de mots en anglais, *« such as crack, snap, crash, murmur, gurgle, and the like »* (*The Origin and Progress of Language*, I, III, 5), et Bloomfield lui-même *Language*, p. 227-230. Jespersen (*Language*, chap. XX), angliciste danois, serait plutôt à rapprocher de Mallarmé comme observateur étranger, mais sa théorie du *sound symbolism* dépasse le cadre de la langue anglaise.

pourrait détourner en ce sens la phrase de Mallarmé : « On ne voit jamais si sûrement un mot que de dehors, où nous sommes ; c'est-à-dire de l'étranger[1]. » Mais inversement, la familiarité de la langue propre, la transparence de ses vocables, l'évidence presque native, parfois exclusive, de leur signification, peut favoriser la croyance en leur naturalité, et c'est bien évidemment cette tendance qui s'exprime dans le cratylisme classique. Mallarmé mentionne ce fait à propos de ses « confrères » en poésie, et l'apprécie en ces termes plutôt ambigus : « C'est un fait, ces reclus dans leur sens ou fidèles aux sonorités de la langue dont ils glorifient l'instinct, secrètement répugnent comme à en admettre une autre : ils restent sous cet aspect et plus loin que personne, patriotes. Nécessaire infirmité peut-être qui renforce, chez eux, l'illusion qu'un objet proféré de la seule façon qu'à leur su il se nomme, lui-même jaillit, natif ; mais, n'est-ce pas ? quelle étrange chose[2]. » Jaillissement natif de l'objet à la seule profération du vocable cru unique à le désigner, c'est bien là le mimologisme de la langue propre – mais traité ici comme illusion et infirmité ; illusion, mais nécessaire au poète : c'est en somme l'idée, aujourd'hui courante, que le poète au moins a besoin de croire, ou de faire croire, à une motivation du langage – de son langage. Nous la retrouverons à l'instant, dans un texte à peine plus récent, mais si subtilisée qu'elle s'en trouvera presque inversée. Il n'est pas encore temps de suivre en ce sens les sollicitations de ce texte : notons ici qu'une telle critique du « patriotisme » cratylien confirme la présence (consciente ou non) chez Mallarmé d'une attitude inverse, qui le porterait plutôt à accentuer les traits mimétiques d'une langue étrangère. Le point de vue « de l'étranger » serait donc bien chez lui le plus favorable à l'illusion cratylienne.

Mais il faut encore dialectiser cela : nous avons déjà rencontré ce texte préliminaire où Mallarmé envisage une possible « méconnaissance » par les mots – même anglais – des significations élémentaires : *sn*, sinistre digramme, bien déplacé dans *snow*, comme l'essorant *fl* dans *flat*. Ces cri-

1. P. 975. Une forme plus spécifique de la question serait de savoir si quelque chose dans l'une et/ou l'autre des deux langues peut rendre l'anglais particulièrement mimétique pour une oreille *française*.
2. P. 528.

tiques, qui en annoncent d'autres, confirment qu'aucune langue n'est sans défaut, et que la « justesse » n'est pas affaire d'idiome. Inversement, on trouve çà et là quelques rêveries cratyliennes sur des noms propres (notons cette restriction) français ou francisés : *Voltaire*, « départ de flèche et vibration de corde », éponyme idéal de cet « archer dévoré par la joie et l'ire du trait qu'il perd, lumineux » ; *Théodore de Banville*, « nom prédestiné, harmonieux comme un poème et charmant comme un décor » ; *Hérodiade*, « ce mot sombre, et rouge comme une grenade ouverte », à quoi Mallarmé prétendait devoir toute l'inspiration du poème [1]. Applications à la langue propre de ce « culte du vocable », ou « adoration pour la vertu des mots », que nous n'avions vu s'investir, jusqu'à maintenant, que dans l'anglais rêvé.

Mais le texte capital, où s'exprime dans toute sa force la pensée linguistique la plus profonde – et aussi la plus paradoxale – de Mallarmé, c'est évidemment la célèbre page de *Crise de vers*, qu'il faut bien se résoudre à citer une fois de plus, après tant d'autres :

> Les langues imparfaites en cela que plusieurs, manque la suprême : penser étant écrire sans accessoires, ni chuchotement mais tacite encore l'immortelle parole, la diversité, sur terre, des idiomes empêche personne de proférer les mots qui, sinon se trouveraient, par une frappe unique, elle-même matériellement la vérité. Cette prohibition sévit expresse, dans la nature (on s'y bute avec un sourire) que ne vaille de raison pour se considérer Dieu ; mais, sur l'heure, tourné à de l'esthétique, mon sens regrette que le discours défaille à exprimer les objets par des touches y répondant en coloris ou en allure, lesquelles existent dans l'instrument de la voix, parmi les langages et quelquefois chez un. A côté d'*ombre*, opaque, *ténèbres* se fonce peu ; quelle déception, devant la perversité conférant à *jour* comme à *nuit*, contradictoirement, des timbres obscur ici, là clair. Le souhait d'un terme de splendeur brillant, ou qu'il s'éteigne, inverse ; quant à des

1. P. 872, 265, et *Corr.*, p. 154. sur ce nom clé d'Hérodiade, voir les rapprochements suggestifs de R. G. Cohn, *L'Œuvre de Mallarmé : Un coup de dés*, Paris, 1951, p. 278, et de J. P. Richard, *Univers*, p. 120 et 144.

alternatives lumineuses simples – *Seulement*, sachons *n'existerait pas le vers* : lui, philosophiquement rémunère le défaut des langues, complément supérieur[1].

De ce texte inépuisable, nous retiendrons d'abord une formulation sans équivoque de l'argument hermogéniste – celui-là même que reprendra Saussure[2] – de la pluralité des langues, « imparfaites en cela que plusieurs », l'imperfection ou « défaut » étant clairement ici l'absence de *justesse* (« vérité »), c'est-à-dire de nécessité mimétique ; la diversité des idiomes empêche « de proférer les mots qui, sinon (s'il n'y avait qu'une langue sur terre) se trouveraient, par une frappe unique, elle-même matériellement la vérité », c'est-à-dire l'image même de la chose. Ici encore, notons-le, unité linguistique et motivation se trouvent liées jusqu'à l'identification, dans un mouvement plus vraisemblable que rigoureux : la pluralité des langues n'écarte pas absolument l'hypothèse mimétique (et l'on sait comment la tradition cratylienne a souvent réfuté cet argument) ; inversement, l'unité du langage humain n'entraînerait pas nécessairement sa justesse : peut-être en donnerait-elle seulement l'illusion. Quoi qu'il en soit, voici l'hypothèse forte du mimologisme très explicitement répudiée : n'étant pas « unique », le langage ne peut être « parfait ».

Le retournement, toutefois, ne va pas jusqu'au conventionalisme absolu, puisque Mallarmé maintient encore la *capacité* mimétique des éléments phoniques du langage, « touches répondant (aux objets) en coloris et en allure, lesquelles existent dans l'instrument de la voix ». Si les langues ne sont pas justes, elles pourraient l'être au moins partiellement, à condition d'utiliser correctement ces touches que sont les voyelles et les consonnes[3]. Malheureusement, sauf exceptions erratiques « parmi les langages », et peut-être plus massives « chez un » (symboliquement, pour nous, l'anglais), le « discours », c'est-à-dire la langue réelle, « défaille à exprimer les objets » de cette manière. Double illustration de cette défaillance, significativement empruntée à la langue propre, la « perversité » des couples *jour/nuit* et *ombre/ténèbres*, où les timbres

1. P. 363-364. Cette page date de 1895.
2. *Cours*, p. 100.
3. Puisque le privilège absolu de la consonne ne joue manifestement plus ici.

les plus « obscurs » sont attribués aux objets les plus clairs, et réciproquement. Cette maldonne linguistique suscite déception et regret. On retrouve donc ici la position déjà indiquée au début des *Mots anglais* : capacité mimétique des phonèmes, trop souvent « méconnue » par le lexique. Cette position, rappelons-le, c'est exactement celle de Socrate dans la seconde partie du *Cratyle*, qui attribue sans hésitation une valeur de dureté au son *r*, puis critique le mot *sklèrotès* (dureté), qui aurait dû être quelque chose comme *skrèrotès*.

L'attitude de Mallarmé se distingue toutefois de celle de Socrate par trois traits. Le premier, que nous avons déjà relevé dans les *Mots anglais*, c'est une plus grande hésitation dans l'attribution des valeurs symboliques élémentaires, et très grande réserve quant à leur motivation physique : tout cela sera peut-être un jour objet de science[1], mais pour l'instant les conjectures sont incertaines et lacunaires : ainsi des valeurs lumineuses en jeu dans *jour, nuit, ombre, ténèbres*, aisément devinables mais non précisées. Le second, c'est évidemment l'exception, ici fort discrète, mais que les *Mots anglais* ont illustrée comme nous savons, faite pour *une* langue, et qui n'est pas la nôtre. Rien de tel chez Platon, bien au contraire. Remarquons toutefois que l'anglais joue un peu dans le système mallarméen le rôle tenu dans le *Cratyle* par la « langue des dieux », empruntée d'Homère[2] : celui d'un mythe nostalgique ou consolateur, où se projettent à distance toutes les vertus dont est privée la langue propre comme langue *réelle* : celle que je parle et que j'écris. Paradis linguistique perdu, ou si l'on préfère *utopie linguistique* presque reconnue et assumée comme telle. L'anglais (rêvé) est donc pour Mallarmé le lieu et l'objet non d'une véritable jouissance, mais d'un regret : le reflet inversé du manque. Et tout compte fait, comme certaines réserves nous l'avaient laissé prévoir, il s'agit assez peu dans tout cela – je veux dire dans l'ensemble du jeu – de l'anglais réel, tel qu'il est et qu'on le parle ; et toute autre langue, ou plutôt toute langue *autre*, eût peut-être aussi bien fait l'affaire, c'est-à-dire office de langue « suprême » : celle-là même qui « manque », et dont elle incarne, si j'ose dire, le manque et (au

1. Encore Mallarmé ajoutait-il ici qu'« il n'y aura plus, dans ce temps, ni Science pour résumer cela, ni personne pour le dire » (p. 921).
2. 391 d.

sens fort) le *défaut*. Aussi bien, la relation anglais-français pourrait-elle être à la limite inversée, la langue suprême étant toujours, pour chacune, celle d'en face.

En situant ainsi l'anglais dans la rêverie linguistique de Mallarmé, on évite peut-être une tentation bien forte, qui est, exploitant les dates, d'en réduire les différents aspects à des sortes d'étapes diachroniques[1]. On aurait tout d'abord un Mallarmé mimologiste naïf dans les *Mots anglais*, puis converti quelques années plus tard à une attitude plus réaliste. Nous avons déjà vu qu'il n'en était rien, et que l'auteur des *Mots anglais* n'était pas plus naïf (ni plus imaginatif) que celui de *Crise de vers*, et qu'il feignait seulement de l'être, en prenant soin de laisser ici et là quelques indices contraires – qui n'ont pas toujours été relevés. Disons-le donc, quitte à forcer un peu les choses dans l'autre sens : les *Mots anglais* sont une fable, ou symbole, *a contrario*, de l'universel *défaut des langues*.

Universel, mais non pas incurable, ou plus précisément incompensable. C'est ici que se marque la troisième différence entre le mimologisme secondaire de Socrate et celui de Mallarmé, qui justifie d'ailleurs davantage cette appellation. Une fois constaté le défaut du langage (l'erreur du nomothète), Socrate se contentait à peu près de mettre en garde Cratyle, et tout un chacun, contre un instrument aussi trompeur, et définitivement discrédité. On pourrait cependant, sur les mêmes bases et selon les mêmes valeurs, entreprendre, ou préconiser, ou pour le moins rêver, une réforme du langage, qui lui donnerait ou lui rendrait toute la justesse dont il est supposé capable : voilà le cratylisme secondaire au sens plein et d'ailleurs évident, qui veut (r)établir artificiellement un état idéal inexistant ou disparu. Nous en avons trouvé quelques traces, ou ébauches, chez des auteurs comme de Brosses ou Nodier : il s'agit ici, rigoureusement, de corriger le langage. L'attitude de Mallarmé est comparable, mais plus subtile, et orientée dans un tout autre sens : c'est le « vers » qui est chargé, « philosophiquement », de « rémunérer » le défaut des langues, c'est-à-dire, non pas de le corriger – la poésie ne modifie pas la langue, elle ne décide pas d'appeler *nuit* le jour et réciproquement – mais de le *compenser* par quelque utilisation d'un autre ordre et d'un autre niveau

1. Éventuellement présentées comme des « moments » hégéliens : voir É. Gaède, « Le problème du langage chez Mallarmé », *RHLF*, janv. 1968.

(« complément supérieur ») que celui de la langue, qui est toujours pour Mallarmé celui des mots. Compenser, mais aussi récompenser, puisque le défaut des langues est la raison d'être du « vers », qui n'existe que pour – et *de* – cette fonction compensatoire. Si la langue était « parfaite », le « vers » n'aurait pas lieu d'être, ou si l'on préfère la langue elle-même serait poème, la poésie serait partout, et par conséquent nulle part. Plus précisément, une poésie spontanée – un langage naturellement mimétique – rendrait inutile l'art du poète, qui est la création d'un langage artificiellement motivé (artificiellement naturel, en somme) : le « vers ». C'est ce que confirme avec encore plus de clarté cette réplique dans l'« esquisse orale » de Viélé-Griffin, compte rendu (souhaitons-le) d'une conversation réelle, où Mallarmé prête à son interlocuteur une pensée qui est la sienne : « Si je vous suis ; vous appuyez le privilège créateur du poète à l'imperfection de l'instrument dont il doit jouer ; une langue hypothétiquement adéquate à traduire sa pensée supprimerait le littérateur, qui s'appellerait, du fait, Monsieur Tout-le-Monde[1] ? »

Le mimologisme secondaire illustré ici par Mallarmé n'est donc plus un cratylisme de la langue, mais un cratylisme du « vers », qui surmonte un hermogénisme de la langue, et plus précisément des mots, lequel surmonte lui-même un (semi-) cratylisme des sons élémentaires. Il y a là une structure d'intégration où chaque niveau s'oppose en valeur à celui qu'il intègre ; soit, pour schématiser les choses d'une façon nécessairement grossière :

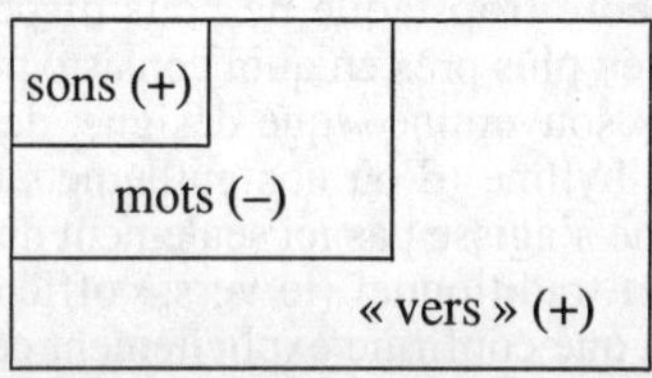

1. *Mercure*, 15 nov. 1924, p. 30-31. Réponse de Griffin : « Oui, je fais des hasards de la linguistique la seule excuse de nos efforts et leur condition ; dans le plan imaginaire, dont votre bonne volonté souffre l'hypothèse, chacun disposant de ce que le poète nomme ses trouvailles, celui-ci se perd dans la foule. – Mallarmé : Quel inconvénient ? » Autrement dit, si *n'existait le poète*, on pourrait encore – après tout – s'en consoler par la perfection de la langue, qui réciproquement rémunérerait le *défaut du vers*.

Le « vers » est donc chargé de rétablir, à un niveau justement qualifié de « supérieur », la justesse dont les phonèmes sont capables et que les mots ont trahie. Faute de « corriger » la langue en modifiant les mots, on les agencera en unités plus vastes qui formeront comme des vocables synthétiques, globalement justes et nécessaires, « le vers n'étant autre qu'un mot parfait, vaste, natif[1] ». *Vaste* parce que composé de plusieurs mots de la langue ; *parfait* et *natif*, nous avons déjà rencontré ces deux adjectifs, qui désignent la justesse originaire ou mythique du langage. Ou pour en venir à la formulation la plus célèbre : « Le vers qui de plusieurs vocables refait un mot total, neuf, étranger à la langue et comme incantatoire… niant, d'un trait souverain, le hasard demeuré aux termes malgré l'artifice de leur retrempe alternée en le sens et la sonorité[2]. » Le *hasard* des termes, que nie (sans l'annuler, puisqu'il y *demeure*) le trait souverain du « vers », c'est ce que nous appelons l'« arbitraire » du signe, le caractère non nécessaire de la liaison du *sens* et de la *sonorité*. On pourra donc appliquer au « vers » ce qu'une Note de 1869 disait du « Verbe » : « un principe qui se développe à travers la négation de tout principe, le hasard[3] ». « Le hasard, dit encore une lettre à Coppée, n'entame pas un vers. » Faute de l'abolir, ce que peut-être, au reste, il dédaigne, le « vers », *hegeliano more*, le surmonte en l'intégrant, comme un coup de dés dont chaque figure resterait indéterminée, mais dont le total serait infaillible.

Cette métaphore trop facile ne nous dispensera pas de regarder d'un peu plus près en quoi consiste pour Mallarmé cette synthèse « souveraine » que désigne, de manière jusqu'ici un peu sibylline (d'où nos guillemets obtus) le mot « vers ». Qu'il ne s'agisse pas ici seulement du vers régulier au sens étroit et traditionnel (le vers « officiel », dit Mallarmé), c'est ce que confirme explicitement cette réponse à Jules Huret : « Le vers est partout dans la langue où il y a rythme, partout, excepté dans les affiches et à la quatrième page des journaux. Dans le genre appelé prose, il y a des

1. P. 492.
2. P. 368.
3. P. 854.

vers, quelquefois admirables, de tous rythmes. Mais, en vérité, il n'y a pas de prose : il y a l'alphabet et puis des vers plus ou moins serrés : plus ou moins diffus. Toutes les fois qu'il y a effort au style, il y a versification[1]. » Mallarmé définit donc comme « vers » un *langage poétique*[2] qui déborde très largement la poésie officielle ; mais il ne faudrait pas non plus tirer ce terme vers un sens trop large, extensif à tout syntagme ou à toute phrase. C'est à une telle interprétation que pourrait induire cette formule de Jean-Pierre Richard : « au pessimisme du mot succède chez Mallarmé un optimisme du vers *et de la phrase*[3] », ou encore le rapprochement suggéré par Édouard Gaède avec Abélard, « nominaliste quant aux mots et réaliste quant aux phrases[4] ». L'idée que toute phrase corrige à son niveau le défaut de justesse des mots qu'elle intègre serait parfaitement concevable (il y avait quelque chose de cela dans le mimologisme diagrammatique de l'*ordo naturalis*) ; mais telle n'est pas la pensée de Mallarmé. Pour lui, toute phrase n'est pas vers (sinon, le poète se retrouverait « Monsieur Tout-le-Monde ») : il y faut au moins, comme on vient de le voir, « effort au style », et au rythme. Effort : il y a un *travail* du vers.

La définition de ce travail, en principe et en acte, n'appartient plus à la poétique mallarméenne du langage, mais à sa poétique tout court – sa poétique du vers et du poème, fût-il en prose – ; elle échappe donc, fort heureusement (pour nous) à notre enquête. Elle reste à vrai dire largement informulée par Mallarmé lui-même, et donc presque toute en acte. Pour essais d'articulation plus précise du principe de « rémunération » à propos de *jour* et *nuit*, je renvoie à Jakobson et quelques autres – tout cela étant, on s'en avise un peu tard, déjà chez Thibaudet ; malheureusement, les exemples, ici et là, sont pris non à Mallarmé, mais à Racine ou Hugo ; c'est qu'à vrai dire ils illustrent une idée de la « rémunération » quelque peu sommaire, consistant en ce que Jakobson appelle

1. P. 867 (1891).
2. Cette locution apparaît dans la Note de 1869, p. 853.
3. *Univers*, p. 544 (je souligne).
4. Art. cit., p. 61. Le rapport entre mimologisme et réalisme, conventionalisme et nominalisme, est évidemment une autre affaire, et d'une autre importance…

un « palliatif phonologique » au désaccord entre son et sens ; ainsi, dit Thibaudet, « le timbre obscur de *jour* s'éclaircira dans un vers en monosyllabes aux interstices baignés de lumière : *Le jour n'est pas plus pur...*[1] ». Bien sûr. Ces harmonies correctives sont d'un bel effet, mais il est un peu difficile d'y ramener la poétique de Mallarmé. Elle est d'un autre ordre, et peut-être indéfinissable : Valéry (nous le verrons) le dira plus tard. Sans glisser (trop vite) de l'un à l'autre, il convient de méditer cet avertissement : la nécessité du vers mallarméen est autre chose que le mimétisme verbal somme toute assez grossier, dont elle rémunère le défaut, peut-être – *felix culpa* – à tous égards bienvenu. Le langage, même poétique – surtout poétique –, a mieux à faire que d'imiter le monde ; pour paraphraser Proust, la rêverie mimologique est au seuil de la vie poétique ; elle peut nous y introduire : elle ne la constitue pas.

La position de Mallarmé est donc finalement aux antipodes du spontanéisme romantique, qu'illustrait par exemple le *Dictionnaire des onomatopées françaises*, et rien sans doute n'est plus contraire à sa poétique « insciente » que la tentation si répandue d'appliquer à ses poèmes les valeurs symboliques des *Mots anglais*[2]. Ceci, non seulement pour le passage indu d'une langue à l'autre et la généralisation abusive de valeurs décelées seulement à *l'initiale*, mais aussi, et plus radicalement, parce que le travail poétique mallarméen se situe lui-même, aussi délibérément et fermement qu'il est possible, au niveau du « vers » – du poème – et non des mots. La notion même de « mot mallarméen » me semble malheureuse. Il y a sans doute, chez Mallarmé comme chez tous, on le sait du reste[3], des mots privilégiés, en fréquence et/ou en structure ; mais il n'y a pas chez lui, dans le poème, un jeu cratylien au niveau des mots – ayant de cela aussi reconnu l'impossibilité, et peut-être la vanité.

1. *La Poésie de Stéphane Mallarmé*, Gallimard, 1926, p. 230-232.
2. L'archétype en est évidemment, malgré quelques précautions oratoires (p. 98), le chapitre de R. G. Cohn. « Le mot mallarméen : la signification des lettres », *op. cit.*, p. 89-116. Tentative déjà critiquée par J. P. Richard, *op. cit.*, p. 576-577.
3. Voir Pierre Guiraud, *Index du vocabulaire du symbolisme*, 1953.

Ce serait donc singulièrement rétrécir sa poétique que de la ramener, selon le naïf goût du jour, à des effets d'allitérations, d'harmonies imitatives, homophonies et autres anagrammes. C'est bien, comme il le rappelait à Degas, « avec des mots » qu'il écrivait ses poèmes, et en leur cédant « l'initiative[1] ». Mais l'initiative n'est pas la décision, et le poème n'est pas la somme de ses mots. De même, on peut observer que la poétique « spatiale » du *Coup de dés* ne s'appuie sur aucun mimologisme graphique. La création poétique, ici, transcende absolument le donné linguistique, donnant – comme chacun sait – un sens *plus pur* aux mots de la tribu.

La spéculation linguistique de Mallarmé aboutit donc à une véritable scission du langage en ce qu'il appelle le « double état de la parole, brut ou immédiat ici (c'est le langage courant), là essentiel[2] » : c'est le langage poétique. Le premier, qui ne sert qu'à « narrer, enseigner, même décrire », bref à l'« universel reportage », ne remplit qu'une « fonction de numéraire facile et représentatif » ; l'arbitraire du signe n'y est d'aucun inconvénient, cette fonction toute fiduciaire s'épuisant dans une circulation semblable à celle d'une « pièce de monnaie », qu'on ne cesse d'échanger sans jamais tenter de la *convertir* ; voilà la part du feu hermogéniste. Le second état, que Mallarmé nomme encore le Dire, ou le Verbe[3], ne s'accommode pas d'un tel « hasard » (celui de la convention linguistique), et cherche à (re)constituer, à un niveau et sous une forme « supérieurs », l'irréfragable nécessité d'un langage parfait, « suprême », et si l'on veut : divin[4]. D'où la valeur emblématique du « dualisme » linguistique manifesté, comme on l'a vu, par l'anglais : un peu (très peu) comme le fonds anglo-saxon dans l'anglais moderne, la poésie est une langue dans la langue, sa forme la plus pure et la plus fidèle aux vérités d'origine. L'idée du double langage

1. P. 366.
2. P. 368.
3. « Ne jamais confondre le *Langage* avec le *Verbe* » (p. 858).
4. Rappelons toutefois que l'hypothèse d'une création divine du langage (un des thèmes de la tradition cratylienne) est explicitement rejetée p. 921 : « les hommes, créateurs des mots ».

n'est pas à vrai dire tout à fait inédite (rien ne l'est jamais dans cette histoire, où l'Histoire ne fait que déplacer des accents) : nous en avions déjà trouvé quelques prémonitions chez Diderot, et autres. Elle ne restera pas non plus sans échos ; écoutons-en résonner quelques-uns.

*
* *

Comme chacun le sait, la pensée poétique de Valéry s'est constituée dès l'abord comme un prolongement de celle de Mallarmé, comme une réflexion sur l'*exemple* offert par celui qui avait été son maître, chez qui il admirait avant tout ce qu'il appelait « l'identification de la méditation poétique avec la possession du langage, et l'étude minutieuse sur lui-même de leurs relations réciproques ». Il dit ailleurs, et la formule est révélatrice : « Mallarmé a compris le langage comme s'il l'eût inventé[1]. » Et l'on peut dire que sa propre poétique du langage s'articule comme une reprise et une nouvelle élaboration de l'idée mallarméenne du *double langage*.

Tout se passe, en particulier, comme si l'expérience des *Mots anglais*, dont on a vu l'importance qu'il leur accordait, lui avait épargné toute tentation de cratylisme primaire. On en trouverait difficilement une trace chez lui, même dans ces rêveries de mots auxquelles il s'adonnait parfois comme tout un chacun. Voici deux exemples pour ainsi dire *a contrario*, tous deux à propos de mots étrangers. Le premier comme le « merci » scandinave, *tak*, « qui fait le bruit d'un bijou que l'on ferme net ». Le second, plus développé, évoque le port d'Anvers, d'où lui écrivait André Gide : « Antwerp ! un Baudelaire tout fauve et noir gît dans ce mot. Mot plein d'épices et de perles débarquées, sous un ciel pluvieux, par un matelot ivre, à la porte d'une taverne... La lanterne rose attire les nègres vers les tristes rues où l'enchemisée piétine dans la boue. Et des chansons d'une

1. *Œuvres*, Pléiade, I, p. 655, 657. Sauf indication contraire, toutes les références renverront à ce volume.

langue lointaine, à bord des bateaux ensevelis dans le silence, se prolongent. Je me laisse, tu vois, filer sur ces mots étrangers jusqu'auprès de toi[1]... »

Si l'on y regarde d'un peu plus près, on constate aisément qu'aucune de ces deux rêveries ne suit les voies de l'imagination mimologique. La première compare bien la sonorité du mot à un bruit, mais ce bruit n'a aucun rapport avec sa signification : *tak* n'est donc pas (entendu comme) une onomatopée – ou alors, c'est une onomatopée qui s'est trompée d'objet, illustration, déjà, du défaut des langues. La seconde, inversement, se détourne entièrement des sonorités du vocable pour évoquer des images de la ville qu'il désigne, sans prétendre trouver un rapport nécessaire entre les unes et les autres. Description phonique d'un côté, description sémantique de l'autre, et nulle communication possible. « Il n'y a aucun rapport entre le son et le sens d'un mot. La même chose s'appelle *horse* en anglais, *hippos* en grec, *equus* en latin, et *cheval* en français ; mais aucune opération sur aucun de ces termes ne me donnera l'idée de l'animal en question ; aucune opération sur cette idée ne me livrera aucun de ces mots – sans quoi nous saurions facilement toutes les langues, à commencer par la nôtre[2]. »

On a reconnu, de nouveau, l'argument saussurien de la pluralité des langues, au service de la thèse dite de l'arbitraire du signe. Le terme apparaît ailleurs, redoublé de son équivalent mallarméen : « Nous savons bien qu'il n'y a presque point de cas où la liaison de nos idées avec les groupes de sons qui les appellent une à une ne soit tout arbitraire ou de pur hasard. » Ou encore : « Chaque mot est un assemblage instantané d'un *son* et d'un *sens*, qui n'ont point de rapport entre eux. » L'hermogénisme de Valéry est apparemment sans faille. Toute langue se réduit pour lui à un système de conventions : « la langue française est un système de conventions entre les Français. La langue anglaise... entre les Anglais[3] ». Cette pensée de la langue avait été très tôt, on le sait, confortée par la lecture de la *Sémantique* de Bréal, parue en 1897, et dont Valéry avait fait un compte rendu pour le

1. A. Gide, P. Valéry, *Correspondance*, Gallimard, 1955, lettre de juillet 1891.
2. P. 1333.
3. P. 648, 1328, *Cahiers*, Pléiade, I, p. 425.

Mercure de janvier 1898. On trouve dans cet article une des premières formulations de son conventionalisme linguistique (« les signes du langage sont absolument distincts de leur sens ; aucun chemin rationnel ou empirique ne peut mener du signe au sens »), et l'esquisse d'une généralisation à « tous les systèmes symboliques, en masse. L'algèbre, la musique écrite, certains genres d'ornementation, les cryptographies, etc., sont susceptibles d'analyses sémantiques ». C'est à peu près le programme de sémiologie générale de Saussure, y compris sa distinction entre les « signes entièrement naturels – comme la pantomime » et les « systèmes fondés sur l'arbitraire du signe »[1] : « Regardés du point de vue des significations, tous ces systèmes et le langage doivent, à mon sens, conduire à une distinction capitale parmi les modes dont les états mentaux sont accouplés. Désignons par *a* et *b* deux de ces états accouplés, c'est-à-dire tels que si *a* est donné, *b* est donné. Il arrivera dans certains cas que l'on pourra trouver une autre relation que celle de séquence entre *a* et *b*. Dans ces cas *b* pourra se construire à l'aide de *a*, et réciproquement. Il s'ensuivra, en général, que toute variation de l'un des termes déterminera une variation dans l'autre. Mais, dans d'autres cas, il arrivera que les deux termes proposés n'auront entre eux qu'une pure relation de séquence. On pourra dire alors que cette association est symbolique ou conventionnelle. Le langage est formé de relations de cette dernière espèce[2]. » Une lettre à Fourment, de très peu postérieure, développe et illustre cette opposition, dont les termes sont maintenant qualifiés comme c'était déjà le cas chez Nodier, de *rationnels* (pour les signes motivés) et *irrationnels* (pour les signes arbitraires). Exemple des premiers : « toutes les métaphores. Je touche le poêle tiède, je pense après à un cul de femme. Le terme commun est la chaleur, la douceur de la faïence, etc. Je pourrais inversement passer du derrière susvisé à une chaleur de poêle douce (...). La métaphore de mots serait celle-ci : le *vol* est comme un *val* ; le *sol* comme un *cil*. Mais les idées correspondantes à ces mots ne suivent pas la variation légère de leur son, elles diffèrent *de suite* beaucoup plus. Je vais te

1. *Cours*, p. 33, 100-101.
2. *Œuvres*, II, p. 1453.

donner un exemple assez curieux. Dessine une petite maison, c'est le système hiéroglyphique. Eh bien, on peut passer directement de cet objet à une maison réelle ; agrandis et colore, ça y est. Écris le mot *maison*, tu peux le tripatouiller tant que tu voudras, si je ne sais pas la *signification* de cette énigme graphique ou sonore je ne le lirai jamais. Le dessin, en tant qu'il représente les objets, n'est pas irrationnel. Le langage l'est[1] ».

Les signes irrationnels sont baptisés ici, selon l'usage scientifique (et contrairement aux connotations littéraires), des *symboles* : « ce sont tous les symboles, les langages en général » ; on peut en inférer que le propos, rapporté plus haut, d'étude des « systèmes symboliques » en général anticipait la restriction saussurienne, si controversée, de l'analyse sémiologique aux seuls signes « arbitraires », censés réaliser mieux que les autres « l'idéal du procédé sémiologique » : autrement dit, l'identification de principe du sémiotique à l'arbitraire, où l'on peut lire une valorisation anticratylienne du conventionnel. C'est ici, rappelons-le, le point extrême où peut atteindre l'hermogénisme : non plus seulement « constater », avec plus ou moins de résignation, la conventionalité du signe, mais lui attribuer une sorte de supériorité de principe sur tout autre mode de représentation. Le parti pris hermogéniste est clairement lié, chez Valéry, à un conventionalisme épistémologique très explicite, évidemment inspiré de Poincaré, et à un conventionalisme esthétique non moins affiché. Les sciences sont bien pour lui des « conventions utiles », et l'on sait que le grand défaut de l'histoire ou de la philosophie est de ne point reconnaître les leurs. En littérature, les règles formelles lui agréent parce qu'elles sont arbitraires (« La rime a ce grand succès de mettre en fureur les gens simples qui croient naïvement qu'il y a quelque chose de plus important qu'une convention »), et le classicisme parce qu'il « se reconnaît à l'existence, à la netteté, à l'absolutisme de (ses) conventions[2] ». Sa préférence pour l'être *thései* du langage s'exprime clairement dans les *Cahiers* : « Le plus grand progrès a été fait le jour où les signes conventionnels apparurent (...). L'immense progrès a été la

1. *Œuvres*, II, p. 1463-1464.
2. II, p. 551 ; I, p. 605. Cf. *Cahiers*, II, p. 1089, *Œuvres*, I, p. 478.

convention[1]. » C'est l'exact contre-pied de la décadence selon de Brosses : le vrai langage commence avec les signes arbitraires, tout ce qui précède est préhistoire et n'indique rien sur son essence. En toute matière, d'ailleurs, « l'origine est illusion[2] ».

La même rigueur se retrouve en d'autres aspects du débat : aucune trace, par exemple, de cette valorisation du mot, de cette surestimation du lexique dans le fonctionnement de la langue, encore si manifeste chez Mallarmé. On connaît les déclarations de méfiance à l'égard de termes tels que *temps*, ou *vie*, ou… « tous les autres[3] », qui ne servent qu'à proportion de la « vitesse de notre passage », comme « ces planches légères que l'on jette sur un fossé, ou sur une crevasse de montagne », et sur lesquelles il serait imprudent de s'arrêter. Il ne faut pas davantage s'arrêter sur les mots, « sous peine de voir le discours le plus clair se décomposer en énigmes, en illusions plus ou moins savantes ». Les mots isolés (« et de même, quantité de combinaisons de mots ») sont des valeurs fiduciaires, inconvertibles et « insolvables ». Cette critique ne procède pas seulement d'une sorte de « scepticisme » de principe à l'égard du langage : elle vise plus précisément l'attitude linguistique traditionnelle qui réduit la langue à une collection de vocables. Si un mot « clair quand on l'emploie est obscur quand on le pèse », ce n'est pas exactement parce que son emploi repose sur une imposture, mais parce que la « pesée » du sens selon les dictionnaires se réfère à un état fictif du mot pourvu de l'ensemble de ses définitions et de ses usages virtuels. C'est l'emploi réel, c'est-à-dire en contexte, qui le débarrasse de ses « énigmes » et détermine à chaque fois son sens : « Quand isolés, on les regarde – on cherche à leur substituer l'ensemble indéterminé de leurs relations – au lieu qu'en composition cet ensemble est déterminé[4]. » Ce n'est donc pas le mot qui fait sens, c'est la phrase (et ainsi de suite).

1. *Cahiers*, I, p. 418, 457. Une dissonance apparente p. 429 : « Le langage a ces défauts d'être 1) conventionnel – de l'être insidieusement, occultement – de cacher les conventions dans la première enfance » ; mais l'accent de la critique porte manifestement sur le second trait : on sait qu'en toute matière Valéry déteste les conventions cachées, non comme conventions mais comme cachées.
2. II, p. 1450.
3. P. 1317.
4. *Cahiers*, I, p. 475, 386.

Ce qui nous amène à cette conclusion aussi peu cratylienne que possible : « il n'y a pas de mot isolable[1] ». A l'intérieur du lexique, même rupture avec la valorisation classique du nom. La préférence va aux verbes (« la plupart des verbes expriment les choses *vraies* tandis que les substantifs sont (...) le paradis des formations vaines ») et aux mots-outils : « ce qui caractérise le langage, ce ne sont pas les substantifs, les adjectifs, etc., mais les mots de relation, les *si*, les *que*, les *or* et les *donc* ». C'est évidemment la leçon du comparatisme. Le langage idéal serait à la limite une langue sans mots, toute en combinaisons d'éléments minimaux aussi abstraits que possible, au plus loin de la singularité du nom propre, l'objet cratylien par excellence. Voici un tableau de dégradation du langage : « Il devient moins articulé. La phrase le cède au mot – et le mot devient nom propre » ; et voici un tableau de son progrès : « En tant que combinaisons, le langage n'a pu se développer qu'à partir du moment où il s'est constitué en éléments brefs et simples. S'il contient des mots à signification très complexe – comme ces mots de sauvages qui se traduisent par trois phrases de langue moderne, sa combinatoire est impraticable. Il s'est modifié peu à peu de façon à rendre ses mots de plus en plus combinables. Le possible s'est du coup installé, n'étant que la capacité combinatoire d'un système[2]. » Dans la « langue parfaite » valéryenne, qui est évidemment une langue « philosophique » à la Leibniz, il n'y a plus place pour la ressemblance.

On se demande sans doute ce que vient faire en pays cratylien un rétractaire aussi déterminé. C'est que nous n'avons considéré pour l'instant qu'un versant de sa doctrine, lequel vaut exclusivement pour ce qu'il nomme le langage « ordinaire », ou « commun », ou « démotique », ou simplement « prose »[3] ; et dont la limite idéale serait le plus fonctionnel et le plus transparent des instruments de pensée, quitte à se sub-

1. *Cahiers*, I, p. 454.
2. *Ibid.*, p. 455, 397.
3. P. 212 ; *Cahiers*, I, p. 426-428. *Prose*, il faut y insister, ne désigne pas ici la prose littéraire (dont le statut spécifique est un peu négligé par Valéry), mais le langage courant ; c'est d'ailleurs précisément cette inattention à l'art de la prose qui permet l'antithèse commode *prose/poésie*, et la notion même de langage poétique.

stituer à cette pensée, et lui ôter toute raison d'être : « si le langage était parfait, l'homme cesserait de penser. L'algèbre dispense du raisonnement arithmétique ». Nous sommes donc aux antipodes de la « perfection » mallarméenne, dont le manque se résout en poème. Le système valéryen est plus complexe (à cet égard), car il admet deux perfections antithétiques, toutes deux méritant apparemment le terme de « langage absolu », ou « langage pur »[1]. En face de l'algèbre, il y a ce que Valéry, renouant soudain avec la tradition homérico-platonicienne, ne craint pas d'appeler le « langage des dieux » : « le poète est une espèce singulière de traducteur qui traduit le discours ordinaire, modifié par une émotion, en "langage des dieux"[2] ».

Comme en tout système à axiologie polaire, l'essentiel est d'abord de ne pas confondre les deux pôles au nom de leur égalité de valeur, de bien admettre que les deux perfections sont antithétiques, incompatibles et exclusives. De les distinguer à tout prix, et presque par n'importe quel moyen. Cette distinction est effectivement, parfois, si brutale, et si peu spécifiée, que Valéry semble vouloir réserver à chacun de ces états une langue différente. Ainsi lorsqu'il prête à Mallarmé l'intention « de tenir le langage de la poésie toujours fortement, et presque absolument distinct du langage de la prose » ; ou lorsqu'il déclare en son propre nom : « pour moi, le langage des dieux devant être discernable le plus sensiblement qu'il se puisse du langage des hommes, tous les moyens qui le distinguent, s'ils conspirent, d'autre part, à l'harmonie, sont à retenir[3]. » En fait, la poésie ne veut pas être une autre langue, mais, selon la formule bien connue, « un langage dans le langage », c'est-à-dire un emploi différent de la même langue. Ce qu'implique la poésie, c'est plus subtilement « une décision de changer la fonction du langage[4] ». En quoi consiste donc cette *fonction poétique* (comme dira plus tard Roman Jakobson) du langage ?

Une première réponse, purement fonctionnelle en effet, consiste à dire que la fin du poème est de créer chez le lecteur un certain état, baptisé *état poétique* : « un poème est une

1. *Cahiers*, I, p. 426.
2. *Œuvres*, I, p. 212.
3. P. 668, 217.
4. P. 611, 1324, 1372.

sorte de machine à produire l'état poétique au moyen des mots[1] ». Une telle définition, bien sûr, ne peut échapper à la tautologie que si l'état poétique se trouve à son tour défini et décrit autrement que comme l'effet produit par le poème ; il faut donc que cet état puisse être aussi produit par autre chose que le poème – dût en souffrir sa spécificité. C'est bien le cas chez Valéry, qui le décrit à deux reprises[2] au moins comme une « émotion » capable de transfigurer n'importe quel spectacle ou moment de l'existence, en le « musicalisant », c'est-à-dire en faisant que ses éléments « résonnent l'un par l'autre » et se correspondent « harmoniquement ». Ainsi naît une « sensation d'univers », perception d'un « monde » au sens fort, ou « système complet de rapports, dans lequel les êtres, les choses, les événements et les actes, s'ils ressemblent, *chacun à chacun*, à ceux qui peuplent et composent le monde sensible, le monde immédiat duquel ils sont empruntés, sont, d'autre part, dans une relation indéfinissable, mais merveilleusement juste, avec les modes et les lois de notre sensibilité générale. Alors, ces objets et ces êtres connus changent en quelque sorte de valeur. Ils s'appellent les uns les autres, ils s'associent tout autrement que dans les conditions ordinaires. Ils se trouvent (…) *musicalisés*, devenus commensurables, résonants l'un par l'autre ». Ces perceptions privilégiées sont donc dominées par le sentiment des relations et de l'unité harmonique, et ce sentiment est évidemment euphorique en lui-même. Reste à définir sa relation avec le message poétique.

Une première définition, de type proustien, est présente chez Valéry : comme l'extase de la réminiscence, l'euphorie de l'état poétique est essentiellement fortuite et éphémère ; on ne peut ni la provoquer ni la prolonger à volonté. L'état poétique, comme le rêve (auquel il s'apparente aussi par d'autres traits), est « parfaitement *irrégulier, inconstant, involontaire, fragile*, et nous le perdons comme nous l'obtenons, *par accident*. Il y a des périodes de notre vie où cette émotion et ces

1. P. 1337 ; cf. p. 1321, 1362.
2. P. 1319-1321, 1362-1364. Ce sont deux versions de la même conférence : « Poésie et pensée abstraite » (1939), p. 1314-1340 et « Propos sur la poésie » (1927) p. 1361-1378, qui contiennent l'essentiel de la théorie poétique de Valéry. Sauf indication contraire, les citations suivantes sont empruntées à ce double texte.

formations si précieuses ne se manifestent pas. Nous ne pensons même pas qu'elles soient possibles. Le hasard nous les donne, le hasard nous les retire ». Il faut donc trouver un moyen pour « restituer l'émotion poétique à volonté, en dehors des conditions naturelles où elle se produit spontanément et au moyen des artifices du langage ». Ce moyen, c'est le poème. « Tous les arts ont été créés pour perpétuer, changer, chacun selon son essence, un moment d'éphémère délice en la certitude d'une infinité d'instants délicieux. *Une œuvre n'est que l'instrument de cette multiplication ou régénération possible.* » L'analogie avec la démarche proustienne est bien frappante, mais elle ne doit pas dissimuler une importante différence. Chez Proust, l'œuvre littéraire était capable de perpétuer l'extase mémorielle parce qu'elle s'obligeait en principe à la transmettre en la décrivant, et en en donnant un équivalent strict sous forme de métaphore. Sur ce point, la position de Valéry est beaucoup plus hésitante. Tous les textes que nous venons de citer semblent impliquer une telle transmission, et donc la nécessité pour le poète d'éprouver d'abord lui-même l'émotion poétique qu'il prétend communiquer. Ne justifie-t-il pas le terme même d'*états poétiques* par le fait que « quelques-uns d'entre eux se sont finalement achevés en poèmes » ? (Il est vrai qu'en revanche rien n'atteste que ces poèmes aient eu quelque relation de contenu avec l'émotion qui s'« achevait » en eux, et produit sur leurs lecteurs un état analogue.) Mais voici plus ambigu, lorsque Valéry parle des moyens « de produire *ou* de reproduire un monde poétique » – ce qui implique au moins qu'on puisse le produire sans le reproduire. Et surtout – corroboré comme on sait par cent autres professions de foi anti-romantiques sur ce sujet : « Un poète n'a pas pour fonction de ressentir l'état poétique : ceci est une affaire privée. Il a pour fonction de le créer chez les autres. » Si donc il lui arrive de le créer sans l'avoir ressenti, ce peut être encore de deux choses l'une : ou bien son poème en est une sorte de transmission feinte, une description fictive d'état poétique ; ou bien le poème constitue en lui-même un objet (verbal) capable de susciter chez son lecteur un état poétique, indépendamment de son sujet comme des circonstances de sa composition. Cette dernière interprétation semble la plus cohérente avec l'ensemble du contexte. Elle entraîne naturellement que l'on applique directement au poème les propriétés attribuées tout à l'heure à l'état poétique, ou plus précisément à sa cause : musicalisation, résonance harmonique des éléments, capables d'engendrer un « sentiment d'univers », c'est-à-dire une vive conscience des relations. Ainsi utilisé, le recours à l'état poétique n'apparaît plus comme une remontée à la cause, mais plutôt comme une description métaphorique : première esquisse d'une description du message poétique.

L'*état poétique* est donc aussi un état de langage : il y a un état poétique du langage, qui diffère de l'état « normal » – celui du langage courant. Un nouveau détour, une nouvelle comparaison va permettre de préciser la nature de cette différence, et donc de l'opération spécifique qui produit le message poétique. La comparaison est cette fois directement empruntée au domaine musical, auquel renvoyaient déjà les termes de « musicalisation » ou d'« harmonie ». La formulation la plus nette s'en trouve dans l'un des textes sur Mallarmé : « Comme le monde des sons purs, si reconnaissables par l'ouïe, fut extrait du monde des bruits pour s'opposer à lui et constituer le système parfait de la Musique, ainsi voudrait opérer l'esprit poétique sur le langage[1]. » On la retrouve largement développée dans la double conférence sur la poésie, où la notion d'*univers musical* vient éclairer latéralement celle d'état ou d'univers poétique. Le monde des *sons* s'oppose à celui des *bruits*, dans lequel nous vivons ordinairement, par un contraste qui est « celui du pur et de l'impur, de l'ordre et du désordre » ; mais la « pureté » des sons (qui s'oppose au caractère toujours mêlé et confus des bruits naturels) n'est qu'un moyen au service de l'« ordre », c'est-à-dire de la constitution d'un réseau réglé de relations. Les sons se définissent comme « des éléments qui ont des relations entre eux qui nous sont aussi sensibles que ces éléments eux-mêmes. L'intervalle de deux de ces bruits privilégiés nous est aussi net que chacun d'eux ». D'où leur capacité d'évocation réciproque et généralisée (« un son qui se produit évoque à soi seul tout l'univers musical ») ; d'où le sentiment d'*univers* – c'est-à-dire de système cohérent – qu'ils provoquent infailliblement.

L'état poétique du langage sera donc à son état ordinaire ce que le monde des sons est à celui des bruits : un état où les relations internes seront aussi régulières et aussi perceptibles

1. P. 648.

que celles de la musique; en voici une illustration idéale, fournie par les poèmes de Mallarmé : « Ces petites compositions merveilleusement achevées s'imposaient comme des types de perfection, tant les liaisons des mots avec les mots, des vers avec les vers, des mouvements avec les rythmes étaient assurées, tant chacune d'elles donnait l'idée d'un objet en quelque sorte absolu, dû à un équilibre de forces intrinsèques, soustrait par un prodige de combinaisons réciproques à ces vagues velléités de retouches et de changements que l'esprit pendant ses lectures conçoit inconsciemment devant la plupart des textes[1]. »

Mais en opérant cette transposition du musical au poétique, nous avons négligé un obstacle considérable, que Valéry ne néglige nullement, et que laissait déjà entrevoir tout à l'heure cette réserve : « ainsi *voudrait* opérer l'esprit poétique... ». Cet obstacle consiste en ceci, que la séparation – physique, technique, et que le musicien trouve déjà effectuée lorsqu'il se met au travail – entre bruit et son n'a aucun équivalent dans le domaine du langage. « Le poète est privé des immenses avantages que possède le musicien. Il n'a pas devant soi, tout prêt pour un usage de beauté, un ensemble de moyens fait exprès pour son art. Il doit emprunter le *langage* – la voix publique, cette collection de termes et de règles traditionnels et irrationnels, bizarrement créés et transformés, bizarrement codifiés et très diversement entendus et prononcés. Ici, point de physicien qui ait déterminé les rapports de ces éléments; point de diapasons, point de métronomes, point de constructeurs de gammes et de théoriciens de l'harmonie. Mais au contraire, les fluctuations phonétiques et sémantiques du vocabulaire. Rien de pur; mais un mélange d'excitations auditives et psychiques parfaitement incohérentes. » Aussi la métaphore musicale n'a-t-elle pas seulement pour fonction de décrire l'état poétique du langage, mais aussi et plutôt d'illustrer *a contrario* les difficultés du poète : « Rien ne fait mieux saisir toute la difficulté de sa tâche que de comparer ses données initiales avec celles dont dispose le musicien (...). Tout autre, infiniment moins heureuse, est la dotation du poète. » Ou, pour prendre les choses dans l'autre sens, cette comparaison n'a pas pour effet

1. P. 639.

d'éclairer (selon la formule implicite *poésie : prose = son : bruit*) la différence entre poésie et prose, mais plutôt de l'obscurcir et de l'émousser en insistant sur l'unité du matériau linguistique commun aux deux types de discours. En fait, donc, *poésie : prose ≠ son : bruit* – parce que d'une certaine façon et sur un certain plan *poésie = prose*, alors que *son ≠ bruit*.

Cette différence entre poésie et musique, ou si l'on préfère cette identité (de moyen) entre poésie et prose, va être à son tour illustrée par une nouvelle comparaison : c'est le parallèle bien connu de la poésie et de la danse, emprunté à Malherbe. Il se présente lui aussi comme une relation à quatre termes : *poésie : prose = danse : marche*, soit plus précisément : de même que la danse utilise à d'autres fins « les mêmes organes, les mêmes os, les mêmes muscles » que la marche, mais « autrement coordonnés et autrement excités », de même la poésie utilise à d'autres fins (et selon d'autres coordinations et excitations) le même matériau linguistique que la prose.

Apparemment, donc, ce nouveau détour n'a pas d'autre fonction que d'illustrer l'inadéquation (partielle) du premier, et de substituer à une comparaison boiteuse une comparaison juste. En fait, le rapprochement de la poésie et de la danse va nous apporter, de manière imprévue et comme en prime, une nouvelle précision quant à l'essence du message poétique : la différence de fonction entre la marche et la danse, c'est que celle-ci « ne va nulle part » ; elle est « un système d'actes qui ont leur fin en eux-mêmes » ; elle vise non un but à atteindre, un objet à saisir, mais un état à produire, une euphorie à quoi elle ne *conduit* pas, mais qui coïncide avec elle, consiste en elle et meurt avec elle, de sorte qu'on ne peut prolonger ou renouveler l'une qu'en prolongeant et en répétant indéfiniment l'autre. Au contraire, « quand l'homme qui marche a atteint son but, quand il a atteint le lieu, le livre, le fruit, l'objet qui faisait son désir et dont le désir l'a tiré de son repos, aussitôt cette possession annule définitivement tout son acte ; l'effet dévore la cause, la fin a absorbé le moyen ; et quel que fût l'acte, il n'en demeure que le résultat ». Or, il en va de même avec le langage : dans son emploi ordinaire (la prose), il n'est lui aussi qu'un moyen qui s'absorbe et s'annule dans sa fin. Son seul but est d'être *compris*, c'est-à-dire « remplacé entièrement par son sens ». « Je vous demande du feu, vous me donnez du feu : vous m'avez compris. »

C'est-à-dire que votre « compréhension » de ma phrase *consiste* en tout autre chose qu'elle : un acte de vous qui lui ôte toute raison de durer et de se reproduire, et donc l'abolit. « Et voici la contre-épreuve de cette proposition : c'est que la personne qui n'a pas compris répète, ou *se fait répéter* les mots. » Ou encore, j'ai pu prononcer ma phrase d'une certaine manière perceptible et remarquable par elle-même, « avec un certain ton, et dans un certain timbre de voix – avec une certaine inflexion et une certaine lenteur ou une certaine précipitation ». Alors, même si vous l'avez comprise, elle survit à sa compréhension, revient en vous, se fait redire, « veut vivre encore, mais d'une tout autre vie. Elle a pris une valeur ; et elle l'a prise *aux dépens de sa signification finie*. Elle a créé le besoin d'être encore entendue... Nous voici sur le bord même de l'état de poésie ». Telle est en effet la marque du message poétique : qu'il refuse de s'annuler dans sa signification. « Le poème ne meurt pas pour avoir vécu : il est fait expressément pour renaître de ses cendres et redevenir indéfiniment ce qu'il vient d'être. La poésie se reconnaît à cette propriété qu'elle tend à se faire reproduire dans sa forme : elle nous excite à la reconstituer identiquement. »

Voilà donc posée la grande différence – la seule décisive – entre le message de prose et le message poétique : le premier s'abolit dans sa fonction, le second se survit et se reproduit perpétuellement *dans sa forme* : « si je me permettais un mot de la technique industrielle, je dirais que la forme poétique se récupère automatiquement[1] ». Cette thèse cardinale a une conséquence évidente, ou plutôt une autre formulation possible, et équivalente : c'est que le discours de prose est essentiellement traduisible, et le discours poétique essentiellement intraduisible[2].

Tout ceci est bien connu, et tombé depuis longtemps dans la vulgate. En apparence, ce thème de l'indestructibilité (je choisis ce terme un peu gauche pour sa neutralité) du texte poétique est simple et sans équivoque – d'où peut-être son

1. P. 1373 ; cf. p. 650, 657, 212 ; II, 548. Et *Cahiers*, II, p. 1086 : « Un beau vers se redit de lui-même et reste comme mêlé à son sens, à demi préférable à lui – origine sans cesse de lui. »

2. P. 1284 ; II, 555 ; I, 210 ; II, 638, 485.

succès. En fait, nous allons le voir se spécifier chez Valéry – et peut-être chez d'autres – en deux variantes passablement divergentes, et finalement presque contradictoires.

La première est celle de l'« intransitivité », ou si l'on préfère de l'*autonomie* de la forme poétique par rapport à sa signification. Nous l'avons déjà rencontrée au passage, lorsqu'il était question de la valeur prise par une phrase « aux dépens de sa signification finie » ; le besoin de répétition est en raison inverse de la compréhension, et après tout le cas le plus massif en est que « la personne qui n'a pas compris répète ou se fait répéter les mots ». A la limite, donc, l'obscurité ou l'insignifiance totale d'un message pourraient être une condition suffisante de sa valeur poétique : « Il ne faut pas oublier que la forme poétique a été pendant des siècles affectée au service des enchantements. Ceux qui se livraient à ces étranges opérations devaient nécessairement croire au pouvoir de la parole, et bien plus à l'efficacité du son de cette parole qu'à sa signification. Les formules magiques sont souvent privées de sens ; mais on ne pensait pas que leur puissance dépendît de leur contenu intellectuel. Mais écoutons à présent des vers comme ceux-ci : *Mère des souvenirs, maîtresse des maîtresses…*, ou bien : *Sois sage, ô ma douleur, et tiens-toi plus tranquille…* Ces paroles agissent sur nous (du moins sur quelques-uns d'entre nous) sans nous apprendre grand'chose. Elles nous apprennent peut-être qu'elles n'ont rien à nous apprendre. »

Cette autonomie de la forme s'articule elle-même de deux façons. Tantôt (on vient de le voir) par le caractère *accessoire* et non pertinent de la signification en poésie : le rôle « créateur et fictif » du langage poétique « est rendu le plus évident possible par la fragilité ou par l'arbitraire du sujet » ; « au premier plan, non le sens, mais l'existence du vers » : c'est l'apologue bien connu de Mallarmé expliquant à Degas que l'on fait des vers « non avec des idées mais avec des mots[1] ». Tantôt par son caractère multiple, par la *polysémie* du message poétique : thème qui a lui aussi, depuis, tourné au poncif. « Il n'y a pas de vrai sens d'un texte » : ceci s'appliquait au *Cimetière marin*, à propos de son commentaire par Gustave Cohen, et vaut essentiellement pour le texte poétique. On y revient à propos d'un nouveau commentaire, celui de

1. II, 548 ; I, 667, 1324.

Charmes par Alain : « Mes vers ont le sens qu'on leur prête. Celui que je leur donne ne s'ajuste qu'à moi, et n'est opposable à personne. C'est une erreur contraire à la nature de la poésie, et qui lui serait même mortelle, que de prétendre qu'à tout poème correspond un sens véritable, unique, et conforme ou identique à quelque pensée de l'auteur (...). Tandis que le fond unique est exigible de la prose, c'est ici la forme unique qui ordonne et survit[1] ». Si l'on se souvient des formules sur l'essentielle traductibilité du texte de prose, on voit se dessiner une opposition parfaitement symétrique entre la polysémie du poème et la polymorphie de la prose. Le propre de la prose est de toujours tolérer *plusieurs formes pour un seul sens* ; celui du poème, inversement, est de toujours proposer *plusieurs sens sous une seule forme*.

Le « sens » poétique est donc ou multiple, ou accessoire, ou à la limite absent ; dans tous les cas, la forme reste autonome, et vaut pour elle-même : elle ne peut être liée à une fonction aussi évanescente. Jusqu'ici, donc, la théorie valéryenne du langage poétique est aussi éloignée du cratylisme que sa théorie du langage « ordinaire ». Mais voici un renversement inattendu qui va nous y ramener, ou presque : c'est la seconde variante annoncée du thème central (celui de l'indestructibilité du message poétique).

Le renversement procède à vrai dire d'un glissement presque insensible, que l'on peut grossièrement restituer ainsi : puisque la forme poétique n'est pas, comme l'autre, sacrifiée à son sens, elle ne lui est pas *subordonnée*, elle jouit d'une importance (au moins) égale à la sienne ; cette égalité d'importance s'illustre d'une nouvelle comparaison : c'est l'image du pendule. Nous avons vu que le texte poétique une fois « compris[2] », exige d'être repris dans sa forme : dans l'expérience poétique, l'esprit va donc de la forme au sens, puis revient du sens à la forme (ou « son ») ; et ainsi de suite, comme un pendule. « Entre la Voix et la Pensée, entre la Pensée et la Voix, entre la Présence et l'Absence, oscille le pen-

1. P. 1507, 1509-1510.
2. Valéry oublie ici, volontairement ou non, qu'il peut n'y avoir rien à comprendre ; possibilité qui n'a plus sa place à ce point de la démonstration.

dule poétique. Il résulte de cette analyse que la valeur d'un poème réside dans l'indissolubilité du son et du sens. » Le glissement annoncé nous a donc conduits de l'autonomie à l'égalité, de l'égalité à l'équilibre, de l'équilibre à l'oscillation perpétuelle, et de l'oscillation à l'inséparabilité, ou indissolubilité. Au départ, la forme poétique était indépendante de son contenu, à l'arrivée elle lui est substantiellement unie. Le parcours dissimule la volte-face, mais la volte-face est là. Partis d'une poétique ultra-formaliste, nous voici revenus à une poétique (quasi) cratylienne, c'est-à-dire à la définition du langage poétique comme langage *motivé*.

Car il va de soi que l'*indissolubilité du son et du sens*, c'est la motivation du signe. Ce que confirme, en cas de besoin, la façon dont ce texte s'enchaîne à une suite que nous connaissons déjà. Reprenons cet enchaînement : « Il résulte de cette analyse que la valeur d'un poème réside dans l'indissolubilité du son et du sens. Or, c'est là une condition qui paraît exiger l'impossible. Il n'y a aucun rapport entre le son et le sens d'un mot. La même chose s'appelle *horse* en anglais, etc. » C'est bien l'opposition du mimologisme poétique à la conventionalité ordinaire de la langue, et nous voici soudain en pays de connaissance. Que ce retour ne soit pas seulement un accident de parcours, entraînement métaphorique ou simple lapsus, c'est ce qu'indiquent maintes formules analogues, et d'ailleurs bien connues. On sait le sort fait par Roman Jakobson à celle-ci : « le poème – cette hésitation prolongée [c'est toujours l'oscillation du pendule] entre le son et le sens ». D'autres sont à vrai dire plus vigoureuses. Ainsi, à propos des vers de Baudelaire cités plus haut, Valéry passe encore de l'« importance égale » du son et du sens à leur « indivisibilité », et à la « possibilité de leur combinaison intime et indissoluble ». Ailleurs, il faut « que le son et le sens ne se puissent plus séparer et se répondent indéfiniment dans la mémoire ». Ailleurs encore, « l'art implique et exige une équivalence et un échange perpétuellement exercé entre la forme et le fond, entre le son et le sens, entre l'acte et la matière[1] ». Toute l'équivoque de la position est ici comme concentrée dans le terme ambigu d'*équivalence*, qui désigne *stricto sensu* l'égalité de valeur et d'importance, toute ressemblance mise à part, mais qui en fait donne

1. P. 611, 658.

presque inévitablement à entendre : similitude. Nous trouverons une équivoque parallèle chez Jakobson.

Nous voici donc au seuil d'une poétique néo-cratylienne, qui chargerait, comme chez Mallarmé, le langage poétique de corriger la conventionalité de la langue naturelle. Mais nous resterons sur ce seuil, car la position de Valéry est ici plus réservée encore que celle de son maître.

D'abord, parce que l'arbitraire du signe est maintenant (reconnu) si fort qu'il s'oppose apparemment à toute espèce de correction. Contrairement au vœu de Lessing, le poète ne peut réellement *transformer* ses signes conventionnels en signes motivés : « c'est exiger l'impossible », « c'est demander un miracle ». Tout ce qu'il peut faire est apparemment d'en donner l'illusion à son lecteur : « C'est l'affaire du poète de nous donner la *sensation* de l'union intime entre la parole et l'esprit » ; « produire l'*impression* puissante, et pendant quelque temps continue [bref, momentanée], qu'il existe entre la forme sensible d'un discours et sa valeur d'échange en idées je ne sais quelle union mystique, quelle harmonie... » ; « un poème (...) doit créer l'*illusion* d'une composition indissoluble de son et de sens [1] ».

Ensuite, parce que, même à titre d'illusion, Valéry recule visiblement devant l'idée d'une forme poétique qui serait l'*image* du sens. Il faut rappeler ici qu'en principe du moins, un signe motivé n'est pas nécessairement un signe ressemblant. La spéculation cratylienne, nous le savons, n'a jamais très bien su que faire de cette distinction, et à vrai dire elle l'a le plus souvent méconnue, mais la tropologie connaît depuis longtemps des figures motivées par d'autres types de relations (contiguïté, inclusion, contrariété, etc.). Nous avons vu que Valéry évoquait volontiers une (illusion de) motivation de la forme poétique, rendue « inséparable » ou « indissoluble » de son contenu ; mais nous n'avons encore rencontré aucune formule qui spécifiât clairement cette motivation en termes de mimésis. Le pas le plus avancé dans cette direction consiste en l'emploi des mots *harmonie* ou *accord* [2], qui connotent évidemment, dans l'usage courant, une sorte de ressemblance partielle ; mais à chaque fois modalisés par une précaution de

1. P. 1333, 648, 1333, 647, 211 (je souligne).
2. P. 647, 685.

style très caractéristique : « *je ne sais quelle* harmonie », « un *certain* accord indéfinissable ». Que ces clauses (et surtout la dernière) ne soient pas de simples prudences d'expression, c'est ce que confirme un texte capital de *Tel Quel* : « La puissance des vers tient à une harmonie *indéfinissable* entre ce qu'ils *disent* et ce qu'ils *sont*. *Indéfinissable* entre dans la définition. Cette harmonie ne doit pas être définissable. Quand elle l'est c'est l'harmonie *imitative*, et ce n'est pas bien. L'impossibilité de définir cette relation, combinée avec l'impossibilité de la nier, constitue l'essence du vers[1]. »

L'harmonie imitative – que Valéry méprise non sans, à l'occasion, la pratiquer lui-même[2] – c'est évidemment la forme poétique du mimologisme vulgaire. Mais que peut être au juste une *harmonie non imitative* ? On la définirait volontiers, en arguant de l'origine musicale du terme (comme de celui d'*accord*), comme une relation non de ressemblance mais de différence réglée, et capable d'engendrer un plaisir esthétique. Mais la définir ainsi (ou de toute autre façon), c'est déjà, remarquons-le, transgresser la formule valéryenne, qui pose, à la manière d'un paradoxe antique, que toute harmonie définissable, même comme non imitative, est par définition imitative. Ce qu'il nous faudrait donc plutôt chercher, c'est en quoi consiste une harmonie *non définissable*… Mais la vanité d'une telle question saute aux yeux. La poétique valéryenne, délibérément, s'achève en aporie. Le moment est peut-être venu de rappeler cette cruelle remarque : « La plupart des hommes ont de la poésie une idée si vague que ce vague même de leur idée est pour eux la définition de la poésie[3]. » Au moins pourrait-on dire, appliquant cette critique à son auteur, que chez Valéry le vague entre (consciemment, ce qui fait toute la différence) dans la définition.

Mais à tout prendre, il ne s'agit pas de vague, mais plutôt d'une sorte de noyau de contradiction irréductible : celle-là même, bien sûr, que nous avons déjà notée, entre une poétique « formaliste », qui décrète l'autonomie de la forme poétique, et une poétique néo-cratylienne, qui préconise l'indissolubilité du son et du sens. Jusqu'ici, ces deux esthétiques

1. II, p. 637.
2. Exemple inévitable : *L'insecte net gratte la sécheresse.*
3. II, p. 547.

divergentes étaient restées séparées dans leurs formulations, dispersées dans ce « chaos d'idées claires » qu'est aussi, et peut-être plus que tout autre, le texte valéryen. Quand par inadvertance elles se rencontrent, leur synthèse ne peut être qu'un paradoxe.

Il y aurait peut-être une façon de résoudre cette contradiction, mais rien n'indique que cette solution ait été à quelque moment dans l'esprit de Valéry, et je l'avance sous toutes réserves. On se souvient des propriétés de l'état poétique qu'avait permis de dégager la comparaison avec l'univers musical – et qui avaient été ensuite abandonnées en route : unité structurale, relations entre les éléments aussi sensibles que ces éléments eux-mêmes. Ces traits s'appliquaient évidemment au texte poétique. Des relations si serrées « des mots avec les mots, des vers avec les vers, des mouvements avec les rythmes » donnent nécessairement au lecteur (je continue de reprendre sous un nouveau jour le texte sur Mallarmé déjà cité) l'impression « d'un objet en quelque sorte absolu, dû à un équilibre de forces intrinsèques, soustrait par un prodige de combinaisons réciproques à ces vagues velléités de retouche et de changements... ». Telle est la *nécessité* du texte poétique : nécessité, on le voit « purement formelle », c'est-à-dire « intrinsèque » à la forme ; mais la tentation serait forte d'interpréter une forme nécessaire et donc motivée *en ce sens* (par le seul « équilibre de ses forces intrinsèques ») comme nécessaire et motivée *en un autre sens*, à savoir : en tant qu'expression d'un certain contenu. De la nécessité interne (musicale) d'une forme, on passerait ainsi, subrepticement, à la nécessité de sa fonction signifiante[1] ; et là serait la clé de l'« illusion » de mimétisme en poésie. Et accessoirement, celle de la poétique valéryenne.

Encore faut-il rappeler que pour Valéry cette immutabilité interne du message poétique est elle-même illusoire : impression de lecteur qui, ignorant la suite de tâtonnements et de substitutions d'où procède l'œuvre, ne l'imagine pas (pou-

1. Un fragment des *Cahiers*, II, p. 1117, évoque à propos de l'état poétique une « nécessité à la fois formelle et significative, d'où le caractère à la fois *nécessaire* et *improbable* – La liaison *forme* et *fond* en résulte ».

voir être) différente, et la croit « achevée ». Mais en réalité, « un poème n'est jamais achevé – c'est toujours un accident qui le termine », et « sonnet achevé » signifie simplement « sonnet abandonné »[1]. Aucun texte n'est donc immodifiable, et la nécessité interne de sa forme est toujours imparfaite. L'illusion de mimétisme procéderait donc d'une illusion d'achèvement. Double méprise – double « attribution gracieuse que le lecteur fait à son poète : le lecteur nous offre les mérites transcendants des puissances et des grâces qui se développent en lui[2] » : le vrai thaumaturge cratylien, le véritable « inspiré », ce n'est pas le poète, c'est le lecteur.

Encore une fois, une telle (ré)solution n'est nulle part explicitée comme telle chez Valéry. La contradiction y reste irrésolue, entre un très vif parti pris formaliste et conventionaliste, et une sorte de réflexe héréditaire de valorisation de la mimésis. Cette contradiction est encore aujourd'hui au cœur de toutes les poétiques « modernes », et nous la retrouverons. Peut-être faut-il donc se satisfaire d'avoir entrevu chez Valéry ce que pourrait être une poétique hermogéniste – une poétique *sans illusion*.

*
* *

La théorie sartrienne du langage poétique apparaît dans le premier chapitre de *Qu'est-ce que la littérature ?*[3]. L'occasion en est le fameux thème de l'« engagement » de l'écrivain, et la nécessité d'expliquer pourquoi il ne concerne pas, « ou, du moins, pas de la même manière », la peinture, la sculpture, la musique, et même la poésie. Car la poésie est « du côté de la peinture, de la sculpture, de la musique » dans un partage qui oppose en bloc tous ces arts à la seule Littérature, évidemment réduite à la « prose ». Le principe de ce partage n'est pas d'ordre esthétique, au sens plein (différence entre les « matériaux » sonore, plastique, verbal, etc.), mais

1. II, p. 553 ; I, p. 1375.
2. P. 1321.
3. 1947 ; *Situations II*, p. 59-69.

bien sémiotique : les arts utilisent, ou plutôt manient et agencent, des *choses*, qui « existent par elles-mêmes » et « ne renvoient à rien qui leur soit extérieur » ; la littérature au contraire (poésie exclue) n'a affaire qu'aux *significations*, et elle seule est dans ce cas : elle est « l'empire des signes ».

Ces signes, ce sont évidemment ceux du langage, qui seront ici, une fois de plus, réduits à leur seule dimension lexicale : la prose est une activité qui utilise les *mots* comme signes. En face, la poésie se définira donc comme une activité – ou plutôt comme une *attitude* – « qui considère les mots comme des *choses* et non comme des *signes* [je souligne]. Car l'ambiguïté du signe implique qu'on puisse à son gré le traverser comme une vitre et poursuivre à travers lui la chose signifiée, ou tourner son regard vers sa *réalité* et le considérer comme objet ». Comme on le voit, Sartre prend ici (plutôt) le terme de « signe » au sens courant (un objet qui en représente un autre), qui est à peu près celui que Saussure attache au terme de signifiant. Je précise : *ici*, car d'autres emplois (comme dans « l'empire des signes, c'est la prose ») renvoient davantage au sens du signe saussurien, c'est-à-dire à « l'ensemble formé par le signifiant et le signifié » ; et j'ajoute : *plutôt*, parce que nous allons très vite, et peut-être ici même, retrouver l'ambiguïté – non plus du signe, mais du mot *signe*, à moins que ce ne soit la même.

Considérer le mot comme un objet, ce serait donc (provisoirement) faire abstraction de sa signification et le traiter comme pure « réalité » phonique et/ou graphique, analogue (ou du moins parallèle) à ces réalités sonores ou plastiques que manient la musique ou la peinture : ces agrégats phonico-graphiques seraient au poète comme les sons au musicien et les couleurs au peintre. Voilà la poétique « formaliste » dans sa version la plus brutale – et, comme chacun sait, la plus intenable. Sartre le sait bien lui aussi, et il en donne immédiatement la raison : c'est que « la signification seule peut donner aux mots leur unité verbale ; sans elle ils s'éparpilleraient en sons ou en traits de plume ». On objecterait en vain les expériences lettristes, la possibilité toujours ouverte d'une activité qui utiliserait effectivement à des fins artistiques le seul matériel phonique et/ou graphique de la langue : la réponse implicite est que ce matériel ne consisterait plus alors en « mots », ou du moins que ces mots n'y seraient plus comme tels. La signification est essentielle à la définition du mot ; il est donc par définition impossible de le traiter ou de le considérer comme un *pur objet*, comme une pure chose.

A ce point, il devient manifeste que l'opposition initiale entre *chose* et *signe*, comprise comme alternative rigoureuse entre deux termes exclusifs, conduit à une aporie. Il faut donc ou quitter prématurément la partie, ou revenir en arrière et assouplir quelque peu le dilemme. Observons d'abord que l'opposition était de toute manière asymétrique, ou boiteuse, puisque les « signes » ne peuvent être qu'une certaine espèce de « choses » : celles qui n'existent pas (seulement) « par elles-mêmes », ou plutôt *pour* elles-mêmes, mais renvoient (aussi) à autre chose, qui leur est extérieur ; un morceau de papier vierge est une « chose », un billet de banque est à la fois une chose (un morceau de papier imprimé) et un signe monétaire. L'opposition *chose* vs *signe* opposait donc en fait les choses qui ne sont rien d'autre (les pures choses) à celles qui sont aussi des signes : les choses-signes. Mais l'asymétrie n'empêche pas l'opposition d'être exclusive, si l'on pose qu'un mot doit nécessairement être considéré soit comme pure chose soit comme chose-signe. On a vu que la première hypothèse était exclue par définition ; mais on voit aussi que la seconde nous rejette entièrement dans la « prose », c'est-à-dire supprime toute opposition entre prose et poésie, ce qui est apparemment insupportable. Il faut donc en forger une troisième, que voici : « Si le poète s'arrête aux mots, comme le peintre fait aux couleurs et le musicien aux sons, cela ne veut pas dire qu'ils aient perdu toute signification à ses yeux (…). Seulement elle devient naturelle, elle aussi ; ce n'est plus le but toujours hors d'atteinte et toujours visé par la transcendance humaine ; c'est une propriété de chaque terme, analogue à l'expression d'un visage, au petit sens triste ou gai des sons et des couleurs. » Dans cette signification « devenue naturelle », on reconnaîtra sans peine le *phusei* cratylien, qui (re)vient à point nommé offrir une troisième voie entre l'insignifiance des « choses » et la signifiance – implicitement définie comme artificielle et conventionnelle – des « signes ». L'opposition entre ces deux types de signifiance sera thématisée plus tard, et pourvue d'une terminologie, dans un texte auquel nous aurons l'occasion de revenir[1] : c'est la distinction entre *signification* (conventionnelle) et *sens* (naturel) : « Les choses ne signifient rien. Pourtant chacune d'elles a un sens. Par *signification* il faut entendre une certaine relation conventionnelle qui fait d'un objet présent le substitut d'un objet absent ; par *sens*, j'entends la participation d'une réalité présente, dans son être, à l'être d'autres réalités, présentes ou absentes, visibles ou invisibles, et de proche en proche à l'univers. La signification est conférée du dehors à l'objet par une intention signifiante, le sens est une qualité naturelle des choses ; la première est un rapport transcendant d'un objet à un autre, le second une transcendance tombée dans l'immanence. »

Voilà donc heureusement reformulée la théorie symboliste du langage poétique : les mots de la prose ont une signification, ceux du poème, comme les choses, comme les sons et les couleurs, ont un sens. On remarque aussitôt que l'insignifiance des choses n'était posée que provisoirement, en tant qu'opposée à la signification des signes ; le troisième terme s'est en fait substitué au premier, il n'y a plus finalement que deux termes, qui sont les deux signifiances[2] : celle des signes institués, ou signification, qui fait (entre autres) l'« empire » de la prose, et celle des choses, ou sens, qui est, ou peut être, matière d'art et de poésie.

De cette signifiance poétique, nous ne savons encore que ceci : qu'elle est *naturelle*, « propriété » ou « qualité » naturelle des choses. Il faut la distinguer soigneusement de ces utilisations sémiotiques marginales que l'on peut faire de cer-

1. *Saint Genet*, 1952, p. 283. Rappelons que toute cette section (« Le langage », p. 268-288) du chapitre « Caïn » est une sorte d'illustration ou d'expérimentation *in vivo* de la théorie sartrienne du langage poétique : ou comment un enfant « délinquant », exilé hors du langage utilitaire commun, se voit condamné successivement au silence (« un coupable ne parle pas » ; parle-t-il cependant, les mots, « prison » par exemple, n'ont pas pour lui le même sens que pour la Société), au mensonge (donc à un langage paradoxal de non-communication), à l'argot (langue parasitaire, décalée, typiquement figurale, et en cela déjà « poétique »), à la subversion homosexuelle de l'argot (voir le calembour bilingue sur « On fait les pages ») et finalement à un jeu poétique sur certains « mots prestigieux » ou « mots-poèmes » *(virevolte)*, où se révèle « une convenance secrète du langage avec l'aspect caché des choses ».

2. Je détourne ce terme pour englober ensemble les concepts de *sens* et de *signification*.

tains objets auxquels on « confère par convention la valeur de signes », comme dans le « langage des fleurs ». La signification « fidélité » attribuée aux roses blanches n'a rien à voir avec leur « foisonnement mousseux » ou leur « doux parfum croupi » ; elle ne leur appartient pas, elle est « transcendante », « conférée de l'extérieur », comme elle aurait pu être conférée à n'importe quelle autre espèce de fleurs : c'est l'arbitraire du signe. Le naturel du sens, c'est au contraire la relation immanente entre une chose et la signifiance dont elle est « imprégnée », comme la déchirure jaune du ciel au-dessus du *Golgotha* de Tintoret ne *signifie* pas l'angoisse du Christ, mais *est* à la fois ciel jaune et angoisse, ou comme « les longs Arlequins de Picasso, ambigus et éternels, hantés par un sens indéchiffrable, inséparable de leur maigreur voûtée et des losanges délavés de leurs maillots, sont une émotion qui s'est faite chair et que la chair a bue comme le buvard boit l'encre », comme « la signification d'une mélodie – si on peut encore parler de signification [1] – n'est rien en dehors de la mélodie même, à la différence des idées qu'on peut rendre adéquatement de plusieurs manières » (on reconnaît ici la définition valéryenne de la prose). Ces illustrations empruntées à l'art peuvent sembler encore bien vagues : elles n'expriment en effet que l'intuition confuse, presque ineffable, de ce que peut être une signification « tombée dans l'immanence », « faite chose », comme l'angoisse du Christ « qui a tourné en déchirure jaune du ciel et qui, du coup, est submergée, empâtée par les qualités propres des choses, par leur imperméabilité, par leur extension, leur permanence aveugle, leur extériorité, et cette infinité de relations qu'elles entretiennent avec les autres choses ». Dans ce discours typiquement « sartrien », le sémioticien de service aura peut-être un peu de mal à retrouver ses outils, mais il lui faut passer par là avant d'en venir à des formulations plus claires, et sans doute trop claires. Voici un parallèle emprunté de nouveau à *Saint Genet* : « (La signification) peut préparer une intuition, l'orienter, mais elle ne saurait la fournir puisque l'objet signifié est, par principe, extérieur au signe ; (le sens) est par nature intuitif, c'est l'odeur qui imprègne un mouchoir, le

1. Rappelons que Sartre ne dispose pas encore ici (1947) du terme *sens*.

parfum qui s'échappe d'un flacon vide et éventé. Le sigle « XVIIe » *signifie* un certain siècle, mais cette époque entière, dans les musées, s'accroche comme une gaze, comme une toile d'araignée, aux boucles d'une perruque, s'échappe par bouffées d'une chaise à porteurs. » L'exemple de la perruque Louis XIV ou de la chaise à porteurs, avec leur sens « immanent », inhérent, ou pour le moins *adhérent*, illustre bien ce que peut être une signifiance « naturelle », il éclaire mieux encore la définition rapportée plus haut, et qui exige qu'on s'y attarde un peu plus : « *participation* d'une réalité présente à d'autres réalités, présentes ou absentes ». Entre la chaise à porteurs et le sens « XVIIe siècle », il y a une relation nécessaire de « participation », puisque la chaise appartient effectivement à ce siècle, d'où elle provient. Relation de partie au tout (de synecdoque), ou aussi bien d'effet à cause (de métonymie) : l'objet de style Louis XIV est au fond un *indice*, au sens peircien, du Grand Siècle : un *vestige*.

Il y a dans le choix de ces exemples quelque chose qui dérange un peu (provisoirement) nos habitudes cratyliennes : pour une fois, la relation sémantique nécessaire n'est pas de ressemblance, mais de contiguïté ou, comme disait Beauzée, de « coexistence » ; pour une fois, le type du signe naturel est l'indice et non l'« icône », toujours au sens peircien, c'est-à-dire l'image ou le reflet. Qui plus est, nous avons vu que ce choix spécifique était non seulement dans les exemples, mais déjà dans la définition même. Tout se passe donc, pour l'instant, comme si les signifiances naturelles se ramenaient pour Sartre aux signes motivés par contiguïté, à l'exclusion de tout autre type de motivation. Il s'agirait là d'une version toute nouvelle du cratylisme[1].

Mais ici se présente un obstacle considérable. La notion de signe par contiguïté, ou participation, est parfaitement claire hors la sphère linguistique, mais que devient-elle lorsqu'on veut – comme il le faut bien quand il s'agit de poésie – la transposer dans le fonctionnement du langage ? Soit l'énoncé poétique à propos et en vue duquel Sartre vient d'introduire

1. Nous avons vu par exemple comment Socrate ouvrait cette perspective sans vraiment s'y engager, et comment Gébelin la fermait en ramenant le genre à l'espèce, toute motivation à l'imitation – ce qui est, consciemment ou non, le mouvement habituel, et sans doute naturel, de l'imagination cratylienne.

sa distinction entre sens et signification : « en produisant son premier poème comme un objet [il a dit plus haut : comme une chose], enchaîne-t-il, Genet transforme la *signification* des mots en *sens* ». Voyons cela. Ce premier « poème », c'est le syntagme : *moissonneur des souffles coupés*. L'analyse que Sartre va lui consacrer devrait, pour répondre à notre question, montrer comment ces trois ou quatre vocables, de signes conventionnels qu'ils sont dans la langue, deviennent, ou pour le moins donnent l'illusion de devenir ici les signes indiciels, métonymes naturels liés de « participation » aux choses qu'ils désignent. Rien de tel en fait, dans ces six pages par ailleurs éblouissantes, et qui roulent entièrement sur une tout autre idée, celle de « l'interpénétration syncrétique des sens » dans le vocable et le syntagme poétiques : ainsi, entre « couper les souffles », présent dans ce vers, et « couper les tiges », induit par *moissonneur*, le régime poétique du sens, qui est « indétermination », « indistinction », « unité syncrétique », nous interdit de choisir : « les deux sens s'étendent tout à trac l'un à travers l'autre et coexistent sans se fondre ni se contredire » ; les souffles sont en même temps des tiges : vent, plante, respiration, tout à la fois « dans une sorte de tourniquet » – jusqu'à l'opération finale qui *effectuera* la signification par-delà cette unité syncrétique, découvrant qu'un souffle coupé n'est rien, qu'un moissonneur de riens n'est personne, et qu'ainsi, tout contenu annulé, le vers de Genet voulait simplement dire : *rien*. Mais cette double démonstration concerne la nature, dans le poème, des rapports entre signifiés (« moissonneur de tiges » – « moissonneur de souffles »), non celle des rapports de signification, c'est-à-dire entre signifiants et signifiés (*moissonneur* – « moissonneur »). L'interpénétration des sens s'est substituée à la participation du sens (au sens comme participation), mais cette substitution n'est ni légitime ni efficace. Le critique peut bien affirmer encore – dernier écho du thème – que « *moissonneur* est encore tout imprégné d'une odeur de blés mûrs », il ne peut évidemment démontrer cette assertion – et apparemment il ne s'en soucie plus, comme s'il avait changé d'idée en cours de route. Et peut-être aurait-il bien du mal à simplement l'expliciter.

En effet, si la relation mimétique entre mot et chose est sujette à discussion, du moins est-elle clairement définissable : on peut admettre ou refuser que *moissonneur* ressemble à un moissonneur, on voit à peu près ce qui est en question ; mais comment admettre ou refuser ici un rapport d'« imprégnation » ou de « participation » ? Qu'*entendre* par là ? La seule relation concevable de ce type, ce serait, dans l'onomatopée, celle qui unit apparemment le mot imitatif du bruit à l'objet qui produit ce bruit : ainsi pourrait-on dire – très vite – que le mot-bruit (selon Nodier) *cascade* participe à l'objet (bruyant) « cascade ». Mais on voit aussitôt que le rapport de participation unit en fait les deux « objets », la cascade et son bruit, et que la relation linguistique est ailleurs : entre le bruit et le mot, et qu'elle est de l'ordre non de la participation, mais (si l'on veut) de l'imitation ; *cascade* désignerait ici le bruit de la cascade par onomatopée, et la cascade elle-même par métonymie, c'est-à-dire par un rapport de participation *entre les signifiés* ; mais entre signifiant et signifié, la seule relation motivée possible reste la mimétique. Revenons à notre (mot) *moissonneur* : il ressemble (ou non) à un moissonneur : imitation directe ; ou bien, il ressemble (ou non) à un bruit produit par le moissonneur, ou par sa faucille, ou par tout ce qu'on voudra : imitation indirecte ; mais le moissonneur ne produit pas le mot *moissonneur*. On pourra donc dire, et même répéter, que le mot *moissonneur* est imprégné de l'odeur des blés mûrs, ou de toute autre, cette prétendue métonymie restera ce qu'elle est : une métaphore. Les mots n'ont pas d'odeur.

La variante esquissée dans *Saint Genet* se révèle donc illusoire : il faut en revenir au cratylisme poétique « classique », au langage poétique défini comme mimésis. Au reste, le texte de *Situations II*, comme s'il avait prévu l'inutilité du détour, passait directement de la notion générale de « signification naturelle » à celle, particulière, de relation mimétique : le poète est d'abord « hors du langage », il entretient avec les choses un « contact silencieux » ; puis il se retourne vers « cette autre espèce de choses que sont pour lui les mots » pour découvrir en eux des « affinités particulières avec la terre, le ciel et l'eau et toutes les choses créées. Faute de savoir s'en servir comme *signe* d'un aspect du monde, il voit dans le mot l'*image* d'un de ces aspects ». *Affinité* restait ambigu : ressemblance ou « participation » ? mais le mot révélateur est évidemment *image*, que ses italiques opposent formellement à *signe*, et qui consacre le retour à la pure relation mimétique, comme encore ceci, un peu plus loin : « le langage est pour (le poète) le Miroir du monde. » Image, reflet, c'est bien la mimésis, « ressemblance magique », mais artificiellement (re)créée dans le message poétique, par-delà le défaut des langues : « L'image verbale qu'il choisit pour sa ressemblance avec le saule ou le frêne n'est pas nécessairement le mot que nous utilisons pour désigner ces objets ». Ce peut être l'inverse, *saule* pour le frêne, *frêne* pour le saule, comme si Mallarmé avait osé (ou daigné) appeler *jour* la nuit, et vice versa ; ce peut être tout autre chose : l'image poétique recrée le langage.

Ainsi doté d'une fonction mimétique, le mot poétique se met, pour Sartre, à exister « par lui-même » d'une manière sensible et, comme disait Valéry, « physique » : « Sa sonorité, sa longueur, ses désinences masculines et féminines, son aspect visuel lui composent un visage de chair qui *représente* la signification plutôt qu'il ne l'exprime[1] ». Ainsi, paradoxalement (nous avons déjà rencontré ce paradoxe chez Valéry, mais sous une forme moins ingénue, et nous le retrouverons chez Jakobson), loin d'aggraver la transparence du vocable, sa vertu mimétique serait-elle la condition nécessaire et suffisante de son autonomie et de son opacité esthétique : plus le mot poétique est « ressemblant », plus il devient *perceptible*. Je dis *Florence*..., « et l'étrange objet qui paraît ainsi possède la liquidité du *fleuve*, la douce ardeur fauve de l'*or*, et, pour finir, s'abandonne avec *décence* et prolonge indéfiniment par l'affaiblissement continu de l'*e* muet son épanouissement plein de réserve ». Étrange objet, en effet, dont toute l'existence sensible lui est comme insufflée par les objets (partiels) de sa signification : série typique d'associations lexicales, étymologie socratique

1. D'autres écriraient peut-être, pour traduire la même nuance, qu'il l'*exprime* plutôt qu'il ne la *représente*. Il y a dans le lexique, pour opposer la signification mimétique à la conventionnelle, un perpétuel tourniquet de dénominations qui illustre à sa façon, plutôt ironique, l'arbitraire du signe : *sens* vs *signification, représenter* vs *exprimer, exprimer* vs *représenter, symbole* vs *signe* (Hegel, Saussure), *icon* vs *symbol* (Peirce), *signifier* vs *désigner* (Claudel), etc.

ou glose leirisienne[1], où l'illusion mimétique, sans pouvoir sur le nom intégral, se résout à (le) diviser pour régner, syllabe par syllabe, fragment par fragment, sur un vocable éclaté. Le mot « poétique » est un miroir – brisé.

*
* *

Au départ, les Formalistes russes se font de ce qu'ils appellent la « langue poétique » *(poèticheskij jazyk)* une idée tout à fait nette, sinon tout à fait spécifique : en opposition au langage courant, langage de pure communication où les formes phoniques, morphologiques, etc. n'ont aucune autonomie, dans la langue poétique la fonction de communication passe au second plan et « les formants linguistiques acquièrent une valeur autonome[2] ». Cette autonomie du mot poétique par rapport à sa fonction se manifeste par une plus grande *perceptibilité* : « La langue poétique diffère de la langue prosaïque par le caractère perceptible de sa construction[3] ». La perceptibilité de la forme va devenir, on le sait, un des thèmes majeurs de la théorie formaliste dans tous les domaines, y compris celui de l'« évolution littéraire », puisque le moteur de celle-ci sera l'usure des formes anciennes, devenues habituelles et donc transparentes, et le besoin de leur substituer des formes nouvelles, et donc perceptibles : « la nouvelle forme n'apparaît pas pour exprimer un contenu nouveau, mais pour remplacer l'ancienne forme qui a déjà perdu son caractère esthétique[4] » – et ce, aussi bien, par exemple, au niveau des constructions dramatiques ou des procédés narratifs. Cette généralisation diminue, je l'ai dit, la spécificité du langage poétique, mais en revanche elle lui donne, comme chez Valéry, une valeur exemplaire : la poésie, c'est la littérature par excellence, l'art par excel-

1. Selon la description même qu'en donne Sartre : « *définition poétique* de certains mots, c'est-à-dire qui soit par elle-même une synthèse d'implications réciproques entre le corps sonore et l'âme verbale » (*Situations II*, p. 67).
2. Yakoubinski (1916) cité par Eichenbaum, « La théorie de la méthode formelle », *Théorie de la littérature*, Seuil, 1966, p. 39.
3. Chklovski (1919), *ibid.*, p. 45.
4. Id., *ibid.*, p. 50.

lence, défini par sa rupture délibérée avec toute fonction « pratique ».

Les premières analyses de Jakobson ne tranchent nullement sur ce contexte, si ce n'est parfois par une plus grande intransigeance formaliste. Ainsi, dans « La nouvelle poésie russe[1] », peut-on lire qu'en poésie « la fonction communicative, propre à la fois au langage quotidien et au langage émotionnel, est réduite au minimum. La poésie est indifférente à l'égard de l'objet de l'énoncé, de même que la prose pratique, ou plus exactement objective, est indifférente, mais dans le sens inverse, à l'égard, disons, du rythme ». Des procédés poétiques tels que le néologisme ou la répétition phonique[2] n'ont apparemment pas d'autre raison d'être que de favoriser ou d'accentuer cette « opacité » des formes verbales dans le poème : le néologisme « crée une tache euphonique éclatante alors que les vieux mots vieillissent aussi phonétiquement, effacés par l'usage fréquent, et surtout parce qu'on ne perçoit qu'en partie leur constitution phonique ; on cesse facilement d'être conscient de la forme des mots dans la langue quotidienne, celle-ci meurt, se pétrifie, alors qu'on est obligé de percevoir la forme du néologisme poétique » ; de même, « on ne perçoit pas la forme d'un mot à moins qu'elle ne se répète dans le système linguistique. La forme isolée meurt ; de même la combinaison des sons dans un poème (...) : on ne la perçoit qu'à la suite de la répétition[3] ». Position confirmée quelques années plus tard, et surtout motivée dans une axiologie typiquement conventionaliste :

> Comment la poéticité se manifeste-t-elle ? En ceci, que le mot est ressenti comme mot et non comme simple substitut de l'objet nommé ni comme explosion d'émotion. En ceci, que les mots et leur syntaxe, leur signification, leur forme externe et interne ne sont pas des indices indifférents de la réalité, mais possèdent leur propre poids et leur propre valeur.
>
> Pourquoi tout cela est-il nécessaire ? Pourquoi faut-il souligner que le signe ne se confond pas avec l'objet ? Parce

1. 1919, traduit in *Questions de poétique*, Seuil, 1973, p. 14.
2. Rappelons qu'Osip Brik, dans son article de 1917, refusait explicitement d'interpréter les répétions phoniques qu'il se contentait de repérer et de classer.
3. *Ibid.*, p. 20-21.

> qu'à côté de la conscience immédiate de l'identité entre le signe et l'objet (A est A'), la conscience immédiate de l'absence de cette identité (A n'est pas A') est nécessaire ; cette antinomie est inévitable, car sans contradiction, il n'y a pas de jeu des concepts, il n'y a pas de jeu des signes, le rapport entre le concept et le signe devient automatique, le cours des événements s'arrête, la conscience de la réalité se meurt[1].

Texte tout à fait exceptionnel dans l'histoire de la théorie poétique : non seulement le signe poétique y est donné pour essentiellement « différent » de son objet, mais encore cette différence est réputée supérieure à celle du langage quotidien, où l'usure de l'habitude automatise, et par là naturalise la relation sémantique ; et surtout, cette différenciation est exaltée comme un instrument de prise de conscience de la réalité. Hermogénisme du fait, donc, mais aussi de la valeur, et dont on n'exagérerait peut-être pas la vertu d'émancipation en évoquant à son propos certaines formules de Brecht. On voit en tout cas que la *perceptibilité* du mot poétique n'est nullement liée ici à une quelconque fonction mimétique, bien au contraire. Plus tard, dans « Linguistique et poétique », la *fonction poétique* est encore définie, parmi les six fonctions du langage, par « la visée du message en tant que tel, l'accent mis sur le message pour son propre compte », et non pas pour le compte de sa relation, de quelque ordre qu'elle soit, avec son objet ; bien au contraire, Jakobson précise immédiatement que cette fonction, « qui met en évidence le côté palpable des signes, approfondit par là même la dichotomie fondamentale des signes et des objets » ; dichotomie qui laisse le message entièrement libre de s'organiser « pour son propre compte » et selon des lois de convenance totalement indépendantes de sa signification, comme l'illustre bien l'exemple qui fait suite : « Pourquoi dites-vous toujours *Jeanne et Marguerite*, et jamais *Marguerite et Jeanne* ? Préférez-vous Jeanne à sa sœur jumelle ? – Pas du tout, mais ça sonne mieux ainsi. Dans une suite de deux mots coordonnés, et dans la mesure où aucun problème de hiérarchie n'interfère, le locuteur voit dans la préséance donnée au nom le plus court, et sans

1. « Qu'est-ce que la poésie ? » (1934), *ibid.*, p. 124.

qu'il se l'explique, la meilleure configuration possible du message[1]. »

Insistons un peu lourdement sur cet exemple et sur son commentaire : la « meilleure configuration possible du message » est bien ici une question de pure disposition interne, de rythme et d'euphonie, sans aucune « interférence » possible des positions « hiérarchiques » respectives entre les deux personnes visées par les deux noms propres, deux jumelles également aimées : la situation a été, on le voit, soigneusement calculée. Il s'agit donc bien d'une convenance *formelle.* Si l'on veut en apprécier pleinement le caractère, il faut convoquer immédiatement un autre exemple de « meilleure configuration possible », que nous emprunterons à un autre article, à peu près contemporain : « Une séquence comme *Le Président et le Ministre prirent part à la réunion* est beaucoup plus courante que la séquence inverse, parce que le choix du terme placé le premier dans la phrase *reflète* la différence de rang officiel entre les personnages[2] » ; et Jakobson enchaîne en parlant de « correspondance quant à l'ordre entre le signifiant et le signifié ». Voilà donc, en opposition à l'ordre purement formel de « Jeanne et Marguerite », un ordre imitatif des hiérarchies du contenu, qui appartient à cette variété de signes iconiques que Peirce a baptisés « diagrammes », ou « icônes de relation », en opposition aux « images », ou icônes simples. Cet exemple entre dans une série d'illustrations des capacités mimétiques du langage commun, aux niveaux syntaxiques (c'est le cas ici), morphologique et phonique. « Le Président et le Ministre » est un énoncé du langage « ordinaire », « quotidien », « prosaïque », dominé comme tel par la fonction dite « référentielle », visée sur le « contexte » ou objet du discours. Son évident mimétisme dispositionnel n'est en rien un fait poétique, bien au contraire : l'expressivité favorise plutôt sa fonction référentielle, et il n'est plus question ici du principe euphonique de la « préséance au nom le plus court », auquel notre énoncé est tout à fait

1. 1960, in *Essais de linguistique générale*, p. 218. Rappelons que la fonction poétique, pour Jakobson, déborde largement le corpus poétique officiel.

2. « A la recherche de l'essence du langage » (1965), *Problèmes du langage*, p. 27 (je souligne).

indifférent[1] – tout comme l'énoncé poétique (je veux dire illustrant la fonction poétique) « Jeanne et Marguerite » était indifférent à la convenance mimétique, quitte à risquer un malentendu grave (« Préférez-vous Jeanne ? »). Bref, entre un énoncé prosaïque et un énoncé poétique, c'est le premier qui vise, dans la mesure du possible, à l'expressivité mimétique, et le second qui s'en détourne. L'énoncé prosaïque « reflète » ou décalque son objet : il met sa transparence diagrammatique au service de sa fonction « cognitive » ; l'énoncé poétique est plus autonome, moins asservi à son contenu, donc moins transparent, et plus perceptible comme objet, et c'est là sa fonction. Telle est, encore une fois (une dernière fois), la poétique formaliste, ou poétique d'Hermogène[2].

Mais ceci ne représente qu'un versant de la théorie jakobsonienne. Pour voir apparaître (progressivement) l'autre face, il suffit de reprendre et poursuivre la lecture de « Linguistique et poétique » et de passer au second, puis au troisième exemple de message poétique. Le second c'est « l'affreux Alfred[3] ». Pourquoi « affreux » plutôt qu'« horrible », « insupportable », etc. ? Parce qu'*affreux* et *Alfred*, comme le remarque aussitôt Jakobson, sont dans un rapport de paronomase : toujours, donc, au niveau purement formel. Si le personnage s'appelait, disons Iniold, l'expression appropriée du dégoût serait évidemment « l'ignoble Iniold » ; et ainsi de suite. La convenance est entre les deux vocables, et rien d'autre. Pourtant, voici la justification prêtée par Jakobson à son locuteur : « Je trouve qu'*affreux* lui va mieux » *(Horrible fits him better)* ; « lui » représente évidemment le personnage, non le prénom ; l'allitération est donc ressentie (par qui ?) comme harmonie *imitative*. Troisième exemple : *« I like Ike. »* Jakobson en donne d'abord une analyse phonique, puis il ajoute : « le premier des deux mots en allitération [vocalique] est inclus dans le second, image paronomastique du sujet aimant *(I)* enveloppé par l'objet aimé *[Ike]* ». De nouveau, mais cette fois explicitement par l'analyste, la paronomase est

1. J'ignore le texte anglais original, mais on peut supposer que le syntagme y est *President and Secretary* ; l'interversion des longueurs dans la traduction est ici sans inconvénient.

2. Façon de parler, bien sûr, mais Hermogène a toujours bon dos.

3. *Horrible Harry* dans le texte anglais.

donnée comme faisant « image » : la relation entre les deux vocables reflète la relation entre les deux personnages. Nous (re)voici en pays connu : le langage poétique ne s'écarte plus des virtualités expressives de la langue, il les honore et les exploite; un pas de plus, et l'on dira, après tant d'autres, qu'il les développe, ou du moins qu'il les expose davantage. Ce pas est franchi un peu plus loin : « La poésie n'est pas le seul domaine où le symbolisme des sons fasse sentir ses effets, mais c'est une province où le lien entre son et sens, de latent, devient patent, et se manifeste de la manière la plus palpable et la plus intense[1]. » Ou encore : « La valeur iconique autonome des oppositions phonologiques est amortie dans les messages purement cognitifs, mais devient particulièrement manifeste dans la langue poétique[2]. » Un dernier pas, et la situation décrite tout à l'heure (langage référentiel mimétique *vs* langage poétique autonome) se renverse totalement : langage poétique mimétique *vs* prose conventionnelle. La référence à Mallarmé s'impose alors, et de fait elle apparaît dans les deux textes[3], suivie des remarques bien connues sur la façon dont la poésie française peut « tourner la difficulté » du couple *jour/nuit* en atténuant le « défaut » par un contexte phonique approprié, ou au contraire en adaptant les signifiés à la couleur sonore des signifiants : « chaleur lourde du jour, fraîcheur aérienne de la nuit ». On ne reviendra pas sur la pertinence poétique de ces commentaires, rappelés ici pour leur teneur cratylienne. Ajoutons-y les citations de Pope (« Le son doit sembler un écho du sens ») et de Valéry (« Le poème, hésitation prolongée entre le son et le sens »), et la conversion au mimologisme poétique apparaîtra clairement – avec cette nuance que la part faite aux capacités mimétiques de la langue est sans doute plus grande ici que chez Mallarmé, et manifestement plus grande que chez Valéry : « Le symbolisme des sons est une relation indéniablement objective, fondée sur une connexion phénoménale entre différents modes sensoriels, en particulier entre les sensations visuelles et auditives[4]. »

J'ai employé le terme de « conversion » pour souligner la divergence des deux thèses; mais il ne faudrait pas l'inter-

1. *Essais*, p. 241
2. *Problèmes*, p. 35.
3. P. 241-242, p. 35.
4. *Essais*, p. 241.

préter trop vite dans un sens tout uniment diachronique. Il serait difficile d'établir, comme on est tenté de le penser, que la position de Jakobson a changé sur ce point entre 1920 et 1960, et qu'une interprétation plus personnelle du fait poétique s'est peu à peu dégagée des attitudes communes au groupe formaliste. En fait, la liaison entre perceptibilité et mimétisme est déjà suggérée dans la conférence de 1935 sur « La dominante », qui s'efforce de définir la hiérarchie des diverses fonctions linguistiques à l'intérieur de l'œuvre poétique : « Dans la fonction référentielle, le signe entretient avec l'objet désigné un lien interne minimal et par suite le signe a, en lui-même, une importance minimale. La fonction expressive, au contraire, suppose, *entre le signe et l'objet, un lien plus fort et plus direct*, et, dans ces conditions, requiert une plus grande attention à la structure interne du signe. Comparé au langage référentiel, le langage émotif, qui remplit avant tout une fonction expressive, est, en règle générale, plus proche du langage poétique, qui est orienté précisément vers le signe en tant que tel[1] ». La position est ici, on le voit, nuancée par l'interposition du langage « expressif » entre le référentiel et le poétique, avec une importance à chaque fois croissante du signifiant : le discours référentiel s'en désintéresse, l'expressif le met davantage en relief à cause du lien expressif même, le poétique est délibérément « orienté » vers lui. Mais la liaison était plus étroite encore, dès 1919, dans « La nouvelle poésie russe » : « Dans les langages émotionnel et poétique, les représentations verbales (phonétiques et sémantiques) attirent sur elles une attention plus grande, le *lien entre l'aspect sonore et la signification* se resserre[2]. » On peut donc dire que les deux thèmes coexistent depuis toujours dans le discours de Jakobson.

Cette coexistence est peut-être moins paradoxale qu'elle ne paraît à première vue, du moins en théorie : d'un côté, en effet, le signifiant « arbitraire » est perceptible parce qu'arbitraire, et donc mis en relief par son immotivation même, son inadéquation mimétique, à la limite son incongruité, qui est une forme d'étrangeté *(ostranenie)* ; Lessing disait déjà que le signe conventionnel provoque « une conscience du signe

1. *Questions de poétique*, p. 148 (je souligne).
2. P. 14 (je souligne).

plus forte que de la chose désignée[1] » ; et Mallarmé ne percevait-il pas comme tels, et de façon fort aiguë, des vocables « pervers » comme *jour* et *nuit*[2] ? Mais d'un autre côté, le signe mimétique (ou reçu pour tel), théoriquement « transparent » de par son mimétisme, est en fait remarquable, et donc perceptible, pour cette raison même, surtout s'il fait contraste et exception dans le contexte et/ou dans le système : autre *ostranenie*, inverse de la précédente, et peut-être aussi efficace[3]. Ces rationalisations théoriques sont donc, comme toujours, parfaitement réversibles, et les positions se déterminent en fait, et doivent être appréciées, à un tout autre niveau, celui des partis pris et des valorisations profondes. C'est à ce niveau (informulé, et souvent impensé) que l'attitude formaliste et le désir cratylien entrent en discordance – au grand profit, ici, du second.

Aussi bien leurs investissements réels ne sont-ils, chez Jakobson, nullement comparables : la position « formaliste » est en quelque sorte un *point d'honneur*, une position de principe, dont l'application pratique (technique) reste faible. La valorisation mimétique, au contraire, pénètre tous les éléments de la poétique jakobsonienne, et spécialement le plus important (de très loin), c'est-à-dire le principe de récurrence. Il apparaît, nous l'avons vu, dès 1919, comme un moyen parmi d'autres de mise en évidence de la forme, et sous les espèces de la répétition phonique. L'article de 1966 sur le « Parallélisme grammatical[4] » en élargira considérablement les modalités (phoniques, grammaticales, et naturellement métriques) et le champ d'action, à travers les poésies hébraïque, chinoise, ouralo-altaïque, russe folklorique, et sous l'invocation de ces « grands avocats du parallélisme » que

1. *Laokoon*, éd. Blumme, p. 428.

2. Ce seul fait, soit dit en passant, bouscule quelque peu le topos rassurant et hâtif (Grammont, Dorchain, Bally, Nyrop, Whorf, Delbouille, Mounin) selon lequel la discordance entre son et sens n'est jamais perçue, et l'on comprend mal comment Jakobson (*Essais*, p. 242) peut aussi sereinement juxtaposer deux opinions aussi contradictoires que celles de Mallarmé et de Whorf.

3. Un témoignage en ce sens parmi d'autres, mais particulièrement explicite : « Le signe motivé ne pourrait jamais prétendre à la transparence du signe démotivé (Ullmann, *Semantics*, p. 80-115), du signe pur qui naît du sacrifice d'une substance se consumant pour se transformer en référence » (I. Fonagy, « Motivation et remotivation », *Poétique* 11, p. 414).

4. *Questions*, p. 234-279.

furent Herder et Hopkins. Bien au-delà des simples récurrences phoniques et grammaticales, il s'agit ici d'un « parallélisme généralisé », selon la thèse de Hopkins, que tout l'art de la poésie « se ramène au principe de parallélisme » – confirmé par l'étymologie même du mot *versus* (retour) : « Nous devons constamment tenir compte de ce fait irrécusable qu'à tous les niveaux de la langue l'essence, en poésie, de la technique artistique réside en des retours réitérés[1]. »

Ce principe de récurrence généralisée, évidemment inspiré par une considération particulière des formes les plus traditionnelles (folkloriques ou non) de la création poétique (et dont l'application à des œuvres d'un autre ordre a pu déconcerter les spécialistes), se retrouve au centre de « Linguistique et poétique », où il fait un peu plus – nous allons le voir – que concurrencer l'« accent mis sur le message » comme trait distinctif de la fonction poétique : « Selon quel critère linguistique reconnaît-on empiriquement la fonction poétique ? » Élargi et reformulé en termes de linguistique structurale, le parallélisme poétique devient ici, on le sait, « projection du principe d'équivalence de l'axe de la sélection (paradigmatique) sur l'axe de la combinaison (syntagmatique). L'équivalence est promue au rang de procédé constitutif de la séquence[2] ».

Il y a là une substitution, voire une éviction, qui n'a peut-être pas été remarquée autant qu'elle le mérite. Si l'on (se) demande quelle est la définition jakobsonienne de la fonction poétique, deux réponses peuvent aussi bien venir à l'esprit : l'*autotélisme du message* et la *projection de l'équivalence*. La première est proprement théorique, elle ressort du tableau général des six fonctions linguistiques ; la seconde se présente comme simple « critère empirique », sorte de *rule of thumb*, moyen commode pour « reconnaître » un texte à fonction poétique. Mais cette répartition ne suffit pas à définir de façon satisfaisante le rapport entre les deux critères. Apparemment, la répétition n'est (selon l'observation proposée dès 1919) qu'un *moyen* technique pour produire l'autonomie de la forme ; mais on peut alors se demander comment il se fait que l'instrument soit ici plus évident, plus facile à

1. *Ibid.*, p. 271, 234 ; cf. p. 222.
2. *Essais*, p. 220.

« reconnaître » que le résultat visé – indice, pour le moins, d'une faible efficacité, quand l'effort éclipse l'effet. On peut se demander aussi – comme tout à l'heure pour la nature du rapport sémantique – si le moyen désigné est à ce point le seul concevable, que sa présence puisse devenir *le* critère empirique décisif. Quid d'autres *procédés* naguère dégagés par Jakobson lui-même (comme le néologisme chez Khlebnikov) ? Et quid encore du procédé inverse, qui serait l'absence systématique de répétition ? La (plus grande) perceptibilité du récurrent, comme celle du mimétique, est un principe aisément réversible, et l'on sait bien comment on a pu soutenir avec autant de vraisemblance, tout au contraire, que seule la différence est perceptible, et que la monotonie engendre l'anesthésie. Une fois de plus, donc, la préférence spontanée se couvre (mal) d'une rationalisation rétroactive, mais se donne à lire dans la précipitation du mouvement, puisque à peine posé (p. 218), le critère théorique s'efface définitivement (p. 220) devant le critère empirique qui est censé l'incarner ou l'illustrer, et qu'il sert en fait à introduire. Aussi bien s'agit-il en fait de la même valorisation – en l'occurrence, ici (répétition) et là (mimétisme), une valorisation du *même*.

Le terme décisif d'*équivalence* est en effet, en français comme en anglais, d'une ambiguïté remarquable, et que nous avons déjà pu apprécier chez Valéry. En termes structuraux, il désigne ici, très largement, la relation qu'entretiennent tous les termes susceptibles d'occuper la même place dans la chaîne ; en ce sens, un énoncé défectif tel que « l'enfant... dans son berceau » peut être complété par mille verbes « équivalents », parmi lesquels « s'endort » et « s'éveille » : « La sélection est produite sur la base de l'équivalence, de la similarité *et de la dissimilarité*, de la synonymie *et de l'antonymie*[1]. » Mais pour la conscience commune, équivalence égale similarité, et de fait, lorsqu'il faut illustrer par un exemple la notion de sélection, Jakobson recourt spontanément ici à des termes « sémantiquement apparentés – (l'enfant) dort, sommeille, repose, somnole », la sélection ne s'exerçant plus dès lors qu'entre des variantes stylistiques du même terme. Ce passage de l'équivalence paradigmatique à

1. *Ibid.* (je souligne).

l'équivalence sémantique s'exerçait déjà, on le sait, dans l'article de 1956 sur les « Deux fonctions du langage », où la fonction de sélection est interprétée en termes de similarité et rapportée au « pôle métaphorique » du langage, la métaphore étant constituée en figure cardinale de la diction poétique. Le « parallélisme généralisé » devient donc une équivalence (au sens fort) généralisée, sur tous les plans et dans toutes les dimensions : « le principe de *similarité* gouverne la poésie[1] », et apparemment sans tolérer d'opposition. Les récurrences formelles, données en principe comme sémantiquement neutres, ou plutôt ambivalentes (« Le parallélisme métrique des vers et l'équivalence phonique des rimes imposent le problème de la similitude *et du contraste* sémantique (...) en poésie, toute similarité apparente du son est évaluée en termes de similarité *et/ou de dissimilarité* dans le sens[2] ») se voient finalement interprétées dans le sens d'une symbolisation réciproque et généralisée : « La projection du principe d'*équivalence* sur la séquence a une signification beaucoup plus vaste et plus profonde. La formule de Valéry – le poème, hésitation prolongée entre le son et le sens – est beaucoup plus réaliste et scientifique que toutes les formes d'isolationnisme phonétique (...). La superposition de la *similarité* sur la contiguïté confère à la poésie son essence de part en part symbolique (...). Tout élément de la séquence est une comparaison. En poésie, où la similarité est projetée sur la contiguïté, toute métonymie est légèrement métaphorique, toute métaphore a une teinte métonymique[3]. » Il y a là une condensation tout à fait remarquable de la poétique jakobsonienne : la récurrence textuelle (similarités formelles étalées dans l'espace du texte) induit une sorte de récurrence parallèle au niveau signifié, qui est la métaphore métonymisée : similarités de sens étalées dans l'espace du contenu. C'est donc à la limite un véritable volume symbolique à trois dimensions qui s'établit dans le poème, et qui à vrai dire le constitue : réseau horizontal d'équivalences signifiantes (phoniques, métriques, grammaticales, intonationnelles, prosodiques) renvoyant à un

1. P. 66 (je souligne).
2. P. 66-67 et 240 (je souligne). Cf. p. 233-234 à propos de la valeur sémantique des rimes.
3. P. 233-238 ; on note le passage d'*équivalence* (mais le terme anglais était déjà ici *equationnal principle*) à *similarité*.

autre réseau horizontal d'équivalences signifiées au moyen d'une série d'équivalences sémantiques (verticales) de chaque forme à chaque sens (images) et de chaque groupe de formes à chaque groupe de sens (diagrammes) : état hyper bolique et parfait de la « forêt de symboles » baudelairienne. A ce point, les distinctions pointilleuses de la vieille rhétorique perdent de leur pertinence : le lien figural (métaphorico-métonymique) joue aussi bien verticalement qu'horizontalement, entre signifiés, entre signifiants, entre signifiés et signifiants. Ainsi peut-on conclure que « la pertinence du nexus son/sens *(sound-meaning nexus)* n'est qu'un simple corollaire de la superposition de la similarité sur la contiguïté[1] » – et peut-être réciproquement : le principe de répétition devenant à son tour un corollaire du principe mimétique, et le poème un jeu de miroirs infini.

*
* *

« Eh bien, disait Barrès, grattez l'ironiste, vous trouvez l'élégiaque[2]. » On peindrait peut-être assez bien la théorie poétique moderne en risquant cette parodie : *grattez le formaliste, vous trouvez le symboliste* (c'est-à-dire le réaliste) ; et donc, en forçant encore un peu : *grattez Hermogène, vous (re)trouvez Cratyle*. Il y a même quelque chose de cela chez Saussure : grattez l'auteur du *Cours*, vous trouvez le rêveur d'anagrammes ; et quelle plus belle application du « principe d'équivalence », que la dissémination paragrammatique du mot-thème dans le message poétique ? On sait (entre autres) l'accueil fait par Jakobson à ces hypothèses, et leur application au dernier *Spleen* et au *Gouffre* de Baudelaire[3]. La conscience poétique moderne est très largement « gouvernée » par les principes d'équivalence et de motivation, et l'on pourrait citer à cet égard la plupart des théoriciens et critiques d'aujourd'hui, sans excepter, çà et là, l'infime auteur de ces lignes. Par-delà tous les antagonismes épisodiques et à

1. P. 241.
2. *Sous l'œil des Barbares*, Plon, p. 192.
3. *Questions de poétique*, p. 190 et 434-435.

travers bien des déplacements d'accent et d'équilibre, on retrouve un peu partout cette triple valorisation de la relation analogique : entre signifiants (homophonies, paronomases, etc.), entre signifiés (métaphore), entre signifiant et signifié (motivation mimétique). Une telle convergence est sans doute, dans une large mesure, indice de « vérité » ; mais elle est aussi, et peut-être surtout, signe des temps et thème d'époque. Elle s'accompagne inévitablement d'un choix, conscient ou non, dans le corpus poétique, qu'une statistique des citations et des objets d'analyse manifesterait éloquemment : notre « langage poétique » est le langage *d'une certaine poésie*[1], et – pour nous en tenir à une seule contre-épreuve – on imagine aisément ce qu'un Malherbe, si ennemi de toute « répétition », si acharné à ouvrir au maximum l'éventail sonore et rythmique du vers et de la strophe, aurait pensé de notre similarité généralisée ; à part quelques effets contrastifs et codés d'allitération et d'harmonie imitative, la poétique française de l'âge classique était plutôt gouvernée par un principe de dissimilation, ou de différenciation maximale[2]. Une poétique fondée de part en part sur le « démon de l'analogie » est une idée typiquement romantique et symboliste. Elle est moderne *en ce sens*, c'est-à-dire qu'elle n'est ni éternelle (et universellement valable) ni *très moderne* ; et peut-être accuse-t-elle déjà quelque retard (toujours l'oiseau de Minerve) sur la pratique poétique elle-même – mais ceci est une autre histoire. Résurgence esthétique et dernier (?) refuge du mimologisme, cette idée du langage poétique comme compensation et défi à l'arbitraire du signe est devenue l'un des articles fondamentaux de notre « théorie » litté-

1. On sait, par exemple, le privilège explicitement accordé par Jean Cohen (*Structure du langage poétique*, Flammarion, 1966) à la poésie « moderne », c'est-à-dire en fait symboliste. Et où se situe pour Julia Kristeva la « révolution du langage poétique ».

2. Un exemple, presque au hasard, chez Lamy : « Entre les défauts de l'arrangement des mots, on compte la similitude, c'est-à-dire une répétition trop fréquente d'une même lettre, d'une même terminaison d'un même son, et d'une même cadence. La diversité plaît, les meilleurs choses ennuyent lorsqu'elles sont trop communes (...). Ce n'est pas le seul caprice qui rend la variété nécessaire : la nature aime le changement, et en voici la raison. Un son lasse les parties de l'organe de l'ouïe qu'il frappe trop longtemps, c'est pourquoi la diversité est nécessaire dans toutes les actions, parce que le travail étant partagé, chaque partie d'un organe en est moins fatiguée » (*La Rhétorique*, livre III, chap. VIII-IX).

raire. Elle domine en fait *l'idée même* (en général et quelle qu'en soit la spécification) *de langage poétique*, métaphore fourvoyante qui procède toujours de la dichotomie entre poésie et « langage ordinaire », et qui transpose mythiquement sur le plan linguistique (relation entre signifiant et signifié) des caractéristiques d'organisation discursive appartenant en fait à un tout autre niveau : figural, stylistique, prosodique, etc. Le fait de discours devient ainsi subrepticement un fait de langue, et l'« art du langage » un « langage dans le langage »[1]. Cette idée nous est devenue aujourd'hui si familière, si naturelle, si transparente que nous avons quelque peine à concevoir qu'elle est une théorie parmi d'autres, qu'elle n'a pas toujours été, qu'elle ne sera pas toujours. Cette vulgate ne va pourtant pas de soi, nous l'avons vu, elle est un fait d'histoire : elle appartient déjà à l'Histoire, c'est-à-dire, somme toute, au passé. Le seul fait de commencer de la percevoir et d'en faire (à son tour) un objet de discours, en est peut-être le signe, s'il est vrai qu'« à elle seule la perceptibilité du présent est déjà du futur[2] ».

1. Les deux formules, nullement équivalentes, sont de Valéry.
2. Pasternak, cité par Jakobson, *Questions*, p. 143.

L'âge des noms

Dans la *Recherche du temps perdu* comme dans le *Cratyle*, l'objet d'élection de la rêverie motivante est ce que Proust appelle le Nom, c'est-à-dire le nom propre[1]. La différence entre le Nom et le Mot (nom commun) est indiquée dans une page célèbre de la troisième partie de *Swann* où Proust évoque les rêveries de son héros sur les noms de quelques pays où il espère passer les prochaines vacances de Pâques : « Les mots nous présentent des choses une petite image claire et usuelle comme celles que l'on suspend aux murs des écoles pour donner aux enfants l'exemple de ce qu'est un établi, un oiseau, une fourmilière, choses conçues comme pareilles à toutes celles de même sorte. Mais les noms présentent des personnes – et des villes qu'ils nous habituent à croire individuelles, uniques comme des personnes – une image confuse qui tire d'eux, de leur sonorité éclatante ou sombre, la couleur dont elle est peinte uniformément[2]. » On voit ici que l'opposition traditionnelle (et contestable) entre l'individualité du nom propre et la généralité du nom commun s'accompagne d'une autre différence, apparemment secondaire mais qui résume en fait toute la théorie sémantique du nom selon Proust : l'« image » que le nom commun présente de la chose est « claire et usuelle », elle est neutre, transparente, inactive, et n'affecte en rien la représentation mentale, le concept d'oiseau, d'établi ou de fourmilière ; au contraire, l'image présentée par le nom propre est *confuse* en ce qu'elle emprunte sa couleur unique à la réalité substantielle (la « sonorité ») de ce nom : confuse, donc, au sens d'*indistincte*, par unité, ou plutôt par unicité de

1. Ce chapitre reprend, avec quelques additions, les p. 232 à 248 de *Figures II*. S'il faut une excuse pour cet indécent réemploi, en voici deux : la première est évidente, la seconde est qu'il faut parfois se répéter pour se faire entendre.

2. Pléiade, I, p. 387-388.

ton ; mais elle est aussi confuse au sens de *complexe*, par l'amalgame qui s'établit en elle entre les éléments qui proviennent du signifiant, et ceux qui proviennent du signifié : la représentation extra-linguistique de la personne ou de la ville, qui, nous le verrons, coexiste en fait toujours avec les suggestions présentées par le nom, et souvent leur préexiste. Retenons donc que Proust réserve aux noms propres ce rapport actif entre signifiant et signifié que d'autres appliquent tout aussi bien aux noms communs[1]. Une telle restriction peut surprendre de la part d'un écrivain aussi notoirement familier du rapport métaphorique ; la raison en est la prédominance, si marquée chez lui, de la sensibilité spatiale et pour mieux dire géographique : car les noms propres qui cristallisent la rêverie du Narrateur sont en fait presque toujours (et pas seulement dans le chapitre qui porte ce titre) des noms de pays – ou des noms de familles nobles qui tiennent l'essentiel de leur valeur imaginative du fait qu'ils sont « toujours des noms de lieux[2] ». L'unicité, l'individualité des lieux est un des articles de foi du jeune Marcel, comme du narrateur de *Jean Santeuil*, et malgré les démentis ultérieurs de l'expérience il en conservera au moins la trace onirique, puisqu'il peut encore écrire à propos du paysage de Guermantes ; « parfois, dans mes rêves, (son) individualité m'étreint avec une puissance presque fantastique[3] ». La singularité supposée du nom propre répond à la singularité mythique du lieu, et la renforce : « (Les noms) exaltèrent l'idée que je me faisais de certains lieux de la terre, en les faisant plus particuliers, par conséquent plus réels... Combien ils prirent quelque chose de plus individuel encore,

1. Sauf omission, la seule remarque de Proust concernant la forme d'un nom commun (encore l'est-il assez peu !) porte sur *mousmé* : « à l'entendre, on se sent le même mal aux dents que si l'on a mis un trop gros morceau de glace dans sa bouche » (II, p. 357) ; mais on voit qu'il n'y a là qu'une notation sensible, sans l'esquisse d'une motivation sémantique.

2. *Contre Sainte-Beuve*, éd. Fallois, p. 274. Cf. la page de *Sodome et Gomorrhe* où Marcel reçoit une lettre de deuil signée d'une foule de noms de noblesse normande en *ville*, en *court* et en *tot* : « habillés des tuiles de leur château ou du crépi de leur église, la tête branlante dépassant à peine la voûte ou le corps du logis, et seulement pour se coiffer du lanternon normand ou des colombages du toit en poivrière, ils avaient l'air d'avoir sonné le rassemblement de tous les jolis villages échelonnés ou dispersés à cinquante lieues à la ronde » (II, p. 786).

3. *Jean Santeuil*, Pléiade, p. 570 ; *Recherche*, I, p. 185.

d'être désignés par des noms, des noms qui n'étaient que pour eux, des noms comme en ont les personnes[1]. » Encore ne faut-il pas se laisser prendre à cette paresse de langage qui semble ici faire de la « personne » le modèle même de l'individualité (« les villes... individuelles, uniques comme des personnes ») : si mythique soit-elle, l'individualité des lieux est en fait beaucoup plus marquée, chez Proust, que celle des êtres. Dès leurs premières apparitions un Saint-Loup, un Charlus, une Odette, une Albertine manifestent leur insaisissable multiplicité, et le réseau de parentés et de ressemblances confuses qui les rattache à bien d'autres personnes aussi peu « uniques » qu'ils le sont eux-mêmes ; aussi leurs noms, comme on le verra mieux plus loin, ne sont-ils pas vraiment fixés, et ne leur appartiennent-ils pas d'une manière bien substantielle : Odette change plusieurs fois le sien, Saint-Loup et Charlus en ont plusieurs, le prénom même d'Albertine et celui de Gilberte sont calculés pour pouvoir un jour se confondre, etc. En apparence du moins, les lieux sont bien davantage « des personnes[2] » que les personnes elles-mêmes : aussi *tiennent*-ils bien davantage à leur nom.

Reste à préciser la nature de ce « rapport actif » entre nom et chose dans lequel nous avons vu l'essence de l'imagination nominale chez Proust. Si l'on s'en rapportait à l'énoncé théorique déjà cité, on pourrait croire à une relation unilatérale, dans laquelle l'« image » du lieu tirerait tout son contenu de la « sonorité » du nom. Le rapport réel, tel qu'on peut l'analyser sur les quelques exemples qui apparaissent dans la *Recherche*, est plus complexe et plus dialectique. Mais il faut d'abord introduire une distinction entre les noms inventés par Proust pour des lieux fictifs, comme *Balbec*, et les noms (réels) de lieux réels comme *Florence* ou *Quimperlé* – étant entendu que cette distinction n'est pertinente qu'à l'égard du travail (réel) de l'auteur, et non pas des rêveries fictives de son héros, pour qui Florence et Balbec se situent au même niveau de « réalité[3] ». Selon une remarque

1. I, p. 387.
2. *Jean Santeuil*, p. 534-535.
3. Un cas intermédiaire est celui des noms empruntés à la réalité et affectés à un lieu fictif, comme *Guermantes* : la liberté du romancier n'est pas alors dans la combinaison des phonèmes, mais dans le choix global d'un vocable approprié.

de Roland Barthes[1], le rôle du « narrateur » (disons, pour plus de clarté, du héros) est ici de décodage, celui du romancier d'encodage : « le narrateur et le romancier parcourent en sens inverse le même trajet ; l'un croit déchiffrer dans les noms qui lui sont donnés une sorte d'affinité naturelle entre le signifiant et le signifié, entre la couleur vocalique de *Parme* et la douceur mauve de son contenu ; l'autre, devant inventer quelque lieu à la fois normand, gothique et venteux, doit chercher dans la tablature générale des phonèmes quelques sons accordés à la combinaison de ces signifiés ». Mais c'est fausser un peu la situation que de supposer le héros devant un nom réel *(Parme)* et l'auteur devant un nom fictif *(Balbec)*. En effet, il n'y a encodage, de la part de Proust, que pour les noms forgés, c'est-à-dire pour une très faible proportion des noms de pays (dans la page qui nous occupe, Balbec est le seul) ; pour les noms réels, la situation du héros et celle du romancier ne sont plus symétriques et inverses, elles sont parallèles, Proust attribuant à Marcel un décodage, c'est-à-dire une interprétation motivante de la forme nominale, qu'il a nécessairement « inventée », et donc (les deux activités étant en l'occurrence équivalentes) accomplie lui-même. Parallèles, mais non pas cependant identiques car sur un point au moins l'expérience du héros ne coïncide pas avec celle de l'écrivain : lorsqu'il pense à Venise ou à Bénodet, le jeune Marcel n'est encore jamais allé en aucun de ces lieux, mais lorsqu'il écrit cette page, Proust, au contraire, les connaît déjà, et nous verrons qu'il ne fait pas totalement abstraction de ses propres souvenirs – de son expérience réelle – lorsqu'il prête à son héros des rêveries dont les deux seuls aliments sont en principe pour celui-ci les noms de ces pays et quelques connaissances livresques ou par ouï-dire.

Il apparaît en effet, à une lecture un peu attentive, qu'aucune de ces images n'est déterminée par la seule forme du nom, et qu'au contraire chacune d'elles résulte d'une action réciproque entre cette forme et quelque notion, vraie ou fausse, mais en tout cas indépendante du nom et venue d'ailleurs. Lorsque Marcel dit que le nom de Parme lui appa-

1. « Proust et les noms » (1967), *Nouveaux Essais critiques*, Seuil, p. 128.

raissait « compact, lisse, mauve et doux », il est bien évident qu'au moins la notation de couleur a plus à faire avec les violettes de la ville qu'avec la sonorité du nom, et cette évidence est confirmée quelques lignes plus bas : « je l'imaginais seulement (la demeure parmesane où il rêve d'habiter quelques jours) à l'aide de cette syllabe lourde du nom de Parme, où ne circule aucun air, et de tout ce que je lui avais fait *absorber*[1] de douceur stendhalienne et du reflet des violettes ». L'analyse sémantique nous est donc fournie ici par Proust lui-même, qui affecte clairement les qualités de compact et sans doute de lisse à l'influence du nom, la couleur mauve à la connaissance par ouï-dire des violettes, et la douceur au souvenir de la *Chartreuse* : le signifiant agit bien sur le signifié pour faire imaginer à Marcel une ville où tout est lisse et compact, mais le signifié agit tout autant sur le signifiant pour lui faire percevoir le « nom » de cette ville comme mauve et doux[2]. De même Florence doit son image « miraculeusement embaumée et semblable à une corolle », autant au lys rouge de son emblème et à sa cathédrale Sainte-Marie-des-Fleurs qu'à l'allusion florale de sa première syllabe, contenu et expression n'étant plus ici dans une relation de complémentarité et d'échange, mais de redondance, puisque le nom se trouve être en l'occurrence effectivement (quoique indirectement, par composition) motivé. Balbec tient son image archaïque (« vieille poterie normande », « usage aboli », « droit féodal », « état ancien des lieux », « manière désuète de prononcer ») des « syllabes hétéroclites » de son nom, mais on sait bien que le thème fondamental des « vagues soulevées autour d'une église de style persan » contamine, sans aucune référence au nom, deux indications de Swann et de Legrandin ; ici, la suggestion verbale et la notion extra-linguistique

1. Je souligne. Ce mot, qui indique de façon très nette l'action du signifié sur le signifiant, se trouvait déjà tout au début de ce passage avec la même valeur : « Si ces noms absorbèrent à tout jamais l'image que j'avais de ces villes, ce ne fut qu'en la transformant, qu'en soumettant sa réapparition en moi à leurs lois propres » (p. 287). La réciprocité est ici tout à fait caractérisée.

2. I, p. 388 (cf. II, p. 426 : « son nom compact et trop doux »). Cas limite de « suggestion par le sens », où la relation mimétique est affirmée sans la moindre tentative de justification : « Fontainebleau, nom doux et doré comme une grappe de raisin soulevée ! » (*Jean Santeuil*, p. 570). Ou encore : « Versailles (en automne), grand nom rouillé et doux... » (*Plaisirs*, *ibid.*, p. 106).

n'ont pas tout à fait réussi leur jonction, car si l'essence normande du pays et même le style pseudo-persan de son église se « reflètent » bien dans les sonorités de *Balbec*[1], il est plus difficile d'y trouver un écho des tempêtes annoncées par Legrandin[2]. Les évocations suivantes réalisent plus efficacement, comme dans le cas de *Parme*, la contagion réciproque du nom par l'idée et de l'idée par le nom : ainsi, la cathédrale de Bayeux, « si haute dans sa dentelle rougeâtre », reçoit à son faîte la lumière « vieil or de sa dernière syllabe » ; le vitrage ancien de ses maisons justifie (« étymologiquement ») le nom de Vitré, dont à son tour l'accent aigu (on remarquera ici l'action non plus de la sonorité mais de la forme graphique), dans son mouvement diagonal, « losange de bois noir » les façades anciennes ; le « doux Lamballe », d'un blanc presque uniforme, se nuance du « jaune coquille d'œuf » de sa première syllabe au « gris perle » de la seconde ; la même « diphtongue » *an*, « grasse et jaunissante » dans *Coutances*, amollit la « tour de beurre » de sa cathédrale normande ; mais *Tour de beurre*, c'est en fait, on le sait (et pour des raisons qui ne concernent ni sa forme ni sa couleur), le nom de la tour droite de Rouen ; et la rigidité minérale de Coutances se prête mal à cette qualification, entièrement inspirée, semble-t-il, par la sonorité du nom (sauf concours éventuel d'une homophonie entre *Coutances* et *rance*) ; nous allons retrouver cette association redoublée *an* = jaune ; notons toutefois qu'elle est concurrencée par le « vieil or » de *yeu* dans Bayeux. Le tableautin *Lannion*, qui ne prétend sans doute à aucune spécificité trégoroise, détourne à l'illustration d'une essence provinciale et villageoise la fable de la mouche et du coche : « bruit du coche *(Lan-)* suivi de la mouche *(-nion)* ». *Questambert* et *Pontorson*, sans doute accouplés, comme le remarque Jean-Pierre Richard[3], par l'identité de leur « moule prosodique », mais aussi par l'analogie de leur structure consonantique, où à la

1. L'essence normande, par analogie avec Bolbec, Caudebec, etc. Le style persan du nom (I, p. 658 : « le nom, presque de style persan, de Balbec ») tient sans doute à l'homophonie avec des noms comme l'Usbek des *Lettres persanes*, sans compter le Baalbek libanais. Ces associations lexicales relèvent encore de la motivation indirecte.

2. Sauf à passer, comme le suggère Barthes, par le « relais conceptuel du *rugueux* », qui lui permettrait d'évoquer « un complexe de vagues aux crêtes hautes, de falaises escarpées et d'architecture hérissée » (p. 129).

3. *Proust et le Monde sensible*, Seuil, 1974, p. 90.

contorsion « risible » du *rs* répond celle du *st* (ce qui suggère inévitablement un autre patron commun : *Marcelproust*) ; les « plumes blanches et becs jaunes éparpillés » répondent sans doute à la fois à cette danse buccale et (comme dans *Lamballe* et *Coutances*) à l'audition colorée des nasales – d'où ce croquis de mare aux canards confirmé par la « fluviatilité » de Pontorson, à quoi se range bon gré mal gré le terrien Questambert. Dans *Bénodet*, la légèreté – ou labilité – phonique prêtée au nom « à peine amarré que semble vouloir entraîner la rivière au milieu de ses algues » doit davantage à la réalité géographique, comme *Pont-Aven*, « envolée blanche et rose *(on)* de l'aile d'une coiffe légère *(v)* qui se reflète (du haut du pont ?) en tremblant dans une eau verdie *(ven)* de canal ». Enfin, les ruisseaux limpides qui fascinaient déjà le Flaubert de *Par les champs et par les grèves* répondent au perlé transparent qui termine, en étymologie fantaisiste, le nom de *Quimperlé*.

La même interaction anime d'autres rêveries nominales dispersées dans les premiers volumes de la *Recherche*, comme celle qu'entretient le nom, magique entre tous, de Guermantes, évocateur d'un « donjon sans épaisseur qui n'était qu'une bande de lumière orangée [1] » : le donjon appartient évidemment au château fort qu'est le berceau supposé de cette famille féodale, la lumière orangée « émane » pour sa part de la syllabe finale du nom [2]. Émanation d'ailleurs moins directe qu'on ne le supposerait à première vue, car le même nom de Guermantes reçoit ailleurs [3] la couleur amarante, peu compatible avec l'orange, dont la résonance tient à la blondeur dorée des cheveux Guermantes : ces deux indications contradictoires du point de vue de l'« audition colorée » proviennent donc non pas de la synesthésie spontanée [4] *an* = jaune, que confirmaient à l'instant *Coutances* et *Lamballe*, et peut-être *Questambert*, mais aussi d'une *association lexicale*, c'est-à-dire de la présence commune du son *an* dans le nom

1. II, p. 13 : « tour jaunissante », et dans *Contre Sainte-Beuve*, p. 273 : nom « doré ».

2. I, p. 171 : « la lumière orangée qui émane de cette syllabe : *antes* ».

3. II, p. 209 : « cette couleur amarante de la dernière syllabe de son nom ».

4. Comme l'est apparemment l'association *i* = pourpre, attestée au moins deux fois (I, p. 42, et *Contre Sainte-Beuve*, p. 168. Relevé par Barthes, p. 155).

Guermantes et dans les noms de couleur *orange* et *amarante*, tout comme l'acidité du prénom de Gilberte, « aigre et frais comme les gouttes de l'arrosoir vert[1] », tient sans doute moins à l'action directe de ses sonorités qu'à l'assonance *Gilberte-verte* : les voies de la motivation sont souvent plus détournées qu'on ne l'imagine, et nous avons pu voir combien souvent le rapprochement (pseudo) étymologique supplée clandestinement une expressivité phonique défaillante[2]. Dernier exemple : si le nom de *Faffenheim* évoque, dans la franchise de l'attaque et « la bégayante répétition » qui scande ses premières syllabes, « l'élan, la naïveté maniérée, les lourdes "délicatesses" germaniques », et dans l'« émail bleu sombre » de la dernière, « la mysticité d'un vitrail rhénan derrière les dorures pâles et finement sculptées du XVIIIe siècle allemand », ce n'est pas seulement à cause de ses sonorités, mais aussi parce qu'il est un nom de Prince Électeur[3] : la franchise et la répétition sont bien inscrites dans le *Faffen*, mais leur nuance spécifiquement germanique vient du signifié et plus encore le souvenir, que rappelait la première version du même passage dans le *Contre Sainte-Beuve*[4], des « bonbons colorés mangés dans une petite épicerie d'une vieille place allemande » ; l'audition colorée du *Heim* final peut évoquer la transparence d'un vitrail bleu sombre, mais la rhénanité de ce vitrail, et les dorures rococo qui le sertissent, ne sortent pas tout armées de ce que la version primitive appelait la « sonorité versicolore de la dernière syllabe ». Il en va de ces interprétations prévenues et dirigées comme de ces musiques à programme ou de ces leitmotive « expressifs » dont Proust observe bien qu'ils « peignent splendidement le scintillement de la flamme, le bruissement du fleuve et la paix de la campagne, pour les auditeurs qui, en parcourant préalablement le livret, ont aiguillé leur imagination dans la bonne voie[5] ». Que cette connivence du signifié lui fasse défaut, et voici que

1. I, p. 142.
2. Sur d'autres aspects du réseau Guermantes, voir la précieuse note de Claudine Quémar dans les *Cahiers Marcel Proust* n° 7, p. 254.
3. II, p. 256. Cf. J. Pommier, *La Mystique de Marcel Proust* (1939), Droz, p. 50.
4. Où le nom, curieusement, était analysé sans être cité, ce qui peut laisser supposer (mais c'est peu probable) qu'il fut inventé après coup (p. 277).
5. I, p. 684 ; cf. p. 320.

le vocable n'« exprime » plus rien, ou tout autre chose. Dans le petit chemin de fer qui le conduit de Balbec-en-Terre à Balbec-Plage, Marcel trouve de l'étrangeté à des noms de villages comme Incarville, Marcouville, Arambouville, Maineville, « tristes noms faits de sable, d'espace trop aéré et vide et de sel, au-dessus desquels le mot ville s'échappait comme vole dans Pigeon-vole », bref, noms dont les connotations lui apparaissent typiquement marines, sans qu'il s'avise de leur ressemblance avec d'autres noms, pourtant familiers, tels que Roussainville ou Martinville, dont le « charme sombre » tient au contraire à un goût de confitures ou à une odeur de feu de bois liés au monde de l'enfance à Combray ; les formes sont bien semblables, mais l'infranchissable distance des contenus investis l'empêche de seulement percevoir leur analogie : ainsi, « à l'oreille d'un musicien deux motifs, matériellement composés de plusieurs des mêmes notes, peuvent ne présenter aucune ressemblance, s'ils diffèrent par la couleur de l'harmonie et de l'orchestration[1] ».

On retrouve donc à l'œuvre dans les rêveries poétiques de Marcel cette même tendance à la motivation du langage qui déjà inspirait les cuirs de Françoise ou du liftier de Balbec : mais au lieu d'agir sur la matière d'un mot inconnu pour la ramener à une forme « familière et pleine de sens », et par là même justifiée, elle s'exerce, plus subtilement, à la fois sur la forme de ce mot (la manière dont sa « substance », phonique ou autre, est perçue, actualisée et interprétée) et sur celle de son sens (l'« image » du pays) pour les rendre compatibles, harmoniques, réciproquement évocateurs l'un de l'autre. On a vu tout ce qu'il y a d'illusoire dans cet accord du « son » et du « sens », et l'on verra plus loin comment se traduit dans la *Recherche* la prise de conscience et la critique de cette illusion. Mais un autre mirage porte sur le sens lui-même : Roland Barthes insiste à juste titre sur le caractère imaginaire des complexes sémiques évoqués par la rêverie des noms, et sur l'erreur qu'il y aurait, ici comme ailleurs, à confondre le signifié avec le *référent*, c'est-à-dire l'objet réel ; mais cette erreur est très précisément celle de Marcel, et sa correction est l'un des aspects essentiels de l'apprentissage douloureux en quoi consiste l'action du roman. La rêverie sur les noms

1. I, p. 661.

eut pour conséquence, dit Proust, de rendre l'image de ces lieux plus belle, « mais aussi plus différente de ce que les villes de Normandie ou de Toscane pouvaient être en réalité, et, en accroissant les joies arbitraires de mon imagination, d'aggraver la déception future de mes voyages[1] ». On sait par exemple quelle amère désillusion Marcel éprouvera en découvrant que l'image synthétique qu'il s'était faite de Balbec (église de style persan battue par les flots) n'avait qu'une lointaine ressemblance avec le Balbec réel, dont l'église et la plage sont distants de plusieurs lieues[2]. Même déception un peu plus tard, au spectacle du duc et de la duchesse de Guermantes « retirés de ce nom dans lequel jadis je les imaginais menant une inconcevable vie », ou devant la princesse de Parme, petite femme noire (et non mauve) plus occupée d'œuvres pieuses que de douceur stendhalienne, devant le prince d'Agrigente, « aussi indépendant de son nom (« transparente verrerie sous laquelle je voyais, frappés au bord de la mer violette par les rayons obliques d'un soleil d'or, les cubes roses d'une cité antique ») que d'une œuvre d'art qu'il eût possédée sans porter sur soi aucun reflet d'elle, sans peut-être l'avoir jamais regardée », – et même devant le prince de Faffenheim-Munsterbourg-Weinigen, rhingrave et électeur palatin, qui utilise les revenus et galvaude le prestige de son fief wagnérien à entretenir « cinq automobiles Charron, un hôtel à Paris et un à Londres, une loge le lundi à l'Opéra et une aux *mardis* des *Français* », et dont la dérisoire ambition est d'être élu membre correspondant de l'Académie des Sciences morales et politiques[3].

Ainsi, quand Proust affirme que les noms, « dessinateurs fantaisistes[4] », sont responsables de l'illusion dans laquelle s'enferme son héros, il ne faut pas entendre par *nom* le seul vocable, mais bien le signe total, l'unité constituée, selon la formule hjelmslévienne, par la relation d'*interdépendance* posée entre la forme du contenu et la forme de l'expression[5] : ce n'est pas la suite de sons ou de lettres *Parme* qui crée le mythe poétique d'une ville compacte, mauve et douce, c'est

1. I, p. 387.
2. I, p. 658.
3. II, p. 524, 427, 433, 257.
4. I, p. 548.
5. *Prolégomènes*, trad. fr., Minuit, p. 83.

la « solidarité » établie peu à peu entre un signifiant compact et un signifié mauve et doux. Le « nom » n'est donc pas la cause de l'illusion, mais il en est très précisément le *lieu*, c'est en lui qu'elle se concentre et se cristallise. L'indissolubilité apparente du son et du sens, la motivation du signe favorisent la croyance enfantine en l'unité et imaginaire en l'individualité du pays qu'il désigne. On a vu comment l'arrivée à Balbec dissipe la première : il y a deux Balbec, les promenades en voiture avec Albertine, dans *Sodome et Gomorrhe*, feront à leur tour justice de la seconde. En effet, contrairement au voyage en chemin de fer, qui est, chez Proust, passage brusque (d'une brusquerie favorisée par le sommeil du voyageur entre deux stations) d'une essence à une autre, essences matérialisées par l'« écriteau signalétique » qui porte en chaque gare le nom individuel et distinct d'un nouveau pays[1], en voiture, la progression ininterrompue fait apparaître la continuité du paysage, la solidarité des lieux, et cette découverte anéantit le mythe de leur séparation et de leurs singularités respectives[2], comme Gilberte, au début du *Temps retrouvé*, abolira opposition cardinale des « deux côtés » en disant simplement à Marcel : « Si vous voulez, nous pourrons aller à Guermantes en passant par Méséglise, c'est la plus jolie façon[3]. »

Ainsi ruiné au contact de la réalité géographique, le prestige des noms subit une autre atteinte lorsque le narrateur, écoutant les complaisantes explications généalogiques du duc de Guermantes, découvre le réseau continu d'alliances et d'héritages qui unissent entre eux tant de noms nobles – noms de pays – qu'il avait crus jusque-là tout aussi inconciliables, aussi radicalement dissociés par « une de ces distances dans l'esprit qui ne font pas qu'éloigner, qui séparent et mettent dans un autre plan », que ceux de Guermantes et Méséglise, de Balbec et de Combray. On sait avec quelle surprise, malgré les explications antérieures de Saint-Loup, il avait appris chez Mme de Villeparisis que M. de Charlus était le frère du duc de Guermantes ; lorsque celui-ci lui révélera, par exemple, qu'un Norpois, sous Louis XIV, a épousé

1. I, p. 644.
2. II, p. 1005.
3. III, p. 693.

une Mortemart, que « la mère de M. de Bréauté était Choiseul et sa grand-mère Lucinge », ou que « l'arrière-grand-mère de M. d'Ornessan était la sœur de Marie de Castille Montjeu, femme de Timoléon de Castille, et par conséquent tante d'Oriane », tous ces noms « venant se placer à côté d'autres dont je les aurais cru si loin... chaque nom déplacé par l'attirance d'un autre avec lequel je ne lui avais soupçonné aucune affinité [1] », ce sont encore des distances qui s'annulent, des cloisons qui s'abattent, des essences crues incompatibles qui se confondent et par là même s'évanouissent. La vie des noms se révèle être une suite de transmissions et d'usurpations qui ôte tout fondement à la rêverie onomastique : celui de Guermantes finira par tomber en la possession de la très roturière Patronne, ex-Verdurin (*via* Duras) ; Odette est successivement Crécy, Swann, Forcheville ; Gilberte est Swann, Forcheville, puis Saint-Loup ; la mort d'un parent fait du prince des Laumes un duc de Guermantes, et le baron de Charlus est « aussi duc de Brabant, damoiseau de Montargis, prince d'Oléron, de Carency, de Viareggio et des Dunes [2] » ; d'une manière plus laborieuse, mais non moins significative, Legrandin deviendra comte de Méséglise. C'est bien peu de chose qu'un nom.

Encore Marcel pouvait-il éprouver devant le ballet onomastique du *Côté de Guermantes* une sorte de vertige non dépourvu de poésie [3] ; il n'en ira pas de même d'une dernière expérience, purement linguistique celle-là, et qui lui révélera, sans compensation esthétique, la vanité de ses rêveries sur les noms de pays : il s'agit des étymologies de Brichot dans la dernière partie de *Sodome et Gomorrhe* [4]. On s'est souvent

1. II, p. 540, 542.

2. II, p. 942. Saint-Loup, à Balbec, avait déjà averti Marcel de cette instabilité : « dans cette famille-là ils changent de nom comme de chemise » (I, p. 755).

3. « Le nom même de Guermantes recevait de tous les beaux noms éteints et d'autant plus ardemment rallumés auxquels j'apprenais seulement qu'il était attaché, une détermination nouvelle, purement poétique » (II, p. 542-543).

4. La relation fonctionnelle entre ces étymologies et les généalogies de Basin est clairement indiquée par Proust : les nobles sont « les étymologistes de la langue, non des mots, mais des noms » (II, p. 532), mais Brichot lui aussi s'en tient à l'étymologie des noms (de pays). Rappelons que ses étymologies se dispersent entre les p. 888 et 938 du tome II de la Pléiade. Il y avait eu auparavant quelques étymologies du curé de Combray (I, p. 104-106), mais encore dépourvues de valeur critique : elles

interrogé sur leur fonction dans le roman, et Vendryès, qui voyait dans ces tirades une satire du pédantisme sorbonnard, ajoutait qu'elles témoignent aussi d'une sorte de fascination. Cette ambivalence n'est pas douteuse, mais la « passion étymologique » n'a probablement pas le sens que lui attribue Vendryès lorsqu'il affirme que « Proust croyait à l'étymologie comme à un moyen rationnel de pénétrer le sens caché des noms et par suite de se renseigner sur l'essence des choses. C'est une conception, ajoute-t-il, qui remonte à Platon, mais qu'aucun savant ne soutiendrait aujourd'hui[1] ». C'est rattacher sans hésitation les étymologies de Brichot à celles de Socrate, et les mettre au service de la « conscience cratyléenne[2] » de Marcel, pour qui en effet, nous l'avons vu, l'*essence des choses* est bien dans le *sens caché* de leurs noms. Or, si l'on considère d'un peu plus près ces étymologies, et leur effet sur l'esprit du héros, on se convainc aisément que leur fonction est exactement inverse. Quelle que soit leur valeur scientifique réelle, il est manifeste qu'elles se présentent et qu'elles sont reçues comme autant de corrections des erreurs du sens commun (ou du linguiste amateur qu'incarne le curé de Combray), des « étymologies populaires » ou naïves, des interprétations spontanées de l'imaginaire. Contre tout cela, et donc contre le cratylisme instinctif du jeune héros, convaincu de l'existence d'un rapport immédiat entre la forme *actuelle* du nom et l'essence intemporelle de la chose, Brichot, symbole de la nouvelle linguistique, rétablit la vérité décevante de la filiation historique, de l'érosion phonétique, bref de la dimension diachronique de la langue. Toute étymologie n'est pas nécessairement d'inspiration *réaliste* : celles de Socrate le sont parce qu'elles visent à établir par des analyses arbitraires une convenance entre le son et le sens qui n'apparaît pas assez manifeste dans la forme globale du nom. Celles de Brichot, au contraire, sont

---

seront d'ailleurs souvent réfutées par Brichot. A propos du lien entre généalogies et étymologies, on peut noter une « révélation » en quelque sorte hybride, lorsque Marcel apprend que le nom de Surgis-le-Duc tient non à une filiation ducale, mais à une mésalliance avec un riche fabricant nommé Leduc II, p. 706.

1. « Proust et les noms propres », *Mélanges Huguet*, Paris, 1940, p. 126.

2. R. Barthes, p. 134.

presque systématiquement antiréalistes. Si, par exception, *Chantepie* est bien la forêt où chante la pie, la reine qui chante à *Chantereine* est une vulgaire grenouille *(rana)*, n'en déplaise à M. de Cambremer ; Loctudy n'est pas le « nom barbare » qu'y voyait le curé de Combray, c'est le très latin *Locus Tudeni* ; Fervaches, quoi qu'en pense la princesse Sherbatoff, c'est Eaux-chaudes *(fervidae aquae)* ; Pont-à-Couleuvre n'abrite aucun serpent, c'est Pont-à-Péage *(Pont à qui l'ouvre)* ; Charlus a bien son arbre à Saint-Martin-du-Chêne, mais non à Saint-Pierre-des-Ifs (de *aqua*) ; dans Torpehomme, « *homme* ne signifie nullement ce que vous êtes naturellement porté à croire, baron », c'est *holm*, qui signifie « îlot » ; enfin, Balbec lui-même n'a rien de gothique, ni de tempétueux, ni surtout de persan : déformation de Dalbec, de *dal*, « vallée » et *bec*, ruisseau ; et même Balbec-en-Terre ne signifie pas Balbec dans les terres, par allusion aux quelques lieues qui le séparent du rivage et de ses tempêtes, mais Balbec du continent, par opposition à la baronnie de Douvres dont il dépendait jadis : Balbec d'outre-Manche. « Enfin, maintenant, quand vous retournerez à Balbec, vous saurez ce que Balbec signifie », dit ironiquement M. Verdurin ; mais son ironie n'atteint pas seulement celui qu'elle vise (le pédant Brichot), car il est bien vrai que Marcel a longtemps cru savoir ce que « signifie » Balbec, et si les révélations de Brichot le captivent, c'est parce qu'elles achèvent de détruire ses anciennes croyances et introduisent en lui le désenchantement salubre de la vérité. Ainsi verra-t-il le charme s'enfuir de la fleur qu'il ne faut plus voir dans Honfleur (*fiord*, « port »), et la drôlerie du bœuf qu'il ne faut plus chercher dans Bricquebœuf (*budh*, « cabane ») ; ainsi découvrira-t-il que les noms ne sont pas plus individuels que les lieux qu'ils désignent, et qu'à la continuité (ou contiguïté) des uns sur le « terrain » répond la parenté des autres et leur organisation en paradigme dans le système de la langue : « Ce qui m'avait paru particulier se généralisait : Bricquebœuf allait rejoindre Elbeuf, et même, dans un nom au premier abord aussi individuel que le lieu, comme dans le nom de Pennedepie, où les étrangetés les plus impossibles à élucider par la raison me semblaient amalgamées depuis un temps immémorial en un vocable vilain, savoureux et durci comme certain fromage normand, je fus désolé de retrouver le *pen* gaulois qui signifie « montagne » et se retrouve aussi bien dans Penmarch que dans les Apennins. » Comme l'expérience du « monde visible », l'apprentissage linguistique dépoétise et démystifie : les noms de pays sont « vidés à demi d'un mystère que l'étymologie (remplace) par le raisonnement[1] ». Le fait est qu'après cette leçon, les rêveries nominales disparaissent définitivement du texte de la *Recherche* : Brichot les a rendues proprement *impossibles*. Ses étymologies ont donc bien une « fonction emblématique », comme le dit Barthes, mais non pas d'un « caractère cratyléen du nom » ; tout au contraire, d'une réfutation de ce caractère par les « précisions de la science linguistique[2] ».

Il ne faut donc pas attribuer sans nuances à Proust lui-même l'*optimisme du signifiant* dont fait preuve son jeune héros : la croyance en la vérité des noms est pour lui un privilège ambigu de l'enfance, une de ces « illusions à détruire » que le héros devra l'une après l'autre dépouiller pour accéder à l'état de désenchantement absolu qui précède et prépare la révélation finale. On sait par une lettre à Louis de Robert que Proust avait envisagé d'intituler les trois parties de la *Recherche* prévues en 1913 : *l'Age des noms, l'Age des mots, l'Age des choses*[3]. Quelque interprétation que l'on donne aux deux autres, la première formule désigne sans ambiguïté le fétichisme des noms comme une étape transitoire, ou plutôt comme un point de départ[4]. L'âge des noms, c'est ce que le *Côté de chez Swann* appelle plus cruellement « l'âge où l'on croit qu'on crée ce qu'on nomme[5] » ; c'est à propos de la demande que Bloch fait à Marcel de l'appeler « cher

1. II, p. 1109.
2. *Op. cit.*, p. 134.
3. A. Maurois, *A la recherche de Marcel Proust*, Hachette, 1947, p. 270.
4. On peut d'ailleurs observer les traces d'un parcours parallèle entre les esquisses recueillies dans l'édition Fallois du *« Contre Sainte-Beuve »* (chap. XIV : « Noms de personnes ») et la version finale de la *Recherche*. Dans les premières, la réfutation onomastique n'exerce pas encore sa puissance de désillusion : le nom de telle famille normande « est en réalité provençal. Cela ne l'empêche pas de m'évoquer la Normandie » ; et la « déception inévitable de notre rencontre avec des choses dont nous connaissions les noms » ne doit pas détruire, ni même déprécier le « charme imaginatif » de la rêverie nominale. L'optimisme cratylien, comme d'autres, s'est peut-être tardivement éteint chez Proust.
5. I, p. 91.

maître », et « créer » est à prendre ici dans son sens le plus naïvement réaliste : l'illusion du réalisme est de croire que ce que l'on nomme est *tel qu'on le nomme*.

De cette trompeuse « magie » des noms propres, on trouvera peut-être une sorte de dérision anticipée dans *Un amour de Swann*, dans les plaisanteries douteuses qu'échangent Charles et Oriane à la soirée Sainte-Euverte à propos du nom de Cambremer, calembours et parodies d'étymologie socratique sur lesquels on aimerait consulter l'illustre Brichot : « Ces Cambremer ont un nom bien étonnant. Il finit juste à temps, mais il finit mal ! dit-elle en riant. – Il ne commence pas mieux, répondit Swann. – En effet, cette double abréviation !... – C'est quelqu'un de très en colère et de très convenable qui n'a pas osé aller jusqu'au bout du premier mot. – Mais puisqu'il ne devait pas pouvoir s'empêcher de commencer le second, il aurait mieux fait d'achever le premier pour en finir une bonne fois[1]. » De l'inconvénient qu'il peut y avoir à ouvrir (ou briser) sans précautions ce que le *Contre Sainte-Beuve*[2] appelle l'« urne d'inconnaissable ».

Il y a donc dans la *Recherche du temps perdu* tout à la fois un témoignage très fidèle sur la rêverie mimologique, et une critique, tantôt explicite, tantôt implicite, mais toujours sévère, de cette forme d'imagination, doublement dénoncée comme illusion réaliste : dans la croyance en une identité du signifié (l'« image ») et du référent (le pays) : c'est ce que l'on baptiserait aujourd'hui l'*illusion référentielle* ; dans la croyance en une relation naturelle entre le signifié et le signifiant : c'est ce que l'on pourrait nommer proprement l'*illusion sémantique*. Cette critique, s'il lui arrive de rejoindre ou d'anticiper certains thèmes de la réflexion linguistique, n'en est pas moins étroitement liée chez Proust au mouvement et à la perspective d'une expérience personnelle, qui est l'apprentissage de la vérité (proustienne) par le héros-narrateur : prise de conscience qui porte entre autres sur la valeur et la fonction du langage, et dont la leçon critique rejoint précisément celle du *Cratyle* : que ce n'est pas des noms qu'il faut partir

1. I, p. 341.
2. P. 278.

pour connaître les choses, mais des choses elles-mêmes[1]. Le parcours proustien répète fidèlement celui de Socrate : du mimologisme initial à sa réfutation finale ; et, comme Socrate, Marcel assume successivement les deux rôles[2] : le héros cratyliste devient (et ce devenir est l'une des leçons de ce roman d'apprentissage) le narrateur hermogéniste, lequel aura nécessairement le dernier mot, puisqu'il « tient la plume ». Critique du langage, triomphe de l'écriture.

1. Cette attitude critique finale n'invalide pas pour autant toute recherche sur l'onomastique proustienne, surtout appliquée à des lieux ou à des êtres fictifs. Empruntés (comme *Guermantes*) ou forgés (comme *Verdurin*), les noms, chez Proust, sont bien choisis selon une structure d'expressivité, qui relève précisément du cratylisme secondaire. Encore faut-il bien reconnaître et prendre en compte cette secondarité, et donc la critique qu'elle suppose et contient : forger ou emprunter (c'est-à-dire déplacer) des noms « justes », c'est corriger, et donc avouer le « défaut » de la plupart des noms réels. Il ne faut pas confondre le travail (de motivation factice) de Proust avec les « illusions » de Marcel sur une motivation naturelle, dont il est, en un sens, l'exact contraire.

2. D'où peut-être le double contresens, le double mythe persistant, du « cratylisme » de Platon, et du « cratylisme » de Proust.

fonctionna[illegible] des choses [illegible]. Les parcours [illegible] celui de Saussure qui [illegible]

[illegible]

[illegible] critique du langage, [illegible] de l'écriture.

1. [illegible]

2. [illegible] de Platon, [illegible] de Proust.

L'écriture en jeu

Comme tant d'autres depuis Mallarmé, Claudel est parfaitement conscient de la contradiction qui oppose le désir mimologique au fonctionnement réel du langage. Le premier trouve chez lui son expression la plus assurée, ou la plus naïve, dans une note de l'*Art poétique* qui date de 1904, et qui renoue, du *Cratyle* aux *Mots anglais*, avec la tradition classique : « Tout mot est l'expression d'un état psychologique procuré par l'attention à un objet extérieur. C'est un geste qui peut se décomposer en ses éléments ou lettres. La lettre, ou, plus précisément, la *consonne*, est une attitude sonore provoquée par l'idée génératrice qu'elle mime, l'émotion, le mot. Comme S, par exemple, indique une idée de scission, N, produite par l'occlusion de la voix, la langue de son bout venant s'attacher au palais, suggère l'idée de niveau intérieurement atteint, d'une déclaration de surdité, du refus dans une plénitude latente. *In, non, hominem, nomen, numen, omnis, nemo, semen, unus, numerus, nos, nous* (gr.), et le groupe immense *noscere, nasci*, de qui plus haut ; la forme des participes présents. "Cratyle a raison de dire qu'il existe des noms naturels aux choses, etc.[1]" » A l'autre bout de la carrière, une page de 1952 oppose à cette certitude spontanée le démenti de la « science », lui-même aussitôt rejeté par la croyance intime : « Tout langage est fiction. Entre un objet quelconque, entre un quelconque fait, sentiment ou action, et sa représentation sonore ou graphique, il n'y a pas apparemment de rapports (quoique personnellement avec Platon je sois persuadé du contraire)[2]. » Ce mouvement, qui juxtapose sans débat le savoir et la conviction, est caractéristique, et nous le retrouverons. Dans sa conférence sur *l'Har-*

1. Éd. Mercure, p. 147.
2. « La poésie est un art », *Œuvres en prose*, Pléiade, p. 52.

monie imitative[1], Claudel aborde de front ce qu'il nomme « l'un des problèmes fondamentaux de la poésie et du langage, sur lequel il n'est pas un ouvrier de la plume qui n'ait été amené à méditer, je veux dire les rapports du son et du sens, de la lettre et de l'esprit, de l'idée et de sa représentation sonore et graphique telle qu'elle est dessinée par notre appareil sonore ou par un mot conventionnel que je trace sur le papier ». Il évoque à son propos (nous le savons déjà) le « formidable dossier », ouvert par Platon, qui passe par les mystiques arabes, l'alphabet Jâffr, la Cabale et l'ésotérisme hindou et le *Jardin des racines grecques* pour aboutir aux *Mots anglais*, et où circule sous des inflexions diverses cette croyance magique « qu'on appelle une chose en la nommant ». Ici encore (ou déjà), l'opinion négative du linguiste vient contrebattre la « fantaisie » du poète : « Je devine, je comprends, et dans une certaine mesure, j'approuve toutes les protestations qu'un principe de ce genre, ainsi effrontément proclamé et appliqué, provoquerait dans les rangs de tous les étudiants purement scientifiques du langage et des lois objectives sous lesquelles ils se sont efforcés d'en arranger, comme ils disent, la morphologie [référence typique à la grammaire comparée]. Dans les propositions parfois hasardées, il faut le reconnaître, d'un Mallarmé, ils ne voient que fantaisie et arbitraire. Les mots sont pour eux le résultat d'une longue élaboration où le hasard, la commodité, certaines inflexions, certaines habitudes vocales, certaines allures de la race, et surtout certains développements historiques ont apporté leur contribution, de sorte que ce vieux costume n'a qu'un rapport tout à fait conventionnel avec les sentiments du nouveau venu qui est obligé de l'endosser. » Mais de nouveau, la réfutation en principe « comprise et, dans une certaine mesure, approuvée » reste inefficace devant l'exigence pratique du poète et de l'usager : « A ces solides arguments, aux objurgations des grammairiens et des philologues, le poète, l'artiste en mots, ou tout simplement le client populaire de ce vaste magasin de termes venus de tous les coins de l'horizon et

1. 1933, *ibid.*, p. 95-110. C'est un florilège du poème de De Piis, *L'Harmonie imitative de la langue française* (1785-1788), tissu d'allitérations expressives.

de l'histoire qui est notre langue française, se garde et pour cause de rien répondre. Mais il se conduit exactement comme si le principe opposé, c'est-à-dire l'adaptation du son au sens, était une vérité d'ordre absolu et indiscutable, parce que sans lui il serait impossible de parler, comme il serait impossible de marcher sans une croyance à la vérité de l'espace. »

A cette contradiction reconnue s'offrent concurremment deux issues dont la première nous est déjà familière : c'est le langage poétique comme mimologisme secondaire, compensation artificielle et/ou illusoire à l'arbitraire du signe. Le régime sémantique du langage « ordinaire » est défini, selon une métaphore déjà présente chez Mallarmé et Valéry, comme une relation fiduciaire et de fonction purement instrumentale : « Nous employons dans la vie ordinaire les mots non pas proprement en tant qu'ils *signifient* les objets, mais en tant qu'ils les *désignent* et en tant que pratiquement ils nous permettent de les prendre et de nous en servir. Ils nous en donnent une espèce de réduction portative et grossière, une valeur, banale comme de la monnaie. » Comme nous avons vu Sartre opposer le *sens* poétique à la *signification* prosaïque, Claudel oppose à cette fonction de *désignation* le régime poétique du langage, qui est la véritable *signification* : « Le poète ne se sert pas des mots de la même manière. Il s'en sert non pas pour l'utilité, mais pour constituer de tous ces fantômes sonores que le mot met à sa disposition un tableau à la fois intelligible et délectable[1]. » L'union de l'intelligible et du délectable, c'est l'accord et si possible la confusion du sens et du son. Comme pour Valéry ou Jakobson, cet accord suppose pour Claudel une sorte de réactivation du signifiant, en quoi consiste l'essentiel du travail poétique : « Un artiste, non seulement pour exprimer sa pensée, mais pour lui donner la tension, la force de projection et de pénétration qu'il désire, trouve dans le langage des ressources toujours neuves et inattendues. Tout sous sa plume prend accent, relief et tournure. Si le mot qu'appelle le sens n'a pas la couleur et le mordant que l'oreille et l'imagination pouvaient exiger, il le relève en aiguisant les valeurs latérales ou par un tour plus vif de la syntaxe. Si le substantif est

1. P. 47.

éteint, le rayon qui vient à côté de lui illuminer un adjectif inattendu empêche le lecteur de s'en apercevoir. Tantôt c'est le sens, l'intérêt à l'idée, qui entraîne le visiteur et le fait glisser sans s'en apercevoir sur une succession de vocables amortis, tantôt c'est l'orchestre intérieur joyeusement réveillé qui l'invite et l'accueille de salle en salle et de palier en palier[1]. » J'ai présenté cette résurrection du langage (qui évoque les hallucinations verbales du *Poème du haschich*) comme une condition du cratylisme poétique, à la manière jakobsonienne, et c'est bien ainsi qu'elle fonctionne implicitement dans ce texte, où elle s'articule immédiatement à la croyance du poète en l'« adaptation du son au sens » ; mais il suffirait de la détacher de son contexte pour la faire apparaître comme un travail sans autre finalité qu'esthétique, une simple « accentuation du message » pour le pur plaisir de la délectation physique[2] : nous retrouvons ici, comme chez Valéry et Jakobson, l'ambiguïté du « langage poétique » ainsi défini, toujours en équilibre instable entre l'autotélisme formaliste et la transparence mimétique.

Mais l'hommage ainsi rendu à la tradition mallarméenne (ou pseudo-mallarméenne) restera sans autre investissement théorique ; et l'on peut même y déceler déjà quelques nuances, ou dissonances, significatives. On a peut-être noté tout à l'heure le rapprochement, inattendu en tel contexte, entre l'« artiste en mots » et le simple « client populaire » – non du poème, mais de la langue. La distinction entre le régime actif du langage (poésie) et son régime passif, ou amorphe (prose), ne s'identifie plus, comme dans le dialogue entre Mallarmé et Viélé-Griffin, à la séparation entre le poète et « Monsieur Tout-le-Monde » – et encore moins entre l'écrivain et le simple parleur, car il y a pour Claudel plus de poésie dans le parler populaire que dans la plupart des textes écrits : « Ce travail d'accommodation et de choix auquel se livre notre besoin d'expression sur le matériel tout fait qui est mis à notre disposition n'est pas réservé au professionnel. Il

1. P. 98-99.

2. Cet aspect apparaît clairement, entre autres, dans *Positions et Propositions, ibid.*, p. 4 : « La parole écrite est employée à deux fins : ou bien nous voulons produire dans l'esprit du lecteur un état de connaissance, ou bien un état de joie (...). Dans le premier cas, il y a prose, dans le second il y a poésie. »

suffit du regard le plus sommaire pour constater que dans l'élaboration des mots qui constituent nos langues modernes, dans le répertoire où nous allons chercher aujourd'hui nos moyens de communication, ce n'est pas l'idée pure, le concept intellectuel, l'image réalisée, qui ont joué le principal rôle, c'est la commodité expressive et phonétique. D'un mot, d'une expression, nous voulons avoir, comme on dit, plein la bouche. Nous voulons la posséder sous notre langue, entre nos dents, et parfois si je peux dire, à pleins poumons, comme un outil bien emmanché qui ne fait qu'un avec la main de l'ouvrier. De là ces jeux si souvent déconcertants pour le savant de l'étymologie, de là cette fortune éblouissante de mots vulgaires et rebutés, comme le mot *tête* par exemple. De là le divorce entre le langage écrit et le langage parlé et où ce dernier, je ne crains pas de le dire, a presque toujours raison. »

On sait dans quel mépris Claudel tenait la « grammaire » comme gardienne de la « correction » et castratrice de toute invention linguistique de la part de l'écrivain comme du parleur populaire[1]. A l'opposition simple entre poésie et langage ordinaire, il substitue donc, à la manière pascalienne, une « gradation » à trois termes avec renversement du pour au contre : le peuple, qui suit l'instinct linguistique, est par là même dans la vérité poétique; les demi-habiles, qui ont perdu l'instinct et suivent les injonctions de Léopold Auguste, sont dans l'erreur ; le poète, dans une ignorance savante qui se connaît, rejette les fausses corrections stérilisantes et retrouve l'instinct populaire ; les deux « extrémités » se rejoignent dans la vérité, laissant ceux « d'entre deux » faire les entendus et juger mal de toutes choses. La poésie, ainsi identifiée au « mouvement instinctif du langage[2] », n'est donc plus affaire de spécialistes, et l'on peut même hésiter à la définir comme un *art*, au sens strict *(technè)*, puisqu'elle est partout à l'état naturel, partout où subsiste le mouvement naturel de la langue : « Pas plus que l'inspiration, la poésie n'est un phénomène réservé à un petit nombre de privilégiés... Partout où il y a langage, partout où il y a des mots, il y a une poésie à l'état latent. Ce n'est pas assez

1. Voir *Positions*, p. 41, et *Œuvres complètes*, XVIII, p. 355 ; et naturellement *Le Soulier de satin*, Troisième journée, scène II.
2. P. 41.

dire, et j'ai envie d'ajouter : partout où il y a silence, un certain silence, partout où il y a attention, une certaine attention, et surtout partout où il y a *rapport*, ce rapport secret, étranger à la logique et prodigieusement fécond, entre les choses, les personnes et les idées qu'on appelle *l'analogie*, et dont la rhétorique a fait la métaphore, il y a poésie. La texture même du langage, et par conséquent de la pensée, est faite de métaphores… La poésie est partout. Elle est partout, excepté chez les mauvais poètes[1]. »

Une telle attitude n'est pas en elle-même d'une grande originalité, c'est le moins qu'on puisse dire : il y a là un topos romantique, que nous avons rencontré par exemple chez Nodier, et qui rattache Claudel à une tradition pré-mallarméenne, comme bien d'autres traits d'anti-intellectualisme pseudo-populiste, qu'il partage d'ailleurs avec nombre de contemporains de tous bords. Mais elle n'est pas sans influence sur l'orientation spécifique de son cratylisme – et dans un sens qu'indique déjà assez bien la référence à Nodier : nier ou affaiblir le caractère technique et artificiel du langage poétique, c'est du même coup tourner le dos à la solution du mimologisme (poétique) *secondaire*, puisque par définition celui-ci consiste en un artifice, en un travail sur la langue qui la modifie et la corrige, fût-ce pour la ramener à ses vertus originaires. Claudel, lui, nous l'avons vu, prend la langue telle qu'elle est (devenue), et c'est dans cet état qu'il veut la rendre, ou plutôt la laisser, à sa fonction poétique. D'où cette volte-face prévisible, qui est retour au seul cratylisme compatible avec de telles prémisses, le mimologisme *primaire*, appliqué non au « vers », mais bien à la langue. Mais comme de son côté la réfutation scientifique, déjà reconnue, empêche de soutenir « sérieusement » une telle position, il ne reste plus qu'une voie, qu'annonçait déjà, tout à l'heure, cette proposition caractéristique : le poète ou le client populaire se garde bien de récuser la thèse hermogéniste, simplement, il « se conduit exactement comme si » cette thèse n'avait aucun effet sur lui : il *feint* de l'ignorer, et pratiquera donc un mimologisme que l'on peut qualifier de *fictif*. Fictif, et non *factice* : le mimologisme secondaire des théoriciens symbolistes est factice, en ce sens qu'il agit ou

1. P. 54. Le paradoxe est dans le titre de ce texte : *La poésie est un art.*

prétend agir sur la langue pour lui donner une vertu mimétique qu'elle n'a pas, ou à tout le moins (Valéry) pour en donner l'illusion à son lecteur. Son mode spécifique est donc de l'ordre du *faire en sorte que*. Celui du mimologisme fictif consiste, comme le dit bien Claudel, à *faire comme si*, tout en sachant parfaitement, ou presque, qu'il n'en est rien : ce n'est plus un travail, c'est un *jeu* : « petit jeu auquel vous pourrez vous livrer cet été, à la campagne, quand la pluie interdit les promenades. Après tout, il vaut bien les rébus ou les mots croisés » ; « amusement d'un jour de pluie » ; « amusement que j'aurais été heureux de vous faire partager », etc. [1]. Bien entendu, la part du jeu était déjà évidente dans les *Mots anglais*, dans le *Dictionnaire des onomatopées*, et même dans le *Cratyle*, où la référence ironique à l'inspiration d'Eutyphron pouvait apparaître comme un demi-aveu, et l'on peut considérer la composante ludique comme une constante de la tradition cratylienne. Mais jamais elle n'avait été aussi clairement exhibée, même s'il se mêle à cette exhibition, comme il se doit, la revendication d'une « parcelle de vérité [2] » : cette parcelle, à son tour, n'entre-t-elle pas dans toute définition du jeu ?

Or voici un second trait typique, qui nous introduit immédiatement au plus spécifique du cratylisme claudélien : on ne trouvera chez lui pour ainsi dire aucune « fantaisie » mimétique inspirée par la réalité phonique du langage [3]. Le jeu claudélien porte essentiellement sur l'*écriture*. La conférence sur de Piis, pourtant nécessairement consacrée, comme son prétexte l'exige et comme son titre l'annonce, à l'harmonie imitative, présente dans ses premières pages une déviation très révélatrice : après avoir exposé la théorie générale que nous connaissons, Claudel reconnaît qu'elle l'a entraîné un peu loin de son sujet, et convie aussitôt ses auditeurs à « de nouveaux lacets » ; il cite le sonnet des *Voyelles*, puis propose d'étendre cette « interprétation visuelle » aux consonnes. « Évidemment, ajoute-t-il, on ne peut pas donner la couleur à une consonne. Mais n'est-il pas évident que chacune d'elles,

1. P. 102, p. 90, et *Œuvres complètes*, XVIII, p. 457.
2. *Ibid.*
3. A l'exception de la note déjà citée de l'*Art poétique*.

que chaque lettre en général a un dynamisme différent, qu'elle ne *travaille* pas de la même manière... » Suivent quatre pages, que nous retrouverons, d'interprétations mimétiques de lettres et de mots écrits. Par un mouvement paradoxal, mais déjà rencontré chez de Brosses et Gébelin, et sur lequel nous reviendrons tout à l'heure, la valorisation de la consonne (notion purement phonique en principe) se lie inévitablement à une valorisation de la « lettre en général », c'est-à-dire de l'aspect graphique du langage.

Bien entendu, ici encore, et même davantage, Claudel tient compte, à sa manière, de l'objection linguistique. A sa manière : c'est-à-dire qu'il la signale, la salue bien bas, et passe outre : « Je sais trop ce que les philologues pourraient m'objecter. Leurs arguments seraient encore plus accablants contre la valeur symbolique du signe écrit que contre celle du signe phonétique. Et cependant nulle démonstration ne convaincra un poète qu'il n'y a pas de rapport entre le son et le sens d'un mot, sinon il n'aurait plus qu'à renoncer à son métier[1]. Et de même, est-il si absurde de croire que l'alphabet est l'abrégé et le vestige de tous les actes, de tous les gestes, de toutes les attitudes et par conséquent de tous les sentiments de l'humanité au sein de la création qui l'entoure ? » Il lui arrive même une fois de suggérer que la mimésis graphique est plus consistante que l'autre, parce qu'elle échappe (et indirectement répond) à « la grande objection des philologues contre l'analogie qu'admettent tous les poètes entre le son et le sens des mots, je veux dire les homonymes. Il n'y a aucun rapport par exemple entre *eau* et *haut, être* et *hêtre*, entre *mon* et *mont*, et cependant le son de ces mots est absolument identique. Or, l'anatomie orthographique de ces vocables lettre à lettre nous permet de comprendre leur constitution d'une manière beaucoup plus fine que ne fait leur simple détonation à l'oreille[2] ». A vrai dire, la « grande objection » (de fait) des philologues est plutôt la synonymie, et spécialement la synonymie interlinguistique *(cheval/horse)*, contre quoi la graphie n'est d'aucun secours ; mais l'argumentation de Claudel n'en est pas moins pertinente dans ses limites : il n'y a pas, ou presque pas, d'homonymes graphiques, et la graphie permet effecti-

1. P. 90. On remarque ici le désaccord avec Mallarmé, qui faisait au contraire du défaut des langues la raison d'être de la poésie.
2. *Œuvres complètes*, XVIII, p. 457.

vement d'individualiser tout ce que la phonie tend à confondre. Recours tout spontané d'ailleurs, car « la perception d'un mot que nous énonçons et que nous écoutons n'est pas uniquement pour un civilisé le fait de l'oreille et de la bouche. Il s'y mêle toujours une certaine représentation graphique qui nous empêche de confondre des sons semblables mais de sens différents ».

Nous voici donc, après une éclipse de plus d'un siècle[1],

1. Hugo, entre autres, s'était bien essayé à une lecture « hiéroglyphique » de l'alphabet, mais qui ne prétendait pas investir la « signification » des lettres (simple – et évidente – virtualité figurative) jusque dans la constitution des mots écrits. Je rappelle cependant ce texte (*Voyage de Genève à Aix*, 24-9-1839 ; *Œuvres complètes*, éd. Massin, VI, p. 715), qui trouvera çà et là des échos involontaires chez Claudel, chez Leiris, chez Ponge :

> Avez-vous remarqué combien l'Y est une lettre pittoresque qui a des significations sans nombre ? –
> L'arbre est un Y; l'embranchement de deux routes est un Y; le confluent de deux rivières est un Y; une tête d'âne ou de bœuf est un Y; un verre sur son pied est un Y; un lys sur sa tige est un Y; un suppliant qui lève les bras au ciel est un Y.
> Au reste cette observation peut s'étendre à tout ce qui constitue élémentairement l'écriture humaine. Tout ce qui est dans la langue démotique y a été versé par la langue hiératique. L'hiéroglyphe est la racine nécessaire du caractère. Toutes les lettres ont d'abord été des signes et tous les signes ont d'abord été des images. La société humaine, le monde, l'homme tout entier est dans l'alphabet. La maçonnerie, l'astronomie, la philosophie, toutes les sciences ont là leur point de départ, imperceptible, mais réel ; et cela doit être. L'alphabet est une source. – A, c'est le toit, le pignon avec sa traverse, l'arche, *arx* ; ou c'est l'accolade de deux amis qui s'embrassent et qui se serrent la main. D, c'est le dos ; B, c'est le D sur le D, le dos sur le dos, la bosse ; C, c'est le croissant, c'est la lune ; E, c'est le soubassement le pied droit, la console et l'étrave toute l'architecture à plafond dans une seule lettre ; F, c'est la potence, la fourche, Furca ; G, c'est le cor ; H, c'est la façade de l'édifice avec ses deux tours ; I, c'est la machine de guerre lançant le projectile, J, c'est le soc et c'est la corne d'abondance ; K, c'est l'angle de réflexion égal à l'angle d'incidence, une des clefs de la géométrie ; L, c'est la jambe et le pied ; M, c'est la montagne, ou c'est le camp, les tentes accouplées ; N, c'est la porte fermée avec sa barre diagonale ; O, c'est le soleil ; P, c'est le portefaix, debout avec sa charge sur le dos ; Q, c'est la croupe avec la queue ; R, c'est le repos, le portefaix appuyé sur son bâton ; S, c'est le serpent ; T, c'est le marteau ; U, c'est l'urne ; V, c'est le vase (de là vient qu'on les confond souvent), je viens de dire ce que c'est qu'Y ; X, ce sont les épées croisées, c'est le combat ; qui sera vainqueur ? on l'ignore ; aussi les hermétiques ont-ils pris X pour le signe du destin, les algébristes pour le signe de l'Inconnu ; Z, c'est l'éclair, c'est Dieu.

revenus (mais en régime ludique) au cratylisme de l'écriture, à la rêverie mimographique. Ici comme ailleurs, un choix s'ouvre immédiatement entre le phonomimographisme (style Wachter) et l'idéomimographisme (style Rowland Jones). Le titre même de la principale contribution de Claudel au corpus cratylien, *Idéogrammes occidentaux*, suffit à indiquer la direction de son parti pris ; mais la tentation du *visible speech* ne lui est pas tout à fait inconnue : « Faut-il croire qu'entre le geste phonétique et le signe écrit, entre l'expression et l'exprimé, à travers toute la généalogie linguistique le rapport soit purement fortuit et arbitraire ? – ou au contraire que tous les mots sont constitués d'une collaboration inconsciente de l'œil et de la voix avec l'objet, et que la main dessine en même temps que la bouche intérieure rappelle ? Chaque voyelle par exemple n'est-elle pas le portrait de la bouche qui les prononce ? C'est évident pour le o, également pour le u qui n'est que deux lèvres avancées ; ne l'est-ce pas également pour le a qui n'est qu'un o élargi, majoré, souligné par le trait latéral comme par un doigt qui montre [il faut naturellement penser ici au a manuscrit], pour le e qui est une ouverture réduite de moitié, et enfin pour le i qui est le portrait d'une bouche fendue et du point posé entre les dents par le bout de la langue[1] ? » On retrouve ici le thème séculaire et jusqu'à certains exemples raillés par Molière dans *Le Bourgeois gentilhomme* ; mais voici plus ferme encore, et plus général, puisque étendu aux consonnes : « Il est assez probable (...) que les lettres ont été primitivement une espèce de dessin schématique de notre appareil à parler au moment où il pro-

---

Ainsi d'abord la maison de l'homme et son architecture, puis le corps de l'homme, et sa structure et ses difformités ; puis la justice, la musique, l'église ; la guerre, la moisson, la géométrie, la montagne ; la vie nomade, la vie cloîtrée ; l'astronomie ; le travail et le repos ; le cheval et le serpent ; le marteau et l'urne, qu'on renverse et qu'on accouple et dont on fait la cloche ; les arbres, les fleuves, les chemins ; enfin le destin et Dieu, voilà ce que contient l'alphabet.

Il se pourrait aussi que, pour quelques-uns de ces constructeurs mystérieux des langues qui bâtissent les bases de la mémoire humaine et que la mémoire humaine oublie, l'A, l'E, l'F, l'H, l'I, le K, l'L, l'M, l'N, le T, le V, l'Y, l'X et le Z ne fussent autre chose que les membrures diverses de la charpente du temple.

1. P. 90-91.

nonce chacune d'elles. La même raison qui a amené le parleur à se servir de tel ou tel son pour exprimer telle ou telle idée se retrouve dans la représentation graphique de ce geste oral, je veux dire la lettre[1]. » Mais on perçoit déjà dans cette dernière phrase, comme on pouvait deviner tout à l'heure à l'hypothèse d'une « collaboration inconsciente de l'œil et de la voix avec l'objet », quelque chose qui déborde, inconsciemment aussi, ou confusément, la pure imitation du son par la lettre, qu'illustraient les exemples précédents : il s'agit en fait, ici, d'une imitation conjointe de l'objet par le son et par la lettre ; nous ne sommes plus chez Wachter mais chez Gébelin, dans la « collaboration » – et la ressemblance *indirecte* – entre l'idéophone et l'idéogramme ; lequel va désormais dominer sans partage le cratylisme claudélien.

Le modèle, ou du moins l'origine, en est évidemment l'écriture chinoise, telle que Claudel a eu l'occasion de la découvrir et de la fréquenter (sinon vraiment pratiquer) pendant son séjour en Chine (1895-1909), et plus tard au Japon (1922-1927) – et telle que la lecture des P. Wieger et Tchang Tcheng Ming[2] l'encourageait à l'interpréter selon son désir, c'est-à-dire comme une idéographie mimétique et sans trace de phonétisme. Le logogramme chinois joue typiquement au XXe siècle, et selon le même mirage, le rôle de mythe confirmatif et de caution exotique que jouait avant Champollion le « hiéroglyphe » égyptien[3]. Claudel affecte d'ailleurs volontiers un certain détachement à l'égard de ces intercesseurs : le livre « délicieux » de Wieger sur le passage « de l'image au signe » est pour lui « une source inépuisable d'intérêt et d'amusement », son interprétation mimétique est « amusante » ; chez Tchang Tcheng Ming, il trouve « de petits dessins infiniment vivants et amusants ». Mais le degré de validité de ces conjectures est au fond sans importance, car elles ne sont à chaque fois qu'un point de départ vers un autre jeu, encore plus risqué mais beaucoup plus amusant :

1. *Œuvres complètes*, XVIII, p. 457.
2. P. Wieger, *Caractères chinois, Leçons étymologiques*, 1923 ; P. Tchang Tcheng Ming, *L'Écriture chinoise et le Geste humain*, 1937.
3. On connaît aussi l'utilisation faite par Ezra Pound et quelques autres des fragiles théories de Fenollosa, et le recours persistant, *passim*, à la logographie chinoise comme modèle d'une écriture indépendante de la parole, voire de la langue.

l'application de l'hypothèse mimographique à l'écriture « occidentale » elle-même, en l'occurrence à l'alphabet latin – ou plus exactement, nous allons le voir, aux mots écrits selon l'alphabet latin : « J'ai été amené à me demander si dans notre écriture occidentale il n'y aurait pas moyen de retrouver également une certaine représentation des objets qu'elle signifie » ; « [...] et tout à coup une idée me frappa. Mais nous aussi nous avons des idéogrammes et nos langues sont tout aussi propres que le chinois à donner une représentation graphique des objets » ; « Tout ceci n'est qu'un résumé trop sommaire d'un sujet riche et passionnant, destiné seulement à servir de préface à une espèce de découverte, que, professionnel invétéré de la plume, j'ai faite fondée ou non, dans notre écriture occidentale. C'est qu'elle aussi comporte des idéogrammes ! »[1].

Ainsi naît l'hypothèse ludique de l'idéogramme occidental. Mais si l'on veut percevoir distinctement la nature très spécifique de son fonctionnement, il faut d'abord prendre en compte tout ce qui différencie, pour Claudel, les deux écritures ainsi confrontées. La confrontation remonte à l'admirable *Religion du signe*[2], qui oppose la « lettre romaine », comme essentiellement verticale, au caractère chinois, essentiellement horizontal – traits confirmés plus tard par la disposition compensatoire de l'écriture latine en lignes horizontales et de la chinoise en colonnes verticales[3]. L'horizontale symbolise la permanence de « toute chose qui dans le seul parallélisme à son principe trouve une raison d'être suffisante » ; la verticale « indique l'acte et pose l'affirmation » : elle est ponctuelle, instantanée. Le caractère chinois indique « un être schématique, une personne scripturale », il est immobile et synthétique ; la lettre, au contraire, « est par essence analytique, tout mot qu'elle constitue est une énonciation successive d'affirmations que l'œil et la voix épellent ». Reprenant ce texte en 1925 dans sa conférence sur la *Philosophie du livre*[4], Claudel insiste sur le contraste entre la « fixité » du mot chinois, « image abstraite de la chose », dans sa « signification rayonnante et stable », et la mobilité

1. P. 81, p. 100, *Œuvres complètes*, XVIII, p. 455.
2. 1896, dans *Connaissance de l'Est*.
3. P. 89.
4. P. 68-81.

du mot occidental, « portion mal apaisée de la phrase, tronçon du chemin vers le sens, vestige de l'idée qui passe », qui « nous invite à ne pas nous arrêter nous-mêmes, à continuer jusqu'au point final le mouvement des yeux et de la pensée ». Le thème ainsi posé (Orient immuable, Occident dynamique) est d'une grande banalité, mais ce sont ses inducteurs scripturaux qui nous intéressent ici. Ils se confirment et se précisent en 1926 dans la conclusion d'*Idéogrammes occidentaux*, que l'on peut réduire à ces trois oppositions fondamentales : analytique *vs* synthétique ; acte, mouvement *vs* être immobile[1] ; vertical *vs* horizontal. Claudel reviendra encore en 1938 sur l'« immobilité intrinsèque » de l'écriture chinoise, « toute différente de ce sillage permanent que la pointe métallique entre nos doigts de notre personnalité en voie d'explication laisse derrière elle. Quand, écrivant : *Il est trois heures*, ma plume arrive à la fin de la phrase, il n'est déjà plus trois heures. Mais les trois traits du pinceau chinois suffisent à inscrire ce court moment sur la substance de l'éternité. Non seulement il est trois heures, mais chaque fois qu'un œil humain se fixera sur ce dessin intellectuel, il ne cessera jamais d'être trois heures[2] ». Claudel attribue à cette caractéristique l'« espèce de fascination » qu'exerce sur lui ce type d'écriture. Mais fascination qui toutefois, nous le verrons, n'est pas le signe d'une véritable adhésion.

Ces différents traits contrastifs se ramènent assez bien à un seul, qui oppose l'*unité* prétendue indivisible du caractère chinois à la *divisibilité* de son équivalent occidental. On en inférera sans peine, malgré le parallèle une ou deux fois proposé entre caractère et *lettre*, que cet équivalent n'est pas la lettre, mais le *mot*. Cet apparent truisme (puisque chacun sait que les caractères chinois notent des mots) n'est pas sans importance pour nous, car il distingue fortement l'attitude de Claudel de celle, par exemple, d'un Jones ou d'un Gébelin, qui s'interrogeaient d'abord et surtout sur la signification des lettres, quitte à chercher des confirmations secondaires dans les vocables considérés comme additions et combinaisons de valeurs littérales. Le mimologisme graphique de Claudel, au

1. P. 89-90 ; Claudel neutralise ici une opposition énoncée en 1896 entre verticale = action et oblique = mouvement. L'écriture occidentale est maintenant indifféremment droite ou « penchée ».
2. *Œuvres complètes*, XVIII, p. 454.

contraire, est essentiellement[1] lexical, comme le mimologisme phonique de Nodier. Les homologues occidentaux des caractères chinois, pour lui, ce sont bien les mots, traités comme autant de mimographies et, si j'ose dire, d'onomatopées scripturales ; aussi bien peut-on voir dans ses listes d'idéogrammes[2], à une nuance près que nous allons retrouver à l'instant, le pendant graphique du *Dictionnaire* de Nodier. Cette attitude spécifique, sans précédent, à ma connaissance, dans la tradition, mais non sans racines dans l'imagination linguistique commune, a été justement décrite par Charles Bally : « On sait que les mots écrits, surtout dans les langues à orthographe capricieuse et arbitraire, comme l'anglais et le français, prennent pour l'œil la forme d'images globales, de *monogrammes* ; mais en outre, cette image visuelle peut être associée tant bien que mal à sa signification, en sorte que le monogramme devient *idéogramme* ; ces rapprochements sont le plus souvent puérils, mais la chose n'est pas négligeable en soi. Certains prétendent que *lys* est plus beau que *lis*, parce que l'*y* y figure la tige de la fleur, qui s'épanouit dans les consonnes. D'autres diront qu'il y a une vague ressemblance entre l'œil et le mot français qui le désigne. Pour M. Paul Claudel[3]... » Nous allons venir nous-mêmes à ces exemples, mais il faut d'abord mesurer ce qui sépare l'idéogramme claudélien de la mimologie nodiérienne (et, nous l'avons vu, du caractère chinois tel que le voit Claudel) : la distance tient au caractère analytique, ou plutôt analysable, du mot écrit.

1. Mais non exclusivement, nous le verrons.

2. A savoir : une soixantaine d'articles, de quelques lignes chacun, dans *Idéogrammes occidentaux*, 1926 (Pléiade, p. 81-91), une cinquantaine, plus rapides, dans *Les mots ont une âme*, 1946 (p. 91-95), une dizaine dans l'*Harmonie imitative*, 1933 (p. 95-110), une vingtaine dans le tome XVIII des *Œuvres complètes*, plus quelques-uns dispersés çà et là dans les *Conversations* et dans le *Journal* ; soit, en éliminant du compte les redites (mais certaines variantes sont dignes d'attention), quelque cent vingt gloses. Sauf indication contraire, les exemples cités ci-dessous sont empruntés à *Idéogrammes occidentaux*. Voir l'étude de J.-C. Coquet, « La lettre et les idéogrammes occidentaux », *Poétique* 11, repris dans *Sémiotique littéraire*, Mame, 1973, p. 131-145.

3. *Linguistique générale et Linguistique française*, 4e éd., Berne, 1965, p. 133. Notons que Bally, comme Claudel, donne manifestement à *idéogramme* un sens fort, qui est celui d'*idéogramme mimétique* : glissement révélateur d'une interprétation spontanée, et à peu près universelle, alors qu'en droit comme en fait, l'idéogramme, ou logogramme, peut fort bien être purement conventionnel, ou d'une motivation non mimétique.

L'onomatopée est le plus souvent entendue comme un mot globalement mimétique, dont chaque élément phonique n'imite pas séparément un élément sémique de l'objet : on dira par exemple que *ruisseau* bruisse comme le ruisseau, mais on n'affectera pas, du moins spontanément, tel phonème à telle goutte ou à tel caillou. Pour Claudel au contraire, l'idéogramme latin est un symbole complexe dont chaque lettre, en principe, représente un élément du sens[1]. Sa lecture est essentiellement une analyse[2] et c'est selon le type d'analyse à laquelle ils se prêtent que l'on peut distinguer et classer les idéogrammes claudéliens.

Un premier type correspond au plus faible degré de relation établie entre la figure graphique et le signifié : il s'agit ici d'une simple analyse sémique, où chaque lettre représente une propriété ou un aspect de l'objet, mais sans correspondance pertinente entre les dispositions spatiales de part et d'autre. Cela va de soi pour des mots « abstraits » dont le signifié n'a aucune spatialité, comme *être* (« t est tout ce qui tient debout en hauteur et en largeur, e est ce qui communique avec soi-même, qui prend racine dans son propre cœur. R est ce qui se retourne, ce qui se regarde soi-même. Et le second e est existence tandis que le premier est essence il y a une couronne au-dessus ! une aspiration triangulaire vers Dieu »), *âme* (« a[3] est à la fois ouverture et désir, réunion de l'homme et de la femme, ce qui exhale et inhale le souffle, m est la personne entre deux parois, e l'être »), *vie* (« v est la rencontre des deux électrodes, i l'étincelle qui jaillit, e ce qui puise l'être en soi-même ») *toi* (« La verticale du t est la

1. Ceci suppose, comme en tout mimologisme graphique, une détermination, globale ou ponctuelle, du type de graphie : manuscrite ou mécanique, majuscule ou minuscule, etc. : il y a peu de rapport formel entre r et R, ou entre g et G. La pratique de Claudel, on le verra, est variable mais généralement explicite.

2. Seules exceptions (partielles) à cette règle d'« anatomie orthographique lettre à lettre » : *locomotive*, dont la longueur globale imite celle de l'objet (mais l'analyse suit) ; *pain*, dont « les quatre lettres ne forment qu'une seule syllabe comme de la pâte » (mais la notion de syllabe est purement phonique, et l'analyse précède) ; et, si l'on veut, *mouvement*, parce que les éléments y sont comme indifférenciés et équivalents ce mot évoquant « soit une ligne de petites jambes de petits fantassins en marche, soit la rangée de pistons *(sic)* qui s'offre à nos yeux quand nous soulevons le capot de notre voiture ».

3. A lire encore comme un *a* manuscrit, qui s'analyse, nous le verrons, en *o* + *i*.

représentation par excellence de l'objet qui arrête notre regard, de l'unité, quelqu'un vers qui nous sommes tournés ; la barre du t indique la direction, l'interpellation, l'union de l'o et de l'i est le type de toute diphtongue humaine, le point sur l'i est cet œil de l'autre que nous accrochons avec notre propre regard ») ou *tu* : « La même chose et les deux lèvres qui se tendent. » On voit qu'ici la part de redondance est considérable : les significations littérales sont distinctes mais convergentes ; chaque lettre imite différemment une signification presque identique. Il y a un peu plus de diversification sémantique, mais toujours sans répartition spatiale, dans le traitement de vocables à signifié plus concret, tels que *vol* (« v les deux ailes de l'oiseau, o le cercle qu'il décrit, l l'oiseau qui va et revient »), *maison* (« M nous donne les murs, les toits et les cloisons, a le nœud est la circulation intérieure, i est le feu, o est la fenêtre, s les couloirs et les escaliers, n la porte, et le point est l'habitant qui regarde avec admiration ce superbe édifice ! »), *corps* (« c est la bouche qui respire et qui avale, o tous les organes ronds, r les liquides qui montent et qui descendent, p le corps proprement dit avec la tête (ou les bras), s tout le tuyautage, ou le souffle »), *pied* (« deux vestiges du pied qui accentuent l'un les doigts, l'autre le talon, i est la direction, e est un mouvement de bascule articulée, la cheville »), ou *faux* « f est le manche et la poignée de la faux, a la place qu'on vient de faucher et l'on voit la lame qui s'éloigne, x tout ce qui est section, la lame avide pour couper qui ouvre de toutes parts ses mâchoires ». Le mot nous offre ici comme en vrac une série d'éléments descriptifs, dont la place est indifférente et indéterminée : *vol* se lirait aussi bien, et identiquement, écrit *lov, vlo*, etc.[1].

Le deuxième degré fait intervenir la disposition spatiale, le vocable étant lu comme dessin complexe d'un objet com-

1. Claudel affirme (p. 89) qu'« en français la représentation symbolique principale est généralement au milieu du mot qui s'organise symétriquement à elle. Par exemple le b de arbre, le o de noir, etc. ». Mais ce principe n'est guère appliqué hors de ces exemples. « Il conviendrait, ajoute-t-il, de faire dans chaque mot la distinction du signe essentiel et de ce que j'appellerai le tissu conjonctif, du corps et du vêtement, les terminaisons par exemple qui sont une sorte d'engin omnibus sans valeur caractéristique » ; en fait, dans la plupart des gloses, tous les éléments fonctionnent, bien ou mal, y compris les désinences les plus *omnibus*, comme le *-ir* de *courir*. L'idéogramme ne distingue pas le radical de la flexion.

plexe, chaque lettre représentant, autant qu'il se peut, une partie de cet objet à la place qui lui revient. C'est tout à fait évident pour OMO, « les deux yeux sous les arcades sourcilières », *eye*, « qui y ajoute le nez »[1], *toit* (« N'avons-nous pas là une représentation complète de la maison à laquelle ne manquent même pas les deux cheminées ? O est la femme et I l'homme, caractérisés par leurs différences essentielles : la conservation et la force ; le point de l'i est la fumée du foyer ou, si vous aimez mieux, l'esprit enclos et la vie intime de l'ensemble[2] ») ou *monument* (« un véritable édifice du temps de Louis XIV avec ses deux ailes symétriques et sa loggia centrale tout encadrée de colonnes[3] »), où la symétrie graphique répond, plus ou moins rigoureusement, à la symétrie spatiale de l'objet. Dans *arbre*, le b « se dresse au milieu de l'île typographique pareil à un cyprès », et dans *tree*, « t est le grand arbre en premier plan, r le ruisseau à ses pieds dont le double e représente les gracieux méandres » ; *locomotive*, enfin, est « un véritable dessin pour les enfants. La longueur du mot d'abord est l'image de celle de l'animal. L est la fumée, o les roues et la chaudière, m les pistons, t le témoin de la vitesse, comme dans *auto* à la manière d'un poteau télégraphique, ou encore la bielle, v est le levier, i le sifflet, e la boucle d'accrochage, et le souligné est le rail ! »

Le troisième degré – le seul qui fasse intégralement justice à la successivité temporelle (selon Claudel) de l'écriture occidentale – est peu représenté. C'est le plus haut niveau

1. P. 101.
2. Le manuscrit accentuait cette valeur mimétique au moyen d'une graphie plus évocatrice : toît. C'est une manifestation de mimographisme secondaire, non plus, comme chez de Brosses, par création d'un alphabet factice, mais par déformation *ad hoc* de l'écriture existante, équivalent graphique des accentuations phoniques du type *immmense* ou *pitit pitit*. Ce procédé est fréquent dans des formes para-littéraires (publicité, bandes dessinées, graffitis), surtout aux États-Unis : on écrira, par exemple, LOOK, ou NI卐ON. Le statut d'une déformation comme le *hénaurme* flaubertien est plus subtil, car ici le métaplasme graphique, dont rien n'assure qu'il note un métaplasme phonique, n'attente pas à la forme des lettres, mais seulement à leur emploi. Quant au calligramme apollinarien, il ne joue pas à proprement parler sur la graphie, mais seulement sur la disposition spatiale du mot, ou de la phrase. Tous ces effets mériteraient sans doute une analyse plus rigoureuse et plus systématique. Cf. Groupe Mu, *Rhétorique générale*, p. 65-66.
3. P. 95.

d'intégration, et donc le plus difficile à réaliser, puisqu'il tient compte non seulement des rapports spatiaux, mais de la dimension diachronique de l'objet, représentée par la succession irréversible des lettres disposées de gauche à droite, alors que les mots du deuxième type (même *locomotive*) peuvent être aussi bien lus à l'envers, et ceux du premier décomposés dans n'importe quel (dés)ordre. Le vocable n'est plus ici une simple collection de traits descriptifs, ni même un simple tableau, il devient imitation fidèle d'une suite d'événements, il devient récit. Ainsi *quilles* : « La main qui tient la boule, cinq quilles d'inégale grandeur, la boule qui roule (le point sur l'i) et le ricochet final (e) », ou, à un tout autre niveau d'investissement, *soi* : « L'S représente cet escalier tortueux comme celui que l'on voit dans ce tableau de Rembrandt au Louvre, qu'on appelle *le Philosophe*, et par lequel on descend dans la conscience. Et qu'y trouverez-vous, je vous prie ? Un O et un I c'est-à-dire un flambeau et un miroir[1] », ou *Rêve* : « RÊVE est toute une peinture. Il y a le papillon qui est l'accent circonflexe. Il y a le chasseur armé d'un filet qui avance la jambe à la poursuite de cette miette élusive. Avec une échelle, c'est le E, il essaie de l'attraper. Il lui tend les bras, à l'inverse de signe impalpable, et c'est V. En vain, il ne reste plus que l'échelle[2]. »

Comme on a pu le voir sur ces quelques exemples, de telles analyses imposent la détermination de valeurs élémentaires plus ou moins constantes au niveau de la lettre, voire de traits graphiques encore plus simples. Certaines de ces valeurs ont été dégagées par Claudel lui-même en marge ou en conclusion de ses interprétations lexicales. Par exemple, la lettre M, qui sert d'index et de fil conducteur à l'article *Les mots ont*

1. P. 1419 ; cf. p. 88 entre autres et *Œuvres complètes*, XVIII, p. 456, et le commentaire du tableau de Rembrandt dans *Seigneur, apprenez-nous à prier* et dans l'*Introduction à la peinture hollandaise*.

2. C'est la version d'*Œuvres complètes*, XVIII, p. 456. Voici celle de l'*Harmonie imitative*, p. 103 : « R c'est le filet à papillon et la jambe tendue en avant, l'accent circonflexe c'est le papillon de Psyché, et l'E au-dessous c'est l'échelle, c'est-à-dire l'Engin avec lequel nous essayons lourdement d'attraper ce souffle aérien. Les bras que nous levons vers lui en un geste dissymétrique et inverse c'est le V. Et enfin la dernière lettre, c'est l'Échelle qui reste seule. Il n'y a plus de papillon. » Sur, puis sous cette échelle (de Jacob ?), les quatre fers en l'air et gravement contusionné, on peut imaginer l'oncle Sigmund, ou quelque autre herméneute. Le papillon est déjà loin.

une âme[1], y est ainsi interprétée : « admirable et mémorable lettre qui se dresse au milieu de notre alphabet comme un arc de triomphe appuyé sur son triple jambage, à moins que la typographie n'en fasse un échancrement spirituel de l'horizon. Celui du Monde par exemple et pourquoi pas celui de la Mort ? » Un sort particulier est fait au X dans un texte dédié à l'École polytechnique[2] : « X c'est d'abord un carrefour, le point de rencontre de quatre directions. Je le compare à un cœur qui aspire et qui refoule jusqu'à leurs extrémités une correspondance équilibrée de conséquences. Les quatre angles que ses deux branches déterminent constituent le principe de toute géométrie plane, tandis que devenant ailes par rotation, ils créent la sphère. L'X est au centre de toute mesure et de toute création. C'est l'Arbre, c'est le Géant aux jambes écartées qui soutient le ciel. C'est le signe de la multiplication. Et c'est le signe de la croix qui sert de signature aux ignorants [etc.]. » Le T « suggère à la fois l'idée d'une croix, d'un levier, d'une balance, d'un carrefour », et le O « fait penser à la fois à une roue, à l'horizon, à l'ouverture d'un vase ou d'une bouche, à une poulie, à un volant d'automobile, etc. »[3]. Enfin et surtout, la conclusion d'*Idéogrammes occidentaux* dégage *a posteriori* quelques constantes typiques : « Certaines des lettres que j'ai essayé d'expliquer sont de véritables engins de mécanique. L'e est une bascule, le u est un piston ou un tuyau, l'L est un levier, le T est un étai, l'o est une roue et une poulie, l'r est un siphon ou parfois (r) un crochet, l's est un ressort, une spirale, l'f est une lame ou majuscule (F) une clef, les voyelles surmontées de leurs accents sont de véritables petits explosifs : l'alphabet met à votre disposition toute espèce de cordes et de liens, de manches et de tiges, un outillage complet[4]. »

Ce dernier texte est très caractéristique de l'interprétation claudélienne : les lettres, éléments graphiques, représentent bien des valeurs élémentaires, des éléments de sens : le pro-

1. Au titre auto-illustratif, dont la première version était d'ailleurs *la Lettre M* (voir *Œuvres complètes*, XVIII, p. 457).

2. *Ibid.*, p. 458.

3. *Œuvres en prose*, p. 100.

4. P. 90 ; on notera la pertinence de l'opposition capitale/minuscule, respectée par le texte, et aussi de l'opposition manuscrit/mécanique (pour le r), impossible à rendre ici.

grès de l'analyse est symétrique, sur les deux plans de ce que Hjelmslev (la référence s'impose) appellerait le contenu et l'expression. Mais les éléments de sens ne consistent pas ici, comme dans l'analyse sémantique de type leibnizien, en pures abstractions et catégories générales : ce sont des éléments technologiques en quelque sorte, outils et machines simples (le terme claudélien, typique, est *engin*), pièces détachées interchangeables mais spécialisées de ce « vaste magasin » toujours prêt à servir qu'est, pour Claudel, la Création. Nous retrouverons ce trait.

D'autres significations élémentaires demeurent dispersées, et leur synthèse reste à la charge du lecteur. Ce travail se heurte d'abord à un certain nombre de polyvalences, dont certaines sont exhibées par Claudel à l'intérieur d'un même article : nous avons déjà rencontré de ces propositions *ad libitum*, comme le point sur l'i de *toit*, qui est fumée ou esprit, ou le t de *locomotive*, poteau ou bielle, ou le s de *corps*, souffle ou tuyautage. La plupart se dégagent du rapprochement de deux ou plusieurs gloses, et même si l'on néglige certaines interprétations *ad hoc*, directement inspirées par le contexte verbal – comme le a de *pain* qui est une miche ou « le geste circulaire du mitron qui pétrit », le A de *Ane*, dont la barre pourrait être « la queue que l'animal tient toute droite pour s'aider à braire si l'on en croit la comtesse de Ségur », ou le E échelle de RÊVE[1] –, il faut bien compter avec quelques autres, qui sont plus constantes : ainsi, le C est lu tantôt comme concave (= « cavité »), tantôt comme convexe (= tout ce qui s'arrondit pour aller « au-devant de la caresse ») ; le V vaut pour deux électrodes, deux ailes étendues, deux bras levés, le tout réductible, sans doute, à une dialectique de l'unité et de la dualité (« unité en train de se partager en deux comme des aiguilles de pin[2] »), que l'on retrouve identique, ou inversée, dans Y, « la paire d'yeux enracinée dans notre unité ». La plus typique et la plus significative est celle du couple O-I (presque toujours groupés en « diphtongue »). A partir d'une valeur géométrique évidente

1. Ou encore, l'accent circonflexe : papillon dans *Rêve*, fléau de balance dans *même* et sourcil interrogatif dans *môme* (p. 93). Claudel lui-même se moque de ces facilités, à propos de P dans *Plaine, Pain* et *Poids* (*Conversations*, Pléiade, p. 799).

2. *Journal*, II, p. 807.

(cercle *vs* droite verticale), on obtient des relations telles que : table/lumière (ou feu : c'est toujours la verticalité de la flamme) ; miroir/lumière ; bouche/souffle ; coupe/ élévation ; et surtout, bien sûr : femme/homme, le couple par excellence, qui fait de OI « le type de toute diphtongue humaine ». Les motifs sexuels de cette interprétation sont évidents, et Claudel désigne lui-même le O comme « principe femelle » et le I comme « phallus »[1] ailleurs métaphorisés, ou métonymisés, nous l'avons vu, en ouverture/désir, ou conservation/force.

Une fois réduites ces diverses polysémies, on peut dégager quelques valeurs relativement constantes : c = convexité/ concavité ; e et j = involution, réflexion ; i = verticalité, unité ; l = aller-retour ; m = horizon ou cloisonnement (cette dernière valeur partagée avec n) ; o = rotondité ; r (manuscrit) = montée et descente ; t = verticalité + horizontalité ; u = cavité ouverte vers le haut ; s = sinuosité verticale, spirale descendante ; v, y = unité duelle ; x = intersection ; z (vu comme un s couché, en perspective fuyante) = sinuosité horizontale, méandre. Les absents les plus notables[2] se laissent analyser en éléments plus simples, comme *a* en o + i ou c + i, ou comme b, d, p et q en o (ou c) + un index de verticalité plus sélectif que i, puisque dirigé tantôt vers le haut, tantôt vers le bas. On voit donc que la lettre n'est pas tout à fait pour Claudel l'atome graphique : elle se laisse réduire parfois à une autre lettre plus simple, parfois à un graphème infralittéral, mais encore signifiant : courbe, droite verticale, horizontale ou oblique, boucle, barre, jambage – le plus infime (le point sur l'i, « esprit enclos et vie intime de l'ensemble ») n'étant pas le moins important[3].

1. *Journal*, I, p. 19-20 ; cf. Coquet, *art. cit.*
2. K et W n'apparaissant nulle part.
3. Coquet affirme que toutes les lettres sont pour Claudel « réductibles à des transformations de l'I et de l'O, autrement dit de la *droite* (verticale, horizontale ou oblique) et du *cercle*, de l'unité et du tout. Il n'y a pas d'éléments plus petits ». En fait, O n'est pas ici un élément ultime, C et U en sont des parties diversement orientées ; I pour Claudel ne peut être que vertical, et il n'envisage pas de neutraliser les dimensions, pour lui fondamentales, de la verticalité et de l'horizontalité ; enfin, E, L, R, S, Z restent irréductibles ; il est vrai que « transformation » laisse bien des latitudes.

Comme on l'a sans doute observé, Claudel ne fait ici aucune différence entre voyelles et consonnes, constamment traitées selon des schèmes de symbolisation identique. Cette assimilation est évidemment légitime, puisqu'il s'agit d'une distinction d'ordre purement phonique, et que rien ne traduit sur le plan de l'écriture [1]. Elle n'en est pas moins révélatrice, car chez des prédécesseurs comme Wachter, Jones ou Gébelin, l'influence du phonétisme entraînait à tout le moins un regroupement respectif des lettres-voyelles et des lettres-consonnes. Mais chez Claudel, la valorisation de l'articulation – toujours liée, nous l'avons vu et nous avons cru voir pourquoi [2], à celle de l'écriture – va plus loin sans doute qu'elle n'était jamais allée dans toute la tradition antérieure, avec une conséquence massive sur l'interprétation du symbolisme graphique.

Cette valorisation est déjà très sensible sur le plan phonique. Nous avons noté comment Claudel, citant Rimbaud, glissait de la *couleur* des voyelles au *dynamisme* des consonnes : cette répartition est fondamentale, et déjà valorisée. Il oppose ailleurs « le timbre qu'imprime au mot la voyelle » et « la forme, la vertu, l'impulsion, l'énergie, l'action particulière, que lui confère la consonne » ; « ce sont les consonnes qui sont impulsives, propulsives, dynamiques » [3]. Il reconnaît avoir systématiquement élu, dans le répertoire alphabétique de De Piis, les illustrations de consonnes, « bien que les voyelles y aient une place non moins pittoresque. La raison en est que pour moi dans la diction la consonne est l'élément essentiel. C'est elle qui donne au mot son énergie, son dessin, son acte, la voyelle représentant l'élément uniquement musical [4] ». Ce parti pris assumé, avec ses motivations caractéristiques, est à rapprocher de la propre poétique

1. Si ce n'est peut-être, et sans doute par hasard, le fait que toutes nos lettres-voyelles sont d'une forme compacte, sans queue ni hampe ; mais Claudel n'en tient pas compte.

2. Voir ici p. 98-100 ; cf. cette formule, déjà rencontrée, de l'*Art poétique*, qui fait directement écho à Brosses et Gébelin : « la lettre, ou plus précisément la *consonne* ».

3. P. 91, 1420.

4. P. 107 ; cf. entre autres : « Pour l'écrivain (...) l'essentiel est la consonne. La voyelle est la matière ; la consonne est la forme (...), l'engin propulseur dont la Voyelle n'est que le projectile » (*in* J. Samson, *Paul Claudel, poète musicien*, Genève, p. 80).

de Claudel, telle qu'elle s'exprime par exemple dans les *Réflexions et Propositions sur le vers français*, et qui est en effet plus dynamique que musicale, essentiellement rythmique et articulatoire, fondée sur ce qu'il appelle le *motif*, « cette espèce de *patron* dynamique ou de *centrale* qui impose sa forme et son impulsion à tout le poème[1] ». Le rapprochement, qui est presque une identification, entre *forme* et *impulsion*, est typique, tout comme la formule *patron dynamique*, qui serait ailleurs presque paradoxale : pour Claudel, la forme est toujours dynamisée comme figure et capacité de mouvement.

Aussi la neutralisation graphique de la différence entre voyelles et consonnes prend-elle chez lui l'allure, très marquée et très significative, d'une assimilation (au sens fort) des premières aux secondes. Aucune mention ici des valeurs lumineuses et chromatiques, traditionnellement attribuées aux voyelles[2] : tout vaut forme et mouvement, et la seule mention générique des voyelles, surmontées (toujours ?) de leurs accents, en fait autant de petites charges d'explosifs : encore une promesse de mouvement.

On comprend alors la valeur emblématique du sème-engin. La roue, le levier, la poulie, sont précisément des capacités motrices matérialisées, des formes génératrices ou transformatrices de mouvement : des *articulations*. Dans l'atelier d'*homo faber*, il n'y a place que pour des consonnes.

Cette interprétation de l'écriture, et à travers elle du langage, prolonge le thème de valorisation traditionnel *consonne masculine* vs *voyelle féminine*, mais en l'accentuant selon les données propres d'un génie essentiellement dynamique, génie d'action et d'entreprise dont la figure la plus symbolique est le héros du *Soulier de satin*, celui qui ne peut se tromper parce que, tel Colomb, il « prend le soleil pour guide ». L'oxymore

1. P. 14.
2. « On a souvent parlé de la couleur et de la saveur des mots. Mais on n'a jamais rien dit de leur *tension*, de l'état de *tension* de l'esprit qui les profère, dont ils sont l'indice et l'index, de leur *chargement* » (p. 6). On sait que Claudel admirait chez Jules Renard la suppression des adjectifs de couleur, et qu'il a imité ce trait au moins dans *Connaissance de l'Est* ; voir éd. Gadoffre, Mercure, 1973, p. 17-20.

implicite de l'idéogramme *occidental* prend ici tout son sens et toute sa valeur : le caractère chinois, statique et comme passif, est une écriture toujours déjà écrite, *scriptura scripta*, offerte à la contemplation et à la fascination ; la lettre occidentale, dynamique, active, est une écriture en train d'écrire, *scriptura scribens*, symbole d'une énergie sans repos. Il me paraît très significatif que Claudel traite avec quelque ironie le topos séculaire selon lequel « la Création est comme un livre écrit[1] ». Le motif du livre est volontiers dévalorisé chez lui par les métaphores apathiques du *recueil*, du *vase creux*, du *bocal*, de l'*herbier*[2]. Il y a ici, comme ailleurs, une opposition très vive entre le Livre comme totalité achevée et morte, ou à tout le moins dormante, et l'écriture comme geste, action, violence[3]. Pour Claudel, Dieu n'*a* pas écrit, il *est en train* d'écrire, « en train de faire devant nous comme un peintre sur une toile[4] », et l'on se souvient de l'épigraphe du *Soulier* : « *Deus* escreve *direito por linhas tortas*. »

Ainsi, la spéculation mimologiste, habituellement liée à ce que Bachelard appelait une *rêverie du repos*, puisque rêverie sur la ressemblance, et donc sur la sécurité du Même, devient-elle chez Claudel l'occasion d'une rêverie dynamique, *rêverie de la volonté*, fondée sur le mouvement et l'énergie. Ou plutôt, et pour user d'une catégorie commune (entre autres) à Claudel et à Bachelard, Cratyle, ici, passe d'*anima* en *animus*, du principe de rêverie au principe d'action : il ne rêve plus sur l'écriture, il la *met en jeu*, au sens fort, c'est-à-dire à la fois en marche et en question ; bref, il la *réveille* – et l'on aimerait pouvoir à son tour, en digression finale, jouer, en le réformant *(rêveille)*, sur ce mot dont l'étymologie cratylienne est un profond paradoxe : car n'est-il pas vrai, parfois, que *le rêve veille* ?

1. « Ne nous a-t-on pas dit et répété assez souvent que toute la Création est comme un livre écrit ? Quoi s'il n'est pas complet, s'il y manque un seul chapitre ? C'est fait maintenant, tout l'ouvrage est rassemblé tant bien que mal et relié. Il n'y a plus qu'à nous y mettre jusqu'au cou comme l'avide aveugle qui fouille dans la Bible avec ses deux mains remplies de lettres Braille ! » (*Conversations*, Pléiade, p. 798).
2. *La Philosophie du livre*, p. 78-79.
3. « L'idée du livre, qui renvoie toujours à une totalité naturelle, est profondément étrangère au sens de l'écriture » (J. Derrida, *Grammatologie*, p. 30).
4. P. 725.

Signe : singe

Symboliquement, dans l'autobiographie de Michel Leiris, le commencement est une fin. Symbole à peine paradoxal, puisque un point de *départ* est nécessairement un lieu que l'on quitte, un temps qui s'achève pour qu'un autre temps s'inaugure. Ce double terme, cet événement final et initial, c'est ici, comme ailleurs, une chute. C'est-à-dire, en fait, deux chutes, dont la première, toute physique, provoque mais aussi figure, la seconde, toute spirituelle. Un jouet d'enfant, fragile soldat de plomb ou de carton-pâte, tombe à terre. L'enfant le ramasse, constate qu'il n'est pas cassé, et « exprime » sa joie en s'écriant : « Reusement ! » Un adulte, ou aîné « plus averti », le corrige : on ne dit pas *reusement*, mais *heureusement*. Et voici qu'à la joie succède un étrange malaise :

> Ce mot, employé par moi jusqu'alors sans nulle conscience de son sens réel, comme une interjection pure, se rattache à « heureux » et, par la vertu magique d'un pareil rapprochement, il se trouve inséré soudain dans toute une séquence de significations précises. Appréhender d'un coup dans son intégrité ce mot qu'auparavant j'avais toujours écorché prend une allure de découverte, comme le déchirement brusque d'un voile ou l'éclatement de quelque vérité. Voici que ce vague vocable – qui jusqu'à présent m'avait été tout à fait personnel et restait comme fermé – est, par un hasard, promu au rôle de chaînon de tout un cycle sémantique. Il n'est plus maintenant une chose à moi il participe de cette réalité qu'est le langage de mes frères, de ma sœur et celui de mes parents. De chose propre à moi, il devient chose commune et ouverte. Le voilà, en un éclair, devenu chose partagée ou – si l'on veut – *socialisée*. Il n'est plus maintenant l'exclamation confuse qui s'échappe de mes lèvres – encore toute proche de mes viscères, comme le rire ou le cri – il est, entre des milliers d'autres, l'un des éléments constituants du langage, de ce

> vaste instrument de communication (...). Ce mot mal prononcé, et dont je viens de découvrir qu'il n'est pas en réalité ce que j'avais cru jusque-là, m'a mis en état d'obscurément sentir – grâce à l'espèce de déviation, de décalage qui s'est trouvé de ce fait imprimé à ma pensée – en quoi le langage articulé, tissu arachnéen de mes rapports avec les autres, me dépasse, poussant de tous côtés ses antennes mystérieuses[1].

Pour, à notre tour, commencer (de finir), il nous faut considérer d'un peu près cette page initiatrice, la dernière du premier chapitre de *la Règle du jeu.* Précisons tout d'abord en quoi le point de départ (n') est ici (que) symbolique : la rupture dont il s'agit, et qui n'est pas autrement datée, est en réalité une parmi d'autres, qu'elle représente par synecdoque et délégation. Ce qui finit à cet instant avait sans doute déjà fini plusieurs fois, et finira plusieurs fois encore, et même indéfiniment. Mais nous allons feindre, avec Leiris, que cette chute est vraiment ponctuelle, aoristique, et qu'elle sépare d'un coup son avant et son après. Un jouet s'est bien cassé en tombant – d'où cessation de joie –, et ce jouet n'est pas, comme on l'avait cru, le soldat de plomb, mais un « mot », et à travers lui tout un langage, ou du moins un état de langage, et plus précisément de rapport au langage, que symbolisait ce vocable autonome et (partiellement) idiolectal : *reusement.* Cet état, que nous appellerons pour faire vite le langage enfantin, était parfaitement inconscient, il se révèle dans sa disparition – comme le paradis dans sa perte – et se définit par la négation de ce qui lui succède, c'est-à-dire, bien sûr, la conscience linguistique adulte. Les deux traits essentiels de cette conscience sont deux traits d'« insertion » ou de « participation », autrement dit de liaison : de chaque vocable à « tout un cycle sémantique » et, au-delà, à toute la langue soudain perçue, dans son immanence, comme un système cohérent; mais aussi, dans sa transcendance, comme un « vaste instrument de communication », et donc à travers elle à tout un groupe familial, et de proche en proche à toute la société : « chose commune et ouverte », « tissu arachnéen de mes rapports avec les autres », le langage adulte révèle à la fois sa liaison interne et externe, sa structure systématique et

1. *Biffures* (1948), Gallimard, éd. 1968, p. 11-12.

sa fonction sociale. *A contrario* donc, le langage enfantin découvre rétrospectivement sa caractéristique essentielle, qui était l'*autonomie* : du locuteur à l'égard d'autrui, puisqu'il parlait pour lui-même, sans s'adresser à personne ; et de chaque élément verbal à l'égard d'un système linguistique encore méconnu. En fait, il va de soi que la première autonomie était illusoire, et nous verrons très vite que la seconde est toute relative, et plus précisément qu'aux liaisons effectives du système linguistique, la conscience enfantine en substitue fréquemment d'autres, imaginaires. Mais le fait qu'elles soient inventées, ou conjecturées, leur ôte tout le poids de la convention, et donc de la contrainte sociale, et leur donne une sorte de liberté psychologique. L'enfant est maître d'un langage qu'il croit « chose propre à lui », et qui ne dépend que de ses décisions. Nous ne sommes pas encore dans le mimologisme, mais nous sommes déjà dans la situation cratylienne du nomenclateur souverain, où la liaison sociale compte pour rien, et où tout se passe entre les « mots », les « choses » et celui qui décide de leur relation[1].

Tel est le paradis linguistique perdu, et ce n'est guère forcer les choses que de voir dans l'œuvre de Leiris – ou du moins dans la partie de cette œuvre qui nous intéresse ici – une tentative pour le retrouver, ou le reconstituer. Il a lui-même, à plusieurs reprises, établi la liaison la plus étroite entre sa vocation littéraire et « l'importance extrême » qu'il a toujours attachée à « ce qui relève du langage[2] ». Ce qui pourrait apparaître comme une parfaite platitude prend en fait ici un sens plus précis et plus original : le « monde des mots » n'est pas seulement – et surtout il n'est pas *d'abord* – pour Leiris l'instrument de l'activité littéraire, il en est l'objet même : « c'est à cette attirance confuse vers le langage *en tant que tel* qu'il faut, je crois, en appeler si l'on cherche quel fut le signe le plus ancien de mon accointance lente à se dégager avec la chose littéraire » ; d'où justement le caractère tardif de cette vocation : « si l'on se sent porté à lire et à écrire, on se reconnaîtra volontiers une vocation d'écrivain ; mais si l'on a devant soi, dans son immense nudité abrupte,

1. Contrairement à Claudel, Leiris ne fait aucune référence directe au *Cratyle* ; ni à la tradition mimologiste, si ce n'est, de manière assez vague, nous le verrons, *Biffures*, p. 52 ; et marginale, *Mots sans mémoire*, p. 132.
2. *Biffures*, p. 232.

le langage, il y a gros à parier pour qu'on ne se reconnaisse point de vocation du tout ». Leiris trouve le langage *devant lui*, non comme un moyen, mais comme une fin. L'œuvre est pour lui *quête du langage* ; et cette situation paradoxale ne peut évidemment se comprendre que si le langage objet de quête est d'une certaine manière caché, ou perdu. D'où cet autre cliché régénéré, de la « seconde enfance (retrouvée) sous le pavillon de la poésie reconnue et pratiquée comme telle[1] », ce qui n'échappe à la banalité que si l'enfance à retrouver est cette enfance du langage dont le *reusement* inaugural nous est provisoirement l'emblème : « méprises, erreurs quant à la texture même ou quant au sens d'un vocable, analogies phoniques… capacité évocatrice de certains éléments du vocabulaire, charme attaché à des noms de personnages… double figure des mots dont la signification qu'ils ont pour nous ne recoupe pas nécessairement la définition commune que donne d'eux le dictionnaire, types variés d'accidents de langage…. tel est l'ensemble de réalités fragiles mais intensément éprouvées (dans l'enfance surtout, époque où l'on possède la plus grande aptitude à s'émerveiller) qui fit l'objet de ma collecte et constitua – sans que je sortisse tout d'abord de ce domaine verbal qui n'avait pas cessé d'être pour moi privilégié – le noyau originel autour duquel, progressivement, le reste s'est solidifié[2] ».

Ce « reste », c'est explicitement ici le texte de *Biffures*, et plus spécialement des cinq premiers chapitres (« … reusement ! », « Chansons », « Habillé-en-cour », « Alphabet », « Perséphone », qui se présentent pour l'essentiel, à la manière proustienne, comme un essai de remémoration du langage enfantin. Mais cette remémoration, comme bien d'autres, ne peut aller, de la part de l'écrivain adulte[3] – pour qui, reconnaît-il, la « précieuse Kabbale » enfantine depuis longtemps éteinte, « lettres et mots sont devenus, ou peu s'en faut, *lettres mortes* » – sans une part de reconstitution artificielle (« reconstruction rétrospective ») et peut-être de simulation. Contrairement au narrateur proustien, qui prétendait implicitement à une parfaite authenticité, Leiris est le pre-

1. P. 76.
2. P. 277-278.
3. *Biffures* a été écrit pour l'essentiel entre 1940 et 1944, donc entre 39 et 43 ans.

mier à souligner les aspects factices de son entreprise, parlant ici de « tricherie consistant à prêter après coup, au langage, des prestiges que, depuis que j'ai appris à lire, à écrire, à user de ces signes auditifs ou visuels dans des buts définis (qu'ils soient utilitaires ou non), le langage a presque perdus pour moi, réduit au rôle purement humain d'instrument », et là, de « divertissement assez vain » et fort éloigné du « jeu profond et ancien dont j'ai grand mal à mesurer maintenant avec exactitude ce qu'il y entrait de sérieux et de cru dur comme fer[1] ». Comme chez Claudel, les termes de *jeu* et d'*amusement* reviennent le plus souvent pour qualifier cette activité rétrospective. Mais peut-être le divertissement superficiel de l'adulte garde-t-il quelque fidélité au « jeu profond » de l'enfance : c'est du moins ce que l'auteur de *Biffures*, tout compte fait, voudrait croire, « comme si j'étais incapable de me résigner à ce que mon jeu soit seulement un jeu et comme si je n'étais à même de le goûter pleinement qu'en lui attribuant une importance presque religieuse », se plaisant à y reconnaître un pli « pris dès l'enfance ». Ainsi le divertissement factice pourrait-il inconsciemment ressusciter les croyances perdues, « revivifier des souvenirs – les dopant, en quelque sorte, ou pratiquant sur eux quelque chose d'équivalent à cette respiration artificielle au moyen de laquelle on essaie de ranimer les noyés[2] ». Déclarations contradictoires, où l'authenticité nécessairement problématique prend la forme, bien leirisienne, du scrupule et du mécontentement de soi. Nous ne tenterons donc pas le départ impossible, et peut-être inutile, entre le souvenir et son pastiche, et nous admettrons sommairement que seul le degré de croyance sépare, sur un « matériel » verbal qui leur est commun, le jeune héros et le narrateur adulte. Reste que le ludisme ambigu du second s'écarte beaucoup moins de la crédulité du premier que l'attitude expressément critique du narrateur proustien. Proust répudiait sans équivoque, sinon sans indulgence, le cratylisme du jeune Marcel. Leiris, si désabusé soit-il, regretterait plutôt d'avoir perdu ses « illusions » – montrant par là qu'il ne les a pas tout à fait perdues, comme le confirme d'ailleurs cette page, d'une équivoque qu'on dirait toute claudélienne,

1. P. 48, 69-70.
2. P. 52, 60.

n'était la recherche d'une sorte de caution scientifique : « Je ne fais ici que m'amuser et, de toutes ces correspondances, il en est peu que je prenne au sérieux, j'entends : qui s'imposent à moi avec un caractère d'évidence. Mais il me semble cependant que, dans ce sens, il y aurait quelque chose à chercher (...). De même, c'est en se basant sur des données objectives qu'on a fini par préciser les rapports entre sons et couleurs, dotant d'un fondement rationnel une large part de ces correspondances qui, durant des siècles, n'eurent d'autre justification que sur le plan de la mystique ou de la poétique[1]. »

La rêverie linguistique enfantine porte à la fois sur les éléments de la langue et sur les vocables constitués, et peut-être commence-t-elle, avant toute capacité d'analyse, sur les seconds. Nous violenterons quelque peu l'ordre du texte, et sans doute du vécu, pour commencer par les spéculations *élémentaires* auxquelles Leiris consacre, de façon d'ailleurs très homogène, les quinze premières pages du chapitre intitulé, précisément, « Alphabet ».

Précisément, *alphabet*. Il va de soi que pour l'enfant, l'analyse proprement phonique est longtemps inaccessible et sans doute inconcevable. En revanche, l'analyse graphique est pour ainsi dire donnée, sous des formes à la fois simples et séduisantes, dans les diverses présentations (images, cubes, « caractères sculptés d'enseignes », etc.) que l'on peut regrouper sous ce terme. Mais une analyse toute faite n'est plus (ou pas encore) une véritable analyse : ici, simplement, chaque lettre se présente comme une forme autonome et pittoresque, voire comme un objet concret, avant toute conscience d'une utilisation possible dans un ensemble linguistique plus vaste, syllabe, mot, phrase. Au départ, le seul ensemble perceptible, c'est évidemment l'alphabet lui-même. Les lettres sont donc des objets concrets appartenant à un ensemble concret qui est « l'objet alphabet », chose qui a « forme et poids », « opacité et consistance ». Ce mode d'être dirige spontanément l'attention de l'enfant sur la matérialité des éléments de (ce qui n'est pas encore) l'écriture.

1. P. 52.

Matérialité graphique, bien sûr, plastique (« échafaudage léger de lettres », « impalpable bâti de poutrelles », « espace épaissi qu'est le livre »), chromatique (alphabet « de couleur jaunâtre »), et surtout, en l'occurrence, gustative et en quelque sorte alimentaire. Cette spécification peut sembler proprement idiosyncrasique, et sans doute l'est-elle, ici, dans ses causes occasionnelles : il se trouve qu'*alphabet* rime avec *Olibet*, marque de biscuits et petits-beurre, qui lui communique sa couleur jaunâtre (confirmée par la « couverture jaune » de l'abécédaire) et sa consistance de « pâte fine et serrée » ; il se trouve aussi que l'une de ses réalisations matérielles est faite de « pâtes alimentaires à mettre dans le bouillon[1] », d'où cette expérience quasi quotidienne : « manger un A, un B, un C, un D… » et donc « goûter au fruit de l'arbre de science », d'où encore cette autre expérience, apparemment unique, mais décisive : « … un soir qu'étant, sans doute, mal disposé et ayant ingurgité trop hâtivement un peu trop de potage je restituai tout à coup, au grand dam de la nappe et de la profonde panière placée à proximité de moi, une vaste série de lettres que je ne m'étais pas incorporées et qui restaient aussi lisibles que les caractères gras en lesquels sont composés, sinon les manchettes, du moins les sous-titres d'un grand journal quotidien ». Baudelaire comparait Hugo au prophète Ézéchiel, à qui Dieu ordonna un jour de manger un livre. « J'ignore, ajoutait-il, dans quel monde Victor Hugo a mangé préalablement le dictionnaire de la langue qu'il était appelé à parler, mais je vois que le lexique français, en sortant de sa bouche, est devenu un monde, un univers coloré, mélodieux et mouvant[2]. » On voit qu'au passage, le livre (texte, discours effectif) est devenu dictionnaire (répertoire virtuel de la langue) ; au prix d'un nouveau glissement, du dictionnaire à l'alphabet, c'est-à-dire du lexique à ses éléments phonographiques, le jeune Leiris réalise à sa façon la métaphore baudelairienne, métaphore profonde selon quoi parler serait régurgiter un trésor linguistique préalablement absorbé, et emmagasiné quelque part au-delà de la barrière homérique des dents. « Si je crois, en disant : *alphabet*, être un mangeur de langage, c'est par l'intermédiaire du livre que

1. Souvenir confirmé dans *L'Age d'homme* (1939), Le Livre de Poche, p. 132.
2. « Victor Hugo » (1861), *L'Art romantique*.

l'illusion s'établit » : par un remarquable détour, et qui n'est qu'apparemment accidentel, c'est l'écriture qui révèle et manifeste la profonde et irréductible *oralité* de la voix et du langage articulé. « *Alphabet*, c'est, en somme, quelque chose qu'on tient dans sa bouche quand on le prononce effectivement ou mentalement, ce qu'on appelle un mot concret, et qui remplit d'un contenu perceptible la cavité comprise entre la gorge, la langue, les dents et le palais… *Ne pas mâcher ses mots, être mal embouché*, avoir un ton *amer, aigre, sucré, mielleux* : autant d'expressions montrant chacune à sa manière combien, dans la pensée de tous, la parole reste attachée à son lieu d'origine, la cavité buccale. » Nous retrouverons cette dimension gustative et alimentaire.

Les éléments du langage, ainsi confirmés et accentués dans leur existence matérielle, vont tout naturellement prendre une valeur évocatrice propre, une signification directe et autonome : « les lettres ne restent pas *lettres mortes*, mais sont parcourues par la sève d'une précieuse kabbale ». Comme chez Hugo ou Claudel, nous trouvons ici un répertoire d'équivalences formelles entre lettres et objets : A est une échelle double, I un militaire ou une colonne, O le « sphéroïde originel du monde », S sentier ou serpent, Z la foudre, X la croix, Y une fourche d'arbre ou un fragment de portique, D est un ventre obèse, E un tenon, F un encorbellement, J hameçon ou crosse inversée, L chaise sans pieds, N chicane, T pilier supportant une architrave, U vase en coupe, « G, grand seigneur florentin, à pourpoint aux manches bouffantes et dont le poing se pose à hauteur de la hanche, tout près de la garde à lourde coquille de son épée ou de la poignée de sa dague ; K, en lequel une sorte de coin s'est logé, ou qu'un coup de pioche a ravagé, lui enfonçant tout le milieu du visage, qui apparaît maintenant cassé comme celui d'une fée Carabosse à la bouche profondément déprimée, aux narines ravalées, entre le front et le menton monstrueusement proéminents ; Q, à face ronde et joviale d'amateur de faciles jeux de mots, au double menton s'appuyant sur le petit nœud de cravate » ; parmi les graphèmes accessoires, la cédille évoque une « petite queue de cochon » et, souvenir plus spécifique, une « manivelle semblable à celle dont se servait le propriétaire du bazar situé à l'angle de la rue Michel-Ange et de la rue d'Auteuil pour manœuvrer le store qui protégeait son éventaire ». Chaque lettre, on l'a remarqué, est interprétée selon sa seule forme de capitale d'imprimerie, ce qui confirme encore la dominance de l'alphabet. En dressant cette liste, je bouscule un peu l'ordre et le classement de Leiris, et surtout je réduis chaque interprétation à un face à face entre la lettre et l'objet, en éliminant au passage quelques détails ou détours justificatifs, que nous retrouverons plus loin.

Comme il va de soi, ces valeurs littérales sont d'ordre purement formel (visuel) : chaque lettre prise comme le dessin simplifié de l'objet qu'elle évoque. Du côté phonique, la relation est plus diversifiée : « Si, du point de vue de la seule logique, l'alphabet relève du domaine de la vue, voyelles et consonnes, qui sont des bruits parvenant à l'oreille après être sortis de la bouche, relèvent, à coup sûr, du domaine de l'ouïe mais participent aussi, dans une certaine mesure, des organes du goût puisque c'est dans l'antre de la gorge et sous la voûte du palais, où monte et s'abaisse alternativement la stalagmite de la langue, que prennent naissance les mouvements aériens dont est faite la chair de voyelles et consonnes, divinités fomentées dans cette grotte et y cuisant à feu doux comme entre les parois d'un athanor alchimique. Au kaléidoscope visuel des caractères, rien ne nous interdit – si cela nous amuse – de joindre un kaléidoscope auditif et même un kadéidoscope gustatif; il ne manquera que le toucher et l'odorat pour que le plaisir soit complet. » Ainsi Leiris annonce-t-il son répertoire de symbolismes phoniques, mais cette annonce n'est pas tout à fait respectée : le « kaléidoscope auditif » est absent de la liste, où aucun phonème n'apparaît doué d'une valeur onomatopéique directe. Poussant à l'extrême le parti amorcé par Nodier, Leiris ne propose que des valeurs par synesthésie. Encore faut-il noter l'absence remarquable des valeurs visuelles, comme si le « kaléidoscope des caractères » en avait épuisé la ressource, ou le désir : Leiris mentionne bien, nous l'avons vu plus haut, la « correspondance » par excellence, celle des « rapports entre sons et couleurs », mais il n'en fait ici aucun usage[1].

En fait, donc, le répertoire phonique se réduit à trois types de valeurs : gustatives, olfactives et tactiles. *Gustatives* : selon

1. Il n'y a pas non plus de couleurs dans le répertoire des valeurs visuelles des caractères.

une échelle du grave à l'aigu, les voyelles évoquent des substances plus ou moins lourdes et consistantes : *a*, purée de pois ; *o*, purée de pommes de terre ; *e, é, è*, voyelles « neutres » ou « d'accompagnement », pain ; *i* et *u*, « plus acides et plus légers », citron, légumes verts ; moins substantielles mais plus musclées, les consonnes signifient, globalement et sans autre spécification : viande. *Olfactives* : les voyelles nasales évoquent « parfums organiques » et odeurs fortes (fromage, gibier), les voyelles légères *i* et *u* les fleurs, *f* et *v* (nous verrons pourquoi) alcools ou ferments ; notons au passage que l'olfactif, aux fleurs près, se rattache en fait au gustatif. *Tactiles* : les voyelles exclues parce qu'« amorphes » (comme chez de Brosses ou Gébelin, il n'y a ici de forme que dans l'articulation), on distingue des consonnes « mousses » (obtuses), qui sont toutes des continues *(j, l, m, n)*, et des consonnes « pointues » : les occlusives vélaires *g* et *k* comme coupantes ; les labiales et dentales *b, d, p, t*, comme « frappant d'estoc et de taille », le *r* comme rongeur (c'est toujours la *litera canina*), les aspirées labio-dentales *f* et *v* « à l'affûtement de rasoirs... et à la douceur équivoque de velours » ; les sifflantes *s, x, z*, « ressorts qui se détendent » ; enfin, les deux semi-voyelles *w* et *y* se partagent une valeur de lubrification, grasse et « onctueuse » pour *w* (miel, beurre), humide pour *y* (« ce n'est pas par hasard qu'on parle de *mouillure* à propos de toute consonne que suit un léger *y* »)[1].

Ce ne sont là, pour l'instant, on a pu l'observer, qu'autant de « capacités évocatrices » des éléments graphiques et phoniques, sans aucune relation mimétique entre ces deux systèmes expressifs, et sans aucune exploitation de ces capacités dans la constitution du lexique réel. Comme le dit bien Leiris à propos d'une série de valeurs littérales, « ici, il n'y a que la forme qui joue ; la vue seule est intéressée, le caractère ne bénéficie d'aucun larcin commis sur les mots avec lesquels il a partie liée et il ne se confond pas non plus avec le son qu'il a

1. C'est moi qui introduis au passage ces qualifications phonétiques, d'ailleurs volontairement désuètes et rudimentaires, mais non les groupements, qui manifestent clairement la tendance à une structuration des valeurs expressives : contrairement aux lettres, les phonèmes n'évoquent presque jamais isolément, terme à terme, mais par couples oppositifs : voyelles/consonnes, occlusives/continues, antérieures/postérieures, etc. Nous aurons à y revenir.

pour métier de noter ». Or, la fonction mimétique du langage ne peut être établie sur les seules virtualités élémentaires, nous le savons depuis le *Cratyle* et Leiris le sait aussi bien. Il le note avec précision à propos de l'écriture, qui ne peut être motivée simplement parce que chaque lettre évoque une forme : encore faut-il que cette forme serve effectivement soit à invoquer le son qu'elle note (phonomimèse), soit à imiter l'objet qu'elle contribue à désigner (idéomimèse) : « Dans l'alphabet, il y a rencontre d'éléments de provenances diverses : système d'écriture, il est d'abord un catalogue de signes visuels, qui s'adressent aux yeux, leur proposant un stock d'images ; mais, transcription du langage, il est en correspondance aussi avec les composants sonores de ce dernier et acquiert, de ce fait, une valeur pour l'ouïe, chacun des caractères dont il est constitué devenant l'équivalence formelle d'un son réel ou supposé et non plus seulement une figure, proie pour la seule vision, enfin, puisque moyen d'écrire les mots, signes sonores de choses ou d'idées, il n'est pas sans recevoir également de son commerce immémorial avec ces choses et ces idées un peu de quoi bouleverser l'intellect en suscitant cette illusion comme quoi certaine action providentielle, intervenue dans l'élaboration du langage parlé pour en faire l'expression adéquate de la vraie nature des choses, aurait joué également dans la constitution du langage écrit et fait des lettres – qui ne sont pourtant que repères arbitrairement choisis – le vêtement, voire le corps même de ces mots, eux-mêmes en rapports de stricte intimité (et ce, de toute éternité) avec le fond des choses. »

Comme chez Claudel, la relation phonomimétique est ici fort peu illustrée : tout au plus peut-on relever une triple concordance entre son et forme pour le S, « dont la sonorité sifflante concorde avec son serpentement » ; pour le R, « qui fait entendre un roulement rauque et rocailleux en même temps qu'il se tient debout à la manière d'un roc escarpé » (noter l'accord avec Nodier pour S, et pour les confirmations allitératives du texte). En ce qui concerne le Q, la motivation est plus complexe, puisqu'elle utilise le double relais du nom de lettre[1], qui est une ébauche de lexicalisation, et du nom,

1. Comme on le sait, ces noms n'ont en français (contrairement au grec *alpha*, ou à l'hébreu : *aleph*) d'existence que phonique : on ne sait comment les écrire ; leur statut est étrange et, à ma connaissance, peu étudié.

homophone, de la partie du corps que l'on sait : « facile » et inévitable jeu de mots, déjà rencontré chez Gébelin et Nodier, et qui autorise cette glose : « Q, lettre encore qui, épelée, a quelque chose de tranchant comme le coup de hache qui, dans le globe primordial maintenant scindé en les deux fesses, détermina ce sillon profond » ; autrement dit, la forme de cette lettre (une hache) évoque indirectement le son de son propre nom par le relais métonymique d'un « sillon » qui se prononce comme lui : situation qui évoque les « rebus » de Nodier, mais en plus indirect encore, même si l'on néglige la présence importune d'un autre nom de lettre (hache), que nous retrouverons à l'instant.

L'idéographie (ou -phonie) est plus développée, au moins comme accord bienvenu – et à vrai dire artificiellement provoqué – entre la valeur de certaines lettres (ou phonèmes) et la signification de(s) *mots* qu'elles servent à former : H, justement, joint à sa forme de guillotine un nom homophone de celui d'un autre instrument tranchant[1] ; W, pièce de mécanique, se retrouve dans *tramway* ou *wagon* ; *a* et *o* dans *pois cassé* et *pomme de terre*, *y* dans *yeux*, *f* et *v* dans *ferment* et *vin* ; ici, Leiris indique lui-même le cheminement (circulaire) de la motivation illusoire, en supposant que les deux valeurs élémentaires sont induites par le sens des deux mots. Il en va de même, sans doute, pour d'autres valeurs, non encore mentionnées, où les lettres « s'incorporent plus ou moins le contenu de certains mots dont elles sont l'initiale : V se creusant en coup d'aile à cause du mot *vautour*, en ventre évidé par la faim à cause de *vorace*, en cratère si l'on songe au *Vésuve* ou simplement à *volcan* ; R empruntant le profil rugueux d'un *rocher* ; B la forme bedonnante de *Bibendum*, la moue lippue d'un *bébé* ou l'allure molle d'un *bémol* ; P ce qu'il y a de hautain dans une *potence* ou dans un *prince* ; M la majesté de la *mort* ou de la *mère* ; C la concavité des *cavernes*, des *conques* ou des *coquilles* d'œuf prêtes à être brisées ». Les digrammes Œ et Æ se partagent l'évocation de

1. Hugo donnait du H une interprétation plus favorable au principe monarchique : « Les mots ont une figure. Bossuet écrit *thrône*, selon cette magnifique orthographe du XVIIe siècle que le XVIIIe a si sottement mutilée, écourtée, châtrée. Oter l'*h* de *thrône*, c'est en ôter le fauteuil. H majuscule, c'est le fauteuil vu de face, h minuscule, c'est le fauteuil vu de profil. » (Reliquat de *Littérature et Philosophie mêlées*, éd. Pauvert, p. 1250 B.)

l'Antiquité classique : *æ*, la latinité, « aux tintements alternativement de bronze *[a]* et de cristal *[e]* » ; *œ* « plus viscéral, en raison de ce qu'il doit à l'*o* de circulaire, et de sa sonorité plus épaisse, en rapport plus intime avec le ventre et les parties pesantes de l'être », mais aussi parce qu'on le trouve dans *œuf, œil, nœud, bœuf, œsophage* (qu'on peut entendre *les ophages*, comme *les intestins* et *les entrailles*), « avec ses circonvolutions, ses deux lettres prisonnières l'une de l'autre, inextricablement nouées et emmêlées », il évoque « l'image encore confuse du labyrinthe, du chaos originel et de la vie tapie aux replis les plus obscurs des profondeurs organiques » : Grèce archaïque, celle d'*Œdipe* bien sûr, et qui voudrait survivre en *Philopoemen.* Une dernière série doit enfin sa réussite à l'heureuse convergence des mimétismes phonique et graphique : *ravin*, dont le *v* « explicite l'essence » (l'idée de fente ou de coupure) à la fois par une sonorité coupante et par une forme en angle aigu ; *mort*, dont l'unique voyelle *o* figure une entrée de tunnel ou de souterrain (les enfers, bien sûr) où se répercute l'écho d'un son de cloche ; *gouffre*, qui commence par un « cri étouffé » de « surprise apeurée » et finit en bruit de chute et « fortissimo de terreur » *(ff)* ; *calme*, enfin, ce paysage qu'on dirait échappé aux *Idéogrammes* de Claudel : « Parfaitement calme, d'une texture comparable à la placidité d'un lac… le L médian y fait pousser son arbre solitaire, entre le vallonnement de M et la syllabe *ca*, cube bien assis d'une petite cabane[1]. »

L'investissement lexical des valeurs élémentaires nous a donc conduits progressivement à l'interprétation mimétique de *vocables* entiers, lus à la manière d'un Nodier ou d'un

1. Très claudélienne aussi, cette description du langage en termes d'établi (p. 48) : « Infimes engins de ferraille qui nous permettent de faire métier d'ajusteur et d'unir, en un tout d'apparence logique, les mille et un matériaux disparates dont notre tête est le hangar ; fourniment de boîte à outils, dont l'attrait est peut-être analogue à celui qu'autrefois avaient précisément pour moi le marteau, le tournevis, les pinces, le ciseau à froid, le mètre de bois pliant, etc. »

On peut rapporter à ces interprétations littérales un fragment de *Fibrilles* (p. 218) : « L'homme aux jambes écartées et au ventre barré par un fusil à la façon SS que l'on imagine, flanqué d'un œil imbécilement arrondi et d'un serpent prêt à lâcher sa bave ou son venin, au centre de l'inscription OAS. »

Claudel, comme autant de tableaux mimologiques et/ou mimographiques. De la bonne centaine de rêveries nominales dispersées dans *Biffures*, on pourrait tenter de tirer un nouveau *Dictionnaire des onomatopées*, dernière et savoureuse illustration du cratylisme lexical. En fait, la tentative tournerait court, et presque immédiatement, pour une raison qui, nous allons le voir, touche à l'essentiel de l'imagination linguistique de Leiris. Voici donc quelques mimologies leirisiennes : *Noël*, dont le tréma « durcit la seconde voyelle comme un givre et darde sa double pointe éclatante vers l'étable » ; *Balthazar*, « triple *a* que la membrure vigoureuse des consonnes fait tinter comme un gong ou un glas » ; *bristol*, qui imite le bruit d'une carte ployée « alternativement dans un sens puis dans l'autre » ; *métal*, « articulé sur trois consonnes s'appuyant à deux voyelles bien nettes et dépouillé de toute trace de gangue » ; *bronze*, « bourdonnement des cloches » ; *airain*, « bruit des casques et des armes qui s'entrechoquent » ; *chemise*, « froissement léger des manchettes empesées de mon père quand il les enfilait à ses poignets ou les en retirait »[1]. Et c'est à peu près tout.

Pourquoi ? Parce que l'immense majorité des gloses lexicales consignées dans *Biffures* contiennent autre chose qu'une pure imitation du signifié par le signifiant phonique ou graphique. Essayons par exemple *Pâques*, « nom craquetant comme du sucre, avec un *â* bien circonflexe qui arrondit dans la bouche son œuf garni de festons » : nous voyons que l'évocation directe, si réussie, de l'œuf de Pâques par la forme du *â*, est en quelque sorte redoublée et surdéterminée par la ressemblance entre *Pâques* et d'autres mots, d'ailleurs présents dans la glose (*craquetant* et *sucre*), qui assurent sa valeur gustative et tactile par une tout autre voie, celle de l'association lexicale ou *motivation indirecte*, que nous connaissons bien depuis les « étymologies » du *Cratyle*, et dont nous savons que la principale fonction est de pallier ou plutôt de dissimuler *(sôma-sêma)* une carence de mimésis : *Pâques* ne craque pas, ou pas assez, mais il rime avec *craque*, qui lui prête un peu de sa valeur mimétique. Considérons maintenant *Caïn* : son hiatus « grince hostilement –

1. P. 186. Sauf indication de page, les rêveries nominales évoquées ici appartiennent aux cinq premiers chapitres.

frottement d'un solide pourvu de pointes et d'arêtes contre un autre solide pourvu lui aussi de pointes et d'arêtes », mimésis directe de la méchanceté ; mais voici la suite : « le tréma qui marque l'*i* correspond à une sorte de rictus, retroussis de babines découvrant deux canines pointues qui saillent sur les autres dents » ; on s'aperçoit alors que la dureté mimétique du hiatus et du tréma est pour le moins confirmée par une autre, celle qu'induit, sans autre mimésis que la ressemblance entre deux vocables, le rapprochement *Caïn-canine* (soigneusement anticipé par *babines*). Symétriquement, la douceur antithétique de *caillou* doit beaucoup à sa relation avec *doux* et *mouillé*. *Nabuchodonosor* donne au despote assyrien sa « longueur démesurée », mais l'*or* de sa robe est à la rime ; et si *Lannion* « sonne bien campagnard » et évoque « des paysans allant au marché le bras passé dans l'anse de paniers », l'homophonie *Lannion-campagne-panier* y est sans doute pour quelque chose[1].

Dans tous ces cas, l'association lexicale joue en quelque sorte les seconds rôles, à la fois masquée par une interprétation qui se donne comme purement mimétique, et révélée par la présence, qui ne peut être involontaire, du ou des vocables associés dans le texte même de l'interprétation, comme si l'auteur voulait à la fois nous tendre un piège et nous en donner la clef. C'est qu'en fait, l'objet essentiel de la rêverie leirisienne n'est pas l'interprétation mimétique, mais bien la motivation indirecte, le jeu entre les mots. On le voit bien paraître dans cette version enfantine de l'étymologie populaire, interprétation hasardeuse de « mots déformés proposant leurs énigmes » : autant de mots ou de syntagmes inconnus ou mal perçus par l'enfant, le plus souvent des noms propres, toujours plus opaques, comme on le sait, ou des paroles de chansons ou de monologues, souvent écoutés pour plus de confusion sur l'antique phonographe familial, déformés donc et réinterprétés selon une analyse ou une affinité jugées plus

1. P. 158. Autre conjonction des deux types de motivation, dans *L'Age d'homme*, pour *suicide* : « Il y a l'S dont la forme autant que le sifflement me rappelle, non seulement la torsion du corps près de tomber, mais la sinusoïdalité de la lame ; UI, qui vibre curieusement et s'insinue, si l'on peut dire, comme le fusement du feu ou les angles à peine mousses d'un éclair congelé ; CIDE, qui intervient enfin pour tout conclure avec son goût *acide* [je souligne] impliquant quelque chose d'incisif et d'aiguisé » (p. 30).

vraisemblables que le vocable énigmatique : *à Billancourt* devient *habille-en-cour*, la *Salpêtrière, salle Pêtrière, en guerre s'en allait, en berçant la laisse*, les *étranges syllabes* de Hugo des *tranche-syllabes*, parfait emblème de l'analyse éponymique. La *petite table* de Manon enfante un *petit totable*, et aussitôt la rêverie motivante entre en quête d'homophonies capables de donner sens à ce néologisme accidentel : *table*, bien sûr, *étable, retable*, (eau) *potable*, d'où *lavabo* ; à quoi s'ajoute la pression du contexte (Des Grieux au séminaire) pour orienter la recherche de l'objet probable du côté des meubles d'église ou de sacristie, quelque part entre le prie-Dieu et le guéridon, ce dernier refusé, de manière très révélatrice, malgré son adéquation mimétique : « bien que ce trébuchement de la syllabe initiale évoque très précisément le bruit des pieds du guéridon – leur butement ou grattement – quand on le tire sur le plancher pour le changer de place », *totable* (ou *tetable*) restera donc à demi déterminé, tirant toute sa magie de ce qu'il « ne désigne rien, bien que semblant signifier quelque chose, et reste l'étiquette d'un pur néant ou d'un objet à jamais incompréhensible. Il est probable, ajoute Leiris, qu'il s'accroche toujours un peu de chose en soi aux basques de ces mots qui ont l'air de répondre à une réalité précise, mais sont en vérité dépourvus de toute espèce de sens. De là vient leur allure de *révélateurs*, puisqu'ils sont par définition formules de ce qui est le plus informulable, appellations d'êtres inouïs qui meubleraient un monde extérieur à nos lois ». Les *paroles oiseuses* du monologue de Polin, devenues *paranroizeuses*, d'abord orientées par leur contexte vers le folklore troupier, le champ de manœuvres du boulevard Suchet, orientation confirmée par une phonie rustique (« nom campagnard, pataugeant, pluvieux... condensé de treillis blanc, de godillots cloutés, de bruit mouillé de pas, de manœuvre balourde »), chercheront appui dans *palissade, barricade, balayeuse, demoiselle, arroseuse* pour une spécification instrumentale et cantonnière ; dans *octroi, roi, pavois, tournoi* pour plus de dignité historique ; dans *zouave, patois, ouailles, paroisse* et *Fouillis-les-oies* pour retomber dans une fange provinciale ou banlieusarde : autant d'essais (et erreurs) pour accorder le signifié flottant aux ressources homophoniques du signifiant, comme on chercherait la définition d'un mot dans un dictionnaire de rimes. Dans un dernier cas, le signifié – ou plutôt le désigné, puisqu'il s'agit d'un nom propre – est déjà connu, et l'enfant lui attribue par erreur, *felix culpa*, un nom plus juste : c'est *Dictolétien* pour *Dioclétien*. L'épenthèse *ct* façonne un nom « plus étoffé, d'un dessin plus anguleux et plus précis » : voilà pour la motivation directe, le reste procédera par associations lexicales, *dictateur, licteur, pactole, pectoraux*, connotations détournées de puissance physique, d'imperium militaire et de fructueuses conquêtes.

La plupart des rêveries nominales de *Biffures* désignent ainsi leurs médiateurs, ou inducteurs de motivation, avec une complaisance qui ne laisse aucun doute sur la nature du procédé, ou si l'on préfère, de la *règle du jeu* : *Blaise* est pâle comme une *falaise* (ici, par exception, l'autre médiateur, *blême*, est passé sous silence, et peut-être inaperçu) ; *Abel* est *bel* et bon ; *Moïse* flotte sur l'*Oise* dans un berceau d'*osier* ; *Bethléem* « contient la bonne chaleur de *bête* à grosse *haleine* de la crèche » ; *Épiphanie* se pare d'une grâce *fanée* comme celle de *Fanny* ; les *Philistins* sont « pelote de *fil* emmêlé des *intestins* verdâtres, gargouillis des *instincts indistincts* » ; *Jésus-Christ* évoque *crypte et cris* poussés sur la *croix* ; *Éléazar* se glisse sous le ventre d'un *éléphant* vaste comme la gare Saint-*Lazare* ; *Perséphone* rallie *perce*-oreille et gramo*phone*, dont le *diaphragme* se rattache à *fragment, anfractuosité* ouverte au *fracas* ; le *laiton*, alliage par excellence, évoque la fusion des métaux par la liquidité du *lait* ; l'*expérience* est *patiente* et *sérieuse*, à mi-chemin de l'*espérance* et de l'*expédient* ; *éclair* s'accouple, en antithèse, à *éclipse* ; *verglas* commence en *verre* et finit en *glas ; Waterloo* fait averse bilingue, une goutte pour Wellington, une goutte pour Napoléon, etc. [1]. On s'en veut de réduire ainsi à leur schéma lexical des réseaux toujours soigneusement noués et repliés, et dont les circonvolutions subtiles et ramifications complexes enveloppent parfois tout un chapitre, comme c'est le cas de *Perséphone*. Pour exemple et compensation, nous nous attarderons davantage sur

1. Autre série d'associations lexicales dans *Fourbis*, p. 78 : « Le Tremblay, que je crois avoir été naguère connu pour ses « terrains lourds » et dont le nom rappelle le bruit du peloton galopant galopant sur un sol humide *[trembler]*. Maisons-Laffitte, à l'appellation de grand cru, comme Château-Margaux *[Château-Lafite]*, Chantilly, aristocratique entre tous, bien que son nom fasse penser beaucoup plus aux *lentilles* qu'à des *mantilles* de dentelle ou qu'à la crème Chantilly. »

le commentaire de *Saül*. L'oubli du tréma l'oriente d'abord vers un *roi-saule*, quelque part entre le roi *Candaule* et le *roi des aulnes*, mais non sans rapport avec le roi *Lear*, « ou peut-être roi-lyre, vieux monarque errant fou, dans le vent qui transforme en harpe éolienne sa barbe de saule pleureur » : la folie rapproche Saül et Lear, mais le nom de Lear, phoniquement aberrant, est miraculeusement rattrapé en *lyre* par association avec la harpe de David, association motivée à son tour par l'analogie entre David face aux démons de Saül et Orphée face aux bêtes ; reste à retrouver la maille filée du *saule* : Shakespeare nous entraîne jusqu'à la *Romance* de Desdémone, autre incantation destinée à calmer d'autres fureurs royales ; puis, à ce réseau d'évocations littéraires, vient se superposer un second réseau lexical, plus apaisant *(pendule, scrupule, calcul)*, pour ce nom « paré comme de deux gouttelettes argentines tombant, au *crépuscule*, d'une clochette de *mule* » ; apaisant mais « fallacieux », puisqu'il affecte de douceur et de mesure un personnage démesuré, « coléreux et cruel » : à prendre, donc, *a contrario*, comme masque et dénégation. Encore cette description ne tient-elle pas compte – réseau de réseaux – de la liaison que leur commun tréma établit entre les divers noms bibliques – hébraïques – de *Caïn, Moïse, Ésaü, Saül* et *Noël* : « dualité » du tréma, insigne d'un pouvoir ambigu, d'où partent « quelques-uns des itinéraires les plus étranges qu'il m'ait été donné de parcourir, dans mon enfance, à travers ce monde de feux follets et de fantasmes qui s'exhale des frondrières du langage ».

Ce sont ces relations inter-lexicales, « analogies phoniques instituant de terme à terme un réseau de rapports étranges [1] », qui justifient le choix d'un titre à « double figure » ; *bifurs/biffures*, lequel désigne précisément ce type d'« accidents de langage », à la fois aiguillage, embranchement de la pensée conduite sur les rails de l'analogie formelle, et fourvoiement de la langue qui « fourche » et se reprend, de la plume qui s'égare avant de brouiller sa mauvaise trace : mi-calembour volontaire, où la perpétuation des tics paternels et des scies familiales est peut-être plus active que ne le voudrait Leiris [2],

1. P. 277-278.

2. Voir p. 189 une tirade très violente contre la vulgarité des calembours paternels et des plaisanteries de famille ; un peu trop violente, peut-être…

mi-lapsus (« sitôt lâché et sitôt raturé »), matériau révélateur au service d'une autobiographie qui est aussi, plus subtilement et plus profondément que *L'Age d'homme*, une auto-analyse.

Formellement, chacune de ces biffures fonctionne comme une étymologie (rêvée) partielle : *laiton* motive par *lait* son essence de métal en fusion, passant aux profits et pertes une pseudo-désinence prosaïque et vaguement dépréciative, *Dictolétien* n'est *dictateur* que par sa première syllabe, etc. Mais dans bien des cas, on l'a vu, le même vocable bénéficie de deux ou trois associations qui finissent par le recouvrir dans sa totalité. On pourrait alors s'amuser à disposer côte à côte, comme dans un dictionnaire, non plus d'onomatopées, mais d'étymologies, le vocable-objet et les noyaux inducteurs de sa motivation. On obtiendrait par exemple une série de ce genre :

BLAISE	*blême falaise*
BETHLÉEM	*haleine de bêtes*
ÉCLAIR	*éclipse claire*
EXPÉRIENCE	*expédient d'espérance*
PERSÉPHONE	*perce aphone*
PHILISTIN	*fil d'intestins aux instincts indistincts*
VERGLAS	*verre, glas*
WATERLOO	*water, l'eau.*

Dans ces quelques réductions, les habitués de Leiris auront facilement identifié le procédé dominant du *Glossaire*, qui peut être décrit comme une sorte de formalisation mi-humoristique, mi-poétique[1] de spéculations nominales analogues à celles que rapporte ou reconstitue le texte de *Biffures*. Une telle description ne prétend évidemment pas établir une filiation réelle entre les deux œuvres, dont le rapport diachronique est d'ailleurs inverse, puisque le *Glossaire* est bien antérieur à *Biffures*[2]. Mais elle rend justice, comme il le faut bien, au caractère autobiographique de la seconde, c'est-à-

1. « Calembours poétiques », dit *L'Age d'homme*, p. 227.

2. Il paraît en 1925-1936 dans trois livraisons de la *Révolution surréaliste*, puis, modifié, en plaquette en 1939 (version reprise en 1969 dans le recueil *Mots sans mémoire*). Mais une trentaine de gloses nouvelles apparaissent en 1973 dans le *Michel Leiris* de Pierre Chappuis, Seghers. Le *Glossaire* s'étend donc sans doute sur l'ensemble de la carrière littéraire de son auteur.

dire à son statut de *document* (fût-il partiellement factice) sur des pensées enfantines, qui invite à considérer ces pensées comme le terrain, voire le matériau, des élaborations ultérieures, y compris celles du *Glossaire*. Là où *Biffures* relate ou mime une *expérience*, avec (comme le veut son titre) ses essais et erreurs, ses sollicitations multiples, ses tâtonnements, ses révisions, ses progrès, ses impasses, ses fourvoiements, ses abandons, ses résultats ambigus et incertains, le *Glossaire* offre une série d'objets verbaux achevés et péremptoires, marqués de ce sceau (illusoire) du définitif qui est la marque du « poétique ». Au demeurant, nous le verrons, l'important n'est pas ici ce qui sépare les deux œuvres, mais bien ce qu'elles ont en commun.

Du point de vue du rapport formel entre glose et mot-entrée, les articles du *Glossaire* se laissent répartir en quatre types[1] que nous disposerons dans un ordre de complexité croissante, qui coïncide d'ailleurs avec l'ordre de fréquence croissante[2].

Le premier type procède à la façon de ces éléments de rébus ou de mots-croisés où une lettre ou un groupe de lettres représentent « phonétiquement » un mot que l'on reconstitue en les épelant : ainsi, GN donne *géhenne* et ABC *abaisser*. On pourrait baptiser ce procédé, faute de mieux, *épellation lexicalisée*. La particularité, ici, du *Glossaire*, c'est évidemment que le travail d'épellation s'y exerce sur un groupe de lettres qui compose déjà un mot : il consiste donc à tirer d'un mot, en épelant ses lettres, un groupe de mots, voire une phrase, qui formera sa glose. Ainsi, CHAINE peut se lire *c'est hache haïe et nœud* ; CHEVAL ; *c'est achevé à ailes* (Pégase) ; HOMME ; *à chaud, aime et meut* ; MER : *émeut aires* ; WALHALLA : *double, vais à ailes, hache à ailes est là !* Et, de façon un peu plus approximative, OPIUM : *au pays eu, aime et hume* ; CŒUR :

1. On pourrait à la rigueur en considérer un cinquième, qui se réduit apparemment à un seul exemple : glose par paronymie (CAHIER – *caillé*) ; et un sixième, non plus productif, par polysémie (comme *sèma-sèma*) : PERSONNE – *personne*. Sur les procédés du *Glossaire*, cf. Xavier Durand, « Michel Leiris et la substance verbale », *Cahiers dada-surréalisme*, 1970.

2. A titre d'échantillon, la liste des mots commençant par A ne comporte aucune glose du premier type, 4 du second, 12 du troisième et 48 du quatrième.

c'est haut ! sa cohue erre. Et plus lointain encore (la métaglose est bien nécessaire) : MERE : *et : Meuh ! exsangue rave, et : Reuh ! (C'est une vache).*

Le deuxième type est celui d'*alè théia* dans le *Cratyle* : c'est l'analyse. CONTRADICTION – *contrat d'Ixion* ; LIQUEUR – *lie-cœur* ; MORPHINE – *mort fine* ; TRANSCENDANCE – *transes sans danse* ; légèrement déguisé : DIEU – *il dit ; ses paroles sont des œufs* (dit œufs).

Le troisième type est la déformation, soit par métaplasme de consonne (RIVIÈRE – *civière* ; SOURCE – *course*) ou de voyelle (ANTHROPOLOGIE – *en tripes au logis* ; JÉSUS-CHRIST – *gésier creux*), soit par métathèse, graphique (AVENIR – *navire* ; BAISER – *braise* ; SIGNE – *il singe* : voilà bien le signe mimétique) ou phonique et généralement un peu plus approximative : BOURREAU – *beau rouge* ; PATRIE – *tripaille* ; le titre même se rapporte à cette catégorie : GLOSSAIRE – *j'y serre mes gloses* ; certains de ces métaplasmes explicitent et motivent le retournement comme expressif d'une inversion du sens : CLERGÉ – *« j'éclaire » à l'envers* ; JARDIN – *retourné, il donne un nid de rage* (nidraj).

Le quatrième et dernier type, de loin le plus fréquent, utilise les ressources des deux précédents pour construire sur le mot-entrée, ou *mot-thème*, un syntagme plus développé, qui en est comme l'expansion ou la paraphrase phonique. On reconnaît encore assez facilement le procédé de l'analyse, mais exploité plus librement, dans des gloses telles que celles-ci, où j'isole entre crochets les éléments épenthétiques : PARI – *Pa[scal] rit* ; CRATÈRE – *[il] cra[che la] terre* ; ÉGLISE – *[des] aigles [s'y en]lisent* ; CADENCE – *quad[rature du sil]ence* ; ou celui de la métathèse dans SPERME – *terme du spasme.* Mais découpages et substitutions diverses se mêlent et se redoublent dans des gloses plus complexes, comme PRINTEMPS – *l'empreinte de Pan* ; AQUARIUM – *square humide des requiems* ; ARMÉE – *merde amère* ; FENÊTRE – *fait nôtre un air neuf.* Le redoublement est très perceptible dans PSYCHANALYSE – *lapsus canalisés au moyen d'un canapé-lit* ; puis tout se brouille en anamorphoses multiples dans VERBIAGE – *herbage des mots sans vie* ; ALGÈBRE – *abrégé agile des givres cérébraux* ; ANTIQUITÉ – *temps inquiétant quitté, que hantaient les Titans* ; ICARE – *le hic qui le contrecarra, c'est la carence de la cire* ; ŒDIPE – *yeux perdus pour ce peu : le meurtre d'un père hideux, le déduit d'une mère adipeuse* ; JUDITH – *Juive judicieuse : tire la tige justicière du gîte putassier de ses jupes* ; et pour finir, la plus longue, ACROBATE – *embarqué de bas en haut, de haut en bas, il bat du corps et baratte l'air sans accrocs*[1].

Ces paraphrases rappellent évidemment les « étymologies » socratiques les plus développées, telles que SÉLÉNÈ – *sélas aei néon te kai hénon*, ou les paragrammes de Saussure (SCIPIO – *Taurasia cisauna Samnio cepit*), ou encore – mais en réservant au signifiant tout l'effet de dissémination – ces *gloses*, précisément, ou *farcitures* médiévales que Zumthor décrit ainsi : « le discours est conçu comme impliqué dans un mot unique... dont il constitue l'amplification actuelle, qu'il déploie en étant engendré par lui[2] ». Mais ces lointains répondants ne sont probablement pas présents à l'esprit de Leiris. Le *Glossaire* est dédié à Desnos, et la parenté directe est assez évidente avec les divers jeux de langage du groupe surréaliste, particulièrement les poèmes de Rrose Sélavy, qui lient en une proposition les deux versants d'une contrepèterie (« Rrose Sélavy demande si les Fleurs du Mal ont modifié les mœurs du phalle » ; « Aragon recueille *in extremis* l'âme d'Aramis sur un lit d'estragon »). D'une certaine façon, Leiris réduit simplement la proposition à sa métathèse originaire en proposant des énoncés du type : FLEURS DU MAL – *mœurs du phalle*, ou ARAGON – *âme d'Aramis sur un lit d'estragon*[3]. Mais cette modification formelle entraîne un remarquable changement de fonction que le précédent socratique rappelé à l'instant suffisait sans doute à indiquer : la disposition du jeu de mots en article de dictionnaire, avec un mot-entrée suivi de sa glose, confère inévitablement au dernier syntagme une fonction apparente d'*explication*, soit quant au signifiant (étymologie), soit quant au signifié (défini-

1. La glose de *Nord* est exceptionnelle, car elle comporte en fait deux mots-thèmes (synonymes), dont le second se révèle *in fine* : NORD – *tu draines jusqu'à ses bords énormes la tente nocturne, ô sceptre des ténèbres que nous nions, Septentrion !*

2. *Langue, Texte, Énigme*, Seuil, 1975, p. 51.

3. « Je dis catégoriquement que s'il n'y avait pas eu les jeux de mots de Desnos, je n'aurais pas eu l'idée de faire *Glossaire : j'y serre mes gloses*... Je crois que vraiment Desnos a été l'inventeur du jeu de mots lyrique. C'étaient des jeux de mots dont certains arrivaient à être des sortes d'adages philosophiques. Celui qui m'avait le plus frappé était : « Les lois de nos désirs sont des dés sans loisir. » C'est là probablement ce que j'ai le plus admiré chez Desnos. Dans *Glossaire* je voulais pousser la chose encore plus loin et faire un dictionnaire en jeux de mots » (*Le Monde*, 10 janvier 1975).

tion). C'est bien ainsi que Leiris, dans la préface de 1925, décrit le fonctionnement des dictionnaires ordinaires, « où les mots sont catalogués, doués d'un sens bien défini... basé sur la coutume et l'étymologie », pourvus de leur « sens usuel » et de leur « sens étymologique »[1]. Les gloses de Leiris se présentent formellement comme des étymologies, en ce sens qu'elles ont avec le signifiant du mot-entrée une relation d'analogie phonique et/ou graphique – celle-là même dont nous avons distingué tout à l'heure les diverses spécifications ; et en même temps, elles fonctionnent inévitablement comme autant de *définitions*, c'est-à-dire qu'elles valent pour une explicitation de son signifié. A la suite de Philippe Lejeune[2], comparons sur un même vocable *(cratère)* une glose leirisienne à un article de dictionnaire réel. Le dictionnaire nous donne d'un côté une étymologie (lat. *crater*), c'est-à-dire un simple analogon phonique (plus ou moins strict), et de l'autre côté une définition (« ouverture d'un volcan »), c'est-à-dire une équivalence sémantique sans analogie formelle ; cette séparation manifeste de manière éclatante la conventionalité du rapport de signification : le dictionnaire est par essence (et par nécessité) hermogéniste. Le *Glossaire*, lui, nous offre en un seul énoncé (« il crache la terre ») l'analogon phonique et l'équivalent sémantique. C'est-à-dire qu'il propose (ou impose) la *coïncidence de l'analogie phonique et de l'équivalence sémantique* – et donc, implicitement, la convenance réciproque, l'adéquation du phonique et du sémantique, bref la motivation – indirecte, en l'occurrence – du signe. Le *Glossaire* est un dictionnaire cratyliste : pour lui, *cratère*, comme l'éponyme socratique, est un mot juste, parce qu'il dit *justement* (gardons à cet adverbe sa valeur courante de constat d'une coïncidence) ce qu'il veut dire, ou si l'on préfère, parce qu'il se confond (presque) avec sa propre définition, parce que son signifiant (le mot-entrée) est analogue à son signifié (la glose) : *estin hoion logos to onoma*[3].

On objectera ici, apparemment à juste titre, que l'exemple

1. Cette préface, que nous allons retrouver, est reprise dans *Brisées*.
2. *Lire Leiris*, Klincksieck, 1975, p. 158-159. Voir aussi le chapitre sur Leiris dans *Le Pacte autobiographique*, Seuil, 1975. Et celui de J. Mehlman dans *A structural study of Autobiography*, Cornell U. P., 1974.
3. Voir ici p. 25. Littéralement : « le nom vaut à lui seul tout un discours ».

est trop bien choisi, et que d'autres gloses ne fonctionnent pas aussi facilement de la sorte, parce que l'adéquation sémantique de la paraphrase phonique n'y est pas aussi étroite, ou aussi évidente. En fait, il se trouve que la pression du sens (l'horreur du vide sémantique, qui est une disposition naturelle de l'esprit), d'une part, et d'autre part la disponibilité (ou plasticité) infinie des associations font – et l'expérience du *Glossaire*, précisément, démontre – qu'aucune paraphrase phonique n'échappe à l'*effet de motivation* (celui-là même qui se manifeste dans d'autres jeux de langage surréalistes, comme le *cadavre exquis* : le rapprochement de mots le plus fortuit fait toujours sens). Philippe Lejeune invente exprès une glose aussi arbitraire que possible : CRATÈRE – *crabe de l'éther* ; il doit aussitôt reconnaître : « même *crabe de l'éther* n'est pas exempt de tout cratylisme ». *Éther*, ici, suffit à évoquer une projection dans les hauteurs atmosphériques – de quoi *crabe* s'accommode comme il peut. Peut-être *crabe délétère* offrirait-il plus de résistance, et ainsi de suite, mais il reste que l'esprit peut toujours établir une relation de sens entre le mot-thème et sa glose, quand ce ne serait qu'une relation de disconvenance. En tout état de glose, le *Glossaire* impose inévitablement l'entrée dans le jeu cratylien, où même le refus (nous l'avons bien vu chez Platon avec *sklérotès* et chez Mallarmé avec *jour* et *nuit*) contient déjà (ou encore) une part d'acquiescement. Aussi bien le propos évident de Leiris n'est-il jamais de chercher à ce point la difficulté : parmi les innombrables paraphrases possibles, il choisit le plus souvent, non pas certes la plus platement motivée, mais au moins celle qui alliera le mieux une certaine dose de surprise à une certaine dose d'adéquation perceptible. Il a d'ailleurs explicitement indiqué la fonction sémantique de ses gloses, et à plusieurs reprises. Ainsi, dans *L'Age d'homme*, où il se décrit « décomposant les mots du vocabulaire et les reconstituant en des calembours poétiques qui me semblaient *expliciter leur signification la plus profonde* », ou dans une note bibliographique de *Brisées*, où il rappelle « l'époque lointaine où j'espérais qu'une certaine façon de triturer les mots me permettrait de saisir *le dernier mot de toutes choses* »[1]. Resterait naturellement à préciser la nuance impliquée à chaque fois par ces

1. *L'Age d'homme*, p. 227 ; *Brisées*, p. 289 (je souligne).

clauses restrictives, puisque superlatives : *la plus profonde, le dernier mot.* J'y reviens à l'instant.

Le *Glossaire* est donc à la motivation indirecte ce que le *Dictionnaire des onomatopées françaises* était à la motivation directe, et il en confirme de manière éclatante la prédominance dans le cratylisme de Leiris, qui, dans son mouvement d'ensemble, opère un remarquable retour à la position socratique : d'un côté *(Alphabet)*, l'expressivité immédiate des éléments phoniques et graphiques ; de l'autre (*Glossaire*, et la plupart des motivations lexicales de *Biffures*), un développement marqué de la motivation « étymologique » ; entre les deux, un point faible, qui est évidemment l'essentiel pour le pur mimologisme : l'investissement lexical des valeurs élémentaires, que nous avons vu s'évanouir presque entièrement au profit de calembours et homophonies diverses.

La boucle est donc apparemment bouclée, le parcours cratylien revenu à son point de départ. Mais il subsiste entre le propos des éponymies socratiques et celui des étymologies du *Glossaire* une différence capitale, dont un autre texte de Leiris nous indique assez bien la direction : « Désigner un objet par une expression qui lui correspondrait, non au figuré mais au propre, nécessiterait la connaissance de l'essence même de cet objet, ce qui est impossible, puisque nous ne pouvons connaître que les phénomènes, non les choses en soi [1]. » Nous sommes ici aux antipodes de l'exigence socratique, pour qui la fonction du nom ne peut être que de désigner (et, en hypothèse cratylienne, d'imiter) l'*essence* de la chose. Cette exigence, ou prétention, essentialiste, nous en avions observé l'abandon chez les mimologistes de l'âge classique, qui, contraints de choisir entre l'essence et le mimétisme, préféraient sacrifier la première au second, le mot « juste » devenant pour eux l'imitation d'un simple « aspect » parmi d'autres – ou, pour parler comme Leiris en vocabulaire kantien, d'un simple « phénomène ». Mais Leiris ne confirme pas seulement cet abandon, il l'accentue, le motive et le valorise, et c'est ici la justification capitale de son entreprise – dans *Biffures* comme dans le *Glossaire* – telle qu'elle s'articule

1. « Métaphore », in *Brisées.*

dans la préface du *Glossaire*, qu'il faut bien maintenant citer intégralement :

> Une monstrueuse aberration fait croire aux hommes que le langage est né pour faciliter leurs relations mutuelles. C'est dans ce but d'utilité qu'ils rédigent des dictionnaires, où les mots sont catalogués, doués d'un sens bien défini (croient-ils), basé sur la coutume et l'étymologie. Or l'étymologie est une science parfaitement vaine qui ne renseigne en rien sur le sens *véritable* d'un mot, c'est-à-dire la signification particulière, personnelle, que chacun se doit de lui assigner, selon le bon plaisir de son esprit. Quant à la coutume, il est superflu de dire que c'est le plus bas critérium auquel on puisse se référer.
>
> Le sens usuel et le sens étymologique d'un mot ne peuvent rien nous apprendre sur nous-mêmes, puisqu'ils représentent la fraction collective du langage, celle qui a été faite pour tous et non pour chacun de nous.
>
> En disséquant les mots que nous aimons, sans nous soucier de suivre ni l'étymologie, ni la signification admise, nous découvrons leurs vertus les plus cachées et les ramifications secrètes qui se propagent à travers tout le langage, canalisées par les associations de sons, de formes et d'idées. Alors le langage se transforme en oracle et nous avons là (si ténu qu'il soit) un fil pour nous guider, dans la Babel de notre esprit.

Comme on le voit, la recherche d'une signification motivée est aussi pour Leiris, et essentiellement, refus de la signification *usuelle* et *admise*, rejet de la « fraction collective du langage ». Le sens *véritable* d'un mot, que ne connaissent ni la coutume ni l'étymologie, c'est un sens *pour chacun de nous*, une signification *particulière, personnelle*, que *chacun* se doit de lui assigner *selon le bon plaisir de son esprit*. Cette formulation nous en rappelle inévitablement une autre : « Est-ce donc en suivant son *opinion particulière* sur la façon dont on doit parler qu'on parlera correctement ?... Si j'appelle, *moi*, un être quelconque, par exemple, ce que nous appelons aujourd'hui un homme, si, *moi*, je l'appelle cheval, et ce que nous appelons cheval, si je l'appelle homme, etc. » Cette attitude rigoureusement individualiste, on s'en souvient peut-être, c'est la position d'Hermogène telle que Socrate la caricaturait pour mieux la rejeter : l'arbitraire du signe comme *bon plaisir* et caprice individuel, à quoi s'opposait, précisément, l'universalité du signe naturel, imitatif de l'essence. Leiris renverse entièrement (et en un sens légitimement) cette opposition : pour lui, c'est le signe conventionnel qui est « collectif », et c'est le signe motivé qui est « arbitraire », parce qu'il procède – en principe[1] – d'une motivation toute personnelle. La convention est par définition contractuelle et sociale ; la motivation mimétique est « profonde », « secrète », elle refuse la contrainte collective. Ludique au sens le plus agressif, elle est caprice et révolte. Hermogène est l'homme de la cité, c'est-à-dire du consensus. Son adversaire, devenu « poète » – mais ne l'était-il pas dès l'origine ? – s'écarte, volontairement ou non (Socrate, comme on le sait, le poussant un peu), de cette cité. Il s'exile et s'enferme dans ce qu'il décide être la vérité – « sa » vérité – du langage et du monde. Désormais étranger à toute *communication* vulgaire, il se consacre à l'exploration de son univers et de son lexique intérieurs, c'est tout un, d'où il ramène au jour, à prendre ou à laisser, d'étranges objets verbaux qui portent sa marque, et l'imposent sans débat : *Cratyle, il crache son style*[2].

1. Il s'agit là, précisons-le, du propos explicite du *Glossaire* tel que l'expose sa préface. En fait, on a pu le voir, certaines gloses (pour *armée, clergé, église*, etc.) impliquent une sorte de consensus idéologique, en gros celui de l'anarchisme d'avant-guerre en milieu vaguement intellectuel. Et bien d'autres trouvent l'accord du lecteur avec plus de facilité que la préface ne semblait le présager, même si les raisons de cet assentiment ne coïncident pas toujours de part et d'autre. La glose – c'est son charme – est un peu une auberge espagnole.

2. *Appendice*. On peut rapprocher du *Glossaire* (le rapprochement a d'ailleurs été proposé dans l'autre sens par Matila Ghyka dans *Sortilèges du verbe*, Gallimard, 1900, p. 154) un autre lexique fantaisiste, le *Petit Dictionnaire des mots retrouvés* qui fut publié dans la NRF de janvier et février 1938 sous la signature transparente de M. D., P. de L. et B. de R. Ce dictionnaire, plus humoristique (et d'un humour parfois appuyé) que poétique, se présente parodiquement dans sa préface comme une entreprise de *restauration*, de retour au sens primitif de mots depuis longtemps détournés par la corruption de la langue. Sous ce couvert pseudo-brossésien, il substitue en fait, pour chaque vocable, une définition fantaisiste à la définition courante. Pour mieux percevoir le principe de cette substitution, il faut envisager les autres procédés possibles auxquels il s'oppose. La définition substituée pourrait être totalement arbitraire (« comme si j'appelais *homme* ce qu'on appelle *cheval*... ») : il suffirait de prendre au hasard,

---

dans un dictionnaire, la définition d'un autre mot, ce serait un jeu surréaliste, avec les inévitables effets de sens déjà signalés. Elle pourrait être motivée par mimésis directe : on donnerait par exemple en prenant Mallarmé à la lettre, à *nuit* le sens de *jour* et réciproquement, ce serait l'illustration radicale du mimologisme sccondaire classique. Le principe du *Petit Dictionnaire* procède au contraire d'un cratylisme secondaire *par motivation indirecte* : autrement dit, il est au mimologisme secondaire ce que le *Glossaire* est au mimologisme primaire.

Chaque mot-entrée y est gratifié d'une définition inspirée par un (ou plusieurs) autre mot auquel il ressemble, ou qu'il contient (et qui reste à découvrir : c'est un des aspects du jeu). Ainsi : ACROBATE : *place publique à Corinthe. Le peuple se réunit sur l'Acrobate.* Ou ESTRAGON : *Province d'Espagne.* Ou CYCLAMEN : *amateurs de bicyclette. Expression anglaise en usage vers 1880.* Le rapprochement du mot-entrée, dont le sens courant est connu, et de la définition substituée, produit un effet comique souvent favorisé par le choix « tendancieux », dirait Freud, du mot-entrée (*pédéraste, falzar, phallus*, etc.), et/ou exploité et souligné par une citation-exemple : on l'a vu pour *acrobate.* Cet effet sera d'autant plus intense que l'exemple, ou la définition elle-même, contiendra une sorte d'allusion au sens courant. Ainsi, ASPIRINE : *épouse d'un aspirant de marine. Généralement très élégante, elle donne à la mode un cachet particulier.* Ou KOULAK : *gâteau volumineux et indigeste. « Le commissaire est bien malade. Il a encore mangé du koulak. »* Ou encore PÉRINÉE : *chaîne de montagnes fabuleuses, couvertes de forêts, que les anciens situaient entre Lesbos et Chio.* Ou enfin, qui me semble le plus économique : CALVINISTE : *coiffeur genevois.* Ces détournements de la signification conventionnelle au profit d'une signification imaginaire motivée suggèrent, par-delà la fonction comique, une des versions les plus sophistiquées du cratylisme. Pour plus de détails, on peut se reporter aux quelque deux cents articles du *Petit Dictionnaire*, ou à défaut s'exercer à en produire quelques autres. Voici d'avance le plus laborieux : CRATYLISME : *hallucination verbale causée par l'absorption excessive d'un vin de mauvaise qualité. Chez le sujet en crise, « tout se dédouble, sans qu'il puisse distinguer où est la chose et où est le mot »* (Platon, *Cratyle*, 432 d).

Le parti pris des mots

La formule théorique du mimologisme pongien tient en une équation simple et bien connue : « parti pris des choses égale compte tenu des mots[1] ». Égalité à vrai dire aussitôt compliquée, voire réfutée, d'une addition en parts inégales, sinon inversement variables : « Certains textes auront plus de PPC à l'alliage, d'autres plus de CTM… Peu importe. Il faut qu'il y ait en tout cas de l'un *et* de l'autre. Sinon, rien de fait. » Il s'agit ici, bien évidemment, du travail de l'écrivain et non du simple état de la langue – et il arrive même (une fois) que, tel Mallarmé, Ponge semble faire du « défaut » de celle-ci une condition de son propre exercice. Ainsi déplore-t-il la perfection de *mimosa*, qui ne lui laisse rien à dire : « Peut-être, ce qui rend si difficile mon travail, est-ce que le nom du mimosa est déjà parfait. Connaissant et l'arbuste et le nom du mimosa, il devient difficile de trouver mieux pour définir la chose que ce nom même[2]. » Mais cette situation reste exceptionnelle, et la plainte même, purement rhétorique et propitiatoire : à preuve, le poème. L'adéquation supposée entre l'« épaisseur des choses » et l'« épaisseur sémantique des mots[3] » n'est pas réellement un obstacle à l'écriture pongienne, elle est une de ses ressources, et souvent son objet.

Les mots constituent en eux-mêmes « un monde concret, aussi dense, aussi existant que le monde extérieur ». Comme tout objet, le mot a son épaisseur et ses trois dimensions, non dans l'espace, mais, plus subtilement, une « pour l'œil », l'autre « pour l'oreille, et peut-être la troisième c'est quelque chose comme leur signification » ; et plus loin : « peut-être que le mot est un objet à trois dimensions, donc un objet

1. *Méthodes*, Gallimard, 1961, p. 19. Sur tout ce qui suit, cf. le chapitre « Mesure(s) du mot », *in* Marcel Spada, *Francis Ponge*, Seghers, 1974.
2. *Tome premier*, Gallimard, 1965, p. 309.
3. Spada, p. 60.

vraiment. Mais la troisième dimension est dans cette signification[1] ».

Les deux premières ne présentent aucune équivoque, encore (nous le verrons) que l'aspect sonore ne s'investisse guère dans le travail de Ponge. La troisième exige un peu plus d'attention. Il s'agit en fait de cette épaisseur diachronique que révèle pour chaque vocable l'article de Littré – instrument d'élection, comme on le sait : dimension historique déposée et comme cristallisée en une proliférante polysémie : « Tous les mots de toutes les langues, et surtout des langues qui ont une littérature, comme l'allemande, la française, et qui ont aussi – comment dirais-je qui viennent d'autres langues qui ont déjà eu des monuments, comme le latin, ces mots, chaque mot, c'est une colonne du dictionnaire, c'est une chose qui a une extension, même dans l'espace, dans le dictionnaire, mais c'est aussi une chose qui a une histoire, qui a changé de sens, qui a une, deux, trois, quatre, cinq, six significations. » A cette multiplicité sémantique, qui écartèle le vocable en tous *sens*, répond le foisonnement inverse des rapprochements homophoniques, qui fonde le jeu des motivations indirectes. L'étymologie, fantaisiste ou non[2], devient alors « la science la plus nécessaire au poète ». Ici, comme chez Platon, on peut l'aborder par l'éponymie des noms propres : *Claudel* entre *clame* et *claudique*, ou *Braque* entre *Bach* et *Baroque*, mais aussi, par anagramme d'un de ses sujets privilégiés, *barque renversée* ; et *Malherbe*, « quelque chose de mâle, de libre » (*mâle*, mauvaise *herbe*) ; et *Assyrie*, « encrassement cosmétique [« certaine façon de se coiffer la barbe »] de la Syrie[3] » ; puis, étendant la procédure aux noms de choses : « en *voyage* il y a *voir* » ; « comme dans *tamaris* il y a *tamis*, dans *mimosa* il y a *mima* » ; *olive* est proche d'*ovale*, *escargot* commence comme *escarbille* et finit par où commence *go on*, et *cageot*, on le sait, est à tous égards « à mi-chemin de la cage au cachot ». *Ustensile* tient à la fois d'*utile (outil)* en forme fréquentative, et d'*ostensible* : c'est

1. *Méthodes*, p. 272-274.

2. Pour justification des étymologies multiples : « Étymologistes, ne bondissez pas ! N'arrive-t-il pas que deux plantes aux racines fort distinctes confondent parfois leurs feuillages ? » (*Méthodes*, p. 98).

3. *Lyres*, 1961, p. 29 ; *Le Peintre à l'étude*, 1948, p. 494 ; *Pour un Malherbe*, 1965, p. 12 ; *Méthodes*, p. 217.

un instrument dont on use souvent, et qu'on expose au mur de la cuisine ; quelque parenté aussi avec *combustion*, et, pendu à son clou, quelque homophonie désinentielle avec *oscille*. Le *pré*, comme chez Varron, est à la fois paré, préparé, « près de la roche et du ru, prêt à faucher ou à paître » ; pré tout court, il est le « participe passé par excellence » et le « préfixe des préfixes ». Mais les suffixes jouent aussi leur partie, car le *lézard* ne partage pas pour rien sa désinence avec *flemmard*, etc., ni le *gymnaste* avec *dévaste*, *chaste* et *baste*, ni certes l'*huître* avec *opiniâtre*, *blanchâtre* et quelques autres[1]. Quant à l'*hirondelle*, on l'analysera, *socratico more*, en *horizondelle* ou *ahurie donzelle* – analyse immédiatement offerte, comme toujours, à quelque rédaction en glose leirisienne : HIRONDELLE – *horizon d'ailes*. Enfin, ici comme ailleurs, l'étymologie ludique conduit assez droit à l'amalgame en mots-valises : *pâtheux*, qui joint la pâte au pathos, l'humide *amphibiguïté* de l'automne, ou les *tonitruismes* parfumés du cheval[2].

1. *Méthodes*, p. 98 ; *Tome premier*, p. 307 ; *Pièces*, Gallimard, 1961, p. 110 ; *Tome premier*, p. 57 et 43 ; *Méthodes*, p. 218 ; *Nouveau Recueil*, Gallimard, 1967, p. 205 ; *Pièces*, p. 95 ; *Tome premier*, p. 72, 48, cf. *Entretiens avec Philippe Sollers*, Gallimard-Seuil, 1970, p. 111 : « Il est évident que si, dans mon texte, se trouvent des mots comme *blanchâtre, opiniâtre, verdâtre*, ou dieu sait quoi, c'est aussi parce que je suis déterminé par le mot *huître*, par le fait qu'il y a là accent circonflexe sur voyelle (ou diphtongue), *t, r, e*. »

2. *Pièces*, p. 190 ; Spada, p. 64 ; *Pièces*, p. 147. Rappelons que le mot-valise (cf. ici même p. 56-57) est une sorte d'étymologie socratique factice et inversée : au lieu d'analyser un vocable existant en plusieurs mots censés expliciter et justifier sa signification *(alèthéia = alè + théia, greedy = gripe + needy, hirondelle = horizon d'ailes)*, on amalgame plusieurs mots en un néologisme à signification multiple : *stagnation + inflation = stagflation, amphibie + ambigu = amphibigu*. Une fois le « blending » reçu ou imposé, il n'y a plus qu'à l'analyser à son tour pour retrouver la situation socratique, c'est exactement ce que fait Humpty Dumpty commentant le *Jabberwocky* : « Well, *slithy* means *lithe and slimy*. » Artifice ou non, la fonction motivante du mot-valise tient évidemment à la correspondance diagrammatique entre l'amalgame de formes et l'amalgame de sens, et la force de motivation est proportionnelle à l'intimité du mélange : *stagflation* n'est pas encore très loin du simple mot composé du genre *homme-grenouille* ou *moissonneuse-batteuse* ; dans *slithy* (ou *smog*), la fusion est beaucoup plus poussée, suggérant une véritable interpénétration des qualités. D'autre part, le sentiment de « justesse » est apparemment d'autant plus fort que la synthèse porte sur des signifiés plus proches, et dont la proximité est justement révélée par l'amalgame. Le *Rilchiam* de la préface de la *Chasse au snark* est bien, en termes deleuziens (*Logique du sens*, 7e série), une « synthèse disjonctive » de *Richard* et *William* : à mi-chemin

Nous avons commencé par la troisième « dimension » de l'objet-mot, la troisième voie de son « adéquation ». La seconde – la motivation phonique – est pour ainsi dire absente. Chez Ponge, comme chez Claudel, toute la mimésis verbale semble réfugiée dans le graphisme : déplacement sans surprise chez un écrivain typiquement « visuel » et d'esthétique toute picturale ; parti pris « proclamé » dès 1937 et justifié par une évolution de la littérature elle-même, de l'oral à l'écrit : « Point de doute que la littérature entre en nous de moins en moins par les oreilles, sorte de nous de moins en moins par la bouche… Point de doute qu'elle passe (entre et sorte) de plus en plus par les yeux », et qui plus est, de l'écrit à l'imprimé : « Mais point de doute non plus, il me semble que devant nos yeux elle passe de moins en moins sous la forme manuscrite. Pratiquement, les notions de littérature et de typographie à présent se recouvrent… Nous travaillons à partir de cela, beaucoup plus que nous n'en avons conscience[1]. »

Rien pourtant de systématique dans la mimo(typo)graphie pongienne, toute de rencontre et toujours, sans scrupules, *ad hoc* : c'est le Z « tortillard » du *lézard*, le I vertical du *pin*, le B de *Braque* en forme de guitare, le M de *Ministre*, habit à queue et « procession des signatures officielles », le triple s d'*Assyriens*, « comme un peigne passant difficilement dans une toison bouclée », le « O fendu en Œ » dans *œillet*, comme le bouton se fend et se déchire en languettes, le G du gymnaste belle époque, qui dessine bouc, moustache et accroche-cœur, et son Y, maillot à deux plis sur l'aine et qui porte à gauche, le U creux médian de *cruche*, entouré de la « terre fragile, rugueuse et fêlable à merci » de ses bords, le V et l'U qui commencent et achèvent le *verre d'eau* pour le rendre « adé-

---

entre deux termes qui restent hétérogènes. « Je ne sais pas si ce roi était William ou Richard, alors je réponds Rilchiam » : il n'y a là qu'un (prudent) compromis. Au contraire, *frumious* manifeste une communauté de sens entre *furious* et *fuming*, que suggérait déjà la proximité des signifiants, leur aptitude à un mariage pour ainsi dire déjà inscrit dans la langue, et dont la réalisation n'est qu'une régularisation. De cette forme, la plus économique (et donc la moins *secondaire*) de l'intervention cratylienne, l'exemple parfait est le *violupté* de Laforgue, où l'on voit bien qu'il ne s'agit pas d'une formation de compromis : le viol *est* voluptueux, la volupté *est* violente, on le révèle à moindres frais, et par là même aussi que la langue le savait, et le disait presque.

1. « Proclamation et petit four », *Méthodes*, p. 214-217.

quat à l'objet qu'il désigne », comme son A (ou *a* ?) « rend compte de l'œil que la présence de l'eau donne au verre qu'elle emplit (le même *verre d'eau*, exceptionnellement, propose deux motivations phoniques ; le *e* muet et « gris », adéquat, je suppose, à la neutralité gustative de l'eau, et le double roulement du *rr*, « car il semble qu'il suffirait de prononcer très fort ou très intensément le mot *verre* en présence de l'objet qu'il désigne pour que, la matière de l'objet violemment secouée par les vibrations de la voix prononçant son nom, l'objet lui-même vole en éclats, ce qui rendrait bien compte d'une des principales propriétés du verre : sa fragilité ») ; le S de *oiseau*, qui « ressemble au profil de l'oiseau au repos », tandis que les deux groupes vocaliques qui le flanquent sont « les deux gras filets de viande qui entourent le bréchet » – et pour une fois se manifeste le démon réformateur du mimologisme secondaire : « Le mot oiseau : il contient toutes les voyelles. Très bien, j'approuve. Mais à la place de l'S, comme seule consonne, j'aurais préféré l'L de l'aile : *oileau*, ou le V du bréchet, le V des ailes déployées, le V de *avis* : *oiveau* » ; rien de commun, malgré les apparences, avec la mimologie nodiérienne, aux « cinq voyelles liées par une lettre doucement sifflante » les voyelles ne sont là que pour la masse charnue des digraphe et trigraphe *oi* et *eau*, et la consonne, trouvée ou rêvée, n'est que dessin, malgré le calembour additionnel sur l'*aile* : rien qui gazouille ici, l'oiseau de Ponge est, comme ceux de Braque, un oiseau silencieux [1].

Dominance de l'étymologie et de la mimographie, ces deux traits se retrouvent dans l'exemplaire *14 JUILLET*, qui n'est rien d'autre qu'une lecture motivante de son propre titre. Cette fois, il faut tout citer :

> Tout un peuple accourut écrire cette journée sur l'album de l'histoire, sur le ciel de Paris.
>
> D'abord c'est une pique, puis un drapeau tendu par le vent de l'assaut (d'aucuns y voient une baïonnette), puis – parmi d'autres piques, deux fléaux, un râteau – sur les rayures verticales du pantalon des sans-culottes un bonnet en signe de joie jeté en l'air.

1. *Pièces*, p. 95 ; *Tome premier*, p. 340 ; *Le Peintre à l'étude*, p. 494 ; *Lyres*, p. 18 ; *Méthodes*, p. 217 ; *Tome premier*, p. 301, 72 ; *Pièces*, p. 105 ; *Méthodes*, p. 127 ; *Tome premier*, p. 273.

> Tout un peuple au matin le soleil dans le dos. Et quelque chose de neuf, d'un peu vain, de candide, c'est l'odeur du bois blanc du Faubourg Saint-Antoine, – et ce J a d'ailleurs la forme du rabot.
>
> Le tout penche en avant dans l'écriture anglaise, mais à le prononcer ça commence comme Justice et finit comme ça y est, et ce ne sont pas au bout de leurs piques les têtes renfrognées de Launay et de Flesselles, qui, à cette futaie de hautes lettres, à ce frémissant bois de peupliers à jamais remplaçant dans la mémoire des hommes les tours massives d'une prison, ôteront leur aspect joyeux[1].

Motivation indirecte, la double lecture éponymique de *JUILLET* : en paronymie, *joyeux*, en glose analytique, *justice ça y est*. Mimographie : la pique du *1*, le drapeau tendu ou baïonnette du *4*, les diverses piques ou rayures verticales de *JUILLET*, dont les deux *L* se spécifient en fléau, le *T* en râteau, et le point sur l'*I* en joyeux bonnet, enfin le *J* en rabot. *U* et *E* n'ont pas trouvé d'emploi, non plus sans doute que bien des aspects de l'événement n'ont trouvé leur idéogramme ; comme d'habitude, le commentaire mimologique est une formation de compromis qui accommode ce qui peut l'être et passe le reste sous silence. N'oublions pas, nous, le retors premier paragraphe, qui, littéralisant et donc remotivant le cliché *inscrire une date*, noue les deux fils et ajointe en anneau de Moebius la face signifiante et la face signifiée. Voilà bien, oui, ce qu'on appelle une *page d'histoire*.

1. *Pièces*, p. 50. Je remercie Gérard Farasse, dont un commentaire inédit attira jadis mon attention sur ce texte.

Le genre de la rêverie

> Le mariage est un *mystère*, et quel mystère ? l'emblème de l'union de Jésus-Christ avec son Église. Et que devenait ce mystère si l'*Église* se fût trouvée un nom du genre masculin[1] ?

Comme Nodier ou Leiris, qu'il cite et commente à plusieurs reprises[2], Bachelard est ce qu'il nomme lui-même un « rêveur de mots », et nous avons déjà vu en quels termes il reconnaît sa dette particulière envers le *Dictionnaire des onomatopées*. L'indifférence qui lui est aujourd'hui fréquemment reprochée à l'égard du travail poétique et de la structure d'ensemble de ces œuvres où il semble ne jamais chercher qu'une sorte d'incitation fragmentaire à la rêverie – un vers par-ci, une « image » par-là, sans trop d'attention au contexte et moins encore à la fonction constructive –, cette indifférence relative pourrait bien être de la même nature, et procéder des mêmes motifs, que celle dont nous avons pu soupçonner l'existence chez Nodier lui-même, en opposant d'avance son quiétisme linguistique à la volonté mallarméenne de « rémunérer le défaut des langues » par l'élaboration du vers. Quand la langue est (rêvée) sans défaut, poétiquement satisfaisante en elle-même, la tâche du poète se réduit presque à une fonction de révélateur ou de faire-valoir du langage, et d'éducateur de la sensibilité linguistique. A sa façon plus indirecte, mais tout autant que la glose mimologique, l'« image poétique », par un rapprochement inouï, mais sourdement attendu, a elle aussi pour rôle de « faire résonner au creux des mots » un « écho

1. Stendhal, *De l'amour*, chap, LVI.

2. Nodier : *L'Eau et les Rêves*, p. 254, *L'Air et les Songes*, p. 272 (« notre bon maître »), *La Poétique de la rêverie*, p. 27, *La Flamme d'une chandelle*, p. 42 ; Leiris : *La Poétique de l'espace*, p. 139, *La Terre et les Rêveries de la volonté*, p. 278.

lointain » qu'elle n'a pas inventé mais seulement découvert, comme par chance, en mariant deux mots *(bûcher de sèves, feu humide)* qui ne s'étaient encore jamais rencontrés, et dont elle révèle la résonance profonde : « *Bûcher de sèves*, parole jamais dite, graine sacrée d'un langage nouveau, qui doit penser le monde avec de la poésie » ; « une image-pensée-phrase comme celle de Joubert (« la flamme est un feu humide ») est une prouesse de l'expression. La parole y dépasse la pensée. » C'est que « nous n'arrivons pas à méditer dans une région qui serait avant le langage » ; « le langage est toujours un peu en avant de notre pensée, un peu plus bouillonnant que notre amour », toujours « au poste de commande de l'imagination »[1]. Ainsi l'événement poétique, toujours ponctuel et sans relations structurales, parce que toujours au plus près du vocable isolé, peut-il être chez Bachelard, selon la remarque de Barthes[2], objet de lecture, de plaisir, de rêverie heureuse, sans avoir été d'abord objet d'écriture au sens fort, c'est-à-dire de travail. La lecture poétique, à la limite, se résout entièrement en rêveries de mots – dans le double sens que l'on sait, puisque ce sont d'abord les mots qui rêvent, et que pour les rêver à son tour il suffit de les écouter rêver, « comme l'enfant écoute la mer en un coquillage ». Et malgré quelques protestations contre l'« injuste privilège des sonorités[3] », la pente naturelle de cette rêverie est bien ici, comme chez Nodier, celle de l'interprétation *mimophonique* : pour qui sait « explorer avec l'oreille la cavité des syllabes qui constituent l'édifice sonore d'un mot », *clignoter* est une « onomatopée de la flamme de la chandelle », où le « malaise de la flamme » se coagule en syllabes heurtées et tremblantes ; *piauler* en est une autre, « sur le mode mineur, avec des larmes dans les yeux » ; *vaste* est une « puissance de la parole », un « vocable de la respiration », qui nous apprend à « respirer avec l'air qui repose sur l'horizon », par la vertu de cet *a* qui est « la voyelle de l'immensité » ; *miasme*, en revanche, est « une sorte d'onomatopée muette du dégoût » ; *rivière, grenouille, gargouille, glaïeul* sont des « paroles de l'eau », parler « gouailleur » des consonnes liquides : *rivière* « n'en finit pas de couler », *grenouille*, « phonéti-

1. *FC*, p. 74, 24 ; *PE*, p. 7 ; *AS*, p. 288 ; *TR*, p. 8.
2. *Le Plaisir du texte*, p. 61.
3. *PE*, p. 138 ; *PR*, p. 16 ; *AS*, p. 283.

quement – dans la phonétique véritable qui est la phonétique imaginée – est déjà un animal de l'eau » ; la *gargouille* « a été un son avant d'être une image, ou, pour le moins elle a été un son qui a trouvé tout de suite son image de pierre », façonnée pour, comme lui, « vomir les injures gutturales de l'eau » ; les poètes ont raison – contre l'expérience – de faire du *glaïeul* une fleur aquatique, car « quand on chante, le réalisme a toujours tort... le glaïeul est alors un soupir spécial de la rivière... un demi-deuil de l'eau mélancolique... un léger sanglot qu'on oublie ». On décèle aisément, dans cette dernière glose, la part inavouée de la motivation indirecte *(deuil, sanglot)* mais le commentaire bachelardien met tout au compte du « parler liquide », du *a* « voyelle de l'eau », des « consonnes liquides » *(r, l, gr, gl)*, de la « correspondance du verbe et du réel », et de l'expansivité sémantique de l'onomatopée, capable, selon l'enseignement de Nodier, de transposer et « déléguer » toutes qualités sensibles en sonorités verbales, car « l'oreille est beaucoup plus libérale qu'on ne le suppose, elle veut bien accepter une certaine transposition dans l'imitation, et bientôt elle imite l'imitation première. A sa joie d'entendre, l'homme associe la joie du parler actif, la joie de toute la physionomie qui exprime son talent d'imitateur. *Le son n'est qu'une partie du mimologisme* »[1].

Comme on le voit, Bachelard ne fait ici que suivre et illustrer une des voies familières de la rêverie cratylienne. Sa contribution la plus spécifique – et aussi, semble-t-il, la plus profondément motivée – porte sur un aspect moins classique du fonctionnement verbal, qui est le genre des noms : c'est une interprétation motivante, et donc sexualisante, de ce que deux grammairiens inventifs (dont un psychiatre) ont autrefois nommé, précisément, la *sexuisemblance* des substantifs[2].

1. *FC*, p. 42, 45 ; *PE*, p. 179-180 ; *TR*, p. 68 ; *ER*, p. 252 *sq*.
2. J. Damourette et É. Pichon, *Des mots à la pensée*, Paris, 1911-1940, chap. IV. Mais pour ces auteurs, la sexuisemblance était apparemment une motivation *a priori* du genre grammatical une « métaphore perpétuelle par laquelle les choses tant matérielles qu'immatérielles, se voient toutes attribuer un sexe » (E. Pichon « La polarisation masculin-féminin », *L'Évolution psychiatrique*, 1934, fsc. III p. 67), et au nom de laquelle les usagers créateurs de la langue répartissent les objets, même inanimés, en masculins et féminins. J'entends au contraire par sexuisemblance une sexualisation métaphorique induite *a posteriori* du genre grammatical des noms, lui-même généralement hérité d'une évolution toute mécanique.

On sait que la distinction des genres grammaticaux n'est ni universelle, ni identique dans toutes les langues qui la pratiquent : certaines présentent un système à deux étages, ou à trois termes, où intervient le neutre (inanimé), l'opposition masculin/féminin étant en principe réservée aux êtres animés et sexués. Dans ce cas, le phénomène de sexuisemblance ne peut se produire, puisque aucun signifié inanimé ne s'y voit affecté d'un indice pseudo-sexuel : c'est ce qui se passe en anglais, du moins lorsque aucune intention expressive ou poétique n'entraîne le recours à la personnification, figure qui impose aussitôt le choix d'un sexe (cette figure essentiellement poétique a aussi un usage familier, et même populaire : *car* ou *ship*, par exemple, sont très idiomatiquement féminisés). En revanche, l'effet de sexuisemblance peut se produire dès que l'emploi du neutre n'est pas rigoureusement systématique, et que certains inanimés peuvent être masculins ou féminins : c'est le cas le plus fréquent, par exemple en grec, en latin ou en allemand ; il se produit *a fortiori* dans les langues romanes modernes, qui ignorent le neutre[1]. La répartition des inanimés en masculins et féminins est alors fort capricieuse, découlant de raisons purement mécaniques, illustration assez éclatante de l'« arbitraire » du signe. Telle est du moins l'opinion commune des linguistes[2], que Bachelard n'ignore évidemment pas, mais

1. « Quel bienfait on reçoit du français, langue passionnée qui n'a pas voulu conserver un genre « neutre », ce genre qui ne choisit pas alors qu'il est si agréable de multiplier les occasions de choisir » (*PR*, p. 34). Ce choix-là, c'est ce que Proudhon (cité p. 40) appelle « donner des sexes à ses paroles ».

2. « Le genre grammatical est l'une des catégories grammaticales les moins logiques et les plus inattendues... Cette distinction qui traverse toute la langue ne répond plus à rien dans la grande majorité des cas : par exemple, certains noms abstraits sont masculins, d'autres féminins et d'autres neutres sans qu'on voie la raison de ces différences. Le nom de certains objets est masculin, celui de certains autres féminin, et celui de certains autres neutre sans raison visible » (A Meillet « Le genre grammatical et l'élimination de la flexion », 1919, in *Linguistique historique et Linguistique générale*, Paris, 1921 p. 202) ; « La différence entre le masculin et le féminin ne laisse presque jamais remonter à une signification définie, sauf les cas, peu nombreux en somme, où elle sert à marquer l'opposition du mâle et de la femelle » (« La catégorie du genre et les conceptions indo-européennes », *ibid.*, p. 228) ; « Ce système n'a jamais été cohérent, car dès l'origine, et plus encore par la suite, l'arbitraire a régné dans la désignation des choses et des idées abstraites, tandis que les raisons des désignations d'ordre mythique cessaient d'être perçues » (A. Dauzat, « Le genre en français moderne », *Le Français moderne*, juin 1937, p. 193).

qui ne lui convient guère : « J'aurais sûrement gagné à m'instruire auprès des grammairiens. Disons cependant notre étonnement de voir tant de linguistes se débarrasser du problème en disant que le masculin ou le féminin des noms relèvent du hasard. Évidemment, on ne trouve à cela aucune raison si précisément on se borne à des raisons raisonnables. Il y faudrait peut-être un examen onirique[1]. » L'hypothèse implicite de ce projet d'examen, ou de *génosanalyse*[2], est apparemment que la répartition des genres répond originellement à une motivation plus ou moins consciente (« onirique ») chez les créateurs de la langue. Bachelard rapporte la charmante conjecture de Bernardin de Saint-Pierre, selon laquelle les femmes auraient créé les noms masculins pour désigner les objets doués « de force et de puissance », et réciproquement les hommes, les noms féminins pour les objets doués « de grâce et d'agrément ». Moins imaginatif, et fort peu complaisant d'ordinaire à la spéculation motivante, James Harris lui-même hasardait que, si « dans quelques mots, c'est le matériel du mot lui-même qui a déterminé ces distinctions : une terminaison ou une autre, la déclinaison dans laquelle il a été placé ont suffi pour le déterminer à être de tel ou tel genre (...) il paraît qu'il y en a eu dont le genre a été fixé par un raisonnement plus conséquent, qui fit apercevoir dans les choses même qui n'ont pas de sexe une espèce d'analogie éloignée avec cette grande distinction naturelle qui, suivant l'expression de Milton, est le principe de la vie de tous les êtres[3] ».

On voit comment la rêverie sexualisante se rattache au thème mimologique : elle consiste à *justifier* le genre d'un nom par un rapport de convenance entre ce genre et l'appartenance sexuelle métaphoriquement prêtée à l'objet nommé.

Mais cette vulgate ne va pas sans quelques nuances, que nous avons entrevues chez Damourette et Pichon, et que nous allons retrouver.

1. *PR*, p. 30 (sauf indication contraire, toutes les citations suivantes proviennent de ce livre, et particulièrement de son premier chapitre, « Le rêveur de mots »).

2. J'étends un peu le sens proposé p. 35 pour ce terme : « analyse d'une page littéraire par le genre des mots ».

3. *Hermès*, 1751, trad. Thurot, 1806, p. 47. Cette hypothèse ne semble d'ailleurs pas avoir fait l'unanimité au XVIIIe siècle. Dans sa 8e *Leçon de rhétorique*, 1783, Blair la rapporte avec ses exemples, mais non sans « élever quelques doutes à cet égard » ; les langues ne lui paraissent « en aucun point plus bizarres et moins asservies à aucune règle ».

Il s'agit ici d'une motivation partielle, puisqu'elle porte sur un aspect seulement, et non sur la totalité du vocable : on peut dire, comme Bachelard, que le genre féminin du mot français *eau* est bien accordé à la « féminité » de l'élément aquatique, mais cela n'implique pas que la sonorité, par exemple, ou le graphisme de ce mot ait quoi que ce soit de féminin. Il s'agit aussi d'une motivation purement, et pour ainsi dire abstraitement grammaticale, qui porte sur le genre lui-même et non sur sa marque morphologique matérielle ; il ne faut donc pas la confondre avec cette variété du mimologisme classique qui consiste à motiver un morphème de genre par une caractéristique phonique jugée « adéquate » à sa fonction : ainsi pour le même Bachelard la « douceur » ou la « lenteur » des désinences féminines[1] ; de même, Proudhon observait que « dans toutes les langues la terminaison féminine [originellement, selon lui, marque de diminutif] fut plus douce, plus tendre, si l'on peut dire, que celle du masculin : l'hébreu, le grec, le latin, etc., la font en *a*, le français en *e* muet, et l'on sait combien ces deux terminaisons donnent au style de douceur et de grâce » ; pour Grimm, « le genre masculin fut celui qui reçut l'empreinte la plus forte et la plus parfaite ; le genre féminin prit une forme moins accidentée et plus lourde ; dans le genre masculin, ce sont les consonnes et les voyelles brèves qui dominent, dans le genre féminin ce sont au contraire les voyelles longues » ; et selon Renan, « si l'*a* et l'*i* sont les voyelles caractéristiques du féminin dans toutes les langues, c'est sans doute parce que ces voyelles sont mieux accommodées que les sons virils *o* et *ou* à l'organe féminin[2] ». Cette motivation morphophonique s'applique en principe à des noms proprement féminins (animés)

1. « Les désinences féminines ont de la douceur » ; « le féminin dans un mot accentue le bonheur de parler, mais il y faut quelque amour des sonorités lentes ».

2. Proudhon, *Essai de grammaire générale*, 1837, p. 265 ; Grimm, *De l'origine du langage*, 1852, trad. fr., Paris, 1859, p. 43 ; Renan, *De l'origine du langage*, p. 22 ; l'influence prêtée à l'*organe* (phonateur, je suppose) *féminin* sur le choix des morphèmes est encore un glissement, caractéristique chez Renan, vers le mimologisme subjectif : certains phonèmes sont féminins par adéquation non à l'objet désigné mais au sujet désignant. A moins que, pour accorder les deux fonctions, on ne suppose, comme semble le faire ici Renan, que les objets « féminins » ont été nommés par les femmes, et les masculins par les hommes : hypothèse inverse de celle de Bernardin, et certes moins gracieuse.

comme *lupa* vs *lupus* ou *louve* vs *loup*. Elle peut aussi (comme souvent chez Bachelard) se rencontrer avec la motivation sexualisante des genres (d'inanimés), et par là en renforcer l'effet, comme dans, disons *rivière* vs *ruisseau* ou *cuillère* vs *couteau* ; mais elle ne se confond pas avec elle. Les mêmes projections psychologiques s'investissent ici et là, mais dans des processus linguistiques tout à fait distincts La sexuisemblance proprement dite est indépendante de la motivation des morphèmes de genre ; elle porte sur la notion de genre elle-même, sans se soucier de ses morphèmes – au reste bien souvent, du moins en français, extérieurs au vocable : *eau* n'est féminin que par les marques qu'il détermine sur d'autres mots (son article, son adjectif) qui s'« accordent » à lui, et *rivière* n'est pas morphologiquement plus féminin que *fleuve*, ni *femme* que *homme*, et *sœur* l'est plutôt moins que *frère*, comme *fagus* l'était moins que *poeta*.

Il y a donc ici un fait psycholinguistique relativement abstrait, où le signifiant n'est pas nécessairement une réalité phonique ou graphique, mais une catégorie grammaticale, quelle que soit sa marque ou son absence de marque. Quant au signifié, il est évidemment métaphorique[1], et l'essentiel du rôle de l'imagination est dans la constitution de cette métaphore. La motivation consistera donc à interpréter en termes de féminité ou de virilité le caractère, ou pour le moins telle ou telle caractéristique, de l'objet. Cette interprétation suppose elle-même une extension analogique de la définition des sexes, et bien entendu cette extension, qui n'est rien moins qu'objective, procède à son tour de quelques investissements typiquement idéologiques qui auraient attiré, en d'autres circonstances, le regard critique de Bachelard épistémologue. Ainsi, pour Harris, « on peut conjecturer que l'on a considéré comme substantifs masculins ceux en qui l'on remarquait ou la faculté de communiquer des qualités, ou des caractères d'activité, de vigueur, d'énergie, et cela indifféremment pour le bien ou le mal, ou enfin ceux qui avaient des titres à quelque sorte de supériorité, estimable ou autrement. Au contraire on a regardé comme féminins ceux qui avaient la propriété de recevoir, de contenir, ou de pro-

1. « L'attribution du genre aux êtres dépourvus de sexe fut une véritable métaphore » (Proudhon, *op. cit.*, p. 266).

duire et de donner la vie ; ou qui de leur nature étaient plutôt passifs qu'actifs, ou qui avaient un caractère particulier de grâce et de beauté, ou qui avaient rapport à de certains excès dont on jugeait les femmes plus susceptibles que les hommes ». Le soleil est donc généralement[1] masculin parce qu'il donne la lumière, la chaleur et l'énergie fécondante ; la lune est féminine parce qu'elle ne fait que recevoir la lumière solaire, et que ses rayons réfléchis sont plus doux. Le ciel est masculin comme source des pluies fécondantes, la terre féminine comme mère de tous les êtres vivants ; l'océan aurait pu être féminin comme réceptacle de toutes les eaux, mais sa terrible puissance a fait pencher en faveur du masculin. Le temps, Dieu, le sommeil, la mort sont le plus souvent masculins pour la même raison, la vertu féminine à cause de son charme et de sa beauté, le vice masculin pour sa laideur, la Fortune féminine en raison de ses caprices, etc.[2].

1. Harris s'appuie surtout ici sur l'usage grec et latin, et sur les personnifications de l'anglais poétique.

2. Comme souvent dans ce genre d'analyses portant sur des représentations collectives purement hypothétiques, le départ est impossible entre la conjecture objective et la projection inconsciente. On retrouve cette ambiguïté chez Meillet lui-même à propos de ce qu'il nomme les « conceptions indo-européennes » du genre : « Le nom du sommeil, *hupnos* en grec, *somnus* en latin, etc., est masculin parce que le sommeil est une force puissante qui soumet les hommes à sa volonté… La nuit, dont le caractère religieux est beaucoup plus vivement senti que ne l'est celui du jour, parce qu'elle a quelque chose de plus mystérieux, a partout un nom féminin… le ciel, d'où vient la pluie fécondante, est du masculin, la terre, qui est fécondée, est du féminin ; le pied est du masculin, la main, qui reçoit, est du féminin » (*op. cit.*, p. 222, 225, 229) ; on aimerait fantasmer ici sur la masculinité du pied, mais un autre texte de Meillet nous en donne une explication inattendue : « le pied, qui se pose sur le chemin, est conçu comme mâle, et le chemin comme femelle » (« Essai de chronologie des langues *i.-e.* : la théorie du féminin », *Mémoires de la société de linguistique*, XXXII, fsc. 2, p. 7). Pichon, qui cite cette hypothèse et quelques autres analogues du même auteur, parle à ce propos, semi-lapsus révélateur, de « ce mode métaphorique de pensée que nous sommes amenés à *prêter* à nos lointains prédécesseurs indo-européens », et que « nous devons bien nous attendre à rencontrer encore existant chez nous-mêmes » (*op. cit.*, p. 68). En voici en effet quelques manifestations fort claires : « La langue a tendance à mettre au masculin tout ce qui est indifférencié, et en particulier tout ce que l'on compare aux petits des animaux, encore à un âge où le sexe ne compte pas, tout ce à quoi on prête une âme individuelle, source d'activité indépendante et imprévisible ; tout ce qui est figé dans une délimitation précise, méthodique et en quelque sorte matérielle ; au féminin, les substances immatérielles présentées comme purement abstraites en dehors de tout phénomène ; tout

Comme on le voit, le motif central de l'extension métaphorique est ici fort simple, et directement emprunté aux caractéristiques de (l'idée masculine de) la relation sexuelle : le mâle est actif, puissant et laid, la femelle est passive, féconde et gracieuse. Nous avons rencontré ce thème oppositionnel chez Bernardin et Proudhon, nous le retrouvons inévitablement chez Bachelard, à quelques nuances près : la valeur féminine de fécondité disparaît presque entièrement chez lui, et lorsqu'il la rencontre chez Proudhon il la rejette comme une rationalisation superficielle ; au même Proudhon, il reproche de laisser en suspens le motif de la petitesse, mais il ne le poursuit guère lui-même. Le véritable thème de la féminité, pour Bachelard, c'est celui que révèlent les deux caractéristiques prêtées aux « sonorités féminines », qui sont *douceur* (ou tendresse) et *lenteur*. Ce qui valorise la féminité, c'est son caractère fondamental de profondeur et d'intimité. Le masculin est le genre de l'action extérieure et de l'exploitation : « Aimer les choses pour leur usage relève du masculin. Elles sont les pièces de nos actions, de nos vives actions. » Le féminin est le genre de la contemplation et de la communion intime avec la profondeur naturelle : « ... mais les aimer intimement, pour elles-mêmes, avec les lenteurs du féminin, voilà qui nous engage dans le labyrinthe de la nature intime des choses ». Cette opposition fondamentale inspire quelques-uns des couples que Bachelard apparie

---

ce qui est en train de subir une activité exogène ; tout ce qui évoque une fécondité sans variété, capable de répéter indéfiniment un même type d'activité productive… Ces notions sur la signification psychologique de la répartition de genre nous montrent déjà, quelque imparfaites qu'elles soient encore, que nous avons affaire à une métaphore de *sexe*. Ceci est particulièrement frappant pour le féminin : la femme est passive, la femme est une mère, une pondeuse que l'homme féconde » (p. 70), et encore : « Notre langue semble tendre à mettre au féminin les objets, les résultats ou les résidus d'une activité exogène (ex. *blessure*), les engins qui ont une activité productrice toujours la même (ex. *batteuse*), et enfin les substances immatérielles conçues comme purement abstraites en dehors de tout événement (ex. *bonté*). L'allusion psychologique au sexe féminin est claire dans les trois cas : la femelle possédée, la pondeuse, et la divine çakti parèdre de chaque dieu sont encore des notions pleinement vivantes dans le fond de notre âme française » (« Genre et questions connexes », *Le Français moderne*, janv. 1938, p. 33). En ce temps-là, le « sexisme » avait bonne conscience.

avec complaisance[1] : l'*angle* et la *courbe*[2], le *courage* et la *passion*, le *jour* et la *nuit*, le *sommeil* et la *mort*, le *berceau* et la *berce*, « où l'on connaît le vrai sommeil, puisqu'on dort dans le féminin » – formule révélatrice –, « la montre fidèle et le chronomètre exact », « la lampe amicale et le stupide lampadaire », « l'huis rébarbatif et la porte accueillante », le sapin « droit et vigoureux » et (féminin dans le poème de Heine) le palmier « ouvert en toutes ses palmes, attentif à toutes les brises » : ici, le passage d'une langue à l'autre permet de « conquérir un féminin » et donc – conséquence caractéristique – d'« approfondir tout un poème », heureuse revanche sur « l'extraordinaire inversion » qui donne (en allemand) au soleil le genre féminin et à la lune le genre masculin, scandale linguistique, exceptionnel défaut d'une langue qui donne au rêveur (français) « l'impression que sa rêverie se pervertit[3] ». Autres scandales, le masculin de *fleuve*, de *Rhin*, de *Rhône*, « monstres linguistiques » qui trahissent la « féminité de l'eau véritable », qu'illustrent au contraire les noms de ces vraies *rivières* que sont l'*Aube*, la *Moselle*, et (tant pis pour la terminologie géographique) la *Seine* et la *Loire* ; ou encore, le masculin de *Brunnen*, qui contraste avec la juste féminité de *fontaine* ; encore Bachelard finit-il ici par légitimer (remotiver) quelque peu ce renversement de rêverie : « Ce

1. Non pas tous : certains paraissent plus conventionnels, comme *orgueil/vanité*, ou insignifiants, comme *coffret/terrine, glace/miroir, feuille/feuillet, bois/forêt, nuée/nuage, vouivre/dragon, luth/lyre, pleurs/larmes*.

2. *PE*, p. 138.

3. Le scandale devant ce que Damourette et Pichon appellent le « répartitoire de sexuisemblance » germanique est naturellement un des topoï de la francité linguistique ; en voici une illustration typique sous la plume de Michel Tournier, ou du moins de son naïf héros pédophore : « Ce qui est tout à fait aberrant, c'est le sexe attribué par les mots allemands aux choses et même aux gens. L'introduction *(sic)* d'un genre neutre était un perfectionnement intéressant, à condition d'en user avec discernement. Au lieu de quoi, on voit se déchaîner une volonté maligne de travestissement général. La lune devient un être masculin, et le soleil un être féminin. La mort devient mâle, la vie neutre. La chaise est elle aussi masculinisée, ce qui est fou ; en revanche le chat est féminisé, ce qui répond à l'évidence même. Mais le paradoxe est à son comble avec la *neutralisation* de la femme elle-même, à laquelle la langue allemande se livre avec acharnement *(Weib, Mädel, Mädchen, Fräulein, Frauenzimmer)* » (*Le Roi des aulnes*, Folio, p. 425).

n'est pas la même eau qui sort de la fontaine et du Brunnen », celle-ci « bruit plus profondément » et « s'étale moins doucement », elle laisse entrevoir ce que pourrait être la vérité paradoxale d'une eau masculine ; « mais c'est sans doute une tentation du diable que d'aller rêver dans une langue qui n'est pas la langue maternelle. Je dois être fidèle à ma fontaine ». Le thème de féminité préside en effet à toute la rêverie aquatique, et suggère une réduction sexualisante de la fameuse quadripartition des éléments : l'eau est essentiellement féminine, et en cela elle s'oppose au feu, essentiellement masculin[1] ; il faudra attendre le moment d'ultime indulgence et réconciliation pour découvrir ou accueillir la féminité, d'une *flamme*, celle de la tardive et silencieuse chandelle. La terre, de son côté, est féminine, elle est au moins une fois opposée au ciel, et donc implicitement à l'air masculin : aussi inspire-t-elle une (double) *rêverie*, tandis que l'air préside aux *songes*. Il faut ici tricher un peu, bien sûr, car l'eau féminine commande les *rêves* masculins, et les rêveries terrestres sont pour moitié de la *volonté*, mot féminin pour une réalité virile, et pour moitié du *repos*, mot masculin pour le plus féminin des états (il est vrai que la féminité est surtout le *lieu* d'un repos qui est sans doute celui de l'homme), mais la bipartition reste évidente pour l'essentiel : l'air et le feu se partagent le royaume masculin d'en haut, la terre et l'eau l'empire féminin d'en bas[2].

1. *ER*, p. 8 ; la féminité de l'eau s'oppose aussi, sur un autre plan, à la virilité du vin (toujours l'*âme française*) : « Pour qui rêve les substances dans leur acte profond, l'eau et le vin sont des liquides ennemis. C'est médecine que de les mêler. Un vin coupé, un vin coupé d'eau – la bonne langue française ne s'y trompe pas – c'est vraiment un vin qui a perdu sa virilité » (*TR*, p. 327).

2. Tous ces exemples illustrent la sexualité métaphorique d'objets inanimés. Mais l'influence du genre est encore plus sensible dans le cas de certains noms (que Pichon nomme « figuratifs ») d'espèces animales, que la langue courante masculinise ou féminise en bloc : chacun sait combien il est difficile de penser la version femelle du renard, du léopard, de l'éléphant, ou mâle de la panthère, de la cigale, de la fourmi, et combien s'imposent à l'imagination enfantine ou folklorique ces accouplements purement linguistiques : le rat et la souris, le crapaud et la grenouille, le pigeon et la colombe, etc. Les raisons données par certains linguistes pour ces répartitions arbitraires sont encore bien révélatrices de l'interprétation sexuiste : « Si certains animaux ont des noms féminins sans considération de sexe, ce ne sont que de petits animaux, surtout

Un tel partage pourrait inspirer une valorisation unilatérale de la masculinité, comme force d'élévation et donc comme signe de supériorité, « estimable ou autrement », disait Harris. On sait déjà qu'il n'en va pas ainsi chez Bachelard, ou plus exactement que l'accent s'y porte presque entièrement sur la contre-valorisation compensatoire [1], qui est l'exaltation du féminin comme *profondeur*, c'est-à-dire comme infériorité maintenue mais valorisée en tant que telle. L'empire féminin, c'est la profondeur accueillante, apaisante et réconciliante du *refuge* : le « sein » maternel, bien sûr, le retour à la sécurité et à la tendresse utérine. Aussi toute la *Poétique de la rêverie* est-elle, non pas seulement une rêverie sexualisante, mais bien une rêverie *féminisante*, une quête de la féminité linguistique, où chaque féminin « conquis » est une victoire et un accroissement, une promesse de bonheur.

On pourrait être tenté de rapporter cette attitude à un banal psychologème (ou psychanalème), et cette interprétation ne serait pas tout à fait sans fondement. Mais elle ne devrait pas méconnaître, ou écraser au passage, cette particularité plus topique : c'est que ces pages sur la féminité sont aussi et d'abord un chapitre sur la rêverie, et que la rêverie elle-même est pour Bachelard une activité essentiellement féminine (ce qui ne veut certes pas dire une activité de femme). Le couple dominant est ici *rêverie* vs *rêve* (« en gros, le rêve est masculin, la rêverie est féminine »), qui renvoie immédiatement à l'opposition fondamentale, empruntée à Jung, entre *anima* et *animus*. Féminine, la rêverie l'est apparemment en ce sens qu'elle ne peut investir qu'un objet féminin, et à son tour l'analyste (le génosanalyste), pour « investir le noyau de la rêverie féminine », doit « se confier au féminin des mots ».

---

des insectes » (Meillet, p. 213) ; « Un terme générique peut devenir féminin si la bête, par sa grâce, sa légèreté, etc., évoque une idée féminine : c'est le cas pour *souris*, qui était masculin en latin » (Dauzat, p. 205) ; « Dans le groupe figuratif, le genre se règle sur la comparaison qui est faite de l'allure générale de l'espèce animale avec celle d'une femme ou celle d'un homme : par exemple la *souris* trotte-menu, amasseuse de menues provisions, est réputée femme, comme la *fourmi* ; au contraire, l'*éléphant*, majestueux, courageux, intelligent, redoutable, est masculin » (Pichon, p. 75). A la *baleine*, ô Achab, manquait sans doute le courage et l'intelligence.

1. Sur un effet analogue à propos de *jour/nuit*, voir *Figures II*, p. 102-109.

Seuls les mots féminins « sont des mots à rêverie, ils appartiennent au langage d'*anima* ». La rêverie sur le féminin est donc finalement une rêverie circulaire, auto-contemplative : comme le dit bien son titre, une *rêverie sur la rêverie*. On ne devrait donc interroger la valorisation bachelardienne du féminin qu'à travers cette autre (et même) valorisation qui est celle de la rêverie, que sa féminisation, entre autres, oppose si fort au « rêve diurne » freudien, deux fois masculin, comme rêve et comme diurne. Là n'est pas notre objet. Notons en revanche que si la « féminité » de la rêverie tient à ce qui s'y investit de désir « œdipien » de retour à l'intimité originelle, c'est-à-dire à la sécurité de l'indistinction, de l'indifférenciation, de l'identité, la rêverie mimologique, comme nous avons pu l'observer à plusieurs reprises, est rêverie par excellence, puisque refus et fuite de la différence, désir ou nostalgie, projetés sur la réalité verbale, d'une identité rassurante et bienheureuse, paresseuse peut-être, du mot et de la chose, du langage et du monde. En ce sens, le mimologisme n'est pas une rêverie linguistique parmi d'autres, c'est la rêverie même du langage – ici encore au double sens, comme si le langage lui-même, oubliant le « défaut » dont il vit, rêvait sa propre (et illusoire) intimité, sa propre (et impossible) identité à soi, son propre (et mortel) repos [1].

1. Sur la valorisation mimétique de la langue propre, voir le témoignage de Julien Green dans « Mon premier livre en anglais », *L'Apprenti psychiatre*, Livre de Poche, 1977, p. 59-83.

Mimophonie restreinte

Parmi les thèmes d'interprétation et de valorisation chers à la rêverie mimologique, l'un des plus fréquents et des plus productifs – nous avons eu plusieurs occasions de le noter – est l'opposition entre voyelles et consonnes. Cette opposition, disons-le tout de suite sans entrer dans le détail des données phonétiques, a plus de résonance imaginaire que de réalité objective. « En pratique, dit un linguiste, la limite n'est pas toujours nette[1]. » Mais pour la conscience linguistique naïve, l'antithèse est évidente, et son motif dominant est naturellement, comme on le voit bien chez de Brosses, ou Nodier, ou Claudel, le contraste entre la simple émission vocale et l'effort ou geste articulatoire. D'où un réseau de métaphores qui toutes interprètent ce contraste comme opposition entre matière et forme, substance et mouvement, couleur et dessin, chair et os. Aux textes déjà rencontrés, j'ajoute quelques témoignages recueillis au semi-hasard d'une lecture orientée. *Forme* vs *matière* : « Je me dis qu'il y a des *mots-voyelles* et des *mots-consonnes*. Les premiers donnent la matière des expressions, et les autres la figure[2]. » *Forme* vs *couleur, charpente* vs *tissu* : « A un point de vue général, si nous comparions la poésie à l'architecture, on pourrait dire que les consonnes représentent la charpente de l'édifice et les membrures qui en relient toutes les parties, tandis que les voyelles semblent les brillantes métopes de la frise. Si c'est dans la peinture que nous cherchons des termes de comparaison, les consonnes seront des formes qui concourent à une même action, sur le même plan ou sur des plans différents, tandis que les voyelles seront les couleurs s'harmonisant les unes avec les autres pour produire un effet puissant par l'unité et la variété » ; « Ce sont les consonnes qui constituent

1. André Martinet, *Éléments de linguistique générale*, Colin, 1960, p. 50.
2. Valéry, *Cahiers*, Pléiade, I, p. 453.

la charpente ou armature des mots, et cette charpente évoque les dynamismes opératoires, suggère des actions... »[1]. *Mouvement*, donc, vs *corps* : « On sait que la création linguistique, dont l'invention poétique ne constitue qu'un état plus parfait, procède par schèmes moteurs, que les racines verbales sont, dans les langues indo-européennes et plus encore dans les langues sémitiques, des assemblages de consonnes, c'est-à-dire des mouvements verbaux, et non pas des sons, c'est-à-dire des corps verbaux. Toute racine, tout mouvement verbal, peut se résoudre selon les cas en des mots fixes, en des vocalisations précises, s'arrêter en se solidifiant autour de voyelles; *esprit, inspiration, respirer*, représentent des réalisations locales et précises en lesquelles il ne nous paraît pas que la racine élémentaire faite de consonnes épuise toutes les possibilités verbales dont elle est grosse, étant vivante : les centaines de mots indo-européens actuels qu'elle a comme déposés sur sa route sont peu de chose à côté de ceux qu'elle aurait pu y déposer. Et pourtant cette réalité indéfiniment féconde de la racine faite de consonnes est une réalité simple. Elle nous représente le type du schème moteur, type élémentaire de toute vie linguistique[2]. »

Cette relation apparente entre le dynamisme du mouvement articulatoire et le statisme amorphe de l'émission vocalique va le plus souvent jusqu'à effacer de la pratique interprétative l'un des traits phonétiques pourtant constitutifs de l'opposition, et qui est l'origine même du mot *consonne*, à savoir que les consonnes ne peuvent en principe être prononcées seules et former une syllabe sans prendre appui sur un son vocalique, ce qui donne aux voyelles l'avantage de l'autonomie phonique. Mieux, cette dépendance est presque toujours ressentie comme un trait de supériorité, spontanément traduite en termes d'*activité* vs *passivité* : la consonne est censée appliquer (« imprimer », disait de Brosses) sa forme articulatoire à la matière vocalique qui la soutient; la consonne, en quelque sorte, *articule la voyelle*. D'où cette métaphore insistante, qu'on lit par exemple chez Grimm : « les voyelles sont évidemment de nature féminine, et les

1. Becq de Fouquières, *Traité général de versification française*, 1879, p. 222; Matila Ghyka, *Sortilèges du verbe*, 1949, p. 57.
2. Albert Thibaudet, *Réflexions sur la littérature*, Gallimard, 1938, p. 477.

consonnes de nature masculine[1] », ou chez Gabriel Bounoure, cité et approuvé par Bachelard : « Aux consonnes qui dessinent la structure masculine du vocable se marient les voyelles changeantes, les colorations fines et nuancées des féminines voyelles[2]. » Où l'on retrouve (malgré l'identité de genre des termes) le « répartitoire de sexuisemblance » et la rêverie sexiste. Une telle équivalence, bien sûr, ne peut que fixer l'opposition en la surdéterminant. Elle commande un réseau d'attributions symboliques dont nous avons déjà rencontré quelques éléments, et dont la constance est elle aussi très remarquable : ainsi, comme féminines-affectives, les voyelles expriment les sensations, tandis que les consonnes, masculines-intellectuelles, expriment les idées (Gébelin) ; comme féminines-introverties, les voyelles expriment les sentiments intérieurs, tandis que les consonnes, masculines-extraverties, sont des images ou des représentations du monde extérieur (Swedenborg, A. W. Schlegel)[3].

En régime de mimologie subjective, le schéma évolutif rencontré chez de Brosses et chez Nodier fait de la voyelle l'élément phonique le plus primitif, c'est-à-dire à la fois le plus fondamental et le plus inchoatif : l'« âge de la voyelle » est l'enfance du langage. Pour Rousseau, la « première langue » se caractérise par le « peu d'articulations ; quelques consonnes interposées effaçant l'hiatus des voyelles suffiraient pour les rendre coulantes et faciles à prononcer. En revanche, les sons seraient très variés, et la diversité des accents multiplierait les mêmes voix : la quantité, le rythme seraient de nouvelles sources de combinaisons, en sorte que, les voix, les sons, les accents, le nombre, qui sont de la nature, laissant peu de chose à faire aux articulations qui sont de convention, l'on chanterait au lieu de parler[4] ». Selon Bernardin, la proportion des voyelles et des consonnes indique même assez précisément le degré d'ancienneté d'une langue : « Les voyelles abondent dans les langues des peuples naissants : elles y sont souvent redoublées, et les consonnes y sont rares et en petit nombre : c'est ce qu'on peut remarquer dans les vocabulaires des

1. *De l'origine du langage*, 1852, trad. fr., 1859, p. 38.
2. Préface à Edmond Jabès, *Je bâtis ma demeure*, Gallimard, 1959.
3. Voir Tzvetan Todorov, « Le sens des sons », *Poétique 11* ; Schlegel, *Kritische Schriften und Briefe*, Stuttgart, 1962, I, 187.
4. *Essai sur l'origine des langues*, chap. IV.

peuples de la mer du Sud. Leur langue ressemble encore en cela à celle de nos enfants. Quand les langues ont commencé à prendre un caractère et pour ainsi dire à dessiner les mots en les articulant, alors les consonnes se sont multipliées ; c'est ce qui est sensible dans nos langues européennes, qui ne sont que des dialectes de langues primitives. C'est ce qu'on peut remarquer surtout dans la langue russe, dérivée du grec, laquelle a quarante-deux lettres dans son alphabet, dont plusieurs ne sont que nos mêmes consonnes différemment prononcées. Il y a donc cette différence des langues primitives aux dialectes, qui n'en sont que des dérivés, que les mots des langues primitives abondent en voyelles, et ceux des dialectes en consonnes ; que les premières sont pour ainsi dire chantées, n'étant composées que de sons, et les secondes sont parlées, étant articulées par des consonnes[1]. » Pour Chateaubriand enfin, et plus spécifiquement, la voyelle *a* (« première voyelle ») est l'indice par excellence d'une primitivité toute pastorale et idyllique :

> On peut remarquer que la première voyelle de l'alphabet se trouve dans presque tous les mots qui peignent les scènes de la campagne, comme dans charme, vache, cheval, labourage, vallée, montagne, arbre, pâturage, laitage, etc., et dans les épithètes qui ordinairement accompagnent ces noms, telles que pesante, champêtre, laborieux, grasse, agreste, frais, délectable, etc. Cette observation tombe avec la même justesse sur tous les idiomes connus. La lettre A ayant été découverte la première, comme étant la première émission naturelle de la voix, les hommes, alors pasteurs, l'ont employée dans les mots qui composaient le simple dictionnaire de leur vie. L'égalité de leurs mœurs, et le peu de variété de leurs idées nécessairement teintes des images des champs, devaient aussi rappeler le retour des mêmes sons dans le langage. Le son de l'A convient au calme d'un cœur champêtre et à la paix des tableaux rustiques. L'accent d'une âme passionnée est aigu, sifflant, précipité ; l'A est trop long pour elle : il faut une bouche pastorale, qui puisse prendre le temps de le prononcer avec lenteur. Mais toutefois il entre

1. *Harmonies de la nature*, III, p. 234. Ici, comme chez de Brosses, *articuler*, c'est *dessiner* ; et *parler* tient clairement le milieu entre *chanter* et *écrire*.

> fort bien encore dans les plaintes, dans les larmes amoureuses, et dans les naïfs *hélas* d'un chevrier. Enfin, la nature fait entendre cette lettre rurale dans ses bruits, et une oreille attentive peut la reconnaître diversement accentuée, dans les murmures de certains ombrages, comme dans celui du tremble et du lierre, dans la première voix, ou dans la finale du bêlement des troupeaux, et, la nuit, dans les aboiements du chien rustique[1].

Cette vulgate évolutionniste en rejoint une autre, d'inspiration plus géographique, également illustrée par Rousseau[2], selon laquelle la voyelle domine dans les « langues du midi » et la consonne dans les « langues du nord », comme le polonais, « la plus froide de toutes les langues ». Pour Hugo, de même,

> le soleil produit les voyelles comme il produit les fleurs, le Nord se hérisse de consonnes comme de glaces et de rochers. L'équilibre des consonnes et des voyelles s'établit dans les langues intermédiaires, lesquelles naissent des climats tempérés. C'est là une des causes de la domination de l'idiome français. Un idiome du Nord, l'allemand par exemple, ne pourrait devenir la langue universelle : il contient trop de consonnes que ne pourraient mâcher les molles bouches du Midi. Un idiome méridional, l'italien, je suppose, ne pourrait non plus s'adapter à toutes les nations ; ses innombrables voyelles à peine soutenues dans l'intérieur des mots s'évanouiraient dans les rudes prononciations du Nord. Le français, au contraire, appuyé sur les consonnes sans en être hérissé, adouci par les voyelles sans en être affadi, est composé de telle sorte que toutes les langues humaines peuvent l'admettre (...). En examinant la langue au point de vue musical, et en réfléchissant à ces mystérieuses raisons des choses que contiennent les étymologies des mots, on arrive à ceci que chaque mot, pris en lui-même, est comme un petit orchestre dans lequel la voyelle est la voix, *vox*, et la consonne l'instrument, l'accompagnement, *sonat cum*. Détail frappant et qui montre de quelle façon vive une vérité une fois trouvée fait sortir de l'ombre toutes les autres, la musique

1. *Le Génie du christianisme*, II, livre III, chap. VI.
2. *Essai, passim* et sp. chap. VII. Cf. Renan, ici même p. 284.

> instrumentale est propre aux pays à consonnes, c'est-à-dire au Nord, et la musique vocale aux pays à voyelles, c'est-à-dire au Midi. L'Allemagne, terre de l'harmonie, a des symphonistes ; l'Italie, terre de la mélodie, a des chanteurs. Ainsi, le Nord, la consonne, l'instrument, l'harmonie ; quatre faits qui s'engendrent logiquement et nécessairement l'un de l'autre, et auxquels répondent quatre autres faits parallèles : le Midi, la voyelle, le chant, la mélodie [1].

L'homme primitif et/ou méridional (les deux traits se confondent évidemment si l'on suppose, comme souvent, que l'humanité est née au Sud) est clairement conçu ici, selon le modèle ontogénétique, comme un être dans l'enfance, trop faible, trop paresseux, peut-être trop heureux pour tenter l'effort d'articulation. Une autre image du primitif et de la nature sauvage (force brutale et obscure) commande au contraire, chez le même Hugo, l'idée d'une langue première barbare et confuse, aux mots interminables et bardés de consonnes : « Plus l'homme est ignorant, plus l'obscur le charme ; plus l'homme est barbare, plus le compliqué lui plaît. Rien n'est moins simple qu'un sauvage. Les idiomes des hurons, des botocudos et des chesapeaks sont des forêts de consonnes à travers lesquelles, à demi engloutis dans la vase des idées mal rendues, se traînent des mots immenses et hideux, comme rampaient les monstres antédiluviens sous les inextricables végétations du monde primitif. Les algonquins traduisent ce mot si court, si simple et si doux, *France*, par *Mittigouchiouekendalakiank* [2]. » Il y a donc deux primitifs possibles : le bon sauvage des mers du Sud, qui vocalise doucement au soleil, et l'Indien cruel, sauvage, ou plutôt, pour l'occasion, *barbare* du Nord, qui brandit ses consonnes comme autant de flèches et de haches de guerre. Mais l'intuition phonétique reste une : c'est la verticalité (hérissement, forêt, harmonie), c'est-à-dire la rude virilité de l'articulation

1. *Le Tas de pierres III*, 1838-1840, *Œuvres complètes*, éd. Massin, VI, p. 1160.

2. *Le Rhin*, lettre XX. On retrouve cette idée du baroquisme primitif, confortée de la même métaphore métonymique, par exemple chez Jespersen : « La langue primitive surabondait en irrégularités et anomalies… elle était pleine de caprice et de fantaisie, et déployait une luxuriante végétation de formes imbriquées les unes dans les autres comme les arbres de la forêt vierge » (*Language*, chap. XXI, § 9).

consonantique opposée à la douceur étale (mélodie) du son vocalique. Rousseau et Hugo n'ont pas toujours la même idée du sauvage, mais ils ont bien la même idée de l'opposition voyelle/consonne, et c'est elle qui fait système.

Cette symbolique fondamentale entraîne naturellement des valorisations contradictoires, ou plutôt elle détermine un équilibre instable et toujours réversible de valorisation et de contre-valorisation. Le privilège mâle de la consonne est évident chez de Brosses, chez Mallarmé, chez Claudel. On le retrouve par exemple chez Clemens Brentano, qui recommandait plaisamment à Bettina une hiérarchie linguistique à la manière indoue, « dans laquelle les consonnes sont des aristocrates qui n'autorisent pas les bourgeoises voyelles à pénétrer dans leur caste », et s'appliquait à écrire à la suite toute une phrase en omettant les voyelles[1]. Mais le système est beaucoup plus équilibré chez Gébelin ou Nodier, qui accordent aux voyelles une pleine valeur expressive, et il se renverse tout à fait chez Rousseau, pour qui, fort logiquement, la primitivité de la voyelle, chantante, inarticulée, rebelle à l'écriture, est marquée d'un signe positif – y compris en politique, puisque la démocratie suppose une langue dans laquelle un orateur puisse facilement se faire entendre du peuple assemblé en plein air, donc une langue « sonore, prosodique, harmonieuse » comme le grec ancien ; au contraire, « qu'on suppose un homme haranguant en français le peuple de Paris de la place de Vendôme : qu'il crie à pleine tête, on entendra qu'il crie, on ne distinguera pas un mot... Or je dis que toute langue avec laquelle on ne peut se faire entendre du peuple assemblé est une langue servile ; il est impossible qu'un peuple demeure libre et qu'il parle cette langue-là[2] ». Ou, comme on vient de le voir, chez Hugo, qui rejette la consonne dans une primitivité barbare et dysphorique. On trouve même au moins une fois, chez Herder, une apologie de la voyelle motivée par son autonomie phonique, et une critique de l'écriture sémitique, coupable comme on le sait de ne noter que les consonnes : « Qu'est-ce qui explique cette particularité de l'hébreu, que ses lettres sont toutes des

1. *Briefe*, éd. Seebass, Nuremberg, 1951, I, p. 80.
2. *Essai*, chap. XX.

consonnes, et que ces éléments dont dépend toute la langue, à savoir les voyelles au son autonome, n'étaient, à l'origine, pas écrites du tout ? Cette façon d'écrire l'accessoire et d'omettre l'essentiel est contraire au cours de la raison (...). Pour nous, les voyelles sont la chose primordiale, la plus vitale, la charnière du langage pour ainsi dire[1] » : c'était par avance l'exact contre-pied de Brentano.

Il serait certes imprudent de prétendre rapporter ces fluctuations de l'équilibre axiologique à un mouvement historique simple et univoque. Il semble toutefois que l'on puisse, très sommairement, rapporter la valorisation de la consonne à une diathèse de type classique et moderne, où domine une sensibilité formelle et dynamique (de Brosses, Mallarmé, Claudel) et celle de la voyelle à un type romantique (au sens baudelairien) où dominent les valeurs substantielles et chromatiques. Et l'on peut trouver significatif que Hugo, qu'on vient de voir dénigrer si fort les consonnes, ait aussi été l'un des premiers à traiter le topos, depuis si rebattu, de la « couleur des voyelles », qui devient au XIXe siècle le motif dominant de l'imagination linguistique[2]. Voici cette page récemment exhumée[3] :

> Ne pourrait-on pas [un mot oublié] que les voyelles existent pour le regard presque autant que pour l'oreille et qu'elles peignent des couleurs ? On les voit. *A* et *i* sont des voyelles

1. *Ursprung der Sprache*, Livre I, 1re partie.

2. On vient de voir, je pense, pourquoi l'idée d'une *couleur des consonnes* est difficilement concevable. Pour Claudel, on s'en souvient, cette difficulté était une évidente impossibilité. Copineau et Nodier associaient bien la couleur rouge à la consonne *r*, mais par le truchement quelque peu artificiel de l'idée commune de vivacité. A ma connaissance, la seule exception massive est chez Nabokov, qui inclut dans la liste de ses synesthésies un *r* noir, un *x* acier, *z* indigo sombre, *k* myrtille, *q* brun, *c* bleu clair, *s* nacre, *f* feuille d'aulne, *p* vert pomme, *t* pistache, *w* vert terne et violet, *d* crème, *g*, *j* et *h* marron, *b* terre de Sienne, *m* flanelle rose, *v* rubis de Bohême (*Autres Rivages*, Gallimard, 1961, p. 33-35) ; mais comme d'habitude chez lui, l'idiosyncrasie et la mystification sont ici difficiles à discerner.

3. *Journal de ce que j'apprends chaque jour* (1846-1847), éd. Journet et Robert, Flammarion, 1965, p. 256-257 ; *Œuvres complètes*, Éd. Massin, VII, p. 601-602. La colonne 2 est celle des mots en *i*, 1 celle des mots en *a*, 3 celle des coprésences ; l'ordre est rétabli dans la seconde série.

blanches et brillantes. *O* est une voyelle rouge. *E* et *eu* sont des voyelles bleues. *U* est la voyelle noire.

Il est remarquable que presque tous les mots qui expriment l'idée de *lumière* contiennent des *u* ou des *i* et quelquefois les deux lettres. Ainsi :

2	1	3
lumière	astre	rayon
briller	ardre	rayonner
scintiller	ange	éclair
étinceler	éclat	éclairer
étincelle	éclater	diamant
pierreries	aube	braise
étoile	aurore	fournaise
Sirius	flamme	constellation
soleil	flambeau	arc-en-ciel
ciel	enflammer	
resplendir	allumer	
œil	auréole	
luire	chandelle	
	candélabre	
	lampe	
	lampion	
Dieu	charbon	
	escarboucle	
	regard	
	lanterne	
	matin	
	planète	
	Aldebaran	

Feu n'exprime nécessairement l'idée d'éclat que dès qu'il s'allume. Alors il devient *flAmme.*

Aucune de ces deux voyelles ne se trouve dans la *lune* qui ne brille que dans les ténèbres. Le *nuage* est blanc, la *nuée* est sombre. On voit le soleil à travers le *brouillArd* ; on ne le voit pas à travers la *brume*. Les mots où se trouvent mêlées l'idée d'obscurité et l'idée de lumière contiennent en général l'*u* et l'*i*. Ainsi *Sirius, nuage, nuit*. La nuit a les étoiles.

Il ne serait pas impossible que ces deux lettres, par cette puissance mystérieuse qui est donnée aux signes, entrassent pour quelque chose dans l'effet lumineux que produisent certains mots qui pourtant n'appartiennent pas à l'ordre physique. Ainsi :

âme	esprit	royauté
amour	intelligence	pairie
	génie	puissance
	gloire	gaîté
César	victoire	saillie
sénat	pouvoir	enthousiasme
	empire	
	joie	

Ce texte appelle quelques remarques, dont la plus évidente est que le tableau n'est complet ni pour la liste des voyelles (manquent par exemple le son *ou*, les voyelles nasales ; on ne sait trop ce que prétend noter ici la lettre E ; la confusion courante du phonique et du graphique joue ici comme ailleurs : le son *i* est parfaitement absent d'*étoile, gloire, joie*, lesquels contiennent en revanche un *a* que Hugo n'y perçoit pas), ni pour celle des couleurs : *o* rouge, *e/eu* bleu n'attirent aucun exemple, sinon peut-être les noms mêmes de ces deux couleurs, qui pourraient bien être les vrais inducteurs de l'association ; rien pour les cinq autres tons du spectre. L'essentiel porte donc sur deux « couleurs » qui n'en sont pas : le noir et le blanc. L'association U-noir est illustrée par *lune* (si l'on admet de reverser sur l'astre des nuits les ténèbres qui l'entourent[1]), *nuée, brume* : rien de vraiment noir là-dedans, de même que les listes chargées de corroborer les valeurs A blanc et I blanc ne contiennent pas un seul objet vraiment blanc : on y trouve même *charbon*, qui y fait antithèse. C'est qu'en fait, on est passé sans le dire (sans le voir) des valeurs proprement chromatiques à des valeurs lumineuses, comme l'annonçait « voyelles blanches et *brillantes* », puis « idée de *lumière* », et plus loin, « idée d'*obscurité* » : la nuée, la brume ne sont pas noires, mais obscures ; l'étoile, l'aube, la braise ne sont pas blanches, mais lumineuses. Ce glissement, nous allons le voir, est tout à fait significatif.

Le tableau de Hugo, on le sait de reste, n'est qu'un témoignage parmi d'autres. Avant lui, on en trouve au

1. On remarque que contrairement aux étoiles la lune ne suffit pas, pour Hugo, à éclaircir la nuit.

	A	E	I	O	U	OU	EU
SCHLEGEL	rouge		bleu ciel	pourpre	violet	bleu foncé	
GRIMM	blanc	jaune	rouge	bleu		noir	
HUGO	blanc	bleu	blanc	rouge	noir		bleu
BRANDES	rouge	blanc	jaune			bleu foncé	
RIMBAUD	noir	blanc	rouge	bleu	vert		
GHIL	noir	blanc	bleu	rouge	jaune		
FECHNER	blanc	jaune		rouge			
NABOKOV	brun	jaune	jaune	ivoire	jaune- vert		
GHYKA	noir	jaune	blanc	rouge	vert		
FLETCHER	lumière/ ombre	vert	bleu	rouge	pourpre/ jaune		
LEGRAND	rouge	blanc	jaune	noir	vert		
X	rouge	blanc	noir	jaune	brun	or dépoli	blanc sale
WERTH	brun	jaune	blanc	bleu foncé			pourpre
LANGENBECK	rouge	jaune	blanc	bleu	gris	brun	bleu ciel
S. P.	rouge	vert clair	jaune	bleu/ rouge			bleu foncé
DEICHMANN	rouge	jaune	blanc	rouge/ brun		brun	
BOAS	rouge	jaune	blanc				
ARGELANDER	rouge blanc sombre	jaune	blanc	brun		noir	
GRUBER	noir bleu blanc	blanc	jaune rouge	brun rouge	noir		
COURS	rouge	gris	jaune	orangé	vert		
FLOURNOY	blanc rouge noir	jaune bleu	rouge blanc	jaune rouge	vert	brun	
CHASTAING	rouge	orange	jaune	violet rouge	vert		bleu

moins un du même genre chez A. W. Schlegel et un chez Jakob Grimm. Après lui, Georg Brandes, Rimbaud, René Ghil, Nabokov, Matyla Ghyka en ont proposé d'autres, auxquels on peut ajouter quelques contributions individuelles ou collectives recueillies par divers psychologues et linguistes modernes. Dans son chapitre sur le *Sonnet des voyelles*[1], Étiemble a comparé quelques-uns de ces tableaux dans un esprit purement critique, insistant sur leurs indéniables discordances et confusions. Je reprendrai ici l'ensemble de ces témoignages, en retenant pour chaque « voyelle » les réponses individuelles et les dominantes significatives des réponses statistiques, et sans trop m'arrêter aux incertitudes provoquées par la graphie ou le passage d'une langue à l'autre – confusions entre [a] antérieur et [*a*] postérieur (notés A), entre [o] fermé et [ɔ] ouvert (o), entre [ɛ] ouvert, [e] fermé, [œ] ouvert et [ø] fermé (E, parfois EU), entre [y] et [u] (U et OU), en anglais entre [i] et [aj] (I), absence des voyelles nasales françaises, victimes, comme [u] et [ø], de leur digraphie – ni à l'étrange parti pris de « méthode » qui consiste à presque toujours (sauf une fois, chez Chastaing) chercher la « couleur des voyelles » et presque jamais la voyelle des couleurs. En une matière aussi incertaine, le souci de rigueur perd (heureusement ?) toute pertinence[2].

Considérant les résultats complets de quelques enquêtes, Étiemble concluait non sans raison que « *toutes* les couleurs sont attribuées à *chacune* des voyelles ». Il n'en va pas tout à

1. *Le Mythe de Rimbaud*, II, *Structure du mythe*, Gallimard, 1952, p. 84-95 ; tableaux repris dans Paul Delbouille, *Poésie et Sonorités*, p. 248-250.

2. Sources : pour Brandes, Fletcher, Legrand, X, enquêtes de Grüber, Jean de Cours et Flournoy : Étiemble, *loc. cit.* ; pour Grimm : Benloew, *Aperçu général de la science comparative des langues*, 1872 ; A. W. Schlegel, *loc. cit.* ; René Ghil, *Traité du verbe*, 1887 ; pour Fechner : Delbouille, *op. cit.*, p. 84 ; Nabokov, *loc. cit.* ; Ghyka, *Sortilèges du verbe*, p. 53 ; pour K. Langenbeck (allemand, 1913), S. P. (tchèque) et Deichmann (allemand, 1889) : R. Jakobson, *Langage enfantin et Aphasie* (1941), Éd. de Minuit, 1969, p. 89 ; pour F. Boas (enquête chez des Indiens Dakota), E. Werth (témoignage d'une jeune Américaine d'origine serbe, 1927) : Richards, Jakobson et Werth, « Language and Synesthesia », *Word*, août 1949 ; Chastaing, enquête menée dans *Vie et Langage*, déc. 1960 et juil. 1961. Les 16 premiers rangs concernent des témoignages individuels, les 6 derniers des enquêtes collectives.

fait ainsi de notre tableau, parce qu'il ne retient des enquêtes collectives que les réponses majoritaires ; à ce prix, on ne rencontre ici ni *a* ni *o* vert, ni *e* rouge ou noir, ni *u* bleu, ni *ou* blanc, ni *eu* rouge, vert ou jaune ; inversement, on observe quelques dominances assez marquées, telles que *a* rouge (12 sur 29), *e* jaune et blanc (10 et 6 sur 22), *i* blanc et jaune (8 et 7 sur 23), *o* rouge (11 sur 25), *u* vert (7 sur 16), *ou* brun, bleu foncé et noir (3, 2 et 2 sur 8), *eu* bleu (4 sur 6 ; l'hypothèse d'une influence lexicale du mot *bleu* est ici fort tentante, mais il faut alors noter l'absence contradictoire de *ou* rouge). Si l'on accepte ces dominances comme un témoignage indicatif sur les plus fortes pentes de l'« audition colorée », on constate qu'aucune relation nette ne s'établit entre la gamme des sons vocaliques et celle des couleurs du spectre – tout au plus une association privilégiée entre *a* (et *o*) et rouge, que Jakobson commente en parlant d'une « propension à relier les voyelles les plus chromatiques aux couleurs les plus franches[1] ». La qualification de « chromatique » fait ici métaphore circulaire ; on dirait peut-être plus objectivement que ces voyelles sont physiologiquement les plus médianes et les plus ouvertes, et acoustiquement les plus compactes[2]. « *U* et *i*, poursuit Jakobson, sont liés au contraire aux couleurs les moins chromatiques, et même à la série blanc-noir » ; *i* est bien, au contraire de *a*, la voyelle la plus fermée (amplitude minimale du résonateur buccal) et la plus diffuse, mais on en dirait difficilement autant de *ou* ; la relation entre sonorité vocalique et chromatisme reste donc difficile à définir. En revanche, comme l'indique bien ici Jakobson, la relation entre ces mêmes sonorités et la gamme de luminosité est très apparente : les voyelles le plus fréquemment associées aux couleurs « claires » (blanc compris) sont les voyelles à articulation antérieure et (donc) à haute fréquence, *i, é, è, ü* ; la

1. *Langage enfantin et Aphasie*, p. 88.

2. Rappelons que les sons vocaliques se caractérisent du point de vue acoustique par la fréquence de leurs deux principaux « formants », le formant haut correspondant aux vibrations du résonateur buccal, le formant bas à celles du résonateur pharyngal ; les voyelles sont d'autant plus « diffuses » que l'écart est plus grand entre les deux chiffres, soit pour *i* 2500/250 périodes par seconde, et d'autant plus « compactes » qu'il est plus réduit, soit 1100/750 pour *a* postérieur, selon les chiffres avancés par Pierre Delattre, « Les attributs physiques de la parole et l'esthétique du français », *Revue d'esthétique*, juil.-déc. 1965.

voyelle massivement réputée sombre est la postérieure à basse fréquence *ou*[1].

Ce passage du chromatique au lumineux, que nous observions déjà chez Hugo, est encore manifeste dans les conclusions de l'enquête menée par Maxime Chastaing auprès des lecteurs de *Vie et Langage*[2]. La question posée était : « Voici six couleurs : rouge, orange, jaune, vert, bleu, violet. Quelle voyelle vous semble convenir à chaque couleur ? », c'est-à-dire qu'elle suivait l'ordre chromatique du spectre ; les résultats, au contraire, disposent les couleurs selon une gamme approximative de luminosité décroissante (janne-vert-orange-bleu-rouge-violet), et font apparaître cette loi : « plus un ton est haut, plus la couleur à laquelle il s'allie est lumineuse » – ou, en termes articulatoires : « les couleurs claires correspondent plutôt à des voyelles orales antérieures, et les couleurs sombres à des voyelles orales postérieures ». L'intérêt le plus spécifique de cette enquête est évidemment dans ce glissement implicite (et que l'enquêteur n'interroge à aucun moment) d'une gamme à l'autre, où se lit clairement le repli d'une hypothèse trop forte sur des positions plus prudentes et plus solides. Mais en elle-même – c'est-à-dire sans tentative en direction du chromatisme –, la relation entre hauteur (ou antériorité) et clarté avait déjà été fréquemment notée depuis le début de ce siècle. Ainsi chez Jespersen, qui voyait une « association naturelle entre les sons aigus (à vibrations rapides) et la lumière, et inversement entre les sons graves et l'obscurité, comme le montre l'usage fréquent d'adjectifs tels que *light* et *dark* en parlant de sons musicaux[3]. Maurice Grammont, on le sait, appelait voyelles « sombres » les postérieures et « claires » les antérieures[4] ;

1. Il s'agit ici des fréquences du seul formant haut, dont les variations sont les plus nettes, de 2500 pour *i* à 700 pour *ou*, alors que le formant bas ne varie que de 250 *(i, ü, ou)* à 750 *(a)* – et apparemment les plus sensibles. Les chiffres de Delattre montrent que la gamme descendante des fréquences correspond à celle des points d'articulation d'avant en arrière, et pour cause : plus l'émission est postérieure, plus le résonateur buccal est vaste, et donc de vibration lente.

2. « Audition colorée » et « Des sons et des couleurs », *Vie et Langage*, déc. 1960 et juil. 1961.

3. *Language*, 1921, chap. xx, § 6.

4. *Traité de phonétique*, Delagrave, 1933, p. 385 ; *a* est dit « éclatant ».

Whorf les qualifie de « sombres » et de « brillantes »[1]. Plusieurs enquêtes de psychologie expérimentale ont montré la constance de cette association, en particulier celle dont Chastaing a donné les résultats en 1962[2] : ainsi, 30 élèves de classes primaires supérieures attribuaient en moyenne les coefficients de luminosité suivants : *i* : 2,5 ; *é* : 1,4 ; *a* : 0,3 ; *o* : – 0,6 ; *ou* : – 1,5. Les mots forgés *kig, kag, koug* étaient lus comme « clair », « neutre », « obscur » ; *peb, pib, pob, poub* traduits par « aurore », « jour », « crépuscule », « obscurité » ; *i* = « jour » *ou* = « nuit », *limière* serait plus juste que *lumière*, etc. De toute évidence, il y a là une valeur synesthésique très répandue, et qui doit peu à la fantaisie individuelle.

Plus évidemment encore, ce n'est pas la seule, ni peut-être la plus universellement admise : cette palme revient sans doute à la relation entre la gamme des fréquences et la catégorie de la taille, à quoi Jespersen consacrait en 1922 une étude que l'on peut considérer comme l'archétype du genre[3], et d'où j'extrairai seulement, pour l'instant, cette plaisante observation : « Un été où une grave sécheresse sévissait à Fredriksstad (Norvège), la phrase suivante fut affichée dans un lieu d'aisance : “Ne tirez pas la chasse d'eau pour *bimmelim*, mais seulement pour *boummeloum*” – et tout le monde comprit aussitôt[4]. » En 1929, Edward Sapir présentait une série d'expériences à base de néologismes forgés « de façon à éviter toute association avec des mots signifiants » du lexique réel : ainsi, la paire *mil/mal* était interprétée comme « petit » / « grand » par environ 80 % des sujets[5]. Chastaing y est revenu plus récemment[6] avec autant de succès : *kigen* et *kougon* se répartissent en « petit » et « grand » à près de 100 % ; à environ 75 %, de jeunes enfants distribuent pareille-

1. « Langage, esprit et réalité » (1942), *Linguistique et Anthropologie*, Gonthier, 1971, p. 220.
2. « La brillance des voyelles », *Archivum linguisticum*, 1962, f. 1.
3. « Symbolic value of the vowel *i* », 1922, repris in *Linguistica*, Copenhague, 1933.
4. En français, le lexique enfantin joue ici sur une opposition analogue *i/a* fournie par le latin *pissiare* et *cacare* mais exploitée en pseudo-onomatopée.
5. « A study in phonetic symbolism », *Journal of experimental psychology*, 1929 ; trad. fr. in *Linguistique*, Minuit, 1968.
6. « Le symbolisme des voyelles, signification des *i* », *Journal de psychologie* juil.-sept. et oct.-déc. 1958 ; « Dernières recherches sur le symbolisme vocalique dé la petitesse », *Revue philosophique*, 1965.

ment les couples *ibi/aba, pim/poum, kina/kouna* et la gamme *pim/pam/poum* ; « les enfants, observe l'auteur, mettent en corrélation un ordre acoustique avec un ordre sémantique : plus le timbre d'une voyelle est clair, plus il leur semble convenir à l'expression de la petitesse ; moins il est clair, moins il leur semble convenir ». L'explication paraît ici évidente, et relève moins de la synesthésie que de l'analogie directe : les sons aigus sont produits par un résonateur buccal exigu, les sons graves par un plus vaste ; Sapir l'avait déjà remarqué, et Chastaing n'y manque pas, mais l'opinion d'un linguiste aussi orthodoxe qu'André Martinet paraîtra peut-être plus significative :

> L'existence d'un symbolisme universel dans le cas de certains sons du langage (…), qui n'a été longtemps qu'une hypothèse très plausible, paraît aujourd'hui bien établie. Les individus peuvent y être plus ou moins sensibles, mais on ne constate pas que leurs réactions soient contradictoires lorsque l'observation est faite avec toutes les garanties requises : le timbre de [i], par exemple, va de pair avec le concept de petitesse, ce que n'infirment ni le *big* ni le *small* de l'anglais ; le timbre de [u] (*ou* français) évoque naturellement grosseur et lourdeur. Ce ne sont là que les traits les plus frappants de ce symbolisme, mais ils suffisent pour notre propos. Il n'est pas besoin d'être grand clerc en phonétique articulatoire pour comprendre le pourquoi de telles identifications : [i] est la voyelle pour laquelle les organes s'efforcent de réaliser vers l'avant de la bouche la cavité de résonance la plus petite possible en poussant la masse de la langue vers la partie intérieure du palais et en retirant les lèvres au maximum contre les gencives ; pour [u], au contraire, la masse de la langue est retirée vers l'arrière et les lèvres sont poussées en avant de telle façon que la cavité de résonance est aussi vaste que possible. Les équations symboliques [i] = petitesse et [u] = grosseur ont un fondement physiologique évident, et c'est ce fondement qui permet de supposer qu'elles sont le fait de tous les hommes, encore que les observations sur lesquelles elles se fondent n'aient pas porté sur l'ensemble de l'humanité, loin de là [1].

1. « Peut-on dire d'une langue qu'elle est belle ? », *Revue d'esthétique*, juil.-déc. 1965, p. 231.

A cette échelle des tailles, on peut sans doute rattacher quelques autres valeurs symboliques de la gamme des fréquences vocaliques, plus ou moins directement dérivées ou apparentées : aigu/obtus, d'où dur/mou (Whorf) ; haut/bas, d'où léger/lourd[1], d'où peut-être rapide/ lent ; proche/lointain, dont Jespersen trouvait une application significative dans des systèmes de déictiques comme *ci/ça* ou *this/that.* Le symbolisme lumineux dérive peut-être lui-même de ces valeurs spatiales, puisque les voyelles « sombres » viennent du « bas » de l'appareil phonateur, profondeurs obscures, tandis que les voyelles « claires » viennent des régions hautes et antérieures, les plus ouvertes à la lumière – à moins que la relation ne s'établisse directement entre les fréquences relatives des vibrations acoustiques et lumineuses.

Côté consonnes – lesquelles consistent pour l'essentiel, rappelons-le, en *bruits* à vibrations non périodiques, accompagnés ou non (voisées ou sonores/non voisées ou sourdes) de *tons* produits, comme pour les voyelles, par des vibrations du pharynx – il semble que, contrairement aux spéculations *a priori* du mimologisme classique (de Brosses, Nodier, par exemple), les enquêtes modernes accordent moins de pertinence symbolique à leur *lieu* d'articulation plus ou moins antérieur (bilabial, apico-dental, palatal, etc.) qu'à leur *mode* d'articulation : occlusives/continues, voisées/non voisées, latérale/vibrante, etc. Ainsi, dans la fameuse expérience de Köhler[2] où l'on confronte les deux néologismes *takete* et *maluma* à deux figures, l'une anguleuse, l'autre arrondie, le groupe d'occlusives symbolise tout naturellement la dureté, donc l'angulosité, et le groupe de continues symbolise la mollesse ou douceur, donc la rotondité ; association confir-

1. Voir Brown, Black et Horowitz, « Phonetic symbolism in natural languages », *Journal of ahnormal social Psychology*, 1957 ; Ivan Fonagy, « Le langage poétique : forme et fonction », *Problèmes du langage*, Gallimard, 1966. C'est évidemment (et explicitement) par l'opposition léger/lourd que Claude Lévi-Strauss motive son couple bilingue *cheese* « fromage blanc »/*fromage* « pâte grasse ». Rappelons qu'il désigne comme « motivations *a posteriori* » ces connotations sensorielles dont il donne un exemple mémorable (mais extra-linguistique) à propos du couple *feu vert/feu rouge (Anthropologie structurale*, Plon, 1958, p. 107-108).

2. On trouve un résumé de cette expérience dans Jean-Michel Peterfalvi, *Recherches expérimentales sur le symbolisme phonétique*, CNRS, 1970, p. 36 ; à ce jour la meilleure mise au point sur l'ensemble de la question.

mée par une série d'expériences de Chastaing sur quelques variations consonantiques en onomatopées[1]. Homothétique, et d'interprétation analogue, le contraste entre (occlusives ou fricatives) sourdes (non voisées) et sonores (voisées), qui oppose surtout deux degrés d'effort, et donc de dureté articulatoire : « Qu'est-ce qui est le plus tendre ? un *sata* ou un *zata* ? *Zata* recueille 10 votes sur 10[2] » ; mais la présence/absence de voisement semble ajouter ici une catégorie symbolique déjà rencontrée sur l'opposition entre voyelles antérieures et postérieures : celle de la taille, et donc du poids : *ava* est senti comme plus grand qu'*afa, slid* plus lourd que *slit, mib* plus lent que *mip*. Dans l'antithèse *r*/*l* (vibrante/latérale), enfin, on retrouve le couple cratylien par excellence, l'opposition classique entre rudesse et douceur[3] : pour les enfants hongrois interrogés par Fonagy, *r* est un homme et *l* une femme : « l'*r*, commente l'auteur, paraît masculin en raison de l'effort musculaire plus grand qu'il exige à l'émission » ; pour les étudiants de Chastaing, *r* évoque solide, dur, âcre, amer, rugueux, fort, violent, lourd, proche ; *l* doux, lisse, faible, débonnaire, léger, distant, clair[4].

Comme on l'a souvent remarqué[5], presque toutes ces enquêtes portent non sur des relations bilatérales où un son dégagerait à lui seul une valeur symbolique, mais sur des relations apparemment plus complexes, le plus souvent entre couples (*i* : *u* : : clair : sombre, *r* : *l* : : mâle : femelle), avec proportion à quatre termes, parfois entre gammes à plusieurs termes chacune (*i* : *a* : *u* : : clair : éclatant : sombre). De cette observation inévitable, on tire parfois (Delbouille implicite-

1. « Pop, fop, pof, fof », *Vie et Langage*, juin 1965. Bien entendu, une courbe peut être plus dure qu'une pointe, mais le fait qu'à dureté égale une pointe meurtrit davantage qu'une courbe suffit à justifier l'inférence.
2. Chastaing, « L'opposition des consonnes sourdes et sonores a-t-elle une valeur symbolique ? », *Vie et Langage*, juin 1964.
3. Aux textes déjà rencontrés, ajoutons ceci : « Parmi les consonnes, *l* exprime la douceur, *r* la rudesse » (Grimm, *De l'origine du langage*, trad. fr., p. 38).
4. Fonagy, art. cit. ; Chastaing, « Si les *r* étaient des *l* », *Vie et Langage*, août et sept. 1966.
5. Ainsi, Paul Delbouille, « Recherches récentes sur la valeur suggestive des sonorités », *Le Vers français au XX*e *siècle*, Klincksieck, 1967, p. 143, et Tzvetan Todorov, « Le sens des sons », *Poétique* 11, p. 449

ment, Todorov explicitement) une conclusion négative, ou restrictive, quant à l'existence de la relation symbolique : la nécessité de cette sorte de ménage à quatre, ou à plusieurs couples, révélerait la faiblesse, voire le caractère illusoire du mariage symbolique : « *a* n'est pas grand en soi, mais comparé à *i* », dit Todorov, ce qui connote évidemment une infirmité : la grandeur relative est moins grande que la grandeur absolue. « Ce n'est donc pas un son qui ressemble à une forme (comment le pourrait-il ?), mais une relation de sons à une relation de formes ; ce qui nous renvoie à un autre type de symbolisme, relevant non plus des théories sémantiques, mais des diagrammatiques. » Mais peut-il y avoir aucun symbolisme – et sémantisme – hors du « diagrammatique », c'est-à-dire du relationnel, et du relatif ? La grandeur « en soi » n'est évidemment qu'un fantôme, et aussi bien la clarté, l'acuité, la féminité en soi – et, du côté des caractéristiques phoniques, l'antériorité, l'occlusivité, le voisement, etc., ne sont pas davantage des valeurs absolues : il n'est de qualités que relatives, et, tout symbolisme mis à part, la plus humble perception suppose, on le sait de reste, un axe catégoriel, et donc un diagramme : si l'on présente à un sujet une figure ronde et verte en lui demandant quelle est sa caractéristique, il hésitera légitimement entre rondeur et verdure ; si elle est couplée avec une autre figure, verte et carrée, ou ronde et rouge, il n'hésitera plus. Le diagrammatisme n'élimine donc pas le sémantisme : il le situe sur le plan de relativité catégorielle qui est celui de toute perception et de toute qualification. C'est sans doute ce que voulait souligner Jakobson dans une page bien connue des *Essais de linguistique générale* qui faisait implicitement du diagrammatisme une condition légitime, et nullement disqualifiante, du symbolisme phonique :

> Le symbolisme des sons est une relation indéniablement objective fondée sur une connexion phénoménale entre différents modes sensoriels, en particulier entre les sensations visuelles et auditives. Si les résultats des recherches faites dans ce domaine ont été parfois vagues et discutables, cela tient à l'insuffisance du soin apporté dans les méthodes d'enquête psychologique et/ou linguistique. Du point de vue linguistique en particulier, on a souvent déformé la réalité faute d'une attention suffisante à l'aspect phonologique des sons du langage, ou parce qu'on s'est obstiné à opérer avec des

unités phonématiques complexes au lieu de se placer au niveau des composantes ultimes. Mais si, faisant porter un test, par exemple sur l'opposition phonématique grave/aigu, on demande lequel des deux termes, de /i/ ou de /u/, est le plus sombre, certains sujets pourront bien répondre que cette question n'a pas de sens pour eux, mais on en trouvera difficilement un seul pour affirmer que /i/ est le plus sombre des deux[1].

La question n'est donc pas, me semble-t-il, de savoir si les enquêtes de Jespersen et de ses successeurs ont ou non réussi à établir l'existence d'un « symbolisme des sons ». La capacité symbolique des sons du langage est une évidence, ou plus précisément une certitude *a priori* : comme toute espèce d'événement physique, les sons du langage ont des caractéristiques sensibles; ils sont plus ou moins aigus ou graves, rudes ou doux, minces ou larges, etc., et ces caractéristiques sont inévitablement en relation analogique directe avec celles d'autres sons et bruits du monde, et en relation analogique indirecte ou oblique (synesthésique) avec celles d'autres événements physiques. Relation indirecte partiellement stable et universelle, partiellement instable et subjective, mais dont le noyau d'objectivité est aujourd'hui bien établi, et d'ailleurs, on l'a vu, plutôt trivial. La vraie question, comme nous le savons depuis la seconde partie du *Cratyle*, est de savoir (toujours *sklèrotès* – et *kinèsis*) si la langue respecte et inves-

1. P. 241. E. H. Gombrich illustre plaisamment cette théorie (évoquée devant lui par Jakobson au cours d'une conversation) par le couple *ping/pong* : « Supposons que nous ne disposions que de ces deux termes pour désigner un chat et un éléphant : lequel serait *ping* et lequel serait *pong* ? Je crois que la réponse est claire. Et si nous voulions nommer une soupe chaude et une crème glacée ? Pour moi tout au moins, la soupe serait *pong* et la glace *ping*. Ou encore Rembrandt et Watteau ? En ce cas, c'est Rembrandt sûrement qui serait *pong*, et Watteau *ping*. Je ne prétends pas que ce système fonctionne toujours, ou que deux termes puissent suffire à une première définition de tous les rapports. Le classement du jour et de la nuit, de l'homme et de la femme, pourra fort bien différer selon les personnes interrogées; mais peut-être pourrait-on obtenir une réponse unanime en posant la question d'une autre manière : de jolies filles seront *ping*, et des matrones *pong*. La réponse pourra dépendre d'un certain ordre de féminité auquel songe plus particulièrement notre interlocuteur : comme la nuit peut être *pong* sous son aspect maternel et protecteur; tandis que, pour d'autres, son apparence froide, saisissante, menaçante sera *ping* » (*L'Art et l'Illusion*, 1959, trad. fr., Gallimard, p. 458).

tit dans son fonctionnement ces capacités imitatives. Les enquêtes mentionnées jusqu'ici n'abordaient pas ce point, portant toujours sur des phonèmes isolés ou sur des « néologismes » expérimentaux, étrangers à la langue et destinés à le rester ; ou plus exactement, nous n'avons voulu en retenir jusqu'ici que cet aspect extra- (ou *pré-*) linguistique, le moins sujet à controverse. Il nous reste donc à les considérer dans leur démarche suivante, qui porte sur l'investissement proprement linguistique de l'expressivité phonique.

Le terrain le plus favorable, je veux dire le plus facile d'accès, est évidemment celui de l'onomatopée au sens strict, c'est-à-dire des mots manifestement créés « par imitation phonétique de la chose nommée » *(Petit Robert).* Terrain presque trop favorable, puisque l'« imitation phonétique » à l'œuvre dans des créations comme *bêê* ou *coucou* ne relève pas encore du symbolisme entendu comme expressivité oblique : aucune synesthésie dans ces vocables, tout au plus, comme le montre bien Grammont dans un chapitre qui reste le meilleur exposé de la question[1], une sorte d'*interprétation* phonématique de sons ou de groupes de sons étrangers à notre système articulatoire, assez proche en somme des approximations auxquelles nous nous livrons spontanément, hélas, dans l'apprentissage des langues étrangères : « Lorsque nous rendons par une onomatopée un son extérieur, nous la traduisons en notre langage (...). Pourquoi interprétons-nous par *coucou* ce qui est en réalité *ou-ou* ? Parce que nous ne sommes guère accoutumés à prononcer deux fois de suite la même voyelle sans consonne ; parce qu'à un certain éloignement nous confondons les occlusives ou même nous ne les percevons pas du tout ; de là notre habitude de les restituer dans les mots que nous reconnaissons et d'en supposer dans les autres (...). Les seules occlusives que nous supposions devant une voyelle sont celles qui ont le même point d'articulation qu'elle. Les introductrices normales de la voyelle vélaire *ou* sont les occlusives vélaires *q* et *g* ; mais le *g* comporte une sonorité et une mollesse qui ne conviennent pas si l'attaque de la voyelle est brusque. Seul le *q (c)* remplit toutes les conditions requises, et *coucou* est une traduction irréprochable, mais c'est une traduction. » Il en va évidem-

1. « Phonétique impressive », *Traité de phonétique*, p. 377 *sq.*

ment de même pour *bêê, miaou, hi-han, cocorico…* et chacun sait précisément que ces approximations phonologiques varient d'une langue à l'autre. Il ne s'agit pas exactement ici de transposition sensorielle, mais d'une simple adaptation d'un système sonore à un autre. L'exploitation du symbolisme oblique commence avec ces apophonies expressives qu'utilisent des onomatopées à redoublement comme *tic-tac* ou *pif-paf-pouf*. Grammont observe, sans doute après bien d'autres, que ces apophonies « spéciales », indépendantes du système d'alternances vocaliques investi dans la morphologie[1], obéissent à une loi simple et stricte, qui veut (au moins dans les langues européennes modernes) « que leurs voyelles accentuées soient d'une manière générale *i, a, ou*, allant de la plus claire à la plus sombre, sans que cet ordre puisse être interverti ». Il ne suggère aucune explication du fait, mais une remarque voisine nous met sur la voie : « Chacune des syllabes de *pif-paf-pouf* constitue aussi une onomatopée monosyllabique servant à désigner un bruit unique ; mais elles ne s'emploient pas indifféremment pour n'importe quel bruit. Ainsi *pif* peut désigner celui que fait un chien de fusil en s'abattant sur la cheminée, *paf* celui d'un coup de fusil, *pouf* celui de la chute d'une homme qui tombe sur son derrière. Si l'on nous disait qu'un sac de farine en tombant par terre a fait *pif*, nous demanderions immédiatement comment il a bien pu produire un bruit aussi inattendu. Les carriers de Fontainebleau ont trois onomatopées pour désigner les diverses qualités de grès : ils appellent *pif* celui qui est très résistant, *paf* la pierre de bonne qualité, et *pouf* celui qui se réduit en sable sous le moindre choc. » L'ordre « irréversible » *pif-paf* ou *tic-tac* n'est peut-être pas toujours fondé sur la différence de taille, de poids, de distance, de clarté, etc., que semble symboliser l'opposition *i*/*a*, mais il y a du moins dans la différence de hauteur phonique l'indication d'un parcours obligé *haut-bas*, qui est celui d'une ouverture suivie de résolution, du type *question-réponse* ou *dominante-*

1. Ce n'est pas l'avis de T. K. Davis, qui interprète en termes de symbolisme de la distance l'alternance anglaise *sing*/*sang*/*sung* : « l'analogie est simple : le présent *i* est ici, le prétérit *a* est là et le passé composé *u* est encore plus éloigné », cité par J. Orr, « On some sound-values in English », in *Words and sounds in English and French*, Oxford, 1953 : bel exemple de morphomimologisme.

tonique. Pour une raison peu claire, mais qui tient évidemment à leur capacité expressive, les voyelles hautes ont systématiquement valeur de protase et les basses d'apodose. *Patati patata*, c'est l'ordre (euphonique) du discours.

La fonction expressive des sons dans l'onomatopée étant évidente et admise par tous, la question de la mimologie se ramène apparemment une fois de plus à savoir quelle est la part de l'onomatopée dans le système de la langue. Cette problématique, classique de saint Augustin à Nodier, nous la retrouvons presque intacte chez Saussure, qui, dans une page assez controversée, a lié comme on le sait le sort du « principe » de l'arbitraire du signe à un effort de réduction systématique de l'onomatopée. Il faut se reporter ici à ce texte caractéristique : « On pourrait s'appuyer sur les onomatopées pour dire que le choix du signifiant n'est pas toujours arbitraire. Mais elles ne sont jamais des éléments organiques d'un système linguistique. Leur nombre est d'ailleurs bien moins grand qu'on ne le croit. Des mots comme *fouet* ou *glas* peuvent frapper certaines oreilles par une sonorité suggestive ; mais pour voir qu'ils n'ont pas ce caractère dès l'origine, il suffit de remonter à leurs formes latines (*fouet* dérivé de *fagus* "hêtre", *glas = classicum*) ; la qualité de leurs sons actuels, ou plutôt celle qu'on leur attribue, est un résultat fortuit de l'évolution phonétique. Quant aux onomatopées authentiques (celles du type *glouglou, tic-tac*, etc.), non seulement elles sont peu nombreuses, mais leur choix est déjà en quelque mesure arbitraire, puisqu'elles ne sont que l'imitation approximative et déjà à demi conventionnelle de certains bruits (comparez le français *ouaoua* et l'allemand *wauwau*). En outre, une fois introduites dans la langue, elles sont plus ou moins entraînées dans l'évolution phonétique, morphologique, etc., que subissent les autres mots (cf. *pigeon*, du latin vulgaire *pipio*, dérivé lui-même d'une onomatopée) : preuve évidente qu'elles ont perdu quelque chose de leur caractère premier pour revêtir celui du signe linguistique en général, qui est immotivé[1]. »

D'une manière inattendue de la part de l'auteur du *Cours*, et sur laquelle nous reviendrons à l'instant, c'est là faire de l'intention le critère de l'expressivité, et de la diachronie le

1. *Cours de linguistique générale*, p. 101-102.

test de l'intention expressive – en prenant soin de la faire à tout coup jouer au détriment de la motivation : quand l'évolution phonétique détruit une « onomatopée authentique » *(pipio > pigeon)*, c'est la preuve que la conscience linguistique ne tenait pas assez à l'expressivité pour lutter contre l'érosion du signifiant expressif ; quand elle en crée *(classicum > glas)*, ce ne peut être qu'un « résultat fortuit », et donc, en l'absence d'intention, ce ne peut être une « onomatopée authentique ». La diachronie ne peut donc que sans cesse détruire le stock onomatopéique sans jamais pouvoir le reconstituer.

Cet enrôlement de la diachronie au service de l'arbitraire du signe constitue l'exact contre-pied, ou plutôt le négatif axiologique, de deux thèses mimologistes à la fois, l'une fort ancienne, l'autre très récente et même postérieure à la publication du *Cours*, qui s'appuyaient sur les mêmes faits. La thèse traditionnelle, que nous avons rencontrée tout au long de notre exploration, *Cratyle* excepté, c'est l'idée d'une expressibilité originaire – l'onomatopée source des langues – qui se serait progressivement effacée sous l'effet d'une évolution phonétique et/ou sémantique irrésistible, et aussi à cause d'un affaiblissement graduel de l'instinct et de la sensibilité mimétiques ; mais au lieu de souligner et de valoriser implicitement, comme Saussure, cette infidélité, on insistait sur l'origine comme révélation d'une Nature. *Pipio > pigeon* fonctionne ici comme la formule universelle du langage humain, où l'oubli de l'origine ne peut rien contre l'essence originelle, et où la trahison même est encore un aveu : à la source de tout mot « arbitraire », il peut y avoir, et donc il y a, un mot expressif, l'arbitraire est survenu, il est un fait d'histoire et non de nature : il n'y a pas eu de convention originaire, donc pas de convention du tout, car une série d'accidents n'est pas une convention. On peut donc bien dire que les langues sont (devenues) arbitraires, mais non qu'elles sont (essentiellement) conventionnelles. Cette thèse classique, nous avons vu comment la naissance de la grammaire comparée l'avait disqualifiée en montrant qu'une langue supposée proche de l'origine comme le sanscrit n'était en rien plus mimétique que ses lointaines descendantes actuelles. L'étude des langues des peuples dits sauvages d'Amérique ou d'Afrique devait un peu plus tard apporter une « réfutation » parallèle. D'où, peut-être, l'apparition tardive d'une thèse inverse, qui veut exploiter dans l'autre sens le travail de la diachronie, interprétée non comme destructrice mais au contraire comme créatrice de mimologie, et dont la formule emblématique pourrait être cette fois *classicum* > *glas* : c'est la thèse évolutionniste (au sens précisément darwinien, nous le verrons) d'Otto Jespersen.

Pour que *classicum* > *glas* (ou toute autre filiation du même type) ait une valeur mimologique, il faut évidemment rejeter le critère saussurien de pertinence de l'intention révélée par l'origine ; autrement dit, il faut (au moins) que l'expressivité survenue ne soit pas disqualifiée par le caractère fortuit de sa production (involontaire). Aussi voyons-nous Jespersen s'attaquer infailliblement au point faible de l'argumentation saussurienne : « Nous avons là, écrit-il, une des caractéristiques de la linguistique moderne : elle est si obsédée de l'étymologie et de l'origine des mots qu'elle accorde plus d'attention à savoir d'où viennent les mots qu'à considérer ce qu'ils sont devenus. Si un mot n'a pas toujours été phonétiquement expressif, alors son expressivité actuelle et réelle *(actual)* n'est pas prise en compte, et l'on ira même jusqu'à la déclarer purement illusoire. J'espère que l'ensemble de mon chapitre expose une vue plus juste et linguistiquement plus féconde[1]. » On peut difficilement exploiter avec plus d'humour (peut-être involontaire) la contradiction évidente entre l'argument diachronique utilisé par Saussure et le principe saussurien de l'autonomie du synchronique. Et pour faire bonne mesure, Jespersen se donne encore le luxe de refuser les deux exemples proposés par Saussure : « Je dois avouer que je ne trouve aucun symbolisme dans *glas* et très peu dans *fouet*. En général, d'ailleurs, beaucoup de ce que les gens « entendent » dans un mot m'apparaît illusoire, et bien fait pour discréditer les efforts raisonnables pour pénétrer l'essence du symbolisme phonique. » Voilà donc Saussure à la fois piètre cratyliste dans le choix de ses « mots expressifs », et hermogéniste maladroit par excès d'historicisme néo-grammairien[2].

1. *Language*, chap. XX, § 12 ; il s'agit de l'ensemble du chapitre XX : « Sound symbolism. »

2. Double critique réitérée par J. Derrida, *Glas*, Galilée, 1974, p. 105-108.

Et voilà (re)versés au crédit mimologique de la diachronie les créations onomatopéiques *de facto* du type *classicum* > *glas*, même si Saussure a ici mauvaise, ou trop bonne, oreille. Mais *a fortiori* devons-nous y compter, s'il en est, les créations intentionnelles, c'est-à-dire, bien sûr, les « onomatopées authentiques » de formation récente, dont Saussure niait implicitement – et imprudemment – l'existence, comme, disons pour rester belle époque, *teuf-teuf* ou *vroum-vroum* ; mais aussi, et de manière bien plus gênante pour la thèse saussurienne, les faits d'évolution qui transgresseraient à fins d'expressivité les lois de la phonétique historique. Cette transgression peut être purement négative : c'est ce qui se passe lorsque, contrairement à *pipio*, une onomatopée ancienne résiste à l'érosion phonétique : exemple, *coucou* ; elle serait positive si certains vocables étaient non plus restés mais devenus expressifs en évoluant à l'encontre des lois phonétiques ; mais de cela, apparemment, point d'exemple. Reste donc une dernière possibilité, qui joue non plus sur le signifiant mais sur le signifié : un mot adaptant peu à peu son sens à sa forme. Jespersen s'est particulièrement attaché à ce phénomène, qu'il baptise, d'une locution qui nous est d'avance familière, *mimétisme* ou *symbolisme secondaire (secondary echoism* ou *symbolism)* : exemple, l'anglais *patter* (< lat. *pater*), à l'origine « dire sa prière », qui en est venu, sous l'influence de son homonyme *patter* « tapoter » et d'autres mots expressifs comme *chatter* ou *jabber*, à signifier « parler rapidement et avec faconde » ; ou le français *miniature*, originellement « image peinte au minium », à qui son sens actuel serait advenu « en raison de son *i* », symbole déjà rencontré de la petitesse [1]. Comme on le voit, dans les deux cas, et particulièrement sur l'exemple français (à propos duquel il ne mentionne même pas l'influence évidente de la famille de *minus*), Jespersen attribue au symbolisme phonique ce qui relève en fait, ou surtout, de la contagion lexicale et de la réfection pseudo-étymologique : confusion courante, nous le savons, mais qui affaiblit singulièrement ici, en la privant de preuves sérieuses, l'hypothèse du *secondary symbolism*. Mais qui parle de preuves ? Il s'agit d'une théorie générale, toute spéculative et manifestement inspirée de l'évolutionnisme darwi-

1. *Language*, chap. XX, § 11, et « Symbolic Value... », p. 301.

nien, selon laquelle les mots les plus expressifs *doivent* mieux survivre que les autres, en raison d'une sélection naturelle des plus aptes (en l'occurrence, les plus « justes ») qui ne dépend pas nécessairement de la science des locuteurs :

> Si le son d'un mot était ou devenait d'une certaine façon expressif, – disons, si un mot contenant la voyelle *i* bien placée signifiait « petit » ou « quelque chose de petit » –, alors le son exerçait une puissante influence en gagnant au mot la faveur populaire ; cela induisait les gens à préférer ce mot à d'autres qui ne jouissaient pas du même avantage [1]. Nous pouvons dire que le symbolisme phonique rend certains mots plus aptes à la survie et les aide considérablement dans leur lutte pour l'existence *(struggle for existence)*... Dans toutes les langues, la création et l'emploi de mots mimétiques et symboliques semblent avoir progressé à l'époque historique. Si à cela nous ajoutons le processus de sélection par lequel des mots qui ont acquis secondairement une valeur symbolique survivent aux dépens d'expressions moins adéquates ou de formes moins adéquates des mêmes mots, donnant ensuite le jour à toute une armée de dérivés, alors nous pouvons dire que dans le cours du temps les langues ne cessent de s'enrichir en vocables symboliques. Ainsi, bien loin de croire en un âge d'or primitif où tout dans la langue était expressif et immédiatement intelligible en vertu de la valeur signifiante de chaque groupe de sons, nous en arrivons plutôt, ici comme en d'autres domaines, à l'idée d'un lent progrès vers un nombre toujours plus grand d'expressions transparentes et adéquates – expressions où le son et le sens sont unis dans les liens d'un mariage plus étroit que n'en connurent jamais nos lointains ancêtres [2].

Ce mythe inversé ne manque pas de panache dans son anticonformisme, mais tout comme l'autre il reste sans véritable prise sur la réalité linguistique. Chez Jespersen comme chez de Brosses – chez Saussure comme chez de Brosses et Jespersen –, on s'ingénie à faire parler l'Histoire ; mais comme sou-

1. Ce n'est pas tout à fait le cas dans la concurrence entre *little* et *small*. J. Orr invoque de façon plus convaincante l'absence de postérité du latin *parvus*, supplanté dans les langues romanes par des substituts comme *petit, piccolo*, etc. *(loc. cit.)*.
2. *Language*, chap. XX, § 12.

vent, à l'envers ou à l'endroit, la vieille dame ne dit ni oui ni non. La plate vérité est peut-être celle que contresigne le sage Maurice Grammont : « Ce que l'évolution phonétique fait perdre d'un côté à une langue au point de vue de l'onomatopée, elle le lui rend d'un autre côté. Les pertes et les gains se balancent à peu près [1]. » Voilà donc l'enquête renvoyée en synchronie.

Contrairement aux répugnances socratiques, il s'agit ici de compter les voix comme à l'Ecclésia pour voir si les mots expressifs l'emportent, d'une manière statistiquement « significative », dans le lexique réel. Jespersen en restait encore, à propos du *i*, à des listes d'exemples favorables sans estimation relative, et donc sans valeur démonstrative. L'effort de statistique est surtout chez Maxime Chastaing, qui s'y est appliqué avec un optimisme tempéré d'un souci croissant de rigueur ; j'en indiquerai seulement la courbe d'ensemble. En 1962, une liste de termes indiquant la lumière et l'obscurité, empruntés au *Dictionnaire* (français) *des synonymes* de Bénac, donne pour le lexique lumineux 36 voyelles antérieures contre 21 postérieures, et pour l'obscur 13 antérieures contre 19 postérieures, disproportions conformes aux valeurs symboliques reconnues. Un sondage analogue en anglais donne 41 antérieures, 18 moyennes et 5 postérieures à la lumière, 31 antérieures, 11 moyennes et 25 postérieures à l'obscurité, score plus indécis puisque les antérieures dominent des deux côtés. En 1965, le même dictionnaire donne cette fois au lexique de la petitesse 61 % d'antérieures contre 25 % de postérieures (et 14 % de « moyennes »), et à celui de la grandeur, confirmation par renversement, 33 % d'antérieures contre 53 % de postérieures (ici encore, l'anglais déçoit avec 65-35 et 52-48, si l'espagnol confirme avec 56-44 et 46-54) ; mais l'auteur s'avise du caractère peu représentatif d'un tel corpus, où coexistent des mots aux fréquences d'emploi très diverses : il fait alors appel au trésor lexical réel d'un groupe d'étudiants français. Toutes les voyelles étant ici réparties en antérieures (*i, ü, é, è, oe* ouvert et fermé, *un, in*) et postérieures (*a* et *o* ouverts et fermés, *ou, an, on*), on obtient alors à peu près 71 à 29 pour la petitesse, 47 à 53 pour la grandeur. Mais ici, nouveau scrupule : « un

1. *Traité de phonétique*, p. 400.

lexique [même vivant] n'est pas une langue », et Chastaing croit pouvoir surmonter cette difficulté en recourant aux tables de fréquences. Celle de West sur les 2 000 mots anglais les plus employés donne à la clarté 77 antérieures contre 23 postérieures, mais à l'obscurité encore 53 contre 47. Pour le français, la table de Dottrens-Massarenti donne à la clarté 48 contre 52, à l'obscurité 25 contre 75, ceci consolant de cela. Une moyenne de consultations, cette fois sur le lexique des tailles, donnera les scores écrasants de 90 à 10 pour la petitesse, 20 à 80 pour la grandeur ; de 63 à 37 pour proximité, légèreté, rapidité, hauteur, de 27,5 à 72,5 pour les qualités contraires. Un mixage comparable en anglais donnera 71,5 à 28,5 et 50 à 50, l'anglais démentant une fois de plus, sur ce terrain, sa réputation de champion de l'expressivité[1].

Cette série d'enquêtes, évoquée ici d'une manière très sommaire mais, j'espère, point trop infidèle, n'échappe peut-être pas à toute critique de méthode : le matériel d'expériences (les listes de mots) n'est pas communiqué, et les catégories fondamentales, de part et d'autre, sont d'une définition plutôt floue : qu'est-ce au juste que le lexique de la clarté, de la petitesse, etc. ; où est exactement la frontière entre voyelles antérieures et postérieures, pourquoi y a-t-il tantôt une classe intermédiaire, et tantôt non, etc. ? Appliqué à des données aussi vagues et fluctuantes, le souci de rigueur chiffrée apparaît bien peu pertinent, et donc bien peu efficace : comme l'a bien montré Bachelard[2], il est toujours plus facile d'affiner les calculs que de définir leur base et de savoir au juste ce que l'on compte. Enfin, et même si l'on néglige les défauts ou les incertitudes de la méthode pour considérer ses résultats, on hésite pour le moins à contresigner la conclusion enthousiaste qu'en tire Chastaing : « Ce n'est donc plus seulement une vérité de laboratoire [comme dans les expériences sur les néologismes] ce n'est plus seulement une vérité stylistique [comme dans les exercices d'harmonie imitative des poètes] ou lexicale [comme dans les dictionnaires de synonymes] : c'est [le symbolisme des sons] une vérité de

1. *Archivum linguisticum*, art. cit., *Revue philosophique*, art. cit., et « Nouvelles recherches sur le symbolisme des voyelles », *Journal de psychologie*, janv-mars 1965.

2. *La Formation de l'esprit scientifique*, Vrin, 1947, p. 213 *sq.*

la langue que nous parlons[1]. » Il ne suffit peut-être pas d'intégrer les indices de fréquence pour constituer une « vérité lexicale » en « vérité de langue », et d'autre part on ne peut oublier que cette éventuelle « vérité lexicale » elle-même se réduit jusqu'ici à une part fort exiguë du lexique d'un très petit nombre de langues, dont les capacités d'extension restent problématiques[2]. Si donc, négligeant tous les obstacles, on admet ici l'existence d'un foyer (ou d'une poche) de mimologie, il faut ajouter aussitôt qu'il s'agit pour le mieux d'une mimologie *restreinte*.

Mais sans doute le terme même de mimologie est-il ici trop ambitieux. *Mimophonie* serait plus pertinent – mais à la condition de reconnaître enfin que ni la mimophonie ni la mimographie (ni leur addition) ne pourraient suffire, une fois établies, à constituer une véritable mimologie. Parodions grossièrement la dialectique pascalienne : de toutes les phonies et de toutes les graphies réunies, on ne peut tirer un seul fait de langue : cela est impossible, et d'un autre ordre.

En effet, tandis que Jespersen et ses héritiers s'appliquaient à établir sur des bases expérimentales l'existence objective d'un symbolisme phonique, survenait dans le champ de la science linguistique un événement que l'on peut considérer, du point de vue qui nous occupe ici, comme le plus important depuis la naissance de la grammaire comparée, et qui peut être décrit comme une *rupture entre le phonique* (ou aussi bien le graphique, ou tout autre support matériel du fonctionnement du langage) *et le linguistique*. Cette rupture est déjà virtuellement contenue dans la théorie saussurienne du caractère purement *formel* et *différentiel* du signifiant. S'il n'y a aucune « substance dans le phénomène linguistique », mais seulement des « éléments tangibles qui servent de support à des valeurs conventionnelles » sans pouvoir se « confondre » avec elles davantage que le métal ou le papier avec la valeur monétaire, si le signifiant linguistique

1. « Nouvelles recherches… », p. 82.
2. D'autres expériences, destinées à explorer une aire plus vaste du lexique selon une méthode différente (essais pour faire deviner par des sujets le sens de certains mots de langues qu'ils ignorent), ont donné des résultats contradictoires : voir Peterfalvi, *op. cit.*, p. 129-135.

est constitué « non par sa substance matérielle, mais uniquement par les différences qui séparent son image acoustique de toutes les autres », il s'ensuit nécessairement que ce signifiant, « dans son essence », n'appartient pas plus à l'ordre phonique qu'à tout autre ordre matériel ; il est donc « impossible que le son, élément matériel, appartienne par lui-même à la langue. Il n'est pour elle qu'une chose secondaire, une matière qu'elle met en œuvre » ; ou encore, et en d'autres termes, « l'essentiel de la langue est étranger au caractère phonique du signe linguistique[1] ». Ces positions vigoureuses, mais purement théoriques, devaient trouver leur application et leur vérification empiriques quelques années plus tard dans la phonologie, qui repose tout entière sur la distinction rigoureuse entre les *sons du langage* (dont l'étude est laissée à la phonétique) et les *phonèmes* proprement dits, définis, après quelques fluctuations, en termes de pure fonction linguistique[2]. L'autonomie du phonème par rapport au son se manifeste dès lors dans la spécificité du choix phonématique opéré par chaque idiome sur le trésor presque infini des virtualités phonétiques, et dans la liberté des relations entre les deux « ordres » : en français, deux sons aussi différents que *r* apical et *r* vélaire ne font qu'un seul phonème, parce que leur différence physique ne sert jamais à distinguer deux mots, mais deux sons aussi voisins que *r* apical et *l* font deux phonèmes distincts ; *a* ouvert et fermé sont deux phonèmes en français, mais un seul en anglais, etc. Le phonème n'est pas le son, et la langue n'est pas constituée de sons, mais de phonèmes. Ici donc, ce ne sont plus seulement, comme au début du XIXe siècle, les *arguments de fait* du mimologisme qui

1. *Cours*, p. 169, 164, 21.

2. Sur la préhistoire et la naissance de la phonologie, et sur la constitution parallèle, puis convergente, du concept de *phonème*, je renvoie aux classiques de l'histoire de la linguistique et aux précieux chapitres historiques du second volume des *Essais de linguistique générale*. Rappelons seulement que *phonème* n'était à l'origine (1873), et encore chez Saussure, qu'un équivalent de *son du langage*, que Kruszowski commence de le distinguer négativement du son brut, que Baudouin de Courtenay lui donne une définition purement psychologique, encore admise par Troubetskoy en 1933 (« ce qu'on s'imagine prononcer » opposé à « ce qu'on prononce en réalité »), et définitivement abandonnée dans les *Principes de phonologie* (rédigés avant 1938) au profit d'une définition fonctionnelle : « Le phonème est avant tout un concept fonctionnel, qui doit être défini par rapport à sa fonction » (p. 43).

s'effritent, mais son *fondement de droit* qui se dérobe : le linguistique échappe au phonique, comme à toute détermination matérielle, et les capacités symboliques du *mimèma phônè* perdent toute pertinence dans le fonctionnement du système linguistique. On retrouve, une fois encore, la position finale de Socrate, mais transformée et en quelque sorte radicalisée. Non plus : « La langue trahit dès son origine les capacités expressives de ses éléments phoniques », mais bien : « Les éléments de la langue en tant que tels ne sont pas phoniques, l'expressivité phonique, si elle existe, ne peut donc passer dans la langue ; ou plutôt, elle peut y passer, voire y habiter, mais elle ne lui appartient pas, et donc elle ne saurait la constituer. »

La plus vigoureuse application de ces principes au débat cratylien se trouve sans doute dans l'article donné en 1933 par Karl Bühler au fameux numéro exceptionnel du *Journal de psychologie*[1]. Le grand psychologue du langage y reconnaît pleinement l'existence d'une « tendance à *peindre* à l'aide des sons du langage », présente « non seulement chez les poètes, mais dans le langage en général », tendance qui exprime une « soif de réalité concrète », un « désir de retrouver le contact avec le réel sensible », et qui voudrait exploiter à cette fin l'incontestable « potentiel *pictural* dont dispose la voix humaine » grâce à sa « surprenante richesse de timbre ». Mais cette tendance ne peut s'investir réellement dans le fonctionnement de la langue, qui repose sur un système de « représentation » *(Darstellung)* indirecte et conventionnelle, et qui oppose au désir d'imitation vocale trois « verrous » successifs aux niveaux *syntaxique* (ordre fixe des mots dans chaque langue), *lexical* (impossibilité de forger individuellement des mots expressifs) et *phonologique* : c'est celui que nous venons de rencontrer. L'humanité aurait aimé, comme Socrate, et aimerait encore se donner un véritable instrument d'imitation vocale, et sans doute l'aurait-elle pu ; mais, pour une raison que Bühler n'explicite pas, à un certain stade de son développement, elle a dû faire, « tel Hercule au carrefour du vice et de la vertu », un choix contraire. Après avoir sans doute hésité longtemps au carrefour où l'écriteau de gauche

1. « L'onomatopée et la fonction représentative du langage », *Journal de psychologie*, janv.-avril 1933, repris dans le choix publié par J.-C. Pariente, *Essais sur le langage*, Minuit, 1969, p. 111-132 ; voir également la *Présentation* de Pariente, p. 14-15.

portait « logique archaïque et représentation onomatopéique des choses » et l'écriteau de droite « langage symbolique » (au sens scientifique du terme, c'est-à-dire non analogique), le langage humain tel que nous le connaissons a choisi, comme jadis Hercule, le chemin de droite. Depuis cette « décision originelle », l'histoire des efforts tardifs de l'humanité pour revenir à la voie de gauche n'a été qu'une « liste d'occasions perdues » : le « désir pictural » n'a plus trouvé à se satisfaire que dans les « joints » et les « marges » du système linguistique, « petites surfaces éparses et sporadiques où subsiste quelque liberté », mais qui ne peuvent et ne pourront plus jamais former un « champ de représentation cohérent » : ces joints et marges du système (onomatopées « authentiques » ou non) sont comme un os à ronger qu'il abandonne au désir mimétique.

Malgré l'espèce de légitimité *dans son ordre* qu'il veut bien concéder à ce désir, Bühler, tout comme Saussure, valorise manifestement la quelque peu mythique « décision originelle » en faveur de la convention, qui est bien la voie « de droite », c'est-à-dire celle de la *vertu.* On retrouve ici la valorisation hermogéniste du conventionnel déjà rencontrée chez Leibniz. Si l'on voulait de nouveau caractériser cette position par ses réponses aux trois questions clés du débat[1], la réponse serait évidemment négative aux questions A (la langue doit-elle être mimétique ?) et C (la langue est-elle mimétique ?). Mais la question B reçoit ici une réponse ambiguë, ou plutôt complexe : la langue *aurait pu* être mimétique, mais elle *ne le peut plus*, parce qu'elle a un jour compris qu'elle ne le devait pas, et irréversiblement décidé de ne pas l'être ; elle le pourrait encore au niveau phonique qui n'est pas le sien, mais non au niveau phonologique qui est le sien. Position que l'on peut donc approximativement figurer par le tableau suivant :

A	B	C
–	+ / –	–

Cette formule boiteuse a sans doute pour seul mérite de manifester comment la linguistique moderne, après vingt-

1 Cf. ici p. 75-76.

cinq siècles de « débat sans recours », a réussi à déplacer ce débat, ou si l'on préfère à en déplacer les termes. Saussure lui-même ne s'en avise pas toujours, qui s'exprime volontiers dans les termes d'un conventionalisme classique à la Locke ou à la Whitney. Mais un sourd embarras fait chez lui retour sous d'autres formes : par exemple, son incapacité à rédiger, en 1894, une notice sur Whitney, ses brouillons contradictoires, et cette formule d'une ambiguïté caractéristique : « Du moment qu'il ne s'agit plus que des choses universelles qu'on peut dire sur le langage, je ne me sens d'accord avec aucune école en général, pas plus avec la doctrine raisonnable de Whitney qu'avec les théories déraisonnables qu'il a victorieusement combattues[1]. » Ce qu'on pourrait paraphraser en disant que la linguistique moderne, tout en accordant d'une certaine manière au premier la victoire sur le second, n'adhère ni à la doctrine (raisonnable) d'Hermogène ni à la théorie (déraisonnable) de Cratyle parce que *le terrain même, ou si l'on préfère l'objet du débat* – la substance phonique, graphique, etc. – *lui est devenue étranger*. Il y a là une véritable (pour une fois) « coupure épistémologique », qui est abandon d'une attitude réaliste et substantialiste (au sens bachelardien) au profit d'un modèle plus abstrait, et prise de conscience de ce qu'on nommera, en termes husserliens, l'*idéalité* du signifiant linguistique. Je dis bien du signifiant, car d'une certaine manière l'idéalité, ou du moins l'(évidente) abstraction du signifié était déjà l'un des thèmes – et l'un des arguments – de l'hermogénisme classique : voir le magistral chapitre III-3 de l'*Hermès* de Harris. Ce qui vient au jour avec la théorie saussurienne de l'*identité* linguistique (l'exclamation *Messieurs !* identique à elle-même à travers l'infinie diversité de ses occurrences physiques, comme « l'express Paris-Genève » à travers toutes les modifications de ses éléments matériels), et ce qu'illustre la procédure phonologique, c'est bien la transcendance du signifiant (vocable, morphème, phonème ou graphème) par rapport à toutes ses réalisations concrètes, et donc par rapport à toute espèce de substance[2]. Décision épistémo-

1. Cité par Jakobson, *Essais*, II, Minuit, 1973, p. 277.

2. « Le mot prononcé, le discours énoncé d'une manière actuelle, pris en tant que phénomène sensible et spécialement en tant que phénomène acoustique, nous les distinguons en effet du mot lui-même et de la phrase elle-même ou encore du discours plus ample qui est constitué par une suite

logique, certes, modèle construit, comme ailleurs celui de l'atome, pour mieux soumettre l'objet linguistique aux procédures de connaissance, et à cet égard la conventionalité du langage est bien elle même une convention scientifique : « C'est sans doute parce qu'il est arbitraire et qu'on peut définir à quelles conditions il est signifiant que le langage peut devenir objet de science[1] » – et si d'aventure il ne se trouvait pas l'être, on pourrait compter sur la linguistique pour « faire comme si... ». L'arbitraire du signe est le parti pris fondateur de la linguistique, et donc inévitablement quelque chose comme l'*idéologie professionnelle* du linguiste. Mais il faut sans doute ajouter – et ici la comparaison facile avec le modèle atomique perd toute validité – que le même parti pris est également fondateur du langage lui-même, en donnant une fois de plus à ce terme le double sens qu'indiquent les locutions divergentes : prendre *son* parti et prendre *le* parti de quelque chose. Quoi qu'il en ait été de la « décision originelle » imaginée par Bühler, on doit concevoir l'humanité prenant conscience de l'*impossibilité* pratique d'un langage mimétique – à la limite aussi encombrant que le langage par objets de Balnibarbi[2] et aussi « risible » que l'univers double évoqué par Socrate, où chaque mot serait l'exacte réplique d'une chose, « sans qu'on y puisse distinguer où est l'objet lui-même et où est le nom » –, et se vouant à jamais à cette « trahison » du réel qui fonde toute langue et inaugure toute science.

Si l'on admet cette fable, ou du moins la vérité qu'elle exprime, on perçoit aussitôt que cette (double) décision se paie d'un prix fort lourd qui est la renonciation – sur ce plan

---

de phrases. Ce n'est pas pour rien que nous parlons – dans le cas où nous n'avons pas été compris et que nous répétons – précisément d'une répétition des *mêmes* mots et des *mêmes* phrases... Le mot lui-même, la proposition grammaticale elle-même, est une unité idéale qui ne se multiplie pas dans ses milliers de reproductions » (Husserl, *Logique formelle et Logique transcendantale*, trad. S. Bachelard, p. 29-31. On note la proximité avec la démonstration saussurienne). James M. Edie, qui cite cette page, ajoute avec raison que la remarque vaut aussi bien pour le phonème, qui « n'est en rien un son », mais une « entité abstraite » (« La pertinence actuelle de la conception husserlienne de l'idéalité du langage », *Sens et Existence*, Seuil, 1975, p. 119).

1. Michel Foucault, Les *Mots et les Choses*, p. 119.
2. Swift, *Voyages de Gulliver*, Pléiade, p. 194.

– à toutes les séductions du rapport analogique[1]. Le désir ici réprimé cherche donc à se satisfaire, ou pour le moins à se manifester ailleurs, et ce retour prend deux voies parallèles : l'une pratique, que nous avons vue décrite par Bühler comme pression du désir « pictural », à travers la substance phonique, sur les « joints » et les « marges » du système linguistique ; ce sont les effets de cette pression que se plaisent à mesurer Jespersen, Chastaing et quelques autres. L'autre voie est « théorique » : c'est une description fantasmatique de la langue comme étant *essentiellement* cet analogon du réel qu'elle ne peut être que d'une manière accessoire et marginale, et c'est là évidemment le cratylisme lui-même.

En qualifiant de « fantasmatique » la théorie mimologiste, je ne prétends pas désigner une « fausseté » toute relative et qui n'est nullement de notre propos, mais simplement connoter le rôle essentiel que joue dans la pensée mimologique, exemple caractérisé de *wishful thinking*, un système complexe et plus ou moins conscient de désirs, disons de prédilections à satisfaire : substantialisme (refus de l'abstraction), attachement – souvent observé ici – aux éléments les plus « concrets » de la langue, sons et vocables, sémantèmes plutôt que morphèmes, noms plutôt que verbes, noms propres plutôt que noms communs ; besoin de valorisation (refus de le neutralité), qui fait constamment prendre parti, *préférer* ceci ou cela, une langue à une autre, les voyelles aux consonnes, les consonnes aux voyelles, l'*ordo rectus* ou le *rectus ordo*, le masculin ou le féminin, quitte à sans cesse équilibrer la valorisation première d'une contre-valorisation compensatoire en privilégiant ce que l'on défavorise ; instinct de motivation (refus de la gratuité, horreur du vide sémantique), qui ne supporte de signifiance que « nécessaire », justifiée et comme innocentée par quelque relation *naturelle* entre ses termes ; goût dominant enfin de l'analogie (refus de la différence), qui oriente irrésistiblement, et comme en toute évidence, cette recherche de « justesse » vers l'espèce bien particulière qu'en est la justification par ressemblance. Nous avons reconnu ensemble la difficulté effective de concevoir

1. « La science, dit Freud, est après tout la renonciation la plus complète au principe de plaisir dont notre activité psychique soit capable » *(Dostoïevski et le Parricide)*. Ici encore, la « science » commence avec la langue.

un autre mode de motivation[1]; mais le mouvement spontané et caractéristique du désir cratylien est bien de ne pas même l'essayer, et d'aller droit à son objet; autre glissement constant (nous l'avons rencontré, par exemple, chez Proust, chez Leiris, à l'instant chez Jespersen), parallèle ou plutôt convergent, celui qui attribue tout spontanément à la mimologie ce qui relève de la motivation indirecte : étymologie fantaisiste, association lexicale. Ce parti pris de la ressemblance est proprement le noyau de la pensée cratylienne, où il n'est peut-être pas trop aventuré d'entendre quelques résonances bien connues de la psychanalyse : thème « œdipien » de l'indifférenciation utérine, thème « narcissique » de la relation en miroir – qui fait du mimologisme une *spéculation* au double sens du mot –, et, en termes lacaniens, fuite du symbolique et refuge dans l'imaginaire[2].

Quelle qu'elle soit dans un détail dont l'analyse échappe à la compétence du critique, c'est en grande partie à cette charge d'investissements imaginaires que tient la saveur esthétique ou, comme on disait naguère, la *littérarité* du discours mimologique. En vingt siècles de « théorie raisonnable », Hermogène n'a rien produit qui puisse séduire, et son corpus, de Démocrite à Saussure, se réduit presque à quelques négations laconiques. Cratyle, au contraire, nous laisse une série d'œuvres pittoresques, amusantes, parfois troublantes, dont nous avons pu, chemin faisant, savourer quelques-unes. Ici, le précepte unificateur de Nodier (« Quand le poète et le linguiste ne s'entendent pas entre eux, c'est qu'il y en a un des deux qui n'a pas compris son art et qui n'en sait pas la

1. P. 300. Le seul exemple rencontré, encore tout hypothétique, d'une relation métonymique entre signifié et signifiant, c'est l'explication, selon Jakobson, de la labiale de *mama* par le mouvement de succion de la tétée (« Pourquoi *papa* et *maman* », *Langage enfantin et Aphasie*) : selon cette hypothèse, le nom de la mère ne *ressemblerait* pas à la mère, mais *proviendrait* d'elle selon un rapport de cause à effet. Quant à la relation synecdochique (la partie symbole du tout), chère à Coleridge et au symbolisme romantique, elle ne semble avoir inspiré aucune spéculation proprement linguistique. Dommage : la rêverie serait plaisante, du mot comme membre et microcosme de la chose.

2. On retrouve ici l'inévitable embarras de signification attaché au terme de *symbole* et à ses dérivés : tantôt (Peirce, Bühler, Lacan) le symbolique s'oppose à l'analogique, tantôt (Hegel, Saussure, Jespersen et quiconque parle de « symbolisme phonique ») il y équivaut presque, en s'opposant à la sémiosis conventionnelle.

portée ») s'avère inspiré par un monisme un peu rapide et finalement réducteur ; règle courte pour règle courte, je lui opposerai volontiers celle, un peu plus « dialectique », de la *Psychanalyse du feu* : « Les axes de la poésie et de la science sont d'abord inverses. Tout ce que peut espérer la philosophie, c'est de rendre la poésie et la science complémentaires, de les unir comme deux contraires bien faits[1]. » Illustration, peut-être, de ce principe, j'observe que l'axiologie explicite ou implicite du cratylisme rend fort mal compte du charme propre au texte cratylien, au mimologisme comme production poétique. Ce charme, en effet, ne tient nullement à l'évidence mimétique – qui n'éviterait pas la fadeur et la redondance inutile – mais au contraire, en chaque occurrence, à la surprise du rapprochement entre une forme et un sens jusqu'alors séparés : ruralité du *a*, caninité du *r*, féminité de la voyelle, fluviatilité de *Moïse*, dégringolade mortelle de *catacombe*. Surprise passagère, généralement suivie ou accompagnée d'une sorte d'acquiescement, ou semi-acquiescement, ou contestation marginale qui signe aussi bien l'entrée dans le jeu et le bon fonctionnement du piège : faute de cet assentiment variable du lecteur, le discours mimologique semble parfois se murer dans un délire autistique et sans destination. Mariage imprévu mais heureux, chaque mimologisme réussi est création authentique, c'est-à-dire à la fois invention et découverte : désaveu en acte et réfutation immanente de l'insipide – et impuissante – esthétique du pléonasme[2].

Malgré la constante et multiple sollicitation de tant de disciplines concernées (histoire des idées, histoire de la linguistique, philosophie du langage, épistémologie, etc.), le nerf de cette étude aura donc été, plutôt, la séduction esthétique d'un

1. Coll. « Idées », p. 10.

2. Esthétique, si l'on peut dire, et dont la résurgence actuelle, *passim*, donne une piètre idée de notre imagination critique. A lire tant d'éloges implicites de l'harmonie imitative, on dirait vraiment que la « forme » n'a rien de mieux à faire que de doubler le « fond ». Jean Renoir bougonne au contraire : « Quand l'image dit *je t'aime*, la musique doit dire *je m'en fous*. » (C'était réciproquement, pour l'illustration filmique de son œuvre, le souhait d'Edgar Varèse.) C'est un peu simple, mais c'est un petit progrès sur la simple tautologie.

mimologisme considéré comme un des beaux-arts – disons (redisons) comme un genre littéraire. « Le propre de ce qui est vraiment général est d'être fécond » : la fécondité propre à la généralité, ou généricité cratylienne, c'est peut-être de donner un contexte (un intertexte), et donc une signification, une pertinence, une existence, à des textes autrement et, si j'ose le dire, jusqu'ici, négligés, voire ignorés : isolés, insitués, inqualifiés, sans transcendance et donc sans fonction, impraticables et donc imperceptibles.

Notre recherche, certes, ne prétendait et ne pouvait prétendre à l'exhaustivité : une seule tradition, presque une seule langue, au moins un énorme silence (le Moyen Age[1]), le terme même de lacunes serait ici trop flatteur. Comme on le sait depuis le début, il s'agissait plutôt d'un voyage d'exploration et de reconnaissance, bon peut-être à en préparer d'autres – pour d'autres. Tel quel cependant, il me semble que ce sondage a permis de saturer à peu près la typologie du genre, et d'esquisser les grandes lignes de son histoire. Histoire au demeurant fort simple, et qui consonne à bien d'autres : de Platon à Nodier, vingt-deux siècles d'immobilité – ce qui ne signifie pas, on l'a vu, d'uniformité : mais le déploiement comme intemporel et toujours réversible des diverses variantes possibles, toutes virtuellement contenues dans cette *Iliade* du genre qu'est le texte fondateur, dont l'inépuisable *prescience* (rétrospective) n'aura cessé de nous confondre ; puis, sous le choc décisif, et comme désintégrateur, à la fin du XVIIIe siècle, de la naissance de la linguistique, événement au sens fort, rupture et point d'irréversibilité, le genre, un instant menacé de mort, éclate en une gerbe de formations substitutives : cratylisme « subjectif » du *Volksgeist* romantique, mimologisme secondaire en théorie du « langage poétique », repli sur la mimophonie restreinte du *sound symbolism*, mimologie fictive, assumée comme telle ou projetée sur l'alibi commode de la conscience enfan-

1. Il va de soi que, pour le non-spécialiste, les textes « rares » qui constituent généralement notre corpus sont, pour la période médiévale, particulièrement difficiles d'accès, et ceci suffit à expliquer cela ; mais je me demande si la tradition mimologiste, *stricto sensu*, n'a pas subi là une véritable éclipse. Au profit, d'une part, de la spéculation étymologique (Isidore de Séville, etc.), et, d'autre part, de ces fantaisies mimographiques dont on trouve quelques traces dans l'*ABC par équivoque* d'Huon le Roi : voir Zumthor, *Langue, Texte, Énigme*, p. 44-45

tine, du cratylisme ludique[1]. Avec ce dernier avatar, le genre acquiesce en quelque sorte à son essence profonde en abandonnant (presque) toute prétention scientifique, et en passant d'une littérarité implicite à une littérarité consciente et organisée. Progrès ou décadence ? Sous cette forme, en tout cas, il élude évidemment, et légitimement, toute « réfutation », et accède à l'invulnérabilité, voire à l'immortalité, si du moins il sait éviter un dernier péril – le plus grave – qui serait l'étouffement par prolifération répétitive. C'est toute la grâce que lui souhaite – que nous souhaite – le critique tardif, en l'attente, qui sait ? de nouvelles et imprévisibles métamorphoses.

1. Ludique, mais, on l'a vu aussi, toujours à fond de sérieux, même quand il s'agit, comme chez Proust, d'un sérieux *critique*. A ma connaissance, le seul exemple de *parodie* de mimologisme (graphique, en l'occurrence), c'est le « Comment s'est fait l'alphabet » des *Histoires comme ça*. A moins que Socrate lui-même…

Index

Platon figure ici comme auteur du Cratyle, *Socrate comme tenant, dans ce dialogue, d'une position spécifique dont on ne sait s'il faut ou non l'attribuer à Platon ; les deux autres « personnages », Cratyle et Hermogène, tenants symboliques des deux thèses en cause (mimologisme et conventionalisme), sont implicitement présents dans chaque page de cette étude, et donc absents de son index, qui ne pourrait les mentionner que* passim.

Table

RÉALISATION : PAO ÉDITIONS DU SEUIL
IMPRESSION : BUSSIÈRE CAMEDAN IMPRIMERIES À SAINT-AMAND (CHER)
DÉPÔT LÉGAL : MARS 1999. N° 36313 (990939/1)

Collection Points

DERNIERS TITRES PARUS

75. Dix Grandes Notions de la sociologie, *par Jean Cazeneuve*
76. Mary Barnes, un voyage à travers la folie
    par Mary Barnes et Joseph Berke
77. L'Homme et la Mort, *par Edgar Morin*
78. Poétique du récit, *par Roland Barthes, Wayne Booth, Wolfgang Kayser et Philippe Hamon*
79. Les Libérateurs de l'amour, *par Alexandrian*
80. Le Macroscope, *par Joël de Rosnay*
81. Délivrance, *par Maurice Clavel et Philippe Sollers*
82. Système de la peinture, *par Marcelin Pleynet*
83. Pour comprendre les média, *par M. McLuhan*
84. L'Invasion pharmaceutique
    par Jean-Pierre Dupuy et Serge Karsenty
85. Huit Questions de poétique, *par Roman Jakobson*
86. Lectures du désir, *par Raymond Jean*
87. Le Traître, *par André Gorz*
88. Psychiatrie et Antipsychiatrie, *par David Cooper*
89. La Dimension cachée, *par Edward T. Hall*
90. Les Vivants et la Mort, *par Jean Ziegler*
91. L'Unité de l'homme, *par le Centre Royaumont*
    1. Le primate et l'homme
    par E. Morin et M. Piattelli-Palmarini
92. L'Unité de l'homme, *par le Centre Royaumont*
    2. Le cerveau humain
    par E. Morin et M. Piattelli-Palmarini
93. L'Unité de l'homme, *par le Centre Royaumont*
    3. Pour une anthropologie fondamentale
    par E. Morin et M. Piattelli-Palmarini
94. Pensées, *par Blaise Pascal*
95. L'Exil intérieur, *par Roland Jaccard*
96. Semeiotiké, recherches pour une sémanalyse
    par Julia Kristeva
97. Sur Racine, *par Roland Barthes*
98. Structures syntaxiques, *par Noam Chomsky*
99. Le Psychiatre, son « fou » et la psychanalyse
    par Maud Mannoni
100. L'Écriture et la Différence, *par Jacques Derrida*
101. Le Pouvoir africain, *par Jean Ziegler*
102. Une logique de la communication
    par P. Watzlawick, J. Helmick Beavin, Don D. Jackson
103. Sémantique de la poésie, *par T. Todorov, W. Empson, J. Cohen, G. Hartman, F. Rigolot*

104. De la France, *par Maria-Antonietta Macciocchi*
105. Small is beautiful, *par E. F. Schumacher*
106. Figures II, *par Gérard Genette*
107. L'Œuvre ouverte, *par Umberto Eco*
108. L'Urbanisme, *par Françoise Choay*
109. Le Paradigme perdu, *par Edgar Morin*
110. Dictionnaire encyclopédique des sciences du langage *par Oswald Ducrot et Tzvetan Todorov*
111. L'Évangile au risque de la psychanalyse, tome 1 *par Françoise Dolto*
112. Un enfant dans l'asile, *par Jean Sandretto*
113. Recherche de Proust, *ouvrage collectif*
114. La Question homosexuelle *par Marc Oraison*
115. De la psychose paranoïaque dans ses rapports avec la personnalité, *par Jacques Lacan*
116. Sade, Fourier, Loyola *par Roland Barthes*
117. Une société sans école, *par Ivan Illich*
118. Mauvaises Pensées d'un travailleur social *par Jean-Marie Geng*
119. Albert Camus, *par Herbert R. Lottman*
120. Poétique de la prose, *par Tzvetan Todorov*
121. Théorie d'ensemble, *par Tel Quel*
122. Némésis médicale, *par Ivan Illich*
123. La Méthode
    1. La nature de la nature, *par Edgar Morin*
124. Le Désir et la Perversion, *ouvrage collectif*
125. Le Langage, cet inconnu, *par Julia Kristeva*
126. On tue un enfant, *par Serge Leclaire*
127. Essais critiques, *par Roland Barthes*
128. Le Je-ne-sais-quoi et le Presque-rien
    1. La manière et l'occasion, *par Vladimir Jankélévitch*
129. L'Analyse structurale du récit, Communications 8 *ouvrage collectif*
130. Changements, Paradoxes et Psychothérapie *par P. Watzlawick, J. Weakland et R. Fisch*
131. Onze Études sur la poésie moderne *par Jean-Pierre Richard*
132. L'Enfant arriéré et sa mère, *par Maud Mannoni*
133. La Prairie perdue (Le Roman américain) *par Jacques Cabau*
134. Le Je-ne-sais-quoi et le Presque-rien
    2. La méconnaissance, *par Vladimir Jankélévitch*
135. Le Plaisir du texte, *par Roland Barthes*
136. La Nouvelle Communication, *ouvrage collectif*
137. Le Vif du sujet, *par Edgar Morin*

138. Théories du langage, Théories de l'apprentissage
par le Centre Royaumont
139. Baudelaire, la Femme et Dieu, *par Pierre Emmanuel*
140. Autisme et Psychose de l'enfant, *par Frances Tustin*
141. Le Harem et les Cousins, *par Germaine Tillion*
142. Littérature et Réalité, *ouvrage collectif*
143. La Rumeur d'Orléans, *par Edgar Morin*
144. Partage des femmes, *par Eugénie Lemoine-Luccioni*
145. L'Évangile au risque de la psychanalyse, tome 2
par Françoise Dolto
146. Rhétorique générale, *par le Groupe μ*
147. Système de la mode, *par Roland Barthes*
148. Démasquer le réel, *par Serge Leclaire*
149. Le Juif imaginaire, *par Alain Finkielkraut*
150. Travail de Flaubert, *ouvrage collectif*
151. Journal de Californie, *par Edgar Morin*
152. Pouvoirs de l'horreur, *par Julia Kristeva*
153. Introduction à la philosophie de l'histoire de Hegel
par Jean Hyppolite
154. La Foi au risque de la psychanalyse
par Françoise Dolto et Gérard Sévérin
155. Un lieu pour vivre, *par Maud Mannoni*
156. Scandale de la vérité, *suivi de* Nous autres Français
par Georges Bernanos
157. Enquête sur les idées contemporaines
par Jean-Marie Domenach
158. L'Affaire Jésus, *par Henri Guillemin*
159. Paroles d'étranger, *par Élie Wiesel*
160. Le Langage silencieux, *par Edward T. Hall*
161. La Rive gauche, *par Herbert R. Lottman*
162. La Réalité de la réalité, *par Paul Watzlawick*
163. Les Chemins de la vie, *par Joël de Rosnay*
164. Dandies, *par Roger Kempf*
165. Histoire personnelle de la France, *par François George*
166. La Puissance et la Fragilité, *par Jean Hamburger*
167. Le Traité du sablier, *par Ernst Jünger*
168. Pensée de Rousseau, *ouvrage collectif*
169. La Violence du calme, *par Viviane Forrester*
170. Pour sortir du XXe siècle, *par Edgar Morin*
171. La Communication, Hermès I, *par Michel Serres*
172. Sexualités occidentales, Communications 35
ouvrage collectif
173. Lettre aux Anglais, *par Georges Bernanos*
174. La Révolution du langage poétique, *par Julia Kristeva*
175. La Méthode
2. La vie de la vie, *par Edgar Morin*
176. Théories du symbole, *par Tzvetan Todorov*

177. Mémoires d'un névropathe, *par Daniel Paul Schreber*
178. Les Indes, *par Édouard Glissant*
179. Clefs pour l'Imaginaire ou l'Autre Scène
par Octave Mannoni
180. La Sociologie des organisations, *par Philippe Bernoux*
181. Théorie des genres, *ouvrage collectif*
182. Le Je-ne-sais-quoi et le Presque-rien
3. La volonté de vouloir, *par Vladimir Jankélévitch*
183. Le Traité du rebelle, *par Ernst Jünger*
184. Un homme en trop, *par Claude Lefort*
185. Théâtres, *par Bernard Dort*
186. Le Langage du changement, *par Paul Watzlawick*
187. Lettre ouverte à Freud, *par Lou Andreas-Salomé*
188. La Notion de littérature, *par Tzvetan Todorov*
189. Choix de poèmes, *par Jean-Claude Renard*
190. Le Langage et son double, *par Julien Green*
191. Au-delà de la culture, *par Edward T. Hall*
192. Au jeu du désir, *par Françoise Dolto*
193. Le Cerveau planétaire, *par Joël de Rosnay*
194. Suite anglaise, *par Julien Green*
195. Michelet, *par Roland Barthes*
196. Hugo, *par Henri Guillemin*
197. Zola, *par Marc Bernard*
198. Apollinaire, *par Pascal Pia*
199. Paris, *par Julien Green*
200. Voltaire, *par René Pomeau*
201. Montesquieu, *par Jean Starobinski*
202. Anthologie de la peur, *par Éric Jourdan*
203. Le Paradoxe de la morale, *par Vladimir Jankélévitch*
204. Saint-Exupéry, *par Luc Estang*
205. Leçon, *par Roland Barthes*
206. François Mauriac
1. Le sondeur d'abîmes (1885-1933), *par Jean Lacouture*
207. François Mauriac
2. Un citoyen du siècle (1933-1970), *par Jean Lacouture*
208. Proust et le Monde sensible
par Jean-Pierre Richard
209. Nus, Féroces et Anthropophages, *par Hans Staden*
210. Œuvre poétique, *par Léopold Sédar Senghor*
211. Les Sociologies contemporaines, *par Pierre Ansart*
212. Le Nouveau Roman, *par Jean Ricardou*
213. Le Monde d'Ulysse, *par Moses I. Finley*
214. Les Enfants d'Athéna, *par Nicole Loraux*
215. La Grèce ancienne, tome 1
par Jean-Pierre Vernant et Pierre Vidal-Naquet
216. Rhétorique de la poésie, *par le Groupe μ*
217. Le Séminaire. Livre XI, *par Jacques Lacan*

218. Don Juan ou Pavlov
par Claude Bonnange et Chantal Thomas
219. L'Aventure sémiologique, *par Roland Barthes*
220. Séminaire de psychanalyse d'enfants, tome 1
par Françoise Dolto
221. Séminaire de psychanalyse d'enfants, tome 2
par Françoise Dolto
222. Séminaire de psychanalyse d'enfants
tome 3, Inconscient et destins, *par Françoise Dolto*
223. État modeste, État moderne, *par Michel Crozier*
224. Vide et Plein, *par François Cheng*
225. Le Père : acte de naissance, *par Bernard This*
226. La Conquête de l'Amérique, *par Tzvetan Todorov*
227. Temps et Récit, tome 1, *par Paul Ricœur*
228. Temps et Récit, tome 2, *par Paul Ricœur*
229. Temps et Récit, tome 3, *par Paul Ricœur*
230. Essais sur l'individualisme, *par Louis Dumont*
231. Histoire de l'architecture et de l'urbanisme modernes
1. Idéologies et pionniers (1800-1910), *par Michel Ragon*
232. Histoire de l'architecture et de l'urbanisme modernes
2. Naissance de la cité moderne (1900-1940)
par Michel Ragon
233. Histoire de l'architecture et de l'urbanisme modernes
3. De Brasilia au post-modernisme (1940-1991)
par Michel Ragon
234. La Grèce ancienne, tome 2
par Jean-Pierre Vernant et Pierre Vidal-Naquet
235. Quand dire, c'est faire, *par J. L. Austin*
236. La Méthode
3. La Connaissance de la Connaissance, *par Edgar Morin*
237. Pour comprendre *Hamlet*, *par John Dover Wilson*
238. Une place pour le père, *par Aldo Naouri*
239. L'Obvie et l'Obtus, *par Roland Barthes*
240. Mythe et Société en Grèce ancienne
par Jean-Pierre Vernant
241. L'Idéologie, *par Raymond Boudon*
242. L'Art de se persuader, *par Raymond Boudon*
243. La Crise de l'État-providence, *par Pierre Rosanvallon*
244. L'État, *par Georges Burdeau*
245. L'Homme qui prenait sa femme pour un chapeau
par Oliver Sacks
246. Les Grecs ont-ils cru à leurs mythes ?, *par Paul Veyne*
247. La Danse de la vie, *par Edward T. Hall*
248. L'Acteur et le Système
par Michel Crozier et Erhard Friedberg
249. Esthétique et Poétique, *collectif*
250. Nous et les Autres, *par Tzvetan Todorov*

251. L'Image inconsciente du corps, *par Françoise Dolto*
252. Van Gogh ou l'Enterrement dans les blés
par Viviane Forrester
253. George Sand ou le Scandale de la liberté, *par Joseph Barry*
254. Critique de la communication, *par Lucien Sfez*
255. Les Partis politiques, *par Maurice Duverger*
256. La Grèce ancienne, tome 3
par Jean-Pierre Vernant et Pierre Vidal-Naquet
257. Palimpsestes, *par Gérard Genette*
258. Le Bruissement de la langue, *par Roland Barthes*
259. Relations internationales
1. Questions régionales, *par Philippe Moreau Defarges*
260. Relations internationales
2. Questions mondiales, *par Philippe Moreau Defarges*
261. Voici le temps du monde fini, *par Albert Jacquard*
262. Les Anciens Grecs, *par Moses I. Finley*
263. L'Éveil, *par Oliver Sacks*
264. La Vie politique en France, *ouvrage collectif*
265. La Dissémination, *par Jacques Derrida*
266. Un enfant psychotique, *par Anny Cordié*
267. La Culture au pluriel, *par Michel de Certeau*
268. La Logique de l'honneur, *par Philippe d'Iribarne*
269. Bloc-notes, tome 1 (1952-1957), *par François Mauriac*
270. Bloc-notes, tome 2 (1958-1960), *par François Mauriac*
271. Bloc-notes, tome 3 (1961-1964), *par François Mauriac*
272. Bloc-notes, tome 4 (1965-1967), *par François Mauriac*
273. Bloc-notes, tome 5 (1968-1970), *par François Mauriac*
274. Face au racisme
1. Les moyens d'agir
sous la direction de Pierre-André Taguieff
275. Face au racisme
2. Analyses, hypothèses, perspectives
sous la direction de Pierre-André Taguieff
276. Sociologie, *par Edgar Morin*
277. Les Sommets de l'État, *par Pierre Birnbaum*
278. Lire aux éclats, *par Marc-Alain Ouaknin*
279. L'Entreprise à l'écoute, *par Michel Crozier*
280. Nouveau Code pénal
présentation et notes de Me Henri Leclerc
281. La Prise de parole, *par Michel de Certeau*
282. Mahomet, *par Maxime Rodinson*
283. Autocritique, *par Edgar Morin*
284. Être chrétien, *par Hans Küng*
285. A quoi rêvent les années 90 ?, *par Pascale Weil*
286. La Laïcité française, *par Jean Boussinesq*
287. L'Invention du social, *par Jacques Donzelot*
288. L'Union européenne, *par Pascal Fontaine*

289. La Société contre nature, *par Serge Moscovici*
290. Les Régimes politiques occidentaux
par Jean-Louis Quermonne
291. Éducation impossible, *par Maud Mannoni*
292. Introduction à la géopolitique
par Philippe Moreau Defarges
293. Les Grandes Crises internationales et le Droit
par Gilbert Guillaume
294. Les Langues du Paradis, *par Maurice Olender*
295. Face à l'extrême, *par Tzvetan Todorov*
296. Écrits logiques et philosophiques, *par Gottlob Frege*
297. Recherches rhétoriques, Communications 16
ouvrage collectif
298. De l'interprétation, *par Paul Ricœur*
299. De la parole comme d'une molécule, *par Boris Cyrulnik*
300. Introduction à une science du langage
par Jean-Claude Milner
301. Les Juifs, la Mémoire et le Présent, *par Pierre Vidal-Naquet*
302. Les Assassins de la mémoire, *par Pierre Vidal-Naquet*
303. La Méthode
4. Les idées, *par Edgar Morin*
304. Pour lire Jacques Lacan, *par Philippe Julien*
305. Événements I
Psychopathologie du quotidien, *par Daniel Sibony*
306. Événements II
Psychopathologie du quotidien, *par Daniel Sibony*
307. Les Origines du totalitarisme
Le système totalitaire, *par Hannah Arendt*
308. La Sociologie des entreprises, *par Philippe Bernoux*
309. Vers une écologie de l'esprit 1.
par Gregory Bateson
310. Les Démocraties, *par Olivier Duhamel*
311. Histoire constitutionnelle de la France, *par Olivier Duhamel*
312. Le Pouvoir politique en France, *par Olivier Duhamel*
313. Que veut une femme ?, *par Serge André*
314. Histoire de la révolution russe
1. Février, *par Léon Trotsky*
315. Histoire de la révolution russe
2. Octobre, *par Léon Trotsky*
316. La Société bloquée, *par Michel Crozier*
317. Le Corps, *par Michel Bernard*
318. Introduction à l'étude de la parenté, *par Christian Ghasarian*
319. La Constitution, *introduction et commentaires*
par Guy Carcassonne
320. Introduction à la politique
par Dominique Chagnollaud
321. L'Invention de l'Europe, *par Emmanuel Todd*

322. La Naissance de l'histoire (tome 1), *par François Châtelet*
323. La Naissance de l'histoire (tome 2), *par François Châtelet*
324. L'Art de bâtir les villes, *par Camillo Sitte*
325. L'Invention de la réalité
sous la direction de Paul Watzlawick
326. Le Pacte autobiographique, *par Philippe Lejeune*
327. L'Imprescriptible, *par Vladimir Jankélévitch*
328. Libertés et Droits fondamentaux
sous la direction de Mireille Delmas-Marty
et Claude Lucas de Leyssac
329. Penser au Moyen Age, *par Alain de Libera*
330. Soi-Même comme un autre, *par Paul Ricœur*
331. Raisons pratiques, *par Pierre Bourdieu*
332. L'Écriture poétique chinoise, *par François Cheng*
333. Machiavel et la Fragilité du politique
par Paul Valadier
334. Code de déontologie médicale, *par Louis René*
335. Lumière, Commencement, Liberté, *par Robert Misrahi*
336. Les Miettes philosophiques, *par Søren Kierkegaard*
337. Des yeux pour entendre, *par Oliver Sacks*
338. De la liberté du chrétien *et* Préfaces à la Bible
par Martin Luther (bilingue)
339. L'Être et l'Essence
par Thomas d'Aquin et Dietrich de Freiberg (bilingue)
340. Les Deux États, *par Bertrand Badie*
341. Le Pouvoir et la Règle, *par Erhard Friedberg*
342. Introduction élémentaire au droit, *par Jean-Pierre Hue*
343. Science politique
1. La Démocratie, *par Philippe Braud*
344. Science politique
2. L'État, *par Philippe Braud*
345. Le Destin des immigrés, *par Emmanuel Todd*
346. La Psychologie sociale, *par Gustave-Nicolas Fischer*
347. La Métaphore vive, *par Paul Ricœur*
348. Les Trois Monothéismes, *par Daniel Sibony*
349. Éloge du quotidien. Essai sur la peinture
hollandaise du XVIIIe siècle, *par Tzvetan Todorov*
350. Le Temps du désir. Essai sur le corps et la parole
par Denis Vasse
351. La Recherche de la langue parfaite
dans la culture européenne
par Umberto Eco
352. Esquisses pyrrhoniennes, *par Pierre Pellegrin*
353. De l'ontologie, *par Jeremy Bentham*
354. Théorie de la justice, *par John Rawls*
355. De la naissance des dieux à la naissance du Christ
par Eugen Drewermann

356. L'Impérialisme, *par Hannah Arendt*
357. Entre-Deux, *par Daniel Sibony*
358. Paul Ricœur, *par Olivier Mongin*
359. La Nouvelle Question sociale, *par Pierre Rosanvallon*
360. Sur l'antisémitisme, *par Hannah Arendt*
361. La Crise de l'intelligence, *par Michel Crozier*
362. L'Urbanisme face aux villes anciennes
par Gustavo Giovannoni
363. Le Pardon, *collectif dirigé par Olivier Abel*
364. La Tolérance, *collectif dirigé par Claude Sahel*
365. Introduction à la sociologie politique
par Jean Baudouin
366. Séminaire, livre I : les écrits techniques de Freud
par Jacques Lacan
367. Identité et Différence, *par John Locke*
368. Sur la nature ou sur l'étant,
la langue de l'être ?, *par Parménide*
369. Les Carrefours du labyrinthe, I, *par Cornelius Castoriadis*
370. Les Règles de l'art, *par Pierre Bourdieu*
371. La Pragmatique aujourd'hui,
une nouvelle science de la communication
par Anne Reboul et Jacques Moeschler
372. La Poétique de Dostoïevski, *par Mikhaïl Bakhtine*
373. L'Amérique latine, *par Alain Rouquié*
374. La Fidélité, *collectif dirigé par Cécile Wajsbrot*
375. Le Courage, *collectif dirigé par Pierre Michel Klein*
376. Le Nouvel Age des inégalités
par Jean-Paul Fitoussi et Pierre Rosanvallon
377. Du texte à l'action, essais d'herméneutique II
par Paul Ricœur
378. Madame du Deffand et son monde
par Benedetta Craveri
379. Rompre les charmes, *par Serge Leclaire*
380. Éthique, *par Spinoza*
381. Introduction à une politique de l'homme,
par Edgar Morin
382. Lectures 1. Autour du politique
par Paul Ricœur
383. L'Institution imaginaire de la société
par Cornelius Castoriadis
384. Essai d'autocritique et autres préfaces, *par Nietzsche*
385. Le Capitalisme utopique, *par Pierre Rosanvallon*
386. Mimologiques, *par Gérard Genette*
387. La Jouissance de l'hystérique, *par Lucien Israël*
388. L'Histoire d'Homère à Augustin
préfaces et textes d'historiens antiques
réunis et commentés par François Hartog